황제를 꿈꾸는 여인

황권

황제를 꿈꾸는 여인

황권

❻

천하귀원
장편소설

arte

봉지미

어릴 적 부모를 여의고 봉 부인 슬하에서 자랐다. 생존을 위해 얼굴을 추하게 위장하고 속마음을 감추며 지내다 우연한 계기로 청명서원에 들어가게 된다. 이후 '위지'란 이름으로 남장을 하고, 어린 나이에 조정 대신으로 중용되어 빼어난 능력을 발휘한다.

영혁

천성 황조 6황자. 수려한 외모 못지않게 뛰어난 능력과 수완을 지녔으나, 황실의 견제를 피하고자 기생집을 드나들며 때를 기다린다. 봉지미에게 호기심을 느끼고 그녀를 지켜보면서, 두 사람 사이에 미묘한 기류가 흐르기 시작한다.

고남의

봉지미를 납치하려다가 호위 무사가 된 인물로 정체가 베일에 싸여 있다. 신비로운 미모와 남다른 성품, 뛰어난 무예 실력으로 주변을 압도한다. 말없이 자신의 방식대로 혼자서 살아왔으나 봉지미를 통해 감정을 배우기 시작한다.

혁련쟁

호탁의 왕세자. 강인하고 대범하며 자신의 사람들을 지키는 일에 목숨
을 아끼지 않는다. 중원의 여인은 나약하다고 생각했으나 봉지미를 만
나면서 생각이 바뀌고, 그녀의 마음을 얻기 위해 노력한다.

천성 황제

대성 황조가 멸망한 후 군사를 이끌고 도성으로 돌아와 멸망한
황조의 도성을 손에 넣었다. 이후 이름을 제경으로 바꾼 뒤 천
하를 평정하고 천성을 건국하였다.

경비

출신을 알 수 없는 무녀로 황제의 눈에 들어 궁으로 들어온다.
황제 곁에서 애정을 다하는 것처럼 보이나, 복수를 위한 치밀
한 계략을 가지고 있다.

차
례

주요 인물 소개

암투

영혁의 뒷모습이 높디높은 궁궐의 끄트머리로 사라졌다. 봉지미는 한참을 그렇게 있다가 천천히 옷매무새를 다듬고 똑바로 섰다. 인공 언덕 바위의 물기에 등이 축축이 젖어 너무 차가웠다. 그녀는 호윤헌으로 가지 않고 곧바로 저택으로 돌아왔다. 부하 몇 명에게 황묘 부근에 매복하라고 지시했다. 삼 경 무렵, 밖에서 새소리가 들려왔다. 그녀가 손을 휘두르자, 검은 그림자가 창가에서 번뜩이고는 이내 사라졌다. 그녀는 몸에 딱 붙는 옷으로 갈아입고 황묘를 향해 내달았다.

이번에는 아주 조심히, 멀리서 몇 바퀴를 돌며 살핀 후 황묘로 접근했다. 봉지미의 마음속에는 지난번 황묘에서 마주친 자의 잔상이 그대로 남아 있었다. 그러니 행동에 더욱 신중을 기할 수밖에 없었다. 담장을 휘돌아, 소녕의 거처가 비스듬히 보이는 큰 나무 뒤에 몸을 숨겼다. 등잔불에 그녀의 그림자가 비쳤다. 그녀는 초조하게 왔다 갔다 하는 것 같았다. 사방이 고요한 가운데, 가까이 접근하는 사람이나 말발굽 소리는 들리지 않았다. 봉지미가 눈을 끔뻑거리며 이따가 다시 와야 할지 생각하고 있는데, 갑자기 방 안에 그림자가 하나 더 늘어났다!

남장이었지만 몸매가 가냘팠다. 왜 갑자기 남자가 나타났는지 의아해하던 봉지미는 경비가 남장을 하고 출궁했다는 것을 깨달았다. 소녕은 경비를 보자마자 뭐가 그리 급한지 재빨리 달려 나가 손을 맞잡았다. 봉지미는 쥐도 새도 모르게 아주 조용히 맞은편 처마에 가까운 곳으로 자리를 옮겼다. 감정을 억누르지 못하는 소녕의 목소리가 희미하게 들려왔다.

"…… 말씀해 보세요. 절 속이신 건 아니죠?"

경비는 깜짝 놀란 듯했다.

"공주, 그게 무슨 말이세요? 내가 어찌 공주를 속이겠어요?"

"나의…… 나의……."

소녕 가슴이 오르락내리락했다. 말이 차마 밖으로 나오지 못하고, 너무 흥분해서 표정까지 일그러진 것 같았다.

"…… 요 며칠 계속 악몽을 꿉니다. 머릿속에 계속 떠올라요……. 아무리 생각해도…… 아무리 생각해도 그날…… 없었어요……."

"공주."

경비가 두 손으로 소녕의 어깨를 감싸고 그녀를 똑바로 바라보았다. 그리고 차분한 말투로 줄곧 흥분해 있던 그녀의 감정을 가라앉혔다.

"공주가 너무 힘들었던 거예요. 이미 지나간 일이잖아요. 너무 깊이 생각하지 말아요. 나를 보세요. 나를 봐."

경비의 목소리는 어쩐지 고통스럽게 들렸다.

"나도 공주와 같은 처지예요!"

소녕이 고개를 들어 멍하니 경비를 보았다. 경비의 고요함 속에 숨어 있던 고통스러운 눈빛에 놀란 것 같았다. 그녀가 갑자기 경비의 품속으로 파고들었다. 그러고 나서 잠시 후, 너무나 슬프게 오열하는 소리가 울려 퍼졌다. 경비는 그녀를 안아 주면서 등을 천천히 쓰다듬었다. 봉지미의 시선에서는 경비의 표정이 보이지 않았고, 다정한 목소리만이 들려왔다.

"…… 괜찮아요. 울지 마요. 이것도 다 운명이라고요, 운명. 공주도 말했잖아요. 생각 안 한다고……."

"그건 예전이죠. 그 후에는, 그 후에는……."

소녕이 퍼뜩 고개를 들고는 눈물을 글썽거리며 외쳤다.

"…… 어떤지 다 아시잖아요!"

"알죠."

경비는 손수건을 꺼내 소녕의 눈물을 닦아 주며 조용히 말했다.

"우리 황가의 여자들은 사방이 벽으로 둘러싸인 궁에 갇혀 있잖아요. 음모와 알력다툼 때문에 생사가 걸린 이별을 겪어 보지 않은 사람이 누가 있겠어요? 결국, 할 수 있는 거라고는 혼자 살아남는 것뿐……."

"뭘 하셨든 상관없어요."

소녕이 손수건을 빼앗아 직접 눈물을 닦고는 안정을 되찾고 냉랭하게 말했다.

"절 해치지만 마세요. 속이지도 마시고요! 예전의 그 일은 상관 안 해요. 상관하고 싶지도 않고요. 그런데 이것 하나만은 명심하세요. 마마와 영혁이 동맹을 맺건 어쩌건 좋아요. 그런데 그걸로 저한테 불똥이 튀게 하지는 마세요!"

경비는 잠시 침묵하더니 이내 미소를 지었지만, 조금 놀란 말투였다.

"공주, 그게 무슨 말이세요? 공주께서도 알잖아요. 나하고 초왕은 계속 서로 이용하는 관계였을 뿐이라는 걸. 같이 고생하면서 나를 알아주는 공주 말고 진짜 믿을 사람이 또 누가 있겠어요?"

소녕은 차갑게 코웃음을 치고 아무 말도 하지 않았다. 경비는 갑자기 깊은 한숨을 내쉬었다.

"공주, 내가 감히 한마디 하죠. 영씨 황족 일가에서 믿을 사람이 몇이나 되겠어요? 마음에 정말 아무 사심이 없고 떳떳한 사람 말이에요. 그나마 공주가 그런 사람이죠. 이렇게 밝고 착하니까 여기저기서 당하기만 하는 것이고······."

경비의 말은 자상하고 상냥했다. 자신의 편을 드는 소리에 소녕의 눈가가 붉어졌다. 그녀는 가까스로 감정을 억누르며 이야기했다.

"제멋대로 구는 것도 오래가진 못 하겠죠. 언젠가는 아주 비참하게 끝을 맞이할걸요!"

"여기서 이렇게 저주한들 무슨 소용이 있겠어요? 초왕 같은 사람은 예를 들어 사주팔자를 가져다가 주술을 쓰려고 해도, 그 사주팔자가 가짜여서 오히려 저주를 뒤집어쓰게 만들 사람이니까!"

소녕이 차갑게 웃었다.

"그러게요. 큰 오라버니가 그렇게 덫에 걸려서 결국 저세상으로 갔잖아요."

"조정에서 지금 영혁을 건드릴 수 있는 사람도 얼마 안 남았죠. 아마 딱 한 사람 남은 것 같아요."

말이 끝나자마자 소녕이 물었다.

"누구요?"

경비가 아래턱으로 위지의 저택 방향을 가리켰다. 소녕은 머뭇거리다가 이야기했다.

"그건 말도 안 되는 생각이에요. 위지하고 영혁의 관계가 나쁘지 않다는 걸 누가 몰라요. 서로 암암리에 돕는 사이좋은 관계인데, 위지가 뭐 하러 그 사람과 적이 되겠어요?"

"적이 되고 말고는 지금 이야기할 필요가 없어요. 하지만 공주께서 말해 보세요. 위지, 그자가 초왕을 따르지 않고 뭔가 해야 할 때가 온다면, 영혁에게 약을 쓰지 못하리라는 법은 없지 않겠어요? 내 말이 틀렸나요?"

소녕은 잠시 생각하더니 고개를 끄덕였다. 그러자 경비가 간드러지게 웃었다.

"그런데 나는 공주를 이해할 수가 없어요. 분명히 위지에게 그런 능력이 있다는 것을 알면서 왜 빨리 시집을 가지 않아요? 그렇게 되면 무슨 일이든 베갯머리에서 이야기할 수 있지 않겠어요? 초왕과 대적하라고 부추길 수는 없어도, 위지 옆에 있으면 적어도 그를 통해 영혁의 동향쯤은 파악할 수 있잖아요."

등잔불 아래, 소녕의 그림자가 이리저리 흔들렸다. 한참을 망설이던 그녀가 기어들어 가는 목소리로 이야기했다.

"지금 제가…… 그 사람을 어떻게 대해야 할지…… 모르겠어요."

경비가 갑자기 소란스럽게 웃었다.

"뭘 어떻게 대하다니요? 당신은 천성의 공주예요. 공주 마음에 드는 것도 무려 8대가 덕을 쌓아야만 얻을 수 있는 복이나 마찬가지라고요. 예전부터 공주의 마음을 다 알면서도 싫은 내색을 하지 않는 걸 보면, 그 사람도 공주에게 마음이 있다는 뜻이라고요. 그런데 뭘 그렇게 망설이세요? 그렇게 곱고 훌륭한 사내를 다른 사람이 뺏어가게 놔둬도 괜찮겠어요?"

소녕은 눈을 커다랗게 뜨더니 더듬거리며 말했다.

"정말 그럴까요? 어쩐지 제 생각에는 그 사람이 저를 좋아하지 않는 것 같아서……"

"공주가 너무 생각이 많군요."

경비가 두 손을 소녕의 어깨에 얹고 미소를 지으며 그녀의 동그란 눈을 보았다.

"이 일은 내 말이 틀림없어요. 사내들이란 늘 말하는 것하고 속마음이 달라요. 겉으로는 도덕군자인 것처럼 신경 안 쓰는 것 같아도 속으로는…… 호호."

소녕이 얼굴을 붉히며 고개를 떨군 채 말이 없었다. 창밖의 봉지미는 입술을 굳게 다물며 손에 쥔 나무껍질을 살그머니 부수어 가루로 만들었다. 수줍어서 어쩔 줄 모르던 소녕이 정신을 차리고 눈살을 찌푸렸다.

"저한테 자꾸 위지에게 시집가서 영혁과 맞서라고 부추겨서 뭘 하고 싶은 거세요? 영혁하고도 어쨌든 겉보기에는 잘 지내고 계시잖아요? 그 인간, 마마에게 미운털이라도 박혔어요?"

경비는 차갑게 웃으며 턱을 치켜들었다.

"공주가 물으니 나도 속이지 않을게요. 그래요. 그 인간이 날 속였어요. 내가 그토록 찾던 사람이 바로 눈앞에 있는데 그자에게 속아서 아주 멀리 있다고 여길 뻔했죠. 수상쩍은 생각이 들어서 직접 조사해 보지 않았다면, 아주 오랫동안 그렇게 속을 수밖에 없었겠죠."

경비의 말 속에는 증오가 서려 있었다. 소녕은 금세 기분이 좋아져서 무슨 일을 그렇게 속였는지 묻고 싶었다. 하지만 경비가 대답하지 않을 게 뻔했기에, 생각 끝에 경비의 손을 잡아끌며 말했다.

"마마…… 저 도와주셔야 해요……."

"그러니까 오늘 내가 공주를 도와주려 한 거잖아요. 결과적으로는 좋은 기회를 공주가 날려 버렸지만……."

경비는 나무라면서도 친근한 태도로 소녕의 이마를 콕 찍었다. 그러고는 다정하게 그녀를 끌어다 옆에 앉히고 말했다.

"다시 기회를 잡아서 어서 혼사를 결론짓도록 해요. 자……."

두 사람은 등잔불 아래서 머리를 맞대고 위지 저택의 안주인 자리를 어떻게 하면 빨리 차지할 수 있을지 상의하기 시작했다. 처마 밑의 봉지미는 쓴웃음이 났다. 이렇게 다른 사람의 계략을 엿듣는 것이 아무래도 내키지 않았기 때문이었다. 경비와 소녕 사이에 공통의 비밀이 있다는 것은 확실해졌다. 경비를 미심쩍어하던 소녕은 여우 같은 경비의 번지르르한 언변에 깜빡 넘어 갔고, 이야기는 아예 영혁과 봉지미 자신에 관한 주제로 빠져 버렸다. 봉지미는 이제 경비의 수법이 놀랍지도 않았다. 이 여인과 두 번째 만났을 때, 그녀는 영혁이 그녀에게 준 피임 환약을 숨기고 있었기 때문이다. 다만 봉지미는 경비와 영혁이 애초에 했던 약속이 무엇인지 호기심이 생겼다. 경비의 이야기를 들어보면, 그때 경비가 영혁을 도운 것은 그가 어떤 일로 자신을 도와주겠다고 약속을 했기 때문이었다. 그런데 그가 그녀를 돕지 않음은 물론, 아주 제대로 이용했기에 그녀는 복수의 칼을 갈고 있었다.

봉지미는 어둠 속에서 생각에 잠겼다가, 경비가 인사를 하고 밖으로 나와 아주 빠른 걸음으로 멀어져 가는 것을 지켜보았다. 경공술이 매우 훌륭했다. 봉지미는 그녀의 몸놀림을 보며 서량으로 편지를 보내 이 여인의 과거 행적을 캐 보아야겠다고 생각했다. 그림자가 등 뒤로 다가왔다. 종신이었다. 그는 경비가 멀어지는 방향을 보면서 갑자기 물었다.

"저 사람은 누굽니까?"

"경비입니다. 이상한 점이라도 있습니까?"

종신이 그쪽을 유심히 보다가 한참 후에 대답했다.

"몸놀림이 익숙해 보여서요……. 저 여인이 서량 사람이라고 했던 것을 기억합니다만……?"

"맞아요."

종신이 다시 한참 후에 활짝 웃으며 말했다.

"아닙니다."

봉지미도 더는 묻지 않았다. 그녀는 밤바람 속에서 뒷짐을 지고 경비의 그림자가 저 멀리서 독특한 박자에 맞추어 어둠 속으로 사라지는 모습을 지켜보았다. 그녀의 눈에 오싹한 빛이 스쳤다.

장희 21년, 한 해 동안 조정에서는 큰 사건이 연달아 두 번 있었다.

그중 하나는 민남 여기저기서 전투를 치르고 있는 화경의 화봉군에 관한 일이었다. 어느 날, 민남 장군의 명으로 민남과 농북의 경계에서 연락책을 맡고 있던 파주현의 수비대가 장녕 선봉대의 계략에 빠지게 되었고, 성의 수비대장이 장녕군에 투항하고 말았다. 장녕왕은 성 안의 수비대와 깃발을 그대로 두고 화봉군을 성안으로 유인해 전부 몰살시킬 계획을 세웠다. 그런데 천만다행으로 성안에는 충성스러운 문지기가 있었다. 그가 결정적인 순간에 불꽃을 올려 위험을 경고하였기에, 화경은 성문 앞에서 즉시 군사를 돌릴 수 있었다. 그러나 장녕군이 성문 뒤에서도 공격을 해 오는 바람에 고립된 화봉군은 민남에서 가장 크고 신비한 산이라는 십만대산까지 추격당하다가 산으로 들어간 후로 종적이 묘연해졌다. 이후 화봉군이 십만대산에 사는 토착민 부족에 의해 뿔뿔이 흩어진 것이라고 하는 사람도 있고, 산속 깊은 곳에 있는 독의 계곡에서 전부 전멸했을 거라고 하는 사람도 있었다. 그러나 사람들 대부분은 자신보다 능력 있고 용맹한 화경을 시기한 민남 장군이 파주현의 상황을 듣고도 화봉군에게 곧바로 알리지 않아, 결국 화봉군이 죽음에 이르게 된 것이라고 이야기했다. 사람들이 뭐라고 하든, 산맥이 만 리나 이어져 있다는 십만대산에서 화봉군의 자취가 감쪽같이 사라진 것은 틀림없는 사실이었다.

이 불길한 소식이 조정으로 전해지자, 천성 황제는 불같이 화를 냈다. 민남 장군에게 책임지고 그들을 찾아내라고 명하는 한편, 이 사건으로 발생한 각종 유언비어와 뒤숭숭해진 민심을 가라앉히기 위해 노력했다. 천성은 최근 몇 년 동안 전쟁이 이어지며 막대한 군비를 충당하기 위해 세금을 아주 무겁게 매겨 왔기에 백성들은 점점 그 부담을 이기지 못하는 상황이었다. 그런 와중에 천하에 명성을 떨치고 있는 화봉군에게 불행한 일이 생겼으니, 여론의 비난이 조정으로 향하는 것도 당연했다. 찻집이나 주루에서는 사람들이 '시기와 질투에 눈이 먼 민남 장군이 판 함정에 충성스러운 화봉군이 억울하게 죽어갔다'며 목소리를 높였다. 또한 태학, 국자감, 동문관의 학생들은 제경의 각급 관아로 쳐들어가는 한편, 과거 시험을 치르는 공원(貢院)과 예부에서 연좌 시위를 벌였다. 그들은 파주현에서 일어난 배신 행위와 민남의 장군들에 대한 철저한 조사를 요구하였다. 결국, 금우위가 출동해서 시위에 앞장선 과격한 문인 몇 명을 잡아들이는 것으로 겨우 분위기를 잠재울 수 있었다.

이 일은 조정과 재야를 모두 뒤흔들어 놓았다. 사람들은 이 사건 때문에 모두 야단법석이었고, 봉지미 역시 정신없이 바빴다. 그러던 어느 날, 그녀는 조회를 마치고 나오는 길에 서신을 한 통 받았다. 서신에는 그녀의 요구를 들어주는 것도, 연극을 하는 것도 갈수록 어렵다고 적혀 있었다. 화봉군을 십만대산으로 보내는 목표를 이루면서 동시에 자신의 세력도 유지하려면 진짜처럼 보여야 하는데, 그 일이 마치 시험을 보는 것처럼 어렵다는 것이었다. 그녀는 그 사람의 불평불만을 웃어넘겼지만, 약간 안타까운 듯 편지를 쓰다듬었다. 그리고 속으로 세 번의 약속 중에서 이제 두 번이 지나갔으니, 마지막 한 번을 잘 이용해야겠다는 생각을 했다.

온 조정이 화봉군의 행방불명으로 초조해할 때, 영혁 역시도 이 사건 때문에 걱정을 하는 것 같았다. 그날은 봉지미가 조회를 마치고 호윤헌으로 공무를 논하기 위해 간 날이었다. 문에 들어서자, 평소와 다른 분위기가 느껴졌다. 사람들이 머리를 맞대고 무언가를 궁리하고 있었다. 수보인 호 대학사가 그녀를 보고는 황급히 웃으며 손짓을 했다.

"위지, 어서 오시게, 마침 자네만 없던 참이네."

봉지미는 상석에 앉은 영혁을 곁눈질했다. 그는 느긋하게 차만 마실 뿐, 그녀에게 눈길조차 주지 않았다. 그녀는 사람들에게 다가가 웃으며 말했다.

"무슨 좋은 일이 있길래 그러십니까?"

"좋은 일이랄 수는 없네. 위험을 감수해야 하거든."

사람들이 옆으로 비켜나자, 탁자 위에 놓인 지도가 보였다. 지도를 훑는 봉지미의 가슴이 뛰었다. 민남 십만대산의 상세 지도였다. 그녀는 놀라는 동시에 기쁜 듯 물었다.

"이걸 어디서 나셨습니까? 십만대산은 지금까지 깊이 들어갔던 사람이 거의 없어서 완벽한 지형도가 없다고 들었는데요?"

그러고는 지도를 들어 상세히 살펴보며 감탄해 마지않았다.

"지세에 대한 여러 주석과 설명이 정확하군요. 하루 이틀 만에 만든 건 아닌 것 같습니다."

호성산이 웃으며 말했다.

"위 대인은 죽은 2황자가 예전에 십만대산으로 갔던 것을 잊었나? 2황자는 그때 십만대산의 토착민들을 안정시키라는 명을 받아 가셨었지. 그러고 나서 돌아올 때, 토착민 유화 정책을 맡아 보도록 휘하의 몇 명을 그쪽 관리로 남겨 두었다네. 그중에 지리에 정통한 인사가 있었는데, 그자가 수년에 걸쳐서 이 지도를 완성한 후, 제경에 돌아와 2황자께 바쳤지. 하지만 2황자는 이걸 받아 두기만 하고 아무 관심을 두지 않으셨어. 2황자가 죽고 나서 폐하께서 초왕 전하께 그의 가산을 조사하라고 명하셨는데, 초왕께서 그때 이 지도를 알아보시고 바로 보관을 하신 거지. 오늘에야 그 쓸모가 빛을 발하게 되었구먼."

봉지미는 속으로 뜨끔했다. 2황자의 죽음은 그녀와 영혁의 작품이었다. 사후에 가산을 조사한 적은 있었지만, 그녀는 당시에 거기까지는 개입할 자격이 없었다. 그런데 그는 그녀에게 이 지도에 관해 언급한 적이 없다. 그렇다면 단순히 나중을 위해서 남겨 두지는 않았을 터였다.

봉지미가 십만대산을 자신의 은신처이자 근거지로 삼은 이유는 그곳이 광활하면서도 비밀스러운 곳이기 때문이었다. 십만대산은 토착

민족들이 오랫동안 터전을 잡고 살아왔으며, 도로가 없어 천성국의 관리가 소홀할 수밖에 없었다. 게다가 북쪽으로는 한령(瀚嶺)이 치솟고 남쪽으로는 항강(恒江)에 닿아 있었다. 또한 멀게는 호륜(呼倫) 초원의 최남단까지 이르기 때문에 호탁부와 결탁할 수도 있으며, 군마가 마실 물과 풀이 부족할 일이 없었다. 서쪽으로는 온갖 곡식이 풍성하게 자라 물자가 풍부한 오강(烏江) 평원이 펼쳐져 있었다. 십만대산은 크고 작은 산이 첩첩이 이어져 있었다. 깎아지른 절벽이 많고 숲 곳곳에 험준한 지형이 많아서 누구든 무기를 가지고 숲으로 숨어들면 찾아낼 방도가 없었다. 수비는 쉽고 공격이 어려운 난공불락의 요새이니, 군대가 차지하고 주둔하기에는 그만한 안성맞춤이 없었다. 천성에서 버려둔 이 보배로운 땅에 그녀는 진즉부터 자신의 청사진을 그리고 있었다. 그런데 지금 보니, 그녀 이전에 이곳을 눈여겨 본 사람이 또 있는 것 같았다.

시간을 더듬어 생각해 보니, 그때 화경은 이미 민남의 참장이었다. 그렇다면 영혁은 그때 이미 화경과 그녀의 다음 계획을 추측하고 준비를 하고 있었을까? 그녀가 지금까지는 움직이지 않았지만, 만약 조금이라도 낌새를 보였다면 이 지도가 그녀의 앞길을 막아섰을 것이 분명했다! 정말 그러하다면, 그는 아주 오랫동안 봉지미 자신과 견주어도 막상막하일 만큼 마음의 준비를 한 셈이었다. 오만가지 생각이 머릿속을 스쳤다. 그녀는 아주 천연덕스럽게 기쁜 척했다.

"이 지도만 있으면 화봉군을 찾을 수 있는 희망이 3할은 더 늘겠습니다!"

다른 대학사가 흥분한 듯 봉지미의 말을 받았다.

"내가 보기엔 5할은 더 늘겠소!"

영혁은 빙그레 웃을 뿐, 아무 말도 없었다. 봉지미를 보는 눈빛은 속내를 알 수 없이 반짝거렸다. 호성산이 고개를 숙이고 상소문을 쓰다가 붓을 그녀에게 건네며 말했다.

"그렇게 간단하지만은 않네. 십만대산의 지형이 너무 험하고 범위도 넓어요. 지도만 가지고는 그렇게 쉽지가 않을 걸세. 전하께서는 지금 십만대산에 각 현의 토착민들이 뒤섞여 살고 있으니, 아예 그 현지인들을 동원해 각 산봉우리를 기준으로 구획을 나누고, 산관(山官)을 세워 역참과 마을을 효과적으로 관리하자는 의견을 말씀하셨네. 전시에는 역참과 연락책 역할을 하고 평소에는 조정의 각종 국정과 세금 납부, 식량 배급, 군사 주둔 등등에 관한 전달을 하는 것이지. 예전처럼 서로를 구분 짓고 아예 관여하지 않는 것보다는 나을 것 같네. 그들이 자치를 원하면, 조정에서 관리를 파견하면 될 일이고 말이지. 전하의 이 방법이 아주 좋을 것 같네. 그래서 지금 다 같이 상소를 올리자고 상의하던 중이야. 자, 와서 서명하게."

족제비 털로 만든 붓이 봉지미의 손에 다짜고짜 쥐어졌다. 짐작만으로도 그 무게감이 느껴졌다. 현이 생기고, 자치를 지원하고, 서로 교류하고, 산관이 생기고……. 영혁이 십만대산에 대하여 해 온 준비들이 지금 하나씩 모습을 드러내는 것이었다. 그렇다. 그녀는 자신의 세력을 키우는 것을 숨기려 했었다. 그러나 그는 이런 방식으로 그녀에게 말하고 있었다. 나는 네 생각을 아주 속속들이 발라낼 수 있다고.

상석에 앉은 그 사람은 왠지 서늘하게 웃으며 침착하게 아래를 굽어보았다. 봉지미가 어떻게 서명을 하는지, 혹은 내키지 않는 이 상황을 어떻게 모면하는지 궁금해하고 있는 것 같았다. 그녀는 호들갑스럽게 웃기 시작했다. 영혁은 역시 그녀를 실망하게 하지 않는 적수였다. 우울해졌던 그녀의 가슴에 뜨거운 피가 끓어올랐다. 갈수록 어렵고 갈수록 더 힘들다. 그래서 갈수록 더 한계를 시험해 보고 싶다. 그의, 혹은 나의 한계를…….

"전하, 유리한 고지를 점하고 사건을 해결할 수 있는 실마리까지 찾아내셨군요."

봉지미는 영혁을 진심으로 칭찬하고는 붓을 휘갈겨 시원스레 이름을 써 내려갔다. 먹물이 마르자 두 손으로 상소문을 올렸다.

"전하, 이 상소문을 올리셔서 뜻하시는 바를 꼭 이루어내시기 바랍니다."

영혁은 봉지미를 바라보고, 천천히 손을 뻗어 상소문 서첩을 받아 들었다. 두 사람의 손끝이 아주 잠깐 닿았다. 그녀는 얼른 손을 피하며 고개를 들었다. 밖에서 소란스럽게 쏟아져 들어온 한여름의 눈부신 빛 속에서 두 사람은 서로를 깊이 응시하고는 이내 웃었다.

십만대산에 관한 상소 서첩이 전해졌지만, 황제는 아무런 답도 하지 않았다. 민남 감군(監軍)인 7황자는 화봉군이 흩어졌으니 민남 장군을 교체해 달라고 갑작스럽게 조정에 상소를 올렸다. 그러나 영혁이 이를 제지했다. 그는 전쟁 중에 장군을 바꾸는 것은 불길하니, 차라리 전장에서 공을 세워 자신의 잘못을 씻게 하자는 이유를 댔고, 황제는 그의 의견을 받아들였다. 그렇게 이 일이 겨우 수습될 즈음, 다른 일이 터지고 말았다. 신자연이 주관해 편찬하던 『천성지』가 대역무도한 책이라는 논란에 휩싸인 것이다!

회심의 일격

장희 21년 여름, 남방의 전장에는 계속해서 어두운 먹구름이 끼었다. 몇 날 며칠이고 숨 막히는 무더위가 이어졌고, 비가 시원스레 쏟아지지는 않았다. 천성 황제의 낯빛도 시커먼 하늘처럼 답답하고 무거웠다. 들고 나는 궁녀들은 모두 숨을 죽이고 살금살금 윗전의 눈치만 보았다. 혹시 숨소리라도 크게 냈다가는 폭풍우를 몰고 올까 두려워서였다. 다행히도 위 대학사가 그들의 구원자가 되어주었다.

황제는 위지를 자주 입궁하라 불렀다. 꼭 나라의 정사를 논하기 위함은 아니었다. 바둑을 두거나 차를 마시거나 이런저런 한담을 나눌 때가 더 많았다. 그녀는 늙은 황제의 비위를 잘 맞추는 성격이었다. 흔한 조정 대신들처럼 황제의 말 한마디에 쭈그러들지도 않았고, 학문을 가까이하는 신자연 같은 문인들처럼 과하거나 제멋대로 굴지도 않았다. 그녀는 온화하면서도 법도가 있었다. 겸손하고 예의가 바르면서도 고지식하지 않았다. 말이나 행동이나 정도에 어긋남이 없었고, 다른 사람을 대할 때도 매사에 적당한 사람이었다. 바둑을 둘 때도 몇 판에 한 판씩만 이겼고, 황제와 남해의 풍물이니 초원의 아름다움이니 서량 사람들의 인정이니 하는 것들에 대해 자주 이런저런 이야기를 나누었다. 천성 황제는 그녀와 이야기를 몇 마디라도 나누지 않으면 그날은 마음이 헛헛한 느낌이 들 정도였다.

그날도 봉지미는 일찌감치 황제의 사무실이자 집무실인 수안전(壽安殿) 서각(西閣)으로 불려 갔다. 날이 더워, 꽃을 조각한 기다란 창문에 걸친 대나무 발을 모두 걷어 올리고 궁녀들이 시원한 물을 바닥에 뿌려 온도를 낮추는 중이었다. 봉지미가 물에 젖은 신발을 치덕거리며 다가가자, 문을 사이에 두고 황제의 즐거운 목소리가 들려왔다.

"위지 왔느냐? 저것들을 다 치워라. 미끄러지지 않도록 조심하거라."

봉지미는 큰 걸음으로 다가가며 웃었다.

"소신의 집에서는 이미 얼음을 쓰고 있는데, 폐하께서는 차가운 물로 바닥을 헹구십니까? 내무부에서 너무 하는 게 아닙니까. 내일 소신이 가서 얼음을 보내라고 한소리 해야겠습니다."

봉지미는 그렇게 말하며 황제에게 예를 올렸다.

"내무부에는 내가 얼음을 보내지 말라고 했다."

갑작스러운 목소리에 봉지미가 깜짝 놀랐다. 돌아보니 영혁이 한쪽에 앉아 있었다. 밝은 곳에 있다가 어두운 곳으로 들어와 눈앞이 캄캄하기도 하고 황제에게 신경을 쓰다 보니 그가 있다는 것을 눈치채지 못한 것이었다. 두 사람의 시선이 교차하자 그들은 각자 웃음을 지었다. 황제는 두 사람 사이의 신경전을 눈치채지 못한 채, 그녀의 손을 잡아 끌며 말했다.

"됐다. 일어나라. 바닥이 다 젖었는데 뭘 무릎까지 꿇느냐? 여섯째는 짐이 나이가 들었으니 얼음을 쓰면 원기를 상할까 싶어 허락을 안 한다는구나. 그래서 짐도 감히 그러자고 하지를 못한다."

고개를 젓는 황제의 미간 사이는 웃음기가 가득했다.

"전하의 말씀이 옳습니다. 소신이 미처 거기까지 생각하지 못하였습니다."

봉지미는 몸을 돌리고 빙그레 웃으며 영혁에게 허리를 굽혀 예를 차렸다.

"전하, 오늘은 황제 폐하와 바둑을 두러 오신 걸 보니 한가하신가 봅니다?"

"나야 언제든 폐하와 바둑을 두고 싶지만 안타깝게도 폐하께서는 그대의 실력이 더 마음에 드신 것 같은데……?"

영혁의 웃음은 어둠 속에서 빛을 발하며 더 음침하게 느껴졌다.

"몇 가지 자잘한 일에 허락을 받으러 왔으나 이야기는 다 끝났소."

영혁은 황제에게 몸을 숙이고 인사를 했다.

"폐하, 허락해 주셨으니 소자 호윤헌으로 가 도장을 찍겠습니다."

황제는 "음" 하고 대답을 하기는 했지만 책상 위에 놓인 상소문 서첩을 흘긋 보는 그의 표정에는 아직 망설임이 남아 있는 듯했다. 봉지미는 제일 위에 놓인 것이 바로 십만대산 관련 연명 서첩인 것을 보았다. 이 제안은 황제가 열람하고도 보류해 두었었다. 황제는 분명 영혁의 깊은 뜻까지는 알아채지 못했지만, 지금 십만대산에 사람들을 동원하고 제도를 개정하는 것은 알맞지 않다고 생각해 윤허하지 않고 놓아둔 터였다. 그런데 영혁이 다시 한번 청을 드리러 온 것이었다. 상황을 보아하니 아마도 결국 황제가 이를 허락한 듯했다. 그녀의 눈빛은 침착했다. 직접 찻주전자를 들고 황제에게 차를 따라드리겠다며 나섰다. 그녀의 손이 살짝 떨리자, 옆에 있던 영혁이 얼른 손을 들어 그녀의 팔목을 막으며 웃었다.

"위 대학사, 조심하게. 물을 엎질러 상소문 서첩을 더럽히면 안 되지."

찻주전자를 떠난 봉지미의 눈길과 영혁의 눈길이 마주쳤다. 일순간 서로의 눈에서 불꽃이 튀었고, 두 사람은 곧바로 시선을 피했다. 그녀는 십만대산 서첩에 물을 쏟아 황제의 눈에 다시 띄게 함으로써 자연스레 자신에게도 의견을 묻게 하려는 의도였다. 그런데 그가 손을 들어 그녀의 계획을 뒤엎어 버린 것이다.

"그럴 리가요?"

봉지미는 입술을 앙다물고는 황제에게 웃으며 차를 따라 주었다. 그 사이 영혁은 이미 상소문 무더기를 챙겨 일어났다. 여기서 더 시간을 끌고 싶지 않은 모습이 역력했다. 황제가 갑자기 마음을 바꾸어 십만대산의 상소에 관해 그녀의 의견을 물을까 걱정이 된 것이다. 행여 그녀의 그럴듯한 말 몇 마디에 다 된 밥이 엎어질 수 있으니 말이다. 그녀는 여전히 침착하게 미소를 머금은 채, 영혁이 나가려는 모습을 보았다. 그리고 황제가 원하는 대로 바둑판을 깔면서 비단 함 하나를 황제의 무릎 옆에 두며 말했다.

"폐하, 『천성지』의 가운데 세 권을 소신이 가져왔습니다. 아직 간행되지 않은 판본으로, 신 대학사가 모든 장을 친히 읽었다고 합니다. 소신이 전에는 업무가 분망하여 자세히 읽지 못하였다가, 어제는 밤을 새워서 읽고 오늘에서야 폐하께 올리려고 가져왔습니다."

"늙으니 몇 줄만 읽어도 눈앞이 가물가물해진 탓에 네가 지난번에 가져온 것도 다 읽지 못하였다. 너희들이 다 보았다 하니 간행하면 되겠구나."

"소신, 옥체를 상하실까 염려되니, 명하신 대로 받드는 것이 당연합니다. 그러나 예로부터 문장이 천하를 교화시킨다 하였습니다. 간행되어 민간으로 퍼져 나가면 모두가 이를 본보기로 삼을 것입니다. 소신 재주가 미천하고 덕이 부족하니 이런 중임을 맡기가 저어됩니다. 한림원의 여러 대유학자들이 함께 읽는 것이 아무래도 좋을 듯싶습니다. 폐하께서 눈으로 보기가 힘이 드시면 소신이 읽어 드리면 될 것입니다."

바둑을 두는 데 열중하던 황제는 '모두가 이를 본보기로 삼는다'는 말에 손을 거두고 웃었다.

"정 그렇다면, 두 판 만 더 두고 나서 짐에게 읽어 주거라."

봉지미는 웃음으로 답하고 고개를 들었다. 그런데 밖으로 나가려던 영혁이 발걸음을 멈추고 그 자리에 서 있었다. 그녀는 의아한 표정으로 말했다.

"아, 전하……."

영혁이 천천히 돌아서더니 평소와 다름없이 웃으며 말했다.

"소자, 갑자기 허기가 느껴집니다. …… 여기서 간식 좀 얻어먹고 가야겠습니다. 허기가 져서 호윤헌까지 가지도 못하겠습니다."

황제가 영혁을 가리키며 웃었다.

"이런 걸신들린 녀석 같으니! 새로 들어온 간식을 본 게 아니냐? 짐도 아직 맛보지 못했는데, 어느새 그걸 점찍어 두고……."

"아이고, 향기도 좋구나!"

봉지미가 갑자기 코를 벌름거리며 능글맞게 웃었다.

"폐하, 소신 향기로운 우유 향을 맡았습니다."

"코가 아주 개코로구나."

황제가 웃으며 고개를 돌려 태감에게 분부하였다.

"일전에 들어온 소락(酥酪)*동물의 젖을 발효한 식품을 초왕과 위 대학사에게 갖다 주어라."

영혁은 소락이라는 이름을 듣자마자 얼굴이 굳어졌다. 하지만 이내 웃으며 감사를 표했다.

"소자, 오늘 폐하의 은덕을 입었습니다. 소락이라니…… 향기가 참 좋습니다!"

봉지미는 영혁을 보면서 빙글거렸다. 그녀는 촉촉하게 아른거리는 눈망울을 여우처럼 가늘게 떴다. 그녀가 알기로, 초왕이 가장 싫어하는 음식이 바로 소락이었다. 그가 긴 옷자락을 펄럭이며 그녀의 옆에 앉았을 때는 이미 태감이 소락을 대령해 놓은 상태였다. 감색 사기 대접 안에 담겨 있는 새하얗게 얼린 소락은, 위에 깨와 으깬 호두가 뿌려져 있어 색감의 대비가 선명했고 우유 향이 은은하게 퍼져 나왔다. 영혁의 얼굴이 더는 못 볼 지경이 되어 갔다.

"전하 안 드십니까?"

봉지미가 은 숟갈로 천천히 자신의 소락을 저으며 우유 향을 더 강하게 퍼뜨렸다. 그리고 실실거리며, 미동도 없는 영혁의 소락을 넘겨다보았다. 황제는 그 말에 고개를 들고 숟가락 끝으로 영혁을 가리키며 웃었다.

"여섯째는 어찌 들지 않느냐? 짐이 기억하기로는 네가 어릴 때부터 우유로 만든 걸 좋아해서 온종일 밥은 안 먹고 그런 것만 먹기도 하지 않았느냐? 그런데 지금은 좋아하지 않는 것이냐?"

황제의 말에 봉지미는 옆에 앉은 영혁의 몸이 떨리는 것을 분명히 느낄 수 있었다. 그녀는 고개를 살짝 틀어 그의 기다란 눈썹을 보았다. 그의 눈가에 어둡고 침울한 눈빛이 잠깐 스쳤다. 이윽고 다시 밝아진 그가 웃으며 말했다.

"폐하께서 소자가 어린 시절 좋아하던 것까지 기억해 주시니 감사할 따름입니다. 소자, 최근 들어 이런저런 일이 바빠 이런 간식은 입에도 대지 못하였습니다. 이리 상을 내려 주시니 감사드립니다!"

말을 마친 영혁은 눈을 질끈 감고 독약을 마시듯이 소락을 단번에 들이켰다. 봉지미는 눈을 돌려 그릇 속에 떠다니는 깨와 호두를 응시하였다. 황제가 연로하여 기억을 잘 못하였다. 소락을 좋아하던 사람은 영혁이 아니었다. 어쩌면 황제는 이 아들이 좋아하는 것과 싫어하는 것을 한 번도 기억하지 않았을지 모른다. 영혁은 소락 한 그릇을 비우고 얼굴이 새하얗게 질려 버렸다. 그녀는 그가 우유 향을 맡기만 해도 매스꺼워한다는 걸 알았다. 그런데 그걸 먹다니……. 그녀는 그가 견디지 못하고 밖으로 나가기만을 기다렸다. 그런데 그는 예상외로 그렇게 죽을상을 하고서도 묵묵히 앉아 있었다. '나는 배가 부르니 소화를 좀 시킵시다. 당신들은 할 일 하세요. 바둑 두는 걸 방해하지 않을 테니.' 하는 표정으로 말이었다. 그녀는 속으로 한숨을 쉬었다. 원래 이렇게까지 괴롭힐 마음은 없었지만 오늘은 그가 너무나 비협조적이었기에 자리에 없는 편이 나을 듯했다.

"소신, 소락을 여러 번 먹어 보았습니다만, 오늘처럼 이렇게 부드럽고 달콤하고 진한 맛은 처음입니다."

봉지미는 영혁에게 바짝 붙으며 소락 그릇을 그의 얼굴 앞에 디밀었다. 빙그레 웃으며 은 숟가락을 들어 올리자, 하얀 소락이 숟가락에서 그릇으로 길게 늘어졌다.

"보십시오. 이렇게 진하고 향기도 강한……."

"아바마마, 소자 갑자기 급하게 처리해야 할 일이 떠올랐습니다. 더 방해하지 않고 물러갈 테니 천천히 드십시오."

영혁은 벌떡 일어나 빠르게 그리고 차분하게 할 말을 쏟아 놓더니 재빨리 절을 하고 돌아섰다.

"소신이 전하를 배웅하겠습니다!"

봉지미는 얼른 몸을 일으켜, 영혁이 미처 챙기지 못한 서첩들을 날쌔게 집어 들었다. 그도 손을 뻗었지만, 한발 늦었다. 책상에 기댄 그의 몸이 기울었다. 그는 창백한 얼굴로 그녀를 보았다. 그녀는 상소문을 한 아름 들고 맨 위에 있는 십만대산 연명 상소첩을 손끝으로 어루만졌다. 두 사람의 시선이 엇갈렸다. 위엄이 서린 눈빛과 싸늘한 눈빛이었다. 찰나의 순간이었다. 두 사람이 주고받는 시선이 보이지 않는 자리에 앉아 있던 황제는 여전히 기분 좋게 웃으며 그녀를 불렀다.

"위지, 우리끼리 한 판……."

나이든 황제의 중얼거림 속에 영혁은 봉지미를 무섭게 쏘아보았다.

그와 시선을 똑바로 맞춘 그녀의 입가에서 희미하게 웃음이 삐져나왔다. 그리고 손끝으로 아주 천천히 밀어냈다.

툭.

서첩 하나가 두 사람 사이에 떨어졌다.

『십만대산 산관 설치를 청하는 소』

파란 바탕에 검은 글씨의 상소문을 반드시 영혁에게서 가로채야만 했다.

"아이고!"

상소문이 바닥에 떨어지자, 목구멍에서 기다리고 있던 봉지미의 외침이 누구보다 빠르게 터져 나왔다. 이어서 그녀는 허리를 굽혀 상소문을 집어 들고는 위에 묻은 물기를 깨끗하게 하려는 듯 '후후' 불면서 털어댔다. 그러면서 영혁에게는 연신 용서를 빌었다.

"전하, 죽을죄를 지었습니다. 소신 손에 소락이 묻어 손이 미끄러지고 말았습니다."

영혁은 조용히 봉지미를 볼 뿐, 아무 반응이 없었다. 그는 허리를 굽힐 수가 없었다. 허리를 굽혔다가는, 소락을 전부 게워낼 것 같았기 때문이었다. 황제 앞에서 부끄러운 것은 둘째 치고, 작정하고 달려든다면 황제를 기만한 죄도 피할 수 없었다. 뒤에서 성가신 듯한 황제의 목소리가 들려왔다.

"무슨 서첩을 더럽혔느냐? 가져와서 천으로 닦아내거라."

봉지미가 서첩을 높이 들고 글자가 있는 면을 황제 쪽으로 향해 들었다.

"폐하, 십만대산 서첩입니다."

"그거로구나……."

황제가 중얼거리더니 이야기했다.

"그럼 이리로 가져오너라. 이 일에 대해서 이따가 같이 이야기 좀 해 보자."

영혁의 눈가에 슬며시 웃음이 일었다. 결정적인 순간에 봉지미가 날린 일격이 그를 저지해냈다. 훌륭한 말재간과 재치, 그리고 최근 받게 된 총애 덕분에 그녀는 몇 마디 말로 황제의 헷갈리는 마음을 움직였다. 다시 한번 이미 결정된 사항을 번복하게 될 것이었다. 그가 했던 이야기들은 전부 헛수고가 되었다. 앞에 있는 여인이 웃으며 그를 보았다. 따뜻하고 환하게 웃고 있지만, 눈빛만은 결연했다. 부끄러움이나 미안함 따위는 조금도 담기지 않은 눈빛이었다. 그는 그녀의 뜻을 알아챘다. 이 싸움에서 당신과 나 모두 마음이 약해지는 건 용납될 수 없다.

영혁은 얼떨결에 웃었다. 그가 정말 봉지미의 목숨을 노린다면 손만 까딱해도 그녀를 파멸시킬 수 있다. 그러나 그는 욕심이 많았다. 천하를 평정하기를 원했고, 동시에 그가 평정한 천하에서 그녀가 평화롭고 무사하기를 원했다. 그러니 이런 식으로 싸워 나갈 수밖에……. 승부는 결국 누가 먼저 포기하느냐에 따라 판가름 날 것이다. 그는 아무 말 없이 한숨을 내쉬고는 그녀를 진하게 바라본 후, 돌아서 나갔다. 저 뒤에서 황제가 그녀에게 십만대산의 일을 어찌 처리하면 좋겠는지 묻는 소리가 들려 왔다. 그녀는 웃으며 대답했다. 완곡하면서도 정곡을 찌르는 말이었다.

"소신은 화 장군을 잘 알고 있습니다. 십만대산을 벗어날 훌륭한 계책을 분명히 찾아낼 것입니다. 조정의 방법도 좋습니다. 소신 역시 이 방법을 일제히 시행하는 데 찬성입니다. 다만 지금이 최적의 시기는 아닌 듯하옵니다. 잠시 미루셨다가 남방의 상황이 조금 안정되면 다시 이야기하심이……."

영혁의 발걸음이 잠시 멈추었다가, 다시 재빠르게 움직였다. 그는 궁궐 으슥한 담벼락 모퉁이에서 먹은 것을 시원하게 토해내 버렸다. 그리고 곧바로 믿을 만한 태감 하나를 불러 지시했다.

"신 대학사에게 빨리 가서 오늘 밤 내 왕부에서 이야기 좀 하자고 전해라."

태감은 재빨리 달려 나갔다. 영혁은 수안전 방향을 돌아보며 봉지미가 바친 '천성지'를 떠올렸다. 그의 눈 아래가 비바람이 몰려오려는 오늘 밤 하늘처럼 어둡기만 했다.

장희 21년 7월, '하내 서책 사건'이 일어났다. 발단은 제경에서 먼 변방 지역인 하내(河內)에서 가을 과거 시험에 응시하러 상경한 선비였다. 그는 술을 마시고 동료에게 자기가 신 대학사와 동향 출신이라며 자랑을 했고, 자기에게 새로 출간한 『천성지』가 있다고 허풍을 쳤다. 그 말에 사람들은 코웃음을 쳤다. 『천성지』가 황가의 5년 역사를 기록한 책이며, 신 대학사가 주도해 천하의 유명한 대학자들과 함께 절판된 도서를 집대성해 만든 대전이라는 것은 누구나 알았다. 하지만 갓 발간되어 아직 배포되지 않았다는 것 역시 모두가 알고 있었다. 그런데 변방의 촌구석에서 온 서생이 어떻게 그 책을 가지고 있단 말인가? 그 서생도 말을 해 놓고는 자기가 실언했다는 걸 알고 그냥 농담이었다며 웃어넘기려 하였다. 그런데 누군가가 이를 그냥 넘기지 않고 몇 차례나 비꼬는 말을 하였다. 그는 놀림을 당하자, 그 자리에서 서책을 담은 상자를 꺼내 열어젖혔다. 새파란 비단 표지에 순금으로 커다랗게 쓰인 글자는 『천성지』였다. 내용 또한 상세하였고, 목차 역시도 분명하였다. 자세히 살펴봐도 가짜처럼 보이지는 않았다. 사람들은 감탄을 연발하며 놀라워하였다. 그런데 그곳의 수많은 사람 중에 하필이면 똑같은 시험을 기다리는 제경 관리의 자제들이 몇 명 있었다. 하내 출신 선비가 변변한 글재주도 없이 『천성지』를 가졌다는 이유로 자신들의 경쟁 상대가 되는 것을 질투한 그들은, 당장 집으로 돌아가 이야기를 전했다. 그중 한 서생의 부친이 어사(御史)였고, 그 어사는 그길로 상소를 올렸다. 『천성지』를 총괄하며 아직 어전에서 간행을 허락하지도 않은 서적을 제멋대로 밖으로 내돌린 신 대학사를 탄핵해야 한다는 내용이었다. 그리고 그는 이어서 차보인 위지도 청명서원 사업을 맡은 기간에 『천성지』 부총괄로 이름을 올렸으니 이 일에 책임을 피하기 어렵다고 지적했다. 상소문이 올라오자, 황제는 격노했다. 그리고 문제의 『천성지』를 훑어보더니 더 길길이 날뛰며 화를 냈다.

"이 쳐죽일……!"

황제는 손을 들어 올리더니 그 책자를 냅다 내리꽂았다.

"이건 무슨 판본이냐? 왜 아직도 『대성지태』 권이 있는 게냐? 짐의 손에 있는 이 책에는 이 권이 왜 없는 것이냐?"

대전이 숙연해지고 아무도 말이 없었다. 『천성지』의 총괄인 두 사람, 신자연과 위지는 대열에서 앞으로 나와 사죄하며 처분을 기다리고 있었다. 그러나 위지는 이 일에 괜히 엮였을 뿐임을 모두가 알았다. 책이 하내 선비에게서 나왔으니, 당연히 하내 출신인 신 대학사가 그의 동향에게 준 것 아니겠는가? 그러나 어전에 올린 것과 이것이 왜 다른 판본인지는 아무도 알지 못했다.

천성은 대성을 몰아내고 세운 황조이지만, 원래는 대성의 외척 세력이었다. 결국 신하로서 군주를 몰아내고 나라를 빼앗은 셈이니 그 과정에서 아무래도 떳떳하지 못한 부분이 있기 마련이었다. 이를 언급하는 것 자체를 천성 황제가 가장 금기시했기 때문에, 이 점에 관해서는 지금까지 그 누구의 비난도 용납하지 않았다. 천성이 막 건국되었을 때, 대성의 남은 신하들 일부가 황제가 제위를 얻은 바가 정당하지 않았다고 비꼬는 시를 지은 적이 있었다. 그들은 곧바로 멸문과 부관참시라는 처벌을 받았다. 문인은 나라를 위태롭게 만든다. 천하에 사상은 반드시 하나여야 했다. 이는 역대 왕조 제왕들이 받들었던 신념이었고, 천성 황제 역시 예외가 아니었다.

신자연은 영혁이 사정을 미리 알려 준 덕분에 마음의 준비를 하고 있었다. 그러나 『대성지태』네 글자를 듣자, 가슴이 철렁 내려앉았다. 그는 『천성지』의 편찬을 맡고 나서, 우선 역사학의 관례에 따라 대성에 관해서도 간단히 서술해야 했다. 그래서 『대성지태』초고 한 권이 나왔는데, 그때 부총괄을 맡았던 위지가 그에게 이런 이야기를 했다. 전 왕조인 대성의 역사를 언급하는 것은 대단히 신중해야 하는데, 이 책은 역사적 사실에 치중한 편이어서 폐하의 마음에 들지 않을까 봐 걱정스럽다는 것이었다. 그 역시 위지의 말이 맞는 것 같아 이미 완성된 『대성지태』부분을 들어냈다. 그런데 편찬처에는 각종 서적이 산더미처럼 쌓여 있어서 그 책을 어디에다 버렸는지 본인도 기억이 전혀 나지 않았다. 그런데 이 『천성지』판본이 갑자기 어디서 튀어나왔단 말인가? 황제의 화가 누그러질 기미가 보이지 않았다.

"신자연! 짐은 네가 『대성영흥사(大成榮興史)』를 집에 숨겨 두었다고 들었다. 대역무도하게도 『토란신적자서(討亂臣賊子書)』도 숨겨 두었다고 하더군. 하지만 짐은 그 말을 믿지 않았다. 네가 군주의 은혜를 저버릴 만큼 미친 사람은 아니라고 했지. 그런데 네가…… 네가 짐을 이리 실망하게 한단 말이냐!"

"신이 어찌 감히……."

"네가 감히 못 할 게 있더냐?"

황제는 신자연의 말이 미처 끝나기도 전에 차갑게 냉소했다.

"듣자 하니 하내에서 너를 위해 사당을 지었다고? 네가 그들에게 무슨 좋은 일을 했길래, 마을 사람들이 너한테 그렇게 감사해하는 게냐? 부귀영화를 약속했느냐, 아니면 나중에 대업을 이루면 공을 돌리기로 하였느냐?"

황제는 신자연을 신랄하게 비꼬았다. 조정 대신들은 노쇠한 황제의 고집스럽고 무지막지한 태도에 이미 적응한 지 오래였다. 그러나 자초

지종을 들어보지도 않고 신자연과 같이 순수한 학자에게 반역이라는 죄명을 씌우며 난리를 칠 거라고는 생각하지 못했다. 신하들은 황제가 지난 몇 년간 신 대학사를 얼마나 총애하였는지 떠올렸다. 그리고 동시에 '천자는 무정하다', '군주를 모시는 것은 호랑이를 모시는 것과 같다.' 하는 말들이 마음속을 스쳤다. 옥좌에 앉은 황제는 화를 이기지 못하고 옷소매를 뿌리며 소리를 질렀다.

"여봐라. 신자연의 가산을 조사하고, 금지된 서적과 연관된 자들을 전부 찾아내라!"

대전이 쩌렁쩌렁 울렸다. 무릎을 꿇고 앉은 신자연이 바닥을 손으로 짚은 채, 그날 밤 초왕이 자신을 불러 분부했던 말을 떠올렸다.

"최대한 빨리, 종이로 된 문서를 전부 다 없애시오. 평소 알고 지낸 사람들과 주고받던 서신까지, 종이로 된 것은 하나도 빠짐없이 모조리 다 모아서 깨끗하게 처리해 두세요. 종이 쪼가리 하나도 남겨서는 안 됩니다."

그때는 초왕이 별것 아닌 일에 수선을 피운다고 생각했으나 그의 진지한 표정 때문에 시키는 대로 했다. 그런데 심지어 인간관계까지 정리하고, 할 수 있으면 고향에도 트집 잡힐 일이 없는지 단속해 놓으라고 하는 것이 아닌가? 평소와 달리 걱정을 사서 하는 초왕의 모습에 신자연은 사실 속으로 비웃었다. 그는 자유분방한 문인의 성격 탓에 무슨 일이 있더라도 이렇게까지 긴장할 필요는 없다고 여겼기에, 방심하고 말았다. 상대가 만 리 밖에 있는 그의 고향까지 엮어서 이렇게 매서운 공세를 펼칠 거라고는 예측조차 하지 못하였다. 집을 떠난 지도 십수 년이 되었고, 최근에는 아예 고향 사람들과 서신조차 주고받은 적이 없었다. 그러니 상대가 거기서부터 손을 쓸 것이라고 어디 생각이나 했겠는가. 설혹 생각했다손 치더라도 어디 감당할 시간이나 있었을까? 누굴까? 누구지? 도대체 누구? 누구의 작품이고, 누구의 계략이며, 누구의 악랄함인가? 누가 이렇게 안색 하나 바꾸지 않고 무시무시한 함정을 팠단 말인가?

신자연의 머릿속에 『대성영홍사』와 『토란신적자서』가 떠올랐다. 수년 전, 대성 권을 편찬하기 위해 처음으로 천하의 모든 도서를 수집했을 때 얻은 것들이었다. 나중에 대성 권이 필요 없어졌기에 그는 이 두 권을 청명서원의 서책 방에 두었고, 그러고 나서는 한 번도 손을 대지 않았다. 마지막으로 모든 권을 다 수정하고 난 후에 불살라 버릴 계획이었다. 사실 규정에 따르자면, 이런 책은 손에 넣는 즉시 없애는 것이 맞았다. 그러나 문(文)을 사랑하는 그였다. 훌륭한 책들을 보니, 특히 절묘한 필치로 통쾌하게 쓰인 『토란신적자서』를 보니, 잠시 마음이 약해져 남겨 둔 것이었다. 문인으로서 좋은 책을 아끼는 마음이었을 뿐인데, 뜻밖에도 이 일의 화근을 남겨 두는 꼴이 되고 말았다.

『천성지』를 편찬하는 5년 동안, 오가며 편집에 관여한 사람들만 해도 너무나 복잡하고 많았다. 인제 와서 누가 그것을 유출했는지 찾기에는 실마리조차 남지 않은 상황이었다. 책이 완성된 지금 이런 일이 터졌다. 그렇다면 이건 뻔했다. 누군가가 오늘만을 기다리고 준비했다는 뜻이었다. 아주 오랫동안……

누군가가 어둠 속에서 자신에게 치명적인 일격을 가할 날만을 손꼽아 기다려 왔다는데 생각이 미치자, 신자연은 등줄기가 오싹하며 온몸에서 식은땀이 솟았다. 황제는 여전히 노발대발이었다. 막막해진 그가 고개를 들었다. 중신들의 우두머리인 영혁이 고개를 반쯤 돌리고 있었다. 대전의 어두운 그늘 속에서 그의 얼굴 절반이 더욱 돋보였다. 그는 새까맣고 차가운 눈동자로 한 사람을 노려보고 있었다. 바로 자신 옆에 꿇어앉은 사람. 침착하지만 결연한 태도로, 영혁의 눈빛에 맞서 조금도 물러남이 없는 사람.

바로 위지였다.

반격

신자연은 그제야 모든 것을 알아챘다. 온몸을 타고 얼음물이 흐르는 것처럼 전신이 부들부들 떨렸다. 바로 이놈이었구나! 그는 서로를 노려보고 있는 두 사람을 얼빠진 표정으로 바라보았다. 한 사람의 눈빛에는 서슬 퍼런 경고가 담겨 있었고, 한 사람의 눈빛에는 슬픔과 기쁨이 뒤섞여 있었다. 형언하기 어려운 복잡한 감정이 전광석화처럼 오가며 눈싸움이 팽팽했다. 찰나의 순간이었지만, 이 힘겨루기가 모든 것을 설명해 주고 있었다.

'그래. 나와 마찬가지로 『천성지』를 편찬하고, 나와 마찬가지로 청명 서원을 꾸려 나가고, 또 나와 마찬가지로 천자의 측근인 위지보다 더 쉽게 나를 공격할 사람이 또 있을까? 전장과 조정을 종횡무진으로 누비며 무수한 고관대작들을 제거한 위지가 아니라면 또 누구란 말인가? 문인의 약점을 이토록 정확히 꿰뚫고 나를 이렇게 손쉽게 바닥에 메다꽂을 사람이 또 누가 있단 말인가?'

신자연은 정신을 차릴 겨를도 없이 눈앞이 아득해졌다. 그때 내가 증표를 주지 않았더라면, 위지가 어떻게 청병의 문을 넘었겠는가? 위지는 수년간 높은 지위에 오르고 승승장구하면서도 자신에게 항상 평생의 스승이라고 했었다. 자신 역시 위지와는 아무런 문제없이 은혜와 의리로 뭉친 사이라고 생각했다. 그렇듯 잘 지내왔는데, 왜 갑자기 자신에게 이런 악독한 수를 쓴단 말인가? 이런 의문을 품은 채, 영혁을 바라보는 순간, 영혁은 그의 시선을 피해 버렸다. 신자연의 가슴은 더욱 무겁게 내려앉고 말았다. 그는 입술을 꽉 물고는 눈을 내리깔았다. 대전의 어두운 그늘 속에 푹 수그린 얼굴 때문에 아무도 그의 표정을 보지 못했다.

"짐은 너를 내 수족처럼 중요한 신하라 여겨 총애해 마지않았다. 그런데 어찌 네가 은혜를 저버리고 이렇게 제멋대로 군단 말이냐……."

한바탕 퍼붓고 나자 힘이 빠진 황제는 실망한 눈빛으로 신자연을 한참 동안 바라보다가 결국 결심한 듯 손을 들었다. 모두가 긴장했다.

"폐하!"

영혁이 갑자기 한 발 앞으로 나서더니 머리를 바닥에 조아렸다.

"이 일은 의심 가는 부분이 많습니다. 신 대학사는 충심으로 나라를 위해 왔거늘, 어찌 이렇게 경거망동할 수 있겠습니까? 하내의 서생이 가진 『천성지』가 진정 신 대학사의 손을 통해 유출된 것이 맞을까요? 『대성지태』 권은 신 대학사가 폐기했다고 한 것을 소자도 들었습니다. 그런데 누가 또 그것을 찾아내 책을 수정했겠사옵니까? 하내는 제경에서 만 리 밖에 떨어져 있습니다. 그런 곳에 사당을 짓는다는 것이 진정 사실인지 아닌지도 확실치 않거니와, 거기에 또 다른 속사정이 있는 것은 아닐지요. 『대성영홍사』와 『토란신적자서』는 관례에 따라 편찬처에서 모두 수거해 소각한 것으로 되어 있지만, 그 또한 신 대학사가 직접 처리해야 할 일은 아니었습니다. 그 책이 아직 남아 있다면 우선 편찬처에 속해 있던 인원들을 질책하심이 옳지 않겠습니까?"

영혁의 말은 정확하고 명쾌했으며, 구구절절 핵심을 짚어냈다. 이번에는 그의 편이든 아니든, 대전에 있던 모두가 눈을 반짝였다. 황제의 추상같은 벼락이 너무 갑작스러워, 조정 대신들 모두 입도 뻥긋하지 못하고 있었기 때문이다. 예상치 못한 상황에서 초왕의 머리가 이렇게 잘 돌아갈 줄이야!

"네 말은 짐이 한쪽 말만 듣고 엉뚱한 사람에게 죄를 뒤집어씌웠다는 뜻이냐?"

황제가 실눈을 뜨고 음산하게 영혁을 바라보았다.

"소자, 가당치 않습니다!"

영혁은 전혀 겁내지 않은 채, 손으로 땅을 짚고 자기 생각을 분명히 밝혔다.

"소자, 단지 이 일이 수상쩍다 여겨 차근차근 조사하여 처리함이 옳다는 생각입니다. 나라에 어수선한 일도 많은 시기에 일품 대신이 연루된 일입니다. 천하의 민심을 안정시키기 위해서라도 성급하게 처리해서는 안 될 것입니다. 폐하, 통촉하여 주시옵소서."

대신들은 재빨리 눈짓을 주고받았다. 차근차근 조사하여 처리하다니…… 정말 그럴싸하지 않은가! 워낙 갑작스럽게 벌어진 상황에 황제가 진노하여 일을 성급하게 끌고 나가는 것이 불안하던 참이었다. 일단 차근차근 조사하다 보면 무슨 여지가 생길 수 있을 것이다.

"폐하, 신 대학사는 문인으로서 호방한 성격에 가끔 터무니없는 일을 하거나 무심코 불경스러운 행동거지를 보일 때도 있습니다. 그러나 소신 일가족의 목숨을 걸고 감히 말씀드립니다. 신 대학사는 반역을 꾀하는 불충스러운 마음을 먹을 자가 절대 아닙니다!"

호성산이 재빨리 영혁을 거들며 신자연 옆에 무릎을 꿇었다.

"통촉하여 주시옵소서!"

"통촉하여 주시옵소서!"

순식간에 대전에 있던 신하들 절반이 무릎을 꿇었다. 그리고 나머지 사람들도 막 무릎을 꿇으려는 찰나, 영혁이 그들에게 하지 말라는 눈짓을 했다. 그의 말에 찬성하는 사람이 절반을 넘어선다는 것은 전혀 다른 이야기로 변해갈 수 있기 때문이었다. 그렇게 되면 황제는 신하들이 자신을 위협하는 단체 행동을 벌이는 것으로 생각하기 쉬웠다. 게다가 영혁의 세력에 대한 경계심까지 심어 줄 수 있으니 그것은 득보다 실이 많을 것이었다. 화가 조금 누그러진 황제는 아무런 변명도 하지 못하고 울분에 찬 신자연을 보다가 꿇어앉은 대신들을 향해 시선을 돌렸다. 영혁이 했던 '천하의 민심을 안정시키기 위해서'라는 말이 맴돌았다. 이어서 신자연이 문사(文士) 중에서도 일인자의 위치에 있다는 것이 떠올랐다. 결국, 황제의 눈에 한 줄기 망설임이 스쳤다.

"통촉하여 주시옵소서!"

우레와 같이 터져 나온 누군가의 목소리에 사람들이 전부 일어나 쳐다보았다. 소리를 지른 사람은 위지였다.

"통촉하여 주시옵소서!"

위지는 머리를 바닥으로 조아렸다. 그녀는 호성산, 신자연의 날카로운 눈빛에도 전혀 주눅 들지 않고 낭랑하게 이야기했다.

"초왕의 말대로, 이 일은 수상한 점이 너무나 많습니다. 『천성지』는 제경에서 아직 출간되지도 않았는데 어떻게 만 리 밖에 있는 하내로 유출이 된단 말입니까? 『대성지태』는 석 달에 걸쳐서 완성되었습니다. 소신, 이 두 눈으로 신 대학사가 폐기하는 것을 직접 보았사온데, 어찌 그것이 다시 나타난단 말입니까? 사당은 제가 본 적이 없지만, 역대 대성의 중신과 재상 중에도 고향 사람들에게 은혜를 베푼 출향 인사들을 위해 각지에 사당이 건립된 적이 있습니다. 자기 지역 출신의 걸출한 인재들을 널리 받들고 그로 인해 자부심을 가지는 것은 인지상정이라 할 수 있을 것입니다. 신 대학사는 명예에 눈이 멀어 명성이나 얻어 보려고 엉큼한 생각을 하는 자들과는 다르다는 점, 폐하께서 굽어살피시기 바랍니다. 『대성영홍사』와 『토란신적자서』는 예전에 폐하께서 전부 불태우라고 명하셨습니다. 그런데 지금까지 남아 있는 것은 신 대학사 한 사람의 잘못이 아닙니다. 소신 역시 부총괄로서 그 책임을 피할 도리가 없사옵니다. 폐하께 소신도 함께 처벌해 주시기를 청하나이다."

초왕의 뜻을 따르면서도 유려하고 거침없는 말솜씨로 진정성 있게 호소하는 위지를 향해 대전의 대신들이 대부분 고개를 끄덕였다. 그러나 신자연, 호성산, 영혁의 얼굴은 흙빛이 되었다. 겉으로는 그들의 의견을 지지하는 것처럼 보이지만 사실은 불난 집에 부채질하는 격이었기 때문이다. 한마디 한마디가 아주 악랄하기 그지없었다! 제경에서 아직 출간되지 않았다는 말은 신자연이 사적으로 빼돌렸다는 것을 뒷받침하는 셈이었다. 석 달에 걸쳐서 완성되었다는 말은 신자연이 대성의 역사를 편찬하는데 무려 석 달의 기간을 아낌없이 쏟아부었다는 걸 암시했다. 또, 사당을 보지는 못했지만, 대성에서는 흔한 일이었다는 말은 신자연이 아직도 남아 있는 대성의 풍조를 따르고 있다는 뜻을 은근히 내비친 것이었다. 명성이나 얻어 보고자 하는 자들과 다르다고 했지만, 실질적으로는 '같다'는 말이나 다름없었다. 그리고 마지막으로 '폐하가 이미 명령을 내리셨음에도 불구하고 지금까지 남아 있다.'고 덧붙이자, 안 그래도 그녀의 지적 하나하나에 폭발하기 일보 직전까지 간 황제의 화에 불을 붙인 상황이 되었다!

뛰어난 지략과 말재간으로 제왕의 분노와 기쁨 사이에서 줄타기하는 봉지미는 이미 누구도 넘을 수 없는 경지에 도달해 있었다. 신자연의 몸이 서서히 떨리기 시작하였다. 참담하게 질린 얼굴로 봉지미를 보면서 한 마디도 대꾸하지 못했다. 그 역시 황제를 가까이에서 모셨기에, 황제의 성격을 잘 알고 있었다. 황제가 화를 낼 때, 변명하려 들면 황제는 더 폭주했다. 차라리 자신은 입을 다물고 초왕 등이 나서서 완곡하게 아뢰면 황제의 화가 잠시 누그러들고 다시 이야기해 볼 여지가 생기는 것이었다. 조금 전, 바로 그 여지가 생기기 바로 직전이었다. 그런데 이 녀석이 모든 계획을 산산이 부수어 버렸다.

'대체 무슨 원수를 졌길래, 나를 못 잡아먹어서 안달이냐?'

대전 위에 앉은 황제의 얼굴이 점점 더 차갑게 굳어 가고 있었다.

"폐하."

아무도 감히 나서지 못하고 있을 때, 영혁이 다시 한번 얼굴을 가다듬고 입을 열었다. 그는 봉지미 바로 곁에 무릎을 꿇고 있었지만, 그녀에게는 눈길조차 주지 않았다. 자신이 입을 열자 황제의 얼굴이 더 굳어졌지만, 아랑곳하지 않고 침착하게 말을 이어 나갔다.

"위 대학사의 말처럼 이 일은 너무나 수상합니다. 『천성지』는 그 분량이 방대하기 때문에 편찬 총괄과 부총괄을 비롯한 수십 명 인원으로는 만들어낼 수가 없습니다. 그렇기에 책을 수집하고 편찬하고 정리하고 소각하는 각 과정을 신 대학사 혼자서 전부 다 관리하기는 불가능하옵니다. 그런데도 불구하고 신 대학사에게 책임을 전부 지우시겠다면 작금의 조정이 천하의 민심을 얻지 못할까 저어됩니다. 또한, 우리 황조가 탄생한 이래로 공정하게 따져서 상벌을 내리고 바른 것만을 따라왔던 원칙에도 맞지 않습니다. 소자가 보기에는 이 사안은 책의 수집, 편찬, 정리, 소각, 나아가서는 최종 단계인 간행까지 문제가 발생하였습니다. 그렇다면 『천성지』를 편찬하는 데 참여한 사람을 전부 철저하게 조사해야 합니다. 누가 처음 죄를 지었고 누가 이를 따랐는지 밝혀서 각자 죄를 묻고, 우리 황실의 공명정대함을 보여주는 것이 좋으리라 사료됩니다."

말을 마친 영혁은 또다시 머리를 조아렸다. 그의 말에 신하들은 어리둥절하였다. 방금까지만 해도 사건을 어떻게든 조용히 덮고 황제의 화를 가라앉히려 안간힘을 쓰더니, 별안간 말을 바꾸어 철저하게 조사하자며 야단법석을 떨다니……. 초왕 전하의 의중은 도대체 무엇이란 말인가?

호성산의 입가에 미소가 떠올랐다. 전하는 진정 명석한 분이었다. 황제가 지금 평온한 듯 보이지만, 사실은 이미 분노가 한계치에 도달한 상황이었다. 계속 용서를 구하다가는 오히려 일을 망칠 수가 있으니 아예 용서를 빌지 않는 쪽을 택한 것이었다. 위지의 말을 그대로 따르면서, 신자연 한 사람에게만 씌운 무거운 굴레를 편찬처의 모든 사람에게 넘겨 다 함께 죽는 물귀신 작전이었다. 사람이 많으면 그만큼 관계도 복잡하게 얽혀 있을 것이고, 여차하면 난장판으로 만들어 버리기도 쉬울 터였다. 끝까지 파헤쳐 사실 관계를 파악하려는 것처럼 보이지만, 실은 목표를 분산시키고 혼동시키려는 의도였다. 호성산은 눈알을 굴리며 얼른 소맷자락을 펄럭이며 무릎을 꿇었다.

"아니 되옵니다! 초왕 전하께서 방금 하신 말씀은 사리에 맞지 않는 바가 있으니 소신 감히 다시 한번 통촉해 주시기를 바라나이다!"

대전에 있던 신하들이 일제히 멍한 표정을 지었다. 오늘 이게 대체 무슨 영문이란 말인가? 호성산, 신자연이 초왕 쪽 사람이라는 건 누구나 알았다. 그들은 항상 서로 돕고 명령에도 잘 따르는 사이였다. 그런데 오늘 대전에서는 왜 이렇게 제각각 목소리를 높인단 말인가?

"응?"

영혁이 호성산을 흘겨보았다.

"『천성지』의 편집진은 너무나 많습니다. 신 대인이 문장에 가장 재주가 뛰어나 전체 과정을 주재하고 있습니다만, 기간 내에 청명서원의 각 사업, 한림원의 관리, 중서학사 등 모두가 참여하였습니다. 소신 역시 이름을 올렸고 위 대학사도 그러합니다."

호성산은 잠시 뜸을 들이고 봉지미를 흘깃 보았다.

"위 대학사는 초창기에 천하의 책을 수집하는 일과 편찬에 관한 사무에서 부총괄로서 큰 공을 들였으니까요. 전하의 말씀대로라면, 내각의 다섯 대학사 중 저희 둘은 죄가 큽니다. 소신은 특히 수석 보좌로서 책임을 피하기 어렵사옵니다. 다만 위 대학사는 이 일과 절대 무관하니, 일률적으로 판단하지 마시기 바랍니다."

호성산은 꿇은 무릎으로 한 발 더 다가서며 관모를 벗어 죄를 청했다. 영혁은 잠시 침묵했다. 호성산이 반짝반짝 빛을 발하는 눈으로 그를 주시했다. 꿇어앉은 세 사람 중 봉지미는 옴짝달싹하지 않았다. 입가에 조용히 웃음을 띠고 있을 뿐이었다. 그녀는 얼른 신자연을 쓰러뜨리려는 마음에 마구잡이로 죄명을 들먹였다. 그래야 가장 효과가 좋으면서도 시선을 분산시키기 쉽기 때문이었다. 역시나 대전에 있던 조정 문무백관들은 이 청천벽력 같은 상황에 꼼짝도 하지 못하였다. 그들이 미처 대응하기 전에, 황제가 발끈하여 명령을 내리면 모든 것이 예상대로 될 것이었다. 그런데 예상과는 달리 영혁은 그녀의 생각보다 더 똑똑했다. 순식간에 약점을 잡아 자신에게 반격을 가한 것이었다. 게다가 호성산 역시 조정의 갖은 풍랑을 겪어 온, 닳고 닳은 관리다웠다. 눈앞의 기회를 놓치지 않고 곧바로 그녀를 끌어들였다. 그것도 그녀와 똑같이, 감싸는 척하지만 사실은 이간질하는 방식으로 말이었다. 초창기 책 수집과 편찬 사무에 관해 언급한 것은 『대성지태』를 편찬한 석 달 동안 그녀의 책임도 있었다는 것을 암시했다. 잠시 후, 영혁이 다시 담담하게 이야기했다.

"위 대학사를 어찌 똑같이 판단한단 말이오? 편찬은 초기에만 잠시 참여했을 뿐이지 않습니까? 나중에는 남해로 또 초원의 전장으로 갔었고, 편찬처에는 이름만 올렸을 뿐이었소. 그런데……."

영혁이 잠시 멈칫했다. 호성산, 신자연은 그의 눈빛이 번득이는 것을 보았다. 그가 눈을 내리깔았다. 이글거리는 자신의 눈빛을 기다란 눈썹으로 가리려는 것이었다. 그 눈빛 속에 지난 시간이 떠올랐다. 길가에 무성하게 핀 꽃들은 눈 깜짝할 사이에 모두 땅에 떨어지고, 그의 걸음마다 짓이겨져 진흙투성이가 되었다. 가슴 속에는 수많은 일이 남아 있었지만, 그 문을 열고 싶지는 않았다. 운명의 손짓에 조금이라도 마음이 흔들리기 시작한다면, 돌이킬 수 없는 애증의 폭풍우가 휘몰아칠 것이었다. 대전의 금색 벽돌 위, 봉지미의 그림자는 지척에 있는 듯 가깝다가도 아득히 먼 곳에 있는 듯 멀게만 느껴졌다. 그는 멈추지 않았다. 소매에서 천천히 문서 하나를 꺼내 들었다. 문서 위에는 형부의 인장이 찍혀 봉인되어 있었다. 그는 그중 한 장을 뽑아, 나지막이 이야기했다.

"폐하, 소자 조정으로 오기 전에 형부 주사에게 지난 몇 년간 있었던 사건의 문서를 정리하라고 명하였습니다. 그러던 중에 장희 16년, 형부에서 살인 후 도주한 강효를 붙잡기 위해 청명서원에 대한 수색 영장을 발부한 기록을 발견하였습니다. 소자가 가져왔으니, 한번 봐 주시기 바랍니다."

황제는 석연치 않은 눈길로 영혁을 보았다. 이 상황에서 이 문서를 가져와 무엇을 하려는 것인지 알 길이 없었다. 잠시 후 그는 태감에게 그것을 가져오라 명하여 재빨리 몇 장을 넘겨보았다. 그러고는 별 생각 없이 책상 위에 내려놓으려던 찰나, 갑자기 무언가 생각난 듯 다시 문서를 들여다보았다. 그중 한 장을 펼치고 자세히 살펴보던 황제의 미간이 점점 찌푸려지면서 입술은 굳게 닫혔다.

호성산은 긴장한 모습으로 황제의 표정을 살피고 있었다. 초왕이 내보인 것이 무엇인지 몰랐지만, 그게 신자연에게 유리한 것임은 틀림없었다. 그의 얼굴에 안도의 빛이 떠올랐다. 그 순간 영혁이 무엇을 가져왔는지 깨달은 봉지미의 눈이 반짝였다. 과거에 그는 죄인을 추포한다는 명목으로 형부 주사에게 청명서원을 수색하라고 명했었다. 청명서원 내에서 그녀의 기반을 흔들어 놓으려는 의도였다. 그때 그녀는 형부 주사가 신자연과 황자, 공주의 방을 함부로 수색하려 한다는 모함을 했고, 그중 신자연의 방에 『대성영홍사』와 『토란신적자서』를 놓아두었다. 형부는 모든 조사 업무를 상세히 서술하는 것이 관례이니, 그 모든 내용을 토씨 하나 틀리지 않게 그대로 기재해 놓았을 것이었다. 날짜로 미루어 짐작건대, 그 일이 벌어졌을 즈음에 신자연은 청명에 있지 않았고, 그녀가 서원의 모든 일을 주관하고 있었다. 게다가 그녀는 신자연이 『대성영홍사』와 『토란신적자서』를 몰래 숨겨 놓았다는 사실을 알고 있었음에도 즉시 소각하지 않았다. 신자연에게 이를 처리하라고 이야기하지도 않았고, 황제에게 미리 보고하지도 않았다. 그렇게 5년이 지난 지금 이 일이 터진 것이다. 의심을 타고난 황제가 이 와중에 그 문서를 보면, 분명 무슨 꿍꿍이가 있었다고 생각할 것이었다. 영혁은 아무 말도 하지 않았다. 하지만 이런 상황에서는 굳게 다문 입술이 백 마디 말보다 더 강력했다. 신자연이 책을 숨긴 것도 죄지만, 부총괄을 맡은 봉지미가 가장 먼저 이 금서를 발견했음에도 모른 척한 것 또한 큰 죄였다.

봉지미는 바닥만 뚫어지게 보고 있었다. 반들반들한 금빛 바닥 돌에 사람들의 모습이 흐릿하게 비추었다. 사람들의 모습이 땅바닥을 떠다니는 그림자처럼 희미하게 보였다. 볼 수 있지만 만질 수 없는 쓸쓸한 허상인 것만 같았다. 그렇게 오랫동안 치밀하게 계획하고도 그녀에게 불리한 증거들을 남겨 두었다니……. 그녀가 숨죽이고 있던 때는, 그 역시도 가만히 숨을 죽이고 있었다. 이윽고 그녀가 움직였지만, 그는 놀라지 않았다. 그녀가 어마어마한 공격을 하자, 그는 더욱 강력한 반격을 퍼붓고 있었다. 그녀는 오늘의 모든 것을 아주 오랫동안 은밀하게 준비해 왔다. 그런데 그의 준비는 그녀보다 더 오래된 것이 아닐까?

영혁은 시종일관 봉지미를 쳐다보지 않았다. 망설이는 것처럼 보일까 봐서였다. 그는 소매 속에서 서신 같은 것을 몇 통 더 꺼내더니 여전히 말없이 태감에게 건넸다. 신하들이 고개를 내밀고 기웃거렸지만, 그게 뭔지 보이지 않았다. 눈치 빠른 그녀는 그것이 자신이 청명서원에 사업으로 있을 때 사용한 시문 책자라는 것을 알았다. 그 외 서신도 함께 있었다. 그녀는 입술을 꽉 다물었다. 그녀는 평소 다른 사람과 서신을 주고받을 때, 무척 주의하는 편이어서 쉽사리 붓을 들지 않았다. 자신에게 청탁하거나 시문 등 글을 지어 달라고 하는 요청에도 아랑곳하지 않았다. 그러나 장희 16년 이전, 청명서원에 학생으로 들어가 사업으로 있었을 때까지는 딱히 걱정이나 고민이 없었고, 다른 사람들 사이에서 두각을 드러내고 싶은 야망이 있었다. 그래서 글을 쓸 때도 그다지 주의를 기울이지 않았다. 그렇기에 만약 누군가가 어떤 의도를 가지고 그것을 남겨 두었더라면 지금 억지로 갖다 붙이는 것도 불가능은 아니었다. 글이란 원래 그런 것이 아닌가. 어떻게 해석하느냐에 따라서 뜻은 얼마든지 바뀔 수 있었다.

물건을 건네받은 황제는 이리저리 뒤적거리더니 미간을 찌푸렸다. 영혁의 이 행동은 이미 신자연을 내치겠다고 결심한 황제의 마음에 제동을 걸었다. 그는 잠깐 주저했다. 아래에 있는 신하들이 수군거렸다. 호성산과 신자연은 영혁의 뜻을 알아차리고 눈가에 기쁨이 떠올랐다. 위지가 아무 관련이 없다면, 신자연은 그대로 도마 위에 오른 생선 처지가 된다. 천자에게 가장 큰 총애를 받던 중신의 목숨을 끊을 칼날이 언제 들이칠지 알 수 없는 위태한 상황이었다. 그러나 지금, 초왕은 판을 뒤집기 위해서 위지에게 같은 죄목을 씌웠다. 일단 위지가 감옥에 갇히고 나면 계책을 꾸미기 힘들 것이고, 초왕에게는 폐하의 마음을 돌릴 기회가 주어질 것이다. 역시 초왕은 탁월한 선견지명과 식견을 지닌 분이다!

대전이 조용해졌다. 천성 황제는 탁자에 기댄 채 멍하니 말이 없었다. 지금 그의 노쇠한 머리는 뒤죽박죽 혼란스러웠다. 오늘 조정에서 일어난 논쟁을 들어보면, 하나하나가 다 일리 있는 말이었다. 그런데 또 전부 헛소리 같기도 했다. 처음에는 분명히 간단해 보였던 이 일이 어떻게 위지까지 끌어들이며 이토록 복잡해졌단 말인가? 손안에 든 서신을 보며 황제가 잠시 주저하다 낮은 음성으로 이야기했다.

"위지, 너는……."

땅바닥만 마주하고 있던 봉지미의 입가에 괴이하면서도 차디찬 웃음이 떠올랐다. 그녀는 아주 오랫동안 몸을 웅크리고 있었다.

"소신, 죄가 있사옵니다."

애증의 감옥

대전이 또다시 술렁거렸다. 평소라면 유창한 말솜씨를 뽐낼 위지가 갑자기 자신에게 죄가 있다고 순순히 인정할 줄 아무도 몰랐던 것이다. 호성산마저도 그녀의 말에 인상을 찌푸렸다. 그녀는 몸을 가만히 엎드리고 아뢰었다.

"소신, 죄가 있사옵니다. 소신은 장희 16년 청명서원 사업으로 봉직했던 기간에 당시 서원장이었던 신 대학사가 저를 받아들여 준 은혜를 잊지 못해, 숨겨 놓은 『대성영흥사』와 『토란신적자서』를 발견하였음에도 그가 화를 입을까 걱정이 되어 일부러 계속 숨겨 두고 조정에 보고하지 않았습니다. 이는 소신의 사사로운 은혜를 위해 한 일이나, 폐하와 조정에 불충한 죄를 지었습니다."

"위 대학사의 말씀은 그릇되오."

신자연이 마침내 입을 열었다. 그는 냉소하며 말했다.

"5년 전에 나에게 은혜를 갚기 위해 보고를 하지 않았다면서, 5년이 지난 지금은 어떻게 그리도 갑자기 은혜를 저버리는 겁니까?"

봉지미는 의아하다는 듯 고개를 돌려 신자연을 보았다.

"신 대학사, 어찌 말씀을 그리하십니까? 저도 여기 계신 모든 분과 마찬가지입니다. 하내 서생이 몰래 『천성지』를 소지한 일과 사당을 짓는 일을 안 지 얼마 되지 않았습니다."

그리고 봉지미는 황제에게 머리를 조아렸다.

"단지 『대성영홍사』와 『토란신적자서』에 관해 듣고 속으로 부끄러운 심정이었을 뿐입니다. 5년 동안 숨긴 것도 떳떳하지 못한데, 지금도 소신의 죄를 숨기려 한다면 이는 군주를 기만하는 죄입니다. 소신, 감히 그리할 수는 없지요."

봉지미는 이렇게 말하고는 다시 신자연을 바라보며 간절하게 이야기했다.

"군주에 충성하는 대의를 위해서라면, 저의 사사로운 정은 내려놓을 수밖에 없습니다. 대학사께서 용서해 주시기 바랍니다!"

신자연은 숨이 턱 막혔다. 그는 조금 전 영혁의 그 눈빛 때문에 이 모든 일이 위지의 소행이라 여겼다. 그런데 따지고 보면 그의 음모라는 증거는 전혀 없다. 이번 일로 그에게 무슨 일이 벌어질지 누가 어떻게 안단 말인가? 치밀하고 음흉한 그의 일 처리 방식을 떠올려보면 황제 앞에서 직접 자신을 드러낸 적이 한 번도 없었다. 그보다는 황제조차 그의 소행이라는 것을 알아채지 못할 정도로 뒤에서 천천히 일을 도모하는 방식을 취했다. 그때, 영혁이 훌륭한 놀이 한 판이었다는 듯 소리 없이 미소 지었다. 호성산은 차갑게 쏘아붙였다.

"위 대학사, 신 대학사께서 몰래 책을 숨겼다 얘기하는 바람에 제 발이 저려서 죄를 인정한 것은 아닌가? 초왕 전하께서 형부의 문서를 가져오지 않으셨다면, 위 대학사가 그렇게 부끄러운 마음이……."

"됐다!"

황제가 침울한 얼굴로 버럭 고함을 질렀다. 대전에 있던 모든 신하가 깜짝 놀라 쩔쩔매면서 머리를 조아렸다.

"성은이라고는 모르는 괘씸한 작자들 같으니라고!"

황제는 탁자 위의 서책들을 바닥으로 집어 던졌다.

"윗전을 기만하다니, 어리석기 짝이 없구나!"

"소신에게 죄가 있습니다! 소신도 신 대학사와 함께 벌을 받겠습니다! 소신, 폐하께 입은 성은만을 우선시하고 저를 알아준 스승의 은혜를 저버린다면, 차마 이 세상을 살아갈 면목이 없습니다! 폐하, 소신도 신 대학사와 함께 형장으로 갈 수 있도록 허락해 주십시오. 소신의 충심입니다!"

대전이 떠들썩해졌다. 신자연은 안절부절못했고, 영혁의 낯빛은 일그러졌다. 황제는 미간을 잔뜩 찌푸렸고, 표정은 자못 변덕스러웠다. 영혁이 갑자기 끼어들었다.

"충심과 의로움을 모두 지키기 위해 신 대학사와 생사를 함께하려 하는 위 대학사를 보고 본 왕은 무척이나 탄복했소. 그런데 한 가지 걸리는 것이 있어서 위 대학사에게 가르침을 좀 얻고자 하는데……"

"네?"

봉지미가 고개를 모로 돌리고 귀 기울여 듣는 자세를 취했다. 영혁은 그녀를 유심히 보다가 말했다.

"위 대학사의 명성은 일찍부터 자자했소. 예전에 청명에서 시문을 한 편 읽은 적이 있다오. 누군가가 그대가 쓴 시문을 수집 정리해서 서책으로 묶은 것이었는데, 본 왕도 우연히 한 권을 갖게 되었소. 그 서책에서 읽은 위 대학사의 오언시(五言詩)를 기억하고 있소이다."

영혁은 가만히 그 오언시를 읊었다.

"'강남으로 전갈을 보내 매화가 얼마나 피었는지 물으니, 황금대 아래 과객이 이미 제비가 돌아왔다 하더라.' 위 대학사, 본 왕이 기억하기로 '강남'은 대성 시대의 명칭이오. 우리 황조 들어 수도를 제경으로 정한 후, '강남'은 '강회'로 이름을 바꾸었는데 어찌 그대의 시문에는 옛 이름을 그대로 쓴 것이오? 시의 뜻을 살펴보면, 위 대학사가 옛날의 대성을 그리워하는 마음을 품은 게 아닌가 싶소이다만⋯⋯?"

영혁은 말을 마치고 살짝 웃었다. 칼끝처럼 서슬 퍼런 웃음이었다. 별 것 아닌 듯 무심하게 던진 말이었지만, 사실은 아주 지독한 말이었다. 봉지미는 한쪽 고개를 돌려 그를 보았다. 평온한 얼굴이었지만, 가슴 속이 울렁거렸다. 그녀가 처음 신영 황후의 유작을 손에 얻었을 때, 책 속에는 각 지역의 특색과 풍습 등을 서술한 내용이 있었고, 당연히 대성 시절의 명칭을 사용하고 있었다. 거기서 영향을 받은 그녀는 시문을 지을 때 저도 모르게 그 지명을 사용하였다. 나중에는 사무가 바빠 오랫동안 제경을 떠나 있었고, 장희 16년에 자신의 옛 작품들을 전부 수거하려 했으나 그녀의 높아진 명성 때문에 이미 어디론가 퍼져 나간 후였다. 그러나 거리에서 자신의 문집이 떠돈다는 소식은 들어 보지 못하였다. 그렇다면, 그 문집은 처음부터 딱 한 권이 아니었을까? 그게 그의 손에 있었단 말인가? 그는 그녀의 대답을 기다리지 않고 공세를 퍼부었다.

"위 대학사, 본 왕은 대학사의 칠언절구(七言絶句)도 기억하고 있다오. 그중에 '적군과 포로를 다 죽이고도 돌아갈 수 없으니, 기병을 금휘(金徽)로 내달아'라는 구절이 있었지. 남다른 의지와 기개에 본 왕은 아주 기뻤다오. 위 대학사가 그 시를 지었을 때는 청명의 보통 학자에 불과했소. 대월과의 전쟁을 겪기도 전에 이렇게 열혈 대장부의 포부를 품다니, 정말 본 왕으로서는 평생 따라갈 수도 없다고 생각했었다오. 그런데 그 마지막 '금휘' 두 글자에 대한 의심을 거둘 수가 없구려. 본 왕의 기억이 틀리지 않는다면, 우리 영씨 황족이 대성의 옛 도읍을 얻은 후에 망도라는 이름을 제경으로 바꾸었지. 그리고 망도의 성문 위에 황금으로 된 용 휘장이 있었어. 나중에는 다 벗겨져 없어졌지만⋯⋯. 위 대학사, 그대는 기병을 내달아 옛날 대성의 옛 도읍 금휘문 아래로 들어가고 싶었던 것 아니오?"

모두가 깜짝 놀라 숨을 들이쉬는 소리만 들려왔다. 황제는 그 시구를 쓴 책을 넘겼다.

"위 대학사가 서원에서 학생 신분으로 지낸 기간은 짧지만, 적지 않은 시문들이 퍼져 나갔었지."

영혁이 해사하게 웃었다. 어두컴컴한 대전 안의 사람들은 그의 환한 웃음에 압도당하며 속으로 한기를 느꼈다.

"『사양정유기(斜陽停遊記)』 편을 보면 이런 구절도 있다오. '지극히 귀한 자는 군주이고, 지극히 천한 자는 신하다.' 위 대학사, 나는 폐하께서 영명하시고 무예에 출중하실 뿐만 아니라 온화하고 어진 정치를 편다고 생각하오. 신하들에게도 항상 은덕으로 대하실 뿐, 박대하신 적은 없었잖소. 그대가 벼락출세한 것만 봐도 알 수 있지 않겠소? 지극히 천한 자가 신하라니, 어디가 그리 천한가? 이렇게 덕이 높으신 천자이자 성군이신 분께 그대는 어찌 그리 원망의 말을 늘어놓는단 말이오?"

영혁이 말을 마치자, 봉지미가 피식 웃었다. 대전에 있던 모든 신하가 그녀의 웃음에 사시나무 떨듯 떨었다. 그리고 오늘 조회가 끝나면 재빨리 집으로 돌아가 글자가 쓰인 종이란 종이는 죄다 찾아서 태워 버리기로 마음먹었다.

호성산은 고개를 푹 숙인 채, 대전 바닥의 금빛 벽돌만 세고 있었다. 다 늙은 뼛골 사이로 한기가 스멀스멀 스며드는 것이 느껴졌다. 그는 오늘 조정에서 일어난 이 이상한 논쟁이 도대체 무엇 때문인지 도무지 감이 잡히지 않았다. 초왕 전하와 위지의 관계를 속속들이 잘 알지는 못했지만, 두 사람 관계가 최근까지도 좋은 편인 걸로 알았는데 이게 대체 무슨 일일까? 게다가 오늘 전하가 꺼낸 저 물건들은 예전부터 미리 준비한 것이 분명했다. 그때는 둘의 관계가 아주 좋았을 텐데……. 호성산은 몸서리를 치면서, 자신이 써서는 안 될 글을 쓰지는 않았는지 돌이켜 생각해 보았다.

대전에 있는 모두가 벌벌 떠는 가운데, 영혁만이 평소와 다름없이 봉지미를 응시하고 있었다. 그는 측근이 위험해지는 걸 불사할 정도로 강력한 수를 두면서까지 그녀가 폭발하고 무너지는 모습을 보려 하고 있었다. 가장 확실한 방법으로 갈라서서 적대 관계를 마무리 짓고, 가슴 깊이 차오르는 고통에서 어떻게든 달아나려는 그의 의지였다. 그러나 그는 아주 정확하면서도 절망스러운 사실을 알고 있다. 이건 시작에 불과했다. 그녀는 포기하지 않을 것이다. 게다가 이렇게 쉽게 패배한 적은 없었다.

아니나 다를까, 잠시 후 봉지미의 눈꼬리가 치켜 올라갔다. 그러더니 영혁을 향해 웃어 보였다. 그녀의 미소는 차분하면서도 살을 에는 듯 매서웠다. 신자연도 그녀의 웃음에 뜨끔할 정도였다. 그러나 영혁은 아랑곳하지 않았고, 눈빛조차 떨리지 않았다. 그래. 역시 그럴 테지.

"초왕 전하, 정말 수고가 많으셨겠습니다!"

봉지미는 한마디를 던진 후, 고개를 틀어 아주 간략하면서도 정확하게 물었다.

"지극히 천한 자는 신하입니다. 신하 된 자가 만약 자신을 낮추는 마음 없이 군왕을 섬긴다면, 어찌 군왕에 충성하고 국가에 충성한다 할 수 있겠습니까?"

어둡기만 하던 황제의 눈빛에 생기가 돌았다.

"전하는 어찌 '기병을 금휘로 내달아' 이 구절만 베껴 오셨습니까? 그 시의 제목은 왜 다 말씀하지 않으시는지요? 『신유년 눈 내리는 밤, 선현 영웅을 기리며』입니다. 소신 그해에 다른 문우와 밤새 차를 마시고 이야기를 나누었습니다. 그날 천성의 군사가 망도에 들어왔던 일에 관해 이야기하기 시작했지요. 수많은 영웅과 장병들이 전쟁터에서 피를 뿌리고 장렬하게 싸운 일이 떠올랐고, 기억을 더듬으며 이야기를 나누던 중에 돌연 벅차오르는 감상을 글로 써 내려간 것입니다. 그 구절이 바로 천성의 대장군이 병사들을 이끌고 망도로 내달아 성문을 점령한 일을 말하고 있지요. 기병이 금휘문으로 들어와, 우리 천성의 대업을 이루어냈으니까요. 그뿐입니다."

봉지미의 웃음은 영혁을 향한 조소로 가득했다. 마치 '전하, 그깟 시 구절을 왜곡해 일을 키워 봤자 뭘 어쩌시려고요?' 하고 말하는 것 같은 표정이었다. 그는 눈을 감고 아무 말도 하지 않았다. 그녀는 잠시 침묵하다가, 머리를 수그리고 말했다.

"시 속에 나오는 '강남도'는 소신이 글자를 잘못 쓴 탓이니 드릴 말이 없습니다."

봉지미가 대단한 말솜씨로 최후의 반박을 할 거라 기대하고 있던 대신들은 그녀의 마지막 한 마디에 떠들썩해졌고, 영혁은 눈을 부라렸다. 그녀는 역시 똑똑하고 분별력이 있다. 앞선 두 가지는 가장 문제가 될 만한 사안이라서 자신의 견해를 적절하게 밝혔다. 하지만 마지막 것에 대해서는 또 핑계를 댈 경우, 변명에 능하다는 인상을 줄 수 있다. 그러니 더는 이야기하지 않고 물러섬으로써 본인의 잘못을 시인하였다. 폐하는 의심이 많았다. 그녀는 그런 황제의 성격을 정확히 꿰뚫고 있기에 무엇을 하듯 딱 7할 정도로 적당하게 했다.

"전하는 학문이 깊고 해박하시지요. 문자를 어떻게 해석하든 그건 당연히 전하 마음입니다. 그런데 전하께서 괜한 신경을 쓰고 계신 것 같습니다. 소신은 이미 신 대학사와 운명을 같이 하기로 마음먹었사온데, 전하는 아직도 그 시 구절에 집착하시는군요. 저를 능지처참하고 싶으신 겁니까, 아니면 부관참시라도 하길 바라시는 겁니까?"

영혁의 얼굴이 사색이 되었다. 악한 마음을 질책하는 봉지미의 말은 칼날처럼 예리했다. 잠시 손가락을 까딱거리던 그는 마침내 손을 떼기로 하였다.

"본 왕은 그만 듣고 싶소. 피곤하오."

대전 위의 황제가 의혹이 가득한 눈으로 영혁과 봉지미를 훑어보았다. 황제 역시도 오늘 이 둘 사이의 일을 종잡을 수 없기는 마찬가지였다. '당쟁' 두 글자가 마음속에서부터 고개를 들었지만, 우선은 분노를 가라앉히기로 하였다. 늙은 황제는 게슴츠레한 눈으로 아래에 있는 이들을 심판하듯 둘러보고 나서 차갑게 냉소했다.

"하나같이 청산유수로구나. 짐은 너희들의 말재간이 이리 뛰어난지 미처 몰랐구나! 여봐라!"

대전 안의 사람들이 일제히 긴장했다.

"데려가라! 경위 위소에 각자 가두고 철저히 조사한 후에 다시 판결하겠다!"

황제는 신자연과 봉지미를 가리켰다. 그의 얼굴이 하얗게 질렸다. 그녀는 희미하게 웃고 있었다. 죽음도 두렵지 않다는 듯한 태도였다.

"나라를 어지럽히고 군주를 배신한 죄가 있다면, 내각의 다섯 대학사 전체가 연루되었더라도 참형을 면하기는 어려울 것이다!"

서슬 퍼런 얼굴의 황제는 아래쪽으로 눈길조차 주지 않고 소매를 털며 나가 버렸다. 신하들은 두려움에 떨었다. 영혁은 긴 한숨을 조용히 내쉬었다.

경서의 철마교(鐵馬橋)는 제경의 백성들이 거의 찾지 않는 곳이었다. 일찍이 이곳은 연고 없는 무덤이 있던 공동묘지였으나, 언덕 위에 시커먼 건물이 하나 들어섰다. 잿빛 벽돌로 지은 거무튀튀한 벽에 시뻘건 처마를 얹은 건물이었다. 녹이 슨 듯 얼룩덜룩한 붉은 색 처마는 불결하고 음산한 무언가를 떠올리게 했다. 아닌 게 아니라 이 건물이 들어선 후, 주변 이웃들은 한밤중에 소름 끼치는 비명을 자주 들었다. 머리카락이 곤두설 정도로 무서운 소리였다. 그 때문에 얼마 지나지 않아 근처에 살던 몇 안 되던 사람들마저 전부 이사를 가 버렸다. 그 지역 사람들 말로는 여기가 해적들의 비밀 소굴이라고 했다. 잿빛 건물의 구석 아래 어딘가에는 피투성이가 된 백골이 묻혀 있다는 것이었다.

어느 이른 아침, 한여름의 환한 햇빛이 그 시뻘건 처마 위로 눈부시게 쏟아졌다. 다급한 걸음걸이의 시커먼 그림자들이 무수히 나타났다. 마치 유령 같은 그들은 마당 앞을 재빠르게 오가며 건물 곳곳에 자리를 잡고 삼엄한 경비 태세를 갖추었다. 잠시 후, 마차 두 대가 덜컹거리며 나타났다. 수많은 호위병이 묵묵히 주위를 둘러싸고 있었다. 마차가 마당 앞에 멈추어 섰다. 경건한 표정의 호위병이 마차 앞으로 다가가, 푸른 옷의 사내를 맞이했다. 그는 사방을 둘러보고 차갑게 웃더니, 당당하게 안으로 들어갔다. 이어서 두 번째 마차가 앞에 닿았다. 흰옷을 입은 산뜻한 소년이 마차에서 내렸다. 스물이 되지 않은 듯 보였고 입가에는 웃음이 걸려 있었다. 소년 역시 주위를 둘러보더니 태연하게 문 옆에 있는 호위병에게 손을 흔들었다. 그러고는 시찰을 나온 상관이 부하들에게 말하듯 친근하게 인사를 했다.

"모두 수고가 많아요!"

호위병들은 마른기침을 몇 번 하고는 소년을 향해 몸을 숙였다.

"위 대학사님, 고생 많으십니다!"

봉지미는 웃으며 고개를 끄덕하고는 고개를 들어 건물의 대문을 바라보았다. '경소(京所)', 단출한 두 글자가 볼품없이 걸려 있었다. 경위 위소(京衛衛所). 여기는 백성들은 물론이거니와 조정 대신들도 잘 모르는 비밀스러운 곳으로, 금우위 직속의 일급 비밀 감옥이었다. 금우위에서 처리하는 역모 사건 중에서 형부에 넘기기에 부적절한 사안은 대부분 이런 곳에서 비밀스럽게 해결했다. 경서에 있는 이 위소는 황궁 서쪽의 감옥을 제외하고는 경비가 가장 삼엄하였고, 갇히는 죄인들의 신분이 가장 높은 곳이었다. 그녀는 자신이 걱정되어 따라온 사람들에게 웃으며 손을 흔들고는, 마치 산책하러 가는 듯 호위병들을 따라서 안으로 들어갔다. 전언을 필두로 한 청명서원 출신의 관리들은 두 사람의 모습이 사라지고 나서도 어찌할 줄 몰라 그 자리에 서 있었다. 신 서원장과 위 사업이 함께 수감되다니……. 조정에서 서로 싸워 그렇다고 하던데, 청명의 학자들은 이 일을 도대체 어찌해야 좋단 말인가?

'하내 서책 사건'이 일어나자마자, 세력이 두터운 청명의 학자들 사이에서는 소식이 재빠르게 퍼져 나갔다. 조정 내 청명 출신 관원들이나 서원에서 공부 중인 학생들은 물론이고, 가을에 있을 과거 시험을 준비 중인 서생들까지 연락을 받고 연대 서명과 관아 점거를 준비했다. 동분 서주하며 동년배나 선배들 사이의 인맥을 끌어모으는 이도 적지 않았다. 폐하가 신 서원장에게 벌을 내리면 어떻게든 소란을 일으켜 볼 참이었다. 그런데 일은 생각지도 못한 방향으로 흘러갔다. 조정에서 서로 얽히고설키는 바람에 위 사업마저 이 일에 휘말린 것이었다. 이런 상황에서 신 서원장만 구하자면 위 사업이 더 압박을 받을 것이다. 그런데 두 사람을 다 구하기는 힘들었다. 성공 여부는 둘째 치고 청명의 학생들이 신자연이냐 위지냐를 두고 두 파로 나뉘어 버린 것이었다. 이런 일에 마음마저 하나로 일치하지 않으니, 무엇을 할 수 있단 말인가? 청명 내의 영향력을 놓고 논하자면, 신자연과 위지가 각각 반반을 차지했다. 신자연이 없었다면 미천한 집안 출신의 서생들이 청명의 이름으로 조정에 발을 들일 수도 없었을 터였다. 그러나 위지가 없었다면 청명 출신 학자들에게 벼슬길이 그렇게 순조롭게 열리지 않았을 터였다. 의견이 분분한 가운데, 아무도 자신의 의견을 굽히지 않았다.

"신 서원장이 없었다면, 너는 청명의 문턱도 밟지 못했을 거야. 누군 구하고 누군 구하지 말라고 말할 자격이나 있었을 것 같아?"

"위 사업이 없었다면 네 거지발싸개 같은 몹쓸 문장으로 3급 관리씩

이나 될 수 있었을까? 어림없지!"

"신 서원장야말로 최고의 문장가지. 천하의 대유학자라고!"

"위 사업은 무쌍국사야. 국가의 공신이라고!"

"신 서원장!"

"위 사업!"

시끄럽게 다투는 소리에 새 한 마리가 푸드덕거리며 날아올라, 뒤쪽의 수풀 속으로 숨어들었다. 수풀 속에는 두 사람이 말도 없이 뒷짐을 지고 서 있었다. 잠시 후, 희끗희끗한 수염에 쭈글쭈글한 얼굴의 노인이 한숨을 쉬며 말했다.

"문인들은 역시 다들 제멋대로군요. 신 대인은 일평생 청명을 위해 일했는데, 갓 들어온 위지보다 못한 대접이라니."

"아니, 그렇지 않소."

영혁의 얼굴이 약간 창백했다. 수풀 안으로 쏟아져 들어오는 햇빛 속의 그는 침울한 표정이었다.

"신 대학사는 청명에서 오랫동안 은혜를 베풀었지요. 그러나 그 역시도 문인 특유의 자유분방함이 있소. 무리를 만들어 사리사욕을 꾀하고 세력을 키우는 일은 아무래도 떳떳하지 못한 일이라 생각하고 하찮게 여겼어요. 그러나 위지는 젊은 나이에 유명해지고 무쌍국사가 되었소. 글로써 나라를 평안하게 하고 무예로써 나라를 안정시킨 거지요. 혈기왕성한 젊은이들은 이렇게 문무를 겸비한 인물을 더 흠모하는 법이지 않소. 게다가 위지는 누구와도 잘 어울리고 친절하며 어딜 가나 은혜를 베푸는 사람이니, 몇 년 사이에 인심을 얻은 것도 놀랄 일은 아니오."

"전하는 역시 사람의 마음을 꿰뚫고 계시는군요. 이 늙은이는 따라갈 수가 없습니다."

고개를 돌려 영혁을 바라보는 호성산은 의아한 표정을 지었다.

"그런데 전하께서 대전에서 하신 말씀을 들어보면 이미 예전부터 위지를 경계해 오셨던 것 같습니다. 그런데 어찌하여……."

영혁은 잠시 침묵하더니 대답했다.

"어떤 사람은 경계하지 않아야 완전히 장악할 수 있는 법이지."

호성산은 깊이 공감한 듯 고개를 끄덕이고는 감옥을 가리켰다.

"위지가 손 흔드는 것 좀 보십시오, 얼마나 보기가 좋은지. 위지가 이대로 감옥에 가면, 아무리 기세등등한 청명이라도 신 대인을 구하기는 틀렸을 테지요. 게다가 사정을 모르는 조정의 대신들은 은혜를 알고 의를 행하는 위지만 칭찬할 거고요. 아이고, 저도 저자한테 졌습니다! 진즉 알았더라면 조정에서 그렇게 물고 늘어지지 않았을 텐데 말이지요. 결국, 사람들한테 손가락질만 받게 된 게 아닙니까!"

영혁이 고개를 저었다.

"호 대학사, 그렇지 않소. 위지는 그때 이미 신 대학사와 같이 감옥에 가기로 마음먹었을 겁니다. 무슨 일이든 치밀하게 계획하고 결과를 예상하는 사람이니, 감옥에 가게 되든 아니든 양쪽 다 준비를 했을 거요. 괜히 밖에 두고 수족으로 놀리는 것보다는 아예 가둬 두는 것이 신경이 덜 쓰일 수 있습니다. 게다가 폐하의 마음속에 의심의 씨앗을 심어 놓았으니, 나중에 언젠가는 그것이 싹을 틔울 날이 있을 거요. 잘 지켜보시오."

"전하께서 말씀하신 대로 되길 바라야지요."

호성산이 잠시 멍하니 있다가 갑자기 물었다.

"그날 대전에서 말입니다. 사실 위지의 소행이라고는 아무도 생각하지 못했는데, 전하께서는 무엇을 보고 위지라는 걸 아셨습니까?"

수풀의 나뭇잎이 바람에 파르르 떨렸다. 호 대학사가 영혁을 돌아보는 눈빛이 마치 여우처럼 교활하였다. 그는 고개를 젖히고 나뭇잎 사이로 일렁이는 금빛 햇살을 바라보았다. 세련된 턱선이 아름다운 선을 그리며 굳게 다물어져 있었다. 가느다란 입술 역시 굳게 닫혀 아무 말도 하지 않겠다는 태도였다. 충심이 활활 타오르는 늙은 신하에게 거짓말을 하고 싶지 않았던 그는 그저 침묵으로 일관했다. 그러자 호성산은 갑자기 뒤로 한 걸음 물러서서 옷자락을 들치고는 무릎을 꿇었다. 그가 눈을 게슴츠레하게 떴다. 놀라움이나 움직임은 전혀 보이지 않았다.

"소신, 전하의 마음을 알지도 못하고 알려는 생각도 없습니다."

영혁을 올려다보는 호성산의 목소리가 잠겼다.

"그저 신 대인이 생사를 오가며 어려워하는 것이 걱정됩니다. 소신 전하께 간청드립니다. 어릴 때부터 충심 하나만 보고 달려온 걸 봐서라도……. 제발 신 대인을 포기하지 마시길 바랍니다."

호성산은 몸을 깊숙이 웅크려 절을 했다. 영혁은 고개를 숙이고, 늙은이의 백발 위로 쏟아진 눈부신 햇살을 바라보았다. 그러고는 눈을 감았다. 조정에서 일생을 보낸 이 늙은이는 영혁과 위지 사이에 이상기류가 있음을 알아챘다. 그는 영혁에게 아직 비장의 무기가 있지만, 드러내지 않으려 한다고 생각했다. 한 줄기 바람이 불어오자, 멀리서 호각 소리가 실려 왔다. 짙푸른 하늘 모퉁이에 새까만 빛이 번뜩였다. 경위 위소 망루 꼭대기에서 밤낮으로 돌아가는 쇠뇌 틀의 모습이었다. 한참 후에 영혁이 대답했다.

"알았소."

수풀 속의 밀담은 그렇게 바람에 실려 흩어졌지만, 위소의 어두운 감옥 안에서는 쨍하는 소리가 울려 퍼졌다.

"넌 왜 날 해치려는 것이냐?"

신자연이 양반다리를 하고 옥문 앞에 앉아 있었다. 그는 맞은편 감옥에 있는 봉지미를 오늘 처음 만난 사람처럼 꼼꼼하게 뜯어보고 있다. 그녀는 사방을 둘러보며 쓴웃음을 지었다. 감방을 이렇게 배치한 것은 누구의 짓일까? 두 사람의 감방은 마주 보고 있었고, 그 사이는 불과 열 자를 넘지 않았다. 게다가 그의 매서운 시선이 있는 이상, 아무리 갖은 수모를 겪어 본 그녀라고 해도 좌불안석일 수밖에 없었다.

물이 스며든 감방 벽에는 어두침침한 기름 등잔불이 걸려 있었다. 갑자기 하얗게 변한 신자연의 귀밑털이 봉지미의 눈에 들어왔다. 그녀는 일순간 멍하니 생각에 빠져들었다. 난향원 뒷담 아래에서 보았던 새하얀 엉덩이가 떠오른 것이었다. 나무 꼭대기에서 울려 퍼지던 그의 낭랑한 목소리가 귓가에 들리는 듯했다. 그가 그녀의 발치로 떨어졌을 때, 자신을 올려다보던 얼굴은 꽃처럼 아름다웠다. 어느덧, 그렇게 세월이 흘렀다. 우연으로 시작된 만남이 결국 이런 지경까지 오다니……. 그녀는 무릎 위에 손을 얹고, 복잡한 심경으로 신자연을 바라보았다. 그는 그녀의 은인이자 적이었다. 잠시 후, 그녀가 갑자기 물었다.

"서원장님, 평생 살면서 양심에 꺼리는 일을 하신 적이 있으신지요?"

"없다."

신자연이 고려할 가치도 없다는 듯 단호하게 대답했다. 당황한 봉지미는 가슴 속에서 분노가 살짝 끓어올라 냉소하고 말았다.

"알고 보니 아주 완벽한 분이셨군요."

신자연은 이상하다는 듯 봉지미를 보았다.

"내가 완벽한 사람이라서 그리했단 말인가? 그렇다면 말이 되지. 나 스스로가 위대한 대장부가 아닌 것은 알고 있지만, 나쁜 짓은 결코 한 적이 없어. 그것 때문에 네가 나를 질투하고 음해한 것이라면 죽는다 해도 영광이겠군."

봉지미는 문인 특유의 어이없는 말에 기가 찼다.

"완벽하다니요? 세상에 누가 자기 자신을 완벽하다 하는지요? 평생 한 번도 잘못을 한 적이 없다고요? 어떤 일에도 연루된 적이 없다고요?"

신자연은 대답이 없었다. 봉지미는 차갑게 웃으며 무릎을 감싸 안고 불빛을 바라보았다. 잠시 후, 그가 대답했다.

"그렇게 말하니, 생각나는 게 있네. 일이 있긴 있었지……."

봉지미는 고개를 돌려 신자연을 보았다. 그가 이야기를 시작했다.

"내가 초왕 전하를 대신해 금우위를 관리했을 때였지. 그때 너는 초왕 전하와 함께 남해로 갔었고. 내가 대성 잔당 사건을 처리했었는데…… 그 사건은 너도 들어봤을 거다. 화봉군의 여장수였던 자가 대성 황족의 마지막 후손을 10년 동안 몰래 키웠다는 거야. 그 사안이 밝혀진 후 대성 황조의 마지막 후손은 독살을 당하고, 화봉의 여장수는…… 자살했다."

등잔 불빛 아래, 봉지미는 얼굴이 새파랗게 질렸지만, 아무렇지 않다는 듯 대답했다.

"네. 들어보았습니다. 뭐가 잘못되었는지요? 신 서원장님은 금우위 총괄로서, 대성의 잔당들을 토벌하는 것이 본연의 임무가 아닙니까. 뭐가 양심에 찔리셨는지요?"

"그 일은 그럴 것 없었다."

신자연은 몸을 일으키더니, 조금 화가 난 듯 손을 묶은 쇠사슬을 흔들며 이리저리 서성거렸다.

"그때는 내가 가만히 있었어도 누군가는 손을 썼겠지. 그런데 전하는 봉씨 일가의 비밀을 애당초 알고 있었으면서도 그 집 딸 때문에 어찌하지 못했어. 폐하가 이 사실을 알게 되어 전하에게 더 큰 위험이 닥치는 건 시간문제였어. 진즉부터 결심을 한 전하가 여색 때문에 일을 그르칠 수 있는 상황이었단 말이다. 전하가 열 살 되던 해부터 충성을 맹세한 내가 어찌 그 일을 나 몰라라 한단 말인가?"

봉지미가 냉소했다.

"그럼 뭐가 양심에 꺼린다는 겁니까? 충과 의를 다했고, 나라와 자신 그리고 초왕 전하를 위해 공을 세웠다는 것 아닙니까. 그보다 더 정정당당할 수가 있냐고요!"

신자연은 봉지미의 신랄한 말투에 어안이 벙벙했다. 그러더니 갑자기 벽에 풀썩 기대며 조용히 이야기했다.

"그렇지. 시작은 잘못이 없었네. 다만 결과에 잘못이 있었지. 어찌 됐든 이 사건에서 추 씨 부인은 무고했으니까. 그 여자는 그 아이가 대성의 자손이라는 것을 몰랐어. 그러니까 그녀를…… 죽게 만들 필요까지는 없었지."

봉지미는 눈을 꼭 감았다. 가슴이 울컥했지만, 조용히 말했다.

"그런가요?"

신자연이 멍하니 이야기했다.

"그리고 봉 씨 집안의 그 딸……. 그 아이도 무고하게 어머니를 여의고 머나먼 초원으로 시집을 갔지. 내가 북쪽 군대의 감군으로 갔을 때 그 아이를 보았는데, 궁궐에서 시를 짓던 내 기억 속의 봉지미와는 완전히 달랐네. 빼어난 미모는 아니었지만 총명한 편이어서, 그렇게 멀리 시집을 갈 이유도 없었거든. 어쩌면 전하와…… 좋은 인연이 될 수 있었는데 말이야……."

신자연은 어쩐지 처량하게 웃고는 입을 다물었다. 봉지미는 눈을 뜨지도 않고 양손으로 무릎을 감싸 쥔 채, 똑같이 조용히 말했다.

"그런가요?"

옛일을 이야기하던 신자연이 갑자기 정신을 차리고 차갑게 쏘아붙였다.

"그런데, 그게 너와 무슨 상관이지? 내 일생을 돌아보건대, 이 일 딱 한 가지가 유감일 뿐이야. 그러니까 그것 때문에 누가 나한테 복수를 한다면, 그건 봉지미……."

갑자기 신자연의 눈빛이 번뜩이며 봉지미에게 물었다.

"자네가 추가 집안과 관련이 있다는 건 알고 있었지만…… 설마 봉씨 집안 가족인가?"

봉지미는 눈을 뜨고 평온하게 웃었다.

"서원장님이 구태여 그걸 추측하실 필요가 있을까요. 어쨌든 우리 둘 다 여기에 있잖습니까. 죽고 사는 것은 폐하의 손에 달렸는데 뭘 그렇게 꼬치꼬치 알고 싶어 하십니까?"

신자연이 벌컥 성을 내며 봉지미에게 손가락질해댔다.

"너는 분명 내가 죽길 바라지만 죽을 수 없다는 것도 잘 알겠지! 위지, 잘난 척하지 마라. 내가 널 어쩌지 못하는 게 아니야. 전하의 뜻이 확실하지 않아 잠시 기다리고 있는 것뿐이니까 날 자꾸 건드리지 말란 말이다."

봉지미는 신자연을 향해 웃고는 가만히 눈을 감고 정신을 가다듬었다. 그는 귀와 눈을 닫아 버린 그녀 때문에 열이 뻗쳐 벌렁 자빠져 버렸다. 그러고는 아예 엉덩이를 깔고 앉아 등을 돌리더니 그녀를 쳐다도 안 봤다. 그렇게 벽을 마주 보고 한참을 생각하더니, 갑자기 벌떡 일어서서는 손에 묶인 쇠사슬로 벽을 힘껏 치기 시작했다. 귀청이 떨어질 듯 쾅쾅거리는 소리가 멀리까지 울려 퍼졌다. 그녀는 깜짝 놀라 그를 보았다. 아마 화가 나서 실성을 한 게 아닌가 싶었다. 옥졸 하나 보이지 않던 감옥이었지만 홀연히 어디선가 검은 옷을 입은 무리가 나타났다. 귀신처럼 다가온 그들은 신자연에게 인사를 하더니 물었다.

"대학사님, 무슨 일이십니까?"

신자연이 재빨리 이야기했다.

"내 아내와 처제들에게 어서 빨리 알리거라. 내가 멀리 출타하게 되었는데, 너무 급해서 집에 못 들르고 우선 떠났으니 화내지 말고 기다리라고 해라."

잠시 생각을 하던 신자연은 덧붙였다.

"내가 감옥에 갇혔다는 소식은 절대 숨기라고 명령하거라. 절대로 절대로 그녀들이 알아서는 안 된다. 한 사람도 안 돼. 절대! 절대로!"

"네. 대학사님, 다른 분부는 없으십니까?"

신자연이 코를 훌쩍이면서 사방을 둘러보았다. 그러더니 얼굴을 붉히며 금우위 호위병에게 가까이 오라는 손짓을 했다. 그가 영문도 모른채 가까이 오자, 신자연은 슬그머니 다가가 그의 귓가에 대고 낮게 속삭였다.

"어이, 날 대신해서 아내에게 화내지 말라고 좀 전하거라. 화를 내면 몸에 안 좋고 말이야. 내가 돌아가면, 왼쪽 뺨을 대라 하면 댈 것이고 오른쪽 뺨을 대라 하면 댈 것…… 콜록콜록."

호위병은 웃음이 터져 나오려 했지만, 감히 웃지는 못하고 입을 오므렸다. 그리고 잠시 후 헛기침을 하더니 대답했다.

"네. 반드시 전해 드리겠습니다!"

신자연이 몸을 일으키더니, 손을 휘휘 내저으며 정색했다.

"가 봐!"

호위병은 밖으로 나갔고, 신자연은 몰래 봉지미를 살폈다. 아무것도 듣지 못한 것 같은 그녀의 모습에 안심하고 한숨을 내쉰 그는 계속 앉아 있기로 했다. 그런데 갑자기 그녀가 궁금한 듯 물었다.

"왼쪽, 오른쪽은 뭡니까?"

"……."

신자연은 부끄러운지 성을 냈다.

"네 알 바 아니야!"

봉지미는 웃으며 갑자기 이야기를 꺼냈다.

"일전에 청명서원에서 아주 대단한 진풍경이 벌어졌지요."

봉지미의 말에 대꾸하기 싫었지만, 호기심이 생긴 신자연이 물었다.

"대단한 진풍경?"

"여인들이 칼을 들고 서방님을 쫓는 진풍경이요."

순간 얼굴이 달아오른 신자연은 할 말을 잃고 말았다. 봉지미가 한숨을 쉬며 말했다.

"그러니까…… 서원장님을 처음 만났을 때하고 두 번째 만났을 때요. 그때마다 사모님께서 식칼을 들고 죽이겠다고 쫓아오셨잖습니까. 저뿐만 아니라 청명의 학생들 전부가 사모님을 하동(河東) 암사자라고 불렀……, 죄송합니다. 제가 무심결에 그만."

신자연은 개의치 않는다는 듯 말했다.

"하동의 암사자가 맞긴 하지. 일부러 미안한 척할 필요 없네."

봉지미는 신자연을 응시하다가 잠시 후 웃으면서 말했다.

"사모님 때문에 오랫동안 놀림거리가 되셔서 다들 서원장님께서 사모님을 싫어하는 줄 알고 있습니다. 그런데……."

"싫어해?"

신자연이 여자처럼 예쁘장한 눈썹을 치켜들며 웃었다. 그가 웃자 그림같이 아름다운 얼굴에 온화한 표정이 감돌았다.

"싫어해서 어쩌게? 그 사람이 없었으면 신자연은 진즉에 길거리에서 떠돌다가 비명횡사 했을 거야. 지금처럼 이렇게 높은 자리에 오르고 권력을 쥐는 게 어디 가당키나 했으려고? 내 모든 건 다 그 사람이 만들어 준 거야. 그 사람은 단지 질투가 좀 심하고 아웅다웅하는 걸 좋아할 뿐이네."

봉지미는 멍하니 있다가 이야기했다.

"대학사님 부부의 애정이 이렇게나 남다르셨군요. 그때 기루에서 있었던 일은 그저 장난이셨……."

"그것 또한 진심이야."

신자연은 진지한 표정으로 고개를 저었다.

"부인에 대한 내 마음은 하늘에 맹세코 같이 죽고 같이 사는 일심동

체거든. 그리고 다른 아름다운 여인들에 대한 마음 역시 하늘과 땅처럼 영원한 것이지. 구구절절 모두 진심이 아닌 것이 없어. 나의 진실한 감정을 그렇게 함부로 모욕하지 말게."

"……."

봉지미는 누가 뭐라든 자신의 길을 가는 성실하고 진실한 신자연 덕분에 사레가 들리고 말았다. 그런데 갑자기 멀쩡하던 그가 '콰당' 하고 넘어졌다. 깜짝 놀란 그녀 앞에 언제 나타났는지 모를 한 사람이 서 있었다. 얼굴에 복면을 대충 뒤집어쓴 사내가 불안한 듯 두 눈알을 데굴데굴 굴렸다. 그녀는 그를 보자마자 탄식했다. 부하가 위소를 이렇게 제집 드나들듯 하다니…… 역시 금우위를 관장했었던 전하답다는 생각이 들었다.

"영징, 다음에는 복면으로 눈을 가리지그래."

봉지미가 몸을 뒤로 기댔다. 영징은 복면을 거칠게 벗어서는 그녀의 발치에 던져 버렸다. 그녀가 그에게 눈을 흘겼다.

"날 죽이러 온 거야?"

"제발 그러고 싶네요!"

영징이 고함을 질렀다. 봉지미는 그를 향해 웃었다. 그는 초조하게 왔다 갔다 하더니 자기가 쓰러트린 신자연을 가리켰다.

"저도 방금 들었습니다. 이 분이 뭘 잘못했습니까? 이렇게…… 이렇게……."

영징은 눈을 위로 치켜뜨고는 적당한 말을 찾으려 했다. 봉지미가 냉랭하게 이야기했다.

"순수하고 거짓 없는 사람."

"그래요. 순수하고 거짓 없는 사람. 이렇게 착하고 좋은 사람한테 왜 옛날 일까지 들추어서 죽자사자 달려든 겁니까?"

봉지미가 담담하게 대답했다.

"그 옛날 일에, 두 사람 목숨이 달려 있었지."

"죽은 사람은 죽은 사람이고, 산 사람은 어떻게든 살아야지……."

영징이 하던 말을 멈추고 갑자기 무언가 떠오른 것처럼 쩔쩔매기 시작했다.

"신자연…… 신자연……, 왜 하필 신자연 대인이죠? 당신 기억이 봉해졌다고 하던데……. 당신의 기억 속에는 금우위가 주도해서 당신 어머니와 동생을 죽였다고 되어 있잖아요. 신 대인이 아니라!"

봉지미가 눈을 들어 영징을 보더니 고통스럽다는 듯 웃기 시작했다. 이 녀석도 눈치가 아예 없진 않은 모양이었다.

"나는 원래 기억을 잃지 않았어!"

영징이 아연실색하여 두 손을 비비며 돌아서서 나가려고 하였다.

"가서 전하께 말씀드려야겠어. 당신이 전하를 속였다고!"

"소용없다."

"알고 있다."

대답 소리가 동시에 들려왔다. 한 사람의 입에서 나온 소리가 아니었다. 돌아서는 영징의 발걸음이 공중에서 멈추었다. 잠시 후, 그는 앞을 살펴보고 뒤를 돌아보았다. 아무래도 자리를 잘못 찾은 것 같았다. 고래 싸움에 새우 등이 터지게 생겼으니……. 감옥 문 앞에는 강렬한 햇빛이 쏟아져 영혁의 늘씬한 자태가 드러났다. 고개를 수그린 그의 눈빛이 그윽했다. 숙명과도 같은 깨달음과 막막함이 녹아 있는 듯했다. 봉지미가 덤덤하게 웃기 시작하더니 조롱하듯 말했다.

"황제 폐하도 생각조차 못 하셨겠지요. 이 경위 위소가 초왕 전하 저택의 뒷문에 불과하다는 것을."

영혁은 아무 대답 없이 손을 휘둘렀다. 영징이 살그머니 자리를 피했다. 영혁은 느릿느릿 계단을 내려와 이야기했다.

"오가는데 자유로울 뿐, 신 대학사를 출옥시킬 수는 없으니 마음 놓거라."

"마음이 안 놓일 게 있겠습니까."

봉지미는 축축하게 젖은 감방 벽에 기대어 초연하게 대답했다.

"들어오고 나가는 것은 그리 중요하지 않지요."

영혁은 봉지미의 감방 앞에서 걸음을 멈추고 쪼그려 앉았다. 그러고
는 그녀가 깔고 앉은 멍석을 가만히 쓰다듬었다. 그녀는 아무 말도 하지
않았다. 영징은 두 눈을 끔뻑거리며 아무 일도 없다는 듯 태연한 두 사
람의 대화를 듣고 있었다. 한참을 기다리던 그가 더 못 참겠다는 듯 이
야기했다.

"조금 전에 했던 그 말이 무슨 뜻인지 좀 알려 주시죠? 소용없다고
요? 알고 있다고요?"

봉지미가 희미하게 웃었다.

"말 그대로 알고 있다는 뜻이지. 내 기억은 처음부터 봉인되지 않았
어. 전하도 내 기억이 봉인되지 않았다는 것을 알고 있었고. 그런데 전
하는 이미 알면서도 모른 척을 했지. 하지만 나는 내 기억이 봉인되지
않았다는 걸 전하가 안다는 사실을 알고 있었어. 그래서 일부러 전하가
안다는 걸 모른 척했지……. 어이구, 헷갈리지는 말고."

영징은 자신의 머리를 벽에 쿵쿵 들이받았다…….

"내가 종신을 시켜 네 기억을 봉해 버린 일이 드러나지 않았다면, 넌
또 어떻게 나에게 접근했을까?"

고개를 숙이고 봉지미를 보는 영혁의 눈빛이 보드라웠다.

"너와 나 사이에는 그해에 내렸던 눈이 있지. 피차 잊지 못한 상황에
서 넌 무엇을 이유로 나에게 접근하는 거냐? 그때 나는 너의 종적을 따
라서 제경에서 초원으로 대월로 쫓아갔었다. 하지만 너는 점점 더 멀어
졌지. 결국, 나는 깨달았어. 네가 기억을 잃어야만 제경으로 돌아올 이
유가 생기는 거라고. 그래서 나와 처음부터 다시 시작할 거라고. 그게

아니었나?”

그것이 복수의 시작일지라도 말없이 사라지는 것보다는 나았다. 봉지미는 잠시 침묵하더니 살짝 웃어 보였다.

“전하, 과연 사려가 깊으십니다. 어찌 아니겠습니까?”

“나는 차라리 네가 나한테 마음껏 접근하고 몰래 음모를 꾸미고, 또 기회를 봐서 날 공격했으면 한다. 그 원한 때문에 내가 모르는 곳으로 멀리 떠나거나, 한참 후에 갑자기 나타나서 나에게 칼을 겨눌 바에는.”

영혁은 변덕스러운 빛살 속에서 손을 내밀었다. 그리고 꿈쩍도 하지 않는 봉지미의 그림자를 향해 꿈결처럼 속삭였다.

“지미야, 나는 차라리 네가 언제나 내 곁에 있다가 네 손으로 나를 죽여 주었으면 한다.”

새하얀 달빛

어두침침한 금우위 감옥 안은 수년간 자란 이끼와 피를 머금은 진흙의 냄새가 뒤섞인 습기로 가물가물했다. 어둠 속에서 어렴풋한 사람들의 모습은 꿈속처럼 흐리멍덩하게 보였다. 봉지미도 마치 어둠 속에 흔들리는 환영처럼 모호함과 분명함의 경계를 오가고 있었다. 햇빛이 그녀의 눈썹 언저리를 비추었다. 그녀는 그 빛을 마주 보며 가볍게 눈을 감았다. 눈을 감고 빛을 거부했다. 그해 눈이 내리고 계절이 바뀌었을 때, 그녀의 마음속에서 봄을 거부했던 것처럼. 그 후로 시간은 더디 흘렀고, 배꽃은 영원히 피지 않았다.

갑자기 절벽이 눈앞에 우뚝 섰다. 머리 위 하늘 한 조각을 올려다보았다. ……기양산 절벽에서 그는 자객을 안고 봉지미의 머리 위로 날았었다. 엄청난 바람 소리와 떨어지는 소리가 절벽 아래에서 들려왔고, 그녀의 마음은 삽시간에 산산이 부서져 버렸다. 그 순간, 그녀는 눈물을 흘렸다. 그 순간, 마침내 절망을 알았다. 그리고 그 순간, 마음속의 걱정과 고민이 사라졌다는 것을 깨달았다. 그때 함께 죽은 것은 그와 자객

이 아니었다. 서로의 마음이었다. 그러고 나서 내려오니, 이리저리 나부
낄 뿐 편히 내려앉을 곳을 찾을 수가 없었다.

……

봉지미는 미소 짓기 시작했다. 평소 같은 온화하고 여유로운 미소가
아니라, 고통스러움과 애달픔이 담겨 있는 미소였다. 마주 선 영혁의 숨
소리가 귓가에 가까이 들려왔다. 눈을 뜨지 않고도 그의 존재가 느껴
졌다. 그러나 이렇게 가까이에 있다 한들 어떻단 말인가? 진정 가까워
질 수 없는데 말이다.

"전하."

아주 오랜 시간이 흐른 후, 봉지미가 마침내 눈을 뜨고 영혁을 바라
보며 부드럽게 이야기했다.

"뜻대로 하세요."

멀어지는 발소리가 휑뎅그렁하게 들려왔다. 봉지미는 영혁의 옷자락
이 저 높은 계단을 돌아나가는 모습을 무덤덤하게 바라보았다. 잠깐의
만남과 솔직한 대화 속에서 둘은 가슴 깊은 곳에 숨겨져 있던 마음을
완전히 드러냈다. 서로에게 자기는 이미 결심했다는 사실을 알리기 위
해서였다. 그는 그녀가 어떤 수단으로 방해할지라도 신자연을 구하려
고 마음먹었다. 그녀는 그가 앞을 막아설지라도 자신이 맹세한 그 길의
끝까지 갈 거라고 마음먹었다.

"왜들 이러세요, 왜들 이러시냐고요……"

무슨 영문인지 몰라 어리둥절한 영징은 주먹을 감싸 쥐고 땅바닥을
맴돌았다. 그는 멀어지는 영혁의 뒷모습을 기가 막힌 표정으로 바라보
더니, 고개를 돌려 두 눈을 꼭 감고 요지부동인 봉지미를 보았다. 그러
고는 주먹으로 자신의 손바닥을 치며 버럭 소리를 질렀다.

"둘이 무슨 생각이든 상관 안 해요. 어찌 됐든 내가 해 버리면 될 일
이니, 당신……"

영징이 봉지미를 가리키며 갑자기 차갑게 웃었다.

"전하께서는 당신을 아끼니까, 죽게 내버려 두지 않으시겠지. 그렇지만 나는 그렇게 자비롭지 않아요."

"응?"

"뭐가 그리 잘났습니까? 전하의 마음만 믿고 그러는 것 아닙니까?"

영징이 차갑게 웃더니, 감방 문에 다가서서 나지막이 이야기했다.

"잊지 마요. 이 세상에 당신의 진짜 정체를 아는 사람이 전하 외에 나도 있다는 걸. 신 대인한테 무슨 수라도 써 봐요. 내가 곧바로 황제 폐하를 찾아갈 겁니다. 다른 건 말할 필요도 없지. 폐하께 당신이 봉지미라는 것만 이야기하면 되니까…… 헤헷!"

영징은 득의양양하게 입을 벌리고 웃었다. 그러면서 '넌 한 방에 갈 수 있으니 너무 그렇게 날뛰지 마. 네가 뭘 믿고 그러는지 모르겠다.'는 표정으로 봉지미를 보았다. 그녀는 그를 빤히 보고는 고개를 저었다. 그러더니 갑자기 가까이 다가오라고 손짓을 했다. 그는 흠칫 놀라며 그녀에게 다가갔다. 그녀가 옷소매를 흔들자, 물건들이 우수수 떨어졌다. 그녀는 그것들을 영징의 눈앞에 펼쳐 보였다. 구불구불한 선이 희미하게 있는 얇은 수정판 조각이 있었다. 수정에 새긴 무엇의 일부분으로 보였지만, 원래의 모습이 어땠는지는 알 수 없었다. 비단 주머니도 하나 있었다. 안에 들어 있는 환약 한 알이 진한 향기를 풍겼다. 밀랍으로 단단히 봉인된 대나무 통도 하나 있었는데, 무슨 물건인지 짐작도 되지 않았다.

"이건 또 무슨 장난입니까?"

물건들을 요모조모 뜯어보는 영징의 얼굴에 의심이 서렸다.

"너는 봐도 뭔지 모르겠지만, 너희 전하께서는 바로 아실 거야."

봉지미가 피식 웃고는 대나무 통을 가리켰다.

"내가 설명해 주면 너도 이게 뭔지 알걸. 장희 16년 태자 역모 사건

때, 정재 지붕 위의 장영위 무리에서 갑자기 불화살이 태자를 향해 날아갔던 것 기억하지?"

"그게 뭘요?"

영징이 어리바리하게 물었다.

"그때는 사람도 많고 정신이 없어서 누가 쏜 건지 찾을 수도 없었고 일도 흐지부지 끝나 버렸지. 쏜 사람을 찾을 수가 없으니까 그냥 오발 사고였던 것으로 처리하고 말이야. 네 주군은 그렇게 태자를 제거하고 자신의 명성을 지켰어. 그때부터 폐하의 눈에도 들게 됐고, 이후 혁혁한 공을 세우며 잘나가게 되었지. 하지만 너나 나나 알고 있잖아. 그건 오발로 인한 일이 아니었어. 그렇지 않아?"

"당신⋯⋯."

영징은 무언가 생각난 듯했지만, 갑자기 이가 아픈 사람처럼 뺨을 훔치며 말했다.

"범인이 있었다고 해도 무슨 수로 찾을 건데?"

"범인을 찾을 수 없다고 누가 그래? 아예 처음부터 찾을 필요가 없었던 걸 텐데."

봉지미는 대나무 통을 여유롭게 흔들어 보였다.

"그날 동원된 장영위 무사 가운데 사건 직후에 멀리 파견 나가게 된 사람만 살펴보면 범인이 있겠지. 그중에서도 갑작스럽게 죽어 버린 사람만 찾으면 그가 바로 범인 아니겠어?

"당신⋯⋯."

영징은 깜짝 놀라 '헉' 하고 숨을 들이켰다. 봉지미는 그에게 억지 미소를 짓고는 대나무 통을 챙겼다.

"그자는 네 전하를 위해서 충성스럽게 일을 했을 거야. 출세도 하고 수입도 짭짤하고 요직을 준다고 약속도 받았을 테니까. 그런데 결국에는 입막음을 위해서 살해당한 거야. 하지만 누구든 그런 위험한 제안을 받았을 때, 처음부터 달갑지는 않았겠지? 그러니 그자 역시도 마음속으로는 어떤 준비든 해야겠다고 생각했을 거야. 증언을 남긴다든지 하는 식으로 말이야. 그게 정상이지, 안 그래?"

봉지미는 대나무 통을 탁탁 쳤다.

"말해봐. 죽기 직전의 이 유언이 폐하의 책상 위에 놓인다면, 뭐라고 생각하실까? 태자가 스스로 죽음을 택했다면 상관없겠지. 그런데 누군가에게 모함을 당한 거라면, 폐하가 쉽게 용서하실까?"

"아니, 이 여자가……."

영징이 봉지미에게 눈을 부라리며 욕을 하려다가 꾹 참았다. 욕을 한 바가지 퍼붓고 싶지만, 감히 그럴 수조차 없는 모양이었다. 가끔 이렇게 무서운 사람들이 있었다. 영징은 뱀이나 전갈 같다는 표현은 그녀에게 턱도 없다고 생각하며 의식적으로 물러섰다.

"미안해. 나하고 전하의 만남은 사실 그렇게 아름답지 못해. 처음에는 내가 전하의 비밀을 너무 많이 알게 돼서 전하가 날 죽이려고 했었어. 나 역시 계속 마음 졸이면서 무서워했고."

봉지미는 영징에게 눈길도 주지 않고 이야기했다.

"내 목숨을 위해서라면 나도 방비를 해야 했지."

"그럼…… 이것들은 또 뭔데……?"

잠시 후, 영징이 다른 물건들을 가리키면서 더듬더듬 물었다. 봉지미는 고개를 떨구고 물건들을 바라보았다. 환약은 영혁이 경비에게 준 피임 환약이었다. 그녀는 그날 밤 대나무 침대 아래에서 으스러진 약 부스러기를 모아, 영혁의 왕부에 있는 의관에게 접근하였다. 그리고 그를 어르고 달래고 협박해서 이 환약을 얻게 되었다. 환약을 싼 비단 주머니 또한 초왕부에서만 쓰는 것이었다. 수정은 영혁이 부수어 버린 모친의 수정상에서 떨어져 나온 조각이었다. 그의 모친은 오래전부터 자취를 감추었고, 그 지하 통로는 황제에게 잊혀졌다. 그러나 이 깨진 수정 조각을 황제에게 보인다면, 황제는 자신이 저질렀던 파렴치한 일을 누군가에게 들켰고, 또한 아들도 이 일을 알았다는 사실을 알게 될 것이다. 자신이 완전무결한 성군이기를 무엇보다 바라는 황제로서는 절대 용납하지 못할 것이 분명했다. 이것이야말로 가장 지독한 수가 아닐 수 없었다.

영징은 한참을 멍하니 있었다. 이게 다 무슨 소용인지 이해하지는 못했지만, 봉지미가 꺼낸 물건들이 비장의 무기라는 것만은 알았다. 그는 갑자기 돌진하더니 그 물건들을 발로 차 버렸다.

"가져가 보시지, 가져가 보라고⋯⋯."

"차려면 차."

제지하기는커녕 슬며시 웃는 봉지미의 손에 무언가가 한 무더기 들려 있었다.

"이런 증거라면 얼마든지 있지."

영징의 발이 허공에 그대로 멈추어 버렸다. 봉지미는 태연자약하게 물건들을 정리해 소매 안으로 집어넣고 이야기했다.

"내가 이걸 보여 주는 건, 너한테 미리 경고하는 거야. 네가 무슨 수를 쓴다고 해서 내가 죽는다고 생각하지 마. 난 누가 내 목을 조른다고 겁내지 않아. 봐. 너희 그 전하가 얼마나 똑똑한 사람이니. 그런데 나한테 그런 멍청한 소리는 한 번도 한 적이 없지. 나하고 싸우려면 열심히 대책을 마련해야 한다는 걸 아시는 거야. 누가 이기고 누가 지든 아름다운 결말을 맞이하려면 몰래 속임수라도 써야 하지 않을까? 너희 전하가 지금까지 저지른 죄가 나보다 적지는 않을 거다. 하하."

"당신⋯⋯."

영징이 발을 탁 내려놓고 잠시 뜸을 들였다. 그리고 거칠게 돌아서서 바람처럼 맞은편으로 향했다. 신자연에게로 다가선 그는 급소를 눌러 혈이 통하게 하고 다시 몸을 돌려 휘리릭 밖으로 사라졌다.

"어……. 내가 왜 잠이 들었지?"

신자연이 꿈에서 깬 듯 눈을 비비며 몸을 일으켰다. 맞은편에 있는 봉지미를 발견한 그는 냉랭하게 코웃음을 치고 고개를 돌려 버렸다. 그녀가 아무 일 없었다는 듯이 자리에 누워 잘 준비를 하자, 그는 머리를 긁적이며 짜증스럽게 콧방귀를 뀌었다. 그러다가 갑자기 눈빛이 돌변하여 후다닥 일어났다. 감방 문 앞으로 재빨리 달려간 그는 난간을 붙잡고 까치발을 들었다. 그러고는 밖을 내다보기 위해 용을 쓰면서 고함을 질렀다.

"아화! 아화!"

어리둥절한 봉지미는 일어나 앉아, 귀를 쫑긋 세웠다. 그러나 별다른 소리가 들리지 않았다. 신자연이 미치기라도 한 것일까?

"아화! 아화!"

신자연은 갈수록 더 초조해하며 얼굴까지 하얗게 질렸다. 그는 자신의 쇠사슬을 움켜쥐고 쾅쾅 치기 시작했다. 그가 소란을 피우는 소리에 경비병이 달려왔다. 그는 바깥을 가리키며 다급하게 이야기했다.

"마누라가 왔어. 내 마누라가 왔다고. 좀 막아 줘. 얼른, 얼른……."

경비병이 당황해하며 말했다.

"대학사님, 장난치시는 거죠? 주변에 아무도 없는데요."

다급해진 신자연은 발을 동동 굴렀다.

"왔어. 분명히 난 알아. 안단 말이야. 빨리 가. 빨리 가 봐. 이 여자 성질이 불 같단 말이다. 앞뒤 안 가리고 완전 자기 맘대로야. 어서 가서 막아."

"대인, 설마 부인께서 와서 때릴까 봐 겁내시는……."

경비병은 놀리고 싶었지만, 신자연의 낯빛을 보더니 감히 더는 말을 하지 못하고 총총 발걸음을 옮겼다. 봉지미는 이 광경이 너무나 웃겼다. 그가 마누라를 무서워하는 것도 진짜고, 사랑하는 것도 진짜라는 생각이 들었다. 이렇게까지 서로가 통하는 것은 보통 부부로서는 불가능한 일이었다. 부부가 어려움을 함께 겪으며 서로 돕고 기대어 왔을 테니, 정이 분명 남다를 터였다. 그녀는 눈을 게슴츠레하게 떴다. 그리고 요란하게 치장한 동생들을 대동하고 남편을 죽여 버리겠다며 식칼을 들고 청명서원에 쳐들어왔던 퉁퉁한 부인네를 떠올렸다. 가장 최악의 조합이면서도 가장 애정이 넘치는 부부라는 생각을 했었다. 입꼬리에 슬며시 미소가 걸렸다. 다른 사람의 이야기이긴 해도, 보는 것만으로도 아름답다는 생각이 들었다. 그러나 이때는 그녀도 미처 몰랐다. 아름다움은, 운명의 차디찬 손아귀에서 부서진다는 것을. 한순간에 부서진다는 것을.

"대문이 뭐가 이렇게 꼭꼭 숨겨져 있어?"

영징과 봉지미가 대화를 나누던 그 시각, 경위 위소 바로 옆 언덕 위, 한 여인네가 허리에 손을 얹고 위소의 대문을 마주 보고 서서 혼잣말을 중얼거렸다. 그녀의 귓가에는 새빨간 꽃잎에 초록 잎을 단 모란꽃이 바람에 나부꼈다.

"큰언니, 여기는 예사롭지 않은 곳이래. 우리 그냥 돌아가자. 며칠만 있으면 형부도 돌아오시겠지."

빨간 옷을 입은 그녀의 둘째 동생이 경비가 삼엄한 위소를 보고는 쭈뼛거리며 그녀의 옷자락을 잡아당겼다.

"흥!"

퉁퉁한 부인은 그녀의 손을 뿌리쳤다.

"이런 쓸모없고 무식하기는! 생각도 없냐? 예사로운 곳이 아니니 네 형부가 갇혔지. 그러니 그렇게 쉽게 나올 수나 있겠냐? 그 뭐라더라……, 그런 말도 못 들어 봤냐?"

그녀는 눈을 희번덕거리며 한참 머리를 쥐어짜더니 손바닥을 '탁' 치며 말했다.

"…… 높은 곳에서 추위를 못 견디랴."

알록달록한 여동생들이 다 같이 고개를 끄덕이며 저마다 외쳤다.

"큰언니, 진짜 유식하다!"

"네 형부랑 오래 살다 보니 그나마 얻어들은 거지."

부인은 자랑스럽게 이야기하고 사방을 쭉 둘러보더니, 갑자기 정색하며 말했다.

"내 얘기 잘 들어. 지금까지 너희 형부가 방탕하다 보니 우리가 욕도 하고 때리기도 했지. 그래도 어쨌든 그 사람은 내 남편이고 너희들한테는 형부야. 너희 형부가 여자를 밝히기는 해도 우리한테 떳떳하지 못할건 없다. 그 사람이 없었으면 너희들이 지금처럼 호의호식할 수도 없었을 거고, 그 사람이 없었으면 내가 일품 부인이 될 수도 없었을 테니까. 황 시랑네랑고 류 상서네를 봐라."

그녀는 무릎을 자르듯 손바닥을 딱딱 짚어가며 이야기했다.

"그놈들도 우리랑 마찬가지로 출신이 빈한한 농민의 자제이지 않니. 황 시랑이 벼슬에 나가기 전에, 부인이 딸을 팔면서까지 뒷바라지를 했어. 그런데 한림 관리가 되고 나니까 처를 내쫓았지! 그런 빌어먹을 놈에 비교하면 너희 형부는 좋은 사람이지!"

"그럼!"

일곱 송이 꽃이 너도나도 목소리를 높였다.

"그러니까 평소에는 뭐라고 하더라도, 어려움이 닥쳤을 때는 남편 버리고 도망가는 무정한 여자들처럼 그러면 안 돼."

아화는 언덕 위에 서서 위풍당당하게 사방을 둘러보았다.

"내가 아무리 생각해 봐도 너희 형부를 꺼내와야겠어."

"어떻게 하려고?"

일곱 송이가 연달아 물었다.

"저기 초소 보이지?"

아화는 아무도 보초를 서고 있지 않은 금우위 초소를 가리켰다.

"사방에 다 보초가 있는데, 저기만 없어. 저쪽에 나무가 한 그루 있으니까 타고 오를 수 있을 거야. 저기를 따라 내려가면 들어갈 수 있지 않을까? 너희 일곱이 날 엄호해 줘. 내가 가서 형부를 데려올 테니까."

아화는 좌우 볼기짝 위에 있는 무거운 보따리를 툭툭 쳤다.

"왼쪽은 식칼이고, 오른쪽은 황금이야! 너희 형부가 그런 말을 하더라. 돈만 있으면 귀신도 부릴 수가 있다고. 정 안될 것 같으면 황금으로 때려죽이지 뭐! 내가 업고 나오면, 다 같이 집으로 도망가자! 형부를 데리고 집까지 못 갈 것 같으면 어디 산골짜기에다가 집이라도 짓고 남은 평생 살아야지. 사실은 제경에서 사는 것도 질렸어. 땅바닥에서 흙냄새라고는 안 나고, 사람들 표정도 돌덩이처럼 딱딱해. 귀부인들 머릿기름 냄새도 아주 현기증이 났는데, 이제 잘 됐지 뭐야. 아예 그 사람을 데려다가 농사나 지어야겠다!"

"좋은 생각이야."

일곱 송이는 너도나도 좋다며 기뻐하다가, 갑자기 손으로 입을 가리며 이야기했다.

"아이고, 큰언니. 그럼 감옥을 습격하겠다는 거잖아……."

"네 형부가 나한테 허구한 날 여자 깡패라고 욕을 하더니, 오늘은 내 덕을 보겠다!"

아화는 기세 좋게 목청을 돋우었다.

"삼화, 너는 저 나무 밑에서 망을 봐 줘. 사화, 오화, 너희는 대문 쪽에서 소란을 피워. 사람들이 다 그쪽으로 몰려가게. 대화, 이화, 너희는 벽을 타고 올라라. 천천히 올라가기만 하고 진짜 타고 넘지는 마. 경비병이 오면 그냥 투항해. 육화, 칠화, 너희 둘은 몸도 날쌔고 무술도 며칠 배웠으니까 나랑 같이 가서 형부를 구해 오자.

"큰언니, 훌륭한 계획이야!"

일곱 송이가 일제히 고개를 끄덕였다.

"그만 떠들고, 빨리 움직여!"

아화가 늠름하게 팔을 휘두르자, 일곱 송이는 후다닥 흩어졌다.

"큰언니, 이렇게 오랫동안 집에서 살림만 했는데, 나무 위로 오를 수 있겠어?"

칠화가 물었다. 아화는 자신 있게 웃으며 이야기했다.

"문제없지. 너 잊었냐. 너희 형부가 공부할 때, 집에 먹을 게 떨어진 적이 있었잖아. 눈이 펑펑 오는 날이었는데, 그때 내가 광주리를 메고 먹을 걸 찾느라 30리 길을 뛰어다녔어. 그땐 우리 애가 살아 있을 때지. 배고파서 울고불고 난리 치면 너희 형부가 공부를 못할까 봐 아예 내가 둘러업고 갔다니까. 길에서 솔밭을 만났는데, 애를 업고도 나무를 수십 번 오르락내리락하면서 잣을 땄어. 지금 네 형부가 백 근 밖에 안 나가는데 업고 오는 게 대수겠냐?"

말을 마친 아화는 상기된 표정으로 손바닥에 침을 탁 뱉고는 손을 비비더니 나무 위로 쑥쑥 오르기 시작했다.

"큰언니, 천천히 가……."

칠화, 육화는 나이가 어렸다. 고생해 본 경험이 많지 않아 나무를 타는데 익숙지 않은 그녀들은 아래에서 언니를 올려다보며 소리를 질러댔다. 퉁퉁한 아화는 눈가에 흥분한 기색을 감추지 못하며 나무 위로 펄쩍펄쩍 올라갔다. 눈 내리는 산에서 아이를 업고 꽁꽁 언 손으로 쥐구멍을 뒤지던 옛날 모습 그대로였다. 정말 고생스러웠지만, 한편으로 정말 행복한 나날이었다. 그때는 아이도 있었고, 고개를 갸웃거리며 책을 읽는 신자연의 모습을 바라보고 있노라면 하루하루가 그렇게 재미있을 수가 없었다. 그런데 지금은 모든 것을 가졌으면서도 아무것도 없는 것만 같았다. 아이는 다시 낳지 못했고, 그 사람은 관직이 점점 더 높아질수록 안 하던 행동을 하고 다니며 집에 붙어 있지를 않았다. 가진 것은 많아졌지만, 얼굴에서 웃음기는 점점 사라졌다. 먹는 것도 훨씬 좋아졌지만, 예전처럼 꿀맛 같은 잠을 잘 수 없었다.

'영감탱이, 내가 왔소. 우리 귀하신 황제 폐하는 버리고 우리끼리 오손도손 삽시다. 연극에도 그런 말이 나왔잖소. 우리는 떠나련다, 산야로 시골로 즐겁게 떠나련다!'

아화는 나무를 쓱쓱 타고 올라, 보초병이 없는 초소를 바라보았다. 초소는 조용했다. 담 모퉁이 안에 숨겨진 쇠뇌도 조용했다. 그러나 아래에서는 소동이 일어났다. 부인이 왔다는 것을 감지한 신자연이 어서 가서 그녀를 말리라고 난리를 피우는 통에, 등쌀에 못 이긴 경비병들이 대문 앞에 가 보려고 지하 감옥에서 막 나왔을 때였다. 대문 앞에서 사화, 오화가 문을 두드리며 울기 시작했다. 손으로는 식칼을 휘두르는 중이었다. 대화, 이화는 때맞춰 식칼을 허리춤에 차고 치마를 걷어 올린 후, 느릿느릿 담을 기어오르기 시작했다. 경비병들은 대문 쪽에서 나는 요란한 소리에 신경을 곤두세웠을 뿐, 고개를 들어 위를 올려다보는 사람은 없었다. 그럴 필요를 느끼는 사람조차 없었다. 기계는 언제나 사람보다 더 정확하고 유용했으니까.

망루 쪽에 있는 나무는 원래부터 함정이었다. 사람들이 일부러 타고 오르도록 한 것이었다. 아화는 흔들흔들하며 나무 꼭대기까지 기어올랐다. 나뭇가지가 망루에 가깝긴 했지만, 어느 정도 거리가 있었다. 몸이 가볍고 무공을 쓸 줄 아는 동생이라면 휙 넘어갈 수 있을 것 같지만, 통통한 아화에게는 무리였다. 그녀도 더는 억지로 나아갈 수 없었다. 무게가 무거워 나뭇가지가 부러지기라도 한다면 큰일이었다. 그 와중에도 그녀는 전혀 걱정하는 눈치가 아니었다. 오히려 자신만만하게 웃고 있었다. 그녀는 스스로가 너무 똑똑하다고 생각하며 뒷주머니에 있던 식칼을 꺼내 들었다. 칼은 오랫동안 신자연의 책상이며 의자며 찻주전자

등에 하도 많이 내려꽂혀 칼날에 이가 성한 곳이 없었다. 그래도 그녀는 날을 바꾸어야 한다는 생각을 해 본 적이 없었다. 그랬다가 예리한 칼날에 영감이 베이기라도 하면 어쩐단 말인가? 그녀는 사랑스럽다는 듯, 식칼을 쓰다듬었다. 칼 뒤에는 기다란 줄이 늘어져 있었다. 연극에서는 날고 기는 도둑들이 춤을 추듯이 줄을 휙휙 휘두르면, 삼발이 갈고리가 벽에 가서 탁 걸렸다. 그녀는 본인의 완력이라면 가능할 것이라는 생각이 들었다.

"물러나."

아화는 뒤를 돌아보며 육화, 칠화에게 이야기했다. 혹시라도 잘못 휘둘러서 동생들이 다칠까 봐서였다. 동생들은 그녀의 말에 뒤로 돌아 몸을 웅크렸다.

좌아.

식칼이 공중에서 아름다운 곡선을 그리며 나무 꼭대기를 갈랐다. 그리고 아주 그럴듯한 소리와 함께 망루 한구석의 나무 덧문에 정확히 꽂혔다.

"맞췄다!"

아화가 만족스러운 웃음을 지었다. 눈빛도 반짝반짝했다.

슝!

그 순간, 망루 위에서 검은빛이 번뜩였다. 검은 쇠뇌가 충격을 받자, 엄청나게 많은 화살이 일제히 같은 소리를 내면서 공중으로 날아올라 먹구름을 일으킨 것이다! 비명과 함께 사방으로 피가 튀었다.

쿵.

나무 위의 아화가 떨어졌다. 웃음 짓던 얼굴 그대로였다.

나무 위에 있던 아화의 커다란 몸뚱어리가 바닥에 떨어졌을 때, 감옥 안에서 초조하게 서성이던 신자연의 발걸음이 우뚝 멈추었다. 그는 쓰읍 숨을 들이켜며, 온 신경을 곤두세우고 귀를 기울였다. 사방에서 휘잉휘잉 바람 소리가 들려오는 중에 아주 희미하게 떠들썩한 소리가 섞여 있었다. 무슨 일인지 짐작도 되지 않는 소리에 그의 얼굴이 굳어졌다. 그는 갑자기 엉덩이를 치켜들고 바닥에 엎드린 채, 귀를 땅바닥에 바싹 갖다 댔다. 허연 엉덩이가 하늘을 향해 치솟은 모습이 어찌나 볼썽사나운지, 봉지미는 눈을 찡그리고 그를 처음 만난 그 장면을 떠올렸다. 그리고 속으로 남자치고 미인인 신자연도 엉덩이는 꽤 크구나 하고 생각했다. 한참을 그러고 있던 그는 아무런 소득이 없자 고개를 번쩍 들고는 맞은편의 그녀를 노려보았다.

"다 너 때문이야. 배은망덕한 녀석 같으니라고. 나가기만 해 봐. 네 더러운 이름을 천년만년 남기도록 해 줄 테니……."

"부인께서 오시면 함께 짐을 싸서 경도로 기분 전환 삼아 가 버리시던가요."

봉지미가 아무렇지 않게 이야기했다. 경도는 천성의 중범죄자들을 유배 보내는 곳이었다. 그녀는 이번 신자연 사안은 영혁 쪽에서 마지막까지 힘을 썼으니 죽음은 피할 수 있을 거라는 생각이 들었다. 신자연의 신분을 고려할 때, 가장 유력한 처벌은 유배일 것이고 그 정도라면 괜찮았다. 그녀는 복수를 맹세했고 절대 용서하지 않을 작정이었지만, 한 번에 죽이지 못했다고 두 번 손 쓸 필요는 없다고 생각했다. 첫 번째는 복수 때문에 칼을 뽑았지만, 두 번째에는 은혜를 갚기 위해 참는다. 그런 마무리도 좋을 것이다.

그런 생각을 하고 있을 때, 갑자기 피비린내가 희미하게 풍겨 왔다. 곧 어지러운 발소리가 들렸다. 초조하고 다급했다. 무공을 연마한 사람의 그것이 아니었다. 이어서 가슴이 찢어지는 듯한 울음소리가 뒤따랐다. 봉지미는 얼른 고개를 들었다. 위쪽 감옥 문에서 그림자가 일렁이더니 한 무리의 남자와 여자들이 뒤섞여 줄줄이 뛰어 들어왔다. 큰 소리로 엉엉 울부짖는 여자들과 금우위 경비병들이었다. 그들은 하나같이 몹시 당황한 얼굴이었다. 맨 앞줄의 사람들이 무언가를 들고 들어오며 지나는 곳마다 피를 후두둑 후두둑 흩뿌렸다. 그녀는 그 모습에 벼락이라도 맞은 듯 넋을 놓았다. 사람들은 곧바로 신자연의 감방으로 몰려갔다. 여자들은 신자연을 보자마자 울부짖기 시작했다.

"형부……."

"언니……."

여자들이 한데 뭉쳐 엉엉 울자 감옥은 아수라장이 되었다. 꽃무늬 옷을 입은 제일 어린 여자의 얼굴은 흙으로 만신창이가 되어 있었다. 몸에는 나뭇잎과 이끼가 아직 붙어 있었다. 그녀는 가느다란 열 손가락을 쫙 펴고 달려오더니 기둥을 붙잡고 마구 긁어댔다.

"…… 형부, 언니가……."

신자연은 그 자리에 서서 굳어 버렸다. 그의 눈에는 고통스럽게 울부짖는 처제들도, 어찌할 바를 모르는 금우위도 들어오지 않았다. 감방문 앞에 조심스럽게 내려놓은 자신의 통통한 아내에게만 시선이 고정되어 있었다. 그녀는 온몸에 화살이 꽂혀 마치 고슴도치 같았다. 가느다란 핏줄기가 끝도 없이 샘솟아 피로 칠갑이 되었고, 깨끗한 피부라고는 한 군데도 찾아볼 수가 없었다. 한 사람의 몸속에 이렇게 많은 피가 있을 수 있다는 것이, 그리고 피를 그렇게 끊임없이 흘리면서도 견디어낸다는 것이 놀라울 정도였다. 밖으로 흘러나온 피가 그녀의 몸 일부를 가져가기라도 한 듯, 풍만하던 아화의 몸집은 꽤 줄어 있었다. 신자연의 눈이 초점을 잃고 땅에 누운 그 사람을 바라보고 있었다. 너무나 낯설고 믿어지지 않는 듯했다. 너무나 무서운 악몽에서 필사적으로 깨어나려는 듯, 아니 어쩌면 그 반대로 절대 깨어나지 않으려는 듯 기이한 표정으로 한 발짝 물러났다.

아화는 놀랍게도 아직 죽지 않고 있었다. 화살이 머리를 명중시킬 수 없는 위치에 있었던 것이다. 그러나 그렇게 많은 화살이 몸을 꿰뚫었으니 살아날 가망은 없었다. 그녀는 마지막 숨으로 겨우겨우 버티며 이곳까지 온 것 같았다. 갑자기 그녀가 부들부들 떨며 목을 빼고는, 필사적으로 신자연을 바라보았다. 그는 그녀의 눈빛을 보더니 더 물러서지 않고, 무릎걸음으로 홀린 듯이 다가갔다. 그러다가 자기 앞에 감옥의 창살이 있다는 것을 잊은 듯, '퍽' 하고 부딪히고 말았다. 아프지도 않은지 부딪힌 곳을 문지르는 것도 잊고, 그렇게 감방 앞을 막아서고 있었다. 금우위의 경비병들은 서로 눈치만 보며 난감한 표정을 지었다. 잠시 후, 우두머리 행색을 한 자가 무릎을 꿇고 조용히 이야기했다.

"대인……. 폐하의 어명 없이 감옥에 침입하는 것은 이유 불문하고 죽을죄입니다……."

신자연의 귀에는 아무 소리도 들리지 않았다. 그가 감방 문 밖으로 휘청거리며 손을 뻗자, 아화에게 닿았다.

쉭.

어두컴컴한 감옥에 섬뜩한 빛이 스쳤다. 빛은 황공한 얼굴로 무릎을 꿇은 금우위 경비병 우두머리의 목 언저리를 그어 핏방울을 떨구고 감방 문 위에 퉁 하고 박혔다.

"열어라."

봉지미의 냉랭한 목소리가 맞은편에서 울려 왔다.

"안 그러면 지금 바로 죽는다."

우두머리는 공포에 떨며 자신의 목을 어루만졌다. 손가락에 묻어난 핏자국은 그를 아연실색하게 만들었다. 그가 확 돌아서서 봉지미를 보았다. 그녀는 눈썹을 내리깔고, 땅바닥의 풀포기를 손가락 사이에 단단히 움켜쥐었다. 우두머리는 잠시 망설이더니, 열쇠를 꺼내 문을 열었다. 문이 열리자마자, 그는 신자연을 부축하려고 했다. 그러나 신자연은 그의 손을 탁 뿌리치고, 미친 사람처럼 열쇠를 빼앗아 던져 버렸다. 그리고 감방 문을 '쾅' 하고 거칠게 닫아 버렸다. 밖으로 나가지 않겠다는 것이었다. 모두가 넋이 나갔다. 덜덜 떨리는 그녀의 손이 얼음장처럼 차가웠다. 그는 이제 죽어도 그녀와는 정을 나누지 않을 것이다.

아화는 주위에서 무슨 일이 일어나든 상관하지 않고 신자연만 뚫어지게 보고 있었다. 그가 숨을 깊이 들이마시고는 정신을 조금 가다듬었는지 무릎을 꿇은 채 앞으로 다가갔다. 감방 문을 사이에 두고 그는 그녀의 손을 꽉 붙잡았다.

"아화, 나 여기 있어."

신자연의 목소리가 부드러웠다. 멀리서 등잔불의 처량한 빛발이 비추었다. 아화의 얼굴 위로 흔들리는 사람들의 그림자가 내려앉자, 푸르뎅뎅한 죽음의 기운이 드리웠다. 사방의 바람 소리가 점점 짙어지고 있었다. 그녀는 쓸쓸한 미소를 지으며 그를 몇 번이고 자세히 들여다보더니, 쉰 목소리로 이야기했다.

"이번에는…… 아주 살판이 났네……."

신자연은 웃는지 우는지 모르게 입꼬리를 삐죽거렸다. 잠시 후 이를 꽉 깨문 그가 말했다.

"그래. 살판났지. 당신 죽으면 나는 그길로 난화원도 가고, 청우루, 서정각, 취월거도 갈 텐데……. 그런데 당신이 감히 죽는다고? 그럴 수 있겠어? 그렇게 급하게 갈 것 없잖아?"

"…… 당신…… 감히……."

아화는 입을 비죽거리려고 했지만, 처량하게도 입가만 살짝 올라갈 뿐이었다. 그녀의 눈이 사람들을 훑었다.

"…… 화…… 자매들……."

일곱 송이가 흑흑 흐느끼며 그녀에게 달려들었다.

"…… 한 사람 골라…… 부인으로……."

아화가 신자연의 손을 움켜쥐더니, 자매들을 차근차근 보고는 경고

하듯 이야기했다.

"…… 쟤네들…… 중에서만……."

화 자매들은 대성통곡을 하고, 신자연의 목구멍에서는 흐느끼는 소리가 올라왔다. 그는 이를 깨물고 세차게 고개를 저었다. 아화의 얼굴에 가까이 가지 못하는 그는 그녀의 손바닥을 계속 쓰다듬었다.

"…… 당신한테 장가들던 날, 맹세했잖아. 평생 두 번째는 없을 거라고. 급할 것 없어. 아직 시간 많아. 요전에는 태의원에서 약도 받아 왔어. 단번에 아들이 생길 거라던데. 집에 가면 써 보자……."

"…… 다 늙어서…… 부끄럽지도 않나……."

죽기 직전 잠시 정신이 돌아온 것인지, 아니면 모두가 지켜보는 가운데 신자연이 민망한 소리를 해서인지, 아화의 창백한 얼굴에 홍조가 피어났다. 그를 가만히 보고 있던 그녀가 갑자기 손을 들어 만지려고 했다. 그가 얼른 얼굴을 내밀었다. 그림처럼 아름다운 얼굴이 창살 사이에 납작하게 끼었다. 피로 물든 그녀의 손이 그의 얼굴로 떨어졌다. 항상 그래왔던 것처럼 그를 때릴까 했지만, 떨어진 손은 그의 얼굴을 가볍게 쓰다듬었다. 생전 처음이자 마지막으로 부드럽게 어루만진 손이었다.

"…… 늙었어……."

아화의 가벼운 탄식이 목구멍에서 삐져나왔다. 피로 젖은 손가락이 맥없이 바닥으로 툭 떨어졌다. 그 순간 해도 떨어져 빛을 잃었고, 어두컴컴한 벽에는 누런 등잔 불빛만이 일렁였다. 공기 중에는 아주 잠시 서늘한 기운이 감돌았다. 사람들은 이를 두고, 떠나지 못하고 주변을 맴도는 마지막 한숨이라고들 했다. 그녀는 고요하게 잠들었다. 남편의 곁에서, 감방 문을 사이에 두고. 늙어가는 남편을 걱정하는 말을 마지막으로 남긴 채.

감옥 안은 적막에 휩싸였다. 울음소리조차 들리지 않았다. 죽음으로 얼어붙은 분위기에 사람들은 모두 숨죽이고 있었다. 무릎 꿇은 형부를 멍하니 바라보는 자매들의 눈에서 눈물이 하염없이 떨어져 내렸다. 신자연은 양손은 창살 밖으로 내밀고 얼굴은 창살 사이에 낀 이상한 자세 그대로 오랫동안 꿇어앉아 있었다. 그의 긴 머리가 어지럽게 헝클어져 흘러내렸다. 감방 위쪽의 작은 창으로 비친 하얀 달빛 아래, 그의 모습은 상처 입은 한 마리 학이었다. 잠시 후, 짙게 드리운 악몽처럼 무겁게 흐느끼는 소리가 주위를 떠돌았다.

"…… 이게 다 너무 예뻐한 탓이야. 아무것도 모르는 사람으로 만들었어……."

자매들은 넋을 놓고 감옥 문에 기대어 눈물만 뚝뚝 흘렸다. 두 사람은 가난할 때 만났다. 아화는 궁핍한 세월 동안 신자연을 뒷바라지하느라 아이를 포기하였다. 그가 성공하고 명성을 떨치게 되었을 때는 아이를 더 낳을 수가 없는 몸이었다. 고향을 떠나 제경까지 와서 호의호식했지만, 마음의 행복을 돈으로 살 수는 없었다. 그는 그녀에게 평생을 다 바쳐도 갚지 못할 빚을 졌다고 생각했고, 그래서 그녀가 하고 싶은 대로 평생 무엇이든 다 해 주려 했다. 그녀가 아무 이유 없이 질투해도, 칼을 들고 남편을 쫓아와도, 다른 관리 부인들과 어울리기 싫어해도, 그저 하고 싶은 대로 하게 두었다. 외부 사람들과는 만나지 않고 자신의 저택 안의 땅을 일구며 농부가 되겠다고 고집을 피워도 그녀의 말에 따랐다. 그는 자신이 은혜를 갚을 길은 그저 그녀를 사랑하고 양보하는 것이라 여겼다. 함께 고생한 조강지처를 거스를 수는 없다고 생각했다. 그러나 조정이 얼마나 위험한 곳인지 간과하고 말았다. 그의 아내는 세상의 풍파를 어떻게 헤쳐 나가야 할지 배웠어야 했다. 누구라도 다른 사람을 평생토록 보호할 수는 없는 법. 그 당연한 이치를 오늘에서야 깨달은 그에게 주어진 대가는 너무나 혹독했다. 지금 이 순간, 밤은 차갑고 하얀 달만 휘영청 밝았다.

얼마나 지났을까, 신자연이 갑자기 고개를 들고 맞은 편 어둠 속에서 멍하니 말을 잃은 봉지미를 바라보았다. 눈물은 사라졌지만, 눈은 잔뜩 충혈되어 있었다. 눈앞에 있는 사람을 태워 버리기 위해서라면 자기 자신을 불사른다 해도 아깝지 않다는 듯 눈동자가 이글이글 타오르고 있었다.

"위지⋯⋯."

"너하고 나, 둘 중 하나는 죽어야 끝나는 거야!"

공모

비탄에 잠겨 내지른 신자연의 목소리가 위소를 쩌렁쩌렁 울렸다. 그 소리는 피를 두른 강철 검처럼 벽을 타고 올라 사방으로 퍼져 나갔다. 칼의 집중 사격이 쏟아지는 가운데, 봉지미는 눈을 감고 있었다. 갑자기 그녀의 눈가가 눈부시게 빛났다. 이렇게 서로 원수가 되는구나……. 아화의 시신이 그녀의 눈앞에 가로놓여 있었다. 5년 전, 그녀의 부군은 봉지미의 인생에서 가장 큰 영향을 미친 결정을 했다. 그러고 나서 5년 후, 운명은 수레바퀴처럼 돌아, 그 결정이 몰고 온 짙은 죽음의 그림자가 그녀 앞에 드리웠다. 내 손으로 죽인 것은 아니지만, 나 때문에 죽었다. 그녀는 어둠 속에서 손을 꽉 그러쥐었다. 온기라고는 전혀 느낄 수 없을 정도로 꽁꽁 얼어 있었다. 그녀는 일생토록 무수히도 많은 사람을 죽였지만, 떳떳하지 못한 적이 한 번도 없었다. 그러나 이번만큼은 아무 죄가 없는 아화의 모습을 당당하게 마주 볼 용기가 없었다.

풀썩하는 소리와 함께 충격으로 정신이 혼미해진 신자연이 쓰러졌다. 일곱 송이는 여태껏 언니와 형부의 보살핌 아래 세상 물정 모르게 지내 왔지만, 오늘 큰일을 치르고 나자 갑자기 철이 든 모양이었다. 그가 기절을 했는데도 바보처럼 엉엉 울고 있지만은 않았다. 대화는 얼른 나서서 우두머리에게 무릎을 꿇고 흐느꼈다.

"…… 대인 부탁드리겠습니다. 저희 형부를 좀 보살펴 주십시오. 저희는 돌아가서…… 언니를 보내 드려야 해요……."

우두머리는 대화를 부축해 일으켰다. 그리고 봉지미를 흘깃 보더니 말없이 고개를 끄덕였다. 일곱 송이는 묵묵히 아화의 시신을 들어 올렸다. 그리고 곧바로 문 쪽으로 나가지 않고 한 바퀴 돌아 봉지미의 감방 앞으로 왔다. 그녀들은 말없이 언니의 시신을 들고 눈물을 흘리며 감방 앞을 지나쳤다.

"퉤!"

대화가 갑자기 고개를 돌리더니, 봉지미의 옷자락을 향해 거칠게 침을 뱉었다.

"퉤!"

이화도 따라서 봉지미의 옷소매 쪽으로 진한 가래를 뱉어냈다.

"퉤!"

삼화는 더 세게 침을 뱉었고, 봉지미의 얼굴 앞까지 침이 튀었다.

…….

칠화까지 지나가고 나자, 봉지미의 온몸이 침으로 흥건했다. 그러나 그녀는 줄곧 꼼짝도 하지 않았다. 자신 때문에 일이 일어났으니 매를 맞아야 했다. 그녀는 자신이 저지른 일의 결과에 따른 죗값을 받는 게 두렵지 않았다. 억울하게 큰언니를 잃은 여인들이 가장 직접적인 방식으로 표출하는 증오라도 말이었다. 소란스러운 발소리가 멀어지고, 금우위 경비병들은 조용히 땅바닥에 남은 혈흔을 지웠다. 바닥은 깨끗해졌지만, 희미한 피 냄새는 아직 코끝에 남아 있었다. 그리고 더 크게 남은 것은 갈기갈기 찢어진 가슴이었다. 마음은 아물게 할 방법이 없다.

그저 점점 커지고 커져, 죽을 때까지 커질 뿐……. 신자연은 다시 깨어나 이 악몽을 마주하고 싶지 않은 듯, 여전히 정신을 잃고 누워 있었다. 금우위들은 그를 깨우지 않았다. 안팎으로 경비를 삼엄하게 하며 지켜볼 뿐이었다.

오늘의 일로 두 대학사는 원수지간이 되었다. 그러니 금우위들은 또 무슨 일이 일어날지 두려워 방심할 수가 없었다. 아까는 썰렁했던 감옥 안이 지금은 경비병으로 잔뜩 들어찼다. 암흑에 싸인 그들은 마치 조각상인 듯 아무 소리도 내지 않았다. 호흡 소리만 가득한 가운데, 봉지미는 천천히 눈을 떴다. 그녀의 감방 대각선 쪽에는 작은 창이 있었다. 그 창으로 사람들의 눈에 잘 띄지 않는 각도에서 갑자기 빛이 반짝이며 들어왔다. 보이지 않는 곳에 매복한 그녀의 암중 호위가 보내는 암호였다. 호위는 그녀의 다음 지시를 기다리고 있었다. 그녀는 오랫동안 아무런 반응이 없었다. 천천히 몸과 얼굴에 남은 침 자국을 닦아낸 그녀는 마침내 손바닥을 번쩍 들었다. 그녀의 손이 등잔 불빛을 가리더니 벽에 그림자 부호가 나타났다. 그녀와 암중 호위만 아는 밀어였다.

'그만.'

봉지미는 곧바로 바닥에 드러누웠다. 창문에서 빛이 사라지고 호위도 멀리 사라졌다. 그런데 그녀는 모르고 있었다. 어둠 속, 사방에 경비병이 있는 위소 내부를 휘젓고 다니는 누군가가 있었다. 그는 무언가를 발견한 듯, 눈길이 닿지 않는 모서리에 멈춰 섰다. 그리고 즉시 바깥으로 나가, 위소에서 멀지 않은 곳에 있는 듬성듬성한 수풀 속으로 들어갔다. 사방을 둘러보고 방향을 확인한 그가 뒷짐을 지고 허리를 구부려 나무 꼭대기 위로 도약했다. 위에서 다시 방향을 잡은 그는 나무 꼭대기를 달려 나가다가 한 나무 위에 멈추어 섰다. 그는 그 나무의 잔가지에서 아주 작은 천 조각을 찾아냈다. 그러고는 나무 둥치를 살펴보더니 익숙한 흔적을 발견해냈다. 나뭇가지 꼭대기 위에서 몸을 홱 돌린 그가 품 안에 있던 작은 거울을 끄집어내 한 방향을 향해서 천천히 신호를 보냈다. 굴절을 교묘하게 이용하여 빛을 쏘아 보낸 것이었다. 멀리 어두운 감옥 안, 그녀의 감방 대각선에 있는 작은 창문이 반짝 빛났다. 그가 보낸 암호와 아까 암중 호위가 그녀에게 보낸 암호는 완전히 똑같았다. 다만, 그녀는 아까 암중 호위를 보낸 후로 그 작은 창을 보고 있지 않았다. 그녀는 눈을 꼭 감고 있었다. 깊은 생각에 잠긴 것인지, 깊은 잠에 빠진 것인지 알 수 없었다. 멀리 있는 그는 이미 만족한 듯 고개를 끄덕였다. 그가 고개를 들었다. 하얀 달빛이 그의 옆얼굴로 쏟아져 내렸다. 이목구비가 특별히 남다르지는 않았다. 그러나 우연히 스친 눈빛만큼은 들판에 부는 시퍼런 바람처럼 차갑게 번쩍거렸다. 칼끝만큼 무서운 그의 눈빛은 순식간에 사라져 버렸다.

그는 금우위 지휘사였다.

장희 21년, 천하를 놀라게 하며 두 대학사를 감옥에 가둔 '하내 서책 사건'은 의외의 죽음으로 인해 아주 극적으로 끝이 났다. 부군이 갇혔다는 사실을 알게 된 신 대학사의 부인이 감옥에 제멋대로 침입했다가 죽음에 이르렀다는 소식이 황제의 귀에 전해졌다. 황제 역시나 한참 동안 얼이 빠져 있었다. 영혁 쪽 사람들은 여세를 몰아 신 씨 부부가 얼마나 정이 깊고 은혜로운 사람들인지 입에 침이 마르도록 고해 올렸다. 신 씨 부부는 제경에서 제일 특이하면서도 제일 논란이 되는 한 쌍이었다. 황제 역시 이 부부의 일에 대해 들은 바가 있어서 신자연에게 농담으로 물은 적이 있었다. 그 하동 암사자를 내쫓고 다른 좋은 짝을 찾아 주겠다고 말이다. 그러자 원래 아내하고 더는 못 살겠다고 울고불고하던 신자연의 얼굴이 새하얗게 질리더니, 그렇다면 저는 이만 관직에서 물러나겠다고 하는 것이 아닌가? 황제는 그런 그를 두고 웃음보를 터뜨렸다.

그저 농담일 뿐이었지만, 사람들은 속으로 탄복하지 않을 수 없었다. 사람이 출세하면 마음이 변하기 마련인데 조강지처 때문에 그 명성을 내려놓겠다니, 어느 사내가 쉽사리 그럴 수 있단 말인가? 하물며 두 사람은 언제나 아웅다웅하는 사이가 아니었던가. 신 씨 부인이 죽었다는 소식을 들은 황제는 무릎을 문지르며 한참 침묵하다가 이렇게 이야기했다.

"부부간의 금실이 좋아 잘 지내기는 쉬우나, 생사까지 함께하기는 어려운 법. 신자연이 지금 불행하다 하나, 큰 행운이기도 하구나. 부부간의 이런 정은 나도 없었다."

황제가 이런 말을 하기란 쉽지 않았다. 사람들은 일제히 탄식하며 눈물을 흘렸다. 곁에 있던 초왕이 때를 놓치지 않고 이야기했다.

"신자연은 자기 체면을 바닥으로 떨어뜨리는 아내도 버리지 않는 사람입니다. 그런데 폐하의 두터운 은혜를 입고 어찌 감히……."

이 말은 황제에게 감동을 주었다. 곧 성지가 내려졌고 '하내 서책 사건'은 일단 조사를 미루게 되었다. 신 대학사는 잠시 집으로 돌아가 상을 치르기로 했다. 당연히 금우위가 동행하는 조건이었다. 조사는 잠시 연기된 것이긴 했지만, 황제의 화가 많이 누그러졌다는 것은 확연하게 알 수 있었다. 신자연이 장례를 거의 마무리했을 무렵, 황제가 위지를 석방하라는 취지의 성지를 내렸기 때문이었다. '반역을 마음에 담고, 전 왕조를 그리워한다'는 영혁의 지적에 대해서는 '글을 함부로 썼으나, 무심코 저지른 실수이다. 품계를 하나 내리되, 관직은 그대로 두고 1년간 녹봉을 삭감한다'는 처분이 내려졌다.

봉지미가 출옥한 날은 때마침 신 씨 부인을 매장하는 날이었다. 지전(紙錢)*망자의 노잣돈으로 쓰이길 바라는 종이돈이 온 성내에 휘날렸고, 길목마다 애달픈 곡소리가 울려 퍼졌다. 신자연은 삼베로 된 상복을 입고 거의 넋을 놓은 채, 맨 앞에서 부축을 받으며 걸었다. 며칠 사이에 핼쑥해진 그는 귀밑머리까지 하얗게 세어, 보는 사람들의 마음을 아프게 했다. 장례 행렬이 지나가자, 슬퍼하지 않는 이가 없었다. 익살스럽기로 제경에서 모르는 이가 없던 신 씨 부부는 결국 그렇게 제경에서 가장 애처롭고 감동적인 이야기를 남기게 되었다.

신 씨 부인의 장례 행렬은 위지의 출옥을 맞으러 온 대학사 의장 행렬과 남시(南市) 거리에서 맞닥뜨렸다. 한여름 새벽녘, 곧 비가 쏟아질 듯 뿌연 하늘에 구름이 낮게 깔려 있었다. 처마 끝에서 검은 나비와 하얀 지전이 나풀거리고, 부채에서 이는 바람은 숨이 막힐 듯 뜨거웠다. 거리 끝에 보이는 장례 행렬의 삼베옷은 하얀 눈 같았다. 거리 반대쪽 끝에는 검은 말 위에 검은 옷을 입은 봉지미가 있었다. 흑과 백, 모두 엄숙한 모습이었다. 말 위의 그녀와 행렬의 맨 앞에 선 신자연은 거의 한눈에 서로를 알아보았다. 그녀는 그의 눈가에서 끝을 알 수 없는 황량함과 공허를 보았다. 모든 것을 잃어서가 아니라 가진 것이 너무 많아 공허한 모습. 차라리 모두 다 버리고 다음 생을 기다리는 모습이었다. 그는 그녀의 눈가에서 끝없는 어둠과 심연을 발견하였다. 담은 것이 너무 많아 오히려 쓸쓸하고 적막한 모습. 그런 어둠은 무서운 것이 아니라 오히려 서글프지 않던가. 마치 숙명을 앞둔 생애 마지막 노래처럼.

둘은 긴 거리의 양 끝에서 묵묵히 서로를 주시했다. 둘 사이에서 지전이 눈처럼 하늘하늘 춤을 추었다. 봉지미의 시선이 앞에서 다가오는 상여 위에 천천히 내려앉았다. 얼굴은 창백했지만 평온했다. 고삐를 당겨 말에서 내린 그녀는 한쪽으로 비켜서서 허리를 수그렸다. 주변에 있던 백성들은 위 대학사의 모습에 역시 의리가 있다며 칭찬을 쏟아냈다. 위 대학사가 은사를 따라 투옥되길 자원했다는 이야기가 떠돈 터였다. 좋은 사람이니 무사한 게 다행이라고들 했다. 일곱 송이는 사람들의 말을 듣고 창백했던 얼굴이 시뻘겋게 달아오르고 온몸이 부들부들 떨렸다. 신자연은 별다른 반응 없이 8월의 바람 속에서 멍하니 서 있었다.

그러다가 공허한 얼굴로 계속해서 앞으로 나아갔다. 그는 상여와 함께, 모든 사람이 바라보는 가운데, 일곱 처제가 숨죽인 가운데, 그리고 칼자루에 손을 얹은 금우위가 긴장된 시선으로 바라보는 가운데, 한 걸음 한 걸음 봉지미를 향해 걸었다. 그는 그녀의 바로 앞까지 걸었다. 그녀는 계속 허리를 수그린 채, 잠자코 있었다. 그는 망연자실한 듯 하늘을 향해 고개를 들었다. 그리고, 어깨를 스치며, 그대로 지나쳤다.

사방에서 바람이 불어와 검은 나비와 흰 지전을 흩날렸다. 신씨 집안 사람들은 그렇게 무뚝뚝하게 봉지미를 스쳐 지나갔다. 계속해서 인사를 하는 그 사람의 모습이 보이지 않는 것처럼. 누군가를 진정으로 미워하면 길가에서 침을 튀기며 욕지거리를 퍼붓지 않는다. 욕을 할 수 있다는 건, 아직 덜 밉다는 뜻이었다. 진정한 증오는 마음속 깊은 곳에서부터 주체할 수 없이 강력하게 치솟아 오른 힘이며, 꾹꾹 억눌린 침묵으로만 표현되었다. 말은 사람을 죽일 수 없으니, 할 가치조차 없었다. 힘이 조금이라도 남았다면, 복수를 위해 남겨 두어야 했다.

봉지미는 길모퉁이에 잠자코 있었다. 신씨 집안 사람들은 한마디도 하지 않았다. 그러나 그녀는 부들거리는 그들의 뼈마디가 부서질 듯 삐걱대는 소리마저 들리는 것 같았다. 행렬이 모두 지나간 후, 그녀는 허리를 일으키고 처음 그대로 평온한 표정으로 말에 올라 앞으로 나아갔다. 그들은 원수와 마주쳤고, 온 힘을 다해 참았다. 그녀도 그해 그 겨울 원수와 마주쳤을 때, 온 힘을 다해 무릎을 꿇었고, 눈물을 흘렸고, 감사했었다. 누가 더 고통스럽달 것도 없었다. 고통이란 계속해서 돌고 도니까. 말 위에서 멍하니 있던 그녀는 자신을 뒤따르는 종신이 신씨 집안 사람들의 모습을 바라보며 인상을 찡그린다는 것을 알아채지 못하였다. 그녀는 평온해 보였지만, 사실 온전한 정신이 아니었다. 그런데 종신은 신자연에게서 그녀를 향한 살기를 느꼈다. 종신은 얼굴을 찡그리며 생각했다. 그녀가 제경에서 일어나는 일에 대해서 초원과 서량에 알리지 말라고 당부하긴 했지만, 이런 일은 가만히 있을 수 없었다. 혈부도는 본래 주군에게 충성을 다하지만, 시키는 대로 움직이지만은 않았다. 대성의 비밀 문건 속에는 이러한 혈부도의 철칙이 담겨 있었다. 대성의 개국 제후는 주군에게 해를 입히는 것이 아니라면, 주군의 생명이 위험하다는 판단하에 혈부도가 자결권을 가지게 하라고 명령했다. 그러니 그녀가 할 수 없고 하고 싶지 않은 일은 그가 하면 되었다.

종신이 고개를 치켜들고 잠시 생각한 후, 손짓을 보냈다. 곧바로 평범한 생김새의 호위 몇 명이 곧바로 걸음을 늦추어 뒤처지기 시작했다. 그러다가 소리 소문 없이 길모퉁이로 자취를 감추었다.

성의 10리 밖에 있는 낙초산(落蕉山)은 풍경이 아름답고 지세가 좋았다. 제경의 수많은 고관대작과 재력가들이 이곳에 가족들의 묘를 썼다. 신자연도 작은 산봉우리를 하나 사서 아화를 산꼭대기 높은 곳에 묻었다. 아래를 내려다볼 수 있는 높은 곳이니 멀리까지 보였다. 그는 아화가 그곳을 좋아할 것으로 생각했다. 그녀는 높은 곳으로 기어오르길 좋아했으니까……. 그녀는 높은 곳에 오르면 고향 하내에 있는 옛날 집을 볼 수 있을지 모른다고도 이야기했었다. 하내에 있는 옛날 집은 사실 한참 전부터 엉망이었다. 그래서 신자연은 작년에 몰래 사람을 보내 집을 수리했었다. 몇 년이 지나고 전하가 제위에 오르면, 퇴임해서 그녀를 데리고 고향으로 돌아가 행복하게 해 주려고 준비한 것이었다. 그리고 산 너머에 있는 풍수가 좋은 땅도 골라 놓았다. 나중에 그녀와 함께 그곳에 묻히려는 계획이었다. 그러나 그가 꿈꾼 행복은 이번 생에는 절대 없을 것이다. 그는 아화를 하내로 데려가서 묻지 않았다. 아직 자유의 몸이 아니기 때문이었다. 게다가 제경에서 아직 할 일이 남아 있었다. 그 일을 마치고 나면 아마 그의 목숨도 다할 테니, 처제들에게 자신과 아화를 그곳으로 데려가 합장해 달라고 하면 될 터였다. 그는 처제들에게 담담하게 이런 이야기를 했다. 처제들은 한 덩어리가 되어 엉엉 울었다. 차마 듣고 있기가 괴로웠던 그는 처제들을 물러나도록 했다.

아화의 봉분 위에 마지막 흙이 쏟아졌고, 신자연은 손으로 흙을 가만히 잘 덮어 주었다. 그리고 무덤 앞에 몸을 누인 채, 손을 저어 장례 일행을 모두 물렀다. 집안의 하인들도 명령에 따라 물러서는데, 금우위의 호위병인들 그 자리를 지킬 수 있겠는가. 호위들은 대학사를 방해하지 않도록 멀찍이 물러났다. 신자연은 무덤에 기대어 한참을 멍하니 있다가 술을 한 병 꺼내 고개를 젖히고 꿀꺽꿀꺽 마시기 시작했다. 주량도 많지 않은 데다 가슴 아픈 상황에 술을 들이부으니, 절반쯤 마시고는 금세 취해 버렸다. 그가 손을 치켜들자 술병이 핑그르르 돌며 떨어져 운무 속으로 사라졌다. 산속은 무척이나 습해서, 허연 안개가 한 치 앞이 보이지 않을 정도로 끼어 있었다. 그는 안개에 취한 듯 손을 뻗으며 바보처럼 웃었다.

"아화, 당신 왔어? 에이, 어떻게 흰옷을 입었어? 당신 흰옷 제일 싫어 했잖아."

신자연은 손을 휘휘 저어 아화를 껴안으려 했지만, 품에 안기는 것은 허공뿐이었다. 그러자 무덤에 풀썩 쓰러져서는 아예 봉분을 끌어안고 쓰다듬으며 혼잣말을 했다.

"얼굴은 때리지 마. 내일 딴 사람들 보기가 그래……."

그러더니 또 취한 눈을 게슴츠레하게 뜨고 이야기했다.

"얼굴이 너무 차……. 울었어? …… 찐빵은 애한테 주라고 했잖아……. 나 말고……. 난 배 안 고파."

신자연의 주변으로 안개가 더욱 짙어졌다. 멀리서 지켜보던 금우위는 그의 취한 모습이 걱정스러웠다. 발을 헛디뎌 혹시나 낭떠러지로 떨어질까 싶어 다시 가까이 가 보기로 했다. 그렇게 안개 속으로 다가가던 순간, 그들은 끽소리도 내지 못하고 쓰러졌다. 신자연은 곁에서 무슨 일이 일어났는지도 모른 채, 봉분을 붙들고 지난 일을 중얼거리고 있었다. 흰 안개 속에서 갑자기 한 사람이 걸어 나왔다. 전신에 흰옷을 감싼 그는 호리호리한 체격에 아름다운 얼굴이었다. 허리춤에 꽂힌 자색 옥 피리의 청록색 장식 술이 바람에 유유히 흩날렸다. 그는 차분하게 걸어와 고개를 숙이고는 신자연을 바라보았다. 잠시 망설이는 눈빛이 스쳤지만, 결국 긴 한숨을 내쉬고 말했다.

"그 사람과 약속했습니다. 목숨을 걸고 지키겠다고요. 그게 누구의 목숨이든지."

그러고는 그는 손을 뻗었다. 신자연은 무덤을 꽉 안으며 눈을 감았다. 아화와 함께이고 싶은 마음뿐이었다. 그때 갑자기 안개가 요동치기 시작했다. 하얗게 짙은 안개 속에서 사람의 그림자가 나타났다. 검은 두루마기 자락에 불꽃처럼 새빨간 옷깃이 어렴풋이 보였다. 주변에서 '파바박' 하고 공기의 폭발음이 들리고, 바람이 마치 주먹처럼 종신의 정면으로 달려들었다. 종신은 황급히 손을 거두고 한 발짝 물러났다. 안개가 걷히고, 검은 두루마기에 선홍색 옷깃의 사내가 딱딱하게 굳은 얼굴로 그의 앞에 나타났다. 신자연 옆에 붙어서 자주 청명서원을 드나들었던 검은 두루마기의 사내였다. 종신은 어리둥절한 얼굴로 그를 위아래로 훑었다. 봉지미가 이야기했던 신자연의 호위가 떠올라 물었다.

"당신이로군?"

그는 대답이 없었다. 두루마기 자락만 바람에 펄럭였다. 신자연은 말소리에 깜짝 놀라 겨우 몸을 일으켰다. 눈을 가늘게 뜨고 한참을 보더니, 돌연 바보스럽게 웃었다.

"노허로구나……. 천하를 유람하겠다 하지 않았나? 끝내고 돌아온 거야?"

검은 옷의 사내는 신자연을 보더니 절벽에서 멀리 떨어뜨려 놓기 위해 다가갔다. 그때 종신이 손을 들어 옥 피리를 내질렀다. 검은 옷의 사내는 종신을 보지도 않고, 다섯 손가락을 매의 부리처럼 웅크리더니 옥 피리의 공격을 맞받았다. 종신의 옥 피리가 손안에서 핑그르르 돌았다. 옥 피리의 휘황찬란한 빛살이 한쪽으로 몰리더니 상대방의 손아귀를 또다시 공격했다. 그는 소매를 뿌리치며 몸을 홱 돌렸다. 허리춤에서 '펑' 소리가 나더니, 나뭇잎이 한가득 떨어져 내렸다. 떨어지는 이파리 속에서 검은 단도가 나타나 귀신처럼 아른거리며 종신의 두 눈을 노렸다. 종신은 몸을 젖혀, 날아오는 단도를 발끝으로 찼다. 몸이 단도의 힘에 밀려나 공중제비를 돌았다. 단도는 창공으로 뻗어 나가는가 싶더니, 갑자기 방향을 돌려 다시 종신의 등 한가운데로 날아들었다. 너무 갑작스러웠지만, 종신은 마치 예상했다는 듯 자연스럽게 허리를 앞으로 기울였다. 단도의 칼날이 '쐐액' 하고 종신의 등을 스쳐, 검은 옷 사내의 손으로 들어갔다.

주고받는 공격이 무척이나 날쌨다. 고작 한 척 사이에서 벌어진 둘의 타격은 아주 정교하고 매서웠다. 그런데 참으로 이상했다. 두 사람의 합이 너무나 자연스럽고 익숙했다. 다음 공격이 뭘까 생각하지 않고도 서로 훤히 아는 것 같았다. 아주 오래전에 이미 겨루어 본 적이 있는 것처럼……. 가만히 선 종신의 표정이 바뀌었다. 숨을 고르는 상대를 노려보며 그가 말했다.

"당신이로군!"

아까와 똑같은 말이었지만, 어감은 완전히 달랐다. 검은 옷의 사내는 종신을 냉랭하게 노려볼 뿐, 아무 대답도 하지 않고 또다시 신자연을 데려가려 손을 뻗었다. 종신의 낯빛이 변하며 곧바로 그를 막아섰다. 입으로는 냉소를 뿜어냈다.

"예전 일은 상관 안 해. 하지만 이 사람은 못 데려간다!"

검은 옷 사내는 코웃음을 치고 신자연을 한쪽에 내려 두었다. 그리고 손을 휘두르며 종신에게 벼락같이 달려들었다. 종신은 진짜 화가 난 듯, 양미간이 딱딱하게 굳었다. 그러고는 차가운 미소를 지으며 그에게 응수했다. 두 사람이 맞붙자, 주변의 공기가 용솟음쳤다. 신출귀몰한 그들의 움직임에 뭉게뭉게 일어난 안개가 흩어졌고, 흩어졌던 안개는 다시 또 모여들었다. 마치 김이 끓어오르는 솥을 보는 것 같았다. 검은 옷 사내의 기세는 대단했고, 단도는 번개처럼 빨랐다. 종신 역시 몸놀림이 예사롭지 않았고, 옥 피리는 날렵했다. 공처럼 똘똘 뭉친 안개 속에서 새하얀 빛과 어두운 빛이 폭포수처럼 엇갈렸다. 긴박하게 싸우는 와중에도 종신은 낮은 소리로 물었다.

"언제부터 단도를 쓴 거냐?"

"요 몇 년 동안 어딜 갔었지?"

"그때는 도대체 어찌 된 거야?"

그러나 상대는 처음부터 끝까지 몸으로만 맞받아칠 뿐, 대꾸가 없었다. 그렇게 한창 싸우던 중, 갑자기 절벽 아래에서 너털웃음 소리가 들려왔다. 한 사람이 신바람 나게 솟구쳐 올라, 눈을 번뜩이며 고함을 질렀다.

"뭐야? 뭐야? 싸우는 거야? 싸우는 거냐고. 아이고, 그럼 날 불렀어야지."

그 사람은 다짜고짜 둘 사이를 비집고 들어왔다. 그러고는 먼저 검은 옷 사내를 걷어차더니, 곧바로 종신을 손바닥으로 올려붙였다. 규칙도 법도도 없이 무작정 달려들었지만, 속도만큼은 놀라울 정도였다. 천하에 무서울 것 없는 사고뭉치 호위 영정이 나타난 것이었다. 검은 옷 사내와 종신 모두 그가 누구인지 알았다. 그래서 그를 보자마자 골치가 지끈거렸다. 이자와 엮이면 모든 게 엉망진창이 될 것이다. 둘은 서로 마주 보더니, 동시에 손을 거두고 뒤로 몇 걸음 물러났다. 졸지에 가운데 멍하니 선 영정은 왼쪽을 한번 보고 오른쪽을 한번 보다가 억울한 듯 입을 비죽거렸다.

"좀스러운 놈들!"

그러다가 갑자기 자기가 왜 왔는지 생각난 듯, 도포 자락 위의 먼지를 털어내며 욕을 해댔다.

"이 빌어먹을 산골짜기에는 길이 왜 이렇게 많아! 산꼭대기를 찾아오기가 어렵잖아! 아이고, 자연 대인은 괜찮으신가? 제가 구하러 왔습니다만……."

종신이 한숨을 내쉬었다. 영혁의 분부로 신자연을 호위하러 오다가 엉뚱한 곳으로 갔던 모양이었다. 어쨌든 영정과 검은 옷의 사내가 있으니, 오늘 신자연을 처리하긴 힘들었다. 흥미를 잃은 종신은 침묵에 싸인 검은 옷 사내를 흘깃 보고는 그 자리를 떠나려 했다. 그런데 주위를 둘러본 그가 어리둥절했다. 동시에 영정도 외마디 소리를 질렀다.

"신 대인은……?"

검은 옷 사내는 뒤를 휙 돌아보았다. 조금 전, 신자연을 내려놓았던 자리가 썰렁했다. 세 사람은 어찌할 바 몰라, 고요하게 불어오는 산바람을 맞으며 서로의 얼굴만 쳐다보았다.

그 시각, 신자연은 아주 편안한 상태였다. 몸은 따뜻했고, 사방에서 향긋한 바람이 불었다. 보드랍고 매끄러운 손이 향기로운 수건으로 그의 얼굴에 묻은 흙은 천천히 닦아 주었다. 그가 눈을 슬며시 뜨고 손을 붙잡으며 웅얼거렸다.

"아화, 당신이야?"

그 사람은 살며시 웃었다. 웃는 소리가 감미로웠다. 신자연은 불에 데기라도 한 듯 얼른 손을 뿌리치며 말했다.

"내 정신 좀 보게. 아화가 이렇게 다정하고 상냥할 리가……. 당신 누구야?"

신자연은 겨우겨우 눈을 떴다. 아마 산속의 동굴인 것 같았다. 무엇 때문인지 눈이 이상했다. 눈앞에 있는 사람도 알아볼 수가 없었다. 그저 어렴풋이 검은 옷을 입은 여자가 자기 앞에서 저쪽으로 멀어지는 것을 느낄 수 있었다. 분명 옷자락이 넓은데도, 그녀의 가냘픈 허리선이 느껴지는 것이 신기했다. 하늘하늘 걸어가는 모습이 아주 아름답고 맵시가 있었다. 예전이었다면 두 눈을 동그랗게 뜨고 감상했겠지만, 지금은 아무런 감흥이 생기지 않았다. 그저 가만히 그 여자가 동굴 속으로 걸어 들어가며 웃는 소리만 듣고 있었다.

"뼛속부터 애처가인 대학사를 몰라봤네. 지금까지 대학사를 무시해 왔던 언니들을 대신해 사과라도 드려야겠어."

동굴 속이 웃음소리로 울렸다. 탄식하는 소리도 들려왔다. 동굴 깊숙한 곳에서 한 사람이 뒤로 돌아 손짓을 하자, 여자들은 웃음을 그치고 몸을 숙여 어둠으로 들어가 버렸다. 신자연은 망연자실하게 일어나 앉으며 중얼거렸다.

"여우 굴에라도 들어온 것인가……."

"그 말도 틀렸다고 할 수는 없지요."

동굴 깊은 곳의 그 사람이 희미하게 웃었다. 그녀의 목소리는 낭랑하다기보다는 조금 쉰 목소리에 가까웠다. 말을 할 때마다 끝이 정확하지 않았고 들뜬 느낌이 들었지만, 그래서 더 멋있고 매혹적이었다. 음성만 듣고도 이 여자는 자신의 단점마저도 활용해 사람을 유혹하는 요물이라는 느낌이 들었다. 그런데 신자연은 그녀의 음성이 어쩐지 귀에 익었다.

"신 대인, 고생이 많으십니다!"

어둠 속 그녀는 촉촉한 눈길로 신자연을 응시했다. 말투가 아주 나긋나긋했다. 그는 한참 동안 아무 대답이 없다가 툭, 내뱉었다.

"무슨 일인가? 말해 보시오."

"대인은 복수하고 싶지 않으십니까?"

그녀 역시 단도직입적으로 웃으며 이야기했다.

"오늘 대로변에서 대인은 오장육부가 다 끊어지는 것 같으셨지요? 파렴치하고 간악한 놈이 대인의 가족을 그렇게 앗아 가고도 백성들의 존경을 한몸에 받다니요, 얼마나 불공평한지요? 강상의 도리가 엎어지는 것도 유분수지, 정말 분하고 처참한 마음 비할 데가 없습니다. 그 간악한 놈 때문에 다시는 청명서원에 발을 들이지 못하실 테지요. 그 간악한 놈 때문에 사랑하는 아내를 화살에 잃으셨지요. 그놈이 대인을 해하고 권세를 빼앗고 가정을 무너트리고 처를 죽였습니다. 대인은……."

"그게 당신하고 무슨 상관이오?"

신자연은 여전히 냉담한 태도였다.

"그렇게 세상을 기만하고 명예를 훔치는 도적놈은 당연히 벌을 내려야지요."

여자는 희미하게 미소 지었다.

"선생, 설마 선생이 천하 여인들의 마음을 사로잡았다는 걸 모르시는 겁니까. 선생의 풍채나 지위 때문은 아닙니다. 조강지처를 향한 깊은 의리와 진실한 마음 때문이지요. 천하의 여인들은 누구나 이런 부군을 얻길 바라니까요. 천하의 모든 여인이 지금 선생을 흠모한단 말입니다."

"그게 당신 일은 아니지요."

신자연은 술에 취하긴 했지만, 정신은 여전히 맑았다. 이유 없이 이여자의 어투가 거슬린 그가 담담하게 이야기했다.

"복수는 당연히, 내가 알아서 합니다. 신경 쓰지 마시오."

여자는 화를 내지 않고 묘한 눈빛으로 신자연을 응시하더니, 침착하게 이야기했다.

"마음은 있지만 힘드실까 걱정되는 것이지요. 선생, 필부가 되어 용기 하나로 간악한 그놈을 찔러 죽이고 세상을 떠들썩하게 하실 건가요? 아니면 조정의 내각에서 세 치 혀로 정적을 꺾으실 건가요? 그 계획이 전자라면, 선생은 닭 한 마리 잡을 기력도 없지 않습니까. 상대는 호위 군사만 천을 거느립니다. 게다가 본인 스스로 무술의 고수이고요. 선생이라면 상대의 세 척 거리로 들어가기도 전에 육신이 산산조각이 나고 말걸요. 후자라면, 선생은 하내 서책 사건을 겪고도 내각에서 자리를 보존할 수 있을 거라 보십니까? 위지 그놈도 강등된 마당에, 폐하께서 어떻게 당신과 위지가 다시 맞서도록 두실까요? 폐하는 이미 결정하셨습니다. 선생은 아마 곧 산남으로 가서 지부가 되실 겁니다."

"당신이 그걸 어찌……."

신자연이 말을 하다 말고 갑자기 놀란 듯 숨을 들이켰다. 그리고 무언가 떠오른 듯 말했다.

"그러고 보니 당신……."

상대방은 말없이 웃기만 했다.

"당신도 그놈한테 맺힌 게 있었군?"

신자연은 한참을 멍하니 있다가, 차갑게 웃었다.

"그렇다면, 나는 더더욱 당신하고 손을 잡기 싫은데. 당신네 그 궁궐 여자들의 진흙탕 싸움에 섞이고 싶은 자가 있겠소?"

여자가 희미하게 웃었다.

"그럼 선생은 누구와 함께하려는 생각이신지? 호 대학사는 초왕의 명령대로 움직이지요. 그런데 초왕은 당신의 복수를 해 줄 수가 없을 텐데……."

신자연은 손을 휘휘 저었다.

"이간질할 생각은 하지 마시오. 전하는 그런 사람이 아니오."

여자는 웃었다.

"그건 선생 혼자만의 생각인 것 같군요. 진실을 말씀드리지요. 당신은 원래 감옥에 가지 않아도 되는 것이었습니다. 초왕에게는 당신의 죄를 씻고 위지를 무너뜨릴 다른 방법이 있었어요. 그런데 그 수를 내놓지 않은 겁니다. 그래서 당신 부인이 그렇게 참혹하게 죽은 것이고. 초왕은 애당초 위지에게 손을 쓸 생각이 없었어요. 나중에도 마찬가지이고."

"그걸 어떻게 아시오?"

신자연이 몸을 부들부들 떨면서 그녀를 올려다보았다.

"어떻게 아는지는 묻지 말아 주세요. 아주 확실하다는 것만 알려 드리지요."

신자연이 다시 안정을 되찾고 잠시 멍하니 있더니 고개를 흔들었다.

"그럼 나 혼자라도 해야지. 군자의 복수에 10년이 걸린들……"

"당신은 힘이 없고, 그놈은 세력이 큽니다. 그나저나 복수를 위해 칼을 가는 10년 동안 그가 당신을 살려 두기나 할까요? 선생, 모르시겠어요? 오늘 마침 내가 당신을 구하지 않았다면, 그 옆에 따라다니는 종가인지 하는 놈이 당신 목숨을 벌써 가져갔을 거예요."

그녀는 흔들리는 신자연을 보면서 한 마디를 덧붙였다.

"보세요. 당신이 위험에 빠진다 한들 알아주는 사람 하나 없잖아요. 결국, 당신을 구한 건 나라고요. 잘 생각해 봐요. 내 말이 어디 틀린 데가 있습니까?"

신자연은 그녀의 시선을 애써 외면하며 한참을 코만 훌쩍이다가 대답했다.

"…… 내가 생각한 방법이 있는데, 위지에게 그게 먹힐지……, 그게 효과가 있을지 모르겠소만……"

"선생의 지략에 나의 힘을 보태지요. 그럼 반드시 성공할 겁니다."

그녀가 부드럽게 웃었다. 신자연은 고개를 돌리고 멍하니 밖을 바라보았다. 아마도 아화를 묻은 벼랑인 것 같았다. 이제부터 그녀는 산바람을 맞으며 영원히 깊은 밤에 빠질 것이다. 홀로 걷는 그를 세상에 남겨둔 채.

"좋소."

한참이 지난 후에 신자연이 순순히 말했다.

"내 계획은……."

돌다리도 두들겨 보고 건너라

북강(北疆)의 초겨울은 이미 쌀쌀했다. 얼마 전에는 눈도 내렸다. 저 멀리 이어진 산자락에 얇게 깔린 눈은 녹지 않았지만, 조금 더 따뜻한 성 안은 측백나무 잎이 아직 푸르렀다. 노랗고 푸른 가지 사이로, 저 멀리 초원 설산이 시원스레 보였다. 호륜 초원과 가장 가까운 변방 도시, 우주(禹州)의 10월이었다. 오랫동안 대군이 주둔했기에 상업과 무역이 발달한 데다, 대월과의 전쟁에 승리한 후 위 대학사가 추진한 '평월이책(平越二策)' 덕분에 우주의 경제는 상당히 발전하여 '북방의 제경'이라는 칭호까지 얻었다. 우주의 동성(東城)은 북강에 머무르는 군관들의 관사가 밀집된 곳이었다. 전쟁 전에 이곳에 왔던 조정의 감군들 역시 이곳에 거처를 마련했다. 동성의 32번 골목에 있는 현판 없는 집은 2년 전, 대월과의 전쟁통에 약 2년간 감군을 지낸 신 대학사의 임시 관저였다. 신 감군이 제경으로 돌아가게 되면서 이 관저를 비웠지만, 관부에서는 이를 다시 회수하지 않았다. 자유분방하고 의협심이 있는 신 대학사가 북강에 있는 동안에 전란 난민을 적잖이 거두어 관저 안에서 잡일을 하도록 했는데, 떠나면서 이 관저에서 살게 된 불쌍한 사람들이 머물 곳을 잃지 않도록 저택을 회수하지 말라고 부탁을 한 것이다. 나라의 주요 대신인 신자연이 특별히 부탁했기 때문에 관부에서도 이 관저에 대해 간섭을 하지 않았다. 오히려 그의 마음에 들기 위해 평소 무슨 일이 있으면 여기 사는 난민들을 불러 일을 시키고 적은 돈이나마 쥐여주기도 했다.

어느 이른 아침, 관저의 문이 열렸다. 푸른 무명 치마를 입은 여인이 광주리를 손에 끼고 비실거리며 걸어 나왔다. 뒤에서는 누군가가 우악스럽게 소리를 질렀다.

"…… 매 씨 아줌마, 어제 사 온 채소가 하나도 안 신선하더라. 그 집에서 사지 마!"

낮게 대답하는 여자의 음성이 탁했다. 누군가가 큰 걸음으로 다가와 잔소리를 퍼부었다.

"답답해 죽겠네, 진짜. 아니 어떻게 여태까지 밥도 제대로 못 해!"

여자 뒤로 문이 쾅 닫혔다. 담장이 울릴 정도로 요란한 기세였다. 여자는 계단 위에 서서 차가운 바람을 맞으며 얇은 옷섶을 여몄다. 다 헝클어진 머리는 일부러 빗지 않은 것 같았다. 떡 진 머리칼 사이로 보이는 그녀의 얼굴은 얼룩덜룩했다. 얼핏 보면 햇빛 때문에 여기저기 그림자가 진 듯했지만, 다시 보면 깜짝 놀랄 얼굴이었다. 그 여자의 얼굴에는 하얗기도 하고 갈색빛도 나는 반점이 가득했다. 뺨과 콧망울에 불규칙적으로 흩어져 있는 반점 때문에 얼굴은 마치 칠이 다 벗겨진 오래된 황토벽 같았다. 이목구비는 또렷했지만 무서운 반점이 온 얼굴을 덮고 있으니, 예쁜 외모가 하나도 소용이 없었다. 그녀는 계단 위에서 한참을 멍청하게 있다가, 고개를 들어 초원 방향을 보았다. 넓고 광활한 대지가 눈앞에 있는 듯 펼쳐졌지만, 이번 생에는 영원히 돌아갈 수 없을 터였다. 그녀의 청춘, 아름다움, 그리고 20여 년을 누린 그 고귀한 생활들은 찰나의 불꽃처럼 사라져 버리고 없었다.

"매 씨 아줌마, 장 보러 가요?"

지나가던 이웃이 다급하게 걸으며 인사를 했다. 굳이 고개를 들어 그녀의 얼굴을 보고 싶지 않은 듯, 벽에 딱 붙어 걸으면서 그녀의 대답은 기다리지도 않았다. "응" 하는 그녀의 대답 소리는 초겨울 바람에 실려 외로이 떠돌 뿐이었다. 매 씨 아줌마. 32번 골목과 감군 관저의 모든 사람이 그녀를 이렇게 불렀다. 나이가 얼만지, 이름은 무엇인지 궁금해하는 사람은 아무도 없었다. 그러나 그녀 자신만은 알고 있었다. 그녀는 올해 서른 밖에 되지 않았다. 예전에는 그녀에게도 멋진 이름이 있었다. 매타.

초원에 있을 때는 왕조차 이모님이라고 존칭하며 공주와 같은 대접을 받던 그녀였다. 그러나 지금은 우주 감군 관저에서 밥하는 아줌마로 전락하고 말았다. 그때 극렬과 함께 대월과 내통하고, 팔표 중의 대붕을 해치워 백두애 습격을 거의 무산시킬 뻔했었다. 극렬이 중상을 입었을 때, 매타는 현장에 있지 않았다는 핑곗거리가 있었고, 또 초원이 익숙했기에 재빨리 도망쳤다. 처음에는 초원에 있을까도 생각했다. 그러나 팔표의 다른 일곱이 매일같이 칼을 들고 활을 메고 초원을 쫓아다니며 죽자사자 그녀를 찾으러 다니는 게 아닌가. 전전긍긍하며 이리저리 피해 다니던 그녀는 결국 더는 초원에서 버틸 수가 없었다.

얼굴에 철판을 깔고 원래 시집갔던 덕주 마장주의 집으로 갈까도 생각했었다. 그런데 군량과 마초에 독을 푼 일로 화가 난 요양우가 이를 조정에 보고하는 바람에 마장주의 집안이 참형을 당하고 풍비박산이 나 버렸다. 갈 곳이 없어진 매타는 우주를 떠돌게 되었다. 먹을 것도 입을 것도 없었기에 생활은 점점 열악해졌다. 극렬 때문에 입은 상처는 갈수록 심해졌고, 급기야 온몸으로 퍼지고 말았다. 가는 곳마다 악취를 풍기는 바람에 사람들이 그녀를 피했다. 결국, 길모퉁이에서 마대를 뒤집어쓴 채 죽음을 기다리던 어느 날, 신자연을 만났다. 자유로운 영혼에, 가난을 동정하는 성품의 신 대학사는 그녀에게 흔쾌히 도움의 손길을 내밀었다. 그때부터 감군의 관저에 매 씨라는 아줌마가 함께 살게 되었다.

매타도 처음에는 내키지 않았다. 그래서 어느 날 밤, 신자연의 무릎 아래 엎드려 울면서 자신의 내력을 이야기하고, 초원으로 보내 달라고 간청했다. 물론, 자기가 초원을 배신했던 일은 밝히지 않았다. 신자연은 평소 무턱대고 일을 벌이는 사람은 아니었다. 그러나 그녀의 이야기 중에서 혁련쟁이 위지를 위해 군량과 마초를 운반한 일에 흥미를 느끼게 되었다. 그는 위지와 혁련쟁의 일에 대해 이것저것 물어보았다. 그러고는 그녀에게 감군 관저에서 편안하게 지내라고 했다. 그는 그녀의 병도 치료해 주고 여생을 책임져 줄 테니, 초원으로는 돌아가지 않는 게 낫겠다고 했다. 일이 그렇게 흘러가면서 그녀는 절망스럽게도 초원의 변두리에서 지내게 되었다. 죽을 때까지 비천하게 살아야 할 운명이 되고 말았다.

10월의 쌀쌀한 바람이 초원에서부터 내달아 와 칼날처럼 얼굴을 때렸다. 매타는 풀 향기를 머금은 바람을 깊숙이 들이마셨다. 우유로 만든 츠바와 소유차가 그리웠다. 그러나 이번 생에 다시는 맛보지 못할 것이다. 그 사람……, 그녀가 사랑했고 초원에서 가장 존귀했던 그, 그녀가 목숨을 구해 준 사람, 그는 결국 그녀를 냉랭히 버렸다. 그는 그녀를 짓밟아 혼자 외로이 떠돌게 했다. 이 지옥에서 영원히 헤어 나오지 못하게 했다. 그에 대한 사랑이 너무나 치열했기에 원한이 더 깊이 사무쳤다. 그녀는 한동안 멍하게 서 있다가 광주리를 끼고 장을 보러 갔다. 마음이 힘들어도 밥은 해야 했다.

매타가 장을 보고 돌아오는 길에 우주부 관아를 지나고 있을 때였다. 관아에서 한 하인이 고개를 빼꼼 내밀더니, 그녀를 발견하고 눈을 반짝이며 손짓을 했다.

"매 씨 아줌마, 매 씨 아줌마…… 마침 잘 왔네. 와 봐요. 우리 나리 서재 청소 좀 도와 줘요. 위에서 급하게 시찰을 나오신다는데 하필이면 지방에서 사건이 일어나서 나리께서 사람을 다 데려가 버렸네. 관부에 일할 사람이 없으니까 와서 일 좀 거들어 줘요."

우주부 지부(知府)*부를 다스리는 관리 는 인색한 편이라 평소 관아에 별도의 하인을 두지 않았다. 모든 잡일은 관아 소속 잡역부가 담당하고, 바쁠 때만 관부의 보살핌으로 빈민 구제 은자를 받는 이들을 불러 일을 시켰다. 매타 역시 자주 해 왔던 일이기에 광주리를 놓고 관아 뒤채로 들어갔다. 그녀는 익숙하게 서재로 들어가 쓸고 닦고 정리했다. 책상 위에 널려 있는 각종 서간을 본 그녀는 갑자기 동작을 멈추었다. 그녀의 손이 천천히 뽑아 든 것은 평범한 공문 서신 한 통이었다. 흰색 봉투는 이미 뜯긴 상태였고, 특별할 것은 없어 보였다. 그러나 그녀의 눈빛은 심상치 않았다. 흰색 봉투 위로 비치는 연한 갈색의 무언가에 완전히 꽂혀 있었다. 색깔과 모양이 아주 눈에 익었다. 초원의 궁정에서 살아온 그녀는 이것이 왕정의 밀서 전용 종이라는 것을 알아보았다. 마를 이용해 만든 이 종이는 질겨서 쉽게 상하지 않아, 말을 타는 남자들이 휴대하기에 좋았다. 초원 왕정의 밀서가 어떻게 우주부 관부의 책상 위에 있는 것일까? 그녀는 생각 끝에 깨달았다. 천성의 조정은 줄곧 초원을 존중해 왔지만 동시에 방비도 하고 있었다. 초원에서 가장 가까운 변방의 우주부에는 척후병을 두어 초원의 상황을 호시탐탐 정찰해 오다가 어느 밀정이 우연히 왕정의 밀서를 손에 넣었을 것이다. 그런데 왕정의 밀서는 호탁부만 아는 고대 글씨체로 쓰여 있기 때문에 우주부의 관리가 그 내용을 읽을 수가 없었을 터였다. 그래서 별로 중요하게 생각하지 않고 여기다 아무렇게나 둔 것이었다.

편지를 가늠해 보는 매타의 가슴이 갑자기 쿵쾅거렸다. 머릿속이 우르릉 쾅쾅 울렸다. 영원할 줄 알았던 어둠과 절망의 문이 열리고 희미한 빛줄기가 새어 들어오는 것 같은 느낌이었다. 문 뒤에 무엇이 있는지는 알 수 없었다. 그러나 지금 이 문을 열지 않으면 자신은 영원히 이 비천한 삶에서 빠져나갈 길이 없을 것이다. 그녀는 망설일 틈도 없이 편지를 빼 들었다. 과연 호탁의 고대어로 쓰여 있었다. 고대어는 언뜻 보기에 아이가 낙서한 것 같은 글씨체라서 모르는 사람을 속이기가 쉬웠다. 그래서 몸에 지닌다고 해도 크게 염려할 필요가 없었다. 세상일이 이렇게 얄궂게 흘러갈 줄은 아무도 몰랐을 것이다. 죽어야 할 사람은 죽지 않고 우여곡절 끝에 다시 운명의 수레바퀴에 다가섰다.

매타는 황급히 편지를 읽고는 눈살을 찌푸렸다. 편지 내용은 이러했다. 마필은 이미 운반을 완료했고 좋은 거래였다. 날씨가 곧 추워질 테니 초원에서 예비 식량을 마련하기 위해서 또 운반해 올 것이다. 지난번에 있던 마서관(馬嶼關) 문지기가 이번에 바뀌었는데 장군이 안 계시니 중간에 이를 감추어 줄 사람이 없다. 조금 복잡하더라도 방법을 바꾸는 것이 더 안전하다…… 등등이었다. 마지막에는, 국부(國父)가 최근에 받은 소식 때문에 너무나 조용한데, 실제로는 그럴 리 없고 분명 누군가가 속이고 있다. 대왕이 천성 국내에서 벌어지는 무슨 동정을 알게된다면 곧바로 소식을 전해 달라는 이야기도 있었다.

매타는 무슨 말인지 잘 알지는 못했지만, 중대한 내용이라는 걸 어렴풋이 느꼈다. 특히 국부라는 칭호는 그녀를 더욱 전율하게 했다. 이 편지는 혁련쟁에게 보낸 것이 분명했다. 그 외에 이렇게 특별한 왕래를 할 사람은 없다. '천성 국내'라는 말이 나왔으니까 그 국부는 타국의 국부를 말하는 것이 분명한데 과연 그게 누굴까? 그녀는 갑자기 몸을 돌려 벽에 걸린 천성의 지도를 보았다. 초원 아래쪽을 한참 보더니, 농북과 민남의 접경에서 '마서관'이라는 지명을 찾아냈다. 그곳은 초원에서 거의 성 하나는 떨어진 거리에 있었다. 그렇게 먼 곳에서 무슨 말 교역이 있었단 말인가? 그녀는 한참 머리를 굴려 보았지만, 그녀가 원래 그렇게까지 똑똑하지는 못한 데다가 오랜 지병으로 머리가 맑지 못해 그럴듯한 생각이 들지 않았다. 만약 봉지미였다면, 깜짝 놀랄 사실을 곧바로 떠올릴 수 있었을 것이다. 하지만 매타는 멍하니 그 지명만을 쳐다보다가, 대왕이 매년 겨울 기근을 준비하기 위해 하는 차와 말의 교역이라고만 생각하였다. 그래서 앞부분은 건너뛰고 뒷부분에 대해 곰곰이 생각해 보았다. 그때 갑자기 멀리서 시끌시끌한 소리가 들렸다. 아마 시찰 나온 관리가 도착한 모양이었다. 그녀는 얼른 물건을 원래대로 되돌리고 옆문을 통해 빠져나왔다.

매티는 감군 관지로 돌아왔다. 동료들에게 늦은 이유를 설명하는 도중, 감군 관저에 남은 주사가 그녀를 향해 편지 한 통을 흔들며 이야기했다.

"매 씨 아줌마, 대학사께서 제경에서 편지를 보내왔네. 태의원에게서 자네 병을 고칠 방법을 알아내셨다고 자네한테 전해 주라는군."

그러면서 주사는 밖에서 기다리는 마차 한 대를 가리켰다.

"대학사께서는 산남으로 보직을 받으셨네. 거기도 명의가 있다 하니, 혼자 약 사다 먹기가 힘들 것 같으면 마차를 따라가게."

모두가 부러워하며 감탄하는 가운데, 매타는 편지를 받아 들고 자기 방으로 들어왔다. 편지에는 정말로 치료법이 적혀 있었다. 그리고 편지의 끝에 몇 마디가 덧붙여져 있었다.

'작년에 자네가 말했지. 위지가 혁련쟁을 대신해서 호탁의 철기군에게 비밀 훈련을 시켰다고. 그 방법이 어찌 되는지 기억하는가? 시간이 있으면 자네에게 들러 산남으로 데려갈 테니, 그 방법을 나에게 상세히 알려 주게. 호탁의 철기군들이 그 훈련을 받은 후 전력이 아주 우수해졌네. 만약 그 방법을 조정의 군대에 적용할 수 있다면 국가에 근심이 없겠네.'

편지는 길지 않았다. 신자연은 당연히 매타 같은 사람에게 자세히 이야기할 수가 없었다. 이 정도 이유라면 적당했다. 그녀 역시 자기가 신자연에게 그 이야기를 한 것은 꽤 오래전인데, 왜 그때는 이 비밀 훈련법에 대해서 궁금해하지 않았는지를 미처 깨닫지 못했다. 사실 신자연역시 이 이야기를 들었을 때 이상하다고 생각했다. 위지는 천자의 최측근 신하임에도 불구하고, 초원의 기병 훈련에 도움을 주고서 조정에 그훈련법을 밝히지 않았다. 이 사실이 천성 황제의 귀에 들어간다면, 가볍게는 '조정에 불충한 죄', 무겁게는 '역모를 꾀한 죄'로 다스릴 수 있었다. 그러나 그때는 위지의 태도가 애매모호한 상황이었다. 신자연은 만약의 경우를 대비해야 한다고 생각하긴 했지만, 초왕 진영에 실력 있는자들을 끌어들일 수 있다는 생각에 그냥 마음속에 묻어 두었다. 그래서 감옥에 갇혔을 때, 위지에게 널 어쩌지 못해 가만두는 것이 아니라고 큰소리를 칠 수 있었다. 그리고 아화가 눈앞에서 죽어갈 때, 몇 년 전마음속 깊이 묻어 두었던 일을 곧바로 떠올렸다.

고개를 갸웃거리는 매타는 막막한 표정이었다. 그녀는 일개 여인네의 몸으로 군사에 대해서 잘 알지도 못했다. 게다가 봉지미가 호탁의기병을 훈련시킬 때 그녀의 마음은 온통 혁련쟁에게 쏠려 있었다. 그러니 어디 그런 것들을 주의 깊게 보기나 했겠는가? 그리고 봉지미가 본격적으로 초원의 기병들을 훈련시킬 때는 이미 덕주로 시집을 간 후였다. 나중에 극렬에 의해 빠져나온 후, 극렬의 입에서 위지라는 한인 소년이 기병들을 아주 잘 훈련시켰다는 이야기를 들었다. 그러나 그 방법에 관해서 그녀가 어찌 이야기할 수 있을까? 그녀가 한참 머리를 쥐어짜는데, 문밖의 마차는 어서 가자고 그녀를 재촉했다. 그때 그녀는 무언가 생각난 듯 차갑게 웃으며 자리를 박차고 일어나더니, 간단히 짐을챙기고는 얼른 관저 문을 나섰다.

겨울의 초원은 해가 일찍 산을 넘어 날이 금세 저물었다. 유목민들은 일찌감치 말을 먹이고 천막 안으로 들어갔다. 그리고 얼마 지나지 않아 양젖과 고기가 뒤섞인 향기가 초원을 가득 뒤덮었다. 포탈라 제2궁은 황혼의 석양빛 속에서 흑백의 존재감을 뚜렷이 드러내며 고요하게 서 있었다.

"올해 겨울은 양식과 여물이 충분히 준비됐구나."

왕정의 안채에서는 포탈라 제2궁의 주인인 모란꽃이 양다리를 꼬고 드러누워서 밥 짓는 연기가 피어오르는 들판의 모습을 득의양양하게 바라보았다.

"새해를 넉넉하게 맞이할 수 있겠어."

혁련쟁이 등불 아래에서 조용히 서신을 뒤적거리다가 고개를 들고 칠표에게 분부했다.

"내일 마지막 말들을 내보내고 마무리해라. 우리 말도 준비시키고."

"서량하고 무슨 교역을 또 하려고?"

모단대비가 후다닥 몸을 일으켰다.

"양식이라면 우리도 충분히 있잖아. 여정도 너무 길고 변수도 너무 많아서 무슨 일이라도 생기면 아주 곤경에 빠질 수 있어."

"양식과 여물을 더 준비해야 해요."

혁련쟁이 천성 서남의 군사 보고를 유심히 들여다보며 고개도 들지 않고 대답했다. 말을 내뱉고 나자, 실언했다는 느낌이 들었다. 방 안이 조용해졌기 때문이었다. 그가 군보를 대충 정리하다가 문득 고개를 들으니, 어머니가 암표범 같은 눈빛으로 그를 경계하고 있었다.

"왜 그렇게 보세요? 제가 갈수록 더 잘생겨져서?"

혁련쟁이 히죽히죽 웃으며 어머니를 보더니 눈을 크게 치켜떴다. 그러고는 호들갑을 떨면서 다가가 그녀의 얼굴을 매만졌다.

"아이고, 어머니, 큰일 났네. 주름살이 생겼어요!"

예전이었다면, 미모를 목숨처럼 여기는 모단대비가 뭐라고 대꾸를 했을 것이 뻔했지만, 이번에는 달랐다. 그녀는 새까만 눈동자를 혁련쟁에게 단단히 고정하고 가라앉은 목소리로 이야기했다.

"얘야, 내 똥강아지야. 도대체 무슨 꿍꿍이로 이러는 거냐?"

혁련쟁이 부자연스럽게 이리저리 시선을 회피했다.

"꿍꿍이라뇨? 아무것도 아니에요."

"나쁜 녀석아!"

모란꽃은 벌컥 성을 내면서 펄쩍 뛰어올라, 군보를 발로 차서 날려 버렸다.

"서남 군사 정보에 계속 관심을 두고, 줄곧 장녕에 부탁을 하면서까지 천릿길을 마다하지 않고 서량과 말 교역을 하고 있잖아. 양식은 분명히 충분한데도 계속 더 비축하려 하잖아. 게다가 최정예인 순의 철기군을 밤낮으로 훈련시키면서 계속해서 병력을 늘리고 있지. 그뿐만 아니라 소금 광산도 몰래 채굴시키고 있지. 너는 내가 모를 줄 알았냐? 기근에 대비한 식량 비축은 이미 충분하고도 남는데, 뭐 하러 이렇게 미친 듯이 긁어모으는 거냐? 양식에 여물에 군수물자에…… 이건 군사를 움직이기 위한 준비를 하는 거잖아? 네 아버지 곁에서 수십 년을 함께 한 내가 그것도 모를 정도로 어리석다고 생각하는 거냐!"

혁련쟁이 손짓을 하자, 칠표가 살금살금 방을 나갔다. 방안이 조용해지자, 그는 돌아서서 보석 같은 눈을 어머니에게로 향했다. 그리고 한참 후에 이야기했다.

"알면 어쩌시려고요?"

"이런 나쁜 녀석 같으니!"

아들의 반항에 가슴이 철렁 내려앉은 모단대비는 벼락같이 화를 내며 말했다.

"어쩌냐고? 알면 어쩔 거냐고? 초원이 안정된 지 얼마나 됐냐? 내란이 끝나고 외란이 일어나서 우리 부족이 얼마나 고생이 많았어? 이제 겨우 나아지는가 싶은데, 너는 또 누굴 들볶으려는 거냐? 네 아버지가 돌아가시기 전에 나에게 초원을 평화롭게 하라 하셨다. 이 어미는 우리 호탁 십이부가 전쟁 없이 평화롭게 잘 지내기만을 바라면서 최선을 다해 초원을 지켰고 너에게 물려주었다. 부족 사람들이 너를 믿고 따르는 것도 전쟁터에 끌려나가 귀신이 되기 위해서가 아니야. 그런데 너, 너, 이 녀석……."

모단대비는 너무 감정이 격해져서 말도 제대로 안 나올 지경이었다. 혁련쟁은 옷을 소매 속에 집어넣은 채, 아무런 동요 없이 듣고만 있었다. 어머니가 이런 반응일 줄은 이미 알았다. 천성이 대월을 공격할 때 원병을 보내는 것도 반대한 어머니였다. 하물며 지금 그의 계획에 어찌 그렇지 않겠는가? 모란꽃은 언제나 평화주의자였다.

"쓸데없는 생각이 너무 많으세요."

순의 대왕은 오늘 특히 말을 아꼈다. 그러나 한마디 한마디가 모두 폭탄 같았다.

"내가 쓸데없는 생각이 너무 많다고?"

모란꽃은 망연자실한 듯 아들을 바라보다가, 고개를 휘휘 저었다.

"내 강아지야, 넌 내 배 아파서 낳은 아들이야. 네 눈빛만 봐도 무슨 생각을 하는지 다 안다고. 넌 지금 전쟁을 준비하는 거야. 그것도 봉지미를 위한 전쟁을."

혁련쟁은 눈을 하얗게 치켜떴다. 그리고 털썩 주저앉아 모란꽃을 외면한 채, 소유차를 따르더니 맛있게도 홀짝였다.

"착한 내 아들아."

모란꽃은 화를 내는 것이 먹히지 않자 회유하기로 마음먹고 아들 옆에 찰싹 달라붙었다.

"지미를 마음에 두고 있는 것 다 안다. 우리 초원이 지미에게 은혜를 입은 것도 사실이지. 아무리 그래도 은혜를 갚기 위해서 초원을 전부 다 갖다 바칠 수는 없잖니? 너는 뭐더라 그……."

모란꽃은 눈을 희번덕거리며 한참을 생각했다.

"옛날에나 훗날에나 미인을 위해서 강산도 마다하는 머저리 왕이 나올 수는 있겠지. 근데 문제는…… 걔 생각은 어떤데?"

혁련쟁은 고개를 갸우뚱하고는 차를 마셨다. 어머니의 말도 안 되는 소리를 더 듣고 싶지 않았던 그는 기다란 속눈썹을 늘어트려 오색찬란한 눈동자를 덮어 버렸다. 이 정도 방해 공작은 예상된 바였다. 모란꽃은 초원을 너무나 깊이 사랑했기 때문에 누군가 초원을 짓밟거나 위험을 초래하는 것은 용납할 수 없었다. 지미의 덕을 보았지만, 초원에 전쟁의 불씨를 가져오는 것은 허용할 수 없다.

사실, 지미 역시 그럴 계획은 아닐 것이다. 그녀가 항상 나쁜 소식은 숨기고 좋은 소식만을 전해 오는 것만 보아도 알 수 있었다. 그러나 지미가 그럴 계획이 아니라 해도 그는 그럴 계획이었다. 화경은 남편을 구해 준 은혜 하나로 봉지미를 위해 온갖 위험을 무릅썼다. 그런데 혁련쟁 자신은 몇 년간 봉지미를 왕비라 불러오지 않았는가. 초원이 그녀의 은덕을 입었는데, 어찌 일개 여인만도 못할 수 있단 말인가? 그녀에게 필요한 것이 있으면, 그는 알아서 준비했다. 그는 평생 크고 원대한 포부를 품은 적이 없었고, 그런 꿈에 욕심을 내지도 않았다. 그런 그가 가진 유일한 꿈은 이모님의 영웅이 되는 것이다! 물론, 이런 그의 원대한 포부는 모란꽃에게 이야기할 필요가 없었다. 그녀는 말젖과 소유차가 잔뜩 묻은 괴상한 앞치마로 입을 막고, 잔소리 폭탄을 쏟아낼 테니까.

"알았어요."

순의 대왕은 차를 다 마시고 잔을 내려놓은 후, 어머니를 품에 꽉 껴안았다.

"어머니는 생각이 너무 많으시다니까요. 그래요. 전쟁 준비를 하는 중이라는 것은 맞아요. 그런데 제가 지미를 위해서 전쟁을 준비한다고 누가 그래요? 어머니도 한번 생각해 보세요. 지금 천성이 불안하잖아요. 전쟁이 서남에서 나긴 했어도 나라가 흔들리기 시작하면, 변방이 제일 먼저 화를 입잖아요? 우리도 이 천하의 여러 세력 중 하나인데, 일찍부터 준비를 해야 하지 않겠어요? 우리가 누굴 먼저 때리지도 않았는데, 누가 우릴 괴롭히면 어떻게 해야 할까요? 만일 화마에 휩싸인 천성을 본 대월이 그 틈에 우리를 공격한다면요? 그런 일이 없었던 것도 아니잖아요? 대월은 무조건 호륜 초원으로 쳐들어 올 겁니다. 우리 전사들에게 녹슨 칼을 들고 배가 땅에 끌리도록 뒤룩뒤룩 살찐 말을 타고 전쟁에 나서라고 할 수는 없으시겠죠?"

모란꽃은 반신반의하는 표정으로 혁련쟁의 코를 향해 손가락질하며 물었다.

"틀림없겠지?"

혁련쟁은 하늘을 향해 맹세했다.

"어머니를 속이면 제가 성을 갈게요!"

"흥!"

모단대비가 손바닥으로 혁련쟁을 때리는 시늉을 했다. 그리고 일어서서 이리저리 서성이던 그녀는 한숨을 내쉬며 말했다.

"내 강아지, 이 어미가 박정하다고 원망하지 마라. 네가 어리석은 짓을 할까 봐 걱정돼서 그러는 거야. 지미가 베푼 정은 나도 잘 안다. 그 아이가 원한다면 아무리 어려운 상황이라도 우리 초원에서 그 아이를 거두고 보호해야 한다고 생각해. 하지만 그렇다 해서 우리 초원 아들딸들의 생명까지 걸 권리는 없잖니? 이 어미는 그 아이들이 자라는 모습까지 다 지켜봤잖아. 안타까워서 그러지."

"알았어요. 지미하고는 아무 상관없다고 말씀드렸잖아요."

혁련쟁은 히죽히죽 미소를 지으며 어머니의 얼굴을 쓰다듬었다.

"우리 아름다운 꽃중년 어머니도 지미가 그렇게 보답을 바라는 사람이 아니라는 걸 아시잖아요. 어머니가 초원의 아들딸들을 안타까워하시는데, 지미라고 아니겠어요? 안 그럴 사람이면 처음부터 우리를 도와주지도 않았겠죠. 뭐라고 편지를 보내오는지 다 보셨잖아요. 이 일을 한 글자라도 언급한 적 있었어요? 없었잖아요. 걱정 마세요."

"꽃이면 꽃이지, 뭐 하러 '중년'을 붙여?"

모단대비는 눈을 흘기고는 아들을 발로 차는 시늉을 했다.

"찰목도(察木図)가 이제 다섯 살이다. 나는 내일 그 아이를 호음묘(呼音庙)에 데려가서 수계식을 할 거야. 너도 얌전하게 굴어."

"그럼 들어가십시오, 대비마마!"

혁련쟁이 허리를 굽히고는 히죽히죽 웃으면서 어머니를 배웅했다. 대비의 모습이 문밖으로 사라지자, 얼굴 가득하던 웃음이 순식간에 사라져 버렸다. 그가 손뼉을 치자, 칠표들이 소리 없이 들어왔다. 그가 뒷짐을 지고 잠시 생각하더니 조용히 이야기했다.

"전령이 편지 한 통을 잃어버렸다고 말했었지? 아무래도 그게 불안하다."

"대왕, 걱정일랑 하지 마십시오. 왕정의 서신은 모두 고대어로 쓰여 있으니, 알아보는 사람은 극히 드뭅니다. 인이길 왕정의 사람이 아니면 누가 그걸 알아보겠습니까?"

사표가 아무렇지 않다는 듯 대답했다.

"한인 중에 그 문자를 해석해낼 사람이 있다고 생각되지 않습니다. 여태까지 천성 쪽으로는 그 문자를 사용한 적이 없지 않습니까?"

"이 문자를 이해하는 자는 모두 우리 쪽이겠지?"

"그럼요."

혁련쟁은 입꼬리를 올리며 희미하게 웃어 보였다. 일곱 빛깔 보석 같은 눈동자가 반짝반짝 빛났다.

"왕비는 항상 돌다리도 두들겨 보고 건너라고 했었지. 그녀의 말대로 지기 싫으면 절대 소홀함이 있어서는 안 된다."

칠표는 서로의 얼굴을 쳐다보며, 역시 왕비는 범상치가 않다는 생각을 하며 선망의 눈빛으로 일제히 대왕을 바라보았다. 혁련쟁이 몸을 획돌리며 말했다.

"내 생각에는, 천성과 장녕의 전쟁을 틈타서 이 일을 해치우는 게 좋을 것 같다. 위험을 무릅쓰고 가는 길이니 그나마 상황이 좋을 때 끝내버려야지. 이 일도 길어봤자 내년 봄까지나 가능하지 더는 안 될 것이야. 지난번에 잃어버린 편지에는 뭐라고 썼는지 모르겠는데…… 서량에서는 아직 소식이 오지 않았다. 본래 내가 원해서 이번 일을 벌였으니, 지미에게 후환이 생기게 하지 않으려면 일단은 중단해야겠지. 게다가 너희들도 보았겠지만, 모단대비께서 이미 수상하다는 걸 눈치채셨으니 앞으로는 준비하는 게 더 어려워질 것이다. 그러니까 이번에는 내가 직접 행렬을 이끌고 마지막으로 다녀오마."

"대왕."

삼준이 다급하게 막아섰다.

"초원에서 가장 존귀하신 영웅께서 어찌 이런 사소한 일로……."

"사소한 일이 아니다."

혁련쟁이 삼준의 말을 딱 잘랐다.

"너희 왕비가 말한 대로 지기 싫으면 절대 소홀함이 있어서는 안 돼. 그리고 이런 말도 했지. 세상 모든 일에는 위기와 기복이 있으니, 무엇이든 미심쩍은 일이 있으면 꼭 직접 가서 알아보라고. 남을 믿는 것보다는 자신을 믿는 것이 확실하다고."

칠표들은 눈만 허옇게 뜨고 아무 말도 하지 못했다. 그들은 발끝으로 땅바닥을 긁으며, 속으로 이건 분명 왕비께서 하신 말씀이 아니리라 생각했다. 대왕은 십중팔구 왕비가 그리워서 핑계를 대는 것이겠지……. 서량에 도착한 다음에 몰래 제경으로 가 보시려는 게 틀림없어. 그게 아니면 우리는 칠표가 아니라 칠개다!

"그럼 이렇게 결정한다."

혁련쟁은 환한 얼굴을 하고 호기롭게 손을 내저었다.

"마지막 말 시장은 우리가 직접 간다. 좋은 무기를 준비해라!"

"네!"

다음날, 겨울의 초원 위에 아침 햇살이 비추어 들었다. 포탈라 제2궁 앞에서는 말에 오른 모란꽃이 막내아들을 데리고 호음묘로 떠났다. 그녀가 떠난 지 1각이 흐른 후, 커다란 망토를 귀신처럼 둘러쓴 초원의 대왕이 얼굴을 가린 채 궁문을 뛰쳐나왔다. 그는 칠표를 이끌고 가두어 놓았던 마지막 말을 풀어 멀고 먼 여정에 올랐다.

나의 왕비

"가는 내내 뭐가 이렇게 조용한 거야?"

말 위의 혁련쟁이 손으로 이마를 짚으며 멀리 바라보았다. 그러나 딱히 보이는 것은 없었다. 앞도 산이요, 뒤도 산이었다. 농북과 장녕이 맞닿은 국경 인근의 호산(濠山)이었다. 푸르른 산의 모습은 사방의 자욱한 안개에 가려 고요했다. 떠나온 지 이미 보름이 지났다. 초원에서 서량까지는 산북, 농북, 장녕과 민남을 지나야 했다. 뒤의 두 곳은 노지언과 화경이 그들을 비호할 테니 문제가 없을 터였다. 그러나 산북과 농북은 제아무리 천성의 변두리라고 해도 쉬운 길은 아니었다. 그래도 다행인 것은 종신의 손에 천하 강역을 가장 상세하게 기록한 지도가 있었다는 사실이었다. 그 지도는 대성 황가의 비밀문서 중에서도 최고의 걸작으로 꼽혔다. 봉지미가 진사우에게 장청 산맥 안의 비밀스러운 구도로를 알려준 것도 다 그 지도가 있었던 덕분이었다.

산북과 농북은 수백 년 전에 부풍국(扶風國)의 영토였다. 일찍이 대한국(大瀚國)의 일곱 장군이 영토를 넘어와 부풍의 무녀들과 전쟁을 했을 때, 대군이 산에 아예 작은 오솔길을 뚫어 습격을 감행했는데, 나중에 그 길을 지도에 남겨 두었다. 초원의 운반 행렬은 처음 이 길을 발견한 이후로 이 산에 있는 오솔길들을 심심찮게 이용하였다. 부득불 성을 통과해야 하는 상황일 때에는, 마필을 여러 조로 나누고 마상인 척 위장하여 오간 것이었다.

"조용한 게 뭐가 잘못됐습니까?"

벌써 두 번이나 이 길을 오간 오조였다. 이 길은 언제나 조용하고 안전하였기에, 대왕의 말에 동의하지 않는다는 듯 고개를 저었다.

"대왕, 이 길은 항상 이렇게 조용합니다."

혁련쟁은 아무 말도 없었다. 채찍을 때리는 둥 마는 둥 하는 그 역시 무엇이 잘못되었다고 말하기는 어려웠다. 그저 직감이 그러했다. 그러나 직감이기 때문에 더 경계해야 했다. 그는 어려서부터 지금까지 초원의 왕정에서 생사를 넘나들며 자랐기에 위험이라면 거의 본능적으로 느낄 수가 있었다. 그가 눈을 크게 뜨고 아득히 먼 산을 바라보더니 갑자기 말했다.

"뭐가 이상한지 알았다!"

"뭡니까?"

"사냥꾼! 우리가 산에 들어온 지 벌써 며칠이 지났는데도 사냥꾼이라고는 코빼기도 못 봤단 말이다. 우리가 가는 오솔길을 외부 사람들은 모른다고 해도, 온 산을 휘젓고 다니는 사냥꾼이라면 분명 알 텐데 왜 산사람을 하나도 못 본 거지?"

"그저 우연이 아닐까요?"

육호(六狐)가 대머리를 문지르며 망설이듯 코를 훌쩍였다.

"여우라는 이름이 아깝구나!"

혁련쟁이 큰 소리로 육호를 탓하고는 고삐를 채며 사방을 둘러보더니 생각에 잠겼다. 그러나 이걸 이유로 다시 돌아갈 수는 없었다. 그는 잠시 머뭇거리다가 한숨을 쉬며 말했다.

"어두워졌으니, 여기서 자고 가자."

호위병들을 포함한 일행은 능숙하게 야영 준비를 하고 휴식을 취했다. 혁련쟁은 천막 안에서 두 팔을 베개 삼아 누웠다. 두 눈을 말똥말똥하게 뜬 그는 도통 잠이 오지 않았다. 이번 일만 끝내면 전부 그만두어야겠다는 생각을 했다. 그리고 또 봉지미가 언제 움직일지 모르겠지만, 일단 순의 기병을 출동한다면 어느 성으로 가야 할지, 어느 길로 남하해야 할지 생각했다. 그러다가 대학사가 된 왕비를 떠올렸다. 이제 곧 스물둘이 되는데, 예전의 그 자그맣던 복숭아가 파파야처럼 커다랗게 자랐는지 궁금했다. 이런저런 생각에 몸이 후끈 달아올랐다. 결국, 잠을 이루지 못하고 뒤척이다가, 해 뜰 때가 다 되어서야 겨우 눈을 붙일 수 있었다.

눈을 잠시 감았다 떴을 뿐인데, 해가 중천에 떠 있었다. 밖은 사람들의 이야기 소리와 말 울음소리로 시끌벅적했다. 혁련쟁은 욕을 내뱉으며 몸을 일으켰다. 부풀어 오른 바지를 보며 안타까워 한숨을 푹 쉰 그는 다리를 배배 꼬며 천막 밖으로 나갔다. 나가자마자 삼준이 저 멀리에서 누군가와 이야기를 나누는 모습이 보였다. 삼준은 뒤를 돌아보더니 웃으며 말했다.

"주인님, 안 그래도 어제 마주쳐야 할 사람을 못 봤다고 하셨잖아요, 그런데 아나나 다를까 오늘 이렇게 딱 마주친 게 아닙니까?"

혁련쟁은 눈을 게슴츠레 뜨고 상대방을 보았다. 여인의 차림새는 영락없는 산속 아낙의 모습이었다. 삿갓을 쓰고 약초 광주리를 메고 있는 여자가 다리에는 각반을 차고 짚신을 신었다. 머리부터 발끝까지 재빠른 몸놀림에, 산바람을 맞아 검붉게 변한 얼굴은 매끈하고 건강해 보였다. 그녀는 혁련쟁을 보면서 시원스레 웃으며 말했다.

"나리들은 산 아래에서 오셨소? 약초를 사시렵니까? 산에는 독충들이 많아서 약이 없으면 안 돼요. 나한테 아주 최고급 뱀 약이 있어요."

그녀는 구수한 농북 지방 사투리를 쏟아놓았다. 혁련쟁은 그녀를 위아래로 훑어보았다. 손가락 사이의 군은살까지 유심히 지켜본 그는 얼른 손을 휘휘 저어 그녀에게 가 보라고 지시했다. 삼준은 잠시 후, 손에 약초를 잔뜩 들고 와서 신나게 웃으며 말했다.

"저 아낙네가 가격을 모르네요. 십 문(文)에 이렇게나 많이 주더라고요!"

"좀스럽기는! 사내자식이 고작 그거 좀 싸게 샀다고 그리 좋아하느냐?"

혁련쟁은 삼준을 나무라며 아낙이 광주리를 메고 다가오는 모습을 지켜보았다. 그런데 아낙이 그의 곁을 지나가던 순간, 땅에 박은 나무 말뚝에 걸려 넘어질 뻔하였다. 손을 소매 속에 넣고 있던 그는 그녀가 그러는 모습을 보고도 붙잡아 줄 마음이 없었다. 흠칫 놀란 삼준이 대왕을 흘깃 보고는 그녀에게 손을 뻗었다. 그제야 혁련쟁은 번개처럼 손을 뻗어 아낙을 부축했다. 아낙은 그의 손등을 짚고 일어섰다. 얼굴까지 빨개진 그녀는 서투른 말투로 연신 감사하다는 인사를 했다. 그가 괜찮다며 손을 휘젓자 그녀는 멀어졌다. 삼준이 머리를 긁적이며 놀란 듯 물었다.

"대왕, 조금 전에 저 아낙을 잡아 주지 않으시려다가 나중에는 왜……."

"멍청하긴!"

혁련쟁이 버럭 화를 내며 삼준을 째려보더니 손을 털며 천막 안으로 들어갔다. 혁련쟁은 자신의 손등을 유심히 보았지만 아무런 이상도 없어 보였다. 이유도 모를 불안감 때문에 괜한 걱정을 했나 싶어 그의 얼굴에서 자신도 모르게 피식 웃음이 나왔다. 그냥 지나가는 일에 불과하다고 생각했다. 일행은 길을 재촉하며 말을 몰았다. 며칠이 지나자, 산을 벗어나 장녕의 국경 안으로 진입했다. 이제는 훨씬 속도가 붙었다. 장녕의 각 성에 있는 관문은 장녕번의 왕이 지시를 해 둔 덕분에 바로 통과할 수 있었고, 산에 숨을 필요도 없기 때문이었다. 불과 며칠 만에 장녕의 국경을 순조롭게 통과하였고, 곧바로 민남으로 향했다. 고개를 드니, 반짝반짝 빛나는 '마서관'이라는 금빛 글자가 눈에 들어왔다. 사랑이 웃으며 말했다.

"여기 문지기 유 형이 우리 화 장군의 측근입니다. 지난번에 말을 끌고 왔을 때도 유 형과 술을 한잔하였지요. 주량이 대단합니다!"

"그래도 하던 대로 해. 저녁에 들어간다. 그 사람이 난처해질 수도 있으니 대낮에 당당하게 들어가면 안 돼."

밤까지 기다려야 했기에 일행은 말을 인근 구릉에 숨겼다. 칠표들은 성문 앞을 끊임없이 오가는 사람들 속에 거간꾼의 모습을 발견하고는 웃으며 말했다.

"민남은 척박한 불모지라고 하지 않습니까? 지금 보니 장사치들이 적지 않습니다."

"이 바보야, 민남 사람들은 장사할 줄 몰라. 장사는 외지에서 온 상인들이나 하는 거지."

혁련쟁이 삼준의 머리를 툭 치고는 덧붙였다.

"여기는 덥고 습한 지역이지만 광산이 많고 염료며 철기며 뭐든 훌륭하다. 그러니 당연히 사람들이 몰려들어 교역이 활발하게 이루어지는 곳이야."

원래는 삼준에게 알려 주려고 한 이야기인데, 그 말을 하는 순간 마음속으로 어떤 생각이 퍼뜩 스쳤다. 여정 내내 불안했던 마음과 관련이 있는 듯했다. 그러나 전광석화처럼 순식간에 스쳐 간 생각이라 그게 무엇이었는지 도무지 떠오르지 않았다.

"마셔, 마셔!"

뒤에서 칠표들이 그새를 참지 못하고 술을 마시기 시작했다.

"술배를 적당히 남겨 뒤야지. 안 그러면 유 형 앞에서 뻗어 버려서 초원으로는 돌아가지도 못할걸!"

"쳇! 그럴 리가?"

떠들썩한 가운데, 혁련쟁은 왠지 불안감이 엄습했다. 초조함이 꿈틀거렸지만, 칠표들의 흥을 깨고 싶지는 않았다. 그는 어두워지는 하늘을 바라보며 언덕에 올라, 성문을 지켜보았다. 다른 성문과 별다른 점은 없었다. 등불이 문루 위를 드문드문 수놓고 있었다. 잠시 후에 혁련쟁 일행이 출입을 허가받는 요패를 가져가면, 지금까지 늘 그래왔듯이 성문이 열릴 것이다. 그는 방향을 돌려 제경 쪽을 바라보았다.

지미는 줄곧 편지를 보내왔다. 규칙적으로 계속해서 제경에서 일어나는 잡다한 일들에 관해 이야기해 주었다. 가끔 누가 권모술수를 부렸다고 이야기할 때도 있었다. 항상 좋은 일만 이야기하는 것은 아니었기에, 당연히 특별할 것 없는 평범한 일상처럼 보였다. 그러나 그는 평범할수록 정상이 아니라는 생각이 들었다. 그녀는 어딜 가나 문제를 몰고 다니는 사람이다. 주위에서 위험한 일이 끊임없이 일어날 텐데, 이렇게 오랫동안 아무 일이 없다는 건 말이 되지 않았다. 그녀는 또 무슨 일을 감추고 있는 것일까?

눈앞에 산봉우리가 첩첩이 이어졌다. 왕도 봉지미도 서로가 보이지 않았다. 그녀는 초원의 왕비라는 신분을 그에게 던져두고는 홀로 초원에서 아득히 먼 곳으로 날아가 버렸다. 혁련쟁이 고개를 들자, 보석 같은 눈동자가 별빛 아래서 반짝반짝 빛을 발했다. 그 순간 왠지 마음속의 시름이 보름날의 바닷물처럼 온힘을 다해 빨려 나가는 것 같은 느낌이 들었다. 철썩철썩 밀려나는 파도 위에 그립다고, 보고 싶다고 써 내려가고만 싶었다. 3년이라는 시간은 장생천(長生天)*유목 민족의 최고 유일신 의 시간으로 따지면 삼십이만 팔십오 수유(須臾), 육십오만 칠천 나예(羅

預), 천삼백십사만 탄지(彈指), 이억 육천이백팔십만 순(瞬)이다. 그렇게 오래고 오랜 시간이었다. 초원의 왕은 어두운 산속의 언덕 위에 오랫동안 서서 수백 번도 더 탄식을 쏟아 놓았다. 어둡게 내려앉은 하늘에 이름 모를 별이 부드럽게 반짝거렸다.

"대왕, 제가 가서 문지기를 부르겠습니다."

사랑이 소리 없이 다가와서 이야기했다. 술기운이 약간 돌았는지 웃음기를 띤 얼굴이었다. 칠표 중에서 이 길에 가장 익숙한 그가 가는 것이 당연했다. 혁련쟁은 자신의 형제와 수하들을 바라보고 고개를 끄덕이다가 문득 뒤돌아 가는 사랑을 불러 세웠다. 사랑은 그를 향해 다시 돌아섰다. 달빛과 별빛 아래 웃음이 환하게 쏟아졌다.

"…… 아니다……."

혁련쟁은 망연자실했다. 자신이 왜 사랑을 불러 세웠는지 떠오르지 않았던 것이다. 잠시 멍하니 있던 그가 겨우 이야기했다.

"…… 조심해!"

사랑은 입을 벌려 웃었다. 혁련쟁이 자신을 불러 세운 것이 요패 때문이라고 생각한 그는 허리춤에 찬 요패 주머니를 툭툭 쳤다.

"걱정 마세요!"

사랑은 성큼성큼 멀어지더니 곧바로 성문 앞까지 다가갔다. 약속대로 성문을 몇 번 두들겼다. 위에서 곧바로 인기척이 들리더니 한 사람이 머리를 내밀었다. 그는 밖을 꼼꼼히 살펴보더니 등불을 켜고 아래로 내려왔다.

늦은 밤, 사람이 왔는데도 주위는 조용했다. 등불을 들고 내려온 사람도 한 명뿐이었다. 여느 때와 마찬가지로 약속대로 진행되고 있다는 뜻이었다. 혁련쟁은 안도의 한숨을 내쉬었다. 초원의 사내들은 무엇이 잘못되었다는 생각은 전혀 하지 못한 채, 신나게 말을 한 곳으로 몰았다. 성문이 조금 열려 틈이 나타나자, 사랑이 요패를 안으로 디밀면서 웃었다.

"유 형 잠들었소? 나와서 술 한잔하셔야지."

사랑은 안쪽에 있는 사람의 대답을 기다리지도 않고, 곧바로 벌어진 틈을 비집고 성문을 열었다. 그가 문을 열고 들어간 그 순간, 성문 뒤의 어둠 속에서 푸른빛이 번뜩였다! 밤의 어둠 속에서 울리는 둔탁한 소리는 불어오는 바람 소리에 묻혀 버렸다. 그의 뒷모습이 순식간에 뻣뻣하게 굳었다. 그와 동시에 성문 안에 있던 사람이 가볍게 웃으며 이야기했다.

"그러려면 당신이 먼저 들어와야지."

그리고 손을 내밀어 사랑을 문 안으로 끌고 들어갔다. 혁련쟁 일행은 이미 성문 바로 앞까지 뒤따라온 상황이었다. 이미 몸의 절반 가까이 문 안으로 끌려 들어간 사랑이 얼른 고개를 돌려 뒤를 보았다. 달빛 아래 드러난 그의 얼굴은 완전히 일그러져 흉측한 모습이었다! 그는 고함을 지르려 했지만, 아무리 입을 벌려도 시뻘건 선혈만 사방으로 떨어져 내릴 뿐이었다. 뒤에서 무언가가 그를 사정없이 잡아당기고 있었다. 그는 죽을힘을 다해서 버텼다. 오금이 저리는 파열음과 함께 그는 밖으로 나가떨어졌다. 달빛 아래, 그의 왼쪽 어깨는 반 토막이 나 있었다. 왼팔이 뜯겨 안으로 끌려들어 간 것이다! '푸왁' 하는 소리와 함께 피가 뿜어져 나왔다. 밤하늘에 새빨간 포물선을 그린 핏덩이는 가장 앞에 서 있던 혁련쟁의 몸에 흩뿌려졌다.

"후퇴……."

사랑은 마침내 혼신의 힘을 다해 소리를 질렀다. 몸이 찢어져 죽는다 해도, 일행에게 경고를 해 주기 전에는 문 뒤에 있는 적들에게 끌려들어 갈 수는 없었다. 이미 후퇴를 준비하던 혁련쟁은 사랑의 핏물이 그에게 튀었을 때, 후퇴를 시작했다.

"후퇴하라!"

초원의 왕이 돌아섰다. 사랑이 소리를 내지르던 그때, 그는 제일 가까이 있던 삼준과 오조를 한 손에 하나씩 붙잡았다. 사랑에게 달려가려는 그들의 몸부림에도 불구하고 혁련쟁은 그들을 번쩍 들어 올려 하나씩 말 등에 앉혔다. 그러고 나서 곧바로 자신도 말 위로 올라 휘파람을 불었다. 소리를 들은 말들이 들판을 향해 사방으로 흩어졌다. 혁련쟁이 외쳤다.

"각자 몇 마리씩 맡아라!"

혁련쟁은 지체 없이 곁에 있는 말 두 필의 고삐를 그러쥔 채, 후방을 향해서 바람처럼 내달렸다. 형언할 수 없을 정도로 날랜 몸놀림이었다. 그를 수년간 뒤따랐던 칠표들은 본능적으로 그가 시키는 대로 할 수 있었지만, 다른 호위병들은 멍하니 서서 사랑을 바라볼 뿐이었다. 그에게로 뛰어가 부축하려는 이도 있었다.

철컥!

화살이 마치 새까만 구름처럼 무더기로 날아왔다. 성문 뒤에서 발사된 화살은 웅웅거리며 사람들의 머리까지 다가왔다. 어둠 속에서 서슬 퍼런 빛이 비처럼 쏟아졌다. 비가 떨어진 곳에서는 일순간 핏방울이 불꽃처럼 튀어 올랐다. 앞서 달려가던 호위병들 가운데 절반이 벼가 베이듯 쓰러졌다. 성문이 쾅 하고 활짝 열리더니, 쇠뇌를 들고 검은 옷을 입은 무리가 날아서 쏟아져 나왔다. 그들은 민첩한 동작으로 땅에 닿기도 전에 공중에서 다시 한번 화살로 비를 뿌렸다. 초원의 병사들 대다수가 소리조차 제대로 지르지 못하고 추풍낙엽으로 쓰러졌다. 핏줄기가 하늘 위로 분수처럼 솟아올랐다. 마서관 성문 앞은 삽시간에 피와 살점으로 범벅이 되었고, 시체가 산을 이루었다.

혁련쟁은 칠표 등을 데리고 뒤도 돌아보지 않고 자리를 벗어났다. 이표, 삼준, 오조, 육호, 칠웅, 팔환은 억지로 말에 오른 후에도 어떻게든 뒤로 손을 뻗으려 하였다. 그러나 혁련쟁이 조금도 주저하지 않고 말

風叔

133

을 몰아가는 것을 보고는 내민 손을 억지로 거두어들일 수밖에 없었다. 그들은 핏빛으로 물든 차가운 밤공기를 주먹으로 가르며 소리 없이 아파했다. 초원의 사내들은 늘 생사를 같이한다. 자신들의 형제가 타향에서 죽게 내버려 둔 적이 없었다. 천 리 밖에서 죽은 가족의 유골을 들고 비럭질하면서 돌아온 온 이도 있었고, 두 다리를 잃고도 형제의 시신을 나무판에 실어 끌고 돌아온 이도 있었다. 그런데 오늘, 마서관 앞에서 그들은 도망을 택했다. 사랑을 비롯한 초원의 형제들을 버리고 돌아섰다. 이제 육표만 남게 된 그들은 두 눈을 부릅떴다. 앞도 뒤도 보지 않고 옆에 있는 이를 돌아보지도 않았다. 제일 앞서 달리는 대왕의 뒷모습을 보지도 않았다. 자신의 눈빛에서 실망과 의혹이 나타날까 두려웠고, 다른 사람의 실망과 의혹에 가슴이 미어질까 봐 그럴 수밖에 없었다.

혁련쟁은 맨 앞에서 달리고 있었다. 평생 이렇게 빠르게 달려 본 적이 없었다. 그 역시 자신이 싸움터에서 적들을 앞에 두고 형제들을 버리고 도망가게 되리라 생각한 적은 없었다. 밤바람이 맹렬하게 그의 얼굴을 때렸다. 바람이 스칠 때마다 핏발이 곤두섰다. 그럼에도 그는 바람처럼 맹렬하게 앞으로 달려 나갔다. 그러나 그는 자신의 혼령이 아직 마서관 앞을 떠나지 못한다는 것을 알았다. 그의 혼령은 격렬하게 발버둥 치는 마음속을 떠나 다시 뒤로 달려갔다. 눈조차 감지 못하고 찢기고 짓밟혀 죽어 가는 사랑이 아득히 보였고, 쇠뇌 화살 아래에서 줄지어 쓰러져 간 부하들도 보였다. 조용히 그리고 재빠르게 뒤를 쫓는 추격자들도 보였다. 할 수만 있다면 혼령을 몸으로 바꾸어 형제들 곁에 남아 함께 죽고만 싶었다. 말발굽 아래 짓이겨진 피투성이 진흙이 되어 대지에 잠들고만 싶었다. 마음을 마귀에게 바친 장생천의 제자가 그랬던 것처럼 신념을 저버린 벌을 받아야만 했다. 그러나 그럴 수 없다.

순의왕이 포로로 붙잡히거나 마서관 앞에서 죽는다면, 결국 화를 입는 것은 봉지미였다. 이것은 분명 누군가가 꾸민 음모였다. 그리고 그

음모가 마지막으로 가리키는 것은 그녀였다. 그러니 그는 죽더라도 초원에서 죽어야만 했다. 초원의 왕이 초원에서 죽어야 조정에서 지미를 끌어들일 수가 없게 된다. 혁련쟁은 고개를 빳빳이 들고 입을 굳게 다물었다. 오색찬란하던 눈동자는 하늘을 수놓은 별빛처럼 희미했다. 눈가의 물기가 밤바람에 단단하게 얼어 새빨갛게 반짝거리며 툭툭 떨어져 내렸다.

첫째 날. 도망친 첫째 날이었다.

"우선 여기서 잠깐 쉬자."

혁련쟁이 말을 멈추고, 앞에 있는 낡은 읍내를 바라보았다. 민남과의 접경지대이니, 곧 장녕의 경계로 들어갈 참이었다. 이 읍내는 읍이라기보다는 오히려 외진 시골 마을에 가까웠다. 돌로 세운 낡은 패방(牌坊)*위에 망대가 있고 문짝이 없는 대문 위의 회색 거미줄이 바람결에 나부끼고 있었다. 마을 어귀의 푸른 비석에는 이렇게 조용하고 적막한 이유가 적혀 있었다. '큰 홍수로 역병이 돌았음.' 육표가 조용히 말에서 내렸다. 다들 말한마디 없이 각자 해야 할 일을 했다. 혁련쟁은 말 위에서 꼼짝도 하지 않았다. 성에서 도망친 이후로 육표는 여전히 왕에게 충성을 다했지만, 마서관 앞에서의 일은 마음속 깊이 상처로 남았다. 잠시 후, 육표가 마을의 네 방향에서 다가오며 각각 고개를 저었다. 이표가 이야기했다.

"대왕, 마을 동쪽에 있는 큰 가옥이 그나마 견고해 보입⋯⋯."

혁련쟁이 이표의 말을 잘랐다.

"가서 지하 토굴이 있는 곳을 찾아라. 외관이 낡은 것은 상관없다."

당황한 육표들의 얼굴에 화가 난 기색이 드러났다. 삼준이 참지 못하고 버럭 소리를 질렀다.

"죽으면 죽는 거지 뭐 하러 땅굴까지 파고 들어갑니까?"

"닥쳐라!"

혁련쟁이 소리치자 사방이 고요해졌고 사람들은 일제히 고개를 돌렸다. 그는 더 이상 말하지 않고 말에서 내리더니, 그들을 거들떠보지도 않고 직접 말 몇 마리를 끌어다가 배불리 먹였다. 먼 거리를 질주할 때는 반드시 말의 힘을 확보해야 했다. 그러지 않았다면 순식간에 추격병을 따돌리고 하루 만에 민남의 변경까지 오지 못했을 것이었다. 이윽고 그는 마을을 한 바퀴 돌며 곳곳을 자세히 살펴보았고, 마침내 양쪽으로 문이 난 지하 땅굴이 있는 곳을 찾아냈다. 말은 집 안에 들여놓고 자신은 직접 땅굴로 들어갔다. 그가 들어가니 육표들도 따를 수밖에 없었다. 오조는 볏짚 한 다발을 가져다가 깔았고, 삼준은 육포 한 덩어리를 멍석 위에 꺼내 놓았다. 혁련쟁이 육포를 집어 들더니 멈칫하였다. 주위 사람들을 죽 훑어본 그는 이야기했다.

"너희들도 먹어라."

"먹었습니다."

삼준의 시선이 허공 여기저기로 향했다. 거짓말을 할 때면 그는 언제나 그랬다. 혁련쟁이 눈을 내리깔았다. 식량이 부족했다. 식량이 든 주머니는 원래 사랑과 호위병들이 가지고 있었고, 다른 사람들은 조금씩만 갖고 있었기 때문이다. 예전에는 돈만 있으면 언제든 보충할 수 있었는데, 지금은 쫓기는 신세가 되어 인가를 피해 다녔으니 어디 식량을 살 곳이 있었을까. 그는 육포를 내려놓고 잠시 생각하더니 말했다.

"나는 배가 안 고프다."

그러던 중 칠웅이 갑자기 밖으로 나가려 하자 혁련쟁이 외쳤다.

"거기 서!"

칠웅이 발걸음을 멈추자 혁련쟁이 말했다.

"허락 없이 아무도 내 주변을 떠나서는 안 된다. 이건 왕명이다."

육표들은 어리둥절하여 서로 얼굴만 쳐다보았다. 밤에 쉬는 틈을 타서 근처 산에서 사냥을 할 생각이었는데, 대왕에게 바로 간파당한 것이었다. 혁련쟁은 더 아무 말도 하지 않고 책상다리를 하고 앉아 호흡을 가다듬었다. 땅굴 속이 어두컴컴해서인지 다른 이유 때문인지 알 수 없었지만, 그의 미간 사이가 이상할 정도로 시퍼렇게 질려 있었다. 하늘이 점점 어두워졌다. 일곱 사람은 예전처럼 즐겁게 어울리며 시시덕거리던 모습은 전혀 없이 나무토막처럼 가만히 앉아 쉬었다. 육호가 벌떡 일어나자, 혁련쟁이 곧바로 눈을 떴다. 육호는 억울한 듯 손을 펼쳐 들었다.

"소변 누러 갑니다."

혁련쟁이 어쩔 수 없다는 듯 손을 휘휘 젓고 나니까 육호는 발걸음도 가볍게 밖으로 나갔다. 그는 일행 중에서 경공이 가장 뛰어난 사람이었다. 고요한 밤, 멀리서 이름 모를 새가 구우구우 울부짖었다. 한참 후, 혁련쟁이 갑자기 눈을 뜨고 말했다.

"육호가 왜 이렇게 오래 걸리지?"

모두가 어리둥절했다. 시간 가는 줄도 모르고 생각에 잠겨 있던 터라 육호가 나간 지 오래된 것도 깨닫지 못했던 그들은 혁련쟁의 한 마디에 불안감이 몰려들었다. 몇 명이 자리에서 일어나는데, 밖에서 바람 부는 소리가 들려왔다. 바로 그때 시꺼먼 물체가 안으로 뛰어들어 왔다. 팔환이 곁에 있던 혁련쟁을 몸을 던져 감쌌다. 나머지는 사방으로 쫙 흩어져 각자의 무기를 꺼내 들었다. 어둠 속에서 희푸름한 빛이 번쩍거리고, 그 시꺼먼 물체는 그들의 칼날에 갈가리 찢어졌다. 물체 일부가 이표의 발치로 굴러왔다. 그가 발로 밟고 고개를 숙여보니, 이빨이 튀어나온 살쾡이 머리였다. 파란 눈알이 허공을 응시하고 있었다. 보통 사람이라면 깜짝 놀랐겠지만, 그는 길게 한숨을 내쉬며 웃어 넘겼다.

"살쾡이네! 여섯째가 몰래 가서 잡아 온 거겠지. 이런 상황에서 무슨 장난질이야? 어서 나와!"

모두가 안도의 한숨을 내쉬었다. 오조는 자신의 발아래 떨어진 살쾡이의 몸통을 집어 들며 말했다.

"가죽을 벗겨서 먹어야……."

갑자기 오조의 말문이 막혔다. 통통한 살쾡이 몸통을 집어 들자, 배에서 동그란 것이 데구루루 굴러나온 것이다. 저 멀리 달빛이 산골 마을의 조그마한 창으로 들어와 커다란 눈알 한 쌍을 어슴푸레하게 비추었다. 육호의 것이었다.

"육호야!"

오조의 울부짖음이 채 끝나기도 전에 '쌔액' 하는 소리와 함께 지하 땅굴 입구에서 칼날이 번쩍거렸다. 칼날이 내뿜는 빛은 너무나 밝고 선명했다. 마치 지옥의 끝자락에서 웅장하게 타오르는 화염처럼 맹렬하게 눈가를 때리며 가슴까지 졸아들게 했다. 화염이 한번 타오르자, 핏빛이 한번 튀었다. 쿵 하는 소리와 함께 검은 옷을 입은 자가 땅굴 입구에 쓰러졌다. 떨어져 내린 머리는 데굴데굴 구르다가 오조의 발에 차여 으스러졌다. 칼날이 또다시 밝게 빛나 어둠 속을 대각선으로 갈랐다. 유성처럼 아름다운 선이 지나가자, 안으로 들어오려던 검은 옷을 입은 사람의 배가 그대로 갈라졌다. 칼날의 빛이 어두운 땅굴 속을 밝혔고, 칼을 휘두른 사람의 차갑고 평온한 얼굴을 비추었다. 혁련쟁이었다.

어느 틈엔가 팔환의 품을 벗어난 혁련쟁은 문가에 숨어서 적들에게 치명타를 가하고 있었다. 연달아 둘을 해치우니 밖에 있는 놈들이 겁을 집어먹었는지, 섣불리 들어오지 못했다. 혁련쟁은 얼른 무릎을 꿇고 앉아 자신이 해치운 시체를 이리저리 살펴보았다. 복면을 벗기니 뜻밖에도 예쁘장한 얼굴의 여인이었다. 몇몇이 눈을 동그랗게 뜨고 보았다. 마서관에 매복해 있다가 자신들을 추격한 자들이 여자라는 생각은 조금도 하지 못했었다. 혁련쟁 역시 미간을 찌푸렸다. 봉지미에게 언제 이런 적들이 생겼는지 도저히 떠오르지 않았다. 그는 차갑게 코웃음을 치고는, 시체를 공중으로 번쩍 차 올리는 동시에 자신도 몸을 날려 시체 아래로 들어가 몸을 숨겼다. 시체가 바람 소리와 함께 밖으로 나오자 밖에서 기다리던 자들은 즉시 칼을 휘둘렀다.

쉬익.

두 자루 칼이 마치 한 몸처럼 움직였다. 비단 고름이 나부끼듯 칼날이 호를 긋자, 어둠이 쩍 갈라지며 하얗게 드러난 시체의 상처에서 시뻘건 핏물이 콸콸 솟아났다. 뒤늦게야 동료의 시체인 것을 알아본 그들이 다급하게 칼을 거두었다. 상대가 칼을 거둔 찰나, 혁련쟁의 칼이 허공을 갈랐다. 문 앞의 왼쪽과 오른쪽을 지키던 검은 옷 둘이 쓰러졌다. 원래대로라면 그 틈을 타 몇 명을 더 쓰러트려야 했지만, 혁련쟁은 시체를 냅다 차 버리고 몸을 비틀어 다시 땅굴로 들어와 버렸다. 밖에서는 야단법석이었다. 그는 땅굴로 돌아와 낮게 소리쳤다.

"가자!"

혁련쟁은 땅굴의 반대편 입구 문을 걷어차고 바깥에 있는 대청으로 나왔다. 초원 일행은 말을 묶은 줄을 끊고 번개처럼 말 등 위로 몸을 날리고는 말 울음소리와 함께 곧바로 달려 나갔다. 뒤에서 소란스러운 소리와 함께 검은 옷을 입은 무리가 우르르 뛰쳐나왔다. 혁련쟁 일행이 쏜살같이 달려 나가는 것을 보며, 그들 중 가장 앞에 서 있던 자가 콧방귀를 뀌었다. 그는 복면 아래 눈을 반짝거리며 차갑게 웃었다.

"일이 복잡해졌으니 모든 지원 병력을 소집해 달라고 주인님께 보고드려."

도망친 둘째 날. 장녕의 영토. 어젯밤 인적 드문 마을에서 적을 만난 후로 또다시 말을 내달렸다. 장녕의 영토로 들어서자 오표들은 이제 대왕이 한시름 놓아도 괜찮겠다고 생각했으나 혁련쟁의 낯빛은 여전히 어두운 잿빛이었다. 그는 음식도 전혀 먹지 않았다. 먹을 것을 전부 오표들에게 주고, 자신은 물만 벌컥벌컥 마셨다. 이틀 만에 핼쑥해진 그는 광대뼈까지 튀어나와 보였지만 눈빛만은 갈수록 더 밝고 환해졌다. 혁련쟁 일행이 도착한 곳은 장녕의 청목현이었다. 장녕에 들어선 지 얼마 되지 않아 만난 문지기는 그들이 이렇게 빨리 돌아온 것에 무척 놀랐다. 그들은 근처에 있는 객잔에 투숙했다. 오표들은 추격자들이 쉬지 않고 뒤를 좇는 상황에서, 왜 밤낮으로 말을 달려 초원으로 돌아가지 않는 것인지 궁금해했다. 왜 군이 여기서 휴식을 취한단 말인가? 하지만 혁련쟁은 아무런 설명조차 해 주지 않고 입을 굳게 다물고만 있었다. 추격자들에게 맞서기 위해, 말할 힘조차 아껴 두는 것 같았다.

"모두 자라. 어려운 싸움이 될 거다."

객잔 건물 한 채를 통으로 빌렸지만, 여섯 명은 모두 한 방에 모여 있었다. 삼준이 한참을 망설이다 혁련쟁에게 물었다.

"대왕님, 왜 장녕번의 왕에게 알리지 않으십니까?"

혁련쟁은 입을 꾹 다문 채 대답이 없었다. 아래턱에 푸르스름한 수염이 돋은 그의 얼굴이 초췌해 보였다.

"안 돼."

한참 후에야 겨우 입을 연 혁련쟁이 말했다.

"노지언이 알게 되면, 지미도 알게 될 것이다. 그러고 싶진 않아."

봉지미가 알면 어떻게든 제경을 나와 자신을 찾으려 할 것이다. 그러나 그녀가 초원과 암암리에 내통하고 있다는 증거를 잡으려고 눈에 불을 켠 사람들이 있다는 사실이 확실해진 이때, 그녀가 제경을 벗어나면 어떻게 되겠는가? 혁련쟁은 눈을 감고 조용히 시간을 따져 보았다. 해도 길고 짧은 날이 있듯이, 사람도 먼저 가고 늦게 가는 사람이 있다. 그렇다면 무슨 일이든 그저 최선을 다하는 게 좋을 것이다.

갑자기 어디선가 '쐐액' 하는 소리와 함께 환한 빛줄기가 떠올랐다. 소스라치게 놀란 오표들은 무기를 집어 들고 벌떡 일어났다. 그러나 알고 보니, 오늘 혼인식이 있는 옆집에서 쏘아 올린 축하의 불꽃이었다. 영락없이 자라 보고 놀란 가슴 솥뚜껑 보고 놀란다는 말대로 된 오표들은 서로를 마주 보고 자조적으로 웃었다. 용감무쌍한 초원의 사내들이 어쩌다가 겁을 잔뜩 집어먹은 쥐새끼가 되었단 말인가. 그 집과 객잔은 벽 하나를 사이에 두고 있었는데, 그들이 묵는 건물은 그 집 후원을 마주 보고 있었다. 와자지껄한 웃음소리가 희미하게 들려왔다. 신부가 부모들에게 절을 하고 신방으로 들어간 모양이었다. 신부가 절세미인이라며 감탄하는 말소리가 사방의 벽을 뚫고 들어와 오표들 귀에까지 들렸다. 특히 오조는 궁금해서 어쩔 줄 몰라 했지만 혁련쟁의 안색을 슬쩍 보더니 찍소리도 못하고 얌전히 있었다. 이 참담한 와중에도 다른 형제들의 눈가는 웃음으로 가득했다. 다섯째는 용감한 사내지만, 여자를 밝히는 버릇만은 고치지를 못하였다. 건물 밖에서 문을 두드리는 소리가 들렸다. 아마 객잔의 심부름꾼이 음식을 가져온 듯했다. 오조가 벌떡 일어나 말했다.

"제가 받아 올게요."

오조는 큰 걸음으로 밖으로 향했다. 방에서 대문 입구까지는 짧은 거리였기에 무슨 일이 생길 염려가 없었다. 오조가 제사보다 잿밥에 관심이 있다는 것을 알았기에, 모두 웃으며 그를 보고 있었다. 오조는 심부름꾼이 가져온 밥을 받더니, 담장을 남몰래 흘깃거렸다. 꽃 모양으로 조각해 뚫어 놓은 담장으로 밖을 보고 싶어 몸이 근질근질했던 것이었다. 밖을 내다본 그가 눈을 부릅떴다.

…….

안에 있던 사람들은 오조가 문 쪽에서 잠시 서 있다가 뒤돌아서서 다가오는 것을 보았다. 들어오기 싫은 듯, 한 발씩 겨우 내딛는 모습에 모두가 웃었다.

"뭘 보긴 했나 봐? 얼른 안 들어오고 뭐 해?"

오조가 방 안으로 들어섰다. 밝은 빛을 등진 그의 얼굴이 자세히 보이지 않았다. 모두 눈치채지 못하던 그때, 줄곧 두 눈을 감은 채 쉬고 있던 혁련쟁이 눈을 번쩍 떴다. 그의 눈이 뜨인 그 순간.

쿠당탕.

오조의 손에 들린 찬합이 떨어지고 밥과 반찬이 온 바닥에 흩어졌다. 맨 앞에 앉아 있다가 하마터면 뜨거운 국에 델 뻔한 이표가 벌떡 일어나더니 웃음 섞인 구박을 했다.

"네 이놈 뭘 봤길래 혼이 쏙 빠졌……."

이표의 말은 채 끝나기도 전에 목구멍으로 쑥 들어가 버렸다. 찬합이 바닥에 떨어지면서 오조가 앞으로 고꾸라져 그의 품에 안긴 것이었다. 오조는 입을 벌리고 컥컥 소리를 냈지만, 말을 하지는 못했다. 이윽고 얼굴에 있는 구멍 일곱 군데에서 시커먼 피가 왈칵 솟아났다. 바로 그때, 혁련쟁은 이미 공중으로 도약하였다. 그러나 오조를 부축하는 것이 아니라 손바닥을 번쩍 들어 벽을 내리쳤다. 그의 일격에 벽이 와르르 무너져 내리자 자욱한 먼지 속에 벽 뒤에서 입 화살을 들고 서 있던 빨간 신부 옷을 입은 여자가 놀라 고개를 들었다. 긴 칼이 번개 치듯 번쩍이며, 깜짝 놀라 다물지 못한 그녀의 입으로 곧장 파고들었다! 입으로 들어간 칼은 목 뒤를 뚫고 나왔다! 먼지가 걷히기도 전에 핏물이 사방으로 튀는 속에서 검은 그림자들이 달려들었다. 차갑게 코웃음을 친 혁련쟁은 곧바로 칼을 뽑지 않고 칼을 밀면서 앞으로 나아갔다. 긴 칼이 가짜 신부의 머리를 갈가리 잘라 놓았고, 검은 옷의 자객들을 향해서 가로로 나아갔다. 그의 칼은 마치 폭풍우 속의 파도처럼 맹렬하게 울부짖으며 한 사람을 가르고, 다음 사람의 가슴에 가서 박혔다. 뒤쪽은 신경 쓰지 않았다. 뒤에 남은 네 사람이 자신을 보호하고 있기 때문이었다. 걷히는가 싶었던 먼지는 칼바람과 검광에 또다시 누렇게 일어났다. 누런 장막 속에서 붉은 핏방울이 줄줄이 날려 복사꽃이 피어나듯 사방으로 흩어졌다. 아군과 적군의 피로 물든 치열한 격전이었다.

적이 어느 정도 줄어들고 먼지가 걷히자, 혁련쟁은 휘파람을 휘익 불었다. 고삐를 매어 놓지 않은 말들이 즉시 달려왔다. 공중으로 몸을 날려 말 위에 내려앉은 혁련쟁과 사표들은 그길로 말을 달려 닫혀 있는 객잔 대문으로 향했다. 혁련쟁이 말발굽을 번쩍 들어 올려 문을 세차게 걷어차자 대문이 콰당 쓰러졌다. 다섯 사람은 흙먼지를 일으키며 또다시 먼 길을 달려 나갔다. 검은 그림자가 일렁이더니 검은 옷 몇 명이 밖으로 따라 나왔다. 바닥에 쓰러진 시체들을 난감하게 보던 우두머리가 발을 쿵쾅 구르며 말했다.

"이건 정말 말도 안 돼. 모두 뒤를 쫓아! 초원으로 돌아가게 놔둬서는 절대 안 돼!"

여섯째 날. 산북.

"말이 지쳤다. 우선 말부터 먹이자."

말을 멈추고 내려서는 혁련쟁이 비틀거렸다. 그러자 손 네 개가 다가와 그를 부축했다. 손을 뻗은 두 사람이 혁련쟁을 바라보는 눈길은 어둡고 쓸쓸했다. 삼준과 팔환이었다. 칠표는 이제 둘만을 남겨 두고 있었다. 이표는 장녕과 농북의 경계인 청풍진에서 차가운 화살에 그의 목숨을 빼앗기고 말았다. 칠웅은 혁련쟁이 적과 맞붙었을 때 발을 잘못 디딘 순간, 몸을 던져 그의 앞을 막다가 상대의 검에 가슴을 내어주고 죽었다. 대왕의 말도 강을 건너다가 깊은 상처를 입었다. 혁련쟁은 마음을 모질게 먹고 말을 그대로 강으로 떠밀었다. 여러 해를 함께 지낸 애마가 강물 속으로 가라앉을 때, 혁련쟁은 아무런 표정도 짓지 않았다. 형제들이 죽었을 때도 마찬가지였다. 그는 슬퍼하거나 시신을 수습하는 일에도 시간을 들이지 않았다. 쫓고 쫓기는 추격전 속에서 그는 그저 살인마일 뿐이었다. 남은 이표들은 이제 더는 분노하지 않았다. 그들은 이 길을 가는 대왕이 얼마나 힘들고 고통스러운지 누구보다 잘 알았다. 그는 거의 먹지도 자지도 않았고, 계속해서 사람을 죽여 나갔다. 적들 대부분이 그의 손에 쓰러졌고, 적의 공격은 대부분 그가 막아냈다. 오는 내내 그는 누구보다도 많은 상처를 입었다. 그 스스로도 이제는 쓰러질 것 같다고 생각한 것이 한두 번이 아니었지만, 마지막에 쓰러지는 것은 결국 다른 사람이었다. 그들을 쫓아오는 추격병들도 미칠 지경이었다. 그들이 초원으로 돌아가는 것을 막기 위해서 암살, 포위, 함정 등 수단과 방법을 가리지 않고 공격해도 결국은 빠져나가는 통에 갈수록 초조해졌다. 혁련쟁 일행은 평소에는 발톱을 드러내지 않다가도 긴박한 순간이 되면 날카로운 발톱을 빼내는 수사자나 맹호와 닮아 있었다.

"하루만 더 가면 초원으로 들어간다."

눈앞에 강을 두고, 말에 몸을 기댄 혁련쟁이 조용히 이야기했다. 이표들은 동시에 눈을 가느스름하게 떴다. 하루면 닿을 수 있는 거리에 있는 초원이 눈앞에 선했다. 주황빛 모닥불이 타오르고 소젖의 기름으로 만든 초에서는 누린내가 풍겼다. 장막 안에서 가족, 친구들과 함께 둘러앉아 뜨거운 솥뚜껑을 열면 솥의 김이 모락모락 올라왔다. 삼준과 팔환은 동시에 침을 꼴깍 삼켰다. 뒤를 돌아보았다. 다 찢어져 너덜너덜한 검은 옷을 입은 자들이 저 멀리서 그들을 뒤쫓아 오고 있었다. 그들도 기진맥진해 있기는 매일반이라 검을 들고도 곧 쓰러질 듯 휘청거렸다. 속도로만 보면 누군가를 뒤쫓는 중이 아니라 배웅하러 나오는 것처럼 보였다. 뒤쫓는 이들이 이런 몰골이라니 참 어처구니 일이었으나 양쪽 누구도 서로를 우습다고 생각하지 않았다. 이제는 그렇게 비웃을 힘도 없었다. 추격자들도 더는 상대를 함정에 빠트리고 포위할 여력이 없었고, 심지어 자신의 모습을 감추기조차 힘들었기에 무작정 쫓아 올 뿐이었다. 마치 어느 한쪽이 죽을 때까지 끝나지 않는 난타전을 벌이는 격이었다. 하나는 상대방의 바지춤을 붙잡고 못 보낸다고 꾸역꾸역 매달리고, 다른 하나는 다리를 질질 끌며 어떻게든 집으로 돌아가겠다고 돌아서는 상황 같았다.

"저 계집들 끈기가 보통이 아닌 걸 보니 조직 규율이 아주 지독한 게 분명해."

혁련쟁이 피식 웃으며 말했다.

"이 지경이 됐는데도 놀라 도망가는 사람 하나 없고 명령을 수행하겠다고 바득바득 달려들잖아."

웃을 힘도 없는 삼준과 팔환은 속으로는 이렇게 묻고 싶었다. 대왕께서 원하는 게 이거 아닌가요? 우리 힘으로 추격자들을 한데 몰아넣고 싹 전멸시키려는 게 아닌가요? 왕비를 위험하게 할 수 있는 단서를 모조리 끊으려고 하시겠지요. 저들이 대왕을 초원으로 가지 못하게 막는 것과 마찬가지로, 대왕께서도 초원으로 가기 전에 저들을 해치워야겠지요. 저들을 죽여야만…… 왕비의 안전이 보장될 테니까요. 그래서 초원으로 가는 데 필사적이지 않았을 테죠. 가다가 서기를 반복하면서, 대왕 자신을 미끼로 삼아 저들이 병력을 더 동원하도록 유인할 생각이었겠죠. 이 길에 흩뿌려지는 피는 모두 대왕과 왕비의 흔적을 지우기 위함일 것이고요. 삼준과 팔환은 별이 총총 떠 있는 하늘을 보았다. 멀리서 반짝반짝 빛나는 별은 어쩌면 그날 초원 형제들의 눈동자를 비추고 있는지도 몰랐다. 그들은 모두 고아였다. 어릴 때부터 돌아가신 고고왕(庫庫王)에게 입양되어 찰답란(札答闌)과 함께 자랐다. 그는 그들의 왕이자 그들의 형제였다. 입양된 첫날, 그들은 장생천에게 맹세하였다. 그들의 몸과 피와 살은 모두 초원 왕의 것이다. 독수리 밥이 되어 죽는 한이 있더라도, 침대에 누워 한심하게 죽지는 않을 것이다. 그렇다면 이런 여정이라도 나쁘지 않다. 좋다.

그녀들이 가까이 좇아왔다. 매우 지쳐 보였지만 인원수에서 저쪽이 유리했다. 그녀들이 움켜쥐고 있는 도검이 강물에 비치자, 맑은 물이 반짝거렸다. 적들을 향해 돌아서는 혁련쟁의 몸에 난 무수한 상처에서 피가 흘러나왔다. 그러나 그의 칼이 뿜은 빛은 핏물보다 빠르게 퍼져 나갔다. 검은 옷을 입은 여자들이 소리 없이 쓰러지고, 강물을 붉게 물들였다. 혁련쟁은 적의 무리 속으로 뛰어들었다. 그는 오늘 밤이 마지막

격전이라는 것을 알았다. 내일이 되면 산북의 태양은 초원의 경계를 비출 것이다. 그런데 뭔가 이상했다. 그의 뒤를 충실히 따르며 호위하던 삼준과 팔환이 이번에는 곧장 따라붙지 않은 것이다. 그들은 서로를 바라보며 알 듯 모를 듯한 대화를 주고받는 중이었다.

"내가 가요."

"내가 간다."

"내가 어리니까, 내가 가야지."

"내가 나이가 많으니, 내가 가야지."

잠시 침묵이 흘렀다. 팔환은 아직 소년이었지만, 얼굴에는 아주 흉악해 보이는 흉터가 있었다. 18년 전, 그의 가족이 늑대 무리를 만났을 때, 부모는 죽고 가까스로 살아남은 그의 얼굴에는 늑대가 할퀸 상처가 남았다. 때마침 늑대 사냥을 나온 고고왕이 어린 아들을 데리고 지나가다가 이를 발견했다. 아이가 죽었다고 생각한 왕은 탄식을 금치 못하며 아이를 묻으라고 하였다. 그런데 조랑말을 타고 있던 찰답란이 안된다며 밤새도록 그를 간호하고 양젖을 먹인 끝에 다음 날 기적적으로 그가 살아났다.

"내가 갈게요."

팔환이 자신이 타고 있던 말의 배 아래에서 보따리 하나를 꺼내 몸에 묶었다. 그리고 삼준을 올려다보며 웃었다.

"아직 힘든 일이 더 많이 남았잖아요. 셋째 형, 나는 편한 쪽을 택할래요."

늑대 발톱에 패인 상처가 남은 팔환의 얼굴은 웃어도 무서웠다. 그러나 표정만은 따뜻함이 흘러넘쳤다. 삼준은 고개를 들고 말없이 그의 어깨를 쳤다.

"다음 생에도 형제다."

"그럼요."

말하는 이도 대답하는 이도 날씨 이야기나 하는 것처럼 무덤덤했다. 포옹도 눈물도 없었다. 더는 말이 없었다. 그들은 각자 칼을 뽑아 들고 혁련쟁의 뒷모습을 따라 달려 나갔다. 그들이 따라붙었을 때, 혁련쟁은 긴 칼을 무릎 앞으로 휘두르고 있었다. 눈빛처럼 새하얀 섬광에 낙엽과 모래가 흩날렸다. 칼은 소리 없이 매섭게 상대방의 검과 맞부딪쳤다. 맑은 소리가 울려 퍼지며 금빛 향연이 펼쳐졌다. 무수한 별빛이 쏟아져 내리는 것 같았다. 그 순간, 한 줄기 무색의 빛이 핑그르르 돌면서 금빛 장막으로 들어가는 것을 발견한 사람은 없었다. 세찬 소리와 함께 양쪽이 서로 물러났다. 복면 바깥으로 보이는 검은 옷의 눈에 차가운 비웃음이 스쳤다. 그녀는 이번 추적의 수령이었다. 엄선하여 선발된 실력자 무리를 이끌고 천성의 변방인 이 먼 곳까지 주인의 명령을 수행하기 위해 왔다. 생포하든지 죽이든지, 무슨 수를 써서든 혁련쟁을 천성 안에 붙잡아 놓아야 했다. 지금 이 순간 그녀는 이번 임무가 애초 계획보다 훨씬 더 힘들고 더 큰 희생을 하게 되었지만, 완전히 불가능하지는 않다는 생각을 했다. 그녀의 눈이 게슴츠레하게 감겼다. 그리고 다시 커다랗게 뜨였다.

삼준과 팔환이 다가오고 있었다. 두 사람은 칼도 뽑아 들지 않은 채였다. 삼준은 혁련쟁의 어깨를 붙잡아 당겨 그녀로부터 떼어 놓았고, 그와 동시에 팔환이 달려들었다. 소년이 그녀에게 다가서는 순간, 혁련쟁은 그를 붙잡으려 했지만, 한발 늦고 말았다. 팔환은 곧바로 검은 옷을 입은 수령의 품으로 달려들었다.

"죽고 싶은 게로구나!"

여자는 그 틈바구니에서도 자신의 실력을 유감없이 드러냈다. 손을 들어 검을 단칼에 내리꽂았다. 상황을 지켜보던 검은 옷 무리는 한꺼번에 우르르 몰려들어 일제히 칼과 검을 겨누었다. 팔환은 피하지도 않았고 물러서지도 않았다. '푸욱' 하는 소리가 들려온 순간, 그의 몸에 얼마나 많은 칼이 꽂혔는지 알 수 없었다. 그는 고통스러운 표정조차 짓지 않았다. 피가 흘러나오기 직전, 그는 수령의 허리를 거칠게 붙들었다. 그러고는 낮게 속삭였다.

"죽어라."

쾅!

커다란 소리가 하늘과 땅을 뒤흔들고, 붉은 화염과 검은 연기가 천지를 뒤덮었다. 땅바닥에는 순식간에 커다란 구덩이가 생겨났다. 솟아오르는 연기 속에서 거대한 폭발에 휘말린 허옇고 벌건 것들이 튀어나와 검은 하늘 아래 새빨간 포물선을 그렸다. 맹렬하게 요동치는 강물 위로, 핏빛 재가 한층 떨어져 내렸다.

일각이 지나자, 연기가 걷혔다. 바닥은 엉망이었다. 잠시 전까지 시퍼렇게 살아 있던 생명들이 지금은 피투성이로 변해 구덩이 속에 쌓여 있었다. 누가 누군지 형체를 알아볼 수조차 없었다. 멀리, 강물 저편으로 한 사람이 다른 한 사람을 필사적으로 잡아당기며 물길을 헤치고 있었다. 폭발의 굉음이 귀가 먹을 정도로 컸지만, 그는 뒤도 돌아보지 않았다. 검푸른 달빛이 쓸쓸하게 비춘 강물은 절반이 검붉고 절반은 새하얬다. 달빛 아래 강 속에서 죽을힘을 다해 헤엄치는 남자는 얼굴을 흠뻑 적신 물을 쓸어내렸다. 그러나 그 물은 영원히 닦이지 않을 것처럼 계속해서 흘러내릴 뿐이었다. 유유히 흐르는 강물이 붉었다.

일곱째 날. 산북과 초원의 접경 지역.

황폐한 성 밖, 초원 한쪽에 경계비가 고요하게 서 있다. 경계비라고는 하지만, 사실은 호탁부가 천성의 발밑에 엎드리게 되었을 때, 천성과 초원이 협심해 강적을 물리쳤다는 내용을 비석에 새긴 것에 불과했다. 비석은 바로 초원의 경계인 북쪽을 향해 있었다. 하늘과 맞닿은 저 끝에서 말 두 마리가 흔들흔들 다가왔다. 말 위에 있는 사람들은 금방이라도 쓰러질 듯 비척거리고 있었다. 비석을 발견한 두 사람은 말을 멈추었다.

"대왕."

비틀거리며 말에서 내린 삼준이 다른 말 앞으로 가서 낮은 음성으로 이야기했다.

"우리…… 도착했어요."

말 위에 엎드려 있던 남자가 눈꺼풀을 들어 올렸다. 오색찬란하게 빛나던 눈동자는 어두운 잿빛으로 변해 있었다. 멀리 초원의 경계석을 발견한 그의 눈이 반짝 빛났다. 마치 하늘에 일곱 빛깔 별이 뜬 것처럼 눈동자가 영롱하게 맑아지기 시작했다. 놀랄 정도로 아름다운 모습이었다.

"도착…… 했구나……."

혁련쟁이 중얼거리며 일어나려 했다. 하지만 허우적거릴 뿐, 몸이 말을 듣지 않았다. 삼준이 그의 어깨를 떠받치고 천천히 아래로 부축해 내렸다.

"대왕, 좀 쉬고 계십시오."

삼준이 눈을 가늘게 뜨고 앞을 바라보았다. 그는 처량하게, 한편으로는 안심이 된다는 듯 웃었다.

"제일 가까운 천막으로 가서 군사들에게 연락하라고 하겠습니다."

혁련쟁은 얼굴에 묻은 흙먼지와 핏자국을 닦아내며 소리 없이 웃었다. 그러더니 갑자기 앞으로 걸어 나갔다. 그가 움직이자, 몸이 즉시 곤두박질쳤다. 삼준은 다급하게 다가가 그를 붙잡고 무슨 말을 하려 했다. 그러나 혁련쟁은 손을 뿌리치고 혼자서 경계비 쪽으로 걸었다. 삼준은 하는 수없이 그의 뒤를 따랐다. 몇 십 장 밖에 안 되는 거리를 걷는데 꼬박 일각이 걸렸다. 혁련쟁은 거의 갈지자로 비틀거리며 걷고 있었다. 삼준은 이를 악물고 고개를 돌린 채, 자꾸만 뻗어 나가는 손을 겨우 억눌렀다. 아무리 긴 길이라도 끝은 있는 법. 푸른 경계비가 목전에 이르렀다. 혁련쟁은 그제야 미소를 띠었다. 아이처럼 순진무구하고 하늘처럼 크고 밝은 미소였다. 그가 마지막 한 발짝을 다가섰다.

퍽.

혁련쟁이 쓰러지며, 상반신이 경계비를 넘어섰다. 하얀 경계비 받침으로 선혈이 뿜어지고, 피가 놀랄 만큼 줄줄 흘러내렸다.

"대왕!"

삼준이 와락 달려들어, 혁련쟁을 돌려 앉혔다. 혁련쟁의 얼굴에 시선이 닿은 순간, 그의 가슴이 철렁 내려앉았다. 언제부터 그랬는지, 혁련쟁의 미간 사이가 더 시퍼렇게 질려 있었다. 얼굴은 더욱 창백해 보였다. 투명할 정도로 혈색이 없었다. 평소 건강하던 피부색은 온데간데없고, 거의 죽을 것처럼 보였다. 삼준의 시선이 천천히 아래로 떨어졌다. 혁련쟁이 스르륵 쓰러지자, 온종일 그를 감싸고 있던 외투가 벗겨졌다. 그제야 혁련쟁의 심장 옆에 꽂힌 단검 한 자루가 모습을 드러냈다. 단검은 곧고 자루가 없었다. 지금까지 뽑아내지 않은 칼 때문인지 주변에 핏기라고는 남아 있지 않았다. 삼준은 그 모습을 보고 눈앞이 캄캄해지는 것 같았다.

불현듯 어젯밤 대왕을 잡아끌던 순간이 머릿속에 섬광처럼 스쳤다. 희미하긴 해도 새하얀 빛이 번뜩였는데, 너무나 다급하게 대왕을 피신시키다 보니 그 점을 잊고 있었다. 대왕은 이런 상처를 입고도 이 길을 끝까지 달려왔단 말인가? 삼준은 후회막심해 눈물이 흘러내릴 것만 같았다. 목구멍은 비릿한 핏덩이로 꽉 막힌 것만 같았다. 한 글자도 내뱉을 수가 없었다. 그런데 혁련쟁은 천천히 눈을 뜨고 웃기만 했다. 그는 아무 여한이 없다는 듯 웃었다. 그의 웃음은 찬란했다. 전혀 처량하지 않았다. 그는 조용히 이야기했다.

"…… 형제여, 울지 마라. 사실 이 칼이 없더라도 나는…… 살 수 없었을 것이다."

삼준은 몸을 덜덜 떨면서 놀란 듯 혁련쟁을 보았다. 그의 눈동자가 천천히 떨어져 자신의 손등에 머물렀다……. 그렇다. 살 수 없다. 그는 이미 독에 중독되었기 때문이다. 산에서 만났던 아낙 역시 저쪽 사람이었다. 그가 아낙에게 손을 뻗었던 순간, 그녀는 그의 손등에 독을 뿌렸고, 사랑을 죽인 검에도 독이 뿌려져 있었다. 먼저 뿌린 독은 아무런 해가 없지만, 다음 독을 만나면서 걷잡을 수 없이 약효를 드러냈다. 사랑의 피가 그의 몸에 튄 지 일각 만에 그는 중독되었다. 그날 마서관 앞에서 불안한 마음이 들었지만, 이런 결과가 있을 거라고는 예상치 못하였다. 중독되고 나서야 깨달았다. 산속의 순박한 아낙이었다면 약초 정도는 그냥 주지, 장사치처럼 돈을 달라고 했을까? 깨달았지만, 때는 이미 늦었다.

저쪽에서 혁련쟁을 이렇게 쉬지 않고 쫓아온 것도 그 이유였다. 그녀들은 그의 시체를 곧 손에 넣겠다고 생각했을 것이다. 그런데 그가 쓰러지지 않았기에 그녀들은 당황했을 것이다. 혁련쟁 역시 초원으로 돌아간다 해도 어차피 죽은 목숨이라는 것을 알았기 때문에 서둘러 초원으로 돌아가지 않았다. 차라리 자신이 죽으면 모란꽃도 출병하지 않을 수 없을 테니까 그가 없는 초원이 오히려 지미에게 더 유리할 것이라고 생각했다. 잘 되었다. 잘 되었어. 그는 자신이 죽는다는 것을 알고 갑자기 모든 근심 걱정이 사라진 듯 홀가분해졌다.

그러고 나니 딱 한 가지가 남았다. 저 여자들은 그가 초원으로 돌아가는 길에 죽는다 생각하고 있으니, 그 길에서 저들을 남김없이 해치워야 했다. 그가 이동하는 내내 뒤를 쫓는다는 것은 저들이 단독으로 움직이는 무리라는 뜻이다. 먼 거리를 움직여 왔으니, 그를 사로잡거나 죽이기 전까지는 관부를 떠들썩하게 하지 못할 것이다. 그에게는 종신이 준 약물이 있었기 때문에 해독은 못하더라도 시간을 끌 수는 있었다. 그걸로 충분했다. 혁련쟁은 기꺼이 웃었다. 기꺼이 피를 흘리며 웃었다.

삼준은 눈물을 흘리며 단검을 뽑아내려 했지만, 혁련쟁이 그의 손을 막았다.

"힘을 좀 남겨 둬야지……. 너한테 아직 할 말이 있다."

삼준은 무릎을 꿇고는 혁련쟁의 뒤에서 어깨를 떠받혔다. 두 사람은 드넓게 펼쳐진 초원의 끝을 함께 바라보았다. 거대하고 붉은 태양이 뜨겁게 떠오르고 있었다. 금빛 햇살이 길게 비추어 창백한 뺨이 물들고, 보석 같은 눈동자가 물결쳤다.

"좋구나…… 초원……."

혁련쟁은 온몸에 햇살을 받으며 이야기했다.

"셋째야, 내가 이 초원의 경계에서 아무 이유 없이 죽을 수는 없지 않냐?"

여기서 갑자기 죽는다면, 조정의 누군가가 지미를 공격하는 빌미를 주게 될까 걱정스러웠다. 삼준이 가볍게 "예" 하고 답했다. 혁련쟁은 힘겹게 눈을 돌려, 그를 따뜻한 시선으로 바라보았다. 삼준은 팔표 중에서도 가장 총명한 아우였다. 그러니 삼준에게 이 마지막 일이 그다지 힘들지는 않을 것이다.

"…… 그래서, 너한테 좀 미안해야겠다."

혁련쟁은 눈꺼풀을 떨어트렸다. 눈빛에서는 미안함과 안타까움이 묻어났다. 초원의 사내에게 가장 두려운 것은 죽음이 아니라, 장생천의 뜻을 거스르고 형제를 배신하는 것이다. 그런 이는 죽어서도 영웅이 될 수 없고, 천년만년 오명을 뒤집어쓴 채, 사람들의 손가락질을 받아야 했다. 실로 너무나 두려운 죗값을 치러야 했다. 그런데 지금 이 순간, 그는 삼준에게 그것을 명했다. 삼준은 태양을 똑바로 쳐다보았다. 마치 이 빛에 눈을 태워 버려 이 세상의 어둠을 다시는 보지 않겠다는 의지처럼 보였다. 그러던 그가 갑자기 뚱딴지같은 소리를 했다.

"대왕, 대왕은 영웅이십니다."

혁련쟁은 아무 말도 하지 못하고 가만히 있다가 한참 후 자랑스럽게 웃으며 대답했다.

"나도 내가 그런 것 같아."

삼준이 또 이야기했다.

"저도요."

삼준은 잠시 생각을 하다가 덧붙였다.

"제가 영웅인 거 아시죠."

혁련쟁은 "응"하고 대답했다.

"내 평생 가장 큰 행운은 너희와 함께한 것이었다. 함께 살고 함께 죽는 것."

"저도요."

말이 끝나자 한참 동안 침묵이 이어졌다. 두 사람은 서로 기대서 태양을 바라보았다. 그들의 뒤로 인적 없는 황량한 겨울 초원이 펼쳐졌다. 햇빛 속에서 사슴 한 마리가 날렵하게 뛰어올랐다. 회황색의 털 위로 불그스름한 금빛 빛발이 반짝거렸다. 그러나 아름다운 사슴은 두 사람의 시선을 끌지 못했다. 그들은 그저 멍하니 해를 바라보고 있었다. 오늘 떠오른 해가 지고 나면 다시는 보지 못할 테니 조금이라도 더 보고 싶었다. 혁련쟁이 삼준의 어깨에 기대 나지막이 이야기했다.

"…… 방향을 바꾸자."

삼준은 두말하지 않고 혁련쟁의 몸을 남쪽으로 돌려놓았다. 제경 방향이었다. 그는 해가 비추지 않는 제경을 바라보았다. 입가에서 싱글거리는 웃음이 천천히 피어났다. 정신이 몽롱해지자, 수년 전의 그 마차가 달그락거리며 다가왔다. 그는 환하게 웃으며 손가락으로 유리를 깨트렸고, 어두운 가마 안에 있던 그녀는 재빨리 고개를 돌렸다. 누런 얼굴이었지만 놀랄 만큼 아름답게 보이는 옆모습이었다. 눈을 한 번 깜빡이니 다시 봄의 초원이 펼쳐졌다. 그의 백성들이 양 떼처럼 한데 모여 있고,

그가 그녀를 안고 있었다. 두 사람은 말을 타고 펄쩍 뛰어올랐다. 그의 은색 외투와 그녀의 검은 갖옷은 눈부시게 쏟아지는 햇빛 속에서 펄럭 거리며 아름다운 곡선을 그렸다. 혁련쟁의 미소가 점점 더 깊어졌고, 호흡은 점점 더 가늘어졌다. 그가 가만히 읊조렸다. 초원의 바람이 불어 왔다. 호탁 설산의 눈송이를 싣고 온 초원의 찬바람은 그에게서 모든 열기를 앗아 갔다. 그러나 그의 입가에 걸린 웃음만은 어쩌지 못했다. 그의 마지막 웃음이었다.

······.

삼준은 태양이 떠오른 순간부터 별빛이 내릴 때까지 온종일 그의 대왕을 부둥켜안고 가만히 앉아 있었다. 달이 고개를 내밀자, 그는 혁련 쟁을 조심히 내려놓은 다음 반듯하게 눕혔다.

"우리의 마지막 임무를 완수해야겠지요······."

삼준은 천천히 허리에 찬 칼을 뽑았다. 초원 왕정에서 팔표들에게 하사한 칼이었다. 그 칼이 있는 곳에 그들이 있었고, 칼이 사라지면 그들도 사라진 것이다. 순의 대왕은 왕정과 이역만리 떨어진 곳에서 아무 이유 없이 죽을 수 없었다. 그러나 자신을 배신한 최측근의 손에 죽었다면 말이 된다. 삼준은 대왕의 몸에서 단검을 살금살금 뽑아냈다. 피가 많이 흘러내리지는 않았다. 여기까지 오는 동안 이미 거의 다 흘린 터였다. 그는 자신의 칼을 곧바로 그 상처에 꽂아 넣었다. 그러고 나서 땅 위에는 난투극을 벌인 흔적을 만들었다. 모든 일을 마친 그는 몇 발자국 걸어가더니 차갑게 얼어붙은 풀밭 위에 몸을 뉘었다. 그는 조금도 흔들리지 않고 아주 평온하게 단검을 자신의 가슴에 찔러 넣었다. 칼이 들어가는 그 순간, 무대의 막이 내리듯 초원의 밤이 파르르 내려앉았다.

장희 21년 11월. 제2대 초원의 순의왕이 승하하였다. 그는 온몸의 피를 다 흘린 채 초원의 경계비 앞에서 죽었다. 그의 나이 스물넷이었다. 그는 가장 보고 싶었던 한 사람을 보지 못하고 죽었다. 그가 남긴 마지막 말은 이것이었다.

"이번 생애 나의 왕비는 봉지미다."

기다려라

올해 제경의 겨울은 왠지 더 스산했다. 구름이 잔뜩 끼고 흙먼지만 뿌옇게 날릴 뿐, 비도 눈도 내리지 않았다. 하늘은 마치 잿빛 솥뚜껑처럼 사람들의 머리를 무겁게 내리눌렀다. 보기만 해도 숨이 막힐 듯 답답한 모양이었다.

이른 아침, 누군가가 말을 몰고 성문을 통과했다. 황성 정중앙의 구의 대로를 전광석화처럼 달려간 그는 궁성 안으로 내달았다. 바람처럼 다급하게 달려가는 그는 뿌연 먼지를 길게 일으키며 쉽게 보기 힘든 기마술까지 선보였다. 길 양쪽의 백성들이 놀라 고개를 들었다. 바람이 예리한 칼날처럼 얼굴을 스치고, 말 탄 사람의 허리에 달린 황금색 사자 표식이 눈에 들어왔다. 그런데 이상한 것은, 그의 요대가 흰색이라는 점이었다. 그 사람이 달려가는 방향은 황성 서측 예부가 들어서 있는 곳이었다. 같은 시각, 또 한 사람이 다른 성문으로 들어와 위 대학사의 저택으로 말을 내달렸다. 위 대학사는 때마침 조회하러 입궁한 상황이었기에, 저택에 들어온 사람은 밀서를 종신에게 건넸다. 편지를 열어 본 종신의 낯빛이 확 바뀌며 벌떡 일어섰다.

"이게……정말인가?"

서신을 전한 자가 고개를 떨구었다. 종신은 얼이 빠져 버렸다. 평소 온화하기 그지없던 그의 얼굴이 형편없이 일그러졌다. 그리고 실의에 찬 모습으로 털썩 주저앉았다. 한참 후에야 그가 눈을 뜨고 길게 한숨을 내쉬었다.

"하늘도 무심하시지, 나의 영웅을 데려가시다니!"

그리고 다시 눈을 떴을 때, 종신은 평정심을 회복하고 힘겹게 이야기했다.

"해야 할 일은 세 가지다."

초원으로 보냈던 혈부도 수하가 즉시 몸을 굽히고 명령에 귀를 기울였다.

"첫째, 지금 즉시 혁련 대왕께서 마서관에서 어떻게 습격당했는지 진상을 밝힌다. 누가 기밀을 누설했는지, 누가 대왕을 죽이려고 뒤쫓았는지를 반드시 알아내야 한다."

"네!"

"둘째, 지금 즉시 초원과 서량의 교역에 사용된 비밀 통로와 관련된 모든 것을 끊어낸다. 서량에도 준비를 단단히 하라 일러 두어라."

"네!"

"셋째,"

종신이 잠시 망설이다가 곧 결연하게 이야기했다.

"오늘부터 전국에 있는 조직원 모두가 준비 태세에 돌입한다. 장사치로 위장하던 이들은 점포를 넘기고, 방파 조직에 소속되어 있던 이들은 방파를 빠져나온다. 모두가 자유로운 상태로 대기하면서 언제든지 명을 받을 수 있게 준비해야 한다!"

"……"

수하는 깜짝 놀라 고개를 들었다.

"총령 대인, 아직 때가 이르다고 하셨……."

종신은 쓸쓸하게 웃었다.

"때로는 하늘도 기다림을 용납하지 않는다. 이번 일로, 아가씨가 어떤 반응을 보일지 아직은 아무도 모르지만, 반드시 동원할 수 있는 모든 역량을 총집결시켜야 한다. 그러기 위해서 먼저 모든 대응 준비를 마쳐야지."

"하지만……."

종신은 손짓으로 그의 말을 막았다. 천천히 창가로 다가간 그는 뒷짐을 지고 하늘가의 뜬구름을 보았다. 일곱 색깔 보석처럼 빛나던 눈망울을 가진 남자를 떠올리는 것이리라. 그는 초원의 왕이었고, 초원보다 더 넓고 탁 트인 가슴을 지녔었다. 그런 그가 그녀를 속세의 끝없는 애처로움 속에 남겨 둔 채, 하늘 끝에 맞닿은 저 높은 설산으로 영원히 떠나 버렸다.

"넌 아가씨를 몰라……."

한참 후, 종신이 대답했다.

"마냥 좋은 사람은 아닐지 몰라도, 가족과 친구들을 끔찍이 생각하는 사람이지. 혁련쟁은 아가씨 마음속에서 떼려야 뗄 수 없는 지기이다. 이 일을 알면 도대체 어떻게 될지 정말 상상조차 할 수가 없다……."

말을 멈춘 종신의 시선이 어두침침한 하늘로 향했다. 구름 위 저 멀리 무언가를 보는 것 같았다. 황금 사자 왕(金獅王) 혁련쟁이 웃으며 뒤를 돌아보자, 일곱 빛깔로 반짝이는 눈동자가 온 하늘을 뒤덮었다. 그의 뒤로 구름이 무섭게 솟아오르고, 핏빛 불길이 들판을 집어삼켰다.

종신이 저택에서 한꺼번에 세 가지 명령을 하달하던 시각, 궁중의 모처 한 궁실에서 누군가가 천천히 돌아섰다.

"뭐라?"

평소에는 매력적으로 들리는 가라앉은 목소리가 깜짝 놀란 탓에 날카롭게 변했다.

"전부 죽어?"

유모 차림의 궁녀가 낮은 소리로 몇 마디 대답하고는 조심스럽게 한쪽으로 물러났다. 경비는 그 자리에 멍하니 서 있었다. 머리에 주렁주렁 달린 보석들이 바람 한 점 없는데도 덜덜 떨렸다. 널찍한 소매 아래를 옴켜쥐자, 옷이 이리저리 구겨지며 주름이 졌다. 그녀의 얼굴은 도저히 믿기 어렵다는 표정이었다. 수백의 무리 속에서도 가장 우수한 인재들만을 뽑았다. 천 리를 좇아가며 온갖 수단을 다 썼는데, 보호해 줄 병사들도 없었던 혁련쟁 하나를 붙잡지 못한 데다가 추격대가 전멸을 당했다고? 어찌 그런 일이 가능하단 말인가?

팍.

경비는 끓어오르는 분노를 참을 수가 없어 손바닥으로 창살을 거세게 내리쳤다. 창살은 그대로 부서져 산산조각이 났다. 먼지가 흩날렸지만, 곁에 있는 이들은 기침조차 하지 못하고 꾹 참았다.

"아가씨……, 그래도 목적은 달성했잖습니……."

유모가 더듬더듬 말했다.

"유모가 뭘 알아!"

경비는 홱 돌아서서 그녀를 꾸짖었다.

"목적을 달성하기는커녕 완전히 망쳐 버렸어. 혁련쟁의 죽음은 위지가 연루된 상태여야 쓸모가 있는 건데 기어이 초원까지 가서 뒈져 버렸으니 이건 완전히 실패야! 게다가 내 사람들이 전부 다 몰살당했으니…… 이제 내가 어떻게 위지를 쥐락펴락하냔 말이야!"

아무도 감히 나서지 못했다. 그저 입을 꾹 다물고 뒤로 물러설 뿐이었다.

"초원 변경을 순찰하던 중에 수행하는 호위의 배신으로 암살당했다고?"

경비는 책상 위의 밀서를 움켜쥐었다. 그녀의 이마에 푸른 핏줄이 불끈거렸다.

"좋네! 아주 좋은 이유야! 훌륭하다. 혁련쟁 이놈! 죽을 때조차 아주 빈틈이 없구나! 이 몸이 너를 너무 과소평가했어!"

"저희의 불찰입니다……. 혁련쟁의 목숨을 살려둔 채 붙잡으려 하였습니다. 나중에 위지의 죄를 응징하는 데 도움이 될 거로 생각했어요. 처음부터 강수를 두었다면 초원까지 달아날 수 없었을 텐데……."

경비는 한참을 멍하니 있다가 힘없이 손을 휘저었다. 유모만 남기고 나머지는 모두 나가라는 뜻이었다. 궁실이 조용해지자, 그녀는 다시 입을 열었다. 이미 차분함을 되찾은 말투였다.

"…… 됐다. 명령은 내가 내린 것이고 너희는 따른 죄밖에 없지. 다만 '육포단(肉蒲團)'에서 십 년간 훈련을 거친 제일 우수한 인재들을 잃은 게 안타깝구나……. 생각을 하면 할수록……."

경비는 갑자기 감정이 북받친 듯 돌아서서 유모의 손을 붙잡았다.

"황 유모……, 복수를 하는 게 왜 이렇게 힘이 드는 거야……."

"아가씨……."

유모는 잠시 머뭇거리더니, 결국 예전처럼 천천히 손을 뻗어 경비의 머리칼을 쓰다듬었다. 하지만 머리를 만진 것도 잠시, 금세 손을 거두고 조용히 이야기했다.

"아가씨도 힘들게 그러실 필요 없잖아요. 사실 어르신도……."

"또 그런다."

경비가 퍼뜩 고개를 들고 그녀를 밀어내면서 눈썹을 치켜세웠다.

"아버지는 어리석을 정도로 충성하셨지. 죽는 것도 기꺼이 마다하지 않으셨어. 하지만 나는 그렇지 않아! 나는 싫다고!"

경비는 벌떡 일어났다. 몹시 흥분한 채 두 팔을 벌리고 빠른 걸음으로 실내를 왔다 갔다 했다.

"혈부도! 혈부도! 아버지가 한평생을 자랑스러워하고 기꺼이 희생하며 죽음까지 바친 혈부도! 내 아버지를 빼앗고 어머니까지 다치게 하고, 내 일생을 산산조각 낸 그 혈부도!"

유모는 깜짝 놀라 허둥지둥 달려오더니 몸을 움츠리고 이야기했다.

"아가씨, 안 돼요, 안 돼. 소리 낮추세요. 조용히……."

고개를 돌린 경비의 눈에는 핏발이 잔뜩 서 있었다. 평소 의뭉스럽고 차분한 모습은 온데간데없고 실패에 사로잡혀 광분한 그녀였다. 이십여 년을 마음속에 꾹꾹 눌러온 울분이 무서운 기세로 치밀어 올랐다. 모든 걸 다 뒤집어엎고 싶었다. 그녀는 흉악하게 웃어대며 손가락으로 곁에 있는 문 발을 꽈악 움켜쥐었다.

"안 된다, 하지 마라……. 도대체 몇 년이야. 허구한 날 그 소리를 들으며 살아왔어. 안 된다는 소리를! 시끄럽게 하지 마라, 아버지가 할 일이 있으시다! 아버지 찾지 마라. 바쁘시다! 아버지한테 은자 달라고 하면 안 돼, 혈부도 형제들 챙겨야 하신다! 아버지한테 뭐라고 하면 안 돼. 첩을 들이는 게 당연하지. 나는 너 하나밖에 못 낳았잖니. 아버지는 아들을 바라서……. 봐봐."

경비는 입을 샐쭉거리며 웃었다.

"우리 어머니는 참기만 하는 여자였어. 아버지가 황가를 호위하는 신분인 것을 자랑스럽게 여기셨지만, 그 비밀 호위 무사는 자신의 모든 것을 혈부도에 바쳤지. 아버지는 혈부도 형제들을 우리 모녀보다 더 중요시했어. 그놈의 얼어 죽을 임무가 처자식보다도 중요했던 거지. 결국, 살신성인까지 했어. 그 망할 놈의 황조의 빌어먹을 마지막 후예를 위해서 목숨까지 바친 거야. 그 훌륭하신 형제들은 아버지의 시체까지 가져다가 이용했지. 정말 훌륭하신 형제들이야! 정말 떳떳한 혈부도라고!"

"어르신은 충성스러운 분이셨어요.……."

유모는 차마 말을 잇지 못하고 우물쭈물했다.

"충성이 무슨 소용이야!"

경비가 코웃음을 쳤다.

"충성이 뭘 줬는데? 아버지는 죽고 혈부도는 흩어졌지. 그때 어머니는 임신했다는 사실을 뒤늦게 알고서는, 아버지의 죽음으로 가슴이 미어지게 아픈 와중에도 한편으론 기뻐했어. 오직 그 유복자를 어떻게든 잘 낳아야겠다는 마음뿐이었겠지. 그런데 그 결과가 어땠는데? 어땠냐고? 난산 때문에 힘들어하는데 돈도 없고 약도 없어서 내가 아이를 받고, 둘 다 죽어 버렸잖아!"

유모는 훌쩍이기 시작했다.

"아가씨, 그만 하세요……."

"그때 어머니 침대 앞에 꿇어앉은 내 손은 완전히 피범벅이었어. 피범벅이었다고. 남동생은 절반만 나와서는 산 채로 숨이 막혀 죽었고……."

회한에 잠긴 경비의 목소리가 잦아들었다.

"그 피가 얼마나 뜨겁던지, 죽은 후에는 또 그 피가 얼마나 차갑던지……. 그때 나는 혈부도 때문에 결국 우리 일가족의 피를 보고야 말았다고 생각했어."

유모는 얼굴을 감싸며 뒤로 물러섰다. 경비는 그녀를 흘겨보았다.

"유모도 기억하잖아, 아니야? 그때 살았던 집에서 엄마하고 동생이 죽었는데, 사람들이 재수 없다고 나를 밖으로 내보냈잖아. 그때 천성의 군대가 대성의 잔당들을 붙잡는다고 난리를 치는 바람에 더는 거기 있을 수도 없었지. 그래서 우리 둘이 구걸로 연명하면서 겨우겨우 서량까지 갔잖아. 여자 둘이서 남의 나라에서 사는 게 쉬운 일이야? 그때 내가 서량 제일의 가무행에 들어가지 못했으면, 내가 무희로 뽑히지 못했으면…… 너나 나나 서량 길바닥에서 벌써 죽어 나갔을 거야!"

"아가씨……."

유모의 목소리가 떨렸다.

"…… 소인도 힘드신 거 알아요. 그래도……."

경비가 차갑게 이야기했다.

"아버지를 위해서 복수하는 게 아니야. 그 사람은 그럴만한 가치도 없어. 미워서 그래. 대성이 밉고, 혈부도 밉고, 그 황실의 자손이라는 녀석도 미워. 얼마나 덕을 쌓았고 얼마나 대단한 인간이길래 내 아버지가 목숨을 바치고서도 시체마저 온전치 못하게 죽어야 해? 그 녀석이 가족을 다 잃었다는 이유로 내가 왜 남의 나라를 떠돌아야 했냐고?"

경비는 이를 꽉 깨물고는 손가락으로 궁 밖의 하늘을 가리키며 목소리를 높였다.

"혈부도라고? 그래서 나는 육포단을 만든 거야! 대성의 후손이 계속 이어져야 한다고? 그건 내가 곱게 둘 수 없지!"

"아가씨, 정말로 그……."

경비가 차갑게 웃었다.

"영혁, 이 뻔뻔하고 염치없는 놈! 나랑 손을 잡고 대성의 후손을 찾아 주겠다고 약속해 놓고, 나만 저 좋은 일 시키게 속이다니……. 결국, 대성의 후손은 등잔 밑에 있었어. 끝까지 날 속이려 한 게 분명해! 날 속였다고! 속였어! 모두가 날 속였다고!"

"누군지 다 아시면서, 왜 폐하께 직접 고하지 않으세요?"

유모가 조심스럽게 물었다.

"이 세상에서 가장 무서운 형벌이 뭔 줄 알아?"

경비가 반문하자 유모는 막연한 듯 고개를 젓더니 잠시 후 떠보듯 말했다.

"죽이는 거요?"

"틀렸어."

경비는 손가락을 까딱거렸다.

"죽이는 건 칼 한 번 휘두르면 끝이잖아. 고통이 잠시뿐이면, 무슨 의미가 있어? 누군가를 지옥으로 처넣으려면 가진 것을 송두리째 다 빼앗아 꿈을 짓밟아 버리고, 그가 다진 기반까지 다 발기발기 찢어 버려야지. 만약 그놈이 성공과 승리에 가까워졌다고 느낀다면, 바로 그 순간에 뒤통수를 쳐서 지옥으로 빠트려 버리는 거야."

경비는 이리저리 눈을 굴리며 생긋 웃었다.

"그래야 속이 시원하지."

유모는 몸서리를 치며 아무 말도 하지 못했다.

"이제 내 손으로 복수할 거야. 그게 훨씬 재밌어. 그런데 혁련쟁 일은 내 예상을 벗어났어……. 그 방법이 안 먹힌다면 직접 나서는 수밖에."

경비는 길게 한숨을 내쉬더니 또 이야기했다.

"그런데 시기상조란 말이지……. 두고 보자……."

경비는 다섯 손가락을 천천히 공중으로 뻗더니, 무언가를 와락 움켜쥐는 시늉을 했다.

"네가 잡은 그 약점은 이제 내 수중에 있어. 너무 자신만만해하지 말고 기다려 봐!"

경비가 다섯 손가락으로 가상의 적을 붙잡아 찢어 버린 그 순간, 궁중의 예부 상서는 누군가를 대동한 채, 호윤헌 밖에서 초왕을 뵙기를 청하고 있었다. 호윤헌에서는 지금 국사에 관한 논의가 한참 진행 중이었다. 영혁은 가운데에 있는 상석에 앉아 문을 마주하고 있었고, 학사들은 양쪽으로 나뉘어 앉았다. 그는 저 앞에서 두 사람이 걸어 들어오는 것을 보았다. 처음에는 별로 개의치 않았지만, 뒤에서 걸어오는 사람의 자세가 왠지 눈에 띄었다. 그의 눈빛이 그 사람의 허리에 닿더니 금세 흐릿해졌다.

아래에서는 때마침 봉지미가 발언하고 있었다. 영혁이 올 겨울 북쪽 지역의 가뭄과 흉작을 구제한 사업에 관해 물은 내용이었다. 그녀가 갑자기 그의 눈치를 살폈다. 그가 좀처럼 보기 힘든 표정을 짓고 있었기 때문이다. 수상한 낌새를 눈치챈 그녀가 얼른 돌아서서 밖을 쳐다보았을 때 그는 이미 일어나서 대청 밖으로 걸어가고 있었다. 층계 앞에 선 그는 예부 상서 뒤에 선 사람의 옷차림을 자세히 보았다. 그 사자의 흰색 요대를 발견한 그는 숨을 깊이 들이쉬었다.

"전하."

예부 상서가 앞으로 나서서 낮은 소리로 이야기했다.

"이자는 호탁부의 부고 소식을 전하러 온 사자입니다. 순의……."

영혁은 손을 들어 그의 말을 막았다. 사자는 앞으로 한 발 다가서서 머리를 조아렸다. 슬픈 목소리로 입을 떼려는 찰나, 영혁이 손을 뻗어 그를 부축하며 온화한 음성으로 말했다.

"본 왕은 이미 소식을 알고 있다. 사자가 먼 길을 와서 고생이 많구나. 왕 상서, 사자가 역관에서 쉴 수 있도록 준비하시오. 이 일은 내가 직접 폐하께 고하겠소. 시호와 포상을 내리신 후, 은지가 있을 것이오."

영혁은 부고를 적은 문서를 다짜고짜 받아 들고, 한 손으로 황급히 두 사람에게 나가라는 손짓을 했다. 예부 상서는 이상하다는 듯 그를 보았다. 초왕 전하가 왜 입도 뻥긋 못하게 하는지 이해할 수 없지만, 할 수 없이 사자를 데리고 얼른 밖으로 나왔다. 영혁은 받아 든 문서를 손에 쥐고 천천히 자리로 돌아왔다. 대청 안에 있던 학사들은 밖에서 일어난 일을 주시했다. 큰일이 아니라면 예부 상서가 이런 상황에서 초왕을 뵙자고 청할 리가 없었다. 모두가 눈빛을 반짝이며 그를 주시하고 있었다. 봉지미 역시 조금 전에 고개를 쑥 내밀고 밖을 보고 있었다. 그런데 영혁이 사자를 막아섰기에 무슨 일이 일어났는지 다 알 수는 없었다. 영혁과 그 두 사람이 문밖에 서서 나지막이 나눈 대화는 잘 들리지 않앉다. 그러나 간간이 들려오는 이야기에 속이 답답하고 이상했다. 가슴이 이유 없이 쿵쾅거리기 시작하며 마치 가위라도 눌린 것처럼 무언가가 가슴을 짓눌렀다. 아무리 벗어나려 해도 그럴 수가 없었다. 꼭 피를 보게 될 것만 같은 두려운 느낌이었다. 옆에서 대학사 한 명이 갑자기 고개를 디밀며 물었다.

"위 대학사, 왜 그러시오?"

봉지미는 그제야 자신의 손이 덜덜 떨리고 있다는 사실을 깨달았다. 그녀는 괜찮은 척 애써 웃으며 말했다.

"갑자기 한기가 들어서요. 조금 춥네요."

그리고 찻잔을 들어 손을 데웠다. 그때쯤 영혁은 자리로 돌아와 있었다. 대청에 들어찬 중신들의 의혹 어린 눈빛에 그는 차분하게 고개를 끄덕였다. 곧이어 손안에 든 문서를 펼쳐 보이며 봉지미가 서 있는 쪽으로 다가갔다. 그리고 그녀 앞에 버티고 서서 이야기했다.

"각 중신들은 들으시오. 조금 전에 들어온 것은 호탁부의 부고 소식으로······."

획.

봉지미의 손안에 있던 찻잔이 바닥으로 떨어지며, 뚜껑이 뜨거운 찻물과 함께 튕겨 날아갔다. 그녀가 그럴 거라 예상한 영혁은 문서로 한쪽 손을 가리고 재빨리 찻잔을 받아냈다. 그러더니 손가락을 한 번 튕겨 뚜껑을 제자리로 올린 즉시 아무 일도 없었다는 듯이 찻잔을 책상 위에 놓았다. 그의 동작이 워낙 빠른 데다 그녀 옆에 있는 작은 탁자들이 사람들의 시선을 가렸기에, 그녀가 찻잔을 떨어트린 모습은 아무도 발견하지 못했다. 그러나 정작 그녀도 그가 무슨 짓을 했는지 전혀 몰랐다. 그녀는 황망히 고개를 들고, 그의 손에 들린 흰 바탕에 검은 테두리의 부고 문서를 보고 있었다. 일순간, 그녀의 얼굴이 새하얗게 질렸다. 눈동자에는 끝 모를 어둠이 내려앉았다!

황금대 연회

쾅.

창밖에서 갑자기 바람이 일어 포효하듯 창살을 때렸다. 꽉 닫혀 있
지 않던 창문이 바람에 부딪혀 세차게 닫히자, 사람들은 갑작스러운 소
리에 화들짝 놀랐다. 그러나 봉지미는 그 무엇도 들리지 않고 보이지
않는 모습이었다. 그녀는 두 눈을 똑바로 뜨고 영혁 손에 들린 흰 바탕
에 검은 테두리의 문서를 보고 있었다. 눈알이 거기에 딱 고정이라도 된
듯, 화를 내는 기색조차 없었다. 그의 손이 파르르 떨렸다. 손을 따라 부
고 문서가 움직이자, 그녀의 시선 역시 따라서 휘청거렸다. 그제야 약간
정신이 돌아온 그녀가 부고 문서를 향해 천천히 손을 뻗었다. 어색하고
경직된 손짓이 마치 목각 인형 같았다. 그녀는 손을 뻗으며 입을 벌렸
다. 아마 "제가 좀 볼게요"라고 말하려는 듯했지만, 어쩐 일인지 입만 벙
긋거릴 뿐, 아무 소리도 나오지 않았다. 그녀의 손이 부고에 닿았을 때,
그는 손을 움츠리려고 했지만, 곧 그대로 멈춰서는 소리 없이 한숨을 내
쉬었다. 그리고 부고를 그녀의 손에 건넸다. 그녀는 고개를 숙이고 봉투

의 입구를 찢었다. 손이 떨려 몇 번 만에야 겨우 찢을 수 있었다. 가볍게 흩날리는 종잇장이 손바닥으로 떨어지고, 흰 종이에 검은 글씨가 수십 자 정도 드문드문 박혀 있었다. 그녀는 족히 일각은 되는 시간 동안 종이만 보고 있었다. 종이를 보는 것 같기도 하고, 그냥 멍하니 있는 것 같기도 했다. 글자는 눈으로는 읽혔지만, 마음으로는 제대로 읽히지 않았다. 우중충한 먼지처럼 눈앞을 어지럽게 떠다니던 글자가 부딪쳐 올 때마다 아팠고, 피울음이 터져 나왔다.

"……초원을 순시하다가…… 수행하는 호위의 배신으로…… 접경 지역에서 승하하셨……."

글자 하나하나가 무슨 뜻인지는 분명히 알았다. 그런데 조합해 놓고 보니 갑자기 그 의미가 받아들여지지 않았다. 일각, 족히 일각은 되는 시간 동안 봉지미는 그 뜻을 완전히 이해할 수가 없었다. 대학사들이 열린 창문을 닫고 자리로 돌아왔다. 그녀가 손을 거두었고, 편지는 떨어져 내렸다. 그녀는 창백한 얼굴을 하고 모두를 외면한 채, 책상을 짚고 천천히 일어났다. 영혁이 이야기했다.

"위 대학사, 얼굴이 몹시 안 좋은데 뭔가 탈이 난 것 아니오? 그렇다면 일찍 돌아가서 쉬시오."

봉지미는 영혁의 말을 들었는지 말았는지 고개를 살짝 끄덕이고는 혼이 빠진 듯 비칠거리며 밖으로 향했다. 두 걸음이나 뗐을까, 하마터면 기둥에 부딪힐 뻔하였다. 그는 즉시 시중드는 태감을 불러들여 그녀를 부축하라고 했다.

문밖으로 나가자 차가운 바람이 불어 닥쳤다. 정신이 조금 들었는지, 봉지미의 눈처럼 새하얀 얼굴에 갑자기 이상하게 홍조가 돌았다. 그리고 태감을 휘청거릴 정도로 밀어낸 후, 뒤도 돌아보지 않고 큰 걸음으로 걸어 나갔다. 그녀는 바람처럼 빠른 걸음으로 주변을 스쳐 지나갔다. 인사하는 관원들이 그녀의 얼굴을 볼 새도 없이 허리를 굽힌 채 뒷모습만 바라볼 뿐이었다. 그녀는 그대로 영녕문 밖으로 나섰다. 거기에는 호윤헌에서 있을 접견을 기다리는 고위 관원들의 마차와 말이 세워져 있었다. 관원들은 위 대학사가 나오는 것을 보고 벌 떼처럼 몰려들어서 인사를 해 왔지만 그녀는 흐트러짐 없이 사람들 사이를 지나갔다. 말 한마디 없는 위 대학사의 표정을 본 사람들은 그녀가 가까이 오기도 전에 세 발짝씩 물러나더니 얼른 자신들의 마차로 피해 들어갔다. 그녀가 탄 마차가 덜컹거리며 움직이기 시작했다. 겨울 햇빛이 차창으로 들어 그녀의 뺨에 닿았지만 그녀의 낯빛은 사람의 얼굴이라고 할 수 없을 정도로 새하얬다. 그녀는 조금씩 흔들리는 마차에 똑바르게 앉아 눈을 감았다. 식은땀으로 축축하게 젖은 검은 머리칼이 그녀의 옆얼굴 위로 선명하게 흘러내렸다.

"이히히히힝."

힘찬 말 울음소리와 함께 마차가 멈추어 섰다. 봉지미의 저택에 다다른 것이다. 마차가 멈추자, 그녀의 몸이 앞으로 쏠렸다.

우웩.

지금까지 참아왔던 시커먼 어혈이 자색 바탕에 금을 두른 마차 문에 뿜어졌다!

겨울에는 해가 빨리 떨어졌다. 방금까지 어슴푸레하던 황혼 볕은 눈 깜짝할 사이에 어둠의 세상에 뒤덮이고 말았다. 눈을 뜬 봉지미는 창밖에 부는 바람 소리를 들었다. 누군가가 긴 옷자락을 휘날리며 떠나가는 발걸음 소리처럼 들렸다. 조금 전, 생사를 오가며 꿈을 꾸고 있을 때, 누군가가 왔던 것만 같았다. 그 사람은 예전처럼 따뜻한 손가락으로 그녀의 얼굴을 가만히 쓰다듬었다. 꿈속에서 푸른 풀밭과 따사로운 햇볕의 향기를 맡았다. 호탁 설산 꼭대기의 시원하고 깨끗한 모습과 함께 눈을 뜬 순간, 사방에서 피리 소리가 들려왔다. 자욱하게 펼쳐진 금빛 운무

속에서 희미한 사람의 모습이 정처 없이 떠돌고 있었다. 어렴풋한 가운데 그 사람이 뒤를 돌아보며 웃었다. 그녀는 손을 뻗어 어떻게든 움켜쥐려고 애를 쓰면서 중얼거렸다.

"혁련……."

하지만 봉지미의 손에 잡힌 것은 쓸쓸한 바람뿐이었다. 모든 것이 꿈처럼 아름답기를 바랄 뿐이었는데, 그 꿈은 허공에 산산이 흩어져 버렸다. 그녀는 눈을 감고 한참을 그대로 있었다. 가느다란 물줄기가 눈가에서 천천히 흘러내렸다. 아무 소리 없이, 그러나 쉼 없이 멈추지 않고 흘러내렸다. 일곱째 날, 혁련쟁의 피가 흘러내렸던 것처럼, 전부를 다 쏟아낼 것처럼, 삶이 다하는 그 순간까지 그치지 않을 것처럼. 문을 두드리는 소리가 들리고, 종신이 약을 가지고 들어왔다. 그녀는 눈을 뜨지도 않고, 그대로 눈물을 흘리면서 물었다.

"준비는 다 마쳤겠죠?"

비보를 들은 후, 봉지미가 처음으로 내뱉은 말이었다. 그 어떤 불평이나 분노도 없었다. 악몽이 눈앞으로 다가온 이 순간, 자책과 원망은 모두 사치였다. 쓸데없는 말은 귀를 향한 복수일 뿐이다.

"네."

봉지미가 몸을 일으켜 약사발을 받아들고는 단번에 들이키더니 품에서 보약 몇 알을 꺼내 먹었다. 지금부터 이 몸은 그녀 하나만의 것이 아니었다. 그녀는 이제 누구보다 건강하게 오래오래 살아야 했다. 적어도 복수를 할 때까지는 살아남아야 했다. 약을 먹은 그녀는 침대 위에서 책상다리로 앉았다. 새까만 머리가 흘러내려 창백한 얼굴을 절반쯤 가렸다. 깊이를 모를 만큼 까맣고 그윽한 눈동자 한 쌍은 더욱 매서워져 있었다.

"이미 진상 조사를 위해 사람을 보냈습니다. 조정에 그렇게 보고가 올라갔는데도 별다른 잡음이 나오지 않는 걸 보면 아마 혁련이…… 상대의 입을 막은 듯합니다."

봉지미가 눈을 감았다. 혁련쟁은 천 리를 쫓기며 자기 자신과 칠표의 힘만으로 모든 적의 목숨을 그 길에 묻어 버렸다. 가장 결연하면서도 가장 깨끗한 방식으로, 비밀이 새어 나갈 가능성을 철저히 봉쇄한 것이었다.

'혁련, 당신의 목숨과 맞바꾸었군요.'

한참 후 봉지미가 조용히 이야기했다.

"분명 신자연과 관련이 있습니다."

그날 위소의 감옥에서 격노한 신자연이 말했었다. 위지, 너 그렇게 자신하지 말라고, 나 역시 너를 처리할 방법이 있다고. 그때는 그저 문인의 치기라고 생각했지만 지금 와서 생각해 보니, 그 말이 단순한 허풍이 아니었다. 그날 아화의 죽음으로 봉지미 역시 놀라 서로 원수를 갚는 것이 의미 없다는 생각을 했었다. 맹세를 어기고 이렇게 손을 놓아야 하나 생각도 했었다. 황제의 목숨 하나면 되지, 남의 제국이 무너지든 어쩌든 무슨 상관일까 싶기도 했다. 그러나 모든 원한은 방관자일 때나 쉽게 포기할 수 있는 법이었다. 증오의 덫에 빠진 당사자들은 감히 그럴 수가 없었다. 내가 물러선다면 상대가 한 발짝 다가와 앞을 막아서고 칼을 휘두를 터였다. 이미 원한이 깊어진 판국에 물러서는 것은 전쟁에서 성을 상대에게 뺏기고 군대까지 짓밟히는 것과 마찬가지였다. 오늘부터 그녀는 더는 물러설 수 없었다.

"신자연 혼자는 절대 그럴 능력이 없습니다."

종신이 담담하게 이야기했다. 봉지미는 침묵했다. 확실히 그러했다. 신자연이 연루된 것은 틀림없지만, 이 정도의 수완은 절대 없다. 천릿길을 쉬지 않고 쫓아가 황금 사자 왕을 죽음에까지 이르게 하지 않았는가? 진짜 주모자는 대체 누굴까? 누군가의 이름이 생생히 떠올랐다. 하지만 거대한 바위가 가슴에 턱 하니 걸린 것처럼 도저히 입 밖으로 나오지 않았다. 천하를 통틀어 보면, 이렇게 악랄하고 이렇게 대단한 실력을 행사할 수 있는 사람이 유일하지는 않을 것이다. 그러나 이런 능력을 갖춘 사람 중에 그녀와 적대 관계에 있는 사람은 그 사람 하나뿐이었다.

봉지미는 또 누가 자신에게 원한을 품었을지 골똘히 생각을 더듬었다. 그러나 그녀는 지금껏 인복이 있었고, 매사에 일도 깔끔하게 처리해 왔다. 그녀가 처리한 2황자나 5황자, 또는 남해 상씨 집안 쪽 사람들 중에 자신에게 복수를 할 만한 사람은 최근 몇 년 승승장구하는 동안 깔끔하게 처리해 놓았다. 아무리 생각해도 이런 일을 벌일 만한 그녀의 적은 딱 한 사람, 그 사람뿐이었다. 한참 동안 요동치던 그녀의 마음은 결국 절망으로 치달았다. 그녀는 자신의 적이 훨씬 더 많기를, 그래서 마지막 정답에 선택의 여지가 있기를 그 어느 때보다 간절히 빌었다. 마치 큰 돌덩이가 이 방을 짓누르고 있는 것처럼 둘 다 쉽사리 말을 꺼내지 못했다. 시간이 한참 흐른 후, 그녀는 힘들게 이야기를 꺼냈다.

"제 생각에는…… 영혁이 저에게 적대적이기는 하지만, 이렇게까지…… 저를 미치도록 화나게 하지는 않았을 것 같은데……."

종신이 봉지미를 가만히 보더니 물었다.

"그럼 누구의 짓일까요?"

봉지미는 고개를 돌려 버렸다. 한참 후에 종신이 이야기했다.

"아가씨, 저는 당신이 자신과 다른 사람을 기만하지 않는 분이라고 생각해 왔습니다."

봉지미는 여전히 말이 없다가 처연하게 웃었다.

"이번 일이 그의 짓이든 아니든, 그게 그렇게 중요한가요?"

봉지미는 옷을 걸치고 일어서서 달이 없는 창밖의 어두운 창공을 응시했다.

"혁련에게 띠끌만큼이라도 칼을 디민 자들은 내가 절대 가만두지 않을 겁니다. 적이 되는 것은 말할 것도 없고, 원한은 갈수록 더 깊어지겠죠. 결국에는 서로 칼끝을 겨누게 될 테니, 결국 원수가 될 수밖에 없겠죠."

종신은 할 말을 잃고 천천히 한숨을 쉬었다. 사방이 쓸쓸하고 적막했다. 밤바람이 거셌다. 그때, 다급한 발걸음 소리가 소란스럽게 들려왔다. 발소리는 비밀스러운 이 서재로 곧장 다가오고 있었다. 그리고 중간에 누군가에 의해 제지당하더니, 훌쩍거리는 소리가 희미하게 들려왔다. 봉지미가 어리둥절해 있을 때, 관저의 일을 맡아보는 관리인으로 위장한 혈부도 수하가 가볍게 문을 두드렸다. 그는 대단히 난처한 듯 말했다.

"주군······, 가용 아가씨가······."

가용? 봉지미의 얼굴이 백지장이 되었다. 가용은 지난번에 혁련쟁이 데려와 억지로 그녀 쪽으로 밀어 넣었다. 그때 봉지미도 원하지 않았고 가용도 그녀와 함께 있길 바라지 않았지만, 혁련쟁은 다시 몰래 돌아오면 그 즉시 그녀를 시집보내 버리겠다고 아주 단단히 못 박았다. 혁련대왕은 한번 한 말은 꼭 지키는 사람이니, 그의 말에 가용도 놀랄 수밖에 없었다. 그래서 제경으로 데려오긴 했지만, 봉지미 역시 이 아가씨를 어떻게 해야 할지 골치가 꽤 아팠다. 하는 수 없이 가용의 마음이 가라앉기를 기다려 좋은 가문에 시집을 보내야겠다고 생각했었다. 하지만 가용은 자신이 생각지도 못한 일이 벌어지자 아무도 만나려 하지 않았다. 제 발로 방을 찾아 들어가더니 문을 닫아걸었고, 완전히 낙담해 수행하는 사람처럼 두문불출했다. 봉지미도 가끔은 이상하다는 생각이 들었다. 혁련쟁은 분명 영혁이 이 여자를 데리고 나왔다고 했지만 아무리 봐도 영혁에게는 아무런 의미도 없는 사람이라는 생각이 들었기 때문이다. 영혁은 그녀를 데려와 놓고서는 거두려는 생각도 없이 그냥 가만히 내버려 둔 채 일절 관심을 두지 않았다. 도대체 영혁이 무슨 꿍꿍이인지 알 수 없었다. 그녀는 영혁과 가용이 한 침대에서 잤던 일을 전혀 모르고 있었다. 혁련쟁은 언제나 공명정대하고 뒤에서 남의 험담을 하는 법이 없는 진짜 사나이였다. 자신의 연적일수록 더욱 말을 아꼈다. 말을 들어보니 혁련쟁이 죽었다는 소식을 접한 가용이 이성을 잃은 것 같았다.

"위 대인!"

혈부도 수하가 위지에게 보고를 마치기도 전에 '콰당' 하는 소리와 함께 문이 열리더니 가용이 산발을 한 채 뛰어들어 왔다. 아주 잠깐 봉지미에게 눈동자가 머물더니 와락 달려들어 그녀의 어깨를 붙들었다.

"대왕, 대왕께서……."

파리한 가용의 얼굴은 눈물로 범벅이 된 상태였다. 헝클어진 머리카락이 얼굴에 엉망으로 붙어 있었고, 머리카락 사이로는 슬픈 눈이 희번덕거렸다. 그렇지만 그녀의 눈망울에는 기도와 희망이 가득하기도 했다. 방금 들은 그 소식이 한낱 꿈이기를…… 악몽이기를 기도하는 것이리라. 봉지미는 눈을 감아 버렸다. 자신이 소홀한 탓에 저택 내의 사람들에게 입단속을 못 시켰다고 자책했다. 가용이 저택 밖으로 나가지만 않는다면, 오랫동안 속일 수 있었을 것이다. 하지만 순의 대왕이 승하했다는 소식은 이미 제경에 파다한 상태인지라, 자신이 그녀를 속인다고 해도 곧 탄로가 날 터였다. 어쩌면 그녀가 저택 밖으로 나가 묻고 다니다가 무슨 일이라도 생기는 것보다는 차라리 여기서 매를 맞는 게 나을지도 몰랐다.

"그래."

봉지미는 손을 가슴에 얹고 책상에 기대어 섰다. 그리고 한 글자 한 글자 힘주어 말했다.

"혁련은 죽었다."

가용은 봉지미의 옷섶을 쥔 그대로 그녀를 노려보았다. 무슨 뜻인지 전혀 모르는 사람 같기도, 혹은 갑자기 귀가 먹고 말을 잃은 사람 같기도 했다. 그녀는 그렇게 굳어 버렸다. 기도와 희망으로 가득했던 눈망울은 끝을 모를 어둠과 절망으로 점점 변해 갔다. 죽음의 기운을 띠고 있는 어둠이었다. 극지의 바다에서 솟아나는 검은 물결처럼, 지나는 곳에 있는 모든 존재가 도탄에 빠질 것만 같은 어둠이었다. 한참 후에 가용이 손을 놓고 천천히 손바닥을 들어 올렸다. 마치 봉지미를 한 대 때리고 싶은 것 같았다. 그녀가 거짓말을 한다고, 자신을 속이고 있는 거라고 꾸짖으려는 것 같았다. 그러나 손을 들어 올린 그녀는 눈이 뒤집히면서 한쪽으로 풀썩 쓰러지고 말았다. 기절해 버린 것이었다.

책상에 기댄 봉지미는 고개를 돌리고 눈을 감아 버렸다. 달빛이 그녀의 옆얼굴을 비춰 보니 안색이 달빛보다 더 새하얗게 질려 있었다. 종신이 조용히 가용을 안아 올려 침대에 눕히고 맥을 짚었다. 한참 후에 그가 이야기했다.

"화가 나서 일시적으로 정신이 혼미해진 것일 뿐 괜찮습니다."

하지만 종신이 갑자기 '아아' 하고 덧붙이더니 떼었던 손을 다시 가용의 손목에 올려놓았다. 한참이 지났다.

"이 맥은……."

종신이 무슨 말을 하려는 찰나, 누워 있던 가용이 갑자기 몸을 뒤척였다. 그녀의 몸짓은 무척 이상했다. 모로 누워 두 손을 곧게 편 모습이 언뜻 보기에는 잠을 잔다기보다는 무슨 의식을 치르는 사람처럼 보였다. 그 괴상한 자세가 두 사람의 시선을 끌었다. 그리고 나서 봉지미와 종신의 귀에 가용의 목소리가 들려 왔다. 먼저 그녀는 괴상한 곡조들을 내뱉었다. 독특한 언어인 듯한 생소한 소리를 내다가 멈추고는 한어로 바꾸어 이야기하기 시작했다.

"…… 낙일의 후예, 황조의 총애를 받으니, 천하를 얻으면 천하가 뒤집히고, 천하를 얻으면 후사가 뒤집힌다……."

가용은 이 말을 세 번 반복한 후, 또 다른 말을 하였는데 그중 이런 말도 있었다.

"…… 가짜 낭군, 악연으로 피가 마른다……."

봉지미는 이 소리를 듣고 일순간 낯빛이 변하였다. 가짜 낭군……? 가용은 혁련쟁과 대월에서 혼인을 맺었고, 명목상 부부가 되었다. 그러니 가짜 낭군이지 않은가? 그렇다면 이 말은 혁련의 최후를 뜻하는 것 아닐까? 가용의 이 잠꼬대 같은 말은 그저 느낌을 내뱉은 것일까, 아니면…… 스스로는 몰랐지만 이미 예견되어 있었던 것일까? 머릿속에서 갑자기 오래전에 들었던 말이 떠올랐다.

"낙일족 여자들은 예언 능력을 타고났다. 자기 자신이나 가까운 사람에게 관련된 미래를 예견할 수 있지. 꼭 천신의 총애를 받는 사람들처럼 다가올 일을 볼 수 있는 거야."

장희 16년, 어머니의 폐궁 안에서 영혁이 그렇게 말했었다. 그의 어머니는 전설 속의 천신이 총애한다는 낙일족의 공주였다. 그녀는 큰 눈이 내리는 날, 아무도 알아듣지 못하는 노래를 부르면서 하늘에서부터 푸른 소나무 아래로 내려왔다고 했다. 그 아무도 알아듣지 못하는 이상한 곡조가 방금 가용이 냈던 그 소리는 아닐까?

"…… 낙일의 후예, 황조의 총애를 받으니, 천하를 얻으면 천하가 뒤집히고, 천하를 얻으면 후사가 뒤집힌다……."

영혁, 그는 낙일족의 후예이다. 마지막 구절은 봉지미도 무슨 뜻인지 알지 못했지만, 적어도 앞 세 구절의 뜻은 확실했다. 가장 중요한 건 바로 '천하를 얻으면 천하가 뒤집힌다.'라는 구절이었다. 책상을 짚는 그녀의 손이 얼음장같이 찼다. 일순간 운명의 검푸른 얼굴이 무표정하게 눈앞으로 다가왔다. 그 순간, 그녀는 많은 것을 깨달았다. 영혁이 그동안 왜 황제의 총애를 받지 못했는지, 왜 자신의 재능을 드러낼수록 더 억압받게 되었는지, 왜 형제들보다 재능이 뛰어나면서도 태자로 책봉되지 못했는지를 깨달았다. 나이든 황제는 힘에 부쳤다. 그래서 영혁이 조금씩 조정 내 장악력을 넓혀 가는 모습을 보면서도 가장 중요한 지위만은 부여하지 않았다. '천하를 얻으면 천하가 뒤집힌다.'라는 그 말 때문이었다. 그는 황위를 영혁에게 주면 자신이 해를 입을까 두려웠다. 영혁이 천하를 얻고 천하를 뒤집어엎을까 봐 두려웠다. 그리고 아들의 위협으로 인해 모든 것을 잃게 될까 두려웠다. 그녀는 영혁이 황위에 뜻이 있으면서도 경거망동하지 않고 수많은 기회를 일부러 포기한 이유도 깨달았다. 본인 스스로 부황이 신임하는 아들이 아니라는 걸 알기 때문이었다. 그는 어쩌면 언제 어디서든 존재하는 경계심의 눈초리 속에서 누구보다 신중해야 했었는지도 모른다. 그가 온갖 궁리를 다 해 가용을 찾아낸 것은 낙일족의 후예인 그녀의 신분 때문이었다. 황제에 의해 꼭꼭 숨겨진 이 예언을 찾아내기 위해서였다. 예언을 알았으니 가용은 자연히 영혁에게 아무런 필요가 없어졌고, 곁에 두어 괜한 의심을 살 일을 하는 건 절대 금물이었다.

이야기의 연결 고리를 찾아낸 봉지미의 얼굴은 갈수록 더 하얘졌다. 그녀는 지금 황제가 다른 사람들에게 절대 알리고 싶지 않은 고민을 알아 버렸다. 그런데 여전히 모를 일이었다. 아들이 이미 거의 다 죽어 나간 마당에 영혁을 태자로 세우지 않는 황제는 대체 무엇을 기다린단 말인가? 이런저런 어수선한 의혹들이 마음속을 스치던 그녀는 크게 심호흡을 했다. 마음 깊은 곳에서 결연한 생각이 떠올랐다. 뒤에 있던 종신은 낙일족의 신기한 능력에 대해서 잘 알지 못했기에 가용이 무슨 소리를 하는 건지 전혀 이해할 수 없었다. 종신이 물었다.

"혈부도의 모든 구성원이 채비를 마쳤습니다. 즉시 십만대산으로 사람을 보내 화경에게 연락할까요?"

"그러세요."

봉지미가 치켜든 아래턱으로 별빛이 떨어져 내렸다.

"저도 가야겠어요. 혁련이…… 죽었잖아요. 봉지미가 왕비라는 걸 황제도 금세 떠올릴 거니까 위지는 잠깐 쉬어야 해요. 그래도 가기 전에 마지막으로 위지 신분을 이용해서 할 일이 두 가지 있습니다."

돌아서는 봉지미의 표정이 쓸쓸하고 차가웠다. 그녀는 두 손가락을 칼처럼 빳빳이 세우고 말했다.

"경고하는 것! 죽이는 것!"

장희 21년 말, 평범한 연말이었다. 평범한 사람들이 평범한 섣달그믐 상차림을 준비했고, 평범한 관리들은 평범한 업무를 처리하느라 바빴다. 모든 것이 평소와 전혀 다를 바가 없어 보였다. 그러나 조용한 대지에는 어두운 물결이 일렁이고 있었다. 그 물결은 독으로 오염된 시커먼 피처럼 소리 없이 조정의 핏줄을 타고 올랐다.

12월, 산북. 한 점포의 주인장이 점원들을 시켜 문 위에 걸린 십여 년 된 현판을 떼어내고 있었다. 통실통실한 얼굴에 부잣집 노인 같은 주인은 받아 든 현판을 애지중지 여기며 위에 쌓인 먼지를 불어냈다.

"임 씨, 이게 무슨 일이야? 잘 되는 것 같더니 갑자기 장사를 왜 접어?"

이웃들이 몰려들어 구경했다. 십수 년이나 장사해 온 가게가 문을 닫는 모습에 사람들의 눈빛에는 아쉬움이 가득했다. 좋은 인연들과 함께했던 주인은 웃으면서 사방을 향해 인사를 했다.

"네, 네. 제경의 조카가 이제 저를 데려다 봉양한답니다. 그간 모두 돌봐 주셔서 감사했습니다."

"임 씨가 복이 많네."

사람들은 하하 웃었다. 그리고 야무진 점원들이 귀중품을 챙겨 마차 한 대에 싣고 덜그럭거리며 떠나는 모습을 부러운 눈으로 바라보았다. 마차가 저 멀리 사라지자, 누군가가 혀를 차며 감탄했다.

"복 받으러 가는구먼……."

12월, 하내. 거대한 저택 안에서 사내 한 무리가 걸어 나왔다. 이렇게 추운 날씨에 가슴팍을 활짝 열어젖혀 칼자국을 드러낸 차림이었다. 한 사람이 보따리를 둘러멘 채, 앞장서서 걸어 나왔다. 다른 사람들은 아쉬운 듯 미적미적 따라 나왔다. 그 사람은 갑자기 발걸음을 멈추더니 주먹을 불끈 쥐고 고함을 질렀다.

"형제들, 청산은 변함이 없고 녹수는 마르지 않습니다. 우리는 여기서 헤어지지만, 나중에 꼭 다시 만납시다!"

"둘째 형님, 어디로 가시는지 왜 형제들에게 말씀하지 않으십니까?"

사내들이 멍하니 서서 그가 결연히 떠나가려는 모습을 보고만 있자, 한 소년이 재빨리 달려가 그의 옷자락을 부여잡았다.

"저는……."

그 사내는 뒤를 돌아보더니 따뜻한 미소를 지으며 소년의 머리를 쓰다듬었다.

"가서 목숨 건 거래를 하려고 한다. 하지만 너희들에게 다 이야기할 수가 없구나. 여기서 가만히 기다리고 있거라. 다시 만날 기회가 있을 거야."

"저도 데려가요!"

소년이 고개를 빳빳이 들고 큰소리를 질렀다. 그 소리에 모두가 합심했다.

"저희도 데려가요!"

"목숨 건 거래면 어때서요, 우리가 하는 일이 언제는 칼끝에 피를 묻히지 않은 적이 있었습니까?"

"그러니까요. 둘째 형님이 아니었다면, 우리는 벌써 그 하수구의 쥐새끼 같은 성남방 놈들 손에 죽어 나갔겠지요. 그런데 형님이 가고 나면 앞으로 누가 저희를 돌봐 줍니까?"

"따라가면 되지. 어디를 가시든, 저는 따라가렵니다!"

"가자!"

석양 속 사내는 10년이나 생사의 갈림길을 함께한 형제들을 보았다. 그리고 한참 후, 조용히 웃음꽃을 피웠다.

"좋다. 같이 가자!"

산남, 산북, 농남, 농서, 강회……. 천성의 13도, 각 주현에서 이런 일들이 비일비재하였다. 무수한 점포가 조용히 문을 닫았고, 무수한 사람들이 봇짐을 메고 일하던 곳을 떠났다. 무수한 사람들이 공관 저택에서 같이 일하던 친구들에게 작별을 고했다. 무수한 선생들이 붓을 내려놓고 자신을 고용한 집을 떠났다. 그들은 각기 다른 문에서 나왔지만, 모두가 한 방향을 향해서 걸었다. 아주 미미하지만 고집스럽게, 언덕과 골짜기를 지나 일제히 큰 바다로 흘러드는 물줄기처럼 움직였다. 21년 동안 겨울잠을 자던 그들이 하루아침에 바삐 움직이기 시작했다. 하늘에 예리한 칼끝을 겨눈 그들은 누구의 숨통을 끊으려는 것일까?

그 시각, 제경. 천성의 천지가 들썩이는 동안, 수도인 제경은 여전히 태평성대의 음악 소리가 드높았다. 경서 신수 거리의 관저 밀집 지역, 그중 자그마한 저택 한 군데에 오색 초롱이 내걸렸다. 말과 마차가 쉴 새 없이 오가는 것으로 봐서는 연회가 열리는 듯했다. 마차가 문 앞에 멈추어 서면 마차 안에 있던 사람은 만면에 웃음을 띠고 내려 친절한 문지기의 안내를 받아 안으로 들어갔다. 주인이 직접 손님을 맞이하러 나오지는 않았지만, 사람들은 이미 체면치레는 했다고 생각했다. 위 대학사가 새로 마련한 별장에, 그것도 오늘 낙성식을 하는 새 별장에 귀한 손님으로 초대되었으니 말이다.

위지는 나라의 중신이고, 황제의 총애를 한 몸에 받고 있었다. 사람 됨됨이도 조신하고 겸손한 데다 누구와도 치우치지 않게 적당히 교류했다. 이는 대소신료들을 대하는 마음이 속되지 않고 깨끗하다는 뜻이었다. 그렇지 않다면 황제도 그가 무언가를 모의한다며 의심했을 것이 뻔했다. 그러나 그가 적당히 교류한다 해서 다른 사람들이 그를 멀리한다는 뜻은 아니었다. 오랜만에 열린 그의 귀중한 연회에는 초대받은 사람들이 한달음에 뛰어왔음은 물론, 초대하지 않은 이들조차 연줄을 동원해 꾸역꾸역 따라붙었다. 크지 않은 별장의 대청은 금세 사람으로 가득 들어찼다. 각 부, 사, 한림원에서 모두 손님이 들이닥쳤다. 원래는 대청 안에 자리를 열 개 정도 마련했는데, 상황이 이렇게 되니 하는 수 없이 정원에 임시로 좌석을 더 놓았다. 그래도 앉을 자리가 없는 사람들은 염치불구하고 아는 사람들 자리에 끼어 앉았다. 다행히 위 씨 저택의 하인들은 일머리가 있었다. 사람이 예상 밖으로 많이 몰려들었지만, 그들은 전혀 허둥대지 않았다. 하인들은 아주 질서정연하게, 연회를 시작하기 전인데도 쉴 새 없이 요리와 술을 대접했다. 이윽고 누군가가 웃으며 이야기를 꺼냈다.

"참으로 실례를 하였습니다. 반가운 손님들을 직접 맞이하지 못한 죄로 우선 석 잔을 비우겠습니다."

그 소리에 불 위의 솥처럼 들끓던 장내가 일순간 차분해졌다. 뒤로 돌아선 사람들의 눈에 흰 상복을 입은 소년이 술잔을 들고 웃는 모습이 들어왔다. 때마침 정원에는 매화가 활짝 피어 있었다. 갈색 가지에 달린 불꽃처럼 새빨간 매화가 흰 벽 푸른 기와에 비스듬히 기댄 사이로 소년이 꽃을 헤치고 다가왔다. 그새 약간 말랐는지, 더욱 맑고 산뜻한 느낌이었다. 가볍게 걸친 옷은 전부 새하얀 상복이었고, 머리에 두른 띠조차 순백이었다. 어깨 위로 물결치는 검은 머리와 화염처럼 타오르는 매화 가운데, 그의 얼굴은 새하얀 눈꽃 같았다. 그는 계속 술잔을 높이 들고 발걸음도 가볍게 앞으로 다가왔다. 떨어져 내린 매화꽃이 그의 소맷부리에 가득 들어찼다. 산뜻하고 화사한 그 모습에 모두가 숨을 죽였다. 그런 화사함 뒤에 의아해하는 이들도 있었다. 위 대학사가 머리부

터 발끝까지 상복 차림이었기 때문이다. 아무리 아름답다지만, 예의에
는 어긋난 모습이기도 했다. 하지만 어떤 사람들은 단박에 그런 생각을
했다. 젊은이들이야 멋있게 보이는 걸 좋아하고, 대학사 또한 예외가 아
닐 것이다. 이렇게 사적으로 사람들을 초대한 자리에서는 좀 편하게 입
어도 별로 상관없지 않을까.

봉지미는 웃음을 띤 채, 고개를 끄덕이며 걸었다. 그녀의 눈빛은 너
무나 다정했고, 태도 역시 나긋나긋한 봄바람 같았다. 초대된 손님이
든 아니든 고위 관리이든 하위 관리이든, 그녀는 똑같은 눈빛으로 공평
하게 바라보았다. 그렇게 한 바퀴를 돌고 나니, 사람들의 눈빛에 그녀를
향한 존경과 흠모가 배어 있었다.

"제가 벌주 석 잔을 마시겠습니다."

봉지미는 층계 앞에 서서 두 손을 내밀고 술 석 잔을 연거푸 시원스
레 마셔 버렸다. 술잔을 뒤집어 보일 때마다, 아래에 있는 사람들이 잘
한다며 환호했고, 장내 분위기는 금세 후끈 달아올랐다. 그녀는 전언
등 조정에서 임무를 맡은 청명 출신 몇 명에게 술을 권했다. 이 청명 출
신들은 관료 사회에서 경험을 쌓은 젊은이들로, 서로 화기애애하고 태
도도 아주 훌륭했다. 분위기가 점점 무르익자, 얼마 지나지 않아 모두
얼큰하게 취기가 올랐다.

"얼마 전, 제가 걱정을 끼쳐 드렸지요. 여러 대인께서 여기저기로 말
씀을 전해 주시고 물심양면으로 도와주신 덕분에 잘 해결되었습니다.
이 자리를 빌려 감사드립니다."

상석에 있던 봉지미는 술 한 잔을 또다시 시원하게 들이켰다. 사람들
은 그녀가 이야기하는 것이 얼마 전에 있었던 하내 서책 사건이라는 것
을 알았다. 사실 그 사건에 두 대학사가 연루되어 다들 이야기하기가 껄
끄러웠던 찰나였다. 그런데 대학사가 제 입으로 은혜를 입었다고 하니,
굳이 부인하는 사람도 없었다. 다들 잇달아 술잔을 들면서 "전화위복이

라 생각하십시오" 하고 축원의 말을 쏟아냈다.

"최근에는 제가 자주 입궁합니다. 폐하를 모시고 이야기를 많이 나누었지요."

봉지미는 술잔을 돌리며 잡담하듯 말문을 열었다. 모두가 그녀의 말에 귀를 쫑긋 세웠다. 최근 폐하의 건강이 나빠지면서 조회는 3일에 한 번으로 바뀌었고, 그나마도 열지 못할 때가 많았기 때문이다. 궁중에서 들려오는 소식으로는 올해 겨울에 폐하의 고질병이 도져서 몸이 더 안 좋아지셨다고 했다. 이 소식은 사람들의 마음을 더욱 애타게 했다. 그러나 더 자세히 알 수는 없는 상황이었다. 조정을 통틀어 전하를 알현할 수 있는 것은 극소수의 몇몇 중신들뿐이었다. 위 대학사도 그중 한 사람이었기에, 사람들은 오늘 단단히 준비하고 온 터였다. 황궁 소식을 조금이라도 엿듣고 싶었던 것이었다. 사방이 고요해지자, 그녀는 여유만만하게 이야기했다.

"폐하와 저는 장희 16년 이전에 있었던 일에 대해 담소를 나누었습니다. 그때는 지금처럼 이렇게 사사건건 직접 나서서 힘쓸 필요가 없었다고 하셨지요. 요즘은 연세가 많아질수록 일이 더 많아지니, 몸이 배겨내지 못한다고 하셨습니다."

사람들은 봉지미의 말이 무슨 뜻인지 잠시 깨닫지 못해 조용히 있었다. 장희 16년 이전과 지금이 무슨 차이가 있지? 그 뜻을 생각해낸 사람들은 얼굴이 하얗게 질렸다. 장희 16년 전에는 태자가 있었다! 그때 황제는 태자의 교육 차원에서 일찍부터 국사에 익숙하도록 임무를 주었다. 1년에 절반은 황제 대신 태자가 정무를 보게 했고, 태자가 직접 황자들을 이끌고 육부를 관장하여 국내 대소사들을 처리하게 했다. 그리고 황제 본인은 아주 중대한 일에만 직접 나섰다. 폐하께서 결국 태자를 책봉하시려는 건가? 사람들의 호흡이 가빠지며 봉지미만 뚫어지게 보고 있었다. 그녀는 입을 꾹 닫고, 손에 든 옥주전자만 만지작거렸다. 그제야 사람들은 그녀의 술 주전자가 다른 사람들의 것과 다르다는 것을 깨달았다. 청옥 한 덩어리를 깎아 모란꽃의 형상으로 만든 주전자였다. 용의 등뼈를 형상하는 손잡이는 정교하기가 비할 데 없었다. 빛이 비춰들자, 손잡이에는 '초(楚)'라는 글자가 희미하게 드러났다. 초……초왕부의 것이다. 초왕이 위 대학사에게 하사한 애장품이 아닐까? 관원들은 모두 신경이 곤두섰다. 이런 시기에 이런 장소에서 위 대학사가 이런 이야기를 꺼내다니……. 게다가 고의든 아니든 이런 물건을 내보였으니 사람들은 생각이 깊어질 수밖에 없었다. 폐하께서 위 대학사와 이런 이야기를 깊게 나누었다 하니, 분명히 본인의 마음에 드는 인물을 은연중에 암시하셨을 터였다. 그게 초왕이 아니라면, 위 대학사는 두 사람의 관계를 이렇게 공공연히 내보일 것이 아니라, 초왕과 관련 있는 물건을 전부 꼭꼭 숨겼을 터였다. 따지고 보면, 초왕 말고 또 누가 있단 말인가?

그때 사방을 두리번거리는 사람들이 있었다. 명문대가의 관리들이 한 자리에 운집한 가운데, 누구보다 그 자리에 있어야 할 초왕 진영의 사람들이 흔적도 보이지 않았다. 그렇다면 분명했다. 위 대학사가 초왕을 대신해 조만간 있을 경사를 축하하는 것이다. 작당 모의를 한다는 공격을 피하려고, 직접 나서길 꺼리는 것이다.

"안타깝게도 전하께서 참석하질 못하셨습니다. 이 사람 집에 있는 고월청설차를 그렇게 좋아하셨는데……."

봉지미가 담담하게 이야기했다. 사람들의 눈빛이 다시 반짝 빛났다. 폐하께서 연로하시니 황위 책봉이 머지않았다는 생각이 들었다. 10황자는 자질이 그럭저럭하다. 가장 유력해 보였던 7황자도 남방에서 군을 이끌고 계시니, 폐하의 심중에 있는 자는 오로지 초왕뿐이라는 뜻이 아닌가?

"공명정대한 사람은 뒷공론하지 않는 법이지요. 여기 계신 대인들께는 숨길 것도 없고요."

봉지미는 술잔을 톡톡 치며 이야기했다.

"나라에 하루라도 군주가 없을 수는 없지요. 종묘사직의 계승이 무엇보다 시급합니다. 지금 같은 시국에는 신하 된 자들이 국정을 내팽개치고 자신의 안위만을 위해서는 안 되지요. 저는 상소를 올리려 합니다. 폐하께서 조정의 일을 함부로 논한다며 진노하신다고 해도 어쩔 수가 없습니다."

사람들은 고개를 숙이고 술을 홀짝이며 속으로 생각했다. 위지는 폐하가 누굴 태자로 세울지 이미 아는데, 상소로 폐하의 심기를 건드리고 진노하게 만들 일이 뭐 있단 말인가? 늙은 군주에게 영합하고 새로운 군주에게도 잘 보였으니, 제일 먼저 공을 인정받아 더 승승장구할 것이 아닌가? 사람들의 눈동자가 술잔 속을 또르르 굴러다녔다. 마음속으로는 저마다 태자를 책봉해 달라는 상소를 올릴 심산을 하고 있었다. 처음으로 초왕을 태자로 책봉해 달라는 상소를 올린 사람은 앞으로 수십 년간 부귀영화가 보장된 것이나 마찬가지였다!

장내가 일순간 조용해졌다가, 곧 시끌벅적해졌다. 드문드문 먼저 일어나는 사람들이 생겨났고, 이 사람들을 시작으로 더 많은 이가 좌불안석이 되었다. 결국, 사람들은 갖가지 이유를 대며 먼저 자리를 떠났다. 봉지미는 상석에 앉아서 웃음을 띤 채, 사람들이 기뻐하며 돌아가는 모습을 지켜보았다. 그들은 오늘 저 문을 나서는 동시에 자신이 꿈꾸는 평생의 부귀영화를 향해서 미친 듯이 말을 몰아 달려 나갈 것이다. 이는 그녀가 위지의 영향력을 이용해 할 수 있는 마지막 일이었다.

내일, 초왕을 태자로 책봉해 달라는 상소문이 폐하의 책상머리에 산더미처럼 쌓일 것이다. 이는 의심병이 최고조에 달한 늙은 황제의 경계심과 불안감을 불러일으킬 것이고. 그렇다면 내일, 수많은 관리가 강등되고 조사를 통해 처벌받고 또 사건에 연루될 것이다. 내일, 황제는 초왕 진영의 거대한 역량에 깜짝 놀라고 황위를 향한 그의 야심에 깜짝 놀랄 것이다. 또 황권의 목전을 옥죄는 존재에 깜짝 놀랄 것이다. 그러면 결국 그 가상의 적을 공격하는데 모든 전력을 쏟아부어야겠다고 결심할 것이다. 위지는 초왕을 대신해 태자를 책봉해 달라고 주장하는데 최선봉에 섰다는 이유로 제일 먼저 불벼락을 맞고 제경에서 퇴출당할 것이다. 그녀는 드넓은 초원으로 가서 원수의 피를 천지에 뿌리길 바랐다. 그리고 다시 돌아온다면, 그녀는 완전히 딴사람이 되어 있을 것이다.

희미하게 웃던 봉지미는 눈에서 웃음기를 거두었다. 찰랑거리는 맑은 술에 그녀의 상복 차림이 비쳤다. 머리 뒤로 매화 가지가 가로로 드리워 하늘을 둘로 쪼개었다.

'가거라. 오늘 황금대에서의 연회를 보았으니, 미래를 향한 큰 꿈을 꾸면서.'

복수의 피

장희 21년 말, 경사스러운 새해 전날 밤. 각 관아에서 휴가를 즐기고
있을 때, '태자 책봉'에 관한 파문은 온 조정을 휩쓸었다. 어서방의 책상
머리에는 하룻밤 만에 각 부와 관서의 관원들이 올린 상소가 차고 넘치
게 쌓였다. 상소문의 길이나 어조는 각기 달랐지만, 내용은 놀랍도록 일
치했다. 초왕을 태자로 책봉해 달라는 주청이었다. 고위 관원들의 상소
문은 그래도 어느 정도 조심스러웠다. 태자는 나라의 중요한 그릇이라
자리를 오랫동안 비우면 안 되니 폐하께서 조속히 마음을 정하는 데
힘을 써 달라는 식이었다. 그러나 대다수 관원의 글은 아주 솔직하게
대놓고 초왕을 칭찬하고 추앙하는 언사로 가득했다. 전하가 없으면 나
라가 망한다는 말만 안 했을 뿐이었다. 가장 일찍 상소를 올린 이는 한
림학사 중 하나였다. 그는 평소 남에게 빌붙어 이익을 챙기는데 능해서
별명도 '담쟁이 학사'였다. 위 대학사가 흘린 한 마디에 그는 그 길로 집
으로 돌아가 밤새 글을 써 내려갔다. 온갖 미사여구와 진심 어린 문장
을 동원해 미래의 천자가 되실 분의 재주와 덕, 공훈을 치장하였다. 그

는 이로써 자신이 폐하께 눈도장을 찍고 초왕이 자신에게 감격하기만을 바랐다.

조회가 열리고, 이 학사가 상소문을 바쳤다. 그러나 황제는 상소에 눈길조차 주지 않았다. 멀어서 잘 보이지 않았던 것이었다. 한참 후, 황제가 이야기했다.

"모든 대신은 상주(上奏)*군주에게 말씀을 아뢰는 것할 일이 있으면 조회 후에 호윤헌으로 가져와라. 내각에서 나중에 짐에게 정리해서 보고하도록."

초왕은 관모를 벗고 무릎을 꿇고는 연거푸 감사 인사를 올렸다. 그때 황제의 얼굴은 그림자에 가려 있었지만, 아들에게 아주 온화하고 부드러운 표정을 지었다. 화목한 황가의 인자한 아버지와 효심 어린 아들의 훈훈한 정경을 보며 대신들은 더욱더 자신이 한 일이 옳았다며 확신했다. 상주할 일이 있다면 가져오라는 한 마디에 상소문이 눈덩이처럼 불어났다. 호 대학사는 일일이 세느라 지쳐 쓴웃음이 절로 나왔다. 호윤헌에서 통계를 내어보니, 상소문은 총 178부였다. 여러 부서에 걸쳐 3품에서 6품 관료까지 골고루 제출하였다. 상소문의 내용이 아주 길지는 않았지만, 제출한 인원이 너무 많아 놀라울 지경이었다. 더 큰 문제는 평소 외곽으로 떠돌며 중요한 정보에 대처가 느렸던 초왕 진영의 관원들조차 이 '태자 책봉' 바람에 휘말려 들었다는 것이었다. 그로 인해 영혁은 더욱더 변명의 여지가 없어졌다.

호 대학사는 상소문의 숫자를 세면서 원망을 퍼부었다. 그나마 다행인 것은 전하가 소식이 아주 빠른 분이라는 점이었다. 그날 밤 위 대학사는 정말 소리 소문 없이 연회를 열었다. 손님들에게 초대 소식을 전한 것도 순식간이었고, 초왕 진영의 고위 관리들은 아예 초대조차 받지 못했다. 그런데 전하는 어떻게 알았는지, 연회가 파한 후에 그 연회에 참석했던 3품 이상의 관리 모두에게 사람을 보내 사정을 탐문하였다. 상황이 너무 급하다 보니 명단을 알아내 사람들을 보내는 데만도 시간이 한참 걸려, 모든 사람을 붙잡을 수는 없었다. 그나마 천만다행으로 2품 이상 고위 관료들은 결국 상소 행렬에 동참하지 않았다. 그러니 폐하는 초왕의 세력이 조정의 중추적인 인물들까지 주무른다는 생각은 미처 하지 못했을 것이다.

밤사이 소식을 들은 호 대학사는 소식을 듣고 깜짝 놀라 화가 치밀었다. 그래서 중신들을 선동하여 국정을 어지럽힌 위지를 탄핵해 달라는 상소를 올리자고 의견을 냈다. 그러나 전하는 고개만 좌우로 저을 뿐이었다.

"그건 잘못이오."

영혁은 뒷짐을 지고 창문 앞으로 가 구름 너머 먼 하늘을 바라보았다. 담담하고 침착한 표정이었다.

"무슨 이유로 탄핵을 한단 말이오? 중신들이 자발적으로 태자를 세우자고 상주한 것이지 위지는 처음부터 끝까지 정확하게 말한 적이 없소. 그나마도 국가의 대사를 걱정하는 좋은 마음으로 꾸몄잖소. 이런 일은 역대 황조에서도 다 있었던 일이니 사실 중죄라고 할 수도 없소. 게다가……"

영혁이 차갑게 웃었다.

"탄핵이라니…… 그거야말로 위지가 바라는 바겠지."

호 대학사는 그게 무슨 말인지 이해가 되지 않았다. 그런데 한 상소문을 펼쳐 본 순간, 그의 눈이 게슴츠레해졌다. 병이 나 집에 있겠다던 위 대학사가 상소를 올린 것이었다. 누구를 태자로 세울지 그 이름은 언급하지 않았지만, 초왕을 아주 격렬하게 칭찬하고 있었다. 그야말로 불난 집에 부채질하고 기름을 들이붓는 격이었다. 결국 황제는 호윤헌에서 직접 그 상소문들을 세었다. 호성산이 전전긍긍하며 상소문들을 나르던 그때, 이미 안색이 어두워진 황제는 중신들의 이름을 보자 꾹 눌러 왔던 화가 치밀어 올랐다. 황제가 상소문들을 책상 위에 던져 바닥으로 와르르 떨어져 내렸다.

"그래. 다들 초왕이 잘났다고 떠들어대는구나."

황제는 불쾌한 듯 옷소매를 털었다. 호윤헌이 쥐죽은 듯 조용해졌다. 영혁은 단정하게 꿇어앉아 있었다. 그는 눈썹을 내리깐 채, 침울한 표정을 숨기고 있었다.

'네가 굳이 다녀오겠다는 거지. 그럼 나는 잠시 기다리고 있으마.'

21년 말, 많은 사람이 불편한 설을 맞았다. 황제는 '작당 모의를 하고 정사를 함부로 논했다'라는 명목으로 수많은 관원을 강등시켰다. 대부분이 제경에서 추방을 당했고, 변방의 주나 현으로 보내졌다. 초왕도 '자신의 위치에 만족하지 않고 태자의 존위를 넘보았다'라는 질책을 당하고 육부를 관장하던 직위를 빼앗긴 채, 왕부에서 몸과 마음을 다스리게 되었다. 위 대학사도 이에 연루되어 제경에서 쫓겨났고, 산북도의 제형 안찰사로 부임하였다. 가장 재수 없게 걸린 사람은 태자를 봉해 달라고 가장 먼저 상소를 올린 한림 학사였다. 그는 하내 인근 남마국(南摩國)의 작은 성에 성문령(城門領)으로 부임했고, 품계가 다섯 단계나 떨어졌다. 하내 지역은 본래 황량하고 빈궁하여 먹거리가 부족했다. 주식은 곡식을 벗겨낸 껍질인 겨였고, 쌀은 귀하기가 진주와 같았다. 새로운 성문령 나리는 살이 180근(斤)*1근은 지금의 약 600g 은 빠질 것 같았다. 이런 조치들은 황제의 태도를 분명히 보여 주는 것이나 다름없었다. 중신들은 일순간 혼란에 빠져 꽁무니를 사렸다.

한동안 제경에서 쫓겨나는 사람들의 행렬이 매일 이어졌다. 눈물을 머금고 작별을 고하고, 얼싸안고 통곡을 하는 사람들이 넘쳐났다. 반면에 아주 평온한 사람도 있었다. 봉지미도 그랬다.

"천 리를 배웅한다고 해도 결국은 헤어져야 하는 법. 모두 돌아가시지요."

봉지미는 제경 교외의 추만정 앞에서 모두에게 읍을 했다. 그리고 얼굴에 웃음을 머금은 채, 자신을 배웅 나온 청명의 학자들에게 이별을 고했다.

이번 태자 책봉 상소 사건에 청명의 학자들은 휘말려 들지 않았다. 그래서 조정의 관원들이 줄줄이 좌천당한 후, 공석이 된 직위는 자연스럽게 좋은 가문 출신의 우수한 학생들이 메우게 되었고, 그렇게 청명 출신들 대부분이 한 계급씩 진급하게 되었다. 스스로 강등당하면서 청명 학자들을 보호한 위 대인을 생각하면 너무나 안타까워 뜨거운 눈물이 흘러내렸다. 그들은 봉지미가 한참을 설득하고 나서야 겨우 발길을 되돌렸다. 그런데 돌아보니 한 사람이 아직도 그곳에 서 있었다. 줄곧 위지를 따르던 전언이었다.

"소인, 이미 관직에서 물러났습니다."

전언이 미소를 지으며 읍을 했다.

"위 사업께서 저를 데려가 참모로 쓰시지요."

봉지미는 묵묵히 전언을 보았다. 좋을 때 함께하자는 사람은 많지만, 어려울 때는 누구도 함께하려 하지 않는 법이었다. 눈앞에 출셋길이 훤히 펼쳐져 있는데 단호하게 포기하는 것은 웬만큼 의지가 강한 사람이 아니고서는 불가능한 일이었다.

"소인의 이 목숨은 위 사업의 것입니다. 위 사업께서 가시는 곳이라면 소인도 당연히 따르겠습니다."

전언의 웃음 속에는 깊은 뜻이 숨어 있는 것 같았다. 봉지미는 뜨끔하여 그를 흘겨보았다. 꽤 총명한 녀석이니 뭔가 눈치챈 것은 아닐까? 그녀가 어찌할까 잠시 망설이던 그 순간, 또 한 사람의 모습이 눈에 들어왔다. 그녀는 하려던 말을 감쪽같이 잊어버리고 말았다.

멀지 않은 추만강 강가에 검은 갖옷에 새하얀 두루마기를 두른 사람이 우두커니 서 있었다. 아침놀이 황금빛으로 물든 가운데, 물 위에 비친 그의 그림자가 늘씬했다. 전언은 더는 말을 못하고 뒤로 물러났다. 봉지미는 그 자리에 조용히 서 있다가, 태연히 그 사람에게 다가갔다. 그는 돌아보지 않았다.

"추만강(秋晚江)은 가을 해 질 녘이 가장 절경이지. 사방을 둘러싼 단풍나무 숲이 늦가을이 되면 새빨간 단풍잎을 떨구거든. 푸른 물 위에 단풍잎이 떠내려가는 모습은 제경의 십 대 절경 중의 하나다. 지금까지는 바삐 돌아다니느라 이곳의 경치를 제대로 본 적이 없겠지만, 내년 가을쯤에는 한번 와 볼 수 있겠구나."

"저도 그럴 수 있기를 바랍니다."

봉지미는 미소를 띠며 그와 나란히 섰다.

"전하, 저를 배웅하러 나오시다니 다른 이들의 비난이 두렵지 않으세요?"

영혁은 고개를 떨구어 강물을 바라보았다. 투명한 물결에 비친 두 사람의 모습은 영락없는 부부였다. 그러나 안타깝게도 잠시 후면 서로 멀어져 만나기가 힘들 것이다. 그리고 다시 만날 때는 함께 선다 해도 서로 마주 보고 칼을 겨눈 모습일 것이다.

"나를 최악의 비난에 빠뜨릴 수 있는 사람은 지금까지 너 하나뿐이었다."

영혁이 웃었다. 봉지미는 '왜 나를 탓하냐'는 의미 없는 말 따위 접어두고 그저 그를 따라 웃었다. 두 사람 사이는 단순히 은혜나 원한으로 설명할 수 없었다. 개인 간의 사소한 원한일 뿐이었다면, 서로 물러서지 못할 것도 없었다. 그러나 지금 그들이 맞서는 이유는 핏줄 때문이고 삶과 죽음 때문이고 국가 때문이며, 제아무리 크고 무거운 바위로도 어쩌지 못하는 그런 것들 때문이었다. 영안궁에서 그녀는 어머니가 마지막으로 지켜보는 가운데 가장 지독한 맹세를 했었다.

"나라를 되찾아 복수하지 못하면, 내 어머니와 동생의 영혼은 영원히 구천을 떠돌며 지옥 불에 타는 고통을 받게 될 것입니다."

어머니는 봉지미를 잘 알았다. 어머니의 영혼을 걸고 맹세해야만 그녀가 이 고통스러운 길을 이 악물고 갈 수 있으리라는 것도 알았다. 그녀 자신의 목숨을 걸었다면, 그녀는 맹세 따위 진즉에 내던져 버렸을 것이다. 그러나 어머니의 영혼이 영원히 고통받고, 자기를 위해 죽은 동생이 죽어서도 편히 쉬지 못한다는 것만은 상상조차 하기 싫었다. 그녀는 그들에게 빚을 졌다. 살아서도 빚을 졌는데, 죽어서까지 빚을 질 수는 없는 노릇이었다.

"절 잊으세요……"

시간이 얼마나 흘렀을까. 봉지미의 한숨 섞인 말이 나풀거리는 나비처럼 강물 위에 내려앉아 흘러갔다.

"널 잊든 안 잊든, 그건 내 마음이지. 하지만 너는 나를 잊지 마라, 지미야. 차라리 미워하더라도."

"제가 미워하게 만들려고 혁련에게 손을 쓰신 겁니까?"

가볍게 던진 한마디였지만, 그 무게는 천근만큼 무거웠다. 의심스러운 건 곧바로 물어야 했다. 적대적인 입장이라고 해도, 오해 때문에 일을 그르치는 건 싫었다.

"아니다."

영혁의 대답 역시 간단명료했다.

"지미야, 그런 건 묻는 게 아니다."

봉지미는 고개를 돌려 눈을 가늘게 뜨고 노을이 붉게 타오르는 하늘을 응시했다. 잠시 후, 그녀가 이야기했다.

"그런데 미안하지만, 신자연이 있어요."

그렇다. 결국은 적이었다. 봉지미는 신자연을 죽여야만 했다. 그러나 영혁은 신자연을 포기하지 않을 것이다. 여기서 중요한 것은 이 싸움이 그저 신자연 한 사람의 목숨만이 걸린 일이 아니라는 것이었다. 이는 초왕 진영 전체의 주군을 향한 믿음과 충성심을 건 싸움이었다. 충성스러운 수하 하나도 제대로 보호하지 못한다면 그리 많은 사람의 마음을 살 수가 있겠는가? 활시위는 이미 당겨졌다. 쏘지 않으면 내가 먼저 다칠 것이다. 영혁이 혁련에게 손을 썼든 아니든, 그녀는 떠나기 전에 중신들을 움직여야만 했다. 그가 중추적인 자리에서 잠시 물러나고 황제의 질투와 의심을 사야 십만대산에서 화경을 빼낼 계획이 순조롭게 진행될 수가 있었다.

봉지미는 웅크리고 앉아 강물을 한 움큼 떠올리고는 영혁을 마주보고 다섯 손가락을 활짝 펴 보였다. 맑은 강물은 빠르게 흘러가는 시간처럼 그녀의 손아귀 사이로 흘러내렸다.

"지난 일은 유유히 흘러가는 물과 같습니다. 가는 사람은 되돌릴 수 없고, 오는 사람도 쫓을 수는 없겠지요. 그럼 이만, 전하께 작별 인사드립니다."

흘러내린 물은 다시 주워 담을 수 없었다. 떠나가는 봉지미의 뒷모습은 수척해 보였지만 결연했다. 그러나 그녀가 돌아서는 그 순간, 반짝반짝 흩뿌려진 물방울 속에 그녀의 눈에서 흘러내린 한 방울이 있다는 건 아무도 알지 못했다. 영혁은 오랫동안 묵묵히 서 있었다. 유유히 흐르는 강물을 향해 서 있던 그대로…….

남은 석양빛이 저물자, 하늘이 금세 흐려지더니 눈이 내리기 시작했다. 눈송이가 검은 갖옷 위로 내려앉아 삽시간에 쌓였다. 새까만 눈썹을 가진 소년은 세상사의 된서리를 온몸으로 맞고 있었다. 내일이면 섣달그믐이다.

올해 설은 길 위에서 바쁘게 흘러갔다. 산북이 아니라, 산남으로 향해 가는 길이었다. 정월 초칠일, 시끌벅적한 악정부(樂亭府) 성문 앞으로 마차 한 무리가 나타났다. 마차는 평범한 행상 무리인 듯 소박한 모습이었다. 성문으로 들어서면서도 사람들의 시선을 전혀 끌지 못하였다. 마차는 길을 물어 악정부 관아 앞까지 갔다. 관아는 새해 연휴로 공무를 보지 않아 대문이 굳게 닫혀 있었다. 마차 무리가 당도했지만 나와서 맞이하는 이도 없었다.

"신자연이 여기 있다고요?"

봉지미는 마차의 발을 걷고 뒤채 방향을 바라보았다. 냉랭하고 차분한 표정이었다. 종신이 물었다.

"어떻게 하시려고요? 이렇게 곧바로 들이닥치시겠습니까?"

"안될 것 있나요? 신 대인이야말로 가장 정정당당하게 죽을 만한 가치가 있는 사람이죠. 확실하게 얘기하고 마무리 짓고 싶습니다."

봉지미는 마차에서 내려 하늘을 보았다.

"호탁에는 대왕이 돌아가시면 49일 동안 안치했다가 장례를 지내는 풍습이 있어요. 조정에서 보낸 사자가 도착하기 전에 나도 얼른 초원으로 돌아가야 해요. 아무리 아파서 두문불출하는 봉지미 왕비라고 하더라도 대왕의 장례까지 참석하지 않는 건 말이 안 되잖아요."

그리고 봉지미는 아무렇지 않게 문으로 다가가더니 문지기에서 아주 예의 바르게 은자를 쥐여 주며 신 어르신을 뵈러 멀리서 온 손님이라고 이야기했다. 문지기도 더는 캐묻지 않았다. 나리는 평소에도 항상 손님이 많았고, 항상 곤드레만드레 취해 있어서 까다롭게 굴지도 않았기 때문이었다. 그는 은자를 챙겨 넣고 두말없이 그녀를 안으로 들여보냈다.

봉지미는 이상했다. 자신은 신자연을 찾아 끝장을 내겠다는 태도를 확실히 보였고, 영혁은 반대로 그를 구하겠다는 태도를 확실히 보였었다. 그래서 성문에 들어서면서부터 철통같은 경비에 함정이 가득할 거로 생각했는데, 이렇게 쉽게 관아에 발을 들였으니 말이었다. 그녀는 곧바로 뒤채로 돌진했다. 설 명절이기에 관부의 사람들도 쉬는 중인지, 사람 하나 없이 썰렁하기만 했다. 막힘없이 관부에 입성한 그녀는 관아와 관저의 중간에 있는 빨간 대문 앞에 멈춰 서더니, 외투를 벗어서 뒤에 있던 종신에게 주었다. 외투를 벗자, 몸에 착 붙는 검은 복장이 드러났다. 등 뒤에는 칼이 세 자루나 달려 있었다. 양어깨 뒤로 한 자루씩, 허리춤에 한 자루, 칼은 전부 초원의 곡도였다.

봉지미는 손을 들어 문을 때렸다. 가볍고 차분한 모습이었지만 그녀가 문을 한 번 내리치자, 커다란 문이 우지끈 소리와 함께 두 동강이 나버렸다. 두꺼운 문짝이 쾅 하고 떨어져 내리자, 바닥에서 먼지가 구름처럼 일어났다. 그리고 먼지구름 사이로 칼 몇 자루가 번개처럼 달려들었다! 그녀는 고개를 한쪽으로 들어 피했고, 칼과 검이 그녀의 뺨을 스쳤다. 그와 동시에 그녀가 차 올린 문짝에 문 뒤의 호위 무사들이 들이받혔다. 호위 무사들은 누가 왔는지도 보지 못한 채, 그렇게 문에 맞아 쓰러지고 말았다. 그들이 문에 깔린 그 순간, 그녀는 칼을 뽑아 들었다!

검광이 서릿발처럼 퍼부었다. 그 칼부림은 산 너머에서부터 온 하늘을 뒤덮으며 들려오는 울부짖음 같기도 하였다. 몇 년 전, 장가 거리에 팔표를 이끌고 기세등등하게 등장한 호탁 왕세자의 모습이 떠올랐다. 그때 그는 이렇게 말했었다.

"…… 제경의 귀족 여인들은 초원의 여인들과 달리 연약하고 아름답다는 이야기를 들었는데 어렵게 하나 마주쳤으니 구경 한번 해야겠군."

퍽! 손가락질 한 번에 마차의 유리가 산산조각이 났다.

퍽! 봉지미가 칼자루를 비틀자, 빛이 포물선을 그리며 칼을 쥔 상대의 손목을 끊어 놓았다.

'…… 혁련, 혁련, 한 번의 마주침이 일생을 그르치고 말았군요.'

긴 칼이 사방으로 넘나들자, 주변이 물샐틈없는 검기로 들어찼다. 후원에서 사람들이 우르르 뛰쳐나왔다. 그들이 내민 장검이 그물처럼 촘촘하게 옥죄어 왔다. 겨울 햇볕 아래, 번쩍거리는 검광에 눈이 부셨다.

봉지미가 두 손을 비비고 기합을 두 번 넣고는 양어깨에 매달린 칼을 뽑아 들었다. 그녀는 자신을 겨눈 촘촘한 검의 그물을 향해 몸을 날리더니, 공중에서 검의 날을 발끝으로 밟아 솟구쳐 올랐다. 그러고는 풍차처럼 팽그르르 돌다가 바닥으로 떨어지며 양손의 검을 옆으로 펼쳐 냈다. 그녀의 검은 마치 기척도 없이 옆으로 뻗어 나가는 옅은 안개 같았다.

…… 흰 안개가 자욱하게 깔린 아름다운 궁전에서, 혁련쟁은 푸른 테를 두른 두루마기를 입고 하얀 천으로 이마를 둘렀었다. 그리고 두 손으로 시체를 떠받들고 의연하게 걸어 들어왔다.

"시신을 들고 어전에 들 수는 없다고?"

푹!

혁련쟁이 강철처럼 단단한 손을 내밀었다. 시체의 뱃속으로 손을 집어넣더니 간을 꺼내 어전으로 던졌다!

챙!

봉지미가 양손의 칼로 공격을 받아내고, 연기처럼 가볍게 검의 그물을 스치며 후원 가운데로 몸을 날렸다. 서릿발이 반짝이고 핏빛이 반짝였다. 상대의 검을 뛰어넘은 그녀의 칼이 상대의 목구멍에 먼저 들어가 꽂힌 것이었다. 칼끝이 살을 뚫고 들어가는 소리에 가슴이 철렁했다. 그때 어전을 쩌렁쩌렁 울렸던 혁련쟁의 말 한마디 한마디가 칼끝처럼 그녀의 마음을 후벼 팠다.

"소신 역시 딱 한 번밖에 만나 보지 못한 여인입니다. 용모는 보잘것 없으나 재능이 매우 뛰어난 여인이라 제가 마음에 두었지요."

'…… 혁련, 혁련, 다른 사람들은 흘려들었겠지만, 당신은 일생을 걸었지요.'

검의 무리가 쫙 갈라지며 더 많은 사람이 몰려와 자리를 메웠다. 그러나 전열은 이미 계단 아래까지 밀려난 상태였다. 봉지미가 마치 온몸에 가시가 돋은 꽃처럼 양손의 검을 빙빙 돌렸다. 검이 닿는 곳에는 마노의 무늬 같은 핏빛이 튀었다. 오싹한 검기가 하늘을 뒤덮고, 사방에 흩날리던 낙엽은 순식간에 바스러져 소금 가루처럼 흩날렸다.

…… 혼인을 건 무예 대결에서 초원의 왕세자는 패배했고, 이모님 앞에서 소금을 먹었다.

쨍강.

고남의의 단옥검이 삼준의 망치를 뚫고, 초원 독수리의 위엄을 관통해 버렸다.

쨍강.

봉지미는 연속 공격으로 사람들을 밀어내고 신출귀몰하게 검의 그물 아래 미세한 틈을 파고들었다. 그리고 상대의 예리한 검이 몸에 닿기 직전, 자신의 칼로 상대의 가슴팍을 꿰뚫었다.

"초원의 사내들이 이모에게 아주 좋은 구경거리를 보여 주었네요!"

"내가 그만 깜박 잊고 말을 안 해 준 게 있어서 말이야. 우리 초원의 사내들은 이모도 취할 수 있거든."

'…… 혁련, 혁련, 그때 그 소금, 요즘 내 마음이 딱 그 소금을 먹은 것만 같아요. 너무 떫고, 너무 씁니다.'

햇볕이 검광을 맞이하며 부서진 바람과 엇갈렸다. 사방은 냉기만이 감돌았다. 계단은 이미 부서지고 바닥에는 흩뿌려진 선혈 자국만이 남았다. 기둥에는 칼자국이 얼룩덜룩하게 새겨졌다. 처마 아래까지 몰린 호위들은 검은 망토를 휘감고 버렸다.

…… 왕정의 암투, 하곡에서의 동맹, 이를 와해시킨 것은 혁련쟁과 봉지미가 손을 잡은 덕분이었다. 호탁의 백성들은 춤과 노래로 그를 맞이했고, 젊은 왕의 미소가 눈꼬리에 걸렸다.

좌아.

혁련쟁이 바람처럼 빠르게 말을 몰아 높다랗게 자란 초원의 풀을 뛰어넘고 구릉을 달려 나갔다. 그의 은색 망토와 봉지미의 검은 갖옷이 부딪히며 세차게 나부꼈다.

촤아.

봉지미가 팔꿈치를 돌리며 걸음을 옮겨 칼을 횡으로 뻗어냈다. 폭포 같은 빛이 벼락처럼 뻗어 나와 장검 세 자루를 부러트렸다. 산산이 부서진 칼끝의 조각들이 탄환처럼 적진의 중심으로 날아가 박혔다. 갑자기 구름 위에서 혁련쟁의 너털웃음 소리가 들려왔다.

"지미! 지미! 지금 당신이 내 곁에 있으니 너무나 즐겁군!"

'…… 혁련, 혁련, 그 지금이 이처럼 짧을 줄이야, 이처럼 짧을 줄이야.'

검의 진영이 움츠러들고 있었다. 문 앞에서부터 후원 가운데로, 계단 아래로, 그리고 처마 바로 아래까지. 봉지미는 쌍수도 연습이라도 하는 것처럼 줄기차게 나아가며 그들을 압박했다. 호위들은 그녀의 흉악함에 겁을 집어먹고 계속해서 뒷걸음질을 쳤다. 그러자 후원에서 갈색 베옷을 입은 두 사람이 나타나 번개처럼 다가왔다.

…… 너는 초원에 잠복한 암늑대다. 털 한올 한올에 해독제도 없는 독을 품고 있어. …… 너는 찰답란의 액운이자 함정이야. 찰답란이 너를 잡고 걷는다면 그건 해골과 걷는 바와 다름없어!

짝!

가시 달린 싸리나무 채가 등을 때렸다. 피부에 깊은 골이 파이고, 선혈이 조용히 힘차게 뿜어져 나왔다. 호탁의 대왕은 자기 자신을 채찍형에 처했다. 사람들은 그의 금빛 곤룡포가 피로 물드는 모습을 묵묵히 지켜보았다.

짝!

갈색 베옷을 입은 사람들이 재빨리 다가왔다. 그들이 발을 붙이기도 전에 봉지미는 검을 든 무리 사이에서 몸을 구부렸다. 쌍수도로 가장 뒤에 있는 검은 옷 호위 두 사람을 벤 그녀는 그들의 몸뚱이를 방패 삼아 실내로 들어갔다. 그녀의 손에 무기가 들려있지 않자, 상대의 눈가에는 기쁨이 흘렀다. 그러나 그를 차갑게 비웃는 그녀의 검은 머리칼이 입술 가에서 나부꼈다. 악독하기가 무서울 지경이었다. 상대의 검이 다가오자, 그녀는 돌연 미끄러지듯 무릎을 꿇었다. 마침내 허리 뒤에 찬 기다란 칼을 뽑아 반격을 가했다. 초원 특유의 곡도가 빛을 뿌리며 공중으로 뻗어 나가자, 마치 무지개가 떠오른 것만 같았다! 그녀에게 달려들던 사람은 살이 찢기고 피부가 벌어져 후두둑 피를 흘렸다. 보기만 해도 가슴 아프게 찢긴 그의 등이 떠올랐다.

"지미, 나는 당신에게 아무것도 해 준 게 없소. 나에게 기회를 줘요."

'……혁련, 혁련, 당신은 언제나 줄 생각만 하고 가져갈 생각은 하지 않았죠. 당신이 평생 내게 준 유일한 기회는 바로 당신의 복수를 할 기회예요.'

돌연 사방에서 불어오는 바람에 피비린내가 자욱하게 번졌다. 바닥 여기저기에 검은 옷의 시체들이 널브러져 있고, 푸른 돌바닥은 곳곳이 혈흔으로 흥건했다. 혼자 남은 베옷의 남자는 검을 든 채, 벌벌 떨며 봉지미와 마주했다. 그는 두려움이 서린 두 눈을 복면 위로 드러낸 채, 옴짝달싹도 하지 못했다. 그녀는 그를 냉담한 눈길로 바라보았다. 그리고 쌍수도를 왼손과 오른손에 교차해서 든 채 긴 칼은 땅바닥을 끌면서, 계단을 오르고, 복도를 통해 대청을 가로질러 병풍까지…… 점점 그를 향해 다가갔다. 진득하게 흘러내린 핏방울이 칼끝에서 뚝뚝 떨어져 내렸다. 그녀는 한 걸음씩 다가가며 그를 압박했고, 그는 한 걸음씩 뒤로 물러났다. 문에서부터 후원 내부까지, 계단 아래까지, 그리고 복도 앞까지…… 길지 않은 그 거리는 마치 그녀와 혁련이 함께했던 길지 않은 시간을 뜻하는 것 같았다. 거리에서 깨진 창으로 처음 서로를 만난 일, 궁에서 부하의 배를 가르며 억울함을 호소했던 일, 추 씨 저택에서 공개

구혼을 하다가 봉지미에게 패배한 일, 서원의 담벼락에서 있었던 일, 남해로 가는 길, 초원에서 협력해 적을 물리친 일, 대월의 침범에서 서로를 구한 일, 서량에서 섭정왕을 속인 일……. 그와 그녀는 남으로 북으로 떠돌며 수많은 풍랑을 함께 겪었다. 그는 24년의 삶 속에서 자신의 모든 열정을 오직 그녀에게 바쳤다. 그가 그녀에게 마지막으로 했던 대답은 곁에 미인을 열 명 두겠다는 것이었다. 그의 일생에서 한 유일한 거짓말이었다. 그의 침실은 그때부터 줄곧 텅텅 비어 있었다.

선혈이 줄줄 흘러내렸지만, 봉지미의 눈동자에 담긴 살기를 씻어내지는 못했다. 누가 옳고 그르든, 빚은 반드시 갚아야 했다! 긴 칼이 사선을 그리며 위로 올라왔다. 피에 젖은 칼끝은 마지막까지 남은 적을 가리켰다. 그는 병풍 바로 앞까지 몰렸다. 병풍 뒤에는 지금까지 모습을 드러내지 않은 신자연이 있을 것이다.

"목숨만은 살려 주십시오."

마지막 한 발짝을 남겨 두었을 때, 갑자기 안쪽에서 사람들이 우르르 몰려나왔다. 하인 복장을 한 남녀노소가 뒤섞여 있었다. 그들은 바닥에 널브러진 시체 더미를 보고는 깜짝 놀라 소리를 지르며 사방으로 도망가기 바빴다. 봉지미는 미동도 하지 않았다. 그녀의 원한은 상대가 분명했다. 가슴 속에 아무리 울분이 차오른다 해도, 무고한 사람들을 해칠 수는 없었다. 하인들이 물밀듯이 나타나 그녀 옆을 지나쳐 갔다. 온몸에 피를 뒤집어쓰고 흉악한 귀신같은 몰골을 한 그녀를 감히 쳐다보는 이는 없었다. 그런데 한 사람, 보따리를 안고 그녀의 옆을 지나던 이가 아주 잠깐 고개를 들어 그녀를 보았다. 그와 동시에 그 사람은 두려운 눈빛으로 황급히 고개를 숙였다.

봉지미는 앞에 있는 갈색 베옷의 남자를 노려보느라 하인들에게는 미처 주의를 기울이지 않았다. 그런데 왠지 보따리를 든 하녀 하나가 곁눈질하는 그녀의 눈에 들어왔다. 보따리는 꽤 무거워 보였고, 모서리

같은 윤곽이 드러나 있었다. 금은보화를 담은 궤짝 같았다. 도망가기 바쁜 이 난리 통에 하녀가 금은보화를 챙긴다고? 일개 하녀가 어떻게 금은보화를 궤짝으로 갖고 있단 말인가? 봉지미의 눈빛이 그 아낙의 두 다리에 닿았다. 치마를 입긴 했지만, 걸음걸이가 팔자처럼 밖으로 향해 있는 것이 보였다. 오랫동안 말을 탄 사람의 특징이라는 것을 봉지미도 잘 알았다. 그 아낙은 이미 그녀를 지나쳐 가고 있었다. 봉지미는 전광석화처럼 손을 뻗어 아낙의 뒷덜미를 그러쥐었다!

아낙은 깜짝 놀라 소리를 지를 뻔했지만, 무언가 생각난 듯 입을 꾹 다물고 발버둥만 쳤다. 더욱 수상한 낌새를 눈치챈 봉지미는 한 손으로 그녀가 뒤집어쓴 모자를 벗겼다. 모자가 벗겨지고, 검고 흰 반점이 온통 뒤덮인 여자의 얼굴이 드러났다. 봉지미는 깜짝 놀랐다. 본인이 사람을 잘못 보았다고 착각을 한 것이었다. 사과하려는 찰나, 당황해 어쩔 줄 모르는 그 아낙의 눈빛이 그녀의 시선을 사로잡았다. 그녀는 아낙의 눈가를 자세히 살폈다. 조금 화장기가 있는 얼굴이었지만, 어설픈 수법은 쉽게 들통나는 법. 알록달록한 반점이 있는 그녀는 봉지미의 눈빛을 똑바로 보지 못하고 시선을 이리저리 회피하더니 결국 땅바닥만 쏘아보았다. 봉지미는 눈을 게슴츠레하게 뜨고 아낙을 살펴보았다. 그리고 잠시 후, 갑자기 웃음을 터뜨렸다.

온 바닥이 피로 흥건한 가운데, 온몸에 살풍경한 기운을 띠고 웃는 봉지미의 모습은 형언할 수 없을 정도로 괴기스러워 보였다. 아낙 역시 저도 모르게 그녀의 눈동자를 바라보며 진저리를 쳤다. 그녀는 미소를 지으며 아낙을 보았다. 그리고 아주 느릿느릿하고 기괴한 목소리로 이야기했다.

"오래간만이네요. 매타 이모님."

그 아낙은 바로 매타였다. 혼란을 틈타 하인인 척하고 도망가려던 그녀는 봉지미의 한 마디에 눈을 까뒤집고 졸도해 버리려고 했다. 봉지미는 그 즉시 손가락 끝으로 그녀 목 뒤의 근육을 짚었다. 매타는 '아' 하는 외마디 소리를 지르고는 눈물과 콧물을 줄줄 흘렸다. 그러나 기절할 수는 없었다.

"당신이 어떻게 여기 있는 거지?"

봉지미는 닭 모가지를 잡은 것처럼 매타를 붙잡고 흔들었다.

"당신도 혁련이 세상을 떠났다는 사실을 알아? 장례 치르러 가야 하지 않겠어?"

봉지미를 매섭게 노려보던 매타는 '아아' 하는 소리와 함께 눈물을 주르륵 흘렸다.

"마서관의 문지기가 바뀌었는데도 혁련은 서신을 받지 못했지. 왕정의 기밀 서신 하나가 중간에서 없어진 일이 화를 몰고 와서 그가 죽은 거야."

봉지미는 매타의 귓가로 다가가 조용히 말했다.

"사실 왕정의 기밀 서신이 적의 손에 들어갔다 해도 별 상관없었어. 그걸 알아보는 사람도 없을 테니까. 그런데 매타…… 왕정에서 공주처럼 떠받들던 당신은 그걸 알아봤을까? 못 알아봤을까?"

"나, 나……. 나, 나, 나는……."

매타는 봉지미의 손아귀에서 덜덜 떨며 입술을 달싹였지만, 또박또박 이야기할 수가 없었다. 봉지미가 피 칠갑을 한 얼굴로 무섭게 웃으며 자신을 보는 상황에서 누가 말을 온전하게 할 수 있을까. 봉지미는 조용히 매타의 눈을 응시했다. 매타의 눈빛 속에는 비겁함과 두려움, 증오와 고통이 복잡하게 얽혀 있었다. 물어볼 필요도 고문할 필요도 없었다. 모든 것이 물이 빠져나간 모래사장처럼 선명했다. 매타였다.

매타, 역시 매타는 알고 있었다. 죽었다고 생각했던 이가 살아서 몹쓸 짓을 저지른 것이었다. 아름답고 용맹하던 혁련은 그를 사랑했던 여자의 손에 죽고 말았다. 여인의 질투심과 증오는 이토록 무섭고, 하늘은 이토록 매정했다.

"초원에서 젖으로 너의 아기늑대를 키워 놓고, 이제 와서는 온몸을 중독되어 죽도록 만들었구나."

"너야말로 핏속에 독이 들어찬 암늑대겠지!"

매타는 이제 될 대로 되라는 듯 고개를 빳빳이 들고 고함을 질렀다.

"타마가 이야기했어! 네가 바로 찰답란의 액운과 함정이라고!"

봉지미는 눈을 감았다. 멀리서부터 처량하게 바람에 실려 오는 절대자의 목소리를 듣는 것만 같았다. 그녀는 계속해서 눈을 감고, 담담한 어조로 이야기했다.

"그런가……. 아마도."

그 말을 내뱉는 순간, 봉지미의 손이 매타의 어깨 위로 떨어져 내렸다. 손가락에 가볍게 힘이 들어갔다.

"아."

뼈가 부서지는 소리와 함께 매타의 날카로운 비명이 하늘로 울려 퍼졌다!

우두둑.

봉지미의 말소리에 맞추어 뼈가 부러지는 소리가 났다. 사지에서 들려오는 소리였다. 그녀는 시종일관 눈을 감고 있었다. 그녀가 싫어하는 그 얼굴을 마주 보기도 싫었다. 손을 떼자, 매타는 마치 썩은 마대 자루처럼 그녀의 발밑으로 무너져 내렸다.

"널 죽이지 않을 거야……."

봉지미는 차갑게 웃었다. 그녀는 발밑에서 덜덜 떨며 소리조차 내지 못하고 고통스러워하는 매타를 내려다보았다. 매타는 고통 속에서도 그녀의 마지막 말에 놀라워하며 고개를 힘껏 들더니, 감격한 듯 그녀의 옷자락을 붙잡으려 했다. 그녀는 역겹다는 듯 얼른 비켜서더니, 매타를 먼지 속으로 차 넣었다. 매타의 날카로운 비명에도 그녀는 담담하게 말했다.

"가장 무서운 벌은 죽음이 아니야. 죽인다 하더라도 단번에 깨끗하게 죽일 수는 없지. 매타, 너는 초원의 몸종일 뿐이었어. 인자하신 모단대비 모자가 너를 어여삐 여겨 공주처럼 대접해 주고 성인이 될 때까지 보살펴 주신 거지. 네게 양심이 조금이라도 있었다면, 너는 찰답란에 손을 대면 안 되었어. 너의 허영심과 교만함, 탐욕이 찰답란을 해친 거야. 이제 너는 네 피로 초원 백성들의 분노를 씻어야만 한다!"

봉지미는 돌아서서 묵묵히 뒤를 따르고 있던 종신에게 말했다.

"선생님, 번거롭겠지만 저 여자의 목을 매달아서 초원으로 가져가 주시죠."

매타의 몸이 갑자기 부들부들 떨리기 시작했다. 그녀는 공포에 사로잡힌 커다란 눈으로 마지막 남은 힘을 끌어올려 고함을 질렀다.

"안 돼! 안 돼! 초원으로 안 갈 거야! 안 돼."

초원으로 끌려가 극노한 모단대비와 초원 백성들을 마주한다면, 그다음은 죽는 것보다 백 배는 더 고통스러울 것이다.

"찰답란을 나에게 돌려 줘."

봉지미가 처연하게 웃고는 매타를 향해 붉은 피로 범벅이 된 손을 내밀었다.

"그럼 널 풀어 주지!"

매타는 눈을 까뒤집고는 그만 기절해 버렸다. 봉지미는 아무런 표정도 없이 돌아서서 말했다.

"잘 지켜봐 주세요. 초원에 도착하기 전에 살아나게 해야 합니다!"

"네, 그래야죠."

매타는 끌려갔다. 봉지미는 다시 고개를 돌려서, 후퇴할 뿐 달아나지 않는 갈색 베옷을 차갑게 쏘아보았다. 그녀의 눈빛에 경멸이 스쳤다. 신자연은 원수이긴 해도, 항상 솔직하고 당당한 사람이었다. 그런데 호위들이 죽어 나가는 이 마당에 혼자 병풍 뒤에 숨어서 그녀가 바로 코앞까지 다가왔는데도 얼굴조차 비추지 않는다니…… 정말 사내답지 못했다. 죽음의 위기가 눈앞에 닥치면, 누구나 이렇게 나약해진단 말인가? 그렇다면, 그 사람은 왜 이기적이지 못했을까? 왜 웃으며 떠나가는 선택을 했을까?

"돌아가라."

대치하고 있던 갈색 옷이 갑자기 입을 열었다.

"우리는 네가 신 대인을 죽이도록 내버려 둘 수 없다. 한 발짝만 더 다가오면, 더 많은 사람이 너를 막을 거야."

갈색 옷의 목소리는 이상했다. 일부러 목소리를 낮게 까는 것만 같았다. 봉지미는 미간을 찌푸렸다. 영혁이 이렇게 거칠고 강제적인 방법으로 신자연을 보호한다고? 아무래도 평소 그의 방식과는 달랐다. 그녀는 슬며시 웃음 지으며 말했다.

"그으래?"

봉지미는 길게 끌던 말을 채 끝내기도 전에 발을 옮기며 갑자기 허리를 비틀었다!

쨍강!

검은 칼의 빛이 봉지미의 옆구리 아래쪽, 몹시 이상한 각도에서 뿜어져 나왔다. 마치 검은 유성이 삽시간에 시간을 뛰어넘기라도 한 것 같았다. 세찬 칼날의 기세에 핏방울이 사방으로 흩어지는 모습은 꼭 투명하게 빛나는 선홍빛 부채를 펼친 것만 같았다. 그리고 부채가 아름답게 펼쳐지는 순간, 검은 칼의 빛은 '쉭' 하는 소리와 함께 한 마리 뱀처럼 계단을 올라 상대방의 가슴팍으로 들어가 박혔다! 선혈이 뿜어 나와 병풍에 그려진 강산을 핏빛으로 물들였다!

찰칵.

용수철에서 튕겨 나온 것처럼 탄성이 있는 그 칼이 눈 깜짝할 사이

에 갈색 옷의 가슴뼈를 뚫었다. 그리고 핏빛 강산이 펼쳐진 병풍을 곧
바로 뚫고 들어가 버렸다. 둔탁한 소리와 함께 병풍 뒤에 있던 사람이
무겁게 쓰러지는 소리가 들렸다. 잠시 후, 끈적끈적한 피가 쓰러진 병풍
뒤에서부터 흘러나왔다. 봉지미는 대청 앞에서 무릎을 꿇고 섰다. 검은
머리는 산발이 되고 얼굴에는 피가 낭자했다. 칼 세 자루를 짚고 선 그
녀는 자신의 네 번째 칼을 바라보았다!

　겨울의 찬바람이 눈송이와 핏방울을 싣고 불었다. 봉지미의 눈빛은
차가웠고, 얼굴은 눈처럼 새하얬다. 바람에 스치는 검은 머리끝에는 핏
물이 맺혔다. 대청의 아래위로 쓰러진 주검이 수십이었다. 그녀는 혼자
서 칼을 쥐고 걸어오며, 십 보에 한 명씩 쓰러트렸다. 사방이 쥐죽은 듯
고요했다. 피가 얼어붙는 소리까지 들릴 만치 정적이 감돌았다. 그 고
요함 속에서 쨍그랑하고 세찬 소리가 울려 퍼졌다. 그녀는 칼을 바닥에
내던지고 고개를 젖힌 채 크게 웃음을 터뜨렸다. 웃음에 눈물이 함께
터져 나왔다.

　'혁련! 당신이 제일 좋아하는 시원시원한 방식으로 복수했어요!'

뜻하지 않은 마음

매서운 겨울바람에 병풍 뒤에서 흘러나온 핏줄기가 얼어붙었다. 봉지미는 쓰러진 병풍을 똑바로 주시했다. 그 뒤로 드러난 옅은 색 옷자락은 피바다에 젖어 들고 있었다. 입구에서부터 수많은 호위를 뚫고 여기까지 온 그녀는 숨겨 두었던 네 번째 칼로 마침내 신자연을 죽였다. 그런데 왜인지 통쾌한 마음이 전혀 들지 않았다. 잠시 후, 그녀는 병풍 뒤로 돌아가 보았다. 병풍 뒤의 사람은 그녀에게 등을 보인 채 모로 누워 있었다. 팔꿈치를 접어 올려 얼굴을 가리고 긴 머리가 풀어 헤쳐져 있어 얼굴이 보이지 않았다. 그녀는 천천히 다가가서 무릎을 꿇고 신자연의 팔꿈치를 들어 올리려 했다. 그러나 그는 두 손을 얼굴 앞에서 단단히 구부린 데다, 중상을 입고 경련으로 인해 마비된 상태였다. 얼굴을 확인하려면 손을 뻗어서 구부러진 두 팔 사이를 벌려야만 했다. 그녀는 손을 뻗어 그에게로 향했다. 손가락이 닿으려는 순간이었다. 갑자기 굽혀져 있던 팔꿈치가 튕기듯 다가오더니 번개처럼 그녀의 손목을 양팔 사이에 끼웠다. 그녀는 나머지 한 손을 재빨리 들어 올렸지만, 상대는 더 빨랐다. 거문고를 타듯 바람 같은 손놀림으로 그녀의 손을 잡아 챘다. 구름처럼 부드럽게 보이지만, 사실은 강철처럼 단단한 손이 그녀의 손목에 있는 맥을 단단히 눌렀다. 그 사람의 손놀림은 말로 표현하기 힘들 정도로 재빨랐다. 그녀의 손끝이 뻗어 나간 순간, 이미 그녀의 급소를 제압하고 말았다. 종신과 그녀의 호위들은 석 자나 떨어진 곳에 있어 그녀를 구할 겨를조차 없었다. 이 모든 일이 전광석화처럼 벌어졌고, 눈 깜짝할 사이에 결판이 났다.

병풍 뒤의 피바다 앞, 바닥에 누운 한 사람과 꿇어앉은 한 사람이 눈도 깜짝하지 않고 서로를 노려보고 있었다. 그의 손가락이 봉지미의 손목 위 맥을 짚었으니, 내경을 한번 토하기만 한다면 그녀의 온몸에 맥이 빠질 것이었다. 죽지 않는다 해도 폐인이 될 것이 분명했다. 그녀의 손가락은 그의 두 눈 위에 있었다. 손을 까딱하기만 한다면, 그의 두 눈이 불구가 되는 것은 물론이거니와 아예 앞이마를 뚫어 버릴 수도 있었다. 주고받은 것은 한 초식에 불과했지만, 서로의 생사를 손에 쥔 두 사람이었다. 조금 전의 움직임을 눈치챈 종신이 얼른 다가왔다. 그러나 눈앞에 펼쳐진 장면을 보고는 우뚝 멈춰 서서 한숨을 내쉬고는 병풍 뒤로 물러났다. 살기를 머금은 바람이 유유히 불어왔다. 그녀의 이마에서 헝클어진 머리가 흘러내려 그의 머리칼과 한데 엉켰다. 마치 이번 생에 끊어낼 수 없는 악연처럼 어지럽게 엉켜 들었다. 잠시 후, 그녀가 가볍게 탄식했다.

"전하……."

봉지미는 무릎을 꿇은 채 눈도 깜짝하지 않고 영혁을 보았다. 그녀의 손가락은 아무런 주저 없이 그의 눈꺼풀에 닿아 있었다.

"신자연은요?"

영혁이 봉지미의 맥을 짚은 채, 병풍 뒤의 벽에 비스듬히 기대었다.

"내가 여기 있는데도 만족스럽지 않은 모양이구나?"

"전하의 목숨으로 신자연의 목숨을 대신하시려고요?"

봉지미는 웃음기 없이 웃으면서, 말도 안 된다는 듯 고개를 저었다. 그녀는 말을 하거나 움직이면서도 영혁의 눈 위에 있는 손가락만큼은 조금도 긴장의 끈을 놓지 않았다. 그 역시 마찬가지였다.

"나도 원래 네가 목숨 걸고 신 대학사의 목숨을 가져가길 바랐어."

영혁이 웃었다.

"그런데 네 경계심과 반응 속도가 이렇게까지 완벽했던 적은 없어서 말이지."

봉지미도 웃었다. 영혁은 역시 그녀를 너무나 잘 알았다. 그녀가 혁련을 위해 복수할 거라는 걸 알았고, 분명 직접 나설 거라는 것도 알았다. 또한 여기까지 공격을 하다 보면 지쳐서 반응 속도가 느려지리라는 사실 역시 알았다. 그래서 직접 병풍 뒤에서 그녀와 흥정을 하게 되기만을 기다린 것이었다.

"지금 저한테 신자연을 놔두라고 협박하실 때는 아닌 것 같은데요?"

봉지미는 손가락을 가볍게 앞으로 내밀었다.

"아니면 전하께서 저와 같이 죽는 쪽을 택하시던지요. 그러면 신자연도 구할 수 있지요."

영혁은 두려워하는 기색도 없이 낮은 소리로 웃었다.

"그래."

영혁은 갑자기 손을 풀어 봉지미의 손목을 놓아주었다. 그녀는 어리둥절했다.

"내가 널 죽이려 했다면, 뭐 하러 지금까지 기다렸겠냐?"

영혁은 아무렇지 않게 손을 놓아주고는 눈을 감았다.

"신자연은 내가 이미 다른 곳으로 보내고 나 홀로 여기서 널 기다렸다. 일이 이렇게 되었으니 나에게 죄를 물어야겠지. 신 대학사가 너에게 잘못을 저지른 것은 따지고 보면 나 때문이다. 왜 한꺼번에 아주 깨끗하게 청산해 버리지그래?"

영혁이 웃으며 뒤로 몸을 기대고는 눈을 내리깐 채 더 아무 말도 하지 않았다. 정말로 어떻게든 하고 싶은 대로 해 보라는 모습이었다. 봉지미의 손가락은 아직 그의 두 눈 위에 있었다. 가볍게 누르기만 하면 모든 원한도 불타오르는 분노도 끝날 것이다. 손가락 아래 두 눈동자가 파르르 떨렸다. 손에 닿는 피부가 따스하고 부드러웠다. 눈……. 눈…….

"그럼 이젠 내가 당신의 눈이 되어 줄게요."

그 한마디 말이 갑자기 폭풍처럼 뇌리를 때렸다. 기양산 낭떠러지 위에서 고개를 든 열여섯 살 소녀의 표정은 따뜻하고 간절했다. 한 사람은 눈이 보이지 않았고, 한 사람은 다친 채로 함께 쫓기며 걸었던 그 길이 떠올랐다.

봉지미의 손가락이 가늘게 떨렸다. 그녀는 얼굴을 푹 수그렸다. 긴 머리칼을 늘어뜨린 그윽하고 평온한 표정을 보니 가슴이 배배 꼬이는 듯 조여 왔다. 조금씩 떨려오는 가슴 속에서 쓰디쓴 무언가가 흘러나오는 것 같았다. 영혁은 그녀의 손목을 놓아주었지만, 그녀 마음의 맥을 짚어 버렸다. 약한 척 스스로 포기했지만, 사실은 그녀의 마음을 정면으로 겨냥한 것이었다. 한참 후, 그녀는 길게 탄식을 한 후, 손가락을 힘없이 늘어뜨렸다. 그는 곧바로 눈을 뜨지 않았지만 입가에는 슬며시 미소가 번졌다. 그가 부드럽게 이야기했다.

"지미야. 네가 날 죽이지 못한다는 거 안다."

봉지미는 묵묵히 눈을 감고 있다가 고개를 돌리고 이야기했다.

"전하가 절 놓아주었는데, 제가 어떻게 전하를 다시 사지로 몰아넣겠어요? 봉지미가 그 정도로 비열하지는 않습니다."

봉지미는 길고 차분하게 이야기한 다음 실망한 듯 몸을 일으켜 떠나려고 했다. 그러나 몸을 반쯤 일으키던 그녀가 갑자기 몸을 홱 돌리며 손목을 거칠게 휘둘렀다!

쾅!

검은빛이 번쩍이고, 우레와 같은 소리가 들렸다. 영혁의 뒤편, 상서로운 동물 벽화가 그려진 새까만 벽이 요란한 소리를 내며 무너졌다. 얇은 벽돌들이 바닥으로 굴러떨어지자, 벽 뒤에 있던 사람이 두려움에 고개를 들었다. 세 사람이었다. 얼굴에 주름이 가득한 늙은이 하나, 열 살 남짓으로 보이는 소녀 하나, 밧줄에 꽁꽁 묶여 재갈을 물린 신자연.

벽이 갑자기 무너지자, 벽 뒤에 있던 세 사람은 질겁했다. 깜짝 놀란 소녀는 신자연의 품으로 뛰어들었다. 그런데 그 모습이 무서워서가 아니라 마치 보호하려는 것처럼 보였다. 늙은이는 먼지 때문에 기침을 하면서도 부들부들 떨며 손에 든 지팡이를 뻗어 신자연의 앞을 막아섰다. 봉지미는 시선을 돌려 가며 세 사람을 천천히 훑어보고는 웃으며 이야기했다.

"여러분, 안녕하세요. 사람이 많네요!"

영혁이 봉지미의 마음을 사로잡으려고 하는 동안, 마음이 심란했던 그녀는 별다른 낌새를 눈치채지 못하고 있었다. 하지만 영혁이 신자연을 이미 다른 곳으로 보냈다는 말에 조금 이상함을 느꼈다. 그녀는 늦지 않으려고 지름길을 통해 다급하게 달려왔으니 영혁이 아무리 빨라도 일각 정도밖에는 앞서지 못했을 터였다. 그렇다면 신자연을 다른 곳으로 피신시킬 여유는 없었을지도 몰랐다. 그렇게 마음속에 의혹이 일자, 벽 뒤에서 희미하게 인기척이 느껴졌다. 누군가가 몸부림을 치는 것 같았다. 그래서 일부러 돌아가는 것처럼 가장해 손을 써 본 것인데, 역시 신자연이 있었다. 다만, 신자연이 이런 모습으로 그녀 앞에 나타날 줄은 전혀 예상치 못했던 터였다. 영혁이 씁쓸하게 웃으며 뒤를 돌아보았다.

"신 대학사, 어찌 그렇게……?"

"대장부가 죽으면 죽는 거지, 어찌 이렇게 구차하게 목숨을 연명할 수 있겠습니까? 전하까지 여기에 끌어들여 신경 쓰이게 하고 싶지는 않습니다."

신자연은 자신의 처제를 노려보고는 입을 막은 천을 끄집어내며 우렁차게 대답했다.

"전하, 난처하지 않으셔도 됩니다. 제경에 있는 모든 동료에게 편지를 보냈습니다. 제가 등에 심한 종창이 생겨 목숨을 잃을 판이라고요. 혹시 저에게 예상치 못한 일이 생기더라도 전하를 탓하는 이는 없을 것입니다."

신자연의 이야기에는 빈틈이 없었다. 그런데 영혁은 잠자코 듣기만 할 뿐 아무 말이 없었다. 한참 후, 그가 말했다.

"그대는 나를 잘못 봤군. 내가 당신을 구하는 것이 어찌 남들이 나에 대한 충성심을 저버릴까여서란 말인가? 내가 가장 힘들고 고달플 때, 당신이 도움의 손길을 내밀어 주었잖소. 신 대학사가 없었더라면, 나는 형제들의 손에 벌써 죽고 말았겠지. 그대는 나의 은인이오. 나는 공적으로나 사적으로도 당신에게 빚을 졌소. 신 대학사의 목숨은 내가 꼭 지킬 거요."

조용히 뒷짐을 지고 이야기를 듣던 봉지미가 무심결에 영혁의 말을 받았다.

"혁련 대왕도 저에게는 은인입니다. 그의 복수는 내가 반드시 할 겁니다."

"다투지 마세요!"

신자연이 소매를 훑으며 차갑게 웃었다.

"위지, 나는 죽는 게 두렵지 않네. 그러나 오해를 안고 죽기는 싫어. 순의왕의 죽음이 나와 관련이 있는 것은 확실해. 하지만 원래 순의왕에게 손을 쓰려고 한 게 아니었어. 난 그저 자네가 몰래 초원의 왕과 내통한 증거를 잡으려 한 거야. 내가 공격하려는 건 바로 자네였다고! 순의왕은 초원에서 자리를 잡고 있으니, 자네와 결탁했다는 증거가 있더라도 초원을 벗어나지만 않는다면 조정에서도 뭘 어쩌지 못할 테지. 2황자가 장녕과 결탁했을 때도 2황자는 죽었지만 장녕은 아무 일 없이 무사하지 않았나? 나는 상상도 못 했어. 아무리 사람 일은 모르는 거라지만, 순의왕이 그렇게 목숨을 잃다니! 그날 무슨 일이 있었는지 나도 아직 모르겠어. 그래도 그 책임은 지겠네. 순의왕은 나의 영웅이기도 하니까! 순의 철기군이 우리와 함께 대월과의 전쟁에 나섰을 때, 순의왕이 내 목숨을 구해 주었었지. 나는 의리 있고 사리 분별이 정확한 순의왕을 존경해 왔단 말이네! 위지, 이미 죽음이 눈앞에 있는 마당에 내가 뭐하러 거짓말을 하겠나. 어쨌든 순의왕이 나 때문에 죽었으니, 자네가 날 죽인다 해도 억울해하진 않겠네!"

신자연은 갑자기 뒤에 있던 침대에서 칼을 뽑아 들었다. 미리 준비해 놓았던 듯, 번쩍번쩍 날이 서 있었다. 그는 서투른 몸짓으로 칼을 휘두르더니 이야기했다.

"내가 자넬 죽이는 것 또한 당연하겠지. 이왕 이렇게 된 거, 우리 괜히 숨어서 이러지 말고 아예 오늘 강호의 필부들처럼 칼로 맞서서 결판을 내자고!"

신자연은 춤추듯이 칼을 휙휙 휘두르며 봉지미에게 달려들었다. 그녀는 긴 칼을 들어 그의 칼을 탁 쳐냈다. 그 일격에 손목에 충격을 받은 그가 데굴데굴 구르더니 그녀의 발을 '퍽' 하고 들이받았다. 그는 고집이 셌다. 자신을 보호하려고 다가오는 늙은이와 여자를 밀어내며 기어코 고개를 들어 봉지미의 칼끝에 맞서려고 하였다. 그때 영혁이 갑자기 다가와 재빨리 신자연을 뿌리쳤다. 하지만 신자연은 다시 일어나 칼을 잡으려 했고, 늙은이와 여자가 사력을 다해 그를 붙들었다. 두 사람은 각자 그의 옷섶을 붙잡으면서 비 오듯 쏟아지는 그의 눈물을 애처롭게 바라보았다. 신자연은 고개를 돌리지도 못하고 하늘을 향해 탄식하면서 이미 눈물로 범벅이 된 얼굴을 꼿꼿이 세운 채 흐느꼈다.

"전하, 오늘 저를 지켜서 어쩌시렵니까? 제가 평생토록 전하의 그늘 밑에서 전전긍긍하는 쥐새끼로 살기를 바라시는 겁니까? 아화도 죽고 저는 이제 아무 미련도 없습니다. 복수하려다가 원수는 죽이지도 못하고 무고한 이를 죽였습니다. 하늘이 저를 이렇게 조롱하는데 제가 무슨 낯으로 구차하게 목숨을 연명하겠습니까?"

"형부! 형부!"

가장 어린 칠화가 날카롭게 울부짖었다.

"형부 잘못이 아니에요. 형부 잘못이 아니라고요."

"자연아, 이 늙은 아비를 버리고 가면…… 나더러 자식을 먼저 보내라는 말이냐?"

늙은이는 앙상한 나뭇가지 같은 손가락으로 신자연의 옷자락을 단단히 움켜쥐었다. 눈물을 줄줄 흘리는 그의 울음소리가 대청을 메웠다. 멀리서 애달픈 곡소리가 울려 퍼지면서 사방이 눈물바다가 되었다. 봉지미의 낯빛이 점점 하얘졌다.

"위지."

영혁이 갑자기 입을 열었다.

"신 대학사의 말은 거짓이 아니네. 혁련을 해치려는 마음은 없었어. 그런데 복수심에 사로잡혀서 이용을 당했고, 가는 날이 장날이라고 일이 잘못된 것이지. 나도 아네. 자네는 누군가를 죽이겠다 결심하면 한번에 성공하지 못하더라도 절대 포기하지 않는 사람이지. 그러나 한번 보게."

영혁은 신자연의 늙은 아버지와 처제를 가리켰다.

"이 노인이 무슨 죄가 있겠어? 금화들은 또 무슨 죄가 있고? 신 대학사가 죽고 나면, 그들이 어떻게 살아가겠나? 일흔이 다 된 노인의 하나

뿐인 아들을 잃게 하고 싶은 건가? 금화들의 세상에 하나 남은 가족을 빼앗고 싶은 거야? 자네는 벌써 이 노인의 며느리와 금화들의 언니를 빼앗은 거야. 이제 그들의 목숨까지 앗아가고 싶은 건가?"

칼을 든 봉지미의 손가락이 파르르 떨렸다.

"형부를 죽이려면 나를 먼저 죽여라!"

칠화가 두 팔을 활짝 벌려 신자연의 앞을 막아서며 달려들었다.

"언니들은 뒤채에 있다. 목을 맬 흰 천은 각자 넉넉히 준비했어! 형부를 죽이면 네 눈앞에서 다 같이 목매달아 죽어 버릴 거야! 죽여라, 죽여. 어서 시원하게 죽여 봐!"

봉지미는 고개를 떨구어 분노로 불타오르는 칠화의 눈동자를 보았다. 그날 위소의 감옥 안에서 온몸에 피를 흘리며 죽어간 아화의 주검이 떠올랐다. 그런 그녀를 떠메고 가며 자신에게 침을 뱉던 금화들이 떠올랐다. 세상에서 가장 풀기 어려운 것이 원한이리라.

봉지미는 그제야 영혁의 의도를 눈치챘다. 그는 그녀와 이 일로 계속 옥신각신할 마음도 없었고, 신자연을 끝까지 꽁꽁 감추고 감쌀 생각도 없었다. 아예 서로 마주 보고 확실히 담판을 짓게 하려는 속셈이었다. 그는 계속 물러서는 척했지만, 그로 인해 그녀의 판단력을 흐리게 했다. 그녀의 심리적인 약점을 공격해 숨 쉴 겨를도 주지 않았다. 그녀가 그런 그의 계획을 이미 간파했음에도 숨이 막혀 오는 것은 어쩔 수 없었다. 세상에서 그녀를 가장 잘 아는 사람. 그녀의 원수가 아니면서 적이 될 수밖에 없는 사람. 예전에 그녀가 사랑했던 사람……. 뒤채의 문 앞에서, 그녀는 종신의 길고 긴 한숨 소리를 들었다.

"신자연."

한참 후, 봉지미가 무겁게 입을 열었다.

"누군가에게 이용당해서 혁련 대왕을 잘못 죽이게 되었다고? 그건 누구지? 매타라고 둘러댈 생각은 하지도 마시오. 그 여자는 어림도 없으니까."

영혁도 얼른 고개를 돌려 신자연을 바라보았다. 영혁도 몹시나 알고 싶은 눈치였다. 그는 백지장처럼 하얘진 얼굴을 하고 천천히 고개를 저었다.

"아니, 그 여자는 내 복수를 도와준 거야. 내 마음을 이용했을 수는 있지만, 나는 은혜를 입었으니 말할 수 없어."

"당신 정말 고집불통이군."

신자연이 지금 이 순간까지 고집을 부릴 거라고 상상도 하지 못한 봉지미의 말투는 냉혹했다.

"신 대학사!"

영혁도 의외라는 듯 불쾌한 목소리였다.

"세상 똑똑한 당신이 이 일에는 왜 이렇게 어리석단 말이오? 그 사람은 당신의 복수를 도와준 것이 아니라 당신을 이용해 위지와 혁련쟁을 해치우려 한 것뿐이오. 이용당했다는 걸 알면서도 그 사람을 위해 비밀을 지킨단 거요? 만약 그 일이 실패했다면 그 사람이 당신을 죽여 입막음했을 거라는 생각도 해 봤을 텐데?"

"절 죽여서 입막음하다니요?"

신자연은 바깥에 어지럽게 널린 시체를 가리켰다.

"저들이 일부러 여기까지 와서 목숨 걸고 저를 지키지 않았습니까? 이렇게 많은 사람이 저 때문에 희생했는데 제가 어떻게 그녀를 배신한단 말입니까?"

봉지미는 어리둥절했다. 조금 전 그 검은 옷의 호위와 갈색 베옷은 영혁의 수하가 아니었던가?

"당신을 지킨다고?"

영혁이 차갑게 비웃었다.

"나는 이곳에 도착해 호위들을 데리고 곧바로 후문을 통해 후원으

風叔

217

로 들어왔소. 그리고 당신을 묶어서 이 벽 뒤에 숨겼지. 저들은 못된 짓을 꾸미려고 칼을 들고 여길 찾아왔다가, 우릴 따라서 후원으로 들어왔어. 그 순간에 위지가 도착했지. 그들은 그제야 할 수 없이 자신들의 적과 맞서게 된 것이오. 내 생각에는 그들이 당신을 구하러 왔다고 하긴 어렵소. 십중팔구 당신의 입을 막으러 온 것이겠지. 그런데 내 호위들이 그대를 보호하니 그럴 수가 없었을 것이고, 그래서 태도를 바꾸어 적과 맞선 것뿐이지. 그들의 속마음은 당신이 고마움에 입을 꾹 다물기를 바라는 것이었을 테지. 사람의 마음이 얼마나 간사한데…… 그렇게 단순하게만 생각해서는 안 되오!"

얼이 빠진 신자연의 눈빛이 흔들렸다. 아마 의심 가는 지점이 있는 듯했다. 한참 후에 그가 한숨을 길게 내쉬었다. 봉지미는 그가 드디어 입을 여는 것이라 생각했다. 그런데 뜻밖에도 그는 여전히 고개를 휘휘 저었다.

"모…… 못합니다."

봉지미는 긴 칼로 신자연을 가리켰다. 칼끝이 맑은 물처럼 눈이 부시게 반짝거렸다. 그는 괴로운 듯 눈을 질끈 감고 이야기했다.

"나는 낙초산 동굴 속에서 그녀에게 맹세했거든. 그녀의 신분을 누설하면 아화가…… 죽은 아화가 땅속에서 편히 잠들지 못할 거라고……"

봉지미와 영혁의 눈이 동시에 빛났다. 그 말인즉슨 여전히 거절하겠다는 뜻이었다. 그러나 말해야 할 것은 이미 한 것이나 다름없었다. 낙초산의 동굴 속에 분명 흔적이 남아 있을 것이었다. 그는 얼굴을 돌려 그녀를 보았다. 금화들이 흰 천을 들고 달려 나오더니 신자연 앞을 둘러쌌다. 그녀들은 두 눈이 퉁퉁 부어 벌겋게 되도록 울고 있었다. 신자연의 부친은 말없이 눈물만 훔치다가, 아들을 향해 웅얼거렸다.

"관직에서 물러나라, 물러나……"

신자연은 눈을 꼭 감고 아무 말도 하지 않았다. 눈가에서 눈물이 주르륵 흘러내렸다. 봉지미는 영혁의 눈길에도 아랑곳하지 않고 눈을 감았다. 그리고 칼을 쥔 손을 천천히 들어 올렸다.

챙그랑!

어두컴컴한 방안에서 서릿발이 번쩍이고, 긴 칼이 무시무시하게 내리꽂혔다!

멀리 석양 한 줌이 호탁 설산 꼭대기 위로 고요히 떨어져 내려, 반사된 빛이 천 리 밖까지 비추었다. 어디서부터 실려 왔는지 모를 웅장한 곡조가 마지막 석양을 꺼트렸다. 초원의 겨울은 스산하면서도 장엄한 아름다움이 있었다. 멀리서 돌아온 이의 시야에 끝없이 넓은 초원이 들어찼다.

"오늘 밤을 틈타 왕정으로 돌아갑니다."

종신은 멀지 않은 곳에 있는 포탈라 제2궁의 그림자를 보았다.

"조정에서 보낸 사신이 10리 정도 뒤에 있어요. 우리가 하루 저녁 일찍 도착할 수 있을 겁니다."

봉지미는 묵묵히 고개를 끄덕였다. 그녀는 벌써 누런 얼굴로 돌아와 있었다. 이전보다 더 바싹 마른 몸에 반쪽이 된 얼굴은 '오랜 지병'을 앓은 봉지미 왕비의 모습에 꼭 들어맞았다.

"아쉽지 않으세요?"

종신이 갑자기 봉지미에게 물었다. 그의 말이 무슨 뜻인지 알아들은 그녀가 한참 동안 침묵을 지키다가 이야기했다.

"그 사람 목숨은 잠시 놔두죠, 뭐…… 분명히 혁련도 진짜를 찾아내 죽여야 진짜 복수라고 생각할 거예요."

북풍이 휘잉휘잉 불어왔다. 봉지미는 갖옷의 옷깃을 높이 세워, 밤처럼 깊고 그윽한 눈동자만을 드러냈다. 그녀는 그날 긴 칼을 내리쳐, 신자연의 옷자락을 베었다. 떨어진 칼에 돌덩이가 조각조각 나고 땅바닥에 깊은 골이 패었다. 그녀는 서로의 원한이 이 칼놀림 한 번에 끊어졌음을 명백히 알렸다. 다시 무슨 일이 일어난다면 그때는 절대 용서란 없을 것이었다. 그 길로 칼을 버린 그녀는 초원으로 내달렸다. 산북에서는 또 한 무리가 안찰사의 명을 받들었다. 분장에 능한 종신이 위지와 똑같이 모습을 바꾸는 것은 전혀 어렵지 않았다. 그의 조상 승경제는 다른 사람의 모습을 자신과 똑같이 바꿀 수 있다고 전해졌다. 그리고 600년이 지난 지금, 종씨 집안에 전해 내려오는 변신술은 그때보다 더 뛰어났다. 하물며 위지의 얼굴은 원래가 가짜로 만든 것이 아닌가.

어둠 속에서 왕의 군사 한 무리가 전방에 나타났다. 그리고 봉지미를 맞이해 포탈라 제2궁으로 들어갔다. 깊은 밤이었지만, 포탈라 제2궁은 아직 잠들지 않은 채였다. 안팎으로 밝은 등불이 켜져 있었다. 그녀는 이것이 호탁의 풍습이라는 것을 알았다. 장례를 치르기 전날 밤 불을 밝혀, 다른 세계로 떠나는 이의 앞길을 밝게 비추는 것이다. 그녀는 외투 깃을 여미고 조용히 후전(後殿)으로 향했다. 소기름으로 켜 놓은 등의 불빛이 멀리서 비춰 오자 드리워진 그녀의 그림자는 기다랗고 고독해 보였다. 이 땅은 한 걸음 한 걸음이 모두 혁련과 함께 걷던 곳이다. 그러나 그해에 초원을 떠난 그녀는 두 사람이 함께한 발걸음이 그게 초원에서의 마지막일 거라고는 상상도 하지 못하였다. 5년 후, 그녀는 돌아왔다. 그러나 그는 이미 없었다.

"며늘아기야!"

검은 두건을 머리에 뒤집어쓴 모란꽃이 문 앞에 서 있다가 봉지미를 보고는 두 팔 벌려 다가왔다.

"찰답란이 나 때문에 죽었구나!"

그 말은 무거운 추가 되어 봉지미의 가슴을 때렸다. 모란꽃은 그녀의 어깨로 와락 달려들어 목 놓아 울었다. 뚝뚝 떨어지는 눈물방울이

까만 갖옷 위에 번져 선명한 자국을 남겼다. 기름 등의 불빛이 그윽했다. 그녀는 천천히 손을 들어 모란꽃의 어깨를 토닥였다. 그리고 그녀의 시선이 모란꽃의 어깨를 넘어 그 옆에 서 있는 꼬마에게로 향했다. 올해 여섯 살이 된 찰목도였다.

아이는 문가에 기대어 서 있었다. 검은 상복 모자를 쓴 아이는 어머니가 우는 것을 보고는 따라 울기 시작했다. 그러나 눈물이 그렁그렁한 커다란 눈으로는 신기한 듯 봉지미를 바라보는 것도 잊지 않았다. 그녀는 유모단의 어깨에 손을 올린 채, 한참 동안 가만히 있었다. 손을 내려놓는 그녀의 목소리가 고통스러우면서도 차가웠다.

"아니에요. 그는 저 때문에 죽었어요."

숙명이라는 것을 믿지 않던 혁련쟁은 5년 후의 이런 결말을 미처 내다보지 못하였다. 안타깝게도 뱅글뱅글 돌아 자신에게로 온 운명의 수레바퀴를 감당하지 못한 것이었다. 모란꽃은 봉지미의 말이 무슨 뜻인지 알지도 못한 채, 그녀의 어깨에 기대 구슬프게 흐느꼈다. 이 강인한 여인은 혁련쟁이 죽었다는 소식을 들은 후부터 지금까지 한 번도 울지 않았다. 선대 고고왕이 비명횡사했을 때와 마찬가지로 초원의 안정과 자신의 책임만을 생각했다. 그리고 지금, 자신보다 더 강인한 여인이 이곳에 도착하자 비로소 울음을 쏟아내기 시작하였다. 모란꽃은 그녀의 품에 얼굴을 세차게 묻고는 웅얼거렸다.

"그렇게 싸우는 게 아니었는데……. 그렇게 싸우는 게 아니었어……."

봉지미는 무슨 일이 있었는지 묻고 싶었지만, 모란꽃은 이제 눈물을 다 쏟아냈는지 남은 물기를 닦고는 말했다.

"가서 봐야지. 찰답란도 마지막으로 네 얼굴이 꼭 한번 보고 싶을 거야."

봉지미는 숨을 한 번 크게 들이쉬고 고개를 끄덕였다. 안으로 들어가니, 문 발이 걷혔다.

대청의 정중앙에 있는 검은색과 금색이 섞인 커다란 관이 한눈에 들어왔다. 밝고 어진 순의 대왕은 자신을 위해 부족민들이 만든 흑연 관에 영원히 잠들어 있었다. 문 앞에 선 봉지미는 갑자기 눈앞이 천상계와 인간계로 나뉘어 아득히 멀어지는 것 같았다. 인생은 길다고만 생각했었다. 나중에 더 자주 볼 수 있을 거라고만 생각했다. 그런데 전부 오산이었다. 마지막이 눈앞에 다가왔고, 결국 영원한 이별을 맞이하고야 말았다. 그녀는 계단 앞에 서서 늦은 밤 초원의 찬바람을 맞으며 거대한 관을 멍하니 보고 있었다. 그건 다른 세계였다. 무겁고, 어둡고, 영원히 피안에 머무르는 세계였다. 그녀가 이 자리에서 죽어 버린다 해도 도달할 수 없는 곳이었다. 그 두꺼운 장벽이 그녀의 평생지기이자 초원의 영웅이던 그를 막아서고 있었다. 얼굴에 함박웃음을 띠고 그녀를 이 모라 부르던 찰답란을 막아서고 있었다. 이제 뒤에 남은 그녀는 오랫동안 고통받고 가슴 아파할 것이다.

차디찬 바람이 돌돌 말린 발을 따라 불어 들어오자, 실내에 얼음장 같은 냉기가 스며들었다. 촛대 위의 등이 깜빡, 또 깜빡거리며 웃는 얼굴로 봉지미를 재촉했다. 그녀는 천천히 발걸음을 옮겼다. 한 발짝, 한 발짝 다가갔다. 석 장밖에 되지 않는 거리가 마치 길고 긴 인생길 같았다. 마침내 크고 검은 관 앞에 다다라 안을 들여다보려는 순간, 그만 다리에 힘이 풀려 관에 기대듯 미끄러지고 말았다. 그녀는 무서운 눈을 가진 전설의 동물을 새긴 관을 손으로 짚었고, 초원 특유의 투박한 조각 장식에 손가락이 부딪히고 쓸렸다. 그러나 그 아픔은 마음에 비할 바가 아니었다. 그녀가 서 있을 힘조차 없는 것은 난생처음이었다. 혁련 쟁을 마지막으로 볼 힘이 없었다.

"지미, 난 언제나 여기서 기다릴 거요. 당신이 오지 않고 나를 못 가게 하니, 그럼 여기서 기다릴 수밖에. 기억해요. 힘들 때는 한 발짝 물러나서 뒤를 돌아봐요. 내가 여기 있을 테니까."

깊은 겨울, 초원의 광활한 하늘을 가로질러 누군가 귓가에 속삭이는 소리가 아스라이 들렸다.

'혁련, 당신 어디 있어요? 난 또 어디에 있어야 하나요? 당신의 초원을 지키겠다고 약속했었죠. 당신이 사랑한 이 땅을 지키려는 마음뿐이었어요. 그래서 제경의 소식을 알리지 않고, 조정의 비바람에 휘말리지 않게 했던 거예요. 그게 이렇게 당신을 해칠 줄은 생각지도 못했어요. 내가 이미 움직였다는 걸 당신이 알았다면, 나와 신자연이 싸우는 중이라는 걸 알았다면, 당신은 조금 더 조심하지 않았을까? 그럼 죽음에 이른 마지막 여정을 안 떠났을까? 운명은 어떻게 흘러가도 결국은 나에게 따끔한 맛을 보여 주었을까?'

촛불이 머리 위에서 어른거리며 작게 타오르는 소리가 들렸다. 누군가가 둥근 천장 위에서 저 멀리 탄식을 내뱉을 것만 같았다. 봉지미는 관의 옆면을 짚고 겨우 일어나, 아직 못을 박지 않은 관의 뚜껑을 밀어젖혔다. 관의 1층은 특별히 다듬은 차가운 옥으로 만들어졌다. 사면에는 호음묘의 라마 중들만이 아는 비법으로 만든, 썩지 않는 향료가 꽉 채워져 있었다. 혁련쟁은 왕의 도포를 입고 금관을 쓴 채, 검고 빛나는 일곱 겹 비단 요 위에 가만히 누워 있었다. 도포가 조금 과하게 크고 얼굴이 창백한 것 빼고는 살아생전 모습 그대로였다. 그녀는 그를 가만히 바라보았다. 금방이라도 일어나 두 팔 벌려 그녀의 목을 끌어안고 밝게 웃을 것만 같았다.

"이모, 깜짝 놀랐지!"

눈물을 머금은 봉지미가 손을 뻗었다. 혁련쟁의 머리를 때리려고 했지만, 허공의 환영일 뿐이었다. 내지른 손은 공중에서 그대로 딱딱하게 굳어 불빛 속에 미세하게 떨렸다. 그녀는 고개를 푹 숙이고, 죽어서도 변치 않는 그의 웃는 얼굴을 보았다. 오랫동안 아주 오랫동안 그 얼굴을 들여다보았다. 오늘 밤이 지나면, 이 사람과는…… 이 웃는 얼굴과는 영영 작별이다. 앞으로 수도 없이 많은 사람을 만나겠지만, 초원에서 그녀가 돌아오기를 기다리는 혁련은 다시는 없을 것이다. 그녀는 갑자기 몸을 숙였다. 그녀의 얼어붙은 입술이 혁련쟁의 눈 위를 가볍게 눌렀다.

'혁련. 이 입맞춤으로 이번 생애 당신의 기억을 봉해 놓을게요. 다음 생에는 나같이 불길한 사람은 만나지 말아요.'

마침내 눈물이 떨어져 내렸다. 혁련쟁의 얼굴처럼 차가운 눈물이었다. 뒤에서 문 발이 조용히 흘러내렸다. 봉지미의 촉촉이 젖은 눈길 속에 천지가 숙연해졌다. 모란꽃은 밖에서 조용히 기다리다가 그녀가 나오는 것을 보고 옆방을 가리키며 말했다.

"저기에는 팔표의 위패를 모셨단다. 그들의 의관을 함께 묻을 거야. 같이 살고 같이 죽는다고 맹세를 했잖니. 이번 생도 다음 생도 형제가 되도록 해 주어야지."

그렇게 말하는 모란꽃의 눈이 처량했다.

"삼준에게 미안할 뿐이지……. 그 아이의 위패는 몰래 묻을 수밖에."

봉지미는 돌아서서 모란꽃을 보고 말했다.

"삼준이 손에 피를 찍어 왕정 글자로 남긴 유서를 허리띠에 감추고 있었다면서요? 무슨 일이 일어났는지 상세히 썼다고 들었어요. 그러나 팔표의 죽음에 대해서만 쓰여 있고, 다른 내용은 없었다고 하던데…… 그래도 저는 믿어요. 하늘이 두 쪽이 나도 삼준이 찰답란을 죽이는 일은 없었을 거예요."

봉지미는 편안한 듯 눈을 감았다. 영웅은 억울하게 죽을 수 없다. 관대한 초원의 왕정은 그들의 충성스러운 백성을 믿었다. 그런 초원만이 이런 사나이 대장부들을 길러낼 수 있다.

"내가 지금 알고 싶은 건……. 이게 대체 누구의 소행이냐는 것이야."

봉지미가 손뼉을 치고, 종신이 한 사람을 끌고 와 내던졌다. 땅바닥에 쓰러진 사람은 마대 자루처럼 축 늘어져 버렸다.

"매타!"

모란꽃이 찢어지는 목소리로 외쳤다. 그녀는 매타가 무슨 짓을 했는지 단박에 알아차린 듯, 맹렬하게 퍼붓기 시작했다.

"여봐라! 저것을 말 뒤에 묶어 천막마다 돌며 모두에게 보여라! 저 여인이 대왕의 행적을 팔아먹어 대왕이 목숨을 잃었다는 것을 모두에게 알려라!"

"대비마마, 용서……."

용서를 구하는 매타의 말이 채 끝나기도 전에, 초원의 장정들이 그녀의 머리채를 잡아 밖으로 끌고 나갔다. 참혹한 비명과 함께 바닥에는 구불구불한 핏자국이 남았다.

"주모자는 매타가 아닙니다. 그래도 제가 이미 단서를 잡았어요."

봉지미는 온몸을 부들부들 떠는 모란꽃의 어깨를 지그시 누르며 말했다.

"모란꽃, 절 믿으세요. 제가 혁련을 위해 복수할 거예요."

"초원의 아들을 위한 복수는 초원이 해야지."

모란꽃은 봉지미의 손을 밀어내며 그녀의 눈을 똑바로 보았다.

"천성 조정의 사람이냐?"

봉지미는 마음이 괴로워 입을 꾹 닫고 아무 말도 하지 않았다. 그러나 모란꽃은 고개를 끄덕이고는 소매를 걷고 하늘을 향해 담담하게 이야기했다.

"내 아들은 내가 잘 알아. 그 아이는 제가 하려는 일은 목숨 거는 것도 두려워하지 않았지. 그날 내가 찰답란과 말다툼을 벌이지만 않았다면 이런 선택을 하지 않았을 수도 있어. 내가 그 아이를 그렇게 만든 거야……. 지미야, 이제부터 초원은 너에게 맡기겠다."

고개를 빳빳이 들고 나가는 모란꽃의 뒷모습은 쓸쓸하고 처연했다. 찰목도가 그녀를 향해 두 팔을 벌렸고, 그녀는 무릎을 꿇고 그를 안아 올려 천천히 자리를 떠났다. 사랑했던 사람들은 그녀를 호탁 설산 꼭대기에 혼자 우두커니 남겨놓고 모두 떠나가 버렸다. 이제 적막하고 애처로운 빛만이 초원을 뒤덮을 것이다.

다음 날, 천성 조정의 사신이 당도했다. 호탁부는 그들의 왕을 위해 성대한 장례식을 치렀다. 오랜 지병으로 요양 중이던 봉지미 왕비도 마침내 대왕의 장례에 모습을 드러냈다. 커다란 관이 구덩이 속으로 무겁게 내려앉자, 왕비는 무릎을 꿇고 앉아 첫 번째 흙을 뿌려 덮었다. 영원한 이별의 아픔이 여인의 눈가에 내려앉았다. 슬픔의 곡소리로 휩싸인 초원에서 조정의 사신도 탄식을 금할 수가 없었다.

"왕비마마."

왕비가 너무 슬퍼한 나머지 자기 쪽으로 실신해 쓰러질 수도 있다고 생각한 중서 학사가 조심스럽게 물러서면서 이야기했다.

"폐하께서는 순의 대왕의 부음을 들으시고 왕비의 건강을 염려하고 계십니다. 왕비의 안부를 물으라고 명하심은 물론, 왕비께서 조속히 제경으로 돌아오시기를 바라고 계십니다."

올 것이 왔다. 봉지미는 속으로 냉소했다. 역시 천성 황제의 기억력은 이 정도였다. 평소에는 봉지미를 생각조차 하지 않았을 터였다. 그런데 이번 일로 그녀가 과부가 되니, 그녀는 자신이 봉한 성영 군주이고, 봉 부인에게 잘 돌보겠다고 본인 입으로 이야기한 아이라는데 생각이 미쳤을 것이었다. 그녀는 자신의 속마음을 숨긴 채, 시녀에게 기대어 입은 옷도 버거워 보일 정도로 힘없이 감사 인사를 했다. 그리고 몸이 나아지는 대로 제경으로 돌아가 폐하를 뵙고 감사드리겠다고 했다.

조정의 사신들을 보내고, 봉지미는 초원의 남자들이 관을 덮은 위로 말을 달려 땅을 평평하게 만드는 모습을 멍하지 지켜보았다. 이제 주변의 넓은 땅을 능원으로 만들 것이다. 그러나 묏자리가 어디인지 구체적인 위치는 아무도 알 수 없게 될 것이다. 평평해진 땅 위로 저 멀리 산의 그림자가 드리웠다. 그녀는 얼어붙은 땅 위에 앉아서 눈으로 그림자의 윤곽을 따라 그리고 있었다. 마음속에는 기억해야 한다는 생각이 어렴풋이 들었다. 저 산꼭대기 그림자의 끝이 바로 혁련이 잠든 곳이다……. 그러는 사이 어느새 또 다른 그림자가 소리 없이 그녀의 뒤에서부터 드리웠다. 듬직하게 크지는 않지만, 그녀의 그림자를 덮기에 딱 맞는 크기였다. 그리고 따뜻한 두 손이 망설이는 듯, 그러나 똑바로 그녀에게로 다가와 양어깨 위에 내려앉았다.

하늘 위의 심장

봉지미는 느릿느릿 고개를 돌렸다. 위를 올려다보자, 흐릿한 시야에 하얀 비단 휘장과 매끈한 아래턱이 들어왔다. 그녀는 눈을 끔뻑거렸다. 눈물 때문에 또 환각을 보는 것이라는 생각이 들어 눈앞의 광경을 믿지 않았다. 그런데 그 사람이 서툴게 그녀의 어깨를 톡톡 다독거렸다. 손바닥으로 전해지는 따뜻한 온기와 특유의 어색한 자세는 놀랄 정도로 익숙했다. 그녀는 다시 한번 눈을 끔뻑거렸다. 눈망울에 가득 차 있던 눈물이 떨어져 내렸다. 이윽고 그녀는 소리 없이 뒤로 돌아 그 사람을 와락 껴안았다. 그는 잠깐 손을 들어 거부하려는 듯했지만, 그녀가 밑도 끝도 없이 달려드는 통에 들었던 손을 꼼짝도 하지 못하고 뻣뻣하게 군 채, 그녀의 품에 안기게 되었다. 그녀는 유난히도 부드럽고 포근한 그의 옷 위에 얼굴을 기댔다. 찰싹 달라붙은 그녀는 한숨을 쉬며 이야기했다.

"오면 안 된다고 생각했지만, 그래도 이렇게 눈앞에 있으니 진짜 좋아……."

봉지미는 꿈이라도 꾸듯 낮은 소리로 중얼거렸다.

"남의…… …… 너무 좋아. 네가 아직 있다는 게."

고남의는 고개를 숙여 자신의 허리를 껴안은 여인을 바라보았다. 그의 시선에서는 봉지미의 기다란 속눈썹이 촉촉이 젖어 있는 것만 보였다. 햇빛이 비치자, 금강석이 수놓아진 듯 반짝거리는 눈가가 그의 마음을 쿡쿡 찔렀다. 모난 금강석 조각이 마음에 가득 들어찬 것처럼 맥박을 따라 피와 살이 쑤셔왔고 가슴이 아려왔다.

'이건…… 봉지미의 눈물인가? 눈물 때문에 가슴이 찢어지는 것 같은 이 느낌을 뭐라고 하는 걸 들었는데……. 가슴이 아프다고…… 하던가?'

고남의는 햇빛 아래 자잘한 빛이 이리저리 떠도는 것을 계속해서 보고 있었다. 그는 봉지미와 알고 지낸 지 오래였지만, 가까이 붙어 있던 적은 별로 없었기에 그녀가 눈물을 흘리는 것을 한 번도 본 적이 없었다. 그런데 막상 이런 모습을 보니 가슴 아픈 느낌을 알 것도 같았다. 그녀 때문에 쓸쓸함, 혼란스러움, 생동감, 그리움 등등 감정을 알게 된 그는 이제 가슴 저미는 고통도 알게 되었다. 보름 전 혁련쟁이 죽었다는 소식을 들었다. 그는 아주 허전한 마음에 오랫동안 넋을 놓았다가 문득 불안감이 솟구쳤다. 난데없이 그녀에게는 자신이 필요하다는 생각이 들자마자 곧바로 달려왔다. 멀고 먼 하늘 저편에서 하늘가를 향해 달려온 것이다. 모든 것을 제쳐두고 보름을 내달렸다. 그러고는 마침내 초원의 지평선 위에 혼자 앉은 그녀의 처량한 그림자를 발견했다. 이 세상천지에 그녀 하나만 남은 것처럼 고독하고 쓸쓸해 보였다.

'아니, 안 된다.'

고남의는 봉지미를 힘주어 끌어안았다. 이렇게라도 좀 더 따뜻한 기운을 전해 주고 싶었다. 몸에 열이 많은 체질이 아니라는 게 원망스러웠다. 꽁꽁 얼어붙은 그녀를 순식간에 데워 주지 못하는 게 싫었다. 힘주어 안는 그 때문에 그녀는 둘의 이런 모습이 다른 사람들에게 이상하게 보일 거라는 생각을 했다. 그의 품에서 살그머니 빠져나오려 하자, 그도 그녀를 놓아주었다. 그는 얼굴을 찡그린 채, 그녀의 얼굴을 꼼꼼히 뜯어보더니 무언가 마음에 안 드는 듯 '흥' 하더니 소매로 그녀의 얼굴을 마구 닦았다. 칠칠치 못한 손놀림 탓에 그녀 얼굴의 왕비 분장이 엉망으로 지워져 버렸다. 그런 그는 다시 자신의 소매를 자세히 살폈다. 옷이 더러워진 것이 가슴 아픈 눈치였다. 그녀는 결벽증인 고 도련님의 이런 모습들이 익숙하면서도 친근했다. 그가 방금 차분하게 정리해 놓은 소맷부리를 잡아다가 눈물을 마구 닦고 싶은 마음을 참을 수가 없었다. 그는 손을 탈탈 털었다. 소매를 걷어 올리고 싶지만 이를 악물고 꾹 참는 듯했다. 그녀는 그의 망사 아래 얼굴은 분명 옷소매처럼 잔뜩 구겨져 있을 것이라고 생각했다. 한바탕 껴안고 눈물을 닦아낸 덕에 침울했던 기분이 퍽 괜찮아진 그녀는 일어서서 사방을 두리번거리며 말했다.

"지효는?"

고남의는 묵묵부답이었다. 봉지미는 한숨을 내쉬었다. 얼마나 의미 없는 질문이었는지 그녀 자신도 잘 알았다. 서량의 황제가 된 지효는 이제 보고 싶다고 아무 때나 볼 수 있는 꼬마 아가씨가 아니었다. 지효는 더 이상은 호탁부가 섬기는 활불(活佛)이 아니었다. 이제 그 가짜 활불은 초원에서 더는 빛을 발하지 못할 것이다. 실제로 호탁부에 그런 예가 없지는 않았다. 제11대 호톡투 활불은 조정으로부터 작위를 받은 집안에서 환생하였다. 그는 그 집안의 유일한 계승자였기에, 나중에 집안의 귀족 작위를 그대로 이어받았고 초원에서 계속 살지도 않았다.

"잠시 휴가를 받아 온 거야."

고남의는 무뚝뚝하게 대답하더니, 잠시 생각하고 덧붙였다.

"더 크고 나면, 나는 이제 신경 안 쓸 거야."

"그 말은 굳이 걔한테 하지 마."

봉지미는 웃었고, 고남의는 갑자기 그녀의 손을 잡아끌었다.

"예전에 내가 발견한 곳이 있는데, 아주 좋아. 가서 보자."

그러고는 봉지미가 거절할 새도 없이 '획' 하고 안아 올려 냅다 달리기 시작했다. 순식간에 멀리 떨어져 있던 사람들 옆을 바람처럼 스친 고남의는 설산으로 향했다. 그녀는 때마침 나타난 모단대비에게 잠시 다녀오겠다는 손짓만 겨우 보냈다. 그녀는 그가 근처에서 잠시 바람을 쐬어 주려 한다고 생각했다. 그런데 한참이나 달려 나간 그가 멈출 생각을 하지 않았다. 그녀는 격달목 설산이 눈앞으로 점점 다가오는 것을 보고 헉 놀라고 말았다.

"도련님, 설마 산 위까지 올라가는 건 아니겠······."

말이 채 끝나기도 전에, 고남의는 봉지미를 안고 산길로 접어들었다. 산속은 온도가 꽤 낮아 추웠다. 말문이 턱 막힌 그녀의 질문은 목구멍으로 쏙 들어가고 말았다.

격달목 설산은 대월 장청 산맥의 한 줄기로, 일 년 내내 눈발이 날리고 기온이 한랭한 곳이었다. 산맥의 기복이 심하고 지세가 험준하며 신령스러운 빛이 자주 출현하여 호탁 사람들이 성스러운 산으로 여기는 곳이었다. 그러다 나중에는 설산이 점점 이단 종파의 차지가 되어서 오르는 이가 갈수록 줄었다. 특히나 일 년 내내 쌓인 눈이 꽁꽁 얼어 있는 산꼭대기에서는 사람의 흔적을 찾기가 어려울 정도였다. 고남의는 봉지미를 데리고 계속해서 위로 올랐다. 도중에 자신의 망토를 벗어 그녀에게 덮어 주었다. 그녀는 고개를 저으며 마다하고 눈을 반짝이며 물었다.

"도련님, 여기 오니까 오히려 편안해져. 몸 안의 열도 좀 가시고······. 아주 익숙한 곳에 온 것 같아. 이상하네? 한 번도 와본 적이 없는 곳인데 말이야······."

봉지미는 숨을 깊이 들이마셨다. 눈으로 뒤덮인 곳의 차디찬 공기가

風叔

231

가슴 속으로 들어와 단전을 한 바퀴 감싼 후 퍼져 나가자, 춤이 절로 나올 듯 몸이 가뿐한 느낌이었다. 그녀는 고남의가 한 방향을 향해서 곧바로 달려 나가는 것을 보았다. 늘 다니는 곳처럼 익숙해 보였다. 그녀는 놀랄 수밖에 없었다.

"길치 아니었어? 이 길은 어떻게 찾아가는 거야?"

고남의는 길가를 가리켰다. 봉지미는 그제야 깨달았다. 지금 그들이 가고 있는 길 가장자리에만 얼음과 눈을 뚫고 새빨간 열매가 무더기로 자라고 있었던 것이다. 순백의 배경 속에서 산뜻하게 자라난 열매는 가는 길 내내 달려 있었다. 이렇게 눈에 띄는 표시라면 잊고 싶어도 잊을 수가 없을 것이었다. 그가 간결하게 대답했다.

"그때 극렬을 쫓다가, 여기까지 왔어."

봉지미는 이제껏 단독 행동을 한 적이 없는 고남의가 이곳을 어떻게 아는지 그제야 이해할 수 있었다. 초원에 있을 때, 그가 그녀 곁을 떠났던 적은 딱 한 번, 왕정에서 열렸던 대회가 끝난 후 극렬을 쫓았을 때가 아닌가? 그리고 나서 돌아온 그는 약간 이상했었다. 그때 그녀는 고남의가 극렬을 놓친 것이 너무 분해 그러는 줄로만 알았다. 그런데 지금 보니, 그게 다 이유가 있었던 것인가?

두 사람은 계속해서 산 위로 올랐다. 이어지는 길은 갈수록 걷기가 힘들었다. 깎아지른 낭떠러지가 곳곳에 나타났고, 얼음과 눈이 매우 미끄러웠다. 보통 사람이라면 절대 오르지 못할 길을 무공을 써서 거의 반 시진 동안 걸었다. 절벽을 돌아, 평평한 곳으로 뛰어오른 봉지미는 고개를 든 채, '아' 하고 탄성을 질렀다.

설산의 꼭대기에서 커다란 정원만 한 호수가 모습을 드러냈다. 이 설산의 가장 맑고 깨끗한 눈이 녹은 물이었다. 깊고 깊은 물은 너무나 투명해 바닥이 다 보일 지경이었다. 호수의 표면은 옅은 비취색이고, 중간은 벽옥과 같은 짙은 녹색, 바닥은 청금석처럼 어두운 남색이었다. 거울처럼 잔잔한 수면 위에는 사방의 설산 봉우리들이 비쳐 있었다. 신비로운 호수가 아득히 펼쳐져 허공에 걸린 하늘의 거울처럼 산과 물의 어우러진 모습을 담고 있었다. 우거진 산과 넓은 하늘은 천 년 동안 입을 꾹 닫고 서로 맞선 채였다. 이 광활하고 순수한 정경을 마주한 사람들은 마치 선계의 모습을 마주한 듯, 자신의 더러움을 저절로 깨달을 수밖에 없었다. 봉지미 역시 걸으면서도 아름다운 경치에 빠져 한참 동안 넋을 놓고 중얼거렸다.

"죽어서 이곳에 묻힐 수 있으면, 죽는다는 사실이 억울하진 않겠다."

고남의가 갑자기 이야기했다.

"이거 봐."

고남의가 봉지미의 손을 잡아끌어, 고개를 숙이라는 표시를 했다. 그녀가 고개를 숙여보니, 호수 위로 두 사람의 형체가 보였다. 아주 선명하게 나타난 그녀와 그였다.

"잘 어울려."

고남의가 진지하게 이야기했다.

"우리 둘."

봉지미는 고남의가 무슨 말을 하려는지 몰라, 이러지도 저러지도 못했다. 그가 손을 들어 한 곳을 가리키며 또 이야기했다.

"너하고 나."

봉지미는 고남의의 손을 따라 고개를 들었다가, 깜짝 놀라고 말았다. 호수의 맞은편에 옥 벽이 낮은 산처럼 빙 둘러서 있었던 것이다. 전체 크기는 비할 데 없이 컸고, 중간은 커다랗게 뚫려 있었다. 그리고 그 형상은 마치…… 심장 같았다. 그녀와 그의 그림자는 호수를 뛰어넘어 그 심장의 한가운데에 드리워져 있었다. 그렇게 그들의 그림자는 옥 벽 뒤 순백의 산 위에 아로새겨졌다.

"자연은 정말 신비해……."

233

봉지미는 감탄을 금할 수 없었다.

"저건 자연 그대로일까, 아니면 사람이 만든 걸까? 자연의 조화라면 정말 신기하고, 만약 사람이 만든 거라면 누가 이런 산꼭대기에 절벽을 뚫을 정도로 기술이 좋은 거야?"

언제 어디서든 지형을 자세히 살펴보길 좋아하는 봉지미와는 달리, 고남의는 그저 이 장면을 즐길 뿐이었다. 그는 거대한 바위의 가운데에 있는 두 사람의 그림자가 퍽 만족스러운 듯 이야기했다.

"지난번에 왔을 때, 뭔가 빠진 것 같았는데. 그게 바로 너였어."

지난번에 왔을 때도 이 거대한 심장을 보았었다. 그때도 그는 이 자리에 섰었고, 자신의 모습이 투영된 것을 보았다. 그런데 뭔가 텅 비어 쓸쓸해 보였다. 그런데 지금 다시 보니, 두 사람이 함께 서야 꽉 차는 모습이 되는 것이었다. 더도 말고 덜도 말고 딱 두 사람. 그는 자기도 모르게 헤벌쭉 웃으며 두 그림자를 좋아죽겠다는 듯 쳐다보았다. 그러더니 갑자기 손을 뻗어 그녀의 몸 뒤에서 두 팔을 얼싸안듯 원을 그렸다.

돌 심장의 남자 그림자가 여자를 꽉 끌어안았다. 고남의는 손끝을 들어 올려 봉지미의 귀 옆 세 치쯤 되는 곳에 멈추었다. 돌 심장의 남자가 여자의 귀밑머리를 따뜻하게 쓰다듬었다. 그녀는 때마침 호수 밑바닥을 보고 있었기에, 고남의의 혼자만의 장난을 미처 보지 못하였다. 그녀가 갑자기 옆으로 돌아섰다. 돌 심장의 여자가 옆모습으로 변했다. 얌전하고 고운 자태가 나타나자, 그녀의 가슴께에 아름다운 곡선이 드러났다. 그는 그림자 속 그녀의 어깨 쪽을 끌어안았다. 돌 심장 위, 수면에 비친 그의 손끝이 미끄러지듯 움직여, 곡선의 가장 높은 곳을 살짝 덮었다. 그리고 불에 덴 듯 손을 움츠린 그가 아무 말이나 내뱉었다.

"연꽃."

그 말과 함께 얼굴도 화르륵 달아올랐다. 봉지미가 놀라 고개를 돌렸다.

"연꽃?"

봉지미는 이리저리 두리번거렸다.

"어디 연꽃이 있다는 거야?"

"……."

결국, 봉지미는 고남의의 말을 무시하고 혼자 무릎을 꿇고 앉았다. 흥이 깨져 조금 화가 난 그는 고개를 수그렸다. 그녀가 무릎을 꿇고 호수 바닥을 보고 있었다.

"여긴 인공 호수야."

봉지미가 갑자기 바닥을 가리키며 이야기했다.

"고운 모래가 아니라, 반듯하게 자른 바위잖아. 나중에 지어졌단 뜻이지."

그리고 몸을 일으킨 봉지미가 사방을 둘러보며 말했다.

"여기는 한기가 엄청나게 심한 곳이야. 보통 사람은 올 수도 없고, 기계 장치나 비밀 통로도 없어. 저 돌 심장이 특이한 점인데, 신단이나 그런 종류도 아닌 것 같고, 내 생각에는……."

봉지미가 멋쩍게 웃으며 본인도 믿기 힘들다는 듯 이야기했다.

"…… 내 생각에는 한 연인이 여기가 마음에 들어서 산을 깎고 호수를 파서 만든 것 같아. 둘만 아는 비밀스러운 곳으로 만든 거지. 다른 목적 없이 딱 두 사람만 즐기려고."

봉지미는 스스로 말해 놓고도 고개를 갸웃거렸다. 딱 두 사람만을 위해서 이런 곳을 찾아내고 이렇게 거대한 사업을 벌일 정도라면, 나라에서도 내로라하는 능력자이면서 풍류를 즐기는 소탈한 성격이어야 가능할 것이다. 그러나 그런 고귀한 신분을 가진 자 중에서 누가 이렇게 유유자적할 수 있단 말인가? 고남의는 그러거나 말거나였다. 여기가 뭐 하는 곳이고 주인이 누구인지, 그는 조금도 관심이 없었다. 그는 이렇게 경치가 좋은 곳에서 그녀와 함께 있으면 그만이지, 뭐 하러 나와 상관도 없는 이야기를 하는지 이해할 수 없었다. 지금, 바로 여기서, 할 일은 그녀를 꼭 껴안고 다정하게 앉아서 산수를 즐기고 하하호호 웃는 것이었다. 그래서 그는 곧바로 실행에 옮겼다. 그녀의 어깨를 붙잡고 뒤로 앉도록 살짝 잡아당긴 것이었다. 마침 뒤에는 등받이처럼 네모난 바위가 있었다. 그녀는 갑자기 뒤로 몸이 기우는 바람에, 앉으면서 바위에 등을 부딪치고 말았다. 그러자 '우르릉 쿵쾅' 하는 소리가 호수 가운데서 들려왔다! 수많은 풍랑을 함께 겪은 두 사람은 소리를 듣자마자 어떤 장치가 움직인다는 것을 감지하고 반사적으로 서로를 향해 찰싹 들러붙었다.

쿵.

두 사람의 이마가 아주 세게 부딪혔다. 봉지미는 "아야" 하는 소리와 함께 눈앞에 별이 번쩍거렸지만, 고남의를 자신의 아래쪽으로 끌어내리는 것을 잊지 않았다. 그녀는 애써 그를 내리누르려 했지만, 어깨가 말을 듣지 않았다. 자신의 두 어깨를 그가 이미 내리누르고 있었기 때문이다. 그는 필사적으로 그녀를 자신의 품속으로 끌어당기고 있었다. 돌산 앞의 두 사람의 자세는 참 이상했다. 서로를 꼭 끌어안은 채, 각자 상대방을 자신의 아래로 내리누르려 하는 모습이었다. 한참을 그러고 있던 두 사람은 잠시 후, 뭔가 이상함을 느꼈다. 무서운 암살 장치의 소리가 하나도 들리지 않은 것이다. 둘은 어깨를 맞대고 천천히 고개를 들었다. 그러다가 일제히 "아" 하고 탄성을 내질렀다.

아무것도 없었던 호수 가운데에 어느샌가 순금으로 된 연꽃 무리가 우뚝 솟아 있었다. 연꽃 행렬은 한 장 거리에 한 송이씩, 호수 맞은편 기슭의 옥 벽 심장이 있는 곳까지 이어져 있었다. 푸른 물결이 잔잔히 이는 곳에 걸음마다 연꽃이 피어났다. 푸른 호수, 황금 연꽃, 옥 벽과 심장이 어우러진 곳……. 빛과 얼음의 황홀함이 교차하는 이곳은 전설의 봉래산처럼 안개가 자욱했다. 봉지미는 아름다움에 놀라 감탄하는 것도 잊은 채, 웅얼거렸다.

"천하제일의 실력자로다……."

고남의는 봉지미를 데리고 연꽃으로 뛰어올랐다. 물빛처럼 파란 그의 옷자락과 새의 날개처럼 하얀 그녀의 옷자락이 펄럭펄럭 나부끼며 수평으로 날았다. 거울처럼 맑은 물이 사방으로 펼쳐지고 걸음걸음 연꽃이 피어나니, 하늘의 은하수가 바닥으로 그대로 내려앉은 것만 같았다. 그 위로 춤추듯 나아가니, 마치 구름 위를 걷는 듯했다. 수백 년간을 처음처럼 고요하게 흘러든 신비한 호숫물 위로 신선처럼 하얀 옷을 입은 남녀의 모습이 떠올랐다. 불어오는 바람에 긴 머리가 휘날리자, 그녀는 눈을 살짝 감았다. 마음속으로 무언가가 희미하게 스치고 지나갔다. 어쩌면 수백 년 전에도 이렇게 두 손을 맞잡은 누군가가 날았으리라. 그리고 거울 같은 수면 위로 은방울처럼 아름다운 웃음소리를 흩뿌렸으리라.

다시 눈을 떴을 때, 봉지미는 이미 옥 벽의 돌 심장 앞에 서 있었다. 가까이에서 보니 옥 벽은 놀라울 정도로 크고 웅장했다. 뻥 뚫린 심장 형상 뒤로 빙산의 벽에는 출입문과 같은 모양이 희미하게 새겨져 있었으나 열려 있지는 않은 상태였다. 이곳은 모든 것이 말끔하고 단정했다. 그러나 옥 벽 뒤 멀지 않은 곳에 어딘지 어수선한 곳이 있고 땅바닥에도 긁힌 자국이 생긴 걸 보니, 누군가가 여기서 발버둥을 친 것 같았다. 그 흔적의 끝에는 깨진 바위와 빙설이 잔뜩 쌓여 있었다. 그녀는 궁금한 듯 다가가 돌무더기를 헤집었다. 그러다가 문득 멍해지고 말았다.

옛정

깨진 바위 더미 뒤에는 미라가 한 구 있었다. 노년 남성으로 보였는데 보존이 잘 되어서 죽었을 때의 표정까지 생생하게 남아 있을 정도였다. 그러나 봉지미가 놀란 것은 이 때문이 아니었다. 미라의 발아래에는 아주 작은 사체가 또 있었다. 남자의 손바닥 크기만 하게 말라 쪼그라든 거로 봐서 갓난아기인 것 같았다. 이곳은 기온이 낮고 곳곳에 눈과 얼음이 쌓여, 두 시신이 부패하지 않은 모양이었다. 남자의 얼굴에서 희미하게나마 후회하는 표정을 읽을 수 있었다. 그리고 아이의 자그마한 입은 죽을 때까지 힘차게 울어 젖힌 모양이었다. 이 기묘한 사체 둘을 뚫어지게 바라보던 봉지미의 가슴 속에서 갑자기 한기가 치솟았다. 여기는 인적이라고는 찾아볼 수 없는 산꼭대기이다. 무공이 출중한 사냥꾼이 길을 잃어 오게 되었다고 한다면 그나마 이상할 것 없지만, 이 늙은 남자와 아기의 조합은 결코 우연이랄 수 없었다. 놀랍게도 아이를 감싼 보따리마저도 멀쩡한 상태였는데, 얼음 속에서 누런 귀퉁이가 보였다. 그녀는 무릎을 꿇고 보따리를 뒤집어 보았다. 누런 비단 위에 발가락이 다섯인 금빛 용이 수놓아져 있었다. 그녀의 손가락이 그 위를 짚자, 서늘한 느낌이 마음속까지 전해졌다. 고남의도 두 사체를 살펴보더니, 갑자기 발로 땅바닥의 자잘한 돌을 후벼 팠다. 돌 아래에서 노인이 손가락으로 쓴 것 같은 글자의 자취가 드러났다. 글자를 새기다가 생명을 다한 듯, 앞부분은 글자가 돌에 힘 있게 새겨져 있었지만, 뒤로 갈수록 흐릿해져 거의 알아볼 수가 없었다.

"말제 24년 폭우가 내리는 밤, 옛사람이 단서(丹書)＊황제의 명을 붉은 글씨로 쓴 문서 와 함께 아이를 데려오니, 골짜기를 버리고 가겠다고 응낙하고 설산 제려동으로 향했다. 오는 도중에 아이의 숨결이 점차 가늘어졌다. 밤낮으로 말을 달렸으나 아이의 목숨을 구할 수가 없었으니 참으로 면목이 없다! 나도 갑자기 숨이 턱 막혔다. 언제 맹독에 중독되었는지 모르겠⋯⋯."

이 부분은 그나마 또렷했지만, 그 후로는 뜻이 모호했다. 아마 폭우가 내리던 그날 밤에 있었던 일을 서술한 것 같았다.

"⋯⋯ 아이를 길러 스승의 뜻을 이어 가려 하였으나, 뜻밖의 화를 입었다. 성령 일맥이 이 늙은이에 이르러 끊어지니, 땅속의 스승님 뵙기가 부끄럽구나⋯⋯. 아이를 데려온 옛사람은 쫓기다가 죽음에 이르렀다 하니, 철혈의 충성스러운 맥이 황조의 붕괴와 함께 사그라든 것이 안타깝도다⋯⋯."

봉지미는 이 구절을 반복해서 세 번이나 읽고 나서야 이게 무슨 뜻인지를 눈치챘다. 20여 년 전 폭우가 내리던 밤, 혈부도는 황실의 자손을 데리고 천 리를 달려 아이를 구할 구세주를 찾아냈다. 그러나 반역자의 배신으로 아무도 모르는 골짜기에 묻히고 말았다. 그래서 봉지미가 혼자 무거운 짐을 짊어지게 되었고, 고남의는 부친과 백부를 여의고 강호를 떠돌게 되었다. 이 옛일은 그녀도 종신에게서 들은 적이 있었다. 그러나 그 이야기 속에 등장하는 중요한 두 사람의 행방을 아는 사람은 아무도 없었다. 깊은 골짜기 속에서 지내다가 때마침 나타나 황실의 마지막 자손을 구한 노인, 그리고 황실의 자손으로 위장하여 진짜 황실의 자손이 오기 전에 노인을 떠나게 만든 갓난아기.

이후 일어난 불행한 일들의 답이 바로 여기에 있었다. 노인은 아기를 데려갔다. 그런데 아기는 이미 병들었거나 중독된 상태였고, 얼마 지나지 않아 유명을 달리했다. 노인 역시 자기가 중독된 것을 알았고, 설산에 오른 뒤 생명을 다하고 말았다. 그는 죽음에 이르기 직전, 자신이 임무를 제대로 완수하지 못했다는 사실을 부끄러워했다. 죽는 그 순간까지 그는 자신이 함정에 빠졌다는 것을 깨닫지 못한 것이었다. 봉지미는 그 글귀 앞에 무릎을 꿇고 앉아 내용을 자세히 살펴보았다. 마음속에서 한 가지 의문이 떠올랐다.

"옛사람이 단서와 함께 아이를 데려오니"

여기서 말하는 옛사람은 대성 혈부도의 옛 구성원이라고 이해하면 말이 된다. 그러나 다른 해석이 있을 수도 있지 않을까? 여기서 말하는 옛사람이 그야말로 옛사람…… 그러니까 노인이 예전에 알고 지냈던 사람이지 않을까? 믿을 만한 사람이 아니었다면, 노인이 어찌 그리 쉽게 보따리를 받아들고 한 치의 의심도 없이 곧바로 길을 떠났을까? 만약 이미 알고 지낸 믿을 만한 사람이 아니었다면, 황실의 후손이 갑작스럽게 죽고 자신조차 맹독에 치명상을 입었는데도 어떻게 아이를 전해 준 사람을 의심하지 않을 수 있단 말인가? 노인이 그를 의심하지 않았던 이유는 바로 '아이를 데려온 옛사람이 쫓기다가 죽음에 이르렀다'는 소식을 들었기 때문이었다. 그런데 이 말은 조금 이상했다. 혈부도는 그날 밤, 수령이 황실의 후손을 데려오기 전에 이미 모두 죽었거나 적진으로 뛰어든 후였다. 그렇다면 노인이 들은 사망 소식은 나중에 진짜 후손을 데려왔다가 죽은 혈부도 수령의 부고인가? 그렇다면 옛사람이 가리키는 것은 나의 양아버지이자 고남의 큰아버지인 혈부도의 수령인가? 만약 옛사람이 그렸다면, 노인이 추호도 의심하지 않은 것을 설명할 수 있다. 그러나 실제로 양아버지가 그날 분신술을 써서 두 아이를 차례대로 데려오지는 못했을 것이다.

봉지미는 그 구절을 곱씹을수록 미궁으로 빠져들었다. 그날 쫓아오는 추격병들을 막아서기 위해 차례대로 희생된 혈부도는 노석, 삼호, 고연, 전욱요 순이었고, 마지막에 남은 것은 수령 고형이었다. 그는 황실의 후예를 데리고 산속을 헤맨 지 한 시진도 되지 않아 그 골짜기로 찾아갔고, 습격을 당했다. 만약 반역자가 앞선 세 사람 중에 있다면 분명 고형이 혼자 아이를 데리고 가던 그때, 지름길을 이용해 이미 중독된 아이를 먼저 이 노인에게 데려다준 것이 틀림없다. 그게 누굴까? 안타깝게도 노인이 남긴 그날 밤의 기록은 중요한 내용이 정확하지가 않았다. 봉지미는 탄식했다.

"저들을 묻어 줘."

그들은 바로 그 자리에 단단하게 얼은 빙설 가운데에 구덩이를 파 두 사람을 묻어 주었다. 아기를 구덩이에 넣으려 들어 올렸을 때, 봉지미는 눈을 감고 조용히 '미안하다'고 이야기했다. 어느 집 아이인지 알 수 없지만, 황실의 음모 때문에 희생물이 되었다. 이 아이도 엄마가 고생 고생해서 낳았을 것이고, 기쁨에 겨운 부모의 품 안에서 사랑을 받았을 것이다. 그러나 아이의 생은 그토록 짧았고, 아이는 그녀를 대신해서 죽었다. 얼음과 눈이 구덩이로 덮이고, 풀리지 않는 수수께끼 속에서 스러져 간 두 사람은 그렇게 결말을 맞이했다.

봉지미는 무덤 앞에서 절을 세 번 하고 돌아서서, 돌 심장 뒤의 문을 조용히 바라보았다. 여기는 노인이 이야기한 제려동이 분명했다. 그는 성령 일맥의 일원이었다. 600여 년 전 이름만으로도 천하를 벌벌 떨게 한 십강(十强)의 서열 2위, 성령 말이다. 대성 황조 신영 황후의 스승은 이 문을 여는 방법만 알면 천하의 절대 무공인 성령 무공을 얻는 것은 손바닥에 침을 뱉는 것만큼 쉽다고 했다. 그러나 오랫동안 문을 바라보고 있던 그녀는 씩 웃기만 할 뿐이었다.

"도련님."

봉지미가 고개를 돌려, 고민에 빠진 듯한 고남의에게 물었다.

"더 깊고 심오한 무공을 배우고 싶어?"

고남의는 결연하게 고개를 저으며 봉지미에게 이야기했다.

"내가 천하제일이야."

봉지미는 "응"하고 대답한 후, 뒷짐을 지고 이야기했다.

"무공을 연마한들 뭐하겠어? 아무리 그래 봤자 이 세상에서 가장 강한 건 언제나 운명이잖아."

이어서 휙 돌아선 봉지미가 고남의를 잡아끌고는 문을 등지고 돌 심장을 넘어 호숫가로 돌아왔다. 두 사람은 아무 말도 하지 않았다. 호숫가의 바위에 기대, 호수에 비친 산을 조용히 바라보았다. 햇빛 아래 설산과 얼음 호수가 휘황찬란하게 빛을 발했다. 저녁이 가까워지자, 달이 서서히 떠오르기 시작했다. 물가가 유리처럼 맑은 빛으로 반짝이더니 새파랗고 새하얀 호수 위로 짙푸른 하늘이 무겁게 내려앉았다. 적막 속에서 그가 갑자기 입을 열었다.

"…… 화경에게서 편지가 왔어……."

"쉿, 조용, 아무 말도 하지 마."

봉지미가 손을 들어 고남의의 입술 위를 지그시 눌렀다.

"…… 속세의 피비린내 나는 이야기로 오염되지 않은 최후의 공간을 더럽히지 마……."

사방이 다시 고요해지고, 서로의 고른 숨소리가 들렸다. 그 순간 속세는 멀고 세상은 넓게만 느껴졌다. 그러자 핏빛 분노는 저 산 너머 멀리 사라졌다. 아주 오랜 시간이 흐른 후, 천길만길 하늘 아래 얼음과 눈이 뒤덮인 곳에서 그들은 들을 것이다. 저 멀리 하늘 끝에서 누구의 목소리가 더 크고 신나게 영원불멸의 노래를 부를 것인지.

설산에서 돌아온 후, 봉지미의 생활은 잠시 정상적인 모습을 회복했다. 낙초산으로 탐문을 보낸 호위도 보고를 해 왔다. 그날 신자연이 머물렀던 동굴에서 흙으로 덮은 잿더미를 발견했는데, 그 잿더미 속에 타다 남은 여인의 손수건이 있었다고 했다. 그날 경비가 급하게 궁으로 돌아가는 바람에 수하의 하녀들이 뒤처리하며 흔적을 남긴 것이었다. 여인들은 자질구레한 물건도 많고 그만큼 까탈스럽다. 손수건으로 신자연의 얼굴을 닦은 그 여인은 더러워진 손수건을 다시 쓰고 싶지 않았을 터였다. 그래서 손 가는 대로 불 속에 던져 넣었을 것이고, 다 타지 않은 수건 조각이 꼼꼼한 혈부도 호위의 눈에 띈 것이었다. 옷감을 대조해보니, 그것은 기생집 여인들에게 인기를 끌고 있는 강회의 벽라 비단이라고 했다. 봉지미는 즉시 난향원을 떠올렸다. 경비의 아이를 건네받고 자신의 품에서 죽은 인아가 떠올랐고, 경비가 떠올랐다. 경비는 무희 출신으로 천성에서 가장 총애받는 비가 되었다. 그녀의 숨겨진 세력은 기루의 여인들인가?

봉지미는 탄복할 따름이었다. 가장 존귀한 황가에서 총애받는 비가 아양이나 떠는 기녀들을 몰래 거느리고 있다고 누가 생각이나 했겠는가? 게다가 이 하늘 아래, 기루만큼 복잡다단하고, 관원들이 자주 드나들며, 쓸 만한 소식을 접할 수 있는 곳이 또 어디 있겠는가? 관리 중에서 기생 놀음을 하지 않는 이가 있던가? 관리 중에서 유곽에서 접대하지 않는 이가 있던가? 고관대작치고 기생 출신의 첩을 하나도 거느리지 않는 이가 있던가? 봉지미는 잿더미 속에서 찾아낸 비단 조각을 손에 쥔 채, 입술 사이로 차가운 웃음을 흘렸다. 그녀는 이미 화경의 편지를 보았다. 혁련쟁과 특히 잘 지냈던 화경은 간단하게 쓴 편지에서 기세등등한 살기를 뿜어내고 있었다.

"준비 완료. 바로 칠 수 있습니다!"

몇 글자뿐이었지만, 결의에 찬 마음이 느껴졌다. 천성은 신분 계급이 엄격하고 각종 세금도 무거워 백성들이 무척이나 힘이 들었다. 근 몇 년 사이에는 계속되는 전쟁으로 군량을 마련하기 위해 전장과 인접한 지역의 백성들을 가혹하게 수탈하고 착취하는 일이 심해졌다. 화경은 십만대산에서 제소균의 화봉군 옛 부하, 항명의 항가군, 전국 각지에서 모인 혈부도 수하들을 모아 훈련하는데 박차를 가했다. 그리고 항명의 건의를 받아들여 '청양교'를 창립하고, "청양 아래, 모든 생명을 길러낸다"며 유명한 청양 시조를 받들었다. 또 남쪽 지역으로 조심스럽게 소문을 냈다.

"청양 시조께서 말씀하시길, 천성은 건국 시기가 불길하다. 파군성(破軍星)이 비추는 때 건국을 한 천성은 한 세대 만에 나라가 망하고 진정한 천자가 남쪽에서 일어나 천하에 길이 빛날 것이다."

신도는 수개월 만에 거의 십만에 이르렀다. 시절이 불안정할수록 백성들의 마음이 동요하는 법. 그들에게 가장 필요한 것은 자신들이 감당할 수 없는 삶을 위로해 주고 구원과 희망을 찾게 하는 신의 힘이었다. 포교 활동은 걱정할 필요가 없었다. 혈부도에는 인재가 얼마든지 많았고, 강호를 떠돌던 사기꾼들에게 이렇게 전도유망한 직업은 흔치 않았다. 혈부도는 항상 계급 사회의 최고위층에서만 활동하는 조직이었다. 그런데 대성이 붕괴할 당시 최후의 도망을 가면서 곳곳에서 많은 교훈을 얻게 되었다. 그래서 천성이 건국된 후에는 모두 뿔뿔이 민간으로 흩어져, 각계각층에서 활약하며 하층민들 속에 섞여 들었다. 이런 세월을 거치며 민간의 소식을 전하는 이들은 거의 모든 방면을 두루 섭렵했다고 할 수 있었다. 귀신을 부리는 도사 행세나 승려 역할쯤은 얼마든지 해낼 수 있을 정도였다.

한편, 봉지미가 지금 하려는 것은 바로 고남의와 함께 순의 철기군을 훈련하는 것이었다. 조정에서 온 사신은 제경으로 돌아갔다. 순의 대왕의 사인에 대해서는 이미 모단대비에 의해서 자신도 모르게 어느 정도 노출되었을 터였다. 초원은 분노의 감정으로 불타오르고 있었다. 봉지미가 제지하지 않았더라면, 용감무쌍하고 호전적인 왕의 군대가 일찌감치 말을 타고 남하하여 우주부의 성문을 돌파하였을 것이다.

매일 아침, 고남의는 봉지미 거처의 문밖에 말을 대령했다. 두 사람은 말을 타고 철기군을 훈련하는 산골짜기로 달려갔고, 병사들과 함께 먹고 함께 쉬다가 밤이 되어서야 돌아왔다. 별빛과 달빛 아래 나란히 말을 달리면, 초봄 들꽃에 내려앉은 밤이슬이 말발굽을 적셔 풋풋하고 향기로운 내음이 났다. 밤에는 예전처럼 고남의가 그녀의 옆방에서 잠들었다. 그러나 그녀는 전혀 알지 못하는 사실이 하나 있었다. 그가 침대 위치를 그녀의 침대와 가장 가까운 곳으로 옮겼다는 것을. 두 사람 사이에는 얇은 벽만이 있었다. 매일 밤 그는 손바닥을 벽 아래쪽에 갖다 댔다. 그녀가 이쪽을 보고 있다면 딱 어깨를 쓰다듬을 것이고, 돌아누웠다면 그녀의 등을 쓰다듬을 수 있을 것이라 생각하면서. 그렇게 생각하면 얼어붙은 벽도 따스하게 느껴졌고, 그 온기가 손바닥을 넘어 가슴까지 전해졌다. 온기 속에서 그는 그녀의 숨소리를 들었다. 숨결이 고르고 편안한 것을 확인하고서야 잠이 들었다. 매일 밤 창살을 넘어 들어온 별빛은 편안하게 잠든 그의 입술을 비추었고, 기쁨으로 가득한 얼굴을 환하게 밝혔다. 그녀가 있으니까. 이렇게 가까이에 손바닥으로 느낄 수 있는 거리에 있으니까. 그는 그녀가 몸을 뒤척이는 소리를 듣고 싶지 않았다. 그녀가 일어날 때, 아침 햇살처럼 밝은 표정을 짓는 것이 좋았다. 그는 그녀가 자신의 곁에 있을 때 평온하다는 것을 알았다. 두 사람이 함께 무릎을 껴안고 앉아 초원의 구름을 바라볼 때, 그녀는 고요하고 평온했다. 그는 괜히 쓸데없는 소리를 내서 모처럼 편안해진 그녀를 방해하고 싶지 않았기에 말을 아꼈다. 그는 항상 자신이 그녀를 위해 할 수 있는 것이 너무 작다고 생각했다. 그렇다면 그녀가 조금이라도 더 편안해지는 것…… 그걸로 좋았다. 그와 그녀는 그 이후로 격달목 설산 꼭대기에 가지 않았다. 그곳에 자주 가는 것은 왠지 추억을 모욕하는 거라는 생각이 들었다. 좋은 기억은 마음속에 담아 두는 것이 매일매일 꺼내 보는 것보다 더 여운을 남기는 법이니까.

곧 봄이 지나고 여름이 왔다. 초목이 왕성하게 자라는 초원에서는 날마다 풀 향기가 말발굽을 뒤덮었다. 이날, 봉지미와 고남의는 평소대로 초원과 대월의 접경 지역을 순찰하러 갔다. 막 멈춰선 찰나, 군사들이 겹겹이 수비하고 있는 대월의 성문이 갑자기 열리더니, 털 색깔이 다양한 말 한 무리가 쏟아져 나왔다. 많지는 않았지만 모두 좋은 말이었는데 말을 모는 병사가 없었다. 아마 어디선가 놀란 말 무리가 어쩌다 보니 여기까지 나온 모양이었다. 초원 쪽의 수비병들은 잔뜩 긴장해서, 각자 무기를 손에 들고 말의 등과 배를 유심히 살폈다. 어디선가 적군이 튀어나오지 않을까 염려한 것이었다. 말 무리는 양국 사이에 파놓은 수로 앞까지 달려 나와 멈춰 서더니, 제자리를 맴돌며 히잉히잉 콧소리를 냈다. 성문은 이미 닫혀 있었고 저쪽에서는 아무런 움직임이 없었다. 초원의 수비병들은 서로 얼굴만 마주 보았다. 말 무리는 분명히 이끄는 이가 없었다. 이런 경우에는 말에게 활을 쏴서 가차 없이 죽이는 게 가장 안전한 방법일 것이다. 그러나 초원의 사나이들은 말을 아꼈다. 더군다나 이런 좋은 말을 어디서 얻을 수 있단 말인가? 그들은 말들이 변경 경계비를 넘어서는 것을 보고는 어쩔 수 없지 않냐는 표정으로 그녀를 보았다. 그녀는 가시철조망으로 둘러싸인 대월의 성을 조용히 응시했다. 성문은 굳게 닫혀 있는 채로 수비병들도 보이지 않았으며 적대적인 의도도 없어 보였다. 그녀는 길게 파인 수로 쪽으로 시선을 옮기며 이야기했다.

"초소 빗장을 풀고 말을 끌어와라."

초원의 수비병들은 만면에 희색을 띠고 당장 달려 나가 말을 끌고 들어왔다. 원래는 혹시 모를 꿍꿍이에 대비하려 많은 사람이 가려 했지만, 봉지미가 조용히 일렀다.

"그럴 필요 없다."

말을 데려와 보니, 역시 대부분이 훌륭한 말이었다. 그중에서도 모두의 시선을 끄는 말이 한 필 있었다. 순백색의 말은 털에 잡색이 한 올도 섞여 있지 않았다. 크다고 할 수는 없지만, 자태가 멋지고 비범한 준마였다. 그 주변의 말들도 모두 준수했지만, 그 말과 비교하면 빛을 잃었다. 말들도 그걸 아는지 그 백마와는 거리를 두었고, 가운데 홀로 선 말은 거만한 표정으로 다른 말과 어깨를 나란히 하지 않았다.

"저건…… 려마인가?"

한 수비대 조장이 옆에 있는 수하의 어깨를 붙잡으며 말했다.

"어이, 저건 려마 아니야?"

"에이, 말도 안 돼요!"

수하는 귀찮다는 듯 어깨를 틀었다.

"수만금을 주어도 구하기 어렵다는 려마가 어떻게 갑자기 여기서 나타납니까……."

그러나 두 눈으로 말을 유심히 살핀 그는 말을 더듬기 시작했다.

"설마…… 그게……."

봉지미가 이미 말 쪽으로 다가가고 있었다. 그녀의 매서운 눈이 백마의 등에 달린 보따리를 발견한 것이다. 보따리를 열어 보니 작은 병과 서신이 들어 있었다. 서신의 겉봉에는 이렇게 쓰여 있었다.

'호탁 인이길 씨 왕정에 바칩니다.'

필적이 익숙했다. 진사우의 것이었다. 서신을 손에 든 봉지미는 잠시 멍하니 있다가 천천히 열어 보았다. 봉투 속에는 또 다른 봉투가 들어 있었다. 위에는 '작약이 친히 뜯어보시오.'라고 쓰여 있었다. 분명 그녀에게 보낸 것이었다.

'그간 잘 지냈느냐?

순의왕이 승하했다는 소식은 이미 이곳 경도에도 전해졌다. 너는 반드시 초원으로 돌아올 것이라고 짐작했다. 네가 어떤 신분으로 오든, 우리 대월의 변경으로 정찰을 오게 되겠지. 아마도 대월의 변경을 보러왔다는 것은 네가 마음속에 품던 일을 행동으로 옮기려 한다는 뜻일 것이다. 소백(小白)을 보내니, 길들일 수만 있다면 너의 목숨을 다투는 위급한 때에 쓸모가 있을 것이다.

편지에 쌍생고(雙生蠱) 해독약도 함께 부친다. 하지만 작년에 네가 대월에 오지 않은 걸 보면 아마 약이 필요가 없는 듯하니 이렇게 보내는 것도 괜한 짓일 수 있겠다만……. 원래는 이걸 남겨 두고 대월로 오도록 하려고 했다. 대월의 겨울 단풍나무에 눈이 쌓인 것을 너에게 보여 주고 싶었다. 그러나 그게 망상에 불과하다는 것을 새삼 깨달았다. 이번 생에 너와 다시 만나기는 어려울 터이지. 내가 이 약을 가지고 있다 해도 쓸모가 없을 텐데, 괜히 볼 때마다 가슴만 답답할 것 같아 전부 보내는 것이다. 버리든 갖든 네 마음대로 해라.

나는 잘 지내고 있다. 그때 그렇게 떠나고 나서 모든 일이 순탄하다. 나를 염려하지는 않겠지만 이렇게라도 말하면 한 번이라도 내 걱정을 하게 되지 않겠느냐? 설혹 아무 걱정하지 않는다 해도 어쨌든 그걸 인정할 수밖에 없게 되겠지.

네가 무슨 생각을 하는지 전혀 짐작조차 할 수 없으니까 앞으로 무슨 일이 일어날지 모르겠구나. 하지만 이 말 한마디는 꼭 전하고 싶다. 대월의 겨울, 눈이 쌓인 단풍나무는 정말로 아름답다.

이만 줄이며 내내 평안하길 바란다.'

서신은 간략했다. 봉지미는 몇 번이나 읽더니 한참 동안 한숨을 내쉬었다. 그리고 서신을 챙긴 후, 고개를 들어 그 절세 준마를 바라보았다. 얼떨떨하여 아무 말도 나오지 않았다. 진사우는 앞으로 그녀가 할 일을 어렴풋이 알아채고 이런 방법으로 소백을 보내온 것이다. 절세 준마인 려마 한 필이면 위급할 때 목숨을 구하기에 충분했다. 그는 그녀가 포원에 갇혀 있을 때 혁련쟁이 직접 구출하러 온 것과 몇 가지 단서를 바탕으로 위지의 진짜 신분이 무엇인지 알아채게 되었다. 그래서 그녀가 분명 초원으로 돌아올 것이라고 확신했고, 접경에 있는 성에 수하를 보냈다. 그리해 놓고 그녀가 이곳을 순찰하러 오길 기다려 천 리 밖에서 말을 선물하며 옛정을 기렸다.

이 방법은 물론 위험 부담이 있었다. 충성스러운 초원의 남자들이라면 서신을 발견했을 때 분명히 왕정으로 보냈겠지만, 만약 오늘 온 사람이 봉지미가 아니거나 서신이 조정 밀정의 손에 들어갔다면 분명 큰 문제가 생길 수 있으니 말이다. 그러나 그녀는 진사우가 그런 것 따위는 신경 쓰지 않았을 것으로 생각했다. 그와 그녀의 관계는 복잡 미묘했기 때문이었다. 적이기도 하면서 벗이기도 하니, 그녀에게 폐를 끼친다고 신경 쓸 사람이 아니었다. 만약 이 일로 천성에서 쫓겨나 대월을 떠돌기라도 한다면 오히려 더 좋아할 것이다. 그는 서신의 말미에 '대월의 겨울, 눈이 쌓인 단풍나무는 정말로 아름답다.'라고 적었다. 그 말은 당신이 오기만 한다면, 대월은 영원히 당신을 보호하겠다는 뜻을 담고 있었다.

봉지미는 서신을 움켜쥐고 멀리 성문 쪽을 바라보았다. 몇 년 동안 진사우는 그녀가 배 위에서 내놓았던 계책을 엄격하게 실천하며, 하나씩 착실하게 쌓아 경도에 한 걸음씩 다가서고 있는 중이었다. 얼마 전에 대월의 아홉째 공주가 황위를 찬탈하려는 음모를 꾸미다가 진사우의 손에 궁 앞에서 죽었다는 것을 봉지미도 알았다. 아홉째 공주는 대월에서 이번 세대로는 유일하게 남은 황족 후손이었다. 이제 경도는 진사우의 손아귀에 들어간 거나 마찬가지였다. 늙은 대신들은 새로운 주군의 즉위 조서를 꾸미느라 바쁠 것이다. 진사우는 그렇게 바쁜 와중에 이런 일을 벌이는 것이 조금은 번거로웠을 것이고, 가식적인 모습도 유지하기가 힘들었을 것이다. 어쩌면 봉지미 앞에서는 굳이 유지하고 싶지 않을 수도 있었다.

봉지미는 희미하게 미소 짓고는 고개를 돌려 려마를 바라보았다. 려마는 대성의 개국 제후가 타던 말의 자손이라고 알려졌다. 대월의 장청 산맥에서 나는 가장 우수한 명마의 핏줄이었지만 존귀하고 거만한 성격 탓에 길들이기가 무척 어려운 종이었다. 심지어 황족 혈통이 아닌 사람들은 '제왕의 말'이라 불리는 이 명마를 타 볼 수도 없었다. 소백은 모습으로만 봐서는 려마와 똑같다고 하기가 어려웠다. 보통 려마보다는 몸집이 조금 작았기 때문이었다. 그러나 눈동자에서 뻗어 나오는 광채는 진사우가 타던 려마보다 더 강렬했다. 그녀는 이 말이 가장 좋은 려마가 틀림없다고 생각했다. 그는 주변의 시선을 고려해 생김새가 려마 같지 않은 말을 일부러 골라 그녀에게 보낸 것이었다.

봉지미는 말에게 사뿐사뿐 다가갔다. 소백이 그녀에게 호기심 어린 눈빛을 보냈다. 성질을 부리는 모습은 아니었다. 그녀는 말목을 껴안고 귀를 쓰다듬었다. 그리고 낮게 몇 마디를 속삭였다. 소백은 말머리를 돌리더니 그녀의 얼굴에 부드럽게 문질렀다. 이 모습을 진사우가 보았다면 깜짝 놀라 눈물방울을 떨굴지도 모를 일이었다. 그는 유난히 자존감이 강한 이 말을 길들이는 데 장장 석 달이 걸렸기 때문이었다.

"이건 려마가 아니야. 그래도 좋은 말이니 거절할 수는 없지."

봉지미는 자신이 얼마나 운이 좋았는지 깨닫지 못한 채, 말의 머리를 토닥이면서 초원의 사내들에게 해명했다. 그녀는 해독약을 챙기고는 품속에서 병을 하나 꺼냈다. 그리고 붓을 가져오라고 시켰다. 그러나 초원의 변방, 일자무식인 병사들에게 붓이 어디 있겠는가? 그들은 타 다 남은 숯 토막을 아무렇게나 집어와 미래의 대성 황제에게 건넸다. 그녀는 숯으로 몇 글자를 휘갈겨서는 병과 함께 보따리에 넣어 말 한 마리의 등에 묶었다.

"가장 좋은 말 몇 마리만 골라서 남기고 나머지는 원래대로 돌려보내라."

호탁의 사나이들은 골라내고 남은 말들을 맞은편으로 돌려보냈다. 봉지미의 답신을 묶은 말도 그중 하나였다. 말 무리가 다시 수로를 넘어가는 것을 보고 그녀는 경쾌하게 웃으며 돌아서서 말에 올랐다. 그녀가 손을 내뻗자, 고남의도 훌쩍 말에 올라타서는 그녀 뒤에 앉아 신이 난 듯 소리를 질렀다.

"좋네!"

봉지미가 뒤를 돌아보았다. 내려앉는 땅거미 속에 멀리 대월의 성이 고요히 서 있었다. 저녁노을이 감싼 성은 포원에서 그녀를 안고 여유만만하게 복도를 거닐던 그 사람처럼 웅대한 느낌이었다. 그때 그 복도는 길고 길어서 마치 끝이 없는 듯했다. 몇 년이 지난 후, 구룡의 면류관은 속세와의 갈등을 끊어냈고, 진사우는 이제 저 멀리에 있다.

봉지미는 고개를 살짝 돌려 채찍을 휘둘렀다. 그녀의 시원스러운 채찍 소리가 눈부시게 찬란한 황혼 녘을 밝혔다. 그녀는 흙먼지를 일으키며 달려 나갔다. 다그닥 다그닥 말발굽 소리에 진사우를 향한 답장을 실어 보냈다.

"온 천하에 바람이 불어 닥치니, 각자 몸조심하길!"

바람이 한번 불었을 뿐인데, 계절은 가을을 지나 겨울이 찾아왔다. 길가의 나무들이 노랗게 변하고 낙엽을 떨구자, 세상에는 스산하게 부는 바람 소리만이 남았다.

제경으로 향하는 길, 기다란 행렬이 줄지어서 천천히 이동하고 있었다. 행렬은 순의 왕비의 의장대였다. 작년에 순의 대왕이 승하하고 난 후, 늙은 황제는 자신의 수양딸을 기억해냈다. 그리고 왕비를 어서 빨리 제경으로 데려와야 한다고 했다. 운수 사나운 아이를 가족의 정으로 감싸 위로해야 한다는 것이었다. 왕비는 슬픔을 핑계로 줄곧 꼼짝도 하지 않고 있다가, 이듬해 10월이 되어서야 명령을 받든 관부의 재촉에 못 이겨 제경으로 출발했다.

"해가 짧아졌어. 역참까지는 아직 10리나 남았는데 말이야."

호위대장은 초원 왕족의 표식이 조각된 마차 앞으로 달려가 큰 소리로 보고했다.

"왕비마마, 계속 길을 갈지 아니면 묵을 곳을 찾을지, 명령을 내려주십시오."

창문 발이 살짝 걷히더니 침착한 봉지미의 목소리가 흘러나왔다.

"여기서 야영을 하자꾸나. 밤에 길을 가는 건 안전하지 않다."

호위대장은 명을 받들었다. 봉지미는 마차 안에 얌전히 앉아 일사불란하게 움직이는 바깥의 소리를 들었다. 그녀가 제경으로 출발했을 때, 고남의도 행색을 바꾸고 그녀와 함께 길을 떠났다. 그런데 농북에 도착한 후로는 곧바로 이별을 고했다. 돌아가서 지효를 돌보고 서량도 살피면서 상황을 보다가 필요할 때 다시 뭉치려는 것이었다. 게다가 고남의는 위지의 유명한 수행 호위였다. 그녀가 봉지미의 신분으로 제경으로 돌아가는 지금, 그가 그녀 곁에서 모습을 드러내는 건 적절치 못했다. 이곳은 강회와 가까운 농북의 경계 부근이었다. 사나흘만 더 길을 재촉하면 제경에 닿을 수 있었다. 그녀는 급할 것이 없었다. 지금 조정의 국면이 하루가 다르게 바뀌니, 느긋한 것이 더 나을 것이었다.

영혁은 태자로 책봉해 달라는 위지와 신하들의 상소로 인해 호되게 당한 이후로 황제의 의심을 사게 되었고, 언제든 입궁하고 황제를 알현할 수 있는 권리도 박탈당했다. 부자는 거의 반년 가까이 사적인 만남을 갖지 않았다. 그 덕분에 7황자의 세력이 크게 성장하였다. 원래는 꼼짝도 못 하고 숨죽이던 7황자의 진영이 영혁의 실권 이후 곧바로 부상하였고, '현왕'의 이야기가 다시금 조정을 뜨겁게 달구었다. 그에 비교해 영혁은 가만히 웅크리고 앉아 때를 기다리고 있었다. 초왕이 비바람에 흔들리는 약한 존재처럼 보이자, 7황자 진영에서는 어깨에 힘이 잔뜩 들어갔다. 그래서 전방에서 감군을 맡은 7황자를 꼬드기기 시작했다. 아예 폐하께 주청을 넣어 군대를 직접 이끌고 확실한 전공을 쌓으면 금상첨화일 것이라는 이야기였다. 7황자는 신중했다. 그런데 그가 망설이는 사이에 조정에 있는 그의 쪽 대신들이 잇달아 그를 칭찬하는 말을 아뢰었다. 결국 천성 황제는 7황자에게 남쪽을 토벌하는 대군을 맡기고, 독립을 꾀한 장녕번과 교전을 허락한다는 명령을 내렸다. 7황자는 첫 전투에서 승전보를 울렸다. 목을 벤 적의 수가 삼천이나 되는 대승이었다. 승전보가 전해지자 조정에서는 기뻐서 난리가 났고, 그의 공을 칭송하는 소리가 끊이지 않았다. 그런데 뜻밖에도 7황자가 수하들이 제멋대로 날뛰게 내버려 두었다는 폭로가 터져 나왔다. 그들이 선량한 백성들의 머리를 잘라, 마치 적군의 수급인 것처럼 가장했다는 것이었다. 그들이 마을 셋을 학살하여 근처 백 리 안에 사람이라고는 찾아볼 수 없게 되었다는 소문이 파다했다. 이 소식이 퍼지자, 농북의 백성들은 분기탱천하여 군영 관아로 쳐들어갔다.

이 틈을 타 '청양교'는 포교에 열을 올렸다. 조정이 시대의 흐름을 거스르니 천명이 영원하지 못한다고 꼬집자, 짧은 기간에 수만이나 되는 신도들이 모여들었다. 이 소식이 조정에 전해지자 황제는 진노하여 즉시 사람을 보내 철저히 조사할 것을 명했다. 이어지는 후속 조치들은 모두 극비에 부쳐, 누가 농북으로 사건을 조사하러 가게 될지 봉지미조차 알 수가 없었다. 그러나 이 일이 보나 마나 영혁의 작품이라는 사실은 분명했다. 그녀는 이 일이 흘러가는 상황을 보고 영혁의 짓이라는 것을 눈치챘다. 그의 수법은 늘 자기의 약한 모습을 보여 상대가 방심하게 만들고 더 높은 곳으로, 더 높은 곳으로 오르게 만들었다. 그러고 나서 사다리를 치워버린 후, 더 아래로 더 바닥까지 곤두박질치기를 기다렸다. 그런 속셈이었기에 7황자가 큰 승리를 거둔 후, 그렇게 입에 침이 마르도록 칭찬을 아끼지 않은 것이었다. 그는 황제가 크게 기뻐하며 상을 내리도록 바람을 넣었고, 황제는 나라를 위해 충성하는 7황자의 본보기를 전국으로 알리라는 명까지 내렸다. 7황자는 그 맛에 취해 분별력과 경계심을 잃었고, 그렇게 절정으로 치달았다. 그리고 이제 다시는 되돌릴 수 없다는 것을 안 그 순간, 그는 천 길 낭떠러지로 미끄러지고 말았다. 이런 상황에서 체면을 구긴 황제가 어찌 화를 내지 않을 수 있단 말인가?

봉지미는 가벼운 한숨을 내쉬었다. 청양교는 지금까지 조용하고 비밀스럽게 움직여 왔기 때문에 관부의 주목을 받지 않았다. 전쟁 통에 외부 소식에 깜깜인 남쪽 지역 몇 군데를 제외하고는 포교 활동을 조심스럽게 진행해 왔다. 그러나 이제 상황은 불 보듯 뻔했다. 영혁이 그들의 존재를 알았으니 농북에서 일어난 학살 사건을 이용해 청양교의 일을 까발릴 것이다. 그녀는 청양교가 남쪽 지역 외의 곳에서는 그렇게 공격적인 포교를 하고 있지 않다고 생각했다. 하지만 영혁이 그렇다면 그런 것이다. 앞으로 당분간은 남쪽 지역 외 다른 곳에서 급속도로 세력을 키울 생각은 하지 못하게 되었다.

봉지미는 손깍지를 끼고 앞으로의 일을 생각했다. 이제 그녀는 홑몸이 아니었다. 그녀에게는 너무나 많은 사람의 생사화복이 달려 있었다. 그런데 자신의 비밀은 영혁의 손에 있으니, 그녀의 생사는 그의 마음에 달린 셈이었다. 이 점이 너무나도 두려웠다. 그는 지금까지 비밀을 발설하지 않았고, 계속해서 그녀와 적이 되고 싶지 않다고 했다. 그러나 일이 이렇게 된 이상, 두 사람은 이미 적이었다. 그가 여태껏 그녀의 비밀을 폭로하지 않았다고 해서 앞으로도 괜찮을 것이라고 생각하는 것은 너무 유치하고 우스운 일이었다. 그 역시 대단한 야심을 지닌 사람인데, 황가의 강산을 누군가가 파 헤집는다고 생각하면 어찌 보고만 있을 수 있단 말인가? 하물며 그 강산은 곧 자신의 것이 될 것인데 말이다. 그가 원하지 않는다 하더라도 괜찮을 수 있겠는가? 그의 주변에는 누군가가 항상 그를 대신해 노심초사하며 매일같이 일을 벌였다. 신자연과 같은 사람들 말이다!

봉지미는 한숨을 쉬었다. 요 며칠 사이, 항명, 제소균 등에게서 온 밀서를 떠올렸다. 모두가 은연중에 초왕의 음흉함을 이야기했다. 그러면서 그녀가 이번에 제경으로 돌아간 참에 결판을 내야 한다고, 그러지 않으면 큰일을 그르칠 거라는 뜻을 넌지시 알려왔다. 눈을 감은 그녀는 가슴이 울렁거렸다. 얼굴에 갑자기 차가운 기운이 느껴져 손으로 만져 보니 눈송이였다. 조금 전에 제대로 덮지 않은 마차의 창문 틈 사이로 들어온 눈발이 그녀의 얼굴에 와서 닿은 것이었다.

눈이 내렸다. 봉지미는 눈송이를 조심스레 잡아 손바닥 위에 올려놓았다. 가지 끝의 형태가 분명한 눈꽃이 손바닥 위에서 영롱하게 빛났다. 그녀는 눈꽃의 이파리 개수를 천천히 세어 보았다.

"죽인다, 안 죽인다, 죽인다, 안 죽인다, 죽인다……."

다 세기도 전에 눈꽃이 녹아 피부 속으로 차갑게 스미었다. 죽일지, 안 죽일지 끝까지 결론은 나지 않았다. 봉지미는 손바닥을 말아서 차가운 기운을 꽉 움켜쥐었다. 수를 그렇게 천천히 센 것은 그녀 역시 결과를 마주하기 싫어서가 아니었을까? 그녀는 눈을 감았다. 사방의 공기가 무겁게 내려앉고 머리 위로 찬바람이 쌩쌩 맴돌았다. 음산하고 무서운 그 소리는 마치 수많은 원혼이 울부짖는 것처럼 들렸다.

장희 22년 초, 눈이 내리는 농북의 밤. 봉지미의 마차 행렬에서 1리 정도 떨어진 곳에 7황자의 수하가 적의 수급으로 위장하기 위해 주민들을 학살했다는 세 마을이 있었다. 그 마을에서 1리 남짓 떨어진 곳에는 또 다른 마차 행렬이 있었다. 그들은 덜컹거리는 마차를 끌고 죽어 버린 마을로 조용히 들어가는 중이었다. 그리고 마차 행렬에서 1리 밖의 숲에서는 복면을 한 자들이 휘날리는 눈발 속에 웅크리고 앉아, 형형한 눈빛으로 죽음의 마을을 바라보았다. 그들은 마차가 오길 기다리며 칼에 빛이 반사되지 않도록 검은 칠을 했다.

장희 22년 말의 농북여도에는 이 세 지점이 기록된다. 그 삼각형을 이룬 각 지점이 아주 천천히 서로를 향해 가까워지고 있었다. 그리고 세 지점의 중심에는 고요하게 눈보라를 맞으며 서 있는 봉지미의 마차 행렬이 있었다.

호랑이 굴속으로

밤새 북풍이 몰아쳐 눈꽃이 춤을 추며 흩날렸다. 처음에는 성기던 눈발이 나중에는 촘촘해져서 점점 지면을 하얗게 뒤덮었다. 노숙하기에는 마땅치 않은 날씨였다. 호위대장은 주변에 묵을 만한 인가나 사당이 없는지 부하들을 보내 알아보았지만, 그런 곳을 찾지 못했다.

"어떻게 그럴 수 있다는 말이냐?"

호위대장이 초조한 듯 이야기했다.

"여기는 궁벽한 시골도 황량한 들판도 아니잖아. 강회에서도 그다지 멀지 않은데 어째서 인가가 없다는 것이냐?"

한 호위가 주저하다 대답했다.

"대인, 그게 원래는 마을이 있었습니다. 그런데 얼마 전에 근처에서 학살이 있었습니다. 그래서 귀신이 나온다는 얘기에 이 부근 촌락 사람들이 전부 다 이사를 했다 합니다."

호위는 멀지 않은 곳에 보이는 마을을 가리키며 호위대장의 귓가에 몇 마디를 속삭였다. 그러자 대장의 낯빛이 달라졌다. 이때 창문 발이 걷히고 봉지미가 대뜸 말했다.

"근처에 마을이 있으면 묵었다 가자."

"왕비마마……."

봉지미는 더는 토를 달지 말라는 듯 문 발을 내려 버렸다. 호위대장은 이를 악물고 손을 휘둘렀다. 마차 행렬이 움직였고, 금세 한 마을에 도착했다. 대장은 그나마 깨끗한 몇 집을 골라 그녀를 안내했다.

"역시 썰렁하구나."

봉지미가 마차에서 내려 집 안으로 들어가려는데, 코끝에 이상한 냄새가 스쳤다. 멈춰 선 그녀는 갑자기 안색을 바꾸고 말했다.

"여기서 머물지 않고, 그냥 간다."

"네?"

호위대장은 봉지미의 이랬다저랬다 하는 명령에 영문을 모르겠다는 듯한 태도였다. 그녀는 돌아서서 마차에 다시 올랐다. 호위대장이 얼이 빠져 있자, 그녀는 차에 올라앉아 그를 재촉했다.

"안 가?"

호위들은 어쩔 수가 없었다. 속으로 귀하신 분들은 역시 시중들기가 까다롭다는 생각을 하며 대오를 정비해 마을을 가로질렀다. 봉지미는 길을 재촉했지만, 눈이 내린 후의 땅바닥이 질척거려 바퀴가 자꾸만 진창에 빠졌다. 그래도 그녀는 멈추라는 지시를 하지 않았고, 모두 땀을 뻘뻘 흘리며 앞으로 나아갔다. 간신히 몇 리를 벗어나자, 그녀가 뒤를 돌아 마을을 바라보며 한숨을 쉬었다.

"보아하니 다 온 것 같구나. 근처에 숲이 있으니 거기로 가서 마차 위에서 쉬자."

호위들은 감옥에서 풀려나기라도 한 것처럼 얼른 말과 마차를 숲으로 이끌었다. 그런데 몇 걸음을 떼었을 때, 갑자기 멀리서 '슈욱' 하는 소리가 들리더니 금색 불꽃이 하늘 위로 솟구쳤다. 불꽃이 반경 수 리 안을 환하게 밝게 비추었다. 조금 전에 지나쳐 온 그 마을에서 사람들의 그림자가 움직이는 것이 보였다. 서로 치열하게 싸우는 중이었다. 불꽃이 밝혀진 곳에 커다란 그림자가 있는 것도 똑똑히 보였다. 그 사람은 칼을 휘두르던 중, 무수한 칼자루에 맞아 쓰러졌다. 마치 소리 없는 그림자연극을 보는 것 같았다. 피를 튀기는 무시무시한 살육전이었다. 모두가 얼떨떨한 채 그 방향을 바라보고 있었다. 몸을 튼 자세 그대로 굳어 버린 그들은 이 불꽃이 밝혀지지 않았다면, 뒤에서 일어나는 살인 현장을 몰랐을 것이라는 생각이 들었다. 왕비가 그 마을에 머무르지 않겠다고 하지 않았다면, 여기 있는 자신들도 저 싸움에 휘말려 들었을지 몰랐다. 요즘같이 천하가 뒤숭숭한 시기에 대로변에서 멀지 않은 마을에서 아무 거리낌 없이 이런 짓을 벌인다는 것은 그 배후가 아주 막강하다는 뜻이었다. 그러니 이런 일에 휘말렸다면, 어디 목숨이나 부지할 수 있었겠는가? 환한 불꽃이 사그라들자, 일행들은 어둠 속에서 천천히 시선을 돌렸다. 잠깐 사이에 식은땀으로 등이 흥건히 젖어 있었다.

"왕비마마······."

호위대장이 송구하고 감격스러운 듯 봉지미를 불렀다. 그녀는 손을 저으며 그의 말을 막았다.

"아직 저들의 매복 범위를 벗어나지 못한 것일 수도 있어."

봉지미가 말하자 모두가 긴장했다. 호위대장이 침을 꿀꺽 삼키고 말했다.

"보아하니 기습당한 쪽도 지위가 낮지 않아 보입니다. 금색 불꽃도 벼슬이 높은 귀족들만 쓸 수 있으니까요. 부근의 관부에서 그 불꽃을 보고 달려올 것 같습니다만······."

"그런가?"

봉지미가 냉소했다. 내리깔린 눈빛이 냉랭했다.

"이런 곳에 매복하고 습격을 일삼는 자가 관부 따위를 무서워하겠느냐? 기다려 봤자 아무도 안 올 거야."

누가 오겠는가? 추측이 틀리지 않는다면, 이곳은 7황자의 수하가 학살을 벌였던 곳이었다. 마을 사람들을 죽여서 거짓으로 전공을 세우는 데 현지 관부를 속일 수는 없다. 상이 내려졌을 때, 그 지역 관부도 틀림없이 제 잇속을 적잖이 챙겼을 것이다. 그런데 지금 조정에서 사람을 보내어 주변을 탐문하기 시작하자, 7황자는 상대방을 아예 그 마을에서 몰래 죽이려고 한 것이다. 여차하면 비적 떼나 청양교에게 책임을 떠넘기면 되니, 싹 죽여 버리는 것이 깔끔할 것이다. 그러니 관부가 이 일에 참견하지 않는 것은 물론, 오히려 누군가가 관부와 내통하고 있을지도 몰랐다.

봉지미는 마차 안쪽에 기대어 멀리서 들려오는 비명과 싸움 소리를 조용히 듣고 있었다. 어지럽게 불어오는 북풍은 죽음 직전의 외마디 비명과 쉽게 섞여 들었다. 그러나 그녀는 매복한 인원이 적지 않음을 가려낼 수 있었다. 7황자는 꽤 출혈이 클 것이었다. 아까 그녀는 마을로 들어섰을 때, 약물의 향 같은 것을 감지했다. 독약은 아니었고, 아주 차가운 성질을 갖는 약재 중 하나인 것 같았다. 언젠가 종신이 어떤 약물은 보조적으로 쓰이지만, 숨은 병을 앓고 있는 사람에게는 독약보다도 오히려 약효가 강하다는 이야기를 한 적이 있었다. 그래서 그녀는 몰래 숨어 있던 사람들에게 우리는 이 흙탕물에 휘말리고 싶지 않다는 뜻을 표하며 즉시 물러난 것이다. 그리고 초원 왕비의 마차라는 표식이 그들에게 어느 정도 불편함을 준 것 같았다. 아직 아무런 움직임을 보이지 않고 있으니 말이었다. 눈앞의 살육전이 점점 마무리되고 있었다. 그들이 이미 목적을 달성한 것일까? 아니면······.

봉지미는 갑자기 눈을 뜨고 눈꼬리를 치켜세웠다. 다른 방향에서 무공이 출중한 자 여럿이 빠르게 다가오고 있었던 것이다! 난장판이 된 마을을 수습하기 위함인가? 아니면 자기편을 도우러 온 것일까? 그녀는 꼼짝도 하지 않고 앉아 있었다. 손만 창문 밖으로 뻗어 수신호를 보냈다. 조정의 호위들은 그녀의 손짓을 이해하지 못하였으나 그녀의 암중 호위들은 즉시 뜻을 알아채고 소리 없이 움직였다. 그들은 적에게 맞서기 유리한 지형을 찾아서 한쪽 무릎을 꿇고 앉았다. 손은 등 뒤로 뻗어 칼자루를 움켜쥐었다. 조정의 호위들은 그들이 무엇을 하려는지 정확히 몰랐지만, 무슨 일이 일어날 거라는 것은 어렴풋이 눈치챘다. 호위대장이 하얗게 질린 얼굴로 손을 휘저었다. 호위 무리가 얼른 허리를 숙이고 다가와 마차 옆에서 한쪽 무릎을 꿇고 앉아 활에 화살을 걸었다. 그리고 두 눈을 커다랗게 뜨고 짙은 어둠을 경계하듯 주시했다.

휙휙.

옷자락이 바람에 스치는 소리가 연달아 들려왔다. 눈앞이 번쩍이는 것 같더니, 사방이 복면을 쓴 사람들로 둘러싸였다. 호위대장은 마른 침을 삼키고 일어나 외쳤다.

"웬 놈들이냐! 소속을 밝혀라! 나는 호탁의 왕비, 성영 군주의……."

"죽여라!"

"죽여라!"

두 명령 소리가 동시에 울려 퍼지며 대장의 말을 끊었다. 한쪽은 복면 살수의 소리였고, 한쪽은 봉지미의 목소리였다! "죽여라" 하는 소리가 입에서 떨어지자마자, 어둡고 검은 그림자들이 번뜩였다. 그들은 휘날리는 눈비를 뚫고 순식간에 공중에서 맞닥뜨렸다!

챙그랑!

공중을 가르는 복면의 칼이 무지개처럼 번쩍이며 상대방의 머리를 그대로 내려찍었다!

퍽!

혈부도 암중 호위는 칼을 피하지 않고 공중에서 무릎을 꺾어 올렸다! 둔탁한 소리와 함께 무릎이 상대의 복부에 가서 꽂혔다. 구멍에서 선혈이 뿜어져 나오는 가운데, 검광의 기세가 수그러들더니 자신의 가슴에 무릎을 찍어 넣은 호위의 손으로 떨어져 내렸다. 검을 손에 넣은 호위는 곧바로 칼을 찔러 넣고 휘둘렀다! 머리 십여 개가 우수수 떨어져 내리고, 공중에는 핏방울이 비처럼 보슬보슬 흩날렸다! 단칼에 십여 명이라니! 그는 흉폭하고 매처럼 예리했다! 피도 눈물도 없는 냉혈한과 같았다! 비릿한 피가 조정 호위들의 머리 위로 떨어져 내렸다. 그들은 목석처럼 굳어서 피를 닦아낼 생각도 하지 못했다. 눈 깜짝할 사이에 벌어진 장면에 넋을 잃은 것이다. 그들이 어디서 이런 신출귀몰한 기술을 보기나 했겠는가? 심장이 두근거리고 정신이 혼미해지며 마치 악몽 속으로 곤두박질친 것 같았다. 한 어린 시위는 손을 들어 얼굴에 묻은 피를 닦다가, 눈을 뒤집으며 쿵 하고 기절해 버렸다. 휙휙 하는 소리와 함께 혈부도 암중 호위가 땅으로 내려왔다. 그는 바닥에 나뒹구는 적의 머리를 아무렇게나 차내면서 만족스러운 듯 무릎을 높이 들어 올렸다. 어둠 속에서 밝은 빛이 번쩍거렸다. 그는 무릎에 갈고리가 박힌 철제 보호 장구를 차고 있었다. 그래서 어디든 부딪히기만 하면 거대한 구멍을 뚫어 버릴 수가 있었다! 복면을 쓴 이들의 무공도 나쁘지는 않았다. 그런데 그들은 적을 우습게 보았다. 게다가 이런 볼품없는 행렬 속에 무서운 살인귀가 있을 거라고는 상상도 하지 못하였다.

봉지미 역시 창문 발을 움켜쥐고 그들을 멍하니 보았다. 암중 호위들은 그녀도 아직 낯설었다. 그녀가 떠나려고 하자, 종신이 특별히 뽑아서 붙여 준 이들이었기 때문이다. 종신은 그녀에게 이들이 정보 수집을 위해 몸을 숨기는 그런 호위들과는 다르다고 했다. 이들은 혈부도의 진정한 철위대로서 살인 기술만을 배워 왔고, 할 줄 아는 것은 칼부림뿐으로 사납기로는 천하제일이라고 했다. 그렇지만 이건 좀 너무…… 사나웠다.

숲속은 순식간에 적막에 휩싸였다. 핏방울이 얇게 덮인 눈 위에 흩뿌려서 바닥은 불그스름해졌고, 여기저기로 데굴데굴 구르는 머리통 덕분에 아수라장이 되었다. 상대 역시 이 절대 무공에 깜짝 놀랐는지, 자기도 모르게 뒷걸음질 치기 시작했다.

"여러분!"

적막이 흐르는 가운데, 한 여인의 온화하면서도 시원스러운 목소리가 마차 안에서부터 흘러나왔다.

"오늘 밤의 일은 서로의 오해입니다. 그쪽은 사람을 해하려 하였고, 우리 쪽은 자신을 보호하려 한 것뿐입니다. 우리는 이곳을 지나 조용히 묵을 곳을 찾고 있습니다. 괜한 말썽을 일으키고 싶지 않네요. 오늘 밤이 지나면 각자 갈 길을 가고 다시 얽히지 맙시다. 구태여 서로 목숨 걸고 싸울 필요가 있을까요?"

숲을 포위하고 있던 복면들의 눈빛이 흔들렸다. 봉지미의 뜻을 알아차린 그들이 망설이기 시작한 것이다. 그녀의 시선이 창문 발을 넘어 바닥에 쓰러진 시체로 향했다. 그중 한 시체의 젖혀진 옷자락 사이로 몸에 찍힌 낙인이 살짝 드러났다. 감옥에서 사형수에게 남기는 표식이었다. 그리고 다른 시체의 칼집에는 일부러 갈아낸 흔적이 남아 있었다. 그녀의 기억이 틀리지 않는다면 그 칼은 군용 칼이고, 갈아 버린 부분에는 군대의 표식이 있어야 했다. 사형수와 군사를 동시에 움직였다. 관부와 군대가 이미 이 싸움에 개입했다는 뜻이었다. 규모 또한 예사로 넘길 만한 수준이 아니었다. 방금은 자신의 호위가 어쩌다 보니 상대를 놀라게 했지만, 정말 여기서 죽게 된 마당에야 그들과 한통속이 되는 수밖에 없었다. 그래서 그녀는 여기서 일어난 일에 대해 모르쇠로 일관하며 상관하고 싶지 않으니 안심하라는 태도를 보인 것이다.

상대는 분명히 망설이고 있었다. 혈부도 호위의 실력이 가히 충격적이었기 때문이다. 그것은 무공이 아니었다. 목숨을 파리처럼 가벼이 여기는 아주 결연한 차가움이자 담담함이었다. 이런 사람과 맞붙었다가는 누구든 자신의 명줄을 그 자리에서 확인하게 될 것이었다. 말이 끝나자마자 우두머리인 듯한 자가 손을 휘둘렀다. 어둠 속에서 기척도 없이 다가왔던 이들이 서서히 뒤로 물러나기 시작했다. 봉지미는 겨우 한숨을 돌렸다. 그런데 그때, 마을 쪽에서 갑자기 한 사람이 나는 듯 달려나왔다! 그자의 경공술은 꽤 훌륭했다. 등에 한 사람을 업은 그는 미친 듯이 빠르게 달리면서도 뒤따라오는 사람들을 살폈다. 그를 잡으려는 사람들이 줄지어 달려오고 있었다. 그는 달리는 와중에도 발을 동동 구르며 욕을 퍼부었다.

"이런 십팔대 조상까지 육시랄! 니미럴! 니들이 뭔데! 감히 내 몸에 창칼도 제대로 못 갖다 대는 놈들이! 에라이, 흥! 펫! 퉤!"

깨진 꽹과리 같은 시끄러운 목소리가 밤하늘 멀리까지 퍼져 나갔다. 목이 터져라, 고래고래 소리를 지르며 욕을 하던 그는 이쪽을 발견했다. 시력이 얼마나 좋은지, 이쪽이 대치 상황이라는 것을 한눈에 알아보았다. 양쪽이 날을 세우고 있다면 누군가는 자기편을 들어 줄 거라고 믿은 그는 눈을 반짝이며 두말하지 않고 이쪽으로 달려왔다. 봉지미는 속으로 절규하며 몇 마디 말로 분위기를 전환해 보려 하였다. 그러나 복면을 쓴 이들은 다시 촉각을 곤두세우고 있었다. 물러서던 걸음을 멈춘 그들 중 한 사람이 낮게 소리쳤다.

"그들이다."

복면 무리가 술렁거렸고, 우두머리는 차갑게 웃었다.

"그러니까 너희들이 한패였단 말이지. 죽여라!"

다 된 밥에 코를 빠트리게 된 봉지미는 화가 치밀었다. 그래서 이쪽으로 달려오는 재수 없는 놈을 가리키며 고함을 질렀다.

"죽여라!"

두 목소리가 하나처럼 울려 퍼졌다. 복면 무리는 아직 멍하니 그 자리에 서 있었고, 혈부도는 명령을 듣자마자 달려 나가 폭풍우처럼 그놈을 둘러쌌다. 이쪽으로 달려오던 놈은 봉지미 쪽에서 먼저 움직이는 것을 보고 화들짝 놀라서 '아야, 아야' 하고 소리를 지르더니 또 욕을 시작했다.

"우물에 빠진 사람한테 돌을 던지는 이 나쁜 새끼……."

달려오던 놈이 욕을 하는 와중에 등에 업혀 있던 사람이 불쑥 고개를 들더니 귓가에 대고 뭐라고 했다. 그러자 그자가 혈부도의 칼날이 빛나는 가운데서 이리저리 날뛰면서 하하 웃었다. 그리고 말투를 싹 바꾸어 이야기했다.

"형제들, 여기까지 마중을 나온 거야? 그럼 여기서 가짜로 한판 붙고, 혼란스러운 틈에 빨리 도망가자고. 빨리!"

목소리를 가라앉혀 속삭이려는 듯했지만, 소리는 이미 복면 일행의 귀로 들어가고 말았다. 그러자 복면 무리는 더 들어볼 것도 없다는 듯 냉담하게 칼을 들었다. 쉰 목소리가 터져 나왔다.

"모두 죽여라!"

복면 무리가 즉시 칼을 내두르며 달려들었다. 세 무리의 사람들이 한데 뭉쳐 한바탕 난투극이 벌어졌다.

펑!

화가 나서 얼굴이 새파랗게 질린 봉지미가 마차의 창문에 난 손잡이를 부러트리는 소리였다. 어디서 나타난 빌어먹을 놈이 그녀를 이렇게 물귀신처럼 끌어들인단 말인가? 특히나 등에 업혀 있는 저 녀석은 정말 희한했다. 반쯤 죽은 것처럼 하고 있다가 말 한마디로 그녀를 끌고 들어가지 않았는가? 지금 돌아가는 상황을 보니, 어떻게든 몸을 사리려 했던 것이 이미 엎어진 물이 되었다. 상대편에서 군대까지 동원했으니 이제 꼼짝없이 죽은 목숨인데, 이 지경이 된 마당에 어떻게 벗어날 수 있을까? 그녀는 미간을 찌푸리며 깊이 생각에 잠겼다. 그런데 갑자기 마차가 요동을 치고 눈앞이 캄캄해지더니 세찬 바람이 얼굴을 덮

風权

쳤다. 무언가가 마차 안으로 던져진 것 같았다. 그녀는 깜짝 놀라 자기도 모르게 칼을 뽑았다가, 그것이 사람이라는 것을 알고는 칼을 거두었다. 그 사람은 그녀의 무릎 위로 털썩 쓰러졌다. 그게 누군지 확인할 새도 없이 창문 발이 휘릭 걷히더니 둥그런 얼굴이 나타났다. 새까맣게 먹칠을 한 얼굴에는 피와 재가 뒤범벅되어 있었다. 그런데 그는 웃으면서 쉰 목소리로 이야기했다.

"어이, 거래하지. 그 사람을 데려가. 그럼 내가 저 빌어먹을 놈들을 처리해 주지."

봉지미는 그 얼굴을 보고 가슴이 철렁했다. 그 사람은 그녀가 누군지도 확인하지 않았다. 마차 안은 어두웠고, 적들의 신경을 분산시키는 데 정신이 팔린 그에게는 그녀의 모습은커녕 마차의 생김새마저도 눈에 들어오지 않았던 것이다. 자신이 업고 온 사람의 목숨을 살리려는 마음뿐인 그는 말을 마치고 곧바로 칼을 들어 마차를 끄는 말의 볼기짝을 내려쳤다!

히이이이잉.

아프게 얻어맞은 말은 긴 울음소리를 내면서 앞으로 냅다 달리기 시작했다. 봉지미가 나동그라지고 창문 발이 뜯어진 채, 마차는 크게 덜컹거렸다! 그 바람에 놀란 말들이 갑자기 날뛰면서 마차 앞을 지키던 호위들의 갈비뼈를 부러트리고는 허둥지둥 숲으로 돌진했다!

이히히잉.

또다시 긴 울음소리가 들렸다. 행렬의 뒤쪽에 혼자 묶여 있던 소백이 갑자기 밧줄을 끊고는 다른 말들을 따라 달렸다. 말들이 흥분해서 달리는 모습에 사람들은 혼비백산하여 뿔뿔이 흩어졌다. 마차는 말들에 질질 끌려 이리저리 비틀거렸고, 창문 발은 이리저리 펄럭거렸다. 그 속에서 몸도 제대로 가누지 못하는 봉지미는 이런 와중에도 고개를 숙여 무릎에 쓰러진 사람의 얼굴을 확인했다. 그리고 그녀의 표정이 돌변했다.

영혁!

마차 밖에서는 호위들이 정신없이 따라붙으며 소리를 질렀다.

"왕비…… 왕비마마……."

분명히 자기가 끼어들어서 싸움을 붙여놓고는 자기가 처리해 주겠다고 한 그 사람은 당연히 영징이었다. 주군을 보내놓고 신나게 싸우다가 사람들의 고함에 얼떨떨해진 그가 뒤를 돌아보며 물었다.

"응? 웬 왕비마마?"

이번에 맡은 임무를 완전히 망치게 되자, 걱정되어 발을 동동 구르던 호위대장이 영징에게 짜증을 내며 이야기했다.

"저분은 호탁 왕실의 순의왕 왕비이자 성영 군주이시란 말이다!"

"뭐?"

또 얼떨떨해진 영징은 하마터면 칼에 맞을 뻔했다. 어리바리하게 겨우 칼을 피한 그는 그제야 정신을 차리고 끔찍한 소리를 지르며 마차를 뒤쫓기 시작했다.

"주군, 제가 미쳤나 봐요."

영징은 자신이 양을 호랑이의 아가리에 밀어 넣었다고 울며불며 자책했다. 주군을 어서 빨리 구해 오고 싶었지만 제 손으로 때린 말 궁둥이는 순식간에 숲으로 사라져 버렸고, 어둠 속에서 그 그림자도 찾을 수가 없었다. 그는 그 자리에 멍하니 서서 손톱을 물어뜯으며 먼지만 자욱한 지평선을 바라보고 있었다. 방금 창문 발을 내려놓던 그 순간, 누런 얼굴을 얼핏 본 것 같았다. 의미심장한 얼굴로 그를 향해 웃고 있었다. 그 순간에는 미처 신경 쓰지 못했는데, 지금 생각하니 모골이 송연했다. 그때 뒤에서 칼 몇 자루가 그를 겨누고 다가왔다. 그는 화가 치밀어 올라, 뒤돌아서서는 벌컥 성을 내며 울부짖었다.

"이 멍청한 놈들아, 내가 멱을 따 주마."

어마어마한 소리가 울려 퍼지고, 운이라고는 눈곱만큼도 없는 영징이 그 자리에서 적을 베는 동안, 어둠 속을 달려 나간 마차는 한참이나 멀어졌다.

마차가 아무리 요동을 쳐도 무릎 위의 영혁은 인사불성이었다. 몇 번이나 굴러떨어질 듯 여기저기에 부딪혔다. 봉지미는 잠시 망설이더니 팔을 뻗어 그의 허리를 부여잡았다. 그녀의 손바닥은 뜨거웠지만, 손가락은 얼음처럼 차가웠다. 그러나 그의 몸은 그 손가락보다 더 차가운 것 같았다. 그녀는 차가운 그의 몸에 손이 닿자 부르르 몸서리를 쳤다. 마차가 평평한 구릉을 지날 때, 창문 발을 걷고 밖을 내다보던 그녀는 절벽이 독특하게 펼쳐져 있다고 생각했다. 절벽 위의 빽빽한 나무들이 흔들거렸다. 그런데 뜻밖에도 나무가 흔들리는 방향이 바람이 부는 방향과 반대였다. 저게 바람 때문이란 말인가, 아니면 환각이란 말인가? 마차가 아직 통제 불능으로 계속 달려 나가고 있었기에 그녀는 이상한 느낌을 우선 뒤로할 수밖에 없었다. 그녀의 노력으로 마차는 점점 안정을 되찾았고, 한 야트막한 산 아래에 닿았다.

사방이 조용한 곳이었다. 눈꽃이 바람에 휘감겨 춤을 추듯 흩날렸다. 조금 전까지 피를 튀기며 격렬하게 싸우던 것이 천 리 밖 먼 곳의 일인 것처럼 느껴졌다. 봉지미는 고개를 떨구고 무릎 위의 영혁을 조용히 살폈다. 몸에 상처나 핏자국은 없었다. 얼굴이 창백했고, 눈썹 언저리와 입술에 푸르스름한 빛이 희미하게 감돌고 있었다. 영혁 모친의 폐궁에서 보았던 얼굴빛과 똑같았다. 그녀는 그의 옛 상처가 재발했다는 것을 알아챘다. 마을에 자욱했던 이상한 약물의 냄새가 바로 그의 옛 상처를 도지게 한 것이었다. 아주 강력한 약물임이 틀림없다. 지금은 세상에서 자취를 감춘 비밀의 극약일 것이다. 7황자는 자신의 죄를 덮기 위해 정말로 물불을 가리지 않고 덤벼들었다. 그런데…… 과연 누가 누구의 함정에 빠진 것일까? 그녀는 방금 지나온 절벽이 뭔가 이상했다는 것을 떠올렸다. 그리고 피식 웃었다.

영혁은 자신을 미끼로 적을 이끌어내는 데는 성공했다. 하지만 7황자의 결의와 음험함을 미처 예상하지 못했다. 그래서 이상한 약물로 인해 지병이 도졌고, 자신 역시 함정에 빠질 뻔한 것이었다. 봉지미는 일이 이렇게 된 과정을 되짚어 생각하고는 침울한 표정을 지었다. 그녀가 그의 맥을 짚어 보니 예전에 입은 내상이 갑자기 심하게 재발한 것이 틀림없었다. 어떻게든 빨리 치료해야 했다. 무릎 위의 그는 태연하게 깊은 잠에 빠져 있었다. 그녀는 얼굴을 낮추어 그를 유심히 보았다. 못 만난 한 해 동안 그는 더 야위었다. 속눈썹 아래 옅은 그늘이 초승달처럼 고요하고 서늘했다. 그녀가 손바닥으로 그의 손목을 잡으니 위태롭게 느껴지는 그의 맥박이 전해졌다. 그녀의 손끝에 맴도는 공력은 단전으로 갈 수도 있지만, 어쩌면 심맥으로 향할 가능성도 충분했다. 전자는 그를 살리고 후자는 그를 죽인다.

바람이 갑자기 거세져 사납게 울부짖자, 창문 발이 어지럽게 나부꼈다. 머리 위 선반의 상자에서 서신 묶음 하나가 털썩 떨어져 내렸다. 봉지미는 요란스럽게 펄럭이는 겉표지를 손으로 누르다가 멈칫했다. 맨 위에 보이는 편지는 제소균과 항명이 그녀에게 보낸 밀서였다.

"…… 초왕은 음흉하고 악랄하니, 결국에는 대업에 방해가 될 것입니다. 대인과 뜻을 같이하는 무리의 생사존망을 헤아리셔서 반드시 그를 죽여야 합니다."

봉지미의 눈빛은 세차게 흔들렸다. 그리고 영혁의 맥 위에 올려놓은 얼음장 같은 손가락이 천천히 움직였다.

은혜와 원한

손가락이 천천히 움직였다. 영혁의 속눈썹이 희미하게 떨리는 듯했다. 너무나 미세한 그 떨림은 진짜인 것 같기도 하고 봉지미의 착각인 것 같기도 했다. 그녀의 손가락이 또다시 떨렸다. 그녀는 솟아나던 몸속의 공력을 돌연 거두어 버렸다. 다시 고개를 숙여 자세히 보니, 그는 여전히 깊이 잠들어 있었다. 북풍이 맹렬하게 창문 발을 때리고, 커다란 눈송이가 돌진해 들어왔다. 그녀는 움직이지도 피하지도 않았다. 그를 위해 눈발을 가리지도 않았다. 눈이 자신과 그의 얼굴에 계속해서 들이치도록 그저 내버려 두었다. 눈송이는 열기에 닿자 물이 되었다. 뼈에 사무치게 차가운 물이 눈물처럼 뺨을 타고 흘러내렸다.

봉지미는 흐르는 물을 닦지도 않고 영혁만 노려보고 있었다. 그가 차가운 물 때문에 깨어나기를, 그래서 자신이 이 힘든 결정을 차라리 하지 않게 되기를 바랐다. 그러나 아까의 그 진짜 같은 떨림 이후로 그는 아무런 움직임도 없었다. 차가운 물이 얼굴 위로 떨어져도 그를 깨울 수는 없었다. 그녀는 그의 얼굴 위에 내려앉은 눈이 거의 녹지 않는 것을 보고 인상을 찡그렸다. 그녀는 그가 어릴 때 입은 상처를 본 적이 있었는데 아주 흉측했다. 그녀도 그때는 잘 몰랐지만, 나중에 어머니의 유품을 정리하면서 혈부도의 마지막 밤에 일어났던 일을 알게 되었다. 그때 만난 일곱 살 먹은 소년은 어른도 하기 힘든 방법을 생각해냈다. 황실의 후손을 바꿔치기하고 나무 구멍에서 매복하며 때를 기다려 양아버지와 갓난아기였던 그녀를 죽이려고 했던 것이었다. 양아버지가 삼호의 시체를 폭파해 그 소년을 다치게 하고 절벽에서 몸을 날리지 않았다면, 아마 그녀는 지금 존재할 수가 없었을 것이었다. 양아버지는 그 일곱 살짜리 소년에 대해서 그저 황자라고만 이야기했을 뿐 어느 황자인지는 알려 주지 않았다.

하지만 봉지미는 알았다. 영혁은 그녀보다 일곱 살이 많았다. 일곱 살까지 영혁은 천하를 놀라게 한 신동이었다. 그런데 일곱 살 때 영혁은 큰 병을 앓다가 겨우 살아났다. 그 이후 그는 빛을 잃었고, 아주 오랜 세월 동안 조용히 때를 기다렸다. 장희 16년 눈이 내린 후, 그녀는 어머니와 남동생의 장례를 치렀다. 뜰의 땅속에 묻어 두었던 어머니의 유언을 찾아냈을 때, 그녀는 폐궁에서 보았던 그의 흉터를 기억해냈고, 모든 것을 알아차렸다. 그는 처음부터 그녀의 원수였다. 어머니와 동생의 목숨이 아니더라도 이미 양아버지와 그녀의 목숨을 끊으려고 했던 원수였다. 옛 악연이 지금 이런 결과를 낳다니, 무섭고 끔찍했다. 어찌 그 마음을 외면할 수 있단 말인가? 어떻게? 그 마음은 갈수록 더 차갑고 단단하게 굳어질 것이다. 금강석처럼 단단해진 마음을 조각내어 버리지는 못하지만, 결국 날이 갈수록 까맣게 타들어 가다 못해 자신을 상처 입히고 말 것이다. 어떤 일은 하고 싶은 바와 할 수 있는 바가 너무나 다르다. 일생의 결단, 그 단 한 가지 결단 때문에 너무나 힘들고 가슴 절절히 아팠다.

봉지미는 눈을 감고 가볍게 한숨을 쉬었다. 무릎 위의 이 사람은 온기라고는 없이 얼어 있었다. 봉지미는 폭발로 인해 입은 영혁의 부상이 어떻게 이런 한기와 내상을 일으켰는지 알지 못했다. 하지만 그가 예전에 했던 말을 떠올려 보았다. 형제들이 전부 자신에게 마수를 뻗치던 가장 힘든 순간에 신자연이 그를 구했다고 했다. 지금 그의 옛 상처는 다시 도졌고, 때마침 날씨도 추운 데다 갑자기 큰 눈까지 내리고 있었다. 손을 더럽힐 필요도 없었다. 그냥 그를 마차에 내버려 두기만 하면 되었다. 창문을 활짝 열어 두고 마차를 찾기 힘든 곳으로 보내면 그가 목숨을 부지하기는 어려울 것이다.

봉지미는 한참을 고민하다가 손가락으로 영혁의 얼굴을 쓸어 눈꽃을 털어냈다. 그리고 몸을 일으켜 그를 마차 안에 두고 혼자 내렸다. 그녀는 눈밭에 내려서서 잠시 이리저리 살펴보더니 하얀 외투 깃을 여미며 자리를 떠났다. 눈보라가 순식간에 그녀의 모습을 가렸고, 마차는 그 자리에 가만히 서 있었다.

……

한참이 지나고, 눈발 속에서 희미한 그림자가 천천히 모습을 드러냈다. 마차로 다가간 소백은 머리를 불쑥 들이밀고 보더니 기쁜 듯 울음소리를 냈다. 함께 온 사람이 다가와 손가락을 입술에 대며 '쉿' 하자, 소백은 고개를 움츠리고 입을 닫았다. 새하얀 외투 위의 은여우 털이 봉지미의 볼을 훑었다. 노란 얼굴에 눈썹을 길게 드리운 그녀는 무척이나 지친 모습이었다. 얼굴에는 긁힌 상처까지 있었다. 맑은 눈동자는 부드러운 강인함을 뿜어내고 있었다.

역시 봉지미였다. 영혁은 아직 의식이 없었다. 마차에 오른 그녀는 품에서 자홍색 뿌리를 몇 개 끄집어냈다. 그녀는 열이 많은 체질이어서 상처를 치료하는 금창약 아니면 성질이 찬 약물만을 몸에 지녔다. 그러나 이런 약을 그에게 쓰기는 적합하지 않으니, 산에 가서 쓸 만한 약초를 뜯어오는 수밖에 없었다. 그녀는 종신이 알려준 것을 기억하고 있었다. 농북 등지의 산에는 빨간 잎에 자색 뿌리를 가진 약초가 있는데, 성질이 따뜻하여 한랭증에 대단히 이롭다는 것이었다. 그래서 그녀는 산중을 몇 바퀴나 돌아 벼랑 끝 바위 틈 사이에서 약초 몇 뿌리를 찾아냈다. 그녀는 고개를 숙여 자신의 신발을 내려다보았다. 질 좋은 가죽신은 눈과 진흙이 잔뜩 묻어 있었고, 길게 터져 진흙이 깊숙이 스며들어 있었다. 조금 전 벼랑 끝에서 약초를 뜯을 때, 돌이 미끄러워 디딜 곳도 마땅치 않은 데다 가죽신 바닥에 눈과 얼음이 붙어 미끄러지고 만 것이었다. 하마터면 절벽 아래로 떨어질 뻔하였다. 다행히 미끄러지던 와중에 튀어나온 돌을 발견해 손을 뻗은 임기응변 덕분에 무사할 수 있었다. 그 아슬아슬했던 순간은 그녀가 나중에 다시 생각해 봐도 손에 땀을 쥘 만큼 무서웠다. 손바닥을 대충 동여매고 약을 들고 돌아온 그녀는 또 위기를 만났다. 그가 정신을 차리지 못하니 약초를 삼키게 할 방법이 없는 것이다. 작게 자른다 해도 그대로 입안으로 밀어 넣다가는 숨이 막혀 죽게 될 터였다. 망설이던 그녀는 얼굴에 희미한 홍조를 띄우더니 할 수 없다는 듯 약초 뿌리를 입안에 넣고 잘근잘근 씹었다. 잠시 후, 몸을 숙여 그의 입을 열어 씹어낸 액체를 그대로 그의 입에 밀어 넣어주었다. 그러면서 그의 가슴을 토닥토닥 쓸어내렸다.

영혁의 목에서 '끄윽' 하는 소리가 작게 나더니 삼키는 것 같은 반응이 있었다. 그는 약물을 삼키고 나자 의식이 조금 돌아오는 듯, 자기도 모르게 다시 입술을 꾹 닫았다. 그러자 봉지미의 입술이 그의 입술과 끈적하게 닿았다. 그녀는 그가 깨어났다고 생각해 얼른 몸을 일으켰다. 그녀의 입술이 그의 입술을 스치는 순간 두 사람 모두 몸을 부르르 떨었다. 그녀의 얼굴은 더욱더 빨갛게 달아올랐고 나중에는 아예 하얗게 질려 버렸다. 기절해 있던 그의 몸이 움찔거리고, 동시에 그녀의 손바닥에 통증이 찾아왔다. 둘둘 싸맨 손바닥이 언제 그의 손안에 들어갔는지 몰랐다. 그녀는 인상을 쓰면서 자신의 손을 빼내려고 했다. 그러나 아직 깨어나지 않은 그는 본능적으로 그녀의 손을 잡고 놓아주지 않았다. 그녀는 발을 들었다. 그를 멀리 차서 밀어내려는 자세를 잡았지만, 공중에 뜬 발을 결국 그대로 멈추었고 다시 천천히 내려놓았다. 그녀는 한숨을 내쉬더니 그 길로 무릎을 꿇고 앉아 팔을 돌려 그를 자신의 등에 업었다.

마차는 이미 부서지고 갈라져 사방에서 바람이 쌩쌩 들어왔다. 그를 여기다 내버려 두면 벌을 받을 것 같았다. 방금 약을 구하러 다녀오는 길에 보니까 다행히도 멀지 않은 곳에 사냥꾼들이 머무르는 동굴이 있었다. 그곳으로 데려가면 바람이라도 피할 수 있을 터였다. 봉지미는 외투를 영혁의 몸 위에 덮고 그를 업은 채, 산을 오르기 시작했다. 눈보라 속에서 움직이는 그들은 거대한 눈 덩어리처럼 보였다. 낑낑거리며 산을 올라 동굴에 도착했다. 동굴은 높은 곳에 있었고, 자주 사람이 머물렀던 듯 바닥에 건초도 깔려 있었다. 벽에는 동물 가죽과 함께 술이 반쯤 담겨 있는 주전자도 걸려 있었다.

봉지미는 영혁을 멍석 위에 눕혀 놓고 외투를 덮어 준 다음 불을 지폈다. 그러는 동안에도 그는 시종일관 그녀의 손을 꽉 붙들고 있었다. 그녀 역시 아무런 망설임 없이 그의 손을 쓰다듬었다. 불빛이 그의 얼굴을 비추었다. 다행히 안색이 아까보다 좋아진 것 같았다. 그녀는 벽에 걸린 주전자를 내려 술 냄새를 맡아보았다. 산속 사냥꾼의 술이니 당연히 훌륭하지는 않았지만, 꽤 독하긴 했다. 밤새도록 고생을 한 그녀는 술 냄새를 맡자 꿀꺽꿀꺽 마셔 버리고 싶은 마음이 간절했다. 그러나 그를 돌아보고는 꾹 참기로 했다. 그녀는 술 주전자를 들고 멍석 앞으로 돌아와, 자신의 외투와 동물 가죽으로 그를 꽁꽁 싸맸다. 그리고 무릎을 반 정도 굽힌 자세로 꿇어앉아 외투 안으로 손을 집어넣었다. 망토, 도포, 바지, 내의……. 옷이 하나하나 그녀에 의해 홀랑홀랑 벗겨졌다. 폭풍우가 몰아치던 날, 폐궁의 방안에 있던 화로 앞에서도 그녀는 이렇게 이불 밑으로 그의 옷을 벗겼었다. 그래서인지 이번에는 좀 더 빠르고 능숙했다. 역시 경험이란 좋은 것인 듯했다. 옷을 다 벗겼다는 생각이 들자, 그녀는 술 주전자를 가져다 놓고 손을 싸맸던 천을 뜯어냈다. 그리고 독주를 손에 부었다. 술이 상처를 자극하자, 그녀는 아픔에 숨을 들이마셨다.

상처에 술을 부은 손바닥을 쫙 펼친 봉지미는 다시 외투 속으로 손을 집어넣었다. 손바닥에 매끈하고 탄력적인 피부가 닿았다. 그녀의 얼굴이 참을 수 없이 붉게 달아올랐다. 잠시 망설이는가 싶었지만, 영혁 피부의 비정상적인 온도에 그녀는 마음을 다잡았다. 서서히 손바닥을 펼친 채, 가볍게 문지르기 시작하였다. 불꽃이 일렁이며 타올라 동굴을 조금씩 데우고, 화롯불 가에 있는 남녀를 밝게 비추었다. 그는 새까만 머리를 풀어 헤친 채, 편안하게 누워 있었다. 창백하고 시퍼렇던 입술에 조금씩 붉은 기운이 돌았다. 그의 옆에 반무릎으로 꿇어앉은 그녀는 눈을 내리깔고 있었다. 그녀의 동작은 크지 않았지만, 외투는 조금씩 들썩거리고 있었다. 사방은 그렇게 고요할 수가 없었으며 눈보라가 울부짖는 소리만이 들려왔다. 그녀의 이마에 땀이 송골송골 맺혀 불빛에 산산이 부서졌다.

한참이 지나고, 봉지미가 긴 한숨을 토해냈다. 그녀는 종신이 가르쳐 준 대로 혈맥을 소통시키는 방법을 썼다. 온몸에 있는 경맥을 하나하나 짚고 주무르고, 깊은 상처를 입은 곳 주변은 한 번 더 문질러 준 것이다. 그렇게 독주 반병을 다 쓰고 나니 손바닥 아래 영혁의 몸에서 열이 나고 심장 박동도 규칙적으로 돌아왔다. 그녀는 그제야 고비를 넘겼다는 확신이 들었다.

"이제 됐다."

봉지미는 혼자 주절거리며 이마에 솟은 땀을 닦고 자신의 손바닥을 보았다. 상처는 마찰 때문에 너덜너덜하고 허옇게 변해 찌르는 듯 아려왔다. 그녀는 씁쓸하게 웃고는 혼잣말을 했다.

"그래도 술로 소독은 잘 했으니까……."

이제 영혁의 옷을 다시 주섬주섬 입혔다. 그의 몸은 따뜻하고 매끄러웠다. 조금 전까지 꽁꽁 얼어 나무토막 같던 몸은 온데간데없었고, 균형 잡힌 체구에서 단단한 피부가 느껴졌다. 심장도 힘 있게 뛰어 피가 잘 돌았다. 죽음이 아닌 생명의 약동이었다. 봉지미는 눈을 내리깔고 마음이 복잡한 듯 한숨을 쉬었다. 다시 맥을 짚어 보니, 혈맥이 움직이는 상태가 안정적이었다. 그는 한 시진도 안 되어 깨어날 것이고, 그 뒤로는 몸조리만 잘 하면 문제가 없을 듯 보였다.

봉지미는 밖을 내다보았다. 곧 날이 밝으면 누군가가 영혁을 찾아올 것이다. 여기서 시간을 더 지체했다가는 일을 그르치게 될 수 있다. 그녀는 다시 그를 둘러업고 함께 눈 덩어리가 되어 마차로 돌아갔다. 문과 창문을 닫고는 자신의 외투를 입은 다음 그를 의자에 앉혔다. 그의 옆에 앉아서 고개를 숙이고 그를 바라보는 그녀의 눈가가 반짝반짝 빛났다. 이윽고 그녀는 그의 옷자락을 여며주었다.

"전 갈게요, 영혁. 조금만 있으면 누가 당신을 데리러 올 거예요. 이번 일은 기억하지 말아요. 이미 너무 얽히고설킨 우리의 인연에 이번 일까지 더할 필요는 없어요."

봉지미는 희미하게 웃고는 무의식적으로 영혁의 얼굴을 부드럽게 쓰다듬었다.

"날 미워해요. 내 적이 될 거라고 결심하란 말이에요. 다시는 따뜻한 모습 따위 보여 주지 마세요. 그래서 내가 당신을 미워하게 해요. 다시는 바보같이 당신을 구하지 않게 만들어 줘요. 나한테 다시 기회가 생겼을 때, 당신을 가만두지 못하게 하란 말이에요."

영혁은 아직 깨어나지 않았지만, 호흡이 조금 거칠어진 것 같았다. 얼굴이 조금 달아올랐고, 손가락으로 허공을 붙잡으려 애썼다. 어쩌면 다시 봉지미의 손을 잡으려는 것일지도 몰랐다. 그녀는 자신의 손을 치워 버렸다. 그리고 고개를 돌렸다. 그 순간, 떨어진 물방울이 허공을 헤매는 그의 손바닥 위로 떨어졌다. 그는 반사적으로 손가락을 움켜쥐었고, 그 액체는 천천히 그의 손안에 스며 자취를 감추었다.

봉지미는 외투를 바짝 움켜쥐고 몸을 일으켜 마차에서 내렸다. 휘파람을 부니 소백이 신나게 달려왔다. 그녀는 소백의 머리를 사랑스러운 듯 만져 주고 등 위로 몸을 날렸다. 마침내 마차를 등진 채, 채찍을 들고 멀어졌다. 백마에 올라탄 흰옷의 그녀는 전광석화처럼 광야를 달려 나가 회백색의 눈보라 속으로 사라졌다. 떠나는 그녀는 구름을 뚫고 번쩍이는 번개 같았고, 고요에 잠긴 마차는 다시 눈보라 속에 덩그러니 남았다. 말 위에서 검은 머리칼을 휘날리며 달려 나가는 그녀는 꽁꽁 얼어붙은 조각상 같았고, 눈빛은 마치 심해의 맑은 수정 같았다. 청명서원의 강문당 안에서 영혁의 손가락이 그녀 목덜미의 급소를 벗어날 때, 그녀는 이렇게 이야기했었다.

"오늘은 당신이 날 놓아주지만, 언젠가는 나도 당신을 놓아줄 날이 있을 거예요."

'아마 오늘을 기약한 말이 아니었을까? 그때 당신은 그저 우스갯소리로 여겼지만, 나는 그게 헛소리가 아님을 알았습니다.'

봉지미는 눈보라의 끝까지 달려 나갔다. 그 뒤로 반대쪽 눈보라의 끝에서 말을 탄 사람이 나타나 고요한 마차 쪽으로 다가가고 있었다. 말 위의 사람은 머리에 온통 눈을 뒤집어쓰고 있었다. 그 사람은 손을 이마 위에 대고 분주하게 이쪽저쪽을 살폈다. 마차를 발견하고는 눈을 번뜩이더니 말 위에서 뛰어내려 비틀거리며 마차로 달려갔다. 발걸음이 너무 급한 나머지, 눈 쌓인 돌부리에 걸려 넘어졌다. 손바닥에서 순식간에 시뻘건 피가 흘렀다. 그녀는 이를 악물고 일어나서 소맷단을 대충 뜯어 얼른 손바닥을 감쌌다. 그리고 허둥지둥 달려 나가 마차의 문을 벌컥 열어젖혔다. 그리고 뛸 듯이 기뻐하며 환호성을 질렀다.

"전하, 여기 계셨군요!"

마차 안에서 깊이 잠들어 있던 영혁은 새된 소리에 깨어 천천히 눈을 떴다. 그의 칠흑 같은 눈동자가 흔들리더니, 천으로 둘둘 싼 여자의 손바닥에 닿았다. 그 순간, 그의 눈동자에는 의혹이 스쳤다. 정신이 없어서 기억이 분명하지 않았다. 잠시 깨어났던 것도 가물가물하고, 누군가가 왔다가 간 것만 희미하게 기억이 났다. 그리고 자신의 손가락이 그 사람의 손을 감싼 천에 닿았던 것이 떠올랐다. 그는 이마를 짚으며, 기쁨의 눈물을 흘리는 여자를 향해 나지막이 물었다.

"…… 당신이 나를 구했소?"

여자는 어두운 마차 안에서도 빛을 발하는 영혁을 똑바로 보았다. 자신이 아주 오랫동안 기다리고 바라마지 않던 그를 똑바로 바라보았다. 그리고 한참 후, 결연하게 대답했다.

"네."

장희 22년 말, 7황자가 농북 마을 학살 사건에 연루되었다. 황제는 초왕 영혁에게 농북으로 가 조사해 보라 명했고, 영혁은 자객의 매복에 위험에 빠졌다. 생포된 자객은 황궁으로 호송되어 황제가 직접 심문을 했다. 결과가 어찌 되었는지는 아무도 알지 못했다. 그저 전해지는 바로는 폐하가 어찌나 화가 나셨는지 하마터면 그 자리에서 쓰러지실 뻔했다는 것이었다.

이는 표면적으로 알려진 소소한 이야기일 뿐이었다. 눈보라가 쳤던 그날 밤에 있었던 매복과 습격 사건, 그리고 그날 밤 황자들 간에 있었던 암투와 함정에 대해서 정확히 아는 이는 없었다. 더군다나 간 크게도 친왕을 암살하려 한 이가 왜 일을 더 완벽하게 치르지 못하고 꼬투리를 잡혔는지에 대해 문제 삼을 이 또한 없었다. 연루되지 않은 사람 중에 이 일을 아는 이는, 그날 밤 미친 듯이 달리던 마차를 끌고 산을 오른 봉지미뿐이었다. 7황자는 결사 항전의 각오로 사형수와 군대를 동원해 영혁을 포위해 죽이려 들었고, 혈혈단신처럼 보인 영혁도 사실은 멀지 않은 산골짜기에 군대를 주둔시켰다. 마치 매미를 잡으려는 사마귀를 피해 매미가 사마귀의 등 뒤를 노린 격이었다. 사건의 뒤처리 또한 비밀에 부쳐졌다. 몰래 이루어진 조치 외에 표면적인 것은 전방의 감군이던 7황자가 황급히 제경으로 소환된 것뿐이었다. 그는 격노한 황제의 호된 질책을 받았다. 혹여 다른 처벌이 뒤따랐을지도 몰랐다.

사람들 모두가 수군거리는 이 큰 사안 외에 아주 미미한 일이 또 있었다. 성영 군주, 순의 왕비가 제경으로 되돌아온 것이었다. 어미를 잃고 형제를 잃고 남편까지 잃은 이 여인은 제경에서 벌써 잊힌 지 오래였다. 이번에 다시 돌아와서도 '팔자 사나운 여자'라는 평가 외에는 딱히 특별할 것은 없었다. 그런데 때마침 아들들이 하나같이 마음에 들지 않았던 늙은 황제는 사람들의 그런 평가 때문에 봉지미를 더 애석하게 여겼다. 사람들은 왠지 운명이 기구한 여자들을 더 불쌍하게 여기는 법이니까. 그래서 황제는 그녀에게 더 신경 써서 상을 내리고 좋은 말로 위로하고 그녀를 위한 궁중 연회를 몇 차례나 열었다. 게다가 그녀에게 언제든 궁궐을 출입할 수 있는 권리까지 주었다.

봉지미가 연기하는 봉지미는 아주 나긋나긋하고 영리한 편으로, 딱 모범적인 대갓집 규수였다. 그녀는 위지를 떠오르게 할까 봐 황제의 면전에 자주 나서지도 않았다. 그런데도 황제의 관심과 애정은 피할 길이 없었고, 제경으로 돌아온 지 얼마 되지 않아 벌써 몇 번이나 입궁하게 되었다. 이번에도 그녀는 황제와 함께 이야기를 나누게 되었다. 기분이 퍽 좋은지 황제가 갑자기 그녀에게 물었다.

"어제 짐이 듣기로는 네가 지난번에 제경으로 왔을 때, 농북을 지나오면서 초왕과 마주쳤었다던데?"

속으로 뜨끔한 봉지미는 잠시 생각을 가다듬고 겨우 대답을 했다.

"그런 적이 있었습니다. 자객들을 만나 말이 놀랐었습니다."

"제경에서는 네가 초왕을 구하지도 않고 눈바람이 들이치는 마차에 그냥 놓고 가서 하마터면 그 애가 죽을 뻔했다는 소문이 돌던데, 그런 일이 진짜 있었느냐?"

황제가 봉지미를 뚫어지게 바라보았다. 거만한 말투에 눈빛이 진지했다. 그녀는 즉시 몸을 낮추고 무릎까지 꿇었다.

"폐하."

봉지미는 고개를 땅으로 조아리며 가느다란 목소리로 이야기했다.

"소녀 그때 마차 안에서 깜빡 잠이 들어 무슨 일이 있는지 아무것도 몰랐습니다. 그런데 누군가가 갑자기 초왕을 마차 안으로 들여놓는 바람에 말들이 놀라서 그길로 달려 나갔지요. 소녀는 깜짝 놀라 어찌할 바를 모르고 있었습니다. 전하는 혼미한 채 깨어나시지를 않으시는데 약해빠진 아녀자인 제가 무엇을 할 수 있었겠습니까? 하물며 소녀는 과부가 되어 불효를 저지른 상서롭지 못한 몸이옵니다. 독신 사내와 과부인 여인이 단둘이 있는 것 또한 예의에 어긋나는 일이 아닙니까? 그리하여 소녀 부득이하게 마차를 떠날 수밖에 없었습니다. 제 딴에는 관부를 찾아가 전하를 구하러 가게 시킬 생각이었습니다만, 소녀 길을 잘 찾지 못해 방향을 잃고 말았습니다. 그러다 관부를 찾았을 때는 이미 전하를 찾았다고 하였습니다. 하늘이 전하를 돌봐 주셔서 아무 일 없이 돌아오셨으니 천만다행입니다……. 소녀 겁이 많고 나약하여 잘못을 저질렀으니, 폐하께서 벌을 주시기 바랍니다!"

"네가 뭘 했다고 벌을 주느냐?"

황제는 '아무것도 몰랐다'는 봉지미의 말에 눈길이 부드러워졌다. 그는 하하 웃으며 그녀에게 일어나라는 손짓을 했다.

"일개 아녀자의 몸으로 그런 상황에서는 겁부터 먹을 수밖에 없지.

널 탓할 것 없구나. 초왕을 만나거든 사과나 해라."

"네."

봉지미는 눈을 내리깔았다.

"정말로 하늘이 여섯째를 도왔구나."

황제의 말 속에서 반가움이나 기쁨은 느낄 수가 없었다.

"다행히도 그 녀석한테 목을 매는 이가 있어 결정적인 순간에 목숨을 구했어. 짐이 원래는 내키지 않았다만……. 지금 보니…… 괜찮은 것 같기도 하구나."

모호한 황제의 말에 봉지미는 영문을 모르고 얼떨떨했다. 황제는 이윽고 금박을 두른 빨간 서첩을 뒤적거리며 자신의 뒤에 있는 병풍을 향해 웃으며 이야기했다.

"거기 숨어서 숨죽이고 무얼 하느냐? 경사스러운 일을 말하려니 낯이 부끄러워서 그러는 건 아니겠지? 나오거라."

"폐하, 소자를 그만 놀리시지요."

한 사람이 웃으며 병풍 뒤에서 나왔다. 봉지미는 목소리를 듣고 다급하게 고개를 수그렸다. 그런데도 영혁의 눈빛이 완전히 자신에게 꽂혀 있는 것이 느껴졌다.

"방금 나눈 이야기도 들었겠지?"

황제는 부드럽게 봉지미를 가리키며 영혁에게 말했다.

"순의 왕비도 고충이 있어 그런 것이니, 그 일을 너무 마음에 두지 말거라. 따지고 보면 저 아이도 너를 도운 셈이다. 저 아이의 마차가 너를 산 아래로 데려가지 않았더라면 너와 옥락이 눈 속에서 서로를 구한 아름다운 이야기도 없었을 테니 말이다. 어진 왕이 눈보라에 갇혀 어려움에 처했는데 추 씨 여인이 이를 구하여 아름다운 인연을 맺었다는 이야기가 온 제경에 퍼졌다면서? 짐이 듣기에도 꽤 그럴싸하고 좋구나."

말을 마친 황제가 웃었다.

"폐하께서도 소자를 놀리시오면······."

영혁은 황제에게 몸을 반쯤 굽혀 예를 갖추었다. 그러고는 봉지미에게 눈길도 주지 않고 이야기했다.

"제가 어찌 감히 순의 왕비를 미워하겠습니까."

봉지미는 눈을 내리깔고 가만히 예를 갖춘 후, 간절하게 말했다.

"전하, 당시 소녀 놀라고 무서워 갈피를 잡지 못하였습니다. 제때 전하를 구해 드리지 못한 죄, 천 번 만 번 죽어 마땅······."

"왕비, 그게 무슨 말씀이시오?"

허공에 대고 손을 젓는 영혁의 눈빛이 그윽했다.

"본 왕은 그때 지병이 도진 것뿐이오. 마차 안에서 찬바람 좀 맞았다고 죽을 정도는 아니었고, 정신만 차리면 되는 것이었소. 일개 유약한 아녀자인 그대는 힘도 없을 뿐더러 불행한 일을 겪어 과부의 몸이 되었으니 사내와 함께 있는 것이 당연히 예의에 어긋나지요. 나를 놔두고 간 것이 당연한 이치이고 도리이거늘 본 왕이 어찌 왕비를 탓하겠소이까? 절대 사죄할 필요가 없소이다."

봉지미는 입을 꾹 닫았다. 목이 바싹 말라 헛기침을 하고 대답했다.

"전하의 넓으신 아량에 지미 존경의 인사를 드립니다."

그리고 조용히 자리로 돌아가 앉았다. 영혁은 이미 돌아서서 황제가 건네는 빨간 서첩을 받았다. 황제가 웃으며 말했다.

"어쨌든지 이제 네 경사를 치러야 하니 예부에 잘 준비하라고 일러라. 시끌벅적하게 해서 사람들의 은혜에 보답해야지."

영혁이 웃음으로 답하자, 황제가 또다시 이야기했다.

"나중에 너에게 글을 하사하마. 어쨌든 신부에게 체면치레는 해야지······. 한데 지미야."

황제가 갑자기 봉지미를 불렀다. 그러나 그녀는 유체 이탈이라도 한 듯 아무 반응이 없었다. 영혁이 그녀를 계속 쳐다보았지만, 그녀는 정신을 차리지 못했다. 결국, 황제가 세 번이나 부르고서야 그녀는 "아" 하고 놀라 정신을 차렸다.

"폐하……. 소녀 머리가 어지럽습니다……."

"그럼 어서 돌아가 쉬어라."

황제는 상냥한 눈길로 봉지미를 보면서 이야기했다.

"모레는 초왕이 비를 맞이하는 날이다. 짐이 생각해 보니, 너는 나이도 아직 젊으니 답답하게 집에만 있지 말고 밖으로 좀 나다니며 다른 사람들의 경사에도 좀 어울리는 것이 좋겠다. 게다가 신부가 네 사촌 동생이지 않느냐? 네가 가서 축하주를 마시는 것이 지당할 것이다."

봉지미가 고개를 들었다. 눈물이 그렁그렁 맺힌 눈동자에 황제와 영혁의 얼굴이 스치었다. 영혁은 허리를 굽혀 두 손으로 금박을 입힌 청첩장을 받들었다. 청첩장이 그날 밤 눈 속의 핏물처럼 새빨갰다. 그녀는 천천히 손을 뻗어 청첩장을 받아들었다. 그리고 미소를 띠고 말했다.

"좋지요."

충돌

"전 오군 도독 추상기의 딸은 부드러운 품성에 정숙한 몸가짐을 지 녔다. 움직임이 옥패와 같이 조화롭고 예의가 몸에 배었다. 삼가 아침저 녁으로 절제하려는 마음을 갖고 근면함에 소홀함이 없다. 초친왕의 측 비로 명하여 밤낮으로 부지런히 하기를 바라노니, 나라의 경사로다. 이 에 상을 내린다."

봉지미의 큰 가마가 초롱과 오색 천을 달아 휘황찬란한 초왕부 문 앞에 닿았을 때, 황상의 유지를 전하는 태감의 가느란 목소리가 길게 들려왔다. 그녀는 가만히 듣고 있다가 고개를 젖히고 웃어 버렸다. 초왕 부 앞에는 거마가 쉴 새 없이 오가고, 문지기 하인은 땀을 뻘뻘 흘리며 마차와 가마를 배치하고 있었다. 길목 전체가 북적북적 붐볐다. 촉각을 곤두세우고 있던 문무백관들은 지난번 마을 학살 사건과 초왕의 혼인 으로 폐하의 태도에 변화가 생겼다는 것을 육감적으로 알아챘다. 그래 서 1년 동안 썰렁하기 그지없던 초왕부에 다시금 문지방이 닳도록 들락 날락하기 시작했다.

봉지미의 가마가 정문에서 석 장 떨어진 곳에서 가로막히었다. 문지기는 그녀의 가마를 분명 보았음에도 못 본 척을 하고 손님이 축하 선물을 나르는 것만 도왔다. 다른 수레와 가마가 도착할 때는 매번 누군가가 가서 마차를 맞이하고 순서에 맞게 세웠다. 그러나 그녀의 가마는 오가는 사람들의 물결 속에서 우두커니 서 있기만 할 뿐, 아무도 맞이하러 오는 이가 없었다. 가마꾼은 난감하며 가마의 문을 가볍게 두드렸다. 지시를 내려달라는 뜻이었다. 그녀는 조용히 말했다.

"그냥 세우기만 하면 된다."

가마가 멈추고 봉지미는 아무렇지 않게 밖으로 나왔다. 손으로 가마의 발을 걷은 그녀는 사방에서 날아오는 이상한 눈빛을 느낄 수 있었다. 지금 제경 사람들 사이에서는 추 측비가 눈보라 속에서 위험에 빠진 초왕을 구한 아름다운 이야기가 회자되고 있었다. 이와 동시에 순의 왕비가 초왕을 먼저 만났지만, 마차를 버리고 가서 하마터면 초왕이 죽을 뻔했다는 이야기도 알았다. 사람들은 어려움을 당한 사람을 돕지 않은 이를 경멸했다. 그런데 지금 그녀가 감히 이곳에 나타났으니 이상한 눈으로 볼 수밖에 없었다.

이야기 주인공의 면상에 대고 멸시하고 싶어 안달이 난 사람들도 있었다. 그러나 봉지미 뒤에 버티고 있는 무시무시한 초원 호위병들의 기세에 눌려 그저 썰물처럼 물러나 무시하는 정도로 소심하게 표현할 뿐이었다. 북적거리던 초왕부 앞이 눈 깜짝할 사이에 물 빠진 모래톱이 되었고, 그녀만 섬처럼 달랑 남았다. 그녀는 아랑곳하지 않고 웃으며 어지럽게 쌓인 선물 더미를 빙 돌아 안으로 걸어 들어갔다. 그녀가 두 걸음도 채 옮기지 않았을 때, 문지기가 자신의 가마꾼에게 호통치는 소리가 들렸다.

"어이! 가마를 제멋대로 대지 마. 거기는 호 대학사님 자리로 남겨놓은 거야!"

가마꾼이 황급히 가마를 다른 쪽으로 옮기자, 그쪽에서 또 꾸짖는 소리가 났다.

"여기는 남자 손님들 자리야. 여자 손님들 가마 쪽으로 꺼져!"

"여자 손님 쪽에는 자리 없어! 초원의 누린내 좀 그만 풍겨!"

"여기도 자리는 없어!"

"비켜!"

봉지미의 가마꾼은 사람들 틈에서 이쪽저쪽으로 치이며 민망한 얼굴이었다. 한겨울인데도 이마에 구슬땀을 매달고 계속해서 굽실굽실 미안하다며 사과를 했다. 그런데도 자리를 찾지 못해, 보기에도 안쓰러울 지경이었다. 관원들과 함께 온 부녀자들은 이 모습을 보고 안으로 들어가지도 않고 입을 가린 채 킬킬거리며 비웃고 손가락질을 했다. 그러다가 웃음소리가 점점 줄어들었다. 조금 전까지 신나게 웃던 사람들이 갑자기 뭔가 이상한 분위기를 느낀 것이었다. 사방에 갑자기 무겁고 서늘한 기운이 감돌며, 웃음 짓던 사람들을 불안하게 만들었다. 사람들은 고개를 두리번거렸다. 그리고 초원 호위병들이 무표정하게 대못처럼 꼿꼿이 서 있는 것을 보았다. 그들의 가운데에는 응당 화를 내거나 민망해 몸 둘 바를 모르는 순의 왕비가 있어야 했다. 그러나 그녀는 문 앞에서 평온한 모습으로 뒷짐을 지고 서 있었다. 그녀의 눈길은 부드럽고 희미했다. 전혀 위협적이지 않았지만 그렇게 평온하고 담담하게 쳐다보니, 괜히 뜨끔한 사람들이 웃음을 거두었다. 적막함도 감염이 되는지, 초왕부 앞의 커다란 공터가 쥐 죽은 듯 고요해졌다. 사람들이 조용해지자, 그녀가 드디어 살며시 웃으며 말했다.

"가마를 세울 곳이 없어?"

봉지미의 말은 물음이 아니라 강한 긍정이었다. 고개를 돌리고 사방을 휘휘 둘러본 그녀는 손을 대충대충 휘저으며 말했다.

"내 가마 하나 세울 곳이 없다니, 그럼 쪼개 버려라."

"네!"

공터에 가득한 여인네들은 그 말이 무슨 뜻인지 알아듣지 못하고 그저 무쇠 같은 호위병들이 한꺼번에 내지르는 소리만 들었다. 그들의 대답 소리는 마치 수십 마리 사자가 포효하듯 우렁찼다. 그 때문에 한 여인은 깜짝 놀라 비틀거리기까지 했다.

채앵!

호위병 수십 명이 일제히 칼을 뽑아 들었다. 초원의 곡도가 햇빛 아래에서 유려한 곡선미를 뽐냈다.

"찍어!"

칼 수십 자루가 쐐액 소리를 내며 일제히 가마에 내리꽂혔다.

"올려!"

무사 수십 명이 팔을 휘둘러 올리자, 수십 개의 칼날이 가마를 쪼개는 소리가 '끼긱' 하고 들렸다. 가마는 순식간에 산산조각이 나 버렸다! 요란한 소리가 울려 퍼진 가운데, 박살이 난 널빤지와 비단 요, 보석으로 치장한 가마 꼭대기, 비취를 늘어뜨린 휘장이 바닥에 나뒹굴었다. 호위병들은 아무런 망설임 없이, 가마를 조각조각 냈다. 그들은 가차 없이 칼을 내리꽂았고, 칼솜씨도 빨랐다. 가마를 베어내는 표정이 누가 봐도 꼭 사람을 베는 것 같았다. 만약 방금 그 명령이 사람을 향한 것이었다 해도 분명 이렇게 조각조각 내고 말았을 것이었다. 관원들의 얼굴이 새파랗게 질렸다. 몇몇 여인네들은 눈을 뒤집고 정신을 잃기도 했다. 봉지미는 가마가 가루가 되는 모습을 덤덤하게 지켜보다가 손을 들었다. 호위병들이 칼을 멈추었다.

"가마를 쪼개 버렸으니, 이제 자리를 차지하지 않겠지?"

봉지미가 돌아서서 빙그레 웃으며 가장 먼저 자신의 가마를 밀어낸 문지기에게 물었다. 그는 얼굴이 흙빛이 되어 양다리를 후들후들 떨었다. 한참을 버벅거리던 그는 한마디도 제대로 하지 못했다.

"이렇게 넓은 초왕부 입구에 내 가마 하나 놓을 곳이 없다는데, 나도 난처하게 해 드릴 수는 없지."

봉지미는 온화하게 말했다.

"이제 내 가마를 쪼갰으니까, 틀림없이 어딘가에 끼워 넣을 수 있을 텐데?"

하인 수십 명은 그 자리에서 목석이 되어 버렸다. 봉지미의 말에 아무도 대답하지 못했다. 그녀는 예의 바른 웃음을 짓고는 손을 흔들었다. 그녀의 용맹한 호위병들은 박살이 난 널빤지와 비단 요, 반쪽이 된 가마 꼭대기를 안아다가 다른 마차와 가마들 틈새로 쑤셔 넣었다. 관원들은 한바탕 기침을 하기 시작했다. 이렇게 엉망진창이 된 물건들을 사이에 끼워놓았으니 그들의 마차가 앞으로 나아갈 리가 만무했다. 아까 그녀의 가마가 오도 가도 못 하게 된 것처럼 자신들의 가마와 마차도 꼼짝을 못하게 될 것이다.

"미안합니다. 비좁네요. 좀 끼어듭시다."

봉지미는 생글생글 웃으면서 죽을상을 하는 관원들에게 인사를 했다. 관원들은 모두 눈만 동그랗게 뜨고 볼뿐, 꿀 먹은 벙어리처럼 아무 말도 못 했다. 여장수의 딸이자, 초원의 왕비인 이 여인은 시집을 가기 전에는 있는 듯 없는 듯 존재감이 없었다. 그리고 제경에서 몇 년이나 떠나 있어 사람들의 기억 속에 별다른 인상이 남아 있지도 않았다. 과부는 업신여기고 깔보아도 된다고 생각했던 사람들은 이번에 아주 호되게 당하고 있었다.

"전하 댁의 입구가 너무나 작아서 어쩔 수 없이 가마를 부숴 버린 것이네."

봉지미는 정색하고 자신이 데려온 하인에게 말했다.

"전하는 언제나 인자하고 너그러우신 분이니, 나에게 손해를 끼치려 들지 않으실 거야. 이렇게 하자. 우리가 가져온 선물 목록을 다시 챙겨

라. 그러면 전하께서 내 가마를 물어 주시는 것이니 선물을 보내고 받는 번거로움을 줄일 수 있잖니."

이미 선물 목록을 받아 챙긴 문지기는 그 말을 듣자마자 손이 허공에서 굳어 버리고 얼굴에 경련이 일었다. 봉지미는 그 목록표를 가로채 그대로 찢어 버렸다. 빨간 선물 목록표가 종잇조각이 되어 유유히 나부끼자, 장내가 조용해졌다. 그녀는 선물 목록을 찢어 버릴 핑계가 생겨 통쾌하다는 생각을 하면서 손을 털고 웃었다. 이미 죄인으로 낙인찍혔으니, 오늘 이 일을 참고 넘어간다면 나중에는 더 많은 사람이 그녀를 짓밟으려 할 것이다. 그건 아니 될 일이다. 절대 허락할 수 없다.

봉지미가 태연자약하게 손을 휘두르자, 호위병들은 꼿꼿이 서 있는 문지기를 밀쳐냈다. 그녀는 느긋한 발걸음으로 여유 있게 안으로 들어섰고, 현장에 남은 관원들은 무언가에 홀린 듯 그녀의 뒷모습만 바라보았다. 그녀가 문으로 들어서자, 하녀가 그녀를 뒤뜰로 안내했다. 여자 손님들은 앞채에서 술을 마시지 않는 것이 관례이니 모두 뒤뜰에서 술자리를 벌이고 있었다. 문 앞에서 일어난 일은 아직 후원까지 전해졌을 리가 만무했다. 그녀가 뒤채로 들어서자 거기 있던 사람들은 또 경멸하는 눈빛들을 보냈다.

천성의 예법에서 본처와 첩은 구분이 확실했다. 아무리 측비라도 친왕과 함께 절을 올릴 수는 없었다. 말하자면 아주 지위가 높은 첩 신세인 것이다. 추옥락은 앞채에서 책봉 교지를 받고 곧바로 신방으로 부축되어 들어갔다. 그나마 체면을 차린 것은, 영혁을 구한 그녀에게 황제가 손수 교지를 내린 것이었다. 이는 친왕의 측비에게 대단한 영광이었다. 측비의 부모는 친왕에게서 앉은절을 받을 수 없는데, 추씨 집안에는 지금 집안의 대소사를 책임질 직계 어른이 없었다. 추 부인은 중풍으로 말을 잃어 저택 밖으로 나올 수가 없었다. 추씨 집안의 먼 친척 형제들은 모두 강회에 있는데, 추옥락과 이씨 집안의 이혼 소송으로 체면

風叔

289

이 땅에 떨어졌다며 진즉부터 왕래를 끊은 상황이었다. 그나마 이번에 초왕에게 시집을 가게 되어 강회에서 몇 명이 왔을 뿐이었다. 그래도 추옥락의 친형제, 형수들은 일찍부터 왔다. 추부의 도련님들은 요 몇 년 위지에게 당해 기가 많이 죽었고, 육부에서 말단 관리직을 맡으며 두각을 드러내지 못하고 있었다. 그러다가 최근에야 겨우 여기저기 빌붙어 형편이 나아지니 모두 모습을 드러낸 것이었다.

술자리는 아직 시작하지 않았다. 관례대로 우선 신방으로 가서 신부를 보아야 했다. 봉지미는 시녀를 따라가다, 신방 앞의 회랑을 돌아섰다. 그 순간, 한 사람이 나타나 반가운 듯 손뼉을 치며 소리를 질렀다.

"아이고, 이게 누구야, 우리 집안의 봉 동생 아니신가? 아, 아니, 실례했네. 순의 왕비마마이시지. 옥락이 대단하긴 하나 보네! 마마님께서 친히 축하하러 다 오시고 말이야!"

말이 떨어지기가 무섭게 여자들이 우루루 나타나 킥킥거리고 웃었다. 그녀들은 문 앞을 막은 채, 의미심장한 태도로 서서 봉지미를 위아래로 훑어보았다.

"아유, 제경에서 그 이름도 드높은 순의 왕비네. 역시 도리도 알고 의리도 있으셔!"

"제경에서 제일로 뻔뻔한 여자가 어찌 감히 여기에 있대, 그 참 이상한 일일세!"

"좋은 뜻으로 왔겠어? 다 죽어가는 전하를 보고도 구하질 않아서 하마터면 돌아가실 뻔했잖아. 옥락이 걱정하는 마음에 전하의 뒤를 몰래 따라가지 않았으면 전하가 저 여자 손에 돌아가셨을지도 모를 일……."

"여기가 신방인데, 과부가 어떻게 여길 들어와. 재수 없는 기운을 옮기면 안 될 텐데. 왕부에 안주인이 없으니 하인들이 일하는 것도 아주 근본이 없구나. 다행히 이제는 측비가 있겠지만……."

"왕비는 용모도 인품에 걸맞게 아주 놀랄 노자구먼…… 저 누런 얼굴 좀 봐! 누가 봐도 곧 죽을 재수 없는 상이잖아!"

"눈썹마저 불길해. 오죽하면 부모 형제까지 다 잡아먹었을까!"

"아유, 그만해. 얼굴색하고 눈썹만 아니면 다른 곳은 그럭저럭 괜찮네…… 요염한 듯싶기도 하고. 순의 대왕은 저 여자한테 가질 말아야 했는데…… 저 여자한테 가는 바람에…… 그래서 돌아가신 거잖아. 하하……"

"……"

사방이 조용해졌다. 모두가 우물에 빠진 사람에게 돌을 던지고 있었다지만, 그래도 신분을 생각해 어느 정도는 자중하고 있었다. 그런데 마지막 두 마디는 도를 넘어서고 말았다. 모두의 얼굴이 껄끄러운 표정이 되었다. 유일하게 표정이 흐트러지지 않은 사람은 바로 봉지미였다. 그녀는 찬찬히 눈을 들어 사람들을 쓱 훑어보고 마지막으로 말을 한 사람에게 시선을 고정했다. 그녀의 눈빛을 본 사람들은 우물에 내려앉은 달빛처럼 싸늘한 그녀의 시선에 소름이 쫙 끼쳤다. 여인들의 표정이 급변했다. 그녀들은 살기가 무엇인지 잘 몰랐지만, 지금은 입을 열 때가 아니라는 것만은 알았다. 그녀의 옆에 선 초원의 건장한 여자 호위가 손을 칼자루 위에 걸쳐 놓았기 때문이었다. 초왕부의 한 유모가 다급하게 달려와 용기를 내어 그녀에게 이야기했다.

"왕비마마, 왕부의 귀빈이시니 이 식견 없는 아녀자들과 어울리지 마십시오. 화청에서 차를 대접해 올리겠나이다……"

"옳은 소리도 있었다."

봉지미는 유모의 말을 듣는 둥 마는 둥 하다가, 그녀가 말을 마치자 느긋하게 이야기했다.

"왕부에 안주인이 없으니 하인들이 일하는 것이 아주 근본이 없어. 측비를 들였으니 격식을 좀 갖추었으면 싶구나."

風권
291

이윽고 봉지미는 뒷짐을 지고 그 자리에 서더니 고함을 고래고래 질렀다.

"추옥락!"

그 목소리에 사람들을 모두 화들짝 놀랐다. 신방 앞에서 신부를 불러내는 것은 정말 듣도 보도 못한 행실이다! 사방이 물을 끼얹은 듯 조용했기에, 봉지미의 목소리는 더욱더 똑똑히 들렸다.

"이제 초왕부에 안주인이 들어섰으니, 주제넘게 이것저것 탓하지는 않겠다."

봉지미의 목소리가 냉랭했다.

"왕부에서 공공연하게 성상을 욕보이고 조정의 번왕을 폄훼하고 상스러운 말로 나라의 체면을 깎아내리는구나. 왕부의 안주인이라는 사람은 이를 등한시하고 수수방관하고. 너는 저 여자들의 뒤를 봐 주면서 같은 죄를 지으려는 것이냐?"

사방에 있던 사람들이 깜짝 놀라 숨을 헉 들이켰다. 신방 안에서는 약간 소란이 일었다.

"누가 성상을 욕보여, 헛소리하네."

조금 전, 봉지미에게 부모 형제를 잡아먹었다고 한 여자는 추옥락의 둘째 올케였다. 그녀는 얼굴이 하얗게 질린 채 봉지미를 향해 삿대질을 했다.

"전하와 마마의 경삿날이야. 당신이 남 헐뜯고 허튼소리 지껄이라고 있는 날이 아니라고!"

"곧 죽을 사람은 나한테 얘기하지 마시지. 재수 옴 붙을 테니까."

봉지미는 추옥락의 둘째 올케를 보지도 않고 이야기했다.

"추 측비, 이렇게 나온다 이거지? 좋네. 좋아."

봉지미는 미소를 지으며 뒤로 한 걸음 물러섰고, 뒤에 있던 호위가 앞에 나섰다.

"마마, 마마, 지금 나가시면 안 돼요."

"마마를 막아, 못 나가시게 막아."

신방이 더 소란스러워지며, 갑자기 선홍빛 주렴이 걷혔다. 흔들리는 주렴 알 사이로 시뻘겋게 달아오른 한 사람이 뛰쳐나왔다. 머리 위에 붉은 면사포를 덮고 손에는 유리 법랑으로 만든 손톱 장식을 끼운 그녀는 통로의 난간을 거칠게 두드리며 바락바락 소리를 질렀다.

"봉지미!"

봉지미가 고개를 들었다. 낮은 곳에 서 있었지만, 기세는 오히려 꿇리지 않았다. 그녀는 평온하게 추옥락을 보며 말했다.

"추 측비."

추옥락이 부들부들 떨며 고개를 이리저리 돌렸다. 그녀의 붉은 면사포는 미세한 구슬을 하나하나 기워 만든 것이어서 봉지미의 모습이 희미하게 보였다. 냉랭하게 자신을 쏘아보는 눈빛이 느껴졌다. 추옥락의 손가락이 난간을 파고들었다. 갑자기 땀이 후끈 솟아났다.

……

온 제경은 추옥락이 낭군을 구한 이야기로 떠들썩했다. 그녀에 대한 칭송만큼 순의 왕비는 죽어가는 사람을 버린 몰염치한 사람이라는 욕을 먹고 있었다. 그리고 그날 순의 왕비의 마차 안에서 '구한' 것은 몸을 이미 거의 회복한 영혁이었다는 사실은 추옥락 혼자만이 알고 있었다. 그녀가 아주 오랫동안 질투하고 미워해 온 이 여인은 그의 생명을 구한 은인이었다. 추옥락은 이 생각이 머리에서 떠나지 않아 마음속에서 두려움과 증오가 피어났다. 혹여나 봉지미가 찾아와 소란을 일으키면 어떻게 해야 하나 두려웠고, 왜 봉지미가 먼저 전하를 구했는지 화가 나 미칠 지경이었다. 자기가 갔어도 당연히 전하를 구할 수 있었을 텐데……. 그랬으면 이렇게 가슴 졸일 필요도 없었을 텐데 말이다! 그런데 뜻밖에도 그녀가 진짜 나타났다! 심지어 야단법석을 떨면서 나타났다. 자신의 명예를 되찾기 위해서일까? 아니면 전하를 뺏어 가려고? 일단 뭘 하러 온 건지 봐야겠지!

"왕비!"

추옥락이 깊게 심호흡을 하고 냉정을 되찾았다.

"오늘은 전하와 나의 경사가 있는 날인데, 이렇게 예의에 어긋나는 행동을 하다니……. 신부를 문밖으로 불러내는 건 뭐 하자는 거지? 초왕부와 대적이라도 하겠다는 건가?"

"불경한 짓을 저지르고 초왕부의 미움을 살까 겁낸다면, 그건 내가 아니지."

봉지미는 웃을 듯 말 듯 추옥락을 보았다. 그녀의 몸이 덜덜 떨리는 것을 보고는 덧붙였다.

"난 그저 측비에게 공정함을 논하고 싶을 뿐이야."

"무슨 공정?"

추옥락이 차갑게 쏘아붙였다.

"저들의 말 중에 어디 틀린 데가 있던가?"

"오?"

봉지미가 추옥락을 보면서 천천히 웃음 지었다. 온화한 듯 보였지만, 오히려 그녀를 경멸하는 웃음이었다. 봉지미는 평온하게 이야기를 이어 갔다.

"나에게 왕비 말고 성영 군주라는 봉호가 있다는 걸 잊어버린 걸 보니 다들 정말 건망증이 심한 모양이군. 장희 16년에 황제 폐하께서 나를 수양딸로 들이셨지."

모여 있던 사람들은 그제야 깨닫고 얼굴색이 변하기 시작했다. 부모 형제를 잡아먹었다고 봉지미를 욕했던 추옥락의 둘째 올케는 아예 몸에 힘이 풀리고 말았다.

"이 몸은 황송하게도 황제 폐하의 성은을 입었어."

봉지미는 황궁 방향으로 두 손을 맞잡고 예를 갖추었다.

"폐하께서 내 아버지가 되셨으니, 초왕 전하도 어쩔 수 없이 내 오라버니인 셈이지. 그럼 같은 아버지를 둔 남매인데…… 나에게 부모 형제를 잡아먹었다고 했던가?"

추옥락의 올케가 눈을 하얗게 까뒤집으며 쓰러졌다. 사람들은 안색이 새파랗게 질리며 감히 숨도 크게 내쉬지를 못했다. 추옥락은 얼이 빠진 채로 서 있었다. 그녀의 손톱이 난간을 깊숙이 파고들었다.

"호탁부는 충성스러운 속국으로 천성의 보호막이었고, 돌아가신 순의 대왕은 그 공이 혁혁한 나라의 대들보였지. 꽃다운 나이에 일찍 떠나서 폐하께서도 애석해하시면서 '나라를 위해 힘을 다하고 일찍 떠나갔다'고 친히 말씀하셨다."

봉지미는 마지막으로 말을 했던 여자를 노려보았다. 3품 관리의 안사람인 듯한 그녀는 봉지미의 시선에 어찌할 줄 몰라 당황하며 자꾸만 뒤로 물러섰다.

"너같이 비열한 여인이 감히 초원 사람들이 보는 앞에서 대왕과 그의 왕비를 비방하다니…… 호탁부의 백만 사내들이 무섭지도 않으냐? 신하와 백성들을 사랑하고 아끼는 황제 폐하가 두렵지도 않으냐?"

"여기서 그런 쓸데없는 소리는 그만해!"

분노가 극에 달한 복도 위의 추옥락이 난간을 거칠게 때리며 큰소리로 말했다.

"그냥 농담 좀 한 거 가지고 음흉하게 온갖 구실을 다 갖다 붙여서는 사람을 겁주는구나. 죄도 없는 사람들에게 중죄가 있다고 모함하고 초왕부를 헐뜯으면서 걸고넘어지는 까닭이 뭐야? 이 세상천지에 너같이 악독한 심보를 가진 여자가 또 있을까? 폐하께서는 덕이 높고 인자하신데 네 한쪽 말만 들으시겠니?"

"뭐? 한쪽 말?"

봉지미는 눈을 게슴츠레하게 뜨고 추옥락을 보면서 미소 지었다.

"누군가가 내뱉은 한쪽 말 때문에 다른 누군가가 사람들의 손가락 질을 받게 되는 일은 허다하지."

추옥락은 당황한 듯 고개를 돌리고 봉지미의 시선을 피하면서 차갑 게 말했다.

"너같이 팔자가 드센 외톨이들은 스스로 신세를 망치고 손가락질을 받을 수밖에 없지. 나도 너랑 더 말싸움은 안 할 테니 너도 그만해. 여기 서는 그나마 내가 봐 주고 넘어가겠지만, 전하를 귀찮게 하면 좋은 꼴 은 못 볼 거야!"

"팔자가 드센 외톨이는 손가락질을 받을 수밖에 없단 말이지."

봉지미는 담담한 어투였다.

"그래도 염치없이 사람들을 속이고 남의 명예를 훔치는 도둑보다는 낫지."

"너……."

봉지는 추옥락을 향해 웃었다. 그녀는 말문이 턱 막히고 말았다. 봉 지미의 아득한 눈빛을 본 그녀는 여기서 더 대거리하면 안 된다는 것을 깨달았다. 그녀는 바보가 아니다. 봉지미가 전하를 구한 진상을 밝히지 못하는 데에는 분명 무슨 이유가 있다는 생각이 들었다. 구해 준 당사 자가 말을 하지 않는 걸 자신이 기뻐해도 모자랄 판에, 괜히 나서서 진 실을 말하라고 을러댈 필요가 어디 있단 말인가? 그녀는 숨을 깊이 들 이쉬고 가슴 가득 끓어오르는 분노를 꾹 눌렀다. 그리고 눈알을 굴려 사방을 휘 둘러보았다. 초왕부의 하인들 외에는 전부 자신에게 축하하 러 온 지인, 친지들뿐이었다. 일단 생각이 싹트고 나니 속으로 더 확신 이 들어 차갑게 쏘아붙였다.

"도대체 누가 성상을 욕보이는 이야기를 했다고 거야? 누가 조정의 번왕을 폄훼했다는 말을 했다고 그래? 나는 네가 네 부모를 잡아먹었다고 하는 소리만 들었어. 그건 천성의 누구라도 다 아는 얘기잖아, 아니야?"

추옥락이 눈길을 보내자, 사람들은 모두 무언가 알아차린 듯 고개를 주억거리며 너도나도 한 마디씩 거들었다.

"그렇고말고……"

"왕비가 성질머리가 사나워서 남의 얘기를 잘 들어보지도 않고 아주 제멋대로네."

누군가는 소매로 얼굴을 가린 채 낮은 목소리로 이야기했다.

"우리가 좀 심했네. 왕비가 부모님을 잡아먹고 동생에 부군까지 잡아먹었다는 이야기는 듣기 힘들었을 텐데."

아까 얼굴이 하얗게 질렸던 3품 부인이 대뜸 눈짓을 보냈다. 그리고 거드름을 피우며 봉지미에게 다가가 사과하는 시늉을 했다.

"사실이라고는 하나, 듣고 싶지 않은 게 당연하겠지. 아까 미안했다고 하면 되죠?"

그 여자 옆쪽에서 또 다른 목소리가 들렸다.

"이 미친 여자가 앞뒤도 따져보지 않고 사람을 모함하네!"

쓰러졌던 둘째 올케는 추옥락의 말을 듣고 갑자기 정신을 번쩍 차리더니 일어서서 '홍' 하고 콧방귀를 뀌었다.

"내가 언제 부모 형제를 잡아먹었다고 했어? 자기가 오히려 성상을 욕보이는 거 아니야?"

"누가 아니래! 남이 혼인하고 즐거운 꼴을 못 보는 거지. 아주 실성한 것 같아!"

추옥락이 억지를 부리자, 여자들은 다시 기세등등해졌다. 비웃고 조롱하는 소리로 뒤뜰이 한바탕 소란해지고 여자들은 이제 봉지미에게 대놓고 쏟아내기 시작했다. 문 앞에서 봉지미가 가마를 박살 내 버린 것을 본 여자들을 제외하고는 대부분 초왕부 새 안주인의 비위를 맞추기에 급급했고 서로 자신의 말솜씨를 뽐내느라 바빴다. 장내가 시끌벅적해지자 추옥락은 더 득의양양했고, 마음속의 분노도 조금 가시는 듯했다. 이리저리 고개를 돌리며 사람들의 표정을 살피는 그녀의 눈가에 악랄함이 스쳤다. 오늘 이 여자 때문에 괜히 책잡혀서 초왕부와 자신의 명성에 금이 가게 만들 수는 없었다. 차라리 사람들이 많이 모인 참에 바닥까지 주저앉도록 욕을 보여서 앞으로는 얼굴도 들이밀지 못하게 하는 게 나을지도 모른다!

"왕비는 과부가 된 지 얼마 안 됐으니 마음이 아파 실성했겠지. 그래서 분별이 더 없었던 것이고."

갑자기 추옥락의 말투가 달라졌다. 그녀는 높은 곳에서 굽어보는 듯 아래턱을 높이 쳐들고 봉지미를 보았다. 말투 속에 동정과 경멸이 뒤섞여 있었다.

"어쨌든 처지가 딱하게 된 사람이잖아. 원래 우리는 친척이니까, 평소라면 그냥 넘어갈 수 있어. 그런데 오늘은 다르잖아. 오늘은 전하께서 경사스러운 일을 맞는 날이라 조정의 백관들이 와서 축하하고 귀인들이 다 모이셨잖아. 행여 말 한마디라도 잘못 새어 나가서 오해를 불러일으키면 누가 책임을 질 거야? 왕비, 네가 나를 재수 없게 신방에서 불러낸 건 우리 둘이 따지면 그만이야. 그런데 나는 이 초왕부의 하나뿐인 안주인이라고. 초왕부의 존엄과 명성을 짓밟도록 가만히 둘 수는 없단 말이다."

추옥락의 말투가 어느새 위엄 있고 엄숙하게 변했다.

"왕비, 네가 군주의 신분이라고 하니 얘기해 보자. 오늘 일을 제대로 설명하지 않아도 우리 내무부에서는 그냥 넘어갈 수도 있어. 하지만 하늘의 법도는 어떤지 어디 한번 똑똑히 밝혀 보자!"

봉지미는 뒷짐을 진 채, 추옥락을 차갑게 바라보았다. 이씨 가문에서 몇 년 동안 며느리로 있더니 실력이 많이 늘었다. 억지를 부릴 줄도 알고, 중요한 건 피해 가면서 말꼬리를 물고 늘어지는 데도 능숙했다. 왕비가 아닌 군주의 신분이라면 내무부에서 징계할 수 있다는 것까지 생각해냈다. 대담하고 똑똑하다. 과연 남의 공로를 가로채고도 얼굴색 하나 변하지 않고 영혁조차 속일 만한 여인이었다.

"일은 양심에 맡겨야지."

추옥락이 냉소를 머금고 천천히 층계를 내려왔다.

"논쟁이라는 게 뭐 원래 서로의 의견을 고집하는 것이겠지. 너는 누군가 성상을 욕보이고 번왕을 폄훼했다고 했지만, 나는 그런 말을 들은 적이 없어. 우리 초왕부는 힘이 있다고 남을 업신여기지 않거든. 그러니 공평하게 지금 바로 모두에게 한번 물어보자. 누구라도 그런 말을 들었다고 증언해 준다면, 오늘은 봐 줄게. 그렇지 않으면……."

추옥락은 독살스럽게 웃었다.

"나도 더는 참기가 힘들겠어!"

봉지미가 눈꼬리를 치켜들고 조용히 말했다.

"뭐?"

추옥락은 치맛자락을 들어 올리고 느릿느릿 층계를 내려와 한 사람 한 사람에게 물었다.

"들었어?"

"아뇨!"

올케가 힘차게 고개를 저었다.

"들으셨소?"

3품 부인이 차갑게 웃었다.

"다들 귀가 있는데, 거짓말은 못 하지요! 초왕부가 그렇게 만만한 곳입니까?"

부인은 말을 마치고 위협적인 눈빛으로 사방을 훑었다. 그녀와 눈이 마주친 사람들은 모두 고개를 숙였다.

"들었어?"

"…… 전 한참 멀리 서 있어서……"

"들으셨어요?"

"…… 전 방금 왔습니다……"

추옥락의 얼굴에 득의양양한 기색이 점점 더 짙어졌다. 봉지미의 입가에서는 조금씩 냉소가 삐져나왔다. 사람들은 항상 그랬다. 높은 곳에 올라서면 아래를 짓밟고, 약한 사람 앞에서는 이기적이었다. 추옥락은 기분이 좋아 치마를 붙들고 장내를 한 바퀴 다 돌았다. 그러다가 낮은 나무 뒤로 보이는 빨간 두루마기 자락을 발견했다. 어느 댁 부인이 몰래 나무 뒤에 숨어서 듣고 있다고 생각한 그녀는 경쾌한 발걸음으로 다가갔다.

"당신은 들었……"

추옥락의 목소리가 일순간 뚝 그쳤다. 이윽고 그 사람이 나무 뒤에서 나와 까맣고 깊은 눈동자를 그녀에게 고정한 채, 담담하게 말했다.

"본 왕은 들었다."

대단원 (상)

추옥락은 눈을 동그랗게 뜨고 영혁을 바라보았다. 치맛자락을 올려 잡은 자세 그대로 멍하니 제자리에 서서 아무런 반응도 하지 못했다. 왁자지껄하던 뒤뜰이 순식간에 조용해졌다. 모두의 얼굴에서 핏기가 싹가셨다. 그는 눈을 들어 장내의 부인들에게 웃음을 보였다. 여인들은 얼른 그를 따라서 딱딱한 미소를 지어 보였다.

"앞채에서 이미 주연이 열리고 있는데 부인들은 여기서 이러고 계시다니, 왕부에서 대접하는 술이 맛이 없어 그러시는 것이오?"

영혁은 다정한 말투에 웃음을 띠고 있었지만, 그 말이 곧이곧대로 들리지 않았다. 여인들은 그의 말에 다급하게 "그럴 리가요." 하며 인사를 하더니 재빨리 몸을 웅크리고 자리를 빠져나갔다. 눈 깜짝할 사이에 사람들이 빠져나가는 것을 본 추옥락의 둘째 올케와 3품 부인은 사람들 틈에 섞여 도망가려고 했다. 그는 웃음을 머금고 제자리에 서서 아무 말이 없다가, 그 두 여인이 자신의 곁을 지나갈 때 갑자기 말했다.

"두 분은 남으시오."

두 여인이 몸을 흠칫하더니 그 자리에 멈춰 섰다. 그리고 빳빳이 굳은 어깨로 긴장한 듯 뒤돌아섰다.

"오늘은 하객들께서 운집하셨소이다. 궁에서도 하객들이 많이 오셨고요."

영혁은 느릿느릿 이야기를 시작했다.

"방금 두 분이 하신 말씀을 제 첩비가 귀가 좋지 않아 듣지 못하였고, 다른 분들도 이상하게 전부 듣지 못했다 하더군요. 애석하게도 들을 것은 들어야 하고, 떼를 쓴다고 해서 될 일은 아니지요. 초왕부의 가풍은 여태껏 그런 적이 없습니다. 이 영혁이 재주는 볼품없을지 몰라도, 성상을 기만하는 마음만은 절대 품어 본 적이 없었소이다. 그러니 터무니없이 억지를 부려서 허물을 덮어 버릴 수는 없소."

영혁이 고개를 돌리자, 칠흑 같은 눈동자가 차갑게 웃으며 질겁한 여인들을 바라보았다.

"두 분이 손수 대리사로 가서 죄를 시인하시겠소? 아니면 왕비에게 죄를 시인하시겠소?"

"몸 둘 바를 모르겠습니다."

봉지미가 얼른 웃으며 영혁의 말을 받았다. 두 사람은 웃고 있었지만, 그 미소는 사람들을 소름 끼치게 했다. 두 여인은 다리에 힘이 풀려 바닥에 쿵 무릎을 꿇고 말았다. 추옥락이 화들짝 놀라 소리 질렀다.

"전하……."

"추 측비."

영혁은 추옥락을 한 번 부름으로써 다음에 이어질 그녀의 말을 막아 버렸다.

"본 왕은 그대가 대갓집 출신이라 왕부의 안주인 노릇을 잘 해낼 거로 생각했소. 그런데 지금 보니 본 왕이 틀렸군."

"전하……."

추옥락이 비틀거렸다. 주렴 뒤 그녀의 얼굴이 새하얗게 질렸다.

"저…… 저도 왕부의 명성을 생각해 그리 하였……."

"왕부의 명성?"

영혁이 몸을 약간 숙이고 새빨간 주렴 뒤 추옥락의 눈을 가만히 보았다.

"오늘이 무슨 날이오? 그대는 여기에 왕부 사람과 그대의 사람들만 있다고 생각한 건가? 방금 있었던 그 일이 폐하의 귀로 들어가는 것이 시간문제라는 걸 알고는 있는 거요? 그대가 똑똑한 사람이라면 왕비가 두 여인의 잘못을 지적했을 때, 사실 관계를 밝히고 공평타당하게 처리했어야지. 그게 바로 초왕부의 명성을 지키는 처사일 터인데 그대는 어찌하였소? 무례하게 헐뜯고 사실을 왜곡하고 옳고 그름을 혼동하였소. 초왕부의 안주인이 아니라, 시장에서 저울을 눈속임하고 시치미 떼는 막돼먹은 여자 같았다고!"

영혁의 목소리는 낮았고 말투도 엄하지 않았다. 그러나 한 자 한 자가 가시 돋친 듯 모질었고, 인정사정 볼 것 없이 냉혹했다. 그의 말을 듣는 내내 추옥락은 귓가에 천둥이라도 치는 듯 머릿속이 하얗게 변해 가고 있었다. 수치심에 마음이 아팠고 화가 나고 절망스러웠다. 오만가지 생각이 물밀 듯이 덮쳐 오며 숨쉬기가 힘들고 눈앞에서는 불꽃이 번쩍였다. 그의 얼굴이 바로 코앞에 있었다. 하지만 그 잘나고 멋있는 얼굴이 지금 이 순간에는 너무 낯설고 잔인하게만 보였다. 그녀는 망연자실한 듯 뒤로 한 발 물러나 곁에 있는 나무를 붙잡았다. 그녀의 얼굴이 창백해지고 곧 쓰러질 듯 흔들거렸다. 하지만 주변의 유모들도 감히 나서서 그녀를 부축하지 못했다. 그렇다고 해서 그는 그녀를 봐 줄 생각이 없었다. 그는 뒤로 몇 걸음 물러나서 그녀를 바라보며 말했다.

"잘못을 저질렀으니 어디 만회해 보시오. 이 두 여인을 그대에게 알아서 하라고 하면, 어찌할 생각이오?"

"옥락, 옥락아……."

추옥락의 올케가 영혁의 말을 듣고 얼른 나섰다.

"나는 그저 별생각 없이 무심코 한 말이야. 이 올케 좀 살려 주라. 나는 네 친올케잖아……."

"부인, 부인……."

3품 부인이 눈물을 줄줄 흘리며 추옥락의 옷자락을 부여잡았다.

"제가 정신이 나갔었나 봅니다! 이 개 같은 입으로 말도 안 되는 소리를 했어요. 제발 딱 한 번만 봐 주세요. 제발 한 번만요……."

추옥락은 얼이 빠진 듯 가만히 서서, 두 여인이 매달리는 대로 바람 앞의 등불처럼 이리저리 휘청거렸다. 한참 후, 흔들리는 붉은 주렴 뒤로 굽이치며 흘러내리는 눈물이 반짝 빛이 났다. 두 여자는 잔뜩 긴장한 채, 그녀만 쳐다보고 있었다. 영혁은 웃을 듯 말 듯 한 표정으로 뒷짐을 지고 하늘을 보았다. 봉지미는 슬슬 지루한 듯 빠져나갈 궁리를 했다. 그러나 영혁이 그녀의 길을 딱 가로막고 있었다. 이윽고 추옥락이 깊은 한숨을 내쉬었다.

"두 부인은 저희 초왕부에서 허튼소리를 함부로 하여 성상을 욕보이고 이미 돌아가신 번왕을 폄훼하였습니다. 이런 대역무도한 말을 가만히 듣고 넘길 수는 없습니다."

처음에는 떨렸지만 추옥락의 목소리는 갈수록 안정을 되찾아 한마디 한마디가 차갑고 쓸쓸했다.

"여봐라."

초왕부의 호위병들이 곧바로 대령했다.

"대리사로 보내, 그곳의 처분에 따르도록 해라."

"네."

"살려 주세요. 살려 주세요……."

두 여인은 돼지 멱따는 소리가 목구멍으로 나오기도 전에 호위병들에 의해 아주 깔끔하게 꽁꽁 매여서 끌려갔다. 영혁이 호위병들에게 조용히 이야기했다.

"여인의 부군들에게 알려라. 추후에도 엄하게 가르치지 않아 아내가 화를 일으키면 함께 다스리겠다고."

"네."

추옥락이 덜덜 떨며 이를 꽉 물었다. 영혁은 돌아서서 복도 아래에서 멍하니 서 있는 시녀들에게 말했다.

"부인이 피곤할 테니 더 소란피우지 말고 모두 물러가라."

하인들은 소리 없이 물러났다. 추옥락은 그제야 "흐흑" 하고 울음을 터뜨렸다. 그녀는 치마를 붙잡은 채, 영혁의 곁을 스치고 봉지미를 치고 달려 나가 쿵쾅거리며 신방으로 들어갔다. 그리고 억장이 무너지는 울음소리가 들려왔다.

뒤뜰은 안정을 되찾았고, 봉지미는 울음소리를 들으면서도 담담했다. 속으로 사죄는 이 정도면 됐으니, 나중에 몰래라도 신혼부부에게 사죄하고 부드러운 말로 달래서 눈물을 거두고 웃을 수 있게 해야겠다고 생각했다. 사람이라면 깨닫는 바가 있을 터였다. 그녀는 영혁에게 얼굴 가득 거짓 미소를 띠고 대충 인사를 한 후 이야기했다.

"전하의 공정하고 옳으신 말씀에 감사드립니다. 신방에 소란을 일으켜서 죄송하고요. 연회 자리도 참석하기가 민망하니 그럼 이만 물러나……. 뭐하시는 겁니까?"

봉지미의 손목에 갑자기 손 두 개가 더해지더니 갑자기 그녀를 확 끌어당겼다. 그리고는 곧바로 신방으로 향했다!

"전하, 이게 무슨 짓입니까?"

봉지미는 매사에 침착하고 신중한 영혁의 평소답지 않은 모습에 당황했다. 몸부림을 치고 싶어도 주변이 신경 쓰였다. 그녀가 망설이는 사이, 호위병들이 영혁에게 칼을 뽑아 들자 칼에서 뿜어 나오는 빛이 그의 등에 비쳤다. 그러나 영혁은 아랑곳하지 않고 앞으로 걸어 나갔다. 그녀가 고개를 돌려 보니 굳게 다문 입술에서 화가 느껴졌다. 그녀는 속으로 한숨을 쉬고, 호위병들에게 괜찮다는 손짓을 보냈다. 호위병들이 칼을 거두었지만, 영혁은 그러거나 말거나 계단으로 올라섰다. 그리고 그녀를 끌고 가 방문을 열어젖혔다. 손목을 돌려 그녀를 문 뒷벽으로 몰아붙인 그는 아주 능숙한 태도로 팔꿈치를 그녀의 목 앞에 가로질러 놓았다. 그녀에게 도망갈 여지라고는 조금도 주지 않았다.

방 안에서 대성통곡을 하며 영혁이 와서 달래 주기만을 기다리던 추옥락은 고개를 들더니 "아" 하고 어리둥절했다. 그는 그녀에게 눈길도 주지 않았다. 오로지 맑고 그윽한 봉지미의 눈만 노려보다가 갑자기 고개를 숙이고 그녀의 손바닥을 움켜쥐었다. 그녀는 황급히 손을 빼고 벌컥 화를 냈다.

"남녀칠세부동석이라고 했습니다. 전하, 이게 무슨 짓입니까?"

영혁은 천천히 손을 움츠리고 눈을 게슴츠레하게 뜨더니 차갑게 웃었다.

"왕비, 아직 해명할 일이 하나 더 남았소."

"저는 다 말씀드렸습니다. 폐하 앞에서요."

봉지미는 영혁의 눈길을 피했다.

"더 설명해 드릴 필요는 없는 것 같은데요."

영혁이 봉지미의 눈을 매섭게 노려보며 한 글자 한 글자 힘주어 이야기했다.

"그대가 나를 혼자 마차에 내버려 두었다는 해명 말인가?"

봉지미가 영혁을 보았다. 머리칼과 눈동자가 흑단처럼 검은 그가 온통 붉은색 옷을 입으니, 평소와 다른 산뜻한 분위기를 풍겼다. 선명함이 그녀의 눈을 자극했다. 그의 눈동자 속에 오색찬란하게 꾸민 신방이 비쳤다. 그리고 동공 속의 빈자리에는 놀라면서 화가 난 추옥락의 얼굴이 비쳐 들었다.

"그래요."

잠시 후, 봉지미가 천천히 입을 열었다.

"그것 때문에 저를 미워하시더라도 받아들여야지요."

영혁이 짧게 피식 웃었다. 그리고 팔꿈치로 봉지미의 눈을 가리고 고개를 절레절레 흔들었다. 그의 목소리가 팔꿈치 아래에서부터 전해졌다.

"지미, 지미야, 너는 언제나 그렇게 고집을 부리는구나."

봉지미는 눈을 감고 나지막이 대답했다.

"그날 당신을 죽이지 못한 것이 안타까울 뿐이죠."

"그럼 좋다."

영혁이 팔꿈치를 내리고 봉지미를 차갑게 쏘아보았다.

"나는 네가 그렇게 말할 때마다 왜 한 번도 내 눈을 보지 않는지 정말 모르겠다."

봉지미는 퍼뜩 눈을 뜨고 영혁을 보면서 웃었다.

"내가 당신의 눈을 꼭 봐야 할 필요가 있나요?"

영혁은 고개를 젖히고 희미하게 웃었다. 웃음소리는 쓴 열매를 머금은 듯 이내 그쳤다.

"됐다. 너는 스스로 고통을 자초하지만, 나는 싫다."

봉지미는 더 이상 아무 말도 하지 않았다. 추옥락은 원래 화장대에 엎드려 울고 있다가, 영혁이 봉지미를 끌고 들어왔을 때, 몸을 틀어 어정쩡한 모양새로 두 사람을 보았다. 그들의 대화를 알아들을 수는 없었지만, 두 사람의 모습과 표정은 똑똑히 보였다. 영혁의 쓸쓸한 눈가가 보였고, 봉지미의 서늘하면서도 무언가를 감춘 듯한 눈빛도 보였다.

저 두 사람. 그들 사이에 끼어들 수 있는 사람은 없다는 생각이 들었다. 추옥락의 얼굴은 갈수록 더 창백해졌다. 그녀의 손가락이 무의식적으로 빗을 세게 움켜잡았다. 빗살이 날카롭지도 않은데 손바닥에 어찌나 세게 박혔는지 찢어질 듯이 아팠다. 참을 수 없는 듯 거친 그녀의 숨소리가 봉지미의 귀까지 전해졌다. 봉지미는 고개를 돌려 그녀를 힐끗 보았다. 그리고 속으로 한숨을 쉰 후 영혁의 손을 억지로 뿌리쳤다.

"전하, 여기는 제가 있을 곳이 아니네요. 놔 주세요."

"네가 있을 곳은 여기가 아니지."

영혁이 가만히 이야기했다.

"나는 정비 자리를 어떻게든 너에게 주려고 했다. 그런데 네가 바라는 것은…… 천하였어."

마지막 말이 영혁의 입에서 튀어나왔을 때, 두 사람은 모두 전율했다. 수년 동안 만남과 헤어짐을 반복하며, 두 사람은 이미 다 알고 있었다. 그러나 지금처럼 이렇게까지 노골적으로 드러낸 적은 없었다. 봉지미는 숨을 들이쉰 후, 그를 제치고 걸어 나갔다. 그가 그녀의 팔뚝을 붙잡자 발걸음을 내딛던 그녀는 그에게 이끌려 거칠게 돌아설 수밖에 없었다. 그가 고개를 숙여 서슴없이 그녀의 입술을 내리눌렀다. 그의 입맞춤은 너무나 단호하고 거칠었다. 하마터면 이가 부딪칠 정도로 거센 탓에 신음까지 흘러나왔다.

"전하!"

더는 견디지 못한 추옥락이 고함을 내질렀다. 영혁이 고개를 숙인 순간, 그녀는 빗을 내던지고 달려들었다.

"이러지 마세요. 이러시면 안 됩니다. 전하께서 이러시면 제가 뭐가 됩니까……."

영혁이 고개를 돌리고 추옥락을 주시했다. 무섭고 흉악한 눈빛이 아니었다. 흑옥처럼 새까만 눈동자가 연못처럼 깊고 그윽했다. 추옥락은 그런 그의 눈빛에 온몸이 굳고 말았다.

"네가 뭐가 되다니?"

영혁이 추옥락을 한참 보더니 슬며시 웃었다.

"본 왕이 너를 안중에 둔 적이 있더냐?"

"전하……. 전하 어찌 그런 말씀을……."

추옥락의 목소리가 떨려 왔다. 그녀의 얼굴을 뒤덮은 구슬의 빛이 어지럽게 흔들렸다.

"제가 전하를 구했습니……."

추옥락의 말이 중간에 끊기고 말았다. 영혁의 웃음이 점점 더 기이하게 일그러졌기 때문이었다. 연민, 조소, 조롱, 하찮음 등이 가득한 그의 눈빛……. 그녀의 온몸은 사시나무 떨리듯 떨리기 시작하면서 마음이 심연의 나락으로 떨어지는 것 같았다.

"그래. 내 목숨을 구한 은인이지."

영혁은 '은인' 두 글자에 이를 악물었다.

"그래서 내가 너에게 사례의 의미로 측비 자리를 주었지."

추옥락은 얼떨떨한 표정으로 영혁의 눈을 보더니, 갑자기 한 걸음씩 뒤로 물러나 비틀거리며 창문가로 다가갔다. 그는 그녀에게서 시선을 거두고 고개를 돌린 채, 이야기했다.

"추 측비, 똑똑한 사람은 자신의 자리를 알고, 해야 할 말을 하고, 해야 할 일을 하지. 분수도 모르고 선을 넘는 것은 그렇지 못한 사람이나 하는 짓이야."

영혁은 추옥락의 발치를 가리켰다.

"봐라. 이 석 자짜리 땅은 네 잠자리가 될 수도 있고, 묏자리가 될 수도 있어."

영혁은 심지어 손으로 네모반듯한 무덤 모양을 그려 보였다. 눈을 동그랗게 뜨고 그의 손가락이 무자비하게 움직이는 모습을 지켜보던 추옥락은 눈을 깜빡거리다가 숨도 제대로 쉬지 못하고 그대로 졸도해 버렸다. 그녀가 '콰당'하고 벽 모퉁이로 넘어지는 모습을 보는 봉지미의 입에서는 소리 없이 한숨이 새어나왔다. 그는 추옥락에게 눈길조차 주지 않고 봉지미만 쳐다보았다.

"왕비, 요 며칠 내가 이리저리 생각해 보았다. 네가 이렇게 거침없이 시원시원하게 내 혼사에 힘을 써 준 것은 무슨 일이 있어도 이번 생에 나와 한 침대를 쓰지는 못하겠다는 뜻이겠지. 그럼 너와 함께 묻힐 수 있는 영광은 누릴 수 있으려나?"

봉지미가 싱긋 웃고는 입술에 미소를 띠었다.

"살아서도 함께 누울 수 없는데, 죽어서는 어찌 한 무덤에 묻히겠어요?"

"화경은 십만대산을 떠날 준비를 마쳤다지?"

영혁이 갑자기 화제를 바꾸어 봉지미의 귓가에 가볍게 속삭였다.

"어떻게 할 건지 말해 봐."

봉지미는 속으로 뜨끔했지만, 겉으로는 태연하게 웃었다.

"응?"

영혁은 봉지미를 놓아주고 그녀의 눈을 똑바로 바라보며 고개를 끄덕였다.

"네가 위소의 감옥에서 그랬었지. 내 뜻대로 되길 바란다고. 나도 너에게 이 말이 하고 싶구나. 네 뜻대로 되길 바란다."

봉지미는 영혁의 눈길을 피해 웃으며 고개를 끄덕였다.

"전하의 응원 고맙습니다!"

봉지미는 몸을 틀어 그의 곁을 지나쳤다. 영혁은 꼼짝도 하지 않았다. 옷소매 아래의 손가락이 꿈틀거렸지만, 이내 포기해 버렸다. 문 옆으로 다가간 봉지미는 그의 낮은 목소리를 들었다.

"그런데 달갑지가, 내가 달갑지가 않구나……."

봉지미의 뒷모습이 잠시 망설이는가 싶었지만, 금세 발을 걷고 뒤도 돌아보지 않고 나갔다. 그들은 하늘의 무심한 뜻을 감당할 수 있을 거라 생각했다. 그러나 결국 더 강한 것은 운명이라는 것을 까맣게 모르고 있었다.

장희 23년 봄, 십만대산에서 실종된 지 근 2년이나 된 화경이 갑자기 화봉군을 끌고 산맥의 남쪽에서 나타나 세상 사람들을 깜짝 놀라게 했다. 깜짝 등장보다 놀라운 건 화경이 과거 자신을 시기하던 민남 장군이 조정의 간신과 짜고 장녕번과 결탁한 뒤, 장녕번의 병력 규모를 속여 화봉군이 파주 현성에서 전멸하도록 유도했다고 폭로한 것이었다. 그뿐만 아니라 옛날 화봉군이 천성의 최고 우두머리에게 탄압을 받아 타국을 떠돌다가 여장수를 잃은 일까지 모두 까발렸다. 화경은 황제가 우매하여 충성스러운 이들을 박해하고 공신들을 죽였으니 장병들의 마음을 돌리기가 힘들다고 주장하며 반란의 깃발을 들어 올렸다. '좀벌레 같은 간악한 무리를 걷어 내고 맑은 하늘을 맞이하자'라는 기치를 높이 든 화봉군은 곧바로 민남과 농북 접경의 마서관으로 쳐들어갔다. 그들은 그곳을 지키는 장수들의 목을 베고 수비군을 격파해 마서관을 점령한 후, 여세를 몰아 인근 여러 지역의 성까지 함락시켰다. 너무나 갑작스럽게 나타난 화경이 반란을 일으켜 맹렬한 기세로 몰아치자 감히 누구도 대응하지 못했다. 화경의 반란으로 가장 먼저 공격을 당한 것은 초왕 파벌의 민남 장군이었다. 화경이 실종되기 전 그녀를 시기하고 함정에 빠트렸던 이전의 민남 장군은 잘못을 저질러 문책을 당하고 잠시 남해로 좌천된 상황이었다. 결국, 새로 부임한 민남 장군이 맹렬하게 쳐들어온 화봉 대군의 불벼락을 맞고 말았다.

실로 대군이라 할 만했다. 화경이 파주 현성에서 궁지에 빠져 도망을 쳤을 때만 해도 화봉의 편제는 기껏해야 오륙 명 만 정도였다. 그러나 새로운 민남 장군이 민남 수부의 효성 성벽 위에서 새까맣게 몰려온 화봉군을 보았을 때는 깜짝 놀라 숨이 막힐 정도였다. 물밀 듯이 밀려온 저 화봉군이 어디 오만이라 할 수 있을까? 그 세 배는 넘을 것 같았다! 더 중요한 것은 그 병사들의 갑옷이며 무기가 번쩍거리고 기병은 바람처럼 빨랐으며 보병들도 사납기 그지없었다는 것이다. 척후병들까지 신출귀몰하게 오가니, 누구 하나 용맹함과 살기를 갖추지 않은 이가 없다는 걸 콧등으로만 보아도 알 수 있었다. 그들은 최고의 정예병이었다. 화봉군을 본 장수들은 어리둥절할 뿐, 아무리 생각해도 알 수가 없었다. 십만대산에서 갓 나온 화봉군은 분명 동물 가죽과 나뭇잎을 뒤집어쓴 꼴사나운 모습이었다. 그런데 마서관을 약탈해 마서성의 무기고를 연 후, 화봉군은 신기하게도 보잘것없던 무기들을 갈아치우고 새로운 장비로 완전 무장을 마친 것이다. 하지만 마서관과 인근 몇 개 주현의 무기고를 합한 숫자를 아무리 따져 보아도 지금 화봉군 삼분의 일이 무장을 하기에도 부족했다. 그들의 무기는 어디서 온 것인가? 이 문제가 사람들의 머릿속에서 떠나지 않았지만, 이미 적이 된 화경에게 물어볼 수는 없는 노릇이었다.

살기등등한 화경이 긴 창을 휘두르자 그녀 휘하의 철기군이 나섰다. 그들은 전투태세를 갖추고 있던 효성의 보병 방진으로 달려들었다! 화봉 기병의 승마술은 하나같이 절묘했다. 언제 어디서든 전투 대형을 유지했고 아주 매섭게 적을 몰아붙였다. 아주 잘 다듬어진 비수처럼 적의 진영을 찌르고 도려내고 찢어 발겼다. 뒤따르는 보병은 정교한 검술과 탄탄한 타격 솜씨를 자랑하며 동에 번쩍 서에 번쩍했다. 벼를 베듯 사람을 베는 그들의 무자비함에 보통 천성의 병사들은 한 번 맞붙기만 해도 쓰러졌다. 안 그래도 열이 하나를 때려잡는 것은 식은 죽 먹기일 텐데, 화봉군은 전쟁에서 실력을 갈고닦은 용사들이었다. 그런 군대와 맞붙는 민남의 병사들은 그저 종잇장 같은 존재일 뿐이었다. 성 위에서 일방적으로 죽어 나가는 군사들을 지켜보는 천성군의 장수들은 다리에 맥이 풀렸다. 저토록 강한 군대를 훨씬 적은 숫자로 상대하는 판이니 누가 무슨 수로 성을 지킬 수 있단 말인가?

3월 11일, 효성이 무너졌다.

3월 12일, 복주가 무너졌다.

3월 14일, 계현이 무너졌다.

…….

보름 만에 민남의 전선이 모두 화경의 손에 들어갔다! 조정의 대군들은 산산이 흩어져, 강에 인접한 곳까지 쫓겨났고, 민남과 장녕의 사이에 끼어 진퇴양난의 상황에 빠졌다! 군의 보고가 눈발처럼 어지럽게 조정으로 날아들었다. 늙고 쇠약한 천성 황제는 이 비보를 견디지 못하고 곧바로 몸져누웠다. 그리하여 초왕 영혁이 국사를 관장하게 되었다.

천성 남부에서 화봉의 폭풍이 거세게 일자, 조정은 불안에 휩싸였다. 봉지미는 '과부 행세'를 하느라 딱히 별일 없이 상황을 방관하고 있었다. 그러나 그녀는 곧 자신이 나설 일이 생길 것이라고 예상했고, 아니나 다를까 그녀에게 입궁하라는 전갈이 왔다. 황제가 병중에 있는데 갑자기 궁으로 오라는 것은 좋은 일이라고 할 수 없었다. 그녀는 냉엄한 웃음을 머금고 가마에 앉아 궁으로 향했다.

황제의 침궁에 이르기 전, 외진 궁실을 지나가고 있을 때였다. 금포를 입은 청년이 대여섯 살쯤 되는 아이를 데리고 걸어가는 것이 보였다. 그 청년은 봉지미도 아는 사람이었다. 10황자 영제였다. 이미 강왕으로 봉해졌지만, 조정에는 일절 관여하지 않고 내무부와 궁중의 여러 사무만을 총괄했다. 그는 권력에 가장 욕심이 없고 무기력한 황자였다. 자신의 거처에만 머무르고 외출도 거의 하지 않았다. 중요한 인물들에 대한 자료를 완벽하게 수집한 그녀마저도 그 존재를 자주 잊어버리는 그런 사람이었다. 그런데 마침 오늘 마주치게 된 것이었다. 동글동글한 얼굴에 커다란 눈을 가진 온화하던 소년은 이제 준수한 청년이 되어 있었다. 성격이 내성적이고 부끄럼을 많이 타는 그는 부녀자가 다가오는 것을 보고 얼른 아이를 데리고 방향을 바꾸었다. 그녀도 지금 신분으로는 그와 인사를 하기가 껄끄러웠다. 그래서 웃음을 띠고 그가 멀어지는 모습을 보면서 곁에 있는 태감에게 물었다.

"강왕 전하 옆에 있는 저 아이는 그의 아들인가?"

태감이 웃으며 대답했다.

"그렇습니다. 전하께서 강희 17년에 정비와 두 첩비를 들이셨고, 18년에 따님과 아드님을 차례로 얻으셨습니다. 저분은 전하의 아드님입니다."

영제가 아이를 둘이나 낳았다니, 봉지미는 문득 웃음이 나왔다. 그리고 어딘가가 은근히 아파 오는 것 같았다.

"지금 어디로 가셨느냐?"

그들이 나타난 방향을 보니, 폐하의 침궁이었다. 영제는 내무부를 관장하고 있어, 아무 때고 내궁으로 출입할 수 있는 유일한 황자였다. 아들을 데리고 내궁으로 드나드는 것은 별로 이상할 것도 없는 일이겠지만, 봉지미는 까닭 없이 불안한 느낌이 들었다.

"아마 황손을 데리고 마마님들을 뵈러 가시는 것 같습니다. 마마님들도 다 연세를 드셨지만 슬하가…… 허전하신 게지요. 지금 3대 황손 중에서도 저렇게 어리고 귀여우신 분은 강왕의 아드님뿐이니 폐하와 마마님들의 사랑이 지극합니다."

봉지미는 "아" 하고 대답했다. 내궁에는 별로 관심을 두지 않았고, 줄곧 제경에 머무르지 않았으니 이런 사정은 전혀 모르고 있었다. 마마들의 슬하가 허전하다는 말을 들으니 왠지 멍해졌다. 마마들이 허전한 것은 어쨌든 아들들이 자기 때문에 모두 죽어 나갔기 때문이었으니 말이다. 이윽고 경비가 떠올랐다. 그 악독한 여인은 자신의 원수이기도 하고 영혁의 원수이기도 했다. 자신이 초원에 머무르는 1년 동안, 영혁이 이 화근을 없애 버렸을 것으로 생각했는데, 예상치 못하게 그녀는 멀쩡히 잘 지내고 있었다. 제경으로 돌아온 봉지미는 몇 번이나 사람을 궁궐 내부로 잠입시켜 알아보았다. 경비는 과연 보통내기가 아니었다. 그녀는 폐하가 노쇠하여 돌봐 줄 사람이 필요하다는 이유로 수고를 무릅쓰고 폐하의 침궁으로 처소를 옮긴 상태였다. 보통 시녀들처럼 밤낮으로 시중을 들고, 황제의 곁을 한 발짝도 떠나지 않았다. 그러니 황제와 똑같이 12시진 내내 보호를 받을 수 있을 뿐 아니라 황제의 총애와 칭찬까지 덩달아 받았다. 그녀는 황제와 함께 먹고 잤다. 그들이 먹는 것은 전부 여러 관문을 통과해야만 했고, 기미도 세 번이나 거친 음식들이었다. 그뿐 아니라 잠을 자는 침전도 매일 밤 수시로 바꾸었다. 황제는 원래 의심병이 심했다. 어느 아들도 믿지 않았기 때문에 자신의 안위를 보호하는 데 무서울 정도로 집착했고, 어디에 있든 호위병을 겹겹이 둘러 세웠다. 경비가 그런 그의 옆에서 한 발짝도 떨어지지 않는데 누가 손을 쓸 수 있단 말인가? 물론 무력으로 황궁을 진압한다면 가능하겠으나 지금은 때가 아니었다.

봉지미는 처음에는 경비가 왜 자기와 맞서려 하는지 잘 몰랐다. 서량에 사람을 보내 경비의 이력을 캐고, 그녀가 들어간 천하제일 가무행의 내력을 수소문하였다. 알고 보니 갖은 고생을 한 여자였다. 어떤 부분에서는 봉지미 그녀조차도 탄식을 금할 수가 없었다. 그러나 가무행에 들어가기 전의 이력은 어디에서도 찾을 수가 없었다. 다만 그녀가 서량 본지 사람이 아니리라는 것만 알아냈다. 봉지미는 그녀를 천성 출신으로 의심했다. 그러나 세상천지 그 수많은 사람 속에서 그녀가 누군지 어디서 단서를 찾아낸단 말인가? 그런데 경비가 황묘에서 소녕과 몰래 만났다가 나가는 모습을 본 종신은 그녀의 몸동작에서 익숙한 흔적을 찾아냈다. 그것은 혈부도의 독특한 경공 수행법에 속했다. 대성이 멸망하기 전, 모든 혈부도 인재들은 전씨와 종씨 두 집안을 찾아가 무도에 관한 가르침을 받아야 한다는 규율이 있었다. 종씨 집안 출신인 종신은 당연히 혈부도의 무공에 대해서 잘 알았을 뿐만 아니라 혈부도 인재들도 많이 알았다. 경비가 사용하는 경공 수행법은 그녀가 혈부도의 후예라는 증거였다. 이 추측에 대해서는 종신과 봉지미도 한참이나 놀라움을 금치 못했다. 혈부도의 후예인데 어떻게 알지 못할 수 있을까? 어째서 원수처럼 맞서야 하는가? 봉지미는 경비가 유년 시절에 겪었던 고생에 해답이 있는 게 아닌가 하고 생각했다.

경비의 정체에 대해 알고 나니, 또 다른 의문이 고개를 들었다. 경비가 만약 봉지미 자신이 대성의 후예인 것을 알고 원한을 품었다면, 왜 천성 황제에게 바로 고하지 않는단 말인가? 황제의 손을 빌리면 아주 간단하게 봉지미를 해치울 수 있지 않은가? 도무지 풀리지 않는 의문들이 이 수수께끼 같은 여인과 맞물려 마치 그림자처럼 봉지미의 주변을 배회했다. 그 의문들은 봉지미가 침전으로 들어설 때까지도 혼란스럽게 했다.

침전 안은 약 냄새와 용연향이 뒤섞여 진하면서 이상한 향이 감돌았다. 휘장을 겹겹이 드리워 황제가 싫어하는 햇빛을 가린 안쪽, 비단 장막 끝에서는 누군가가 부드럽게 속살거리고 있었다. 소리가 확실하지 않아, 마치 몸이 축 가라앉는 꿈을 꾸는 것만 같았다. 황제는 언제나 소란스러운 것을 싫어해서 태감이 발끝으로 걸어가 낮게 보고했다. 태감을 뒤따라 걷는 봉지미의 발걸음 소리는 두터운 융단에 묻혀 아무 기척도 나지 않았다. 장막 뒤에서 낮게 훌쩍이는 여자의 목소리가 희미하게 들려왔다.

"…… 폐하, 아니됩니다……."

"이제 와서 어쩌겠느냐……."

황제가 기침을 했다.

"…… 짐이 신경 쓰지 않았다고 생각 마라……. 둘째, 다섯째, 일곱째 모두 그냥 두고 싶었다……. 그런데 그 녀석들이 뭔가에 홀린 듯이 제멋대로 구니 짐도 가만둘 수가 없었구나……. 너는 그 녀석이 뒤에서 부추겼다고 하지만, 짐은 믿었다……. 그런데 그 못난 녀석들을 좀 봐……. 이제 와서 더 어쩌겠어……. 결국은 짐이 복이 없고 덕이 없어 훌륭한 아들을 두지 못한 걸……. 하아…….”

“폐하!”

여인의 울음소리가 그쳤다. 황제의 마지막 말에 마음이 동해 무슨 결심을 한 모양인지, 장막 뒤에서 무릎을 꿇고 엎드려 있던 그림자가 갑자기 곧게 섰다.

“사실은…….”

봉지미는 가슴이 조마조마했다. 무슨 큰 비밀을 듣게 될 것만 같은 직감이 들어, 궁금함을 참지 못하고 몇 걸음 더 다가갔다. 그러자 곁에 있던 태감이 냉큼 병풍 앞으로 다가가 보고를 올리려 하였다. 다급해진 그녀가 얼른 달려가 그의 입을 막으려 했다. 그러나 한발 늦고 말았다.

“아뢰…….”

태감의 입에서 튀어나온 말은 봉지미에 의해 가로막혔다. 황제는 미처 소리를 듣지 못했지만, 경비는 즉시 입을 닫고 장막을 걷어 올렸다.

“누구냐?”

봉지미는 속으로 한숨을 쉬고, 태감의 입을 막은 손을 얼른 거두어 세 발짝 물러섰다. 안에서 들려오던 대화 소리를 잘 듣지 못한 태감은 황당한 듯 경비를 보더니 두 손을 공손히 모으고 대답했다.

“아뢰옵니다. 폐하, 경비마마. 순의 왕비가 당도하였습니다.”

장막 뒤로 경비의 고운 자태가 비쳤다. 그녀는 왕비라는 호칭을 듣더니 고개를 들고 웃으며 황제에게 묻지도 않고 대답했다.

“들라 하여라.”

그리고 경비는 황제에게 부드러운 음성으로 말했다.

“폐하, 옥체를 보존하시려면 말을 너무 많이 하시면 안 되옵니다. 신

風叔
317

첩은 잠시 물러나 있겠습니다."

황제의 눈길이 부드럽게 경비에게로 향했다. 자신의 분수를 잘 알고, 나설 때와 물러날 때를 분간할 줄 아는 그녀를 향한 만족감이 가득 담긴 눈빛이었다. 그는 가볍게 고개를 끄덕였다. 태감이 장막을 걷자, 경비가 밖으로 나오고 봉지미가 안으로 들어갔다. 정면으로 마주친 두 사람의 눈빛이 부딪쳤다. 각자 부드러움 속에 매서움을 숨기고 있었다. 비슷하면서도 또 완전히 다른 두 여자는 서로 대립하겠다고 한 후, 처음으로 마주했다. 경비는 입가에 오싹한 웃음을 머금고 봉지미를 스쳐 지나갔다. 두 어깨가 스칠 때, 경비는 갑자기 고개를 돌리고 아주 빠르고 간결하게 말했다.

"네가 누군지 안다."

봉지미도 웃으며 간결하게 대답했다.

"피차일반이야."

서로를 쳐다보는 눈빛은 차갑고 음험했다. 그렇게 봉지미가 들어가고 경비는 나왔다. 봉지미는 그 순간, 경비가 황제에게 자신의 신분을 일러바치지 않을 거라는 사실을 알아챘다. 경비는 본인 자신이 혈부도의 후손이기 때문에 봉지미가 관련 증거를 갖고 있을까 불안했을 것이다. 그리고 봉지미의 신분을 공개했을 때, 황제가 어떻게 알았냐고 물을까 두려웠을 것이다. 지금껏 깊은 궁궐 안에만 있었던 경비가 이를 어떻게 설명할 수 있겠는가? 경비 같은 사람은 신중하고 간사했다. 적을 쓰러트리기 위해서 자신을 먼저 위험에 빠트리는 짓을 할 리가 없었다. 봉지미는 겹겹이 두른 장막을 걷고 병상 위의 황제에게 절을 했다. 황제는 기쁜 듯 그녀를 향해 손을 뻗었다. 한참이 지나고, 태감이 장막을 들어 올렸다. 그녀는 엷게 웃으며 뒤로 물러나며 이야기했다.

"폐하, 걱정하지 마세요. 소녀 비록 보잘것없는 몸이지만, 천성과 폐하를 위해서라면 미력한 힘이나마 최선을 다할 거예요."

황제는 약간 쉰 목소리로 대답했다.

"성영이 착하기 이를 데 없구나. 짐은 너를 믿는다."

겹겹이 싸인 장막이 다시 내려가고, 봉지미는 침전에서 물러나 돌아섰다. 입가에 걸린 웃음은 서릿발처럼 차가웠다. 과연 그녀의 예상이 틀리지 않았다. 황제의 생각은 호탁 초원까지 닿아 있었다. 그는 초원의 군사들을 출병시켜 농수관 일선에서 장녕번을 격퇴함으로써, 앞뒤로 적에게 둘러싸인 조정의 대군이 화봉 반군을 대응하는 일에만 전력을 다할 수 있도록 할 계획을 세우고 있었다. 봉지미는 태감의 안내에 따라 빠른 걸음으로 침전을 벗어났다. 궁실들을 지나치던 그녀가 영안궁에서 발걸음을 멈추었다. 굳게 잠긴 새빨간 문 안쪽을 들여다보니 짙푸른 처마가 이어진 아래, 푸른 담벼락 구석에 이끼가 선명하게 끼어 있고 복숭아 가지 하나가 탐스럽게 밖을 내다보았다. 그녀의 눈에는 큰 눈이 내렸던 그해의 영안궁이 선했다. 어머니의 선혈로 온통 물들었던 침대, 방 안에 나란히 놓여 있던 관 두 짝, 밤낮으로 꺼지지 않고 타오르던 등불, 뒤뜰에 있던 복숭아나무, 갈색 가지에 쌓여 있던 눈, 그녀의 차가운 손에 녹아 버린 글씨의 흔적……. 그녀는 처마 끝을 가만히 보았다. 방금 황제의 침전에서 나누었던 대화가 머릿속을 유유히 헤엄쳤다.

"…… 지미야, 화봉군이 결국 여장수의 복수라는 이름으로 군사를 일으켜 민남을 빼앗았다. 정말 황당무계하기 짝이 없구나!"

"폐하, 역정 내실 필요도 없어요. 반역자들이 백성들을 미혹하는 것에 불과하니까요. 그로 인해 어머니를 잃은…… 제가 가장 잘 알지요. 폐하께서 어머니께 은혜를 베푸시고 저를 사랑으로 보살펴 주신 두터운 덕은 고금의 성군에서 찾아보기 힘듭니다. 역적들이 망언으로 황제를 모독하고 있으니, 만 번 죽여 마땅합니다!"

봉지미를 똑바로 주시하는 황제의 혼탁한 눈동자에 안도감이 스쳐 지나갔다.

"역적 일당이 난을 일으켰으니 아무렇게나 구실을 갖다 대는 것이 겠지. 짐은 거리낄 것이 없으니 어찌 저런 나쁜 놈들의 중상모략을 두려워하겠느냐? 다만 짐이 화봉군과 화경에게 얼마나 은총을 베풀었는데, 하루아침에 무기를 들고 싸우자 하니 실망이 이만저만이 아니구나."

"폐하, 아니면 제가 여장수의 신분으로 가서 화봉군에게 대의가 무엇인지 알게 할까요?"

"됐다. 대군이 군세기가 철과 같으니, 아녀자인 네 말을 듣겠느냐. 그리고 네가 혼자 위험을 무릅쓰는 것이, 짐은…… 안타깝구나."

안타까운 건가, 두려운 건가? 후환을 남길까 봐 그런가? 황제의 마음속에는 아직 의심이 남은 것 아닌가? 초원에서 출병해 천성군을 도우라는 요구는 봉지미가 얼마나 충성심을 가졌는지에 대한 시험이었다. 그녀는 입가에 희미한 웃음을 걸고, 궁정을 재빨리 빠져나왔다. 그녀는 저택으로 돌아왔다. 지금은 당연히 위지의 저택으로 돌아갈 수 없다. 다행히 혁련쟁이 제경에서 볼모로 있었을 때 성대한 저택에 머물렀고, 그 덕분에 그녀는 순조롭게 머물 곳을 마련할 수 있었다. 저택으로 돌아간 그녀는 초원으로 보낼 서신을 써 내려갔다. 황제의 말을 있는 그대로 정확하게 쓴 그녀는 서신을 가지고 가서 조정의 역참을 거쳐서 빠르게 전달하도록 지시했다. 이는 황제가 기다리던 바였다. 그가 몰래 사람을 시켜 이걸 보게 하려면 정정당당하게 공식적인 경로를 이용하는 게 나았다. 서신에 따로 당부의 말을 남길 필요는 전혀 없었다. 이미 모란꽃은 어떻게 해야 할지 다 알 것이다. 봉지미는 고개를 들어 북강 방향을 바라보았다. 하늘 끝에서 환하게 웃으며 말을 달려오는 누군가가 어렴풋이 떠올랐다.

서신을 보내고 봉지미는 다시 저택으로 돌아왔다. 저택에는 물건들이 그대로 있어 혁련이 살았을 적 털털하고 자유로운 분위기가 그대로 남아 있었다. 그녀는 굳이 바꾸고 싶은 생각이 없었다. 그가 사용하던 활과 칼을 보면 가슴이 미어졌지만, 그녀는 그것을 보라고, 보면서 살아가라고 자신을 몰아세웠다. 정신 똑바로 차리고 잊어버리지 말자. 하늘 저 끝에서 언제나 그녀의 일거수일투족을 지켜보는 그 사람처럼.

봉지미는 혼자가 아니었다. 이 일을 완성하기 전까지, 그녀는 제물로 바쳐진 영혼이었다. 밤바람이 불어 가지 끝의 복숭아꽃을 떨어트렸다. 정원 바닥에 발간 꽃이 가득했다. 그녀는 봄밤의 정취에 젖어 잠자코 소식을 기다렸다. 누군가가 가벼운 발걸음으로 다가왔다. 그 독특한 보법에는 혈부도만의 박자가 있었다. 종신은 초원에 남았고, 지금 그녀 곁에서 일을 보는 사람은 혈부도 중의 누군가였다. 그들은 번호를 매겨 이름을 지었고, 한 사람씩 각자 맡은 직책과 일이 있었다. 또한 서로 종속되지 않는데, 이는 혈부도에서 배신자가 나왔던 당시 종신이 교훈을 얻어 새로 만든 규칙이었다. '아삼(阿三)'은 황궁 쪽의 소식을 수집 및 전달하는 책임자로서, 지금은 특별히 경비를 감시하고 있었다. 뒤에서 나지막한 음성이 들려왔다.

"주군, 여자가 출궁했습니다."

봉지미는 재빨리 몸을 돌렸다. 경비는 지금 황제 곁에서 한 발짝도 떨어지지 않고 있는데, 어떻게 이런 시기에 출궁을……?

"어디로 갔지?"

"성남의 사명항입니다."

성남의 사명항과 경서의 수신 거리는 제경 고관대작 주거지의 양대 산맥이었다. 경비는 누구를 찾아간 것일까? 봉지미는 망설이는 기색이 역력했다. 경비가 이 시기에 출궁했다니 심히 수상쩍었지만, 그녀가 출궁하는 일은 거의 없으니 이처럼 좋은 기회를 날려 버리기는 너무 아쉬웠다. 그녀는 혁련을 죽게 한 원흉이었다. 지금까지 살려 둔 것만 해도 치가 떨렸다.

"앞장서라."

순의왕 저택에서 나온 그림자 몇 개가 숨죽이며 밤공기를 갈랐다. 경비의 모습은 구분하기가 쉬웠다. 그녀와 그녀의 수하들은 모두 혈부도의 무공을 기초로 여자들에게 맞게 개량한 보법을 쓰고 있어서 허리의 움직임이 남달랐다. 봉지미는 그 기이한 경공법으로 복숭아나무 꼭대기를 스쳐 가는 경비를 멀리서도 찾아낼 수 있었다. 지난번과 비교해 그녀의 경공법은 더 발전해 있었다. 황궁의 호의호식하는 생활도 그녀의 수련을 막지 못하는 걸 보면, 이런 여인이 어찌 일개 비의 신분에 만족할 수 있겠는가? 봉지미는 멀리서 그녀의 뒤를 쫓았다. 그녀는 첩첩이 놓인 용마루를 넘어 점점 더 먼 곳으로 향했다. 그리고 어느 집 앞에서 멈춰 섰다. 멀리서 등불이 비추어 낡아 빠진 대문에 드리웠다. 거미줄과 먼지가 뒤엉켜 있었고, 기울어진 편액 위로 어슴푸레하게 금빛 글자가 보였다.

'○왕부'

맨 앞의 한 글자는 이미 떨어지고 없었다. 아마 누군가의 왕부였던 듯싶었다. 그러나 봉지미가 알기로 2황자, 5황자, 7황자, 10황자의 왕부는 여기가 아니었다. 여기는 어느 왕야의 저택이었단 말인가? 경비는 이곳에서 무엇을 하려는 것일까? 얼굴을 가린 봉지미의 눈이 반짝반짝 빛났다. 그녀는 경비가 먼지 쌓인 문을 밀고 들어가는 것을 보고는 뒤쪽의 세 번째에 자리한 뜰로 따라 들어갔다. 경비는 허름해진 뜰 안을 서성거리며 누군가를 애타게 기다리는 것 같았다. 이윽고 그녀가 무슨 소리를 들었는지 몸을 숨겼다. '끼익' 소리와 함께 먼지 쌓인 문을 밀고 두 번째 사람이 들어왔다. 금포를 입은 남자가 한 아이를 데리고 들어왔다. 그가 손을 휘두르자, 호위들은 문밖에 남았다. 세 번째 뜰의 지붕 기와 위에 엎드린 봉지미는 발걸음 소리가 나는 쪽으로 고개를 돌렸다. 그리고 눈을 찡그렸다. 놀랍게도 낮에 만났던 영제 부자였다. 이렇게 늦은 시각에, 그것도 버려진 왕부에, 뜻밖의 인물들이 하나하나 모여들고 있었다! 그런데 영제는 누구를 만나러 온 것이 아닌 듯했다. 아이를 붙잡은 그의 손에는 찬합이 하나 들려 있었다. 그는 천천히 제일 안쪽 뜰까지 걸어 들어가더니 하얀 돌 탁자 옆에 멈춰 서서 찬합 안의 접시와 과일 등을 꺼내 올렸다. 향도 세 개 피웠다. 그는 두 손을 합장하고 향을 피워 예를 올렸다. 그리고 아이에게도 이야기했다.

"기(淇)야, 너도 절해야지."

아이는 다소곳하게 다가와서 작달막한 주먹으로 절을 했다. 영제는 칭찬하듯 아이의 머리를 쓰다듬고는 찬합에서 지전을 꺼내 조용히 불살랐다. 기왓장 위에 숨은 봉지미는 그 모습을 아리송한 듯 바라보았다. 영제가 고인에게 제사를 지내는 것은 확실했다. 그런데 그 고인이 누구인가? 그가 공개적으로 제사를 지낼 수 없고, 여기서 몰래 추모할 수밖에 없는 사람이 도대체 누구란 말인가? 정말 이상한 일이었다. 불빛이 일고 희미한 연기가 나자, 아이가 무릎을 꿇고 앉아 귀엽게 물었다.

"아버지, 할마마마한테 태워서 드리는 거예요?"

"아니다."

영제는 천천히 종이를 더했다.

"이건 네…… 큰아버지한테 드리는 거야. 셋째 큰아버지."

아이는 눈을 깜빡거리며 영제를 보았다. 아이에게는 '셋째 큰아버지'에 대한 기억이 전혀 없었다.

"사실 나도 누굴 대신해서 종이를 태우러 온 거란다. 나도 셋째 큰아버지를 잘 몰랐어."

영제는 쓸쓸하게 웃었다.

"큰아버지가 돌아가셨을 때 나도 아직 어렸거든. 어떤 모습이었는지 기억이 나질 않아."

아이는 지전을 집어 들고 장난치듯 불 속으로 던져 넣고 까르르 웃었다. 영제는 온화하게 아이를 바라보면서 나무라지도 않고 혼잣말을 했다.

"나도 기억은 못 하지만, 그때 형님이 여섯째 형님을 보호하셨지. 또 여섯째 형님이 그 덕분에 별 탈 없이 자라 나를 보호해 주셨고……. 셋째 형님이 없었으면, 여섯째 형님이 없었을 거고, 그러면 내가 이렇게 편하게 지낼 수 없었을 거야. 그러니까 나한테도 은인이시지."

지전을 한 장 한 장 정성스럽게 태우는 영제의 말투는 부드러웠다.

"…… 셋째 형님, 여섯째 형님을 탓하지 마세요. 귀한 신분에 출신도 다른 사람들과 다르다 보니 사람들이 일거수일투족을 감시합니다. 요 몇 년은 여기 오는 게 힘들었을 거예요. 여섯째 형님이 와서 제를 드리기가 어려워 제가 대신 왔습니다. 제가 대신 지전 많이 태워드릴게요. 하늘에서 여섯째 형님을 잘 좀 보살펴 주세요."

봉지미는 모든 것을 깨달았다. 오늘은 내란에 의해 죽은 3황자의 기일이었다. 천성 황가에서 가장 먼저 죽은 그 황자는 전쟁에 져서 죽은 것이 아니라 형제들 간의 권력투쟁 속에서 일어난 모함으로 인해 죽었다. 그때 유일하게 자신을 보호해 주던 형님이 죽어가는 모습을 직접 두 눈으로 목격한 소년은 수년이 지난 후, 그의 복수를 이루었다. 하지만 이를 밝힐 수 없었기 때문에 셋째 형님이 누군지도 잘 모르는 어린 동생에게 기일이 되면 자기 대신 제사를 지내 줄 것을 부탁했다. 말하자면 지금 영혁과 영제의 관계가 당시 3황자와 영혁의 관계와 비슷한 것이었다. 황가에서는 보기 드문 형제간의 깊은 우애였다. 맥이 빠진 그녀의 눈빛이 한곳으로 향했다. 종이를 태우던 영제도 고개를 돌렸다. 흐린 회색빛 연기가 피어오르는 가운데, 기둥 뒤에서 한 사람이 돌아 나왔다. 그녀의 독특한 걸음걸이는 우아하고 자연스러웠다. 연기 속에서 나타난 야행복 차림에도 맵시 있는 모습이 가볍게 넘실거렸다. 그는 어리둥절했다. 그녀를 알아보고 의아한 듯 놀랐지만, 짐짓 그렇지 않은 체하며 낮은 목소리로 말했다.

"…… 마마, 어찌 지금 여기에 계십니까……?"

경비의 눈빛이 영제의 얼굴을 스치고 아이의 얼굴로 향했다. 그리고 눈을 빤히 뜨고 부드럽게 웃었다.

"…… 일전에 이 아이를 보았는데, 안색이 별로 좋지 못하더군요. 감기에 걸린 게 아닌가 생각이 들었는데, 한번 생각이 들고 나니 잠이 도통 오질 않아서요. 또 마침 오늘이 그날인 게 생각이 나서 강왕이 나올까 싶어 여기서 기다렸지요."

영제는 고개를 떨구고 아이를 보더니 말을 얼버무렸다.

"괜찮습니다. 아이가 아팠으면 데리고 나오지도 않았지요……. 걱정 마십시오."

그리고 아이를 앞으로 밀면서 이야기했다.

"경비마마께 인사드려라."

경비는 무릎을 꿇고 아이를 향해 두 팔을 벌렸다. 그녀의 표정은 낮일 때처럼 거만하고 도도하지 않았다. 맞은편 아이를 바라보는 그녀의 눈에는 절박함이 가득했다. 아이는 영제와 함께 자주 궁에 들어갔던 듯, 어색해하지 않고 웃으며 그녀에게 인사를 했다.

"마마, 문안드립니……."

아이의 말이 끝나기도 전에 경비가 아이를 품에 안았다. 어찌나 힘 있게 껴안았던지 아이가 깜짝 놀라 영제를 돌아볼 정도였다. 아이는 입을 비죽거리며 곧 울 것 같았고, 영제는 괜찮다는 웃음을 보냈다. 봉지미는 눈을 가늘게 뜨고 자세히 보았다. 무릎을 꿇은 경비는 봉지미와 마주 보는 자세였다. 봉지미는 경비가 아이를 안을 때의 표정과 떨림을 분명히 보았다. 그 작은 몸을 껴안을 때 그녀의 눈빛에는 분명 온화함과 행복에 겨운 표정이 드러났다. 봉지미는 갑자기 복면을 위로 끌어올리고 일말의 망설임도 없이 아래로 몸을 날렸다! 그녀는 나부끼는 버들 가지처럼 사뿐 내려앉아, 그 아이를 덥석 붙잡았다! 경비는 화들짝 놀라 아이를 안고 뒤로 물러났다. 영제도 당황해 얼른 달려오더니 버럭 고함을 질렀다.

"웬 놈이냐? 멈춰라!"

봉지미는 뒤따라온 혈부도 수하에게 영제를 제지하되 죽이지는 말라는 손짓을 보냈다. 그리고 자신은 경비를 노려보았다. 그녀는 아이를 안고 얼른 앞뜰 쪽으로 달려 나갔다. 봉지미는 그녀를 놓치지 않고 따라붙었고, 살수를 불러 그녀 품에 안은 아이를 표적으로 삼게 했다. 오늘 밤만큼은 마음속에 있는 의혹을 반드시 풀어야 한다!

과연 경비는 자신의 목숨보다도 그 아이의 안위에 더 신경을 쓰는 듯했다. 봉지미의 살수가 나서자, 자신이 죽기 살기로 막아선 것이었다. 원래 그녀의 무공은 봉지미보다 한 수 아래였다. 더군다나 마음이 흐트러진 지금은 갈수록 살수의 상대가 될 수 없었다. 그녀의 소매는 몇 초식만에 쫙하고 찢어지고 말았다. 눈처럼 하얀 살결 위에 기다란 핏줄기가 그어졌다. 아이는 피를 보자 깜짝 놀라 엉엉 울기 시작했다. 경비는 자신의 상처를 돌볼 새도 없이 다급하게 뒤를 돌아보았다. 풀어 헤쳐진 그녀의 머리가 어지럽게 흩날렸다. 봉지미의 눈이 반짝 빛났다. 마음속에 품었던 예상이 십중팔구 맞아떨어진 것 같았다. 그녀는 마지막으로 확실한 수를 던졌다. 차가운 웃음소리와 함께 다섯 손가락의 손톱을 세워 아이의 정수리로 떨구었다! 다섯 손가락을 내밀자, 경비는 갑자기 고개를 돌렸다! 그 순간, 그녀는 아이를 보지도, 살수를 보지도 않았다. 뜻밖에 그녀의 눈빛이 대문 방향으로 향하더니 아이를 내려놓았다! 그러고는 몸을 날려 회랑을 뛰어넘어 자취를 감추었다! 아이가 떨어져 내리자 힘을 거두어들이지 못한 봉지미의 다섯 손가락은 아이의 머리통에 꽂혀 가고 있었다! 뒤에서 영제가 울부짖었다.

"죽이지 마!"

봉지미는 속으로 매우 놀랐다. 경비가 아이를 포기하고 가 버릴 줄은 생각도 못 했기 때문이었다. 급박한 상황이라 경비는 쫓지도 못하고 쏟아부었던 힘도 거둬들이지 못하고 말았다. 그런 찰나에 눈앞에 갑자기 무언가가 일렁이더니 푸른 그림자가 전광석화처럼 다가왔다. 이곳의 광경을 본 그림자의 눈빛이 일순간 차갑게 바뀌더니 두말없이 손바닥을 들어 봉지미의 가슴팍을 내리쳤다. 그녀는 그때 자신의 내공을 거두어들이는데 신경을 쏟고 있었다. 조금 전에 힘을 발산하고 아직 새로운 힘이 생기지 않아 단전이 텅 비어 있는 상황이었다. 갑자기 나타난 사람의 분노에 찬 강한 일격에 그녀는 숨이 막히고 가슴이 아팠다. 그녀는 선혈을 왈칵 뿜어냈고, 비틀거리며 몇 걸음 물러섰다. 그녀의 손에 있던 아이는 어느새 상대의 손에 빼앗겼다. 그녀는 제자리에 서서 경비가 사라진 방향을 보며 통증이 있는 가슴 부위를 한 손으로 어루만졌다. 그녀는 갑자기 나타나서 아이를 구한 사람을 원망하지 않았다. 그 사람이 아니었더라면, 그녀가 제때 힘을 거두었더라도 아이는 다쳤을 것이다. 그리고 이 사람은 분명 영제의 가까운 사람일 테니 분노에 차서 그녀에게 덤벼든 것도 당연했다. 그녀가 화가 난 것은 경비 때문이었다. 경비가 이렇게 아이를 버리고 혼란을 틈타 도망가 버릴 거라고는 생각도 하지 못할 일이었다! 경비는 아이를 꼭 껴안더니 별안간 놓고 가 버렸다. 이미 지원군이 도착해 봉지미를 공격할 거라는 사실을 분명히 알았던 것 같았다.

봉지미는 강호와 조정을 자유자재로 오가면서도 지금 같은 수모를 겪은 적은 없었다. 그녀는 이를 악물고 차갑게 웃으며 입가의 피를 닦아 냈다. 자신의 판단에 착오가 있었다. 경비가 아이를 필사적으로 보호하는 것을 보고 자신의 추측이 기정사실이라고 속단한 것이었다. 경비가 아이를 내려놓을 것이라고는, 그 아이의 안위에 신경도 쓰지 않을 것이라고는 감히 생각도 못 했다. 그렇다면 다급했던 모습이 연기였을까, 아니면 내려놓고 가 버린 것이 연기였을까? 피비린내로 목이 들척지근하고 머리가 어지러웠다. 그녀는 가볍게 기침을 했다. 내상이 가볍지 않았다. 지체할 것 없이 돌아서서 자리를 떠나려고 했다. 하지만 상대가 그녀를 가만두지 않았다. 영제는 분노가 극에 달해 달려온 호위병들에게 명령했다.

"황손을 해치려 한 자객을 붙잡아라!"

봉지미는 코웃음을 치고 가볍게 몸을 날렸다. 그녀의 뒤에서 바람 소리가 들리고 뒤따라 온 사람이 그녀를 앞질렀다. 푸른 옷을 입은 복면이었다. 그는 아까처럼 냉랭한 웃음소리를 내더니 재빨리 손을 써서 그녀의 복면을 찢으려 했다. 그녀가 팔을 돌려 손을 막자, 그는 가까이 다가서서 팔을 유연하게 휘돌리며 기이한 각도로 그녀의 공격을 벗어났다. 그런 다음 그녀의 팔꿈치 아래에서 손바닥을 뒤집더니 손가락을 매의 부리처럼 구부려 아래턱을 노렸다! 공격은 번개처럼 빨랐던 데다가 이렇게 가까운 거리에서도 바람이 이는 게 느껴질 정도로 힘이 강력했다. 턱이 그대로 찍힌다면 뚫리지 않을 수 없는 공격이었다. 그녀는 하는 수없이 고개를 쳐들고 철판처럼 꼿꼿하게 그대로 누워 버렸다. 그녀의 뒤에는 영제가 있었다. 그는 그녀가 뒤로 넘어오는 것을 보고 앞으로 한 발짝 다가서서 그녀의 복면을 한 번에 잡아 뜯었다! 그와 동시에 푸른 옷이 뻗어낸 장력이 다시금 그녀의 얼굴을 덮쳐 왔다. 그 거센 바람은 마치 큰 산처럼 그녀를 내리눌렀다. 그녀는 눈앞이 캄캄해지는 바람에 온 힘을 다해 몸을 뒤집었다. 그리고 손가락으로 공중을 헤집어 상대의 복면을 단번에 벗겨 버렸다. 영제의 반가운 음성이 들려왔다.

"여섯째 형님이셨……."

봉지미가 복면을 붙잡고 고개를 들자, 영제가 그 자리에 얼어붙었다. 손에서 장풍을 쏘던 영혁 역시도 그녀의 얼굴을 발견하자, 얼이 빠지고 말았다. 그가 다급하게 몸을 뒤틀었다. 장풍이 옆에 있는 인공 언덕을 요란스레 때렸고, 깨진 돌멩이들이 그의 몸 위로 떨어져 내렸다. 그는 손바닥을 거둔 후에도 멍하니 그대로 있었다. 한 사람은 눕고 한 사람은 우뚝 선 채로 둘은 목석처럼 굳어 있었다. 주변 공기마저 그대로 굳어 버린 듯했다. 자객을 붙잡으라고 신나게 외치던 영제조차 넋이 빠져버린 채, 멍하니 그녀의 얼굴만 보았다. 순의 왕비가 왜 자객이 되었는지 전혀 알 수 없다는 표정이었다. 잠시 침묵이 흐른 후, 그녀의 얼굴이 하얘지더니 입 안 가득 피를 토했다. 피는 마주 보고 있는 영혁의 얼굴에까지 튀었다. 피가 튀자, 영혁의 얼굴색도 하얗게 질렸다. 그는 손을 뻗어 그녀를 부축했다. 그러나 그녀는 고통스러운 미소를 지으며 그의 손을 제치고 혼자 걸었다. 그는 손을 뻗어 옆에 있는 바위를 움켜쥐며 그녀의 뒷모습을 향해 쉰 목소리를 뱉었다.

"…… 지미, 너는 정녕 나를 원수로 만들기 위해서라면 무엇이든 상관치 않는 것이냐?"

봉지미는 잠시 머뭇거렸다. 경비를 보지 못했던 영혁은 지금 완전히 오해하고 있었다. 영제도 자신과 경비의 관계를 영혁에게 알리지 않았다. 그러니 방금 도착한 영혁은 그녀가 영제의 아들을 죽이려고 한 것만 똑똑히 보았을 뿐이었다. 눈앞에서 똑똑히 보았으니 반박의 여지가 없었다. 그는 그녀가 자신과 척을 지기 위해 자신이 사랑하는 동생의 하나뿐인 아들을 죽이거나 동생을 죽이려 했다고 생각하고 있었다. 그녀는 눈을 감고 목구멍에서 올라오는 어혈을 내리눌렀다. 그녀가 입을 뗀 순간, 뒤에 있던 영혁이 영제에게 이야기했다.

"열째야, 너희가 왜 여기 있니. 기를 데리고 와서 뭘 하는 거야? 방금 여기 다른 사람이 또 있었더냐? 이게 다 무슨 일이야?"

평소에 영혁은 생각이 깊고 무슨 일이든 스스로 생각하고 탐구하는 것을 좋아했다. 그런데 이렇게 연거푸 질문을 쏟아놓는 것을 보니 초조함과 다급함이 극에 달한 것 같았다. 영제는 잠시 침묵하더니, 이윽고 조용히 대답했다.

"오늘이 셋째 형님의 기일이어서 제를 올리려고 왔습니다. 기가 셋째 형님을 본 적이 없어서 데려 왔어요……. 방금 저희 부자가 여기 있었고, 그리고…… 왕비께서 오셨는데……."

봉지미는 말없이 웃었다. 그녀가 해명할 필요가 없어졌다. 영제는 영혁이 굳게 믿고 있는 동생이었고, 그녀는 영혁의 적이었다. 그는 영제와 그녀 중에서 영제를 더 믿을 것이다. 하물며 그녀는 마음속의 의혹을 입증할 증거가 없었다. 여기서 괜히 믿지도 않을 해명을 할 바에는 경비를 뒤쫓는 것이 더 나을지도 몰랐다. 어차피 영혁을 구한 것이 자기라는 것을 밝히지 않은 것도 서로가 적이 되길 바라는 마음에서였다. 기왕 이렇게 된 것, 오해하라면 하라지. 사랑하는 것보다는 미워하는 게 항상 더 쉽지 않던가. 이건 하늘의 뜻이다. 어쩌면 우리는 적이 될 수밖에 없는, 적이 될 운명으로 태어났는지도 모른다. 그래서 아무리 뱅뱅 돌아도 하늘의 마수를 벗어날 수가 없는 것이다. 그녀는 입가에 흐르는 피를 훔쳤다. 그리고 웃으며 돌아섰다. 바윗덩어리에 기댄 그녀는 영제를 가리키며 영혁에게 이야기했다.

"전하에게도 진심으로 아끼는 이가 있었군요. 그렇다면……."

봉지미는 크게 웃으며 돌아섰다. 그녀의 웃음소리는 핏빛 입술과 함께 어둠 속에 묻혀 버렸다.

"조심하세요. 소중한 동생을 잘 지켜보셔야 할 겁니다."

장희 23년 3월 16일, 남해 안란욕(安瀾峪). 빠른 배 한 척이 평온한 해역을 소리 없이 항해하고 있었다. 뾰족한 뱃머리가 밤의 어둠과 출렁이는 파도를 갈랐다. 밤이 깊어 주변이 고요했지만, 뱃머리에는 아직 잠들지 않은 사람이 있었다. 그는 뱃머리에 손을 기대고 망망한 밤하늘을 원망스레 바라보았다. 바닷바람에 일어난 파도에 옷자락이 젖어 들고 있었다. 그가 바라보는 방향은 한 여인에 의해 피바람이 몰아치고 있는 천성의 남쪽이었다. 그리고 그 여인은 그의 아내였다. 달빛이 쏟아져 연회석의 얼굴과 수려한 눈썹을 비추었다. 그는 남해 선사의 선주이자, 천하제일 세도가 집안의 가주였다. 그는 늦은 밤 홀로 바람과 이슬의 소리를 듣고 있었다. 미간 사이에는 어쩔 수 없는 답답함과 괴로움이 서려 있었다. 아쉽게도 그의 아내는 언제나 정해진 길을 거부하고 예상 밖의 행동을 했다. 화경의 '실종'을 그는 알고 있었다. 그러나 그는 화경이 정말로 전투에서 패배했고, 민남군에서 일어난 내분에 휘말리고 싶지 않아 재앙을 피해 깊은 산으로 들어갔다고 생각했다. 자리에서 물러남으로써 더는 알력 다툼에 빠져들지 않겠다는 그녀의 용단을 내심 지지하기도 했다. 그런데 누가 알았겠는가……. 그녀가 천성의 황제를 쓰러트리겠다는 마음을 품을 줄이야!

한 달 전에 그는 갑자기 화경이 보낸 서신을 받았다. 아주 간단명료한 문서 한 장, 바로 이혼 문서였다. 그는 청천벽력을 맞은 것 같았다. 그가 연유를 묻는 편지를 보내기도 전에, 두 번째 밀서가 날아들었다. 편지에는 모든 것이 설명되어 있었다. 그리고 첫 번째 편지를 그에게 보낼 때, 남해 포정사 관아에도 이혼 문서 한 부를 동시에 보냈다고 적혀 있었다. 그 이혼 문서에는 연씨 집안과 그에 대한 불만을 적고 꼭 이혼하겠다는 결연한 뜻을 표했다고 했다. 그녀는 이혼을 먼저 하는 이유가 그에게 더 자주 바다로 나갈 기회를 주기 위해서라고 했다. 연가의 재산과 인맥들을 옮기고 나면 즉시 떠나야 하기 때문이었다. 그들은 이제 더 이상 천성에 머무를 수 없었다.

그는 장희 19년부터 그녀가 왜 그렇게 줄기차게 자신에게 바다 건너로 진출할 것을 권했는지를 알게 되었다. 화경은 남해 땅에는 이미 크고 작은 점포들이 꽉 들어찼고 연씨 집안이 상권을 장악하고 있으니 발전의 여지가 없다고 했다. 차라리 연씨 집안의 장악력과 선박을 이용해 사업을 밖으로 확장하고 바다 건너 세계로 뻗어 나가자고 했다. 그러면서 그에게 천성과 바다를 사이에 두고 있는 옥라(沃羅)국을 추천했다. 그곳은 기후가 좋아서 물자가 풍부한 반면, 백성들이 아직 개화되지 않았고 강력한 군사정권이 들어선 적이 없었다. 그러니 사나이로서 땅을 개간하고 정복할 좋은 기회였다. 연씨도 황족의 후예이고 제왕의 핏줄이니, 남에게 굴복하고 대대로 관부의 시달림을 받는 것이 어찌 달갑겠는가? 그녀의 말에 그도 마음이 동했다. 연씨 집안은 오랫동안 관부에 억눌려 오다가 다행히 위지를 만나면서 빛을 발하게 되었지만, 위지의 벼슬은 갈수록 높아졌고 그만큼 위험도 커져 갔다. 그만하면 이제 도망갈 길을 마련해 놓는 것이 현명할 듯했다. 그래서 연씨 집안은 장희 19년부터 더욱더 빈번하게 바다로 나갔고, 재산과 인맥들을 옮기기 시작했다. 그 결과 어느덧 그들은 옥라국 최대의 세력으로 성장하였다. 그리고 얼마 전, 그는 어머니마저도 옥라국으로 모셨다.

이제 이혼까지 하게 된 셈이 되었지만 그는 아직 이곳을 떠날 마음이 없었다. 민남으로 가서 화경을 한번 만난 후에 떠나고 싶었다. 할 수만 있다면 그녀를 함께 데려가고 싶기도 했다. 한참을 미루고 미루다가 며칠 전 선박사무소 지부로 시찰을 갔을 때, 검은 옷을 입은 무리가 도깨비처럼 나타났다. 그들은 정말 도깨비라도 된 것처럼 대낮에 땅굴에서 튀어나와 그를 납치했고, 아들 장천 또한 고이 모셔왔다. 그날 밤, 그들은 바로 배에 올랐고 이리저리 뱅뱅 길을 돌아 지금까지 옥라국을 향해 항해를 계속해 왔다. 그들 중에 그가 아는 사람은 하나도 없었다. 그들도 딱히 그에게 관심은 보이지 않았고, 그저 그를 안전하게 데려가는 것만 신경 썼다. 그는 그들을 보낸 것이 화경이 아니라 위지라고 확신했다. 이건 두말할 필요도 없이 그의 솜씨였기 때문이었다. 일이 이렇게 흘러가는 것에 대해 그도 특별히 할 말은 없었다. 화경이든 위지든 항상 그와 연씨 집안을 보호해 주는 사람들이었기 때문이다. 단지, 분명 오래전부터 준비가 있었을 이런 엄청난 일을 앞두고도 두 사람 다 그에게 귀띔조차 하지 않은 것이 불만이었다. 위지는 그렇다고 치자. 재상으로서 말을 꺼내는 게 쉽지 않을 수 있다. 그러나 화경은 그와 가장 가까워야 할 반려자임에도 비밀을 꼭꼭 숨기고, 혼인한 이후로도 떨어져 있을 때가 함께일 때보다 훨씬 많았다. 게다가 최근에는 반역이라는 무시무시한 일을 벌이다니…… 도대체 부군을 뭐라 생각한단 말인가?

밤이 깊었지만, 연회석은 이런저런 생각에 잠이 오질 않았다. 난간을 괜히 툭 친 그는 긴 한숨을 내쉬었다. 화경의 안위가 걱정되면서, 한편으로는 이 여인은 어쩌면 이렇게 간이 큰가 하는 생각도 들었다. 민남으로 달려가 그녀를 데려오지 못하는 것이 한스럽기도 했다. 그런저런 생각을 하고 있는데, 갑자기 앞쪽에서 등불이 보였다. 그는 어리둥절했다. 여기는 흔하게 오가는 해로가 아닌데, 어떻게 저런 큰 배가 나타난단 말인가? 등불은 너무나 갑자스럽게 나타났다. 마치 도깨비불이 망망대해 한가운데 떨어지기라도 한 것 같았다. 이 배는 불을 모두 끈 채 기다리고 있다가, 자신들이 접근하니까 비로소 불을 환하게 밝힌 것이 확실했다.

연회석이 탄 배 뒤편에서 질서정연한 발걸음 소리가 들려왔다. 여기저기에 숨어 모습을 감추고 있던 검은 옷의 사내들이 일제히 나타난 것이었다. 손에는 각자 활을 들고 전방에 나타난 커다란 배를 예의주시했다. 망망대해에 숨을 곳이라고는 없었다. 아무런 표식이 없는 배를 뚫어지게 바라보는 그의 손에 땀이 쥐어졌다. 두 배가 점점 가까워졌다. 저쪽 배의 뱃머리는 텅텅 비어 있었다. 그가 이상하게 여기던 찰나, 선실의 문이 열리고 사람들의 그림자가 일렬로 나왔다. 손에 무언가를 쥔 그들은 아무 예고도 없이 이쪽을 향해 물건을 던졌다.

쾅.

불빛이 일고 거대한 소리가 울려 퍼졌다. 수면 위에서 짙은 연기가 피어오르더니, 연회석이 탄 배가 기우뚱했다. 배가 폭발해 바닥이 뚫린 것이었다!

"이런 미친!"

연회석이 노발대발 화를 냈다. 세상에 이렇게 보자마자 난데없이 배를 폭파하는 자가 어디 있단 말인가? 검은 옷 사내들이 달려들어 한마디 말도 없이 그를 안내했다. 보아하니 이들 또한 이런 돌발 상황에 대한 준비와 훈련이 철저한 듯했다. 선체가 폭발했지만, 가서 살펴보는 이가 하나 없고 곧바로 일사불란하게 연장천을 데려오고 연회석을 모셨다. 그들은 즉시 작은 배를 내리고 모두 올라탔다. 그런데 맞은편 배에서 어딘지 익숙한 웃음소리가 들려왔다. 불 탄환이 일으킨 연기가 흩어지고 나자, 사방에는 어느새 작은 쪽배 수십 척이 나타났다. 쪽배마다 수많은 병사들이 반무릎을 꿇고 활시위를 겨눈 채, 이쪽을 노리고 있었다. 활시위에 걸린 것은 활활 타오르는 불화살이었다.

바다 위, 달랑 쪽배 한 척에 몸을 맡겼는데, 앞에는 큰 배가 버티고 퇴로는 막히고 사면은 불화살로 철통처럼 둘러싸여 있다. 연회석은 눈을 질끈 감고 탄식했다. 속으로는 '오늘 여기서 이렇게 죽는구나, 죽기 전에 화경의 얼굴을 한번 보지 못한 것이 안타깝다.' 하는 생각이 들었다. 그때, 그의 곁에 있던 가면을 쓴 검은 옷이 여유롭게 손을 휘둘렀다. 그러자 검은 옷들이 손을 펴들었다. 그들의 손바닥에는 새까만 물건이 들려 있었다. 불 탄환이었다! 상대가 불화살을 쏜다면 그들도 가차 없이 불 탄환을 날릴 것이고, 그러면 바다 위가 격랑에 휩쓸려 모든 쪽배가 전복되고 말 것이었다. 주변의 검은 옷들이 겉옷을 벗자, 잠수복이 나타났다. 그들은 연장천에게도 잠수복을 입혔다. 이곳을 혼란스럽게 만든 후에 헤엄쳐서 도망갈 계획인 것 같았다. 분명 부근에 배도 준비해 놓았을 것이다.

달빛 아래 바다 위에서 불화살과 불 탄환으로 무장한 양쪽이 모두 살벌한 눈빛을 번뜩이며 대치했다. 길게 뻗은 그림자가 그대로 굳어서 파도가 출렁이는 검은 수면 위에 비추었다. 바람 소리가 거세진 가운데, 살기가 등등했다. 그런데 갑자기 낄낄거리는 웃음소리가 긴장된 분위기를 깨며 들려왔다.

"어이, 아니, 그렇게 죽자사자 뭘 하려고?"

뱃머리에서 제일 먼저 불 탄환을 쏘아 연회석의 배를 침몰시킨 자였다. 그는 연신 빙글거리며 아래를 향해 손을 흔들었다.

"아니, 연 형. 그렇게 쫄지 말라고. 오랜 친구가 데리러 온 것뿐이잖아. 자. 손 내려놔. 그렇지."

익숙한 목소리였다. 고개를 들어보니 둥글둥글한 웃는 얼굴은 초왕을 모시는 제일의 호위 영징이었다. 그를 발견한 연회석은 얼굴이 굳었다. 영징은 잘 아는 사람이긴 했지만, 지금은 친구라 할 수 없었다. 화경이 벌인 일은 천성의 황자들에게 절대 용납할 수 없는 짓이기 때문이었다. 그는 아무 대답도 하지 않았다. 영징은 웃으면서 그를 바라보고는 속으로 생각했다.

'풍찬노숙을 하면서 찾아다니느라 쉽지가 않았다. 저 귀신같은 호위 녀석들이 아무리 동분서주를 한다 한들, 이 몸을 지쳐 나가떨어지게 할 수는 없지. 전하의 뛰어난 선견지명으로 너희가 안란욕으로 멀리 돌아갈 것이라는 걸 예상해내지 못했다면, 이 임무는 또 망치고 말았겠지만……'

전하의 분부를 떠올린 영징은 짜증이 났다. 사람을 데려가되 다치게 해서는 안 된다니…… 뭐가 이렇게 번거로운 거야? 그는 머리를 쥐어뜯다가, 연회석을 향해 두 손을 벌렸다.

"연 형, 해치러 온 게 아니니까 나를 그렇게 나쁜 놈 보듯 하지 마시오. 하고 싶은 말이 있으면 서로 허심탄회하게 터놓으면 되는 거지, 이렇게 불화살이며 불 탄환이며 들이댈 필요가 뭐 있겠어? 탄환에는 눈이 없잖소. 만약 아들한테 무슨 일이라도 생기면, 나중에 화 장군한테 뭐라고 하시려고?"

연회석의 표정이 순식간에 바뀌더니, 놀란 연장천을 걱정스럽게 돌아보았다. 곁에 있던 검은 옷이 낮게 속삭였다.

"연 대인, 안심하십시오. 명령만 내려 주시면, 무슨 일이 있어도 공자님을 평안하게 모시겠습니다."

연회석은 망설이고 있었다. 얼굴이 창백하게 질린 그는 쉽사리 결정을 내리지 못했다. 뱃머리의 영징은 못 견디겠다는 듯 한숨을 쉬고 이야기했다.

"이 영 나리의 세 치 혀로는 아무 소용이 없는 것 같으니, 우리 전하의 승부수를 던져야겠구만……."

영징이 손을 휘젓자, 서신 한 통이 손바닥에서 날아올랐다. 얇은 서신은 눈이라도 달린 것처럼 바다를 가로질러 곧장 연회석에게로 날아들었다. 연회석 옆에 있던 호위는 혹시라도 속임수가 있을까 봐 얼른 일어서서 칼을 뽑았다. 기다란 검이 공중에서 빛을 발하자 서신은 검 끝 위에 얌전하게 내려앉았다. 이윽고 장검이 흔들리자, 서신의 봉투가 떨어져 내리고 글자가 빽빽하게 쓰인 종이가 나타났다. 바람이 거칠게 불었지만, 예리한 칼솜씨는 편지를 바다에 떨구지 않았다.

"내공이 훌륭해!"

뱃머리의 영징이 고함을 질렀다. 그의 눈빛은 반짝반짝 빛났다. 보기에는 간단해 보일지 몰라도 그 기교는 절묘함의 극치였다. 호위는 그만큼 내공이 걸출한 최고의 고수였다. 그러나 정작 본인은 눈빛 하나 흔들리지 않고 혹시 무슨 문제가 없는지 검 끝을 확인했다. 그리고 서신을 거두어 눈이 휘둥그레진 연회석에게 주며 조용히 이야기했다.

"연 대인, 믿어 주십시오. 제가 보호해 드릴 수 있습니다."

호위의 말투는 담담했지만, 말 속에 담긴 뜻은 강철이 되어 사람의 마음을 때리며 의심을 말끔히 씻어 버렸다. 그는 혈부도 내에서도 철위대의 수령를 맡은 '아일(阿一)'이었다. 봉지미는 몇 년 동안 무공 정진에 심혈을 기울여 온 최고의 수하들을 보내 연 씨 부자의 도망을 도운 것이었다. 연회석은 고개를 끄덕이며 편지를 꼼꼼하게 읽었다. 한참 후에 편지를 접은 그가 멍하니 생각을 하더니 긴 한숨을 쉬었다.

"제가 그들을 따라가지요."

호위는 미간을 찌푸렸다. 그는 초왕이 편지에 뭐라고 썼길래 연회석이 이렇게 쉽게 도망을 포기하는지 알 수 없었다.

"똑똑히 생각하셔야 합니다."

호위는 마지막으로 최선을 다했다.

"일단 돌아가시면, 조정 놈들의 손에 떨어지게 되고 죽는 길밖에 없습니다."

연회석은 묵묵히 앉아서 서신의 내용을 떠올렸다. 초왕은 쓸데없는 말을 장황하게 늘어놓지 않았다. 봉지미의 신분과 화경이 출병한 연유를 밝혔을 뿐이었다. 그리고 자신이 모든 전후 사정을 알고 있으며 화경의 들불 같은 기세에도 이미 대비를 마쳤다고 경고했다. 이미 이렇게 다 알고 있는데 황조의 친왕인 그가 어떻게 나라가 전복되는 것을 지켜보고만 있겠는가? 화경은 반드시 패한다. 이대로 가면 죽음뿐이다. 그건 안 돼. 그래서는 안 된다.

연회석은 돌아가야 했다. 전하가 아직 아무 지시도 하지 않았다는 것은 속셈이 있는 것이었다. 그들을 몰살시키고 싶지 않아 연회석이 화경을 회유하길 바라는 게 틀림없었다. 천하가 전하의 손에 들어가는 것은 시간문제였다. 이런 기회가 생겼으니, 그녀를 도와야 했다. 화경은 위지가 부부에게 베풀어 준 은혜를 갚기 위해서 위지를 도와 나라를 되찾으려 했다. 그러나 수년간, 연씨 집안에서 위지를 후원하고 화경이 들인 노력만으로도 이미 그 보답은 충분했다. 자신의 목숨까지 바칠 필요는 없었다.

인간이란 무릇 이기적인 존재다. 연회석 그는 꿈이 큰 사람이 아니었다. 그저 처자식과 함께 평범하고 안락하게 살기를 바라고, 아내와 다시는 떨어져 지내지 않기를 바랄 뿐이었다. 그는 단지 화경이 그의 곁으로 돌아와 함께 아이를 낳고 알콩달콩 살기를 바랐다. 그러나 현실은 그렇지 못했다. 저 멀리 하늘가에서 각자를 바라보기만 하고, 두 사람 사이는 갈수록 멀어져만 갔다. 이러다가는 아주 오랜 시간이 지난 후에 겨우 전해진 그녀의 부고 소식을 듣게 될 판이었다.

'아니, 안 돼!'

연회석은 숨을 들이켜고 서신을 바다에 던져 버린 후, 일어서서 말했다.

"같이 가지. 내 아들은 안전하게 보내 줘."

영징은 유쾌한 듯 웃었다. 전하가 그에게 편지를 건네주면서 결과는 분명 이렇게 될 것이니 연회석을 즉시 데려오기만 하면 된다고 이야기했다. 연회석은 상업 집안 출신으로 어려서부터 집안에서 푸대접을 받으며 살아왔기에 융통성이 있고 신중하지만, 정의감이나 충성심은 부족했다. 게다가 연회석은 천성이 유약했다. 그렇지 않다면 연씨 집안에서 그렇게 오래 당하고 물러서기만 하지는 않았을 것이다. 그러니 그는 분명히 화경을 회유하는 선택을 할 수밖에 없을 것이었다. 과연 전하의 사람 보는 눈은 틀림이 없었다. 연회석을 꼼짝 못 하게 하는 전하의 방법 역시 정확했다.

"좋아."

영징이 시원스레 대답하고는 수하들에게 길을 트라고 손짓을 했다. 철위대의 수령은 눈을 찌푸리며 불만스러운 눈빛으로 연회석을 쳐다보았다. 이들 부자를 도망치게 하려고 혈부도가 준비한 것이 이 길 하나뿐이었겠는가? 그들은 총 세 갈래의 길로 가짜 행렬을 보내 지금까지 관병들을 혼란스럽게 만들고 있었다. 도주로를 계획하는데 든 정성과 인력, 금전적인 피해는 더 말할 필요도 없고, 그 와중에 다치고 죽는 사람까지도 있었다. 지금은 바다 위에 발이 묶였지만 도망갈 여지가 없는 것도 아닌데, 편지 한 장에 포기하겠다고 하다니 이자는 정말 나약하기 짝이 없다고 느껴졌다. 하지만 그는 무력이 사람을 심리적으로 완전히 안정시킬 수 없다는 것을 알지 못했다. 세상에서 사람을 꼼짝 못 하게 하는 가장 강력한 방법은 바로 마음을 공격하는 것이 아닌가?

"연 가주……."

연회석은 갑자기 품에서 비수 한 자루를 꺼냈다. 그리고 자신의 목에 갖다 대고 사납게 소리를 질렀다.

"나는 원래 가고 싶지 않았소. 나와 화경은 벌써 1년이나 못 만났는데, 얼굴 한 번도 못 보고 이대로 헤어지게 되면 죽어서도 마음이 편치 않을 거요!"

철위대 수령의 눈빛이 움츠러들었다. 그는 비수를 차갑게 쏘아보더니 이내 고개를 저었다.

"그럼 원하는 대로 하십시오."

철위대 수령이 손을 젓자, 상대의 작은 쪽배 하나가 천천히 다가왔다. 연회석은 연장천의 머리를 쓰다듬으며 말했다.

"울지 마라. 아버지가 가서 어머니를 데려올게."

그리고 고개를 돌리고 간절하게 이야기했다.

"선생에게 부탁합니다!"

철위대 수령이 담담하게 대답했다.

"걱정하지 마십시오."

철위대 수령은 연회석이 저쪽 배에 올라 떠나가는 것을 보고 한숨을 길게 쉬었다. 그리고 곁에 있는 수하에게 말했다.

"주군께 보고 드려라. 예상대로 상황이 바뀌었으니 두 번째 계획을 준비하시라고."

장희 23년 3월 21일, 민남의 주성(周城). 이곳은 민남 주변에서 유일하게 공격을 당하지 않은, 마지막 남은 도시였다. 주성만 함락된다면, 농북 지역에서 '청양교' 교도를 이끌고 봉기한 항명은 화경이 함락한 범위에 가까워지게 되고, 농북의 중앙 관서와 민남 전체가 손아귀에 들어오게 된다. 그리고 천성국 중심부에서 가장 가까운 주성을 발판 삼아 상대방의 심장을 향해 진군할 수 있게 될 것이다. 화경은 대군을 이미 20만까지 확충했다. 남쪽 변방의 백성들은 대군이 오래 주둔함으로 인해 진즉부터 가혹한 희생과 무거운 세금에 시달려 왔다. 전쟁 중에 수많은 백성이 징병으로 끌려갔고, 집마다 식량과 옷감이 부족했다. 게다가 심심하면 군대와 비적들에 노략질을 당하니 마음 편히 살아갈 수도 없었다. 그런 상황에서 화봉군이 당한 불공평한 대우에 격분한 혈기왕성한 젊은이들까지 합세하니, 화봉군은 계속해서 인원이 늘어났다. 화경과 항명이 군사를 나눈 후에도 각자의 대오가 줄어들기는커녕 구르는 눈덩이처럼 거대하게 불어났다. 그러나 최고의 정예병은 화경이 이끄는 화봉 직계 부대였다. 그들은 그녀를 도와 파죽지세로 각 성을 평정했고 이제 민남의 마지막 남은 주성에 도착했다.

주성은 민남의 중견 도시였다. 주성 수비군의 병력은 고작 2만으로, 화봉의 적이 되지 못했다. 화 장군은 대군을 끌고 주성에 도착해 언제나처럼 준비를 마쳤다. 굳이 진법을 펼칠 것도 없이 맹공을 퍼부으려고 성벽 앞에 도착했을 때, 그녀는 갑자기 말고삐를 거머쥐었다. 준마가 긴 울음소리를 내고, 말 등에 올라탄 사람이 일어섰다. 하늘로 들어 올린 말의 앞발굽은 찬란하게 내리쬐는 햇볕을 힘차게 걷어찼다. 여장군은 눈을 가늘게 뜨고 성루를 올려다보았다. 그리고 믿지 못하겠다는 듯 표정이 일그러졌다. 자신들을 기다리는 주성 병사들 앞에는 얼굴이 창백한 사람 하나가 서 있었다. 그는 오랏줄로 꽁꽁 묶인 채, 그녀를 발견하고 격하게 몸부림을 쳤다. 그의 부군, 연회석이었다.

화경의 안색은 일순간 하얗게 질렸다. 멀리 떠나라고 하지 않았던가? 혈부도의 최정예 호위 무사를 보내 그들 부자를 모시라 하지 않았던가? 제경에 있는 봉지미가 스스로 신변의 위험을 무릅쓰고 최정예 수하들을 보냈는데, 어찌 적들의 손에 포로로 붙잡혔단 말인가? 성벽 위 연회석은 잔뜩 흥분한 채, 화경만 뚫어지게 바라보았다. 부부가 벌써 1년여를 만나지 못했다. 그는 밤마다 그녀를 생각하느라 잠도 제대로 이루지 못했다. 만약 전하가 이런 기회를 주지 않았다면, 언제 어디서 그녀를 다시 볼 수 있었을까? 그는 성의 표시를 하려는 마음으로 스스로 자원해서 성루에 올랐다. 이렇게라도 해서 아내의 마음을 아프게 만들면, 그녀의 마음이 돌아설 것이라고 믿었기 때문이었다.

"화경……"

연회석은 바들바들 떨면서 소리를 질렀다. 흥분을 가라앉히기가 힘들었다. 성벽 위로 바람이 세차게 불어 힘없는 그의 목소리를 흩어 버렸다. 그의 뒤에 서 있던 영징이 슬그머니 앞으로 나섰다. 영징은 모기 소리 같은 그의 음성에 눈살을 찌푸렸다. 저래서 무슨 투항을 하게 한단 말인가? 그는 한 손을 뻗어 연회석의 등에 얹고 자신의 내공을 불어넣었다.

"화경!"

이번에는 목소리가 꽤 우렁찼다. 성벽 아래 화경과 군사들에게도 소리가 들렸다.

"구해 줘!"

금빛 창을 쥔 화경의 손가락이 아무도 모르게 꽉 쥐어졌다. 조금 전 성루 위에 포박당한 연회석을 발견했을 때 바짝 긴장한 것처럼 말이다. 그녀 옆에는 서량에서 온 제유, 제소균 부자가 있었다. 그들은 연회석을 몰랐지만, 그녀의 얼굴을 보고 표정이 돌변했다. 그들은 이 강철같이 단단한 여장군이 저런 표정을 짓는 것을 본 적이 없었다. 화봉에 갓 합류

했을 무렵, 제씨 부자는 처음에는 화경이 총사령관인 것에 불만을 품었었다. 그러나 시간이 지나면서 이 비범한 여인이 보여 주는 의연함과 보통 사람들을 능가하는 결단력에 진심으로 탄복하고 말았다. 그러니 지금 그녀의 표정을 본 그들은 불안할 수밖에 없었다. 그녀는 줄곧 화봉군의 핵심이었고, 이번에 봉기한 대군의 영혼과도 같은 인물이었다. 그녀는 혼자 힘으로 화봉을 재건하였다. 그리고 싸움에서도 용맹스럽게 앞장서서 언제나 병사들의 존경을 한 몸에 받았다. 그 말인즉슨, 그녀가 흔들린다면 대군이 사분오열하는 것은 물론 다 된 밥에 재를 뿌리게 된다는 뜻이었다. 제씨 부자는 서로 눈짓을 주고받았다. 그리고 말을 천천히 뒤로 물러 좌우에서 그녀를 보좌했다. 그녀는 그들의 움직임에 신경 쓸 겨를도 없이 성루 위만 쳐다보고 있었다. 다행히 처음의 충격은 조금 가신 듯했다. 그녀는 금빛 창을 들면서 힘주어 말했다.

"넌 누구냐?"

성루 위의 연회석은 당황했고, 그의 뒤에 선 영징은 화들짝 놀라서 다시 제자리로 움츠러들었다. 화경은 성벽 위에서 얼굴 하나가 나타났다 사라지는 것을 보았다. 눈매가 익숙했지만, 안타깝게도 너무 빨리 사라져 버렸다. 연회석은 그녀가 자신을 알아보지 못하자, 당황한 가운데 흥분한 기색을 드러내며 큰소리를 질렀다.

"화경! 나 회석이야! 당신 남편! 나와 장천이 모두 붙잡혔어. 우리 좀 구해 줘!"

화봉군이 술렁거리며 일제히 자신들의 총사령관을 쳐다보았다.

"구해 줘!"

연회석은 아내를 향해 눈물을 흘리며 하소연했다. 가식이나 꾸밈이 아니었다. 오랫동안 헤어져 있던 아내를 만나니 마음이 너무 격앙된 것이었다. 헤어지고 몇 년이나 얼굴조차 보지 못했고 하마터면 이번 생에는 못 보나 싶었는데, 이렇게 어렵사리 만나게 되었다. 그런데 성벽 위와 아래에서 서로를 지척에 두고 가까이 가지 못하고 알아보지도 못하니, 이 무슨 생고생이란 말인가? 그 좋은 대갓집 부인을 마다하고 칼끝에 피 묻히는 일을 굳이 하려고 들다니……. 빚진 것은 천 가지, 만 가지 방법으로 얼마든지 갚을 수 있는데 왜 하필이면 집안을 풍비박산 내고 멸문시킬 방법을 고집한단 말인가? 그가 격분하자, 창백하던 얼굴에 붉은 기운이 돌기 시작했다. 그의 고함에 어디서 들려오는지 모를 아이의 울음소리가 희미하게 섞였다. 울음소리는 들릴 듯 말 듯, 도시의 하늘을 떠돌았다. 희미한 소리였지만, 그의 감정적이고 거친 외침보다 더 힘 있게 사람의 마음을 파고들었다.

말 위의 화경이 비틀거렸다. 하마터면 금빛 창을 손에서 놓칠 뻔하였다. 그녀는 고개를 꼿꼿이 쳐들고 성루 깊은 곳을 바라보았다. 그녀는 손을 오므려 창을 단단히 틀어쥐었다. 손바닥은 땀으로 흥건했다. 그 희미한 울음소리는 아이의 것이 틀림없다. 장천, 장천일까? 엄마는 아이와 한마음이다. 연회석이 소리를 지를 때는 억지로라도 자신을 다잡고 냉소적으로 응수했지만, 아들의 울음소리 앞에서는 흔들리지 않을 재간이 없었다. 성루 위에 사람들이 겹겹이 서 있어서 더욱 애가 탔다. 말 위에 올라선다 해도 장천이 어디 있는지 보이지 않을 것이다. 그렇다고 진짜 말 위에 올라설 수도 없는 노릇이었다. 그녀가 조금만 이상한 행동을 보여도 대군 전체가 동요할 테니까.

"화경! 날 좀 구해 줘! 무기를 버리고 투항해! 그러면 전하께서 죄를 묻지 않으실 거야! 우리 시골로 떠나자. 그리고 이런 전쟁 같은 것들은 다 잊어버리자. 화경, 정말 고집부릴 거야? 우리 부자를 여기 묻어 버리고 싶은 거야?"

화경의 손끝이 파르르 떨렸다. 갑옷이 떨리며 절그럭거렸지만, 망토에 가려 다행히 아무에게도 들키지 않았다. 그녀는 성 위에서 구해 달라고 자신을 부르는 연회석을 노려보았다. 원망이나 체면을 깎는다는 생각도 들지 않았다. 그저 불쌍한 마음만 들었다. 그녀는 처음부터 지금까지 그를 불쌍히 여겼다. 그녀는 그의 성격이 유약하고 우유부단하다는 것을 알았다. 일 처리가 빠른 것이 어릴 때부터 구박을 많이 받아서라는 것도 알았다. 어린 것이 모욕당하고 비웃음을 사면서 눈치 보는 법을 배우고 생존하는 법을 먼저 터득한 것이었다. 그녀는 그가 욕심이나 야심이 없고 그저 흘러가는 대로 살아가는 성격이라는 것도 알았다. 제경에 온 것은 가족으로부터 쫓겨났기 때문이었고, 가주가 된 것도 궁지에 몰렸기 때문이었으며, 그녀와 결혼을 한 것도 사당 앞에서 그녀가 배를 드러내며 구혼을 했기 때문이었다. 그런 회석이 바라는 것은 여우 같은 아내와 토끼 같은 자식과 함께 모여 헤어지지 않고 사는 것뿐이다. 그런 그에게 피를 튀기며 적과 싸우다 죽으라고 할 수 있는 사람은 없었다. 그러나 마찬가지로, 그녀에게 남편과 아이를 위해서 뜻을 버리라고, 그녀를 믿고 따르는 수십만의 화봉군을 버리라고 강요할 수 있는 사람도 없었다.

화경은 지금 무기를 버린다면 상대가 그들 가족을 보내 줄지도 모른다고 생각했다. 하지만 그러고 나면 화봉군은 어쩐단 말인가? 그녀들은 화경을 따라 민남을 떠돌며 전쟁을 치렀다. 그것은 지금 이 순간 그녀에게 배신당하기 위해서가 아니었다. 저 멀리 있는 지미는 또 어쩐단 말인가? 그녀가 모든 수하의 생사와 운명을 자신에게 건 것은 그들이 주성 성벽 아래에서 연기처럼 사라지기를 바라서가 아니었다. 그녀가 금창을 내려놓는 순간, 봉지미가 갖고 있는 최후의 기대는 물거품이 되고 창끝은 그녀를 낭떠러지로 몰아붙일 것이다.

그럴 수는 없다. 세상에는 할 수 있지만, 할 수 없는 일이 있다. 인간으로서의 존재 이유에 위배되는 일을 한다면, 살아도 치욕적일 것이다. 화경은 기다란 창을 불끈 쥐었다. 힘이 들어간 손등은 하얗게 질렸고, 핏줄이 가닥가닥 터져 나갔다. 성루 위의 연회석은 아직도 절박한 목소리로 부르짖고 있었다. 아이 우는 소리도 계속해서 끊이지 않고 들려왔다. 아이가 눈에 보이지 않으니, 마음은 더욱더 걱정스러웠다. 화봉군 여군들의 얼굴에 측은하고 망연자실한 표정이 속속 나타났다. 그러면서 더 많은 눈빛이 화경에게 향했다. 그녀가 한참 동안 가만히 서 있기만 하자, 사람들은 벌써 그녀의 마음을 의심하기 시작했다. 대군이 혼란에 빠지기 시작한 것이었다.

"화경!"

연회석이 몸을 앞으로 내밀어 화경을 똑바로 바라보았다. 성루 아래에서 조각상처럼 굳어 있던 화경이 갑자기 기다란 창을 휘둘렀다! 금빛 창끝이 햇빛 아래에서 찬란한 곡선을 그리자, 성 위아래 모두가 숨을 죽였다. 화경의 창끝이 떨어지며 말의 귓가를 때렸고, 준마는 긴 울음소리를 내고는 발굽을 들어 그대로 내달리기 시작했다. 성루 위의 연회석은 깜짝 놀라 앞으로 한 발짝 다가섰다. 성루 아래의 수만 군사가 숨을 깊이 들이쉬자, 마치 평지에서 폭풍우가 이는 것 같았다. 그런데 그녀는 성루 방향으로 달려 나가지 않았다. 그녀는 달려 나가는 말을 아주 능수능란하게 잡아채서 성문을 등지고 돌아서게 했다. 그리고 그녀의 보병 방진 주위를 한 바퀴 돌았다. 아름답게 쏟아져 내리는 햇빛을 받은 수만 군사의 철갑옷이 서슬 퍼렇게 빛났다. 붉은 옷을 입고 검은 말에 올라탄 여인은 금빛 창을 높이 들었다. 그리고 근엄한 군진 앞으로 말을 달려갔다. 다그닥 다그닥, 말발굽 소리가 고요하게 부는 바람을 갈랐다.

"형제들! 자매들!"

드높은 화경의 목소리가 정적 속에서 멀리까지 퍼져 나갔다.

"방금 나는 거짓말을 했다. 성루 위의 저 사람들은 내 부군이고, 내 아들이다!"

화봉군 진영 속에서 일제히 신음 소리가 났다. 제씨 부자는 서로를 바라보고는 안색이 어두워졌다.

"나는 저들이 이미 안전하게 빠져나갔다고 생각했다. 그런데 저들이 아직 성루에 붙잡혀 있다!"

화경은 창을 들고 속도를 높였다.

"너희들도 천성 조정이 저 부자의 목숨을 이용해 나를 투항시키려 하려는 수작을 보았을 것이다."

"총사령관님, 어떻게 하실 겁니까?"

대담한 병사 하나가 궁금증을 참지 못하고 큰 소리로 물었다.

"수년 전, 나는 내 친한 벗에게 이런 말을 했었다."

화경은 병사의 물음에 즉답하지 않고 대군 주변을 더욱 빠르게 달려 나갔다. 얼굴은 새빨갛고 이마에는 땀이 조금씩 배어 나왔다.

"그는 내가 사랑한 사람이었다. 나 화경이 여덟 살 때부터 사랑한 사내였다. 나는 남해의 영원히 마르지 않는 파도에 대고 소원을 빌었다. 내가 그를 사랑하는 마음이 산과 바다보다 더 크고 넓다는 것을, 이 세상 그 무엇도 그 사랑을 이길 수 없다는 것을, 그가 언젠가는 알게 해 달라고 빌었다."

성루 위의 연회석은 그 자리에 굳어 버렸다. 눈에는 뜨거운 눈물이 그렁그렁 맺혔다. 성루 아래의 군사들은 고개를 들어 신이나 다름없는 총사령관이 수만 명 앞에서 자신의 속마음을 이야기하는 장면을 보았다. 황당하거나 난감하다고 생각하는 이는 없었다. 햇빛 아래 금빛 창을 들고 질주하는 여인이 찬란하도록 아름답고 정말 신과 같다고 느낄 뿐이었다.

"그들이 성벽 위에 갇혀 있다. 나는 오장이 타들어 가는 것 같다."

화경은 돌아보지 않았다. 멈추지도 않았다.

"그러나 그들은 나에게 창칼을 내려놓고 가족의 안위를 위해서 전우들의 목숨을 버리라고 한다. 그러니 나 화경은 차라리 죽음을 선택하겠다!"

"화경!"

성루 위의 연회석이 다급한 비명을 질렀다.

"세상일이 완전하기는 어렵다. 그러나 완전할 수 없는 것은 아니다. 아낌없이 노력할 수만 있다면!"

화경은 이제 군진의 정중앙까지 달려 나갔다. 그녀는 고개도 돌리지 않고 손가락으로 연회석이 있는 방향을 가리켰다.

"보아라! 성루 위에 나의 남편과 아들이 있다. 너희들이 적을 죽이고 저들을 구해라. 그렇지 못하면 저승에서 너희를 만나 쓸모없는 녀석들이라 욕해도 나를 원망하지 마라!"

화경은 하하 웃고, 금빛 창을 높이 들었다. '탁' 하는 소리가 들리고, 금빛 창에서 번쩍거리는 칼날이 튀어나왔다. 그녀는 성루를 등지고 대군들을 바라보면서 조금도 망설이지 않고 자신의 목에 날카로운 칼날을 갖다 댔다.

"화경!"

연회석이 질겁하며 목청이 찢어지게 소리를 질렀다.

"잠깐!"

연회석의 뒤에 있던 영징이 눈을 휘둥그레 떴다. 그는 하마터면 성벽에 머리를 부딪칠 뻔하였다.

"총사령관님!"

화봉군도 일제히 비명을 질렀다. 여기저기서 비명과 고성이 터져 나왔다. 한 여인의 결단과 용기에 성 위아래, 수십만의 사람들이 깜짝 놀라고 애통해했다. 영징은 높은 성벽을 뛰어넘고, 제씨 부자는 재빨리 말을 달렸다. 그리고 군진에 있던 수많은 사람이 달려 나가 자신들의 총사령관을 구해내려 하였다. 그러나 화경은 진즉 말을 달려 성문과 대군의 중간까지 멀어져 있었다. 그녀는 한다면 하는 사람이었고, 결단력도 대단했다. 그녀가 생과 사를 이토록 간단하게 생각할 거라고는 아무도 예상하지 못했기에, 그 누구도 미처 그녀를 구할 겨를이 없었다. 긴 칼에 햇빛이 들자 눈처럼 서늘한 빛발이 반짝였다. 모두가 놀라움과 절망에 찬 눈빛으로 바라보는 가운데, 검광이 그녀의 목으로 바짝 다가갔다.

챙.

어디서부터인지 작디작은 돌멩이가 말할 수 없이 빠른 속도로 날아와, 화경의 칼등 위를 정확하게 맞추었다. 그러자 아슬아슬하게 목에 닿았던 칼날은 갑자기 두 동강이 나 버렸다! 부러진 칼이 떨어져 내리고, 다급하게 달려온 제씨 부자가 얼른 하나씩 집어 들었다. 화경은 깜짝 놀라 눈을 떴다. 성벽을 뛰어넘어 날아오던 영징은 돌멩이를 보고 안색이 어두워졌다. 그는 화봉군 군진으로 몸을 날렸다. 그러나 그가 군진에 도착하기도 전에 창 수만 개가 그를 향해 곤두섰다. 바닥에서 순식간에 거대한 검은 꽃이 피어난 것 같았다. 영징은 하는 수없이 공중에서 재빨리 공중제비를 돌아 반대쪽으로 물러났다. 그러나 성벽으로 돌아가지 않고 성문 앞에 떨어져 내렸다. 그리고 바닥으로 내려온 후에도 무언가 석연치 않다는 듯 두리번거렸다.

화경은 얼른 평정을 되찾았다. 돌멩이는 화봉군 속에서 날아왔다. 그렇다는 건, 그 고수가 군진 속에 숨어 있다는 뜻이었다. 그녀는 그게 누군지 찾지 않고 고개를 돌려 영징을 보았다. 그리고 다시 연회석을 보았다. 그는 대경실색하여 성벽을 향해 달려들었고, 뒤에서 칼을 들고 그를 위협하던 병사도 감히 막아서지 못하였다. 그 어지러운 틈에 그를 대충 묶었던 오랏줄은 벗겨지고 그의 어깨에 느슨하게 걸쳐 있었다. 그의 당황한 눈빛과 창백한 얼굴은 우습기도 했고 처량해 보이기도 했다. 그를 바라보는 화경의 낯빛이 처참하게 변했다. 그는 아직 아무것도 깨닫지 못하고 손으로 성벽을 두드리며 가슴 아프게 소리를 질렀다.

"화경, 그러지 마, 무섭게 그러지 마……."

그러던 순간 연회석은 흠칫했다. 자신을 보는 화경의 눈빛이 이상했고, 사방의 분위기가 무언가 이상하다는 것을 감지한 것이었다. 자신의 어깨에 늘어진 밧줄을 알아챈 그의 표정이 돌변했다. 그녀가 천천히 고개를 들어 눈으로 그의 몸에 있는 밧줄을 훑었다. 그리고 난감한 듯 웃고 있는 영징을 바라보더니 다시 좌우에 있는 수비군들을 보았다. 그녀의 눈빛은 서슬이 퍼랬고, 조금씩 굳어 가고 있었다. 성 위아래의 수십만 명은 갑작스러운 고요함에 숨이 막혔다. 속임수가 들통났을 때의 무기력함과 민망함, 처량함이 그들을 덮쳤다. 잠시 후, 그녀의 기괴한 웃음소리가 적막을 깨트렸다. 그리고 그녀는 조용히 중얼거렸다.

"연회석. 당신 아주 교활해!"

연회석의 두 손이 성벽을 움켜잡았다. 그는 멍하니 화경을 바라보고 있었다. 그녀의 말소리가 들리지 않았지만, 입 모양을 읽을 수 있었다. 거친 성벽이 그의 손바닥을 상하게 했다. 그러나 아픔보다는 실망스러움만 느껴졌다. 그의 마음도 얼음처럼 차가운 그녀의 태도에 조금씩 얼어붙고 있었다. 그는 느낄 수 있었다. 자신이 그녀를 잃게 되리라는 것을. 그는 가장 어리석은 실수를 저질렀다. 그의 실수는 구차하게 목숨을 구걸하고 성루에서 구해 달라고 소리 지른 것이 아니라, 눈앞에서 그녀를 속인 것이었다. 아무 쓸모가 없을지라도 선량한 남편이었던 그가, 자신을 사랑하는 여인의 마음을 산산이 부순 것이었다. 그는 나약해도 괜찮고, 포로로 붙잡혀도 괜찮았다. 그녀의 짐이 되어도, 괜찮고 죽음 앞에 비굴하게 굴어도 괜찮았다. 하지만 적과 손을 잡아서는 안 되는 것이었다. 그를 향한 그녀의 사랑을 이용하여 이런 졸렬한 수법을 쓰면 안 되는 것이었다. 그는 그녀를 속임으로써, 인생 최대의 고통과 곤란함에 직면했다. 잠시 전까지 그녀는 격정하는 마음에 고통스러워했고, 사사로운 정과 큰 뜻을 다 이룰 수 없어 스스로 목숨을 끊으려 하였다. 모두 그로 인해 일어난, 더없이 우스꽝스러운 상황이었다. 그녀는 그를 위해 죽을 수는 있었지만, 그의 어깨에 걸린 느슨한 밧줄 따위를 보고 싶었던 것은 절대 아니었다. 그녀는 후회막급이었다. 그녀는 산보다 바다보다 더 큰 사랑을 했다. 그러나 그의 사랑은 그녀를 만인 앞에 웃음거리로 만들었다.

연회석은 그 자리에 그대로 굳어 버렸다. 얼굴은 화경과 똑같이 차갑게 굳었고, 새하얗게 질려 가고 있었다. 밧줄이 그의 목덜미에서 흔들거렸지만, 그는 그걸 치우는 것도 잊고 있었다. 화경은 이미 돌아섰다. 그녀는 갑자기 말을 몰아 돌아서더니 팔을 휘두르며 하하 웃었다. 웃음소리는 슬프고 분하게 울려 퍼졌다. 무수히도 많은 시커먼 창끝이 아득한 하늘을 찌르는 것처럼 퍼져 나갔다.

"제군들! 내가 안 죽었기에 망정이지, 혹시라도 죽어 버렸으면 지옥에서 누구를 붙잡고 이 억울함을 하소연했겠는가? 내가 너희를 쓸모없다 욕하는 것이 아니라, 너희가 나를 멍청이라 비웃을 뻔했다!"

아무도 웃지 않았다. 젊은 여군들은 화경을 보며 실성한 듯 통곡을 터뜨렸다.

"왜 우는가?"

화경이 위엄 있는 목소리로 말했다.

"사람을 잘못 본 것은 물론 슬픈 일이지만, 그래도 그걸 알았을 때 돌아서도 늦지 않는다!"

화경은 손을 들어 칼을 휘둘렀다. 흰빛이 번쩍하더니 검은 머리칼 한 뭉텅이가 군진 앞에 떨어졌다. 머리칼은 검은 천과 같이 성문 앞의 황토 위를 뒤덮었다.

"연 가주."

화경이 뒤도 돌아보지 않고 이야기했다.

"화경은 이미 연씨 집안에서 버림받은 몸이오. 오늘 성문 아래에서 이만 작별을 고하겠소. 끊어진 것은 다시 이을 수 없고 엎어진 물은 다시 주워 담을 수 없지요. 당신과 나, 이제 다시는 만나지 맙시다!"

이윽고 화경은 말고삐를 잡아채 군진으로 돌아가려고 했다. 성루 위의 연회석은 멍하니 그녀의 뒷모습만 바라보았다. 떨어져 내린 머리칼은 바람에 유유히 나부꼈다. 부드러운 검은 색 머리칼은 강철 칼이라도 된 것처럼 그의 가슴을 사정없이 파고들었다. 마음은 순식간에 찢어지고 영원히 메울 수 없는 구멍이 생겨 버렸다. 그녀는 원래부터 말투가 단호했고, 고집은 남자들도 못 당할 만큼 강했다. 이렇게 돌아서면 정말로 영원히 만나지 못할 것이다. 그는 사사로운 마음 때문에 가장 혹독한 벌을 받게 되었다. 이제 앞으로 무슨 낯짝으로 세상을 살아간단 말인가? 그녀를 잃은 이 긴 여생을 어떻게 마주한단 말인가? 그가 갑자기 쓴웃음을 지었다.

"화경!"

연회석이 고래고래 소리를 질렀다. 화경은 멈춰 섰지만, 돌아보지 않았다.

"당신 남편은 약해 빠졌고 이기적이고 염치없고 비열했소. 떠나기 전에 당신 얼굴을 한 번만이라도 더 보고 싶어서, 당신하고 영원히 함께하고 싶어서, 행복한 가정을 꾸리고 싶어서 이렇게 당신을 배신하고 기만했소."

화경의 뒷모습을 바라보던 연회석은 가슴 속에 뜨거운 것이 끓어오르는 것 같았다. 하지만 뛰는 가슴을 차갑게 씻어내려고 애썼다. 뜨거움과 차가움이 오가는 속에 그는 미세하게 떨고 있었다.

"하지만 이것 하나만은 증명할 수 있소. 내가 여기에 서 있는 것은, 죽음이 두려워서가 아니오!"

연회석은 "하지만"이라고 말할 때, 성곽의 낮은 부분으로 기대어 섰다. 그리고 "아니오"라고 하면서 재빨리 몸을 날렸다. 높이 솟은 성벽 위에서 그가 아래로 곤두박질쳤다! 화봉군이 놀라 소리를 질렀고, 화경도 뒤를 돌아보았다. 영징이 그를 받으러 전광석화처럼 성벽을 오르며 욕을 퍼부었다.

"제기랄, 너도나도 자살하는 게 유행인가. 성벽에서 뛰어내리는 거라도 배워야 할 판이군!"

영징은 빨랐다. 하지만 그보다 더 빠른 사람이 있었다. 화봉군 군진의 앞쪽 열에서 한 그림자가 연기처럼 달려 나왔다. 영징과는 반대 방향에서 달려 나왔지만, 그보다 약간 더 빨랐기에 영징보다 한 발짝 더 위에 있었다. 그는 영징의 정수리를 사정없이 밟고 그 힘을 빌려 몸을 위로 솟구치더니 연회석을 받아냈다. 위에서 가해지는 충격이 너무 컸기에 그는 연회석을 안고 성벽을 세 바퀴나 데굴데굴 굴렀다. 검은 옷이 꽃 핀 듯 나부꼈다. 사람들 눈에는 그저 이 모든 일이 눈 깜짝할 사이에 일어났을 뿐이었다. 감았던 눈을 떠 보니 그와 연회석은 이미 땅바닥에 안전하게 내려와 있었다.

화봉군 진영에서 경천동지할 환호성이 터져 나왔다. 화경은 긴장했던 몸을 풀었다. 발로 밟힌 영징은 머리를 쓰다듬으며 또 욕을 퍼부었다. 연회석을 구한 사내는 연회석을 얼른 화경에게로 떠밀었다. 그리고 옷을 툭툭 털며 불만스러운 듯 투덜거렸다.

"사람은 맨날 내가 받네."

그는 화봉군의 군장에 대단히 불만이 있는 듯 계속해서 옷을 잡아당기고 있었다. 옷을 조금이라도 더 크고 편하게 늘어트리려는 것 같았다. 화경이 얼떨떨하게 연회석을 받아들고 대충 훑어보니 다친 곳은 없었다. 하지만 큰 충격을 받아서 기절한 상태였다. 화경은 그의 창백한 혈색과 핼쑥한 뺨을 보고는 최근 그가 했을 걱정과 고민을 떠올렸다. 마음이 약해지자, 손도 무디어졌는지 연회석을 차마 바닥에 내팽개치지 못했다. 한숨을 내쉰 그녀는 연회석을 그의 근위대에 맡기고 말에서 내려 사내를 향해 주먹을 쥐었다.

"감사합니다. 고 형!"

가면을 쓴 고남의가 고개를 들고는 무뚝뚝한 말투로 대답했다.

"당신이 그녀에게 해 준 것들, 맨입으로 받을 수는 없지!"

밑도 끝도 없는 말이었지만, 화경은 무슨 뜻인지 알았다. 그녀가 민남에 부임해 위지의 저택에서 송별연을 할 때였다. 고남의가 웬일인지 요리를 집어서 그녀에게 주었다. 그녀는 황송한 그의 대접에 이렇게 말했었다.

"걱정하지 마세요. 맨입으로 받아먹기만 하진 않을게요."

그리고 지금 고남의는 화경의 말에 대답한 것이다. 그녀는 슬그머니 미소 지으며 짧아진 머리를 쓰다듬었다. 그리고 제경 방향을 바라보며 낮게 이야기했다.

"지금은 어떻게 지내는지……."

고남의와 화경은 어깨를 나란히 하고 서서 하늘의 구름을 유심히 보았다. 두터운 구름 안으로 격동에 휩싸인 제경과 여전히 침착하고 차분한 봉지미가 보이는 것만 같았다.

천 리 밖의 전우들이 걱정하는 바로 그 사람은 상처를 치료하는 중이었다. 노여움을 머금은 영혁의 장풍은 인정사정 보지 않고 봉지미를 공격했었다. 그녀의 부상은 가볍지 않았다. 그나마 가지고 있는 영약들이 많았기에 망정이지, 까딱 잘못하면 병상에서 반년은 꼼짝없이 누워 있을 뻔하였다. 그녀는 궁에 들어갈 수가 없어 일시적으로 유행병에 걸렸다고 보고했다. 황제는 그녀에게 약재를 적지 않게 보내어 위로의 뜻을 전했다. 황제의 은총은 조정 대신들에게 풍향계처럼 작용했고, 잠깐이었지만 그녀의 집에는 방문객이 끊이지 않았다. 물론 과부의 저택에 제멋대로 찾아오기에는 무리가 있었다. 그렇게 대신들이 보내온 약품은 대청 세 군데를 채우고 남을 지경이었다.

다른 사람들이 보내 준 것은 그저 그랬으나, 초왕부에서 보내온 것은 좀 특이했다. 아주 작은 비단함 하나에, 속에는 검은색 병이 들어 있었다. 색깔도 요상한 것이 몸에 좋은 약이 아니라 독약 같기만 했다. 영혁은 아랫사람을 시켜 순의왕부로 들어가 봉지미의 방 창문 밑에다가 갖다 놓으라고 했다. 혹시라도 그녀가 거절할까 싶어서였다. 그녀 주변의 호위들은 모두 그 약을 쓰지 말라고 말렸지만, 그녀는 약병을 들고 잠시 살펴보다가 싱긋 웃었다. 왜 이 약을 안 쓰겠는가? 영혁이 그녀를 죽이려면, 이렇게 번거로운 방법은 필요도 없었다. 게다가 그녀는 아직 쓸모 있는 몸이니, 그도 감히 그런 도박을 걸지는 않을 터였다. 그녀는 두말하지 않고 약을 썼고, 증상은 곧 좋아졌다. 그날 밤 어혈을 두 번 토해내고 나니 몸이 가뿐해졌다. 그러나 그녀는 몰랐다. 그날 밤 누군가가 멀리 처마 위에 올라 그녀 방의 불이 꺼지는 것을 지켜보고 있었다는 것을. 그자는 그녀의 시녀가 어혈을 뱉어낸 그릇을 들고 나가자, 그제야 한숨을 길게 내쉬었다. 그리고 밤이슬에 젖은 옷자락을 들고 조용히 자리를 떠났다.

달빛처럼 하얀 뒷모습이 어둠 속으로 사라지고, 봉지미는 잠이 오지 않아 이리저리 뒤척거리다가 아예 일어나 앉아 밀서를 뒤적거리기 시작했다. 안란욕과 주성에서 일어난 일에 관한 보고가 이미 그녀의 책상 위에 놓여 있었다. 그녀는 두 밀서를 꼼꼼히 살펴보고 한참 후에야 가볍게 한숨을 내뱉었다. 이는 그녀와 영혁이 벌이는 천 리 밖의 또 다른 싸움이었다. 영혁은 연회석을 붙잡아 화경을 제지하고, 나아가 화봉군의 사기를 꺾으려 했을 것이다. 사람의 마음을 아주 잘 꿰뚫었다고 인정할 수밖에 없었다. 안란 해상에서 온 밀서에는 연회석이 아주 기꺼이 그들을 따라갔다고 적혀 있었기 때문이었다. 이는 그녀도 예상한 바였다. 영혁도 연회석을 이렇게 잘 아는데, 그녀라고 어찌 모르겠는가? 해상에서 억지로 붙잡을 수가 없으니 우선 물러선 것이었다. 그리고 주성 아래에서는 정말로 연회석을 구해냈다.

봉지미는 화경을 잘 알았다. 그녀는 목에 칼이 들어와도 구차하게 의리를 버릴 사람이 아니었다. 화경은 오히려 병사들의 사기를 북돋우기 위해 스스로 죽음의 길을 택할 터였다. 그래서 봉지미는 고남의에게 가 보라고 한 것이었다. 그런데도 그녀는 상세히 보고된 밀서를 읽어 내려가는 동안 식은땀을 잔뜩 흘렸다. 그 당시의 상황이 너무나 위태로웠기 때문이었다. 조금만 소홀했더라도 더 깊은 원한을 만들 뻔한 상황이었다. 그녀가 승기를 잡은 것처럼 보였지만, 영혁의 대응도 그녀에게 뒤지지 않았다. 연회석이 벌인 속임수는 화봉군에 어느 정도 영향을 미쳐 한껏 오른 사기에 찬물을 끼얹은 셈이 되었고, 일찍부터 공격 준비를 하고 있던 주성을 단번에 함락시키지 못했다. 파죽지세로 달려온 화봉군으로서는 처음으로 만나는 장애물이었고, 덕분에 양쪽은 아직까지 대치 중이었다.

손가락으로 밀서의 모서리를 톡톡 치고 있는 봉지미의 눈빛이 복잡해졌다. 영혁은 그녀의 비밀을 너무나 많이 알고 있었다. 그뿐만이 아니라 그녀의 가장 중요한 전우의 비밀까지도 너무나 많이 알고 있었다. 그렇기에 그녀가 그를 가만히 두는 건, 자신의 전우를 위험에 빠트리는 것과 같았다. 지금까지 그의 태도로는, 서로 견제를 할지언정 그녀와의 관계를 완전히 끊고 싶지 않은 것처럼 보였다. 하지만 전장은 언제나 위태롭고 변수가 너무 많았다. 한순간의 실수로 최악의 결과가 빚어지지 않는다고 누가 보장할 수 있겠는가? 주성에서 있었던 연회석과 화경의 만남이 그러했다. 봉지미의 마음이 약해지면, 잃는 것은 자신의 생명뿐이 아니라 친한 벗의 생명일 수도 있었다. 과감하지 못하고 질질 끌다가 정말 큰일이 벌어지고 나면, 그때는 후회해도 소용없지 않은가? 죽여? 죽이지 말아? 죽여? 죽이지 말아? 죽여? 죽이지 말아? 영원히 풀리지 않을 어려운 문제였다.

"내가 대신 죽여 주겠소."

봉지미가 무슨 생각을 하는지 알고 있다는 듯, 쉰 목소리가 갑자기 창문 아래에서 들려왔다! 화들짝 놀란 그녀가 일어나 앉으면서 외쳤다.

"누구냐!"

옷자락이 일으키는 바람 소리가 사방에서 들려오며, 순식간에 봉지미의 방을 겹겹이 둘러쌌다. 훌륭한 실력이었지만, 그녀는 이미 이맛살을 찌푸리고 있었다. 병중에 귀와 눈이 아무리 평소 같지 않다지만, 지난 몇 년 동안 꾸준히 혈부도의 은신, 방어 능력을 배워 왔는데 어떻게 이토록 가까운 거리까지 접근하는 것을 알아채지 못했단 말인가? '끼익' 하고 누군가가 창문을 밀었다. 한 사람이 아무렇지 않게 안으로 들어왔다. 그는 평범한 푸른 옷을 입고 평범한 가면을 쓰고 있었다. 호리호리하고 큰 키에 걸음걸이는 재빠르고 날렵했지만, 기척이라고는 조금도 내지 않았다. 그녀는 그가 들어오는 것을 뚫어지게 쳐다보고 있었다. 분명 평범한 차림새인데도, 느낌은 마치 하늘을 뒤덮은 검은 연기처럼 모습을 분간하기가 힘들었다. 그녀는 가만히 앉아 있었고, 상대는 그녀의 바로 옆까지 다가올 수 있었다. 그녀가 뭘 해 보려 해도 소용이 없었다. 그는 그녀를 가만히 보았다. 그가 거기 서 있으니 사방의 공기가 차갑게 내려앉고 무언가 몸을 무겁게 짓눌러 옴짝달싹할 수가 없었다.

"꽤 괜찮은 실력이군."

그가 입을 열었다. 일부러 꾸민 듯한 쉰 목소리였다.

"침착하기도 하고, 확실히 그럴듯해."

두서없는 말에 봉지미가 웃었다.

"귀한 손님이 이렇게 깊은 밤에 찾아오시다니…… 하실 말씀이라도? 앉아서 얘기하시지."

"당신이 내준 의자는 편하게 앉을 수가 없을 것 같소."

그는 냉담하게 말했다.

"거래를 제안하러 왔소."

"응?"

"당신이 죽이고 싶지만 차마 죽이지 못하는 그 사람. 내가 직접 죽여 주지."

봉지미는 또다시 웃었다.

"이유는?"

그는 생각에 잠긴 듯 고개를 들었다. 별빛이 스며든 그의 눈빛은 생기라고는 조금도 남지 않은 회색빛이었다. 먼지로 뒤덮인 세월에 메말라 버린 듯, 삶의 숨결이라고는 찾아볼 수가 없었다. 그는 느긋하게 대답했다.

"무엇을 해야 할지 오랫동안 생각했소. 벌을 받겠다는 것도, 도와주겠다는 것도 아니오. 한 가지만 약속해 주시오."

"무슨 일이지?"

"지금은 말할 수 없고."

그는 고개를 저었다.

"어쨌든, 안심하시오. 당신이나 다른 누구에게 해가 되는 일은 아닐 테니."

봉지미는 잠자코 생각하다가 말했다.

"왜 그를 죽이려는 거지?"

"그가 있으니까."

남자는 담담하게 말했다.

"당신의 대업을 이루려는 꿈은 그만 접으시오. 당신 주변의 친한 친구들, 당신이 신경 쓰는 사람들 모두 죽고 말 테니까."

"그건 내 일이고. 당신은 왜 그를 죽이려 하냐고 물었소."

남자는 묵묵부답이었다.

"그 일은 나 혼자 할 수 있소."

봉지미가 침대에 기대며 고개를 돌렸다.

"그대의 호의는 감사하나, 그냥 돌아가시오!"

그는 아무 말 없이 그대로 서서 봉지미를 바라보았다. 창문이 반쯤 열린 사이로, 밖을 지키고 있는 혈부도의 엄숙한 얼굴들이 보였다. 그런데 그들 뒤로, 비스듬히 뻗은 가지 위 살구꽃에 앉은 나비가 갑자기 툭 떨어져 내렸다.

"내가 방금 꽤 괜찮은 실력이라고 했지."

나비가 떨어져 내리는 그 순간, 남자가 담담하게 말했다.

"지금 보니 반드시 패하고 말겠군."

"생사가 걸린 대사를 누군지도 모르는 사람에게 맡기고 싶지 않을 뿐이오."

봉지미가 냉소했다. 하지만 마음 한구석이 오싹했다. 확실히 알 수 있었다. 진짜 천하제일은 고남의가 아니었다. 눈앞에 있는 바로 이 사람이었다. 아군인지 적군인지 모르게 갑자기 나타난 이가 과연 어떤 변수가 될 것인가? 남자가 웃어서일까, 가면이 조금 움직였다. 그와 동시에 그의 손가락이 한 방향으로 뻗었다. 그가 움직이자, 창밖의 혈부도 시위들이 즉각 움직였다. 쨍그랑 소리와 함께 긴 창이 벽을 뚫고, 남자의 등쪽을 찌르고 들어왔다! 손가락이 뻗어 나가고 창끝이 다가온 그 순간, 그녀는 침대를 내려쳤다. 머리 쪽이 부서지며 널빤지가 수직으로 접혀 일어섰다. 그녀는 몸을 그 널빤지에 숨기고 뒤로 물러났다.

이 모든 일이 번개처럼 한순간에 일어났다. 그러나 남자는 혈부도의 행동을 예상이라도 했다는 듯, 손가락을 뻗음과 동시에 왼쪽 다리를 허공에 걸치고 오른쪽 다리를 소리 없이 내뻗었다. 그가 왼쪽 다리를 창끝에 걸치자 별 힘을 쓰지 않았는데도, 창이 마치 밀랍처럼 우수수 허물어져 내렸다. 오른쪽 다리로 한 번 걷어찼을 뿐인데, 널빤지는 가루가 되어 날아갔다. 부스러기와 먼지가 자욱한 가운데, 그가 뻗은 손가락은 빛과 그림자를 뿜으며 봉지미의 목을 정확하게 겨누었다. 그 순간, 창끝이 일제히 바닥으로 떨어졌다. 그는 너무나 평온한 모습이었지만, 대단히 빠르고 대단히 정확했다. 도저히 사람의 반응 속도라고 할 수 없다. 어마어마하게 오랫동안 수련해 왔다는 직감이 들었다.

봉지미는 침대 위에 얌전히 앉아 있었다. 분명 석 자나 떨어져 있었고 상대가 손의 힘을 느슨하게 했지만, 붙잡힌 그녀의 목은 바짝 긴장했고 숨도 뚝 멎었다. 그녀가 제압당하자, 혈부도 호위들은 더 이상 공격할 수가 없었다. 호위대장의 눈에 곤혹스러운 표정이 스쳤다. 방어하고 지키는 데에는 천하에 적수가 없다고 생각했지만, 눈앞에 있는 이 사람은 마치 자기 집 안마당에 있는 것처럼 그들의 수를 정확하게 간파하고 있었다. 창문이 반쯤 열려 있었지만, 남자는 그녀의 목을 붙든 채 그녀와 침대를 사이에 두고 구석에 서 있었기 때문에 창밖에서는 그의 모습을 정확하게 볼 수가 없었다. 몸을 숨기는 것과 타인에게서 거리를 두는 것에도 이골이 난 것 같았다. 특히나 꾀가 많은 그녀의 곁이라면 더더욱 그럴 것이었다. 그는 그녀의 목을 쥐고 눈으로 침대 쪽을 천천히 훑었다. 순간 그의 눈빛이 굳어지며 손가락으로 바람을 쏘았다. 그 바람에 그녀의 베개가 터져 버렸다. 휙휙 바람 소리가 들리더니 터져 버린 베개 안에서 검고 작은 화살들이 갑자기 쏟아졌다. 그러자 남자는 침대 위에서 꼼짝도 못 하는 그녀의 등을 눈으로 좇으며 이 역시 알고 있었다는 듯 손가락으로 현을 튕기는 시늉을 해서 작은 화살들을 튕겨 냈다. 그리고 베개 속에서 튀어나온 몇 가지 물건을 발견하고 희미하게 웃더니, 옷소매로 휘감아 방향을 바꾸어 버렸다. 그렇게 물건들이 그녀의 손바닥으로 들어가자 그녀의 표정이 돌변했다.

'이 인간, 쓸데없이 조심스럽다! 화살도 피할 정도면서 물건에 독이 있을 걸 걱정하다니!'

그 사람의 옷소매가 다시 움직였다. 봉지미의 손이 어딘가에 묶인 듯 이끌려 손바닥에 있는 물건들을 천천히 내보였다. 그는 고개를 숙이고 그녀의 손바닥을 뜯어보았다. 그리고 독성이 없는 것을 확인한 후에야 만족한 듯, '음' 하고 물건을 소매 속으로 집어넣었다. 그 물건들은 잡다한 것으로, 비단 주머니, 죽통, 수정 조각 등이었다. 영징이 여기 있었다면, 그게 무엇인지 단박에 알아보았을 것이다. 경위 위소의 감옥 안에서 봉지미가 영징에게 보여 주었던 것들이었다. 그 사람은 물건을 챙기고 고개를 끄덕이며 말했다.

"협조해 주어 고맙소!"

그리고 사방을 둘러본 후, 발로 바닥을 박차고 뒤쪽 창을 넘어 밖으로 나갔다. 창은 폭이 아주 좁았다. 그러나 그는 그 커다란 몸집으로 능숙하게 빠져나감은 물론, 창호지에 구멍조차 내지 않았다. 좁은 창에서 지키고 서 있던 혈부도 호위 무사가 묘법을 쓰며 칼을 휘둘렀지만, 그는 이번에도 한발 빨랐다. 그가 소매 안에 들어간 딱딱한 물건으로 응수하자, 챙그랑 소리와 함께 칼이 떨어졌고, 그는 창을 넘어 눈 깜짝할 사이에 열 장 거리로 멀어졌다. 침대 위의 봉지미는 눈도 깜짝하지 않고 그의 몸놀림을 보고 있었다. 그리고 고개를 돌려 뜯어져 나간 베개를 보더니 한숨을 내쉬었다. 한편, 멀리서 한 건물의 처마 위에 엎드린 채로 이쪽 상황을 쭉 지켜본 남자가 있었다. 그는 고개를 돌리더니 수하들에게 쏜살같이 분부했다.

"전하께 빨리 보고 드려. 방금 누군가 순의왕부 내실로 침입했고, 왕비가 그 사람에게 물건을 빼앗겼다고. 죽통하고⋯⋯."

그는 방금 천리안으로 본 물건을 곰곰이 되짚어 보았다. 그리고 왠지 말을 잇지 못하고 망설였다.

"비단 주머니, 그리고 수정인가 유리인가 깨진 조각이었어. 그리고 그 녀석이 떠나기 전에 이렇게 얘기하는 것 같았어. 협조해 줘서 고맙다고……."

반 시진 후, 이 소식은 초왕부로 전해졌다. 조금 전 왕부로 돌아와 서재에서 잠시 눈을 붙이려던 영혁은 벌떡 일어나 앉았다. 그는 어둠 속에 한참을 그대로 있었다. 등을 켜겠다는 수하의 말도 물리고, 냉랭하게 모두를 내보내 버렸다. 서재가 고요해지고, 주변에는 헤아릴 수 없을 만큼 짙은 어둠이 깔렸다. 어둠 속에서 아주 미세한 빛이 가물거렸다. 어둠 속에서 숨소리가 아주 희미하고 가쁘게 들려왔다. 어딘가 찢어질 듯 아플 때 나는 소리였다. 아주 오랜 시간이 흐른 후, 어둠 속에서는 잠꼬대인 듯 무겁고 가늘게 떨리는 소리가 들렸다.

"지미…… 지미야……."

봉지미는 어둠보다도 더 어둡고 희미한 이 소리를 듣지 못했다. 그러나 조금 전 찾아온 알 수 없는 손님의 충격으로 눈도 감지 못하고 있었다. 그녀는 밤의 고요 속에서 두 눈을 말똥말똥하게 뜨고 있었다. 황성 깊은 곳에 이는 바람 소리를 듣는 것 같았다. 날이 밝아질 무렵, 혈부도에서 탐문을 책임지고 있는 수하가 와서 보고했다.

"주군, 방금 요패를 패용하지 않은 황궁 호위들이 호위대영의 병사들을 데리고 초왕부로 갔습니다."

봉지미는 눈을 내리깔고 조용히 생각하다가 "응"하고 대답하더니 이윽고 지시했다.

"가마를 준비해라."

혈부도 무사들은 부상이 아직 다 낫지도 않았는데 문밖 행차를 하는 봉지미가 이상했다. 그러나 감히 뭐라 여쭙는 자는 아무도 없었고, 다들 분부를 받들어 가마를 준비했다. 그녀는 일어나서 단장했다. 정성 들여 눈썹을 그리고 입술연지를 찍었다. 여전히 누런 얼굴에 축 처진 눈썹이었지만, 그렇게 정성스러울 수가 없었다. 구리거울 속의 여인은 한눈에 보기에는 보잘것없었지만, 자세히 들여다보면 꽤 고운 얼굴이었다. 단지 눈썹 사이가 희미하게 회백색을 띠어, 조금 처량하고 슬퍼 보이는 상이었다. 그녀는 미간을 찌푸려 보고 연지를 살짝 묻혀 붉은 기를 돌게 했다. 생기를 불어넣은 미간으로도 암담하고 무거운 눈빛을 숨길 수는 없었다. 창밖에는 살구꽃이 아리땁게 피어 있었다. 그녀는 곧 밖으로 나가 가마에 올랐다.

"초왕부로 가자."

가마꾼이 어리둥절했다. 봉지미가 잘 모른다고 생각한 그는 조심스럽게 설명하기 시작했다.

"왕비마마, 초왕부에서 큰일이 벌어져서 아침부터 왕부가 포위되었답니다. 세 갈래 길이 전부 봉쇄되어 출입하지 못한다고 하니, 마마께서는……."

"초왕부로."

가마꾼은 입을 다물었다. 온화한 사람이 고집을 부리기 시작하면 더욱 무서웠다. 가마는 옆으로 나아갔다. 제경에서 제일 번화한 구룡 대로를 지날 때, 찻집과 주루에 손님이 가득 들어찬 것이 보였다. 소식이 빠른 사람들은 자리를 옮겨 다니며 오늘 새벽에 있었던 황실의 전복 사건을 몰래몰래 옮기고 있었다. 봉지미의 귀에도 간간이 몇 마디가 들려왔다.

"…… 우리 집 주인 어르신이 어젯밤에 궁에서 숙직 당번을 섰는데, 한밤중에 돌아오셨지 뭐야. 아마 황제 폐하께서 밤사이 분부하신 모양……."

"꼭두새벽부터 호위영이 움직이더라니까……."

"세 갈래 큰길이 병사들로 가득 들어차서 들어가지도 못하게 해!"

봉지미는 창문 발을 내렸다. 햇빛이 문 발을 뚫고 은은하게 드리웠다. 그녀의 표정은 아리송했다. 그자가 동작 한번 빠르군. 영혁에게 대응할 시간이라고는 주지 않았어. 혹시 내가 망설일 새도 주지 않으려는 건 아닐까? 그녀는 눈을 감고 가마에 몸을 기댔다. 가마가 돌연 움찔하더니, 누군가가 하문하는 소리가 들려왔다. 이미 초왕부 앞의 세 갈래 길에 당도한 것이다. 그녀는 고개를 내밀고, 가마 위의 표식을 가리켰다. 순의왕부의 황금사자 표식이 찬란하게 빛나며 왕의 은총을 드러내고 있었다. 순의왕부의 마차와 가마는 제경성 내에서 황궁을 제외한 모든 도로를 자유롭게 통행할 수 있었다. 길을 지키는 이는 호위영의 병사였다. 그녀를 본 그는 난색을 보였다. 그리고 잠시 망설이더니 상사에게로 가서 지시를 청했다. 얼마 되지 않아 우두머리 하나가 다급하게 가마로 다가와 낮은 소리로 이야기했다.

"왕비마마, 황제 폐하께서 그 누구도 초왕부에 가까이 가지 못하게 하라고 엄중하게 명령을 내리셨습니다."

호위영 우두머리는 곧 큰일이 일어날 판에 초왕과 무슨 관련이 있는지도 모를 순의 왕비가 왜 기어코 들어가겠다는 건지 이상하다는 생각을 했다.

"초왕부의 안채에 내 친척이 있다."

봉지미는 고개를 빳빳이 들었다. 말을 타고 수행하는 하인이 우두머리의 손에 꽤 큰 금액의 은표를 쥐여 주었다.

"그래도 좀 들어갈 수 있게 해 주게."

우두머리는 순간 갈등에 빠졌다. 제경 귀족들의 관계가 아주 복잡하게 얽혀 있다는 것이 떠올랐다. 초왕에게 화가 닥치자, 순의 왕비는 자신이 혹시 연루될까 싶어 사전에 깔끔하게 처리하러 온 것이 틀림없었다. 생각을 마친 그는 자기가 속사정을 다 알았다고 생각했다. 그는 남몰래 은표를 받고는 길을 비키면서도 단속하는 것을 잊지 않았다.

"왕비마마, 빨리 갔다가 나오세요. 폐하의 다음 성지가 곧 도착할 겁니다."

봉지미는 고개를 끄덕이고 창문 발을 내렸다. 가마는 거리를 가로질렀다. 사방은 물샐 틈 없을 정도로 겹겹이 둘러싸인 상태였다. 모두 금우위와 호위영의 병사들이었다. 영혁이 장악한 장영위, 어림군, 구성병 마사 병사들은 코빼기도 보이지 않았다.

가마가 초왕부 대문 앞에 멈추었다. 왕부의 대문은 굳게 닫혀 있고, 얼마 전 있었던 경사의 흔적이 여전히 남아 있었다. 검은 칠을 한 대문에 붉은 술이 남아서 나부꼈다. 하지만 즐겁기는커녕 쇠락한 느낌뿐이었다. 봉지미는 조용히 가마에서 내려, 가마꾼과 하인에게 문밖에서 기다리라고 지시했다. 초왕부에서도 이 판국에 그녀를 맞이하러 오는 이는 아무도 없었다. 그녀는 사방을 둘러싼 병사들로부터 쏟아지는 경계의 눈빛 속에서 문을 열기 위해 직접 손을 뻗었다. 그 순간, 문이 저절로 열렸다. 초왕부의 하인이 두 손을 모은 채, 문 뒤에 서 있었다. 그녀는 그에게 웃음 짓고는 문 안으로 들어갔다. 초왕부 내부에 혼란스러움이라고는 찾아볼 수 없었다. 오가는 하인들도 그녀를 보고 전혀 놀라지 않았다. 수화문을 지나고 장랑을 거치던 그녀가 갑자기 발걸음을 우뚝 멈추었다.

저 멀리 중앙 대청 앞에 영혁이 뒷짐을 지고 서 있었다. 사방에 하인은 그림자도 보이지 않았고, 그는 눈처럼 하얀 옷을 입고 혼자 서 있었다. 봄볕에 그의 눈동자가 새까맣게 빛났다. 밤과 같은 검은 바탕에서 무언가가 뜨겁게 끓어오르는 듯했다. 화산 속의 어두운 심연에서 시뻘건 화염이 솟구쳐 오르는 것처럼. 그의 시선을 느끼자, 봉지미는 자신의 마음이 쇠꼬챙이로 찔린 것만 같았다. 그녀는 숨을 크게 들이쉬고 가만히 다가갔다. 그는 그녀를 지그시 보고 있었다. 눈빛이 그녀의 미간을 스쳤다. 그러나 연지를 찍으면 안색이 어떤지 드러나지 않았다. 그녀의 입술은 선연한 붉은 색이었다. 그날 밤 토해내 입술에 머물렀던 핏빛이었다. 그의 눈앞에 그날 밤 그 피가 희미하게 떠오르며 마음도 불에 덴 듯 아팠다. 무슨 말이 하고 싶었지만, 핏덩이가 가슴을 메운 듯 입 밖으로 나오지 못했다. 그런데 그녀는 이미 그의 어깨를 스쳐 지나 대청으로 들어섰다.

산뜻하게 꾸민 대청의 제사상 위에 노란 비단을 깐 쟁반이 놓여 있었다. 그 위에서 하얀 도자기 주전자가 반짝반짝 빛났다. 봉지미는 발걸음을 멈추고 그 주전자를 보았다. 이미 예상한 바였지만, 가슴이 철렁 내려앉았다. 그 순간, 그녀는 믿어지지 않았다. 황제가 정말로 그렇게까지 분노했단 말인가? 그리고 영혁은 정말로 이렇게 아무 준비도 없이 운명의 심판을 기다린단 말인가? 그녀는 문가에 서서 주전자를 아득하게 바라보았다. 소매 아래 손가락이 저도 모르게 꽉 쥐어졌다. 손바닥이 축축했다. 그녀는 머릿속이 혼란스러웠다. 뒤에서 들려오는 발소리도 듣지 못할 정도였다. 화사하고 청량한 꽃이 흩날리는 듯 익숙한 그 숨결이 옆얼굴에서 느껴질 때, 이미 그의 뺨은 가까워져 있었다.

"지미."

영혁의 산뜻한 숨결이 봉지미의 뺨을 스쳤다.

"바라는 대로 되었으니, 즐겁지 않으냐?"

봉지미는 옴짝달싹하지 않았다. 말도 하지 않았다. 영혁도 더는 입을 열지 않았다. 대신에 자신의 얼굴로 그녀의 부드러운 목덜미를 쓸었고, 점점 위로 올라와 입술로 향했다. 그의 타는 듯한 숨결이 그녀의 서늘한 피부에 닿을 때마다, 바람에 스친 호수에 잔물결이 이는 것처럼 미세한 전율이 흘렀다. 그러나 이 바람은 봄바람이 아니라 늦가을이나 초겨울의 바람이었다. 그 바람이 지나면 호수의 푸른 물은 곧 얼음이 될 것이다. 그녀의 귀밑머리가 숨결에 흩날려 그의 입술에 보들보들하게 닿았다. 한낮의 햇빛이 깃든 머리칼은 끊어진 거문고 현 같았다. 그는 낮게 웃더니 이빨 끝으로 그 머리칼을 물고 고개를 살짝 젖혔다. 그녀가 손을 뻗어 머리칼을 빗어 내리자, 그는 머리칼을 놓고 진주알 같은 그녀의 귓불을 머금었다. 귓가가 서로 스쳤다. 독주가 든 주전자 앞에서. 그녀가 보낸 것이라고 믿고 있는 독주 앞에서. 그의 목숨을 앗아가기 위해서, 그의 힘을 무너트리기 위해서 그녀가 보낸 것이라고 믿고 있는 독주 앞에서.

햇빛 속에서 가까이 다가선 두 사람의 그림자는 따사롭고 아름다웠다. 정이 깊어 마음을 주체할 수 없는 연인 한 쌍처럼 보였다. 봉지미의 어깨의 오목한 곳에 영혁이 얼굴을 깊이 묻었다. 기울어진 그의 모습은 세상에서 가장 아름다운 곡선을 그리고 있었다. 그 속에서 죽으라는 것처럼.

"…… 이런 독한 여자 같으니라고……."

들릴 듯 말 듯 속삭이는 소리가 등 뒤에서 들려왔다. 그와 함께 어깻죽지가 아팠다. 봉지미가 낮게 소리를 지르자 어깨가 놓여났다. 영혁이 비켜서면서 웃음을 보였다. 그녀가 손가락으로 어깨 위를 쓰다듬었다. 올록볼록한 느낌이 들었다. 이빨 자국이 깊숙이 난 것이었다.

"강철 심장에 강철 몸을 가진 줄 알았는데……."

영혁이 웃을 듯 말 듯 봉지미를 보면서 자신의 입술에 손가락을 갖다대고 말했다.

"그런데 똑같은 몸뚱이였구나. 그러면 강철로 만들어진 건 심장뿐이겠군."

"전하, 봉지미의 심장이 무엇으로 만들어졌는지 이제야 아셨어요?"

고개를 돌린 봉지미의 얼굴에 웃음기가 완연했다.

"아마 예전에는 잘 모르셨나 본데, 기왕 이렇게 된 거 오늘 확실하게 보여 드리죠."

봉지미는 여유 있게 앞으로 걸어 나가더니, 주전자를 들어 올려 술을 따랐다. 짙은 술 냄새 속에서 독약의 냄새가 느껴졌다. 대청은 고요했다. 술이 잔으로 떨어지는 소리가 가슴을 때렸다.

"소녀 이 잔을 올립니다. 초왕부의 삼백칠십이명이 오늘 다 함께 황천으로 가게 된 것을 경하드리옵니다."

영혁은 돌아서서 가느다란 열 손가락으로 금잔을 들어 올리고 환하게 웃었다.

"고맙네!"

영혁은 독주를 받아들고 눈썹을 추켜세웠다. 그리고 애정 어린 표정으로 봉지미를 바라보았다.

"그런데, 오늘에서야 너에게 이야기하게 되어 참으로 미안하구나. 그 황천길은 너도 본 왕과 함께 가야 한다……. 나의 새 왕비여."

술잔을 든 봉지미의 손이 공중에서 우뚝 멈추었다. 한참 후, 그녀가 눈썹을 치켜떴다.

"새 왕비?"

영혁의 입가에 웃음기가 더욱 깊어졌다. 그러나 그는 아무 말도 없이 손을 흔들었다. 소매에서 노란 비단 두루마기가 떨어졌다. 봉지미는 보자마자 그게 성지인 것을 알았다. 그는 아래턱을 톡톡 치며 직접 열어 보라는 듯 이야기했다.

"네가 항상 나에게 깜짝 선물을 주었으니, 오늘은 내가 답례를 하나 준비했다."

봉지미는 성지를 뚫어지게 바라보다가, 한참 후에 비단 두루마기를 탁자 위에 펼쳤다. 성지를 눈으로 훑은 그녀의 얼굴이 새하얗게 변했다. 이윽고 기괴한 웃음이 터져 나왔다.

"전하 정말로…… 죽을 때까지 저를 끌고 들어가시는군요."

"어젯밤에 들은 이야기가 하나 있었거든."

영혁이 손가락으로 비단 위를 가볍게 쓸었다.

"그래서 밤사이에 궁에 들어가 폐하께 어명을 내려달라고 간청을 했다."

봉지미는 숨을 들이쉬었다. 그리고 눈을 내리깐 채, 아무 말도 하지 않았다. 정보가 빠른 영혁이 어젯밤에 들은 이야기대로라면, 그녀와 누군가가 '공모'해 그를 위험에 빠트리려 한다는 것이 분명했다. 시간이 촉박했던 그는 숨어서 대응하지 않고 아예 궁으로 들어가 상대가 일을 벌이지 못하도록 선수를 쳤다. 황제에게 그녀를 취하게 해 달라고 주청한 것이다.

"어젯밤에는 부황께서도 몸 상태가 좋으신지 나를 만나 주셨지."

영혁은 웃으며 말했다.

"나는 밤에 입궁한 것은 무리한 간청이 있어서라고 말씀드렸어. 소자가 한 여인 때문에 밤에 잠도 못 자고 중병이 들어 심각하다고, 그 여인과는 정이 깊어 절대로 헤어질 수가 없으니 부황께서 소자를 제발 한 번만 구해 달라고 했지."

봉지미는 쓸쓸하게 웃었다.

"황제께서 처음에는 당연히 황당하다고 생각하셨지. 그런데 나는 더 황당한 일도 한 적이 있어. 이혼한 여자를 측비로 들인 적도 있지 않느냐? 그럼 우리 황조에 쓸모 있는 과부를 정비로 들이는 것이 왜 안 될까?"

영혁은 부드럽게 웃었다.

"지미야, 너도 알잖아. 부황께서는 순의 철기군을 놓고 계산을 하고 계셨어. 네가 딴마음을 먹을까 걱정도 하셨지. 그런데 네가 황가의 며느리가 되면, 초원까지 자연히 우리 황조로 넘어오게 되니 얼마나 기쁘셨겠니. 그렇게……"

영혁은 두 팔을 벌리고 봉지미 뒤에 있는 의자에 아주 편안하게 앉았다.

"이경쯤에 내가 궁에 들어가 폐하를 뵙고, 곧바로 호윤헌에서 성지를 받아 나왔지. 그런데 사경쯤에 누군가가 궁에 들어가 밀고를 하자, 폐하께서는 대노하셔서 나에게 사약을 내리라고 명하셨다. 연세가 많으시니 잠결에 갑자기 누가 깨우는 바람에 화가 더 나셨을 거야. 두 시진 전에 내가 새 왕비를 들이겠다고 주청한 일을 어디 기억이나 하셨겠어? 그러고 보니 이 왕비는 새 시집을 가기도 전에 억울하게 본 왕과 함께 죽어야 하다니 정말 팔자 한번 사납구나.”

영혁은 웃음을 띠고 술잔을 들어 올리더니 봉지미의 입가로 갖다 댔다. 봄빛을 띠는 그의 얼굴이 꽃처럼 화사했다. 그녀는 잔 속에 담긴 청록색 독주를 보았다. 맑고 투명한 술에 두 사람의 표정이 비쳐 보였다. 눈빛과 표정이 흔들리는 술에 따라 흔들렸다. 누가 누군지 분간하기가 힘들었다.

“전하는 죽는 건 무서워하지 않으면서, 저와 함께 죽지 못하는 것은 무서워하셨군요.”

봉지미가 웃으며 술잔을 받아들었다.

“그럼.”

영혁이 다른 술잔을 들었다.

“몇 년 전에 내가 말하지 않았느냐. 우리가 하나는 뜨겁고 하나는 차갑지만, 같이 황릉에 묻히고 나면 뜨겁지도 차갑지도 않을 거라고. 인제 와서 황릉은 언감생심이지만, 너와 함께 잠들 수만 있다면 나는 어디에 묻히든 전혀 개의치 않는다.”

이윽고 영혁이 고개를 한쪽으로 돌리며 큰 소리로 물었다.

“준비되었느냐?”

“네!”

밖에서 소란스러운 발소리가 들려왔다. 휘릭휘릭 소리가 들리더니, 대들보 위에서 갑자기 널따랗고 새빨간 비단 몇 폭이 늘어져 내렸다. 비단 위에는 ‘기쁠 희(喜)’가 수놓아져 있었다. 순식간에 사방이 새빨갛게 물들었다. 하인 몇 명이 붉은 양탄자를 들고 바쁘게 다가와 재빠른 손놀림으로 바닥에 깔았다. 다른 하인들은 대청 밖에 ‘희’ 자를 써넣은 커다란 등롱을 걸었다. 그리고 하녀들이 우르르 몰려와 과일과 촛대, 제철 꽃 등을 놓고 '희' 자를 여기저기 붙였다. 문밖에는 언제 쳤는지 모를 천막이 마련되었고, 악공 무리가 앉아서 현을 뜯고 피리를 불면서 화기애애한 분위기로 『희림문(喜臨門)』을 연주하기 시작했다.

모두가 질서정연하고 민첩하게 움직였다. 눈을 몇 번 껌뻑거렸을 뿐인데, 희멀건 하던 대청이 단박에 혼례 식장으로 변모하였다. 봉지미는 멍하니 서서 온통 시뻘건 그곳을 노려보고 있었다. 영혁이 내놓은 기발한 수에 깜짝 놀란 것이었다. 그러나 그는 태연자약했다. 소원이 성취되었으니 생사는 어찌 되든 상관없다는 듯이 빙그레 웃으며 술잔을 들어올렸다.

"사랑하는 왕비, 혼인이라는 거사를 이렇게 조촐하게 치르다니 대접이 변변치 못해 그대를 볼 면목이 없구려. 그대의 부군이 큰 재난을 눈앞에 두고 있어 생사를 다투는 탓에 쓸데없는 말은 생략하겠소. 그대와 나의 마음이 함께하니 살아서 명분이 있고 죽어서도 같이 묻힐 것이오. 이 세상의 번잡한 허례허식은 곧 우리와 먼 얘기가 될 것이오. 자, 이 잔을 다 비우시오. 이걸로 그대와 나의 합환주를 대신합시다!"

영혁은 말을 마친 후, 웃으며 봉지미의 손을 잡아당기더니 그녀의 잔을 집어 눈 깜짝할 새, 입으로 갖다 댔다. 그녀는 처음에 놀랐던 것과는 달리 담담한 미소를 회복하였다. 이번에는 당황하는 기색이 전혀 없었다. 그녀는 그가 정말로 독주를 마실 거라고는 생각하지 않았다. 이 모든 것은 그녀가 자신의 마지막 패를 꺼내 보이고 그를 구하도록 만들려는 속셈에 지나지 않는다고 생각했다. 그런데 그녀의 표정이 갑자기 일그러졌다. 그가 손목을 꺾어, 한 치의 망설임도 없이 술을 입 안에 털어 넣은 것이다!

대단원 (중)

"잠깐!"

"잠깐!"

두 사람이 동시에 소리를 질렀다. 하나는 젊고 부드러운 목소리였고, 하나는 나이 지긋한 쉰 목소리였다. 비명 속에서 봉지미는 영혁의 술잔을 홱 낚아챘다. 술잔이 '퍽' 하고 바닥에 떨어져 깨어졌고, 남아 있던 차가운 술 몇 방울이 그녀의 손끝으로 흘렀다. 그는 처절하게 웃으며 그녀의 손을 놓고, 비틀거리며 물러났다. 그러고는 머리를 뒤로 젖히며 그대로 넘어졌다. 그녀는 얼른 달려들어 그를 안았다. 떨리는 손으로 숨을 쉬는지 확인하려다가, 잠시 멈칫하고 말았다. 그녀의 손가락이 허공을 헤매자, 독주가 천천히 아래로 흘러내렸다. '똑' 하고 떨어지는 소리는 마치 놀라서 흘린 눈물방울 소리 같았다. 온통 새빨간 대청 속에서 그녀의 창백한 얼굴이 고개를 들었다. 그 앞에 언제 왔는지 모를 사람들이 서 있었다. 천성 황제가 경비의 부축을 받고 서 있었고, 내각의 중신들이 있었다. 소녕도 와 있었다. 살포시 웃고 있는 경비와 소녕 외에 다른 사람들은 전부 기괴한 표정으로 대청에서 일어난 일을 마주하고 있었다.

황제는 경비의 팔뚝에 기대어 영혁의 눈을 지그시 바라보았다. 그리고 봉지미를 보았다. 그의 눈빛에는 애석함이나 상심, 분노가 크게 드러나지 않았다. 되려 개운해 보이기까지 했다.

"전하!"

호 대학사가 큰소리로 외치며 영혁에게 달려들다가, 자신이 너무 예의에 어긋났다고 생각했는지 다시 몸을 돌려 황제 앞에 풀썩 무릎을 꿇었다.

"폐하! 하찮은 이들의 중상모략을 귀담아듣지 마시기 바랍니다……"

"응?"

황제가 호 대학사를 곁눈질했다.

"누가 하찮단 말인가?"

호 대학사는 순간 그 자리에 얼어붙었다. 그는 어젯밤 누군가가 초왕의 죄상을 밀고했고, 폐하가 노발대발하며 한밤중에 초왕을 처벌하라는 성지를 내렸다는 걸 알게 되었다. 화들짝 놀란 그는 초왕 쪽 중신들을 소집해 간청을 드렸다. 하지만 황제는 가타부타 말이 없었다. 그저 초왕부로 가서 불효자가 직접 비는 모습을 봐야겠다고만 했다. 결국, 대학사는 황제를 따라 왔고, 오는 내내 어떻게 빌어야 할까 궁리했다. 그런데 왕부에 들어서자, 생각지도 못하게 울긋불긋 기이한 광경이 펼쳐졌고, 연이어 하늘이 무너지는 변고를 보게 된 것이었다. 호 대학사는 여기까지 오는 동안의 고심하고 고생했던 나날이 떠올랐고, 눈물이 왈칵 쏟아졌다. 목이 메어 말도 제대로 할 수가 없었다.

"그대는 여섯째에게 충성을 다하고 있었군."

황제가 탄식했다. 호 대학사는 질겁을 하고 얼른 고개를 들어 해명하려 했지만, 황제는 손을 내저었다. 그는 화난 기색도 없이 봉지미의 품에 안겨 창백해진 영혁을 바라보았다. 개운하고 편안해 보이는 표정이 또다시 살아났다. 이윽고 황제가 말했다.

"울긴 왜 우는가? 사람이 죽은 것도 아닌데."

사람들이 일제히 '아' 하고 한숨을 내쉬었다. 봉지미는 아무 말 없이 영혁을 받쳐 든 손으로 그의 허리 쪽 살을 세게 꼬집고 비틀었다. 아주 세게 꼬집었는데도 그는 아무런 움직임이 없었다. 참을성이 대단한 것인지, 아니면 그 술 속에 잠시 기절시키는 약이 타 있던 것인지는 알 수 없었다. 어쨌든 깨고 나면, 허리에 커다란 멍이 들어 있을 것이 분명했다. 조금 전 그녀는 너무나 몰라서 심장이 멎는 줄만 알았다. 숨도 제대로 쉬지 못했다. 그러나 그를 안았을 때 그의 손목이 그녀의 손 위에 놓였고, 그녀는 그의 맥박이 뛰고 있음을 느낄 수 있었다. 깜짝 놀라 내려앉은 가슴이 그제야 다시 자리를 찾았다. 하지만 가슴 부위에 계속 통증이 느껴졌다. 너무 놀라 곤두선 신경 때문에 아직 다 회복되지 않은 내상에 충격을 입은 것 같았다. 그녀는 속에서 올라오는 피비린내를 꾸역꾸역 삼키었다. 내각의 중신들은 놀라면서도 한편으론 기뻐하면서 그를 살폈다. 황제가 기침을 몇 차례 하더니 말했다.

"여섯째가 그래도 충심이 있구나. 짐도 시험을 한번 해 본 것뿐이다. 술에 약이 들어 있기는 하지만 해독약이 주전자의 주둥이에 있으니 술을 따를 때 자연히 해독되었을 것이야. 잠시 기절했을 뿐 괜찮다."

그러고 나서 황제는 몇 걸음 걷다가 무겁게 말을 이었다.

"어젯밤에 초왕을 밀고한 자가 있었다. 짐은 당시에는 화가 났지만, 나중에 다시 확인해 보니 그게 아니더구나. 그래서 짐은 상대의 계략을 이용해야겠다고 생각했지. 그의 마음이 어떤지도 보고 초왕의 충심도 확인하고자 말이지. 지금 보니 짐이 확실히 보이는구나."

봉지미는 눈을 내리깔고 복잡한 심경을 감추고 있었다. 어젯밤, 비밀의 사내가 그녀에게서 가져간 증거물 중에는 가짜도 있었다. 그녀는 일전에 위소의 감옥에서 영징에게 그 물건들을 보여 준 적이 있었다. 그러니 어찌 다른 사람이 이것을 빼앗거나 훔쳐갈 것에 미리 대비하지 않았겠는가? 베갯속의 죽통, 비단 주머니는 똑같은 물건처럼 보이지만 사실은 바꿔치기한 것이었다. 죽통 안에 있는 것은 일반적인 감사 서신이었다. 서신을 쓴 사람도 태자를 죽인 범인이 아니었다. 비단 주머니 안에 있는 약은 인삼대보환이었다. 세 가지 물건 중에서 수정 조각만이 진품이었다. 그것은 영혁 모친의 수정 조각상에서 떨어져 나온 것인데, 다른 대체품을 구하지 못해서 미처 바꿔 놓지 못한 것이었다. 그렇기에 그녀는 황제가 내린 어명이 어떤 내용인지 미리 짐작하지 못했다. 만약 황제가 그 수정 조각을 알아보았다면 영혁은 진짜 황제의 증오를 샀을 테니 말이다. 그러나 그녀의 마음속에는 여전히 의문이 남았다. 황제가 아무리 그 조각 때문에 화가 났다 하더라도 이렇게 공개적으로 화를 내는 것은 불편했을 것이고, 그러면 이 아들을 남몰래 처리할 수밖에 없었을 것이다. 그렇다면 황제가 그렇게 화가 난 진짜 이유는 무엇일까? 그녀는 도대체 어떻게 된 일인지 알기 위해서 직접 초왕부에 와 본 것이었다. 그런데 오히려 이를 거꾸로 이용한 사람 때문에 그녀는 놀라 자빠질 뻔했다.

황제의 표정을 보아하니, 그 수정 조각이 문제가 되지는 않은 듯했다. 아마도 늘 대비가 철저한 영혁이 그걸 바꿔치기했거나, 영징에게 설명을 듣고 곧바로 사람을 시켜 어머니의 수정 조각상을 새로 만들어 원래 자리에 두었을 것이다. 그래서 사람을 보내 조각상을 확인한 황제가 모두가 모함이라고 생각했을 터였다. 봉지미는 시간을 따져보니 이미 황제의 손에 들어간 조각을 다른 것으로 바꿔치기하는 것은 불가능했을 것이고, 그렇다면 분명 후자였을 것이다. 품 안에 있는 영혁의 호흡이 점점 편안해졌다. 그녀는 하얘진 그의 얼굴을 보면서 속으로 한기를 느꼈다. 황제는 이 아들의 충심을 시험해 보고 싶어서 일부러 사약을 내린 것이지 않은가? 그런데 영혁은 부황의 지치지 않는 시기심을 간파하고, 죽음을 불사하며 그의 계략을 역이용했다. 이번 기회에 황제의 의심과 질투를 완전히 씻어내기로 결심한 것이다. 그야말로 의심 많고 복잡한 부자가 아닐 수 없다! 또한 그가 물귀신처럼 그녀까지 끌어들인 것을 보니 속으로 역시 그녀를 미워하는 것이리라. 그는 그녀가 그 증거들을 일부 바꿔치기했다는 사실을 알지 못했고, 어젯밤 그녀가 모종의 협박을 당했다는 사실도 알지 못했다. 그의 입장에서는 자신이 먼저 방비를 한 덕분에 오늘의 화를 피할 수 있었던 것이었다. 이제 그에게 그녀는 자신을 음흉하게 죽이려 드는 존재일 뿐이었다.

"누군가가 계속 앙큼한 마음을 품은 것이야."

황제가 갑자기 입을 열었다. 낯빛이 달빛처럼 서늘했다.

"7년 전, 대성의 고아 사건 때도 짐은 의심이 들었다. 신자연이 그렇게 빨리 알아낸 일을 금우위에서는 왜 그렇게 오랫동안 덮어 두고 있던 것인가? 금우위의 지휘사가 자리를 오래 비울 일이 생긴 바람에 초왕에게 임무를 맡긴 것은 딱 한 번뿐이었는데, 오랫동안 속을 썩이던 대성 고아 사건이 어떻게 하필 그때 해결되었단 말인가? 어젯밤에 그놈이 와서 거짓말을 할 때, 짐은 그놈이야말로 좀도둑 같은 놈이었다는 걸 확실히 알게 되었다. 그놈은 짐이 긴 세월 동안 주었던 신임을 전부 저버린 배신자였다."

장내에 있던 모두가 아연실색하였다. 어젯밤 초왕을 밀고한 자가 폐하가 가장 신임하던 금우위 지휘사였다니! 봉지미는 고개를 떨구었고, 속으로 얼른 주판을 튕겼다. 어젯밤의 그 수상한 사내가 금우위 지휘사였다? 그는 왜 영혁을 죽이는 일에 직접 끼어들겠다고 한 것일까? 황제가 말한 것처럼 그가 대성의 고아 사건을 덮어 두려 했다는 것은 진짜일까, 가짜일까? 그와 대성, 혹은 혈부도는 도대체 무슨 연관이 있단 말인가?

"군주의 은혜를 저버린 그놈……!"

황제는 소매를 휘두르며 분노를 참지 못하고 포효했다.

"짐이 하늘 끝까지 쫓아가서 죽여 버리고 말 것이다!"

쫓아가? 봉지미는 눈살을 찌푸렸다. 황제는 노여움을 참기 어려운 듯 화를 내더니 기침을 멈추지 않았다. 중신들은 부랴부랴 용서를 빌었다. 어쨌든 큰 고비를 넘겼다는 생각에 사람들은 모두 안도의 한숨을 쉬었다. 그러나 목석처럼 서 있는 경비와 소녕은 안색이 침울했다.

어젯밤 금우위 지휘사는 밀고를 하면서 피임 환약을 언급하였다. 황제는 당연히 경비에게 이를 물었다. 경비가 어찌 이런 기회를 그냥 놓치겠는가. 곧바로 울면서 황제의 품으로 쓰러졌다. 그리고 초왕의 괴롭힘에 못 이겨 궁에 들어온 이후로 계속 피임 환약을 먹었고, 그간 두려움 때문에 하루하루가 일 년 같았다고 고백했다. 밤새도록 애달프게 우는 그녀의 모습은 영혁의 죄에 쐐기를 박았다. 황제는 당연히 폭발했고, 경비는 영혁이 다시는 일어설 수 없다는 생각에 기뻐하던 참이었다. 그런데 약을 검사한 태의원이 와서 이 약은 인삼대보환일 뿐이라고 할 줄 꿈엔들 생각했겠는가? 그 순간 상황이 뒤집어졌다. 경비는 영혁이 그녀에게 준 것이 바로 금우위가 가져온 그 약이었다고 이미 딱 잘라 이야기한 뒤였기에 그제야 말을 바꾸기에는 너무 늦어 버렸다. 황제는 차가운 눈빛으로 그녀를 한참 동안 노려보더니, 말 한마디 없이 소매를 뿌리치고 초왕부로 향했다. 그녀는 뻔뻔스럽게도 그를 뒤따랐지만, 황제는 그녀를 거들떠보지도 않았다. 입궁한 이래 처음으로 받아보는 냉대에 그녀는 가슴이 조마조마했다.

경비는 알고 있었다. 여색을 밝히는 황제에게도 절대 불변의 원칙이 있었다. 후궁은 절대 조정의 정치에 개입해서는 안 된다는 것이었다. 자신의 영씨 가문이 바로 외척 출신이지 않은가? 그러니 어찌 다른 이가 황제의 길을 앞서가도록 둘 수 있었겠는가? 그래서 후궁에 대한 단속을 철저하게 해 온 그였다. 아무리 총애하는 비라도 조정의 신하나 조정의 일에 대해서 함부로 이야기할 수 없었다. 그런 원칙 때문에 지금까지 경비는 영혁을 사무치게 미워하면서도 마땅한 기회를 잡지 못해 쉽사리 움직일 수 없었던 것이었다. 어렵사리 기회를 얻었다고 생각했는데, 그것이 함정일 줄이야!

멍하니 서 있는 경비의 눈빛이 마구 흔들렸다. 황제는 아직 그녀의 팔에 몸을 의지하고 있었지만, 그녀는 여자의 직감으로 알 수 있었다. 그의 마음속에서 그녀를 향한 신임과 총애는 이미 많이 사그라들었다. 오늘 이후로 다시는 황제의 극진한 보살핌을 받을 수 없을 것이다. 그렇게 생각하니 마음 한편이 오싹했다. 꿇어앉은 봉지미와 정신을 잃은 영혁을 다시 보았다. 누가 봐도 맑고 순수해 보이는 두 사람에게서 악의라고는 전혀 찾아볼 수 없었다. 그러나 그녀는 그들이 얼마나 악독하고 잔인한지 잘 알았다. 이 두 사람과 맞섰을 때, 이 천하에 살아남을 사람이 과연 누가 있을까? 경비는 이제 황제의 사랑을 잃었다. 그들이 오늘 죽지 않았으니, 다음에는 분명 자신이 죽을 것이다! 이왕 이렇게 된 것, 이제는 때를 기다릴 수가 없었다. 결사 항전의 각오로 마지막 승부수를 띄울 수밖에! 경비는 소매 아래 손가락을 꽉 쥐었다. 흉악한 눈빛이 번뜩였다.

"오늘은 종일 야단법석이라 정신이 없구나. 그만하자."

황제는 피로한 듯 손을 내저었다.

"밖에 병사들도 해산해라. 여봐라. 초왕을 내실로 데려가 푹 쉬게 해라. 그리고 너, 지미……."

황제는 봉지미를 보더니 은근한 미소를 지었다.

"여섯째가 너하고는 마음이 잘 맞는다고 하더니, 오늘 보니 짐에게 거짓말 한 것은 아니었구나. 경사스러워야 할 축하연이 엉망이 되었으니, 나중에 짐이 성대하게 치러 주마."

영혁은 기뻐하는 하인들에 의해 내실로 옮겨졌다. 봉지미는 "아" 하고 고개를 들고는 입을 다물지 못했다. 소란이 지나고 나니 그제야 떠오른 것이다. 이 음흉한 친왕은 이 혼란을 틈타 그녀를 자신의 왕비로 만들고야 말았다! 황명이 이미 내려왔으니 명분은 확실했다. 다른 신하들이 보는 앞에서 항명하자니 시기가 좋지 못할 뿐더러 그 꿍꿍이를 알기 힘든 경비가 바로 곁에 있었다. 그녀가 입을 벌린 채 무슨 말을 하기도 전에 황제는 웃음을 지으며 손을 흔들고 돌아섰다.

"폐하! 그 혼인은 안 돼요!"

그 순간, 봉지미는 자기 입에서 그 말이 튀어나왔다고 생각할 뻔했다. 잠시 어리둥절했다가 보니, 그 목소리는 경비의 것이었다. 황제는 놀라서 뒤를 돌아보았다. 그녀는 이미 달려 나가 그의 발아래 콰당 무릎을 꿇었다.

"폐하……."

경비는 숨을 헐떡이며 황제의 옷자락을 움켜쥐었다. 놀라고 무서운 표정의 그녀는 한동안 말을 잇지 못했다. 눈빛만으로 황제에게 자신의 두려움을 표현하고 있었다. 원래 화를 내려 했던 황제도 그녀의 연약하고 겁먹은 표정을 보자 마음이 약해져 부드러운 말투로 이야기했다. 비록 약간의 짜증스러움도 묻어났지만.

"무슨 일이지?"

"폐하……."

경비는 흐느꼈다. 그리고 황제의 참을성이 한계에 도달했을 때, 똑똑히 입을 열었다.

"…… 왕비를 초왕과 결혼시켜서는 안 됩니다. 왕비는 대성의 후예입니다!"

"뭐라?"

여기저기서 놀란 소리가 조용히 쏟아지는 가운데, 황제의 눈썹이 파르르 떨렸다. 잠시 멍했던 그가 갑자기 소리를 버럭 질렀다.

"무슨 해괴망측한 소리를 하느냐. 또 예전의 일로 그런 소리를 하는 게냐? 그때 봉 부인이 자신의 여식이라고 증명하였거늘, 또 옛일을 들쑤시려는 게야!"

봉지미는 눈을 부라리며 그녀를 사납게 쏘아보았다. 그리고 속으로는 뭐라고 대응해야 할지 바쁘게 머리를 굴렸다. 경비가 단지 옛일을 들쑤시는 게 아니라 최후의 일격을 가하려고 한다는 사실은 봉지미만이 알고 있었다.

"신첩이 어찌 감히 옛일을 들추겠습니까……."

경비는 황제의 다리를 부여잡고 닭똥 같은 눈물을 뚝뚝 흘렸다.

"…… 폐하, 신첩이 어젯밤에 잠시 어리석게도 위증을 하였습니다. 그러나 그것은 저를 위함이 아니었습니다. 어젯밤 금우위 지휘사가 몰래 신첩을 먼저 찾아왔었습니다. 그리고 봉 왕비가 대성의 진짜 후예인 것 같다고 하였습니다. 하나 초왕 전하가 왕비를 아끼고 두둔하니, 몇 번이나 조사하려고 했지만 의도치 않게 전하에 의해 가로막혔다고 하더군요. 지휘사는 전하가 여색에 눈이 멀어 사직을 돌보지 않을까 염려스러우니 우선 전하를 묶어 두자면서 신첩에게 힘을 보태자고 하였습니다……. 폐하, 신첩은 아무도 모르는 사이 야심을 드러내는 사람이 있어, 몰래 음모를 꾸미고 천성의 강산을 해치고 어진 성황을 해할까 걱정이 되었습니다. 그래서…… 신첩이…… 잘못을 저질렀습니다. 하지만 잘못은 다…… 폐하를 너무 사모하여 그리한 것입니다……."

사방이 고요해졌다. 사람들은 눈을 휘둥그레 뜨고 경비의 하소연을 듣고 있었다. 그녀의 울음소리가 구슬프고 가냘프게 이어졌다. 시끄럽고 짜증스러운 소리가 아니라 가련한 마음이 드는 소리였다. 그녀는 누가 봐도 아리따운 모습으로 구구절절 피눈물을 흘리고 있었다. 봉지미는 '헉' 하고 놀라면서 또다시 이 여인에게 탄복하고 말았다. 빠른 대처 능력과 감쪽같은 연기 모두 최고의 경지에 이른 수준이었다. 자신에게 불리해진 정세에도 이렇게 빠르게 선수를 치다니……. 더군다나 이렇게 급작스러운 상황에서도 예전 사건을 들추어낸 구실을 둘러대는 솜씨가 천의무봉이나 다름없었다! 이 정도면 누구라도 깜빡 속아 넘어가지 않을까? 그녀는 고개를 들어 황제를 주시했다. 과연 황제의 낯빛이 어두워지고, 뺨의 근육이 미세하게 경련을 일으켰다. 어떻게 해야 할지 다급하게 생각을 해 보아도 뾰족한 수가 떠오르지 않는 것 같았다. 그러다 그는 경비의 마지막 말에 마음이 확 풀리고 말았다. 거의 감동한 것이 확실했다. 잠시 후, 그가 가라앉은 목소리로 물었다.

"그런 고충이 있는데도 지휘사는 어찌 짐에게 설명하지 않았고, 또 도망까지 간단 말인가?"

경비가 흐느꼈다.

"신첩은 잘 모릅니다. 어쩌면 지휘사도 꿍꿍이가 있어서 신첩을 속이려 한 것일 수 있지요……."

"그렇다면, 순의 왕비가 대성의 후예라는 것도 속인 것일 수 있지!"

경비가 고개를 들었다.

"폐하! 그가 신첩에게 증좌를 주었습니다!"

봉지미의 눈꼬리가 확 올라갔다. 증좌? 증좌가 어디서 나와? 장희 16년, 대성의 잔당 사건 때, 혈부도와 어머니는 자신들을 희생하면서 사실을 숨겼고 모든 증좌를 봉호에게 뒤집어씌웠다. 지금 남은 이들조차 자신의 진짜 신분을 밝힐 증좌를 갖고 있지 못한데, 경비가 그것을……?

"응?"

황제의 눈빛이 냉담하게 굳었다.

"꺼내 보아라!"

경비는 고개를 들었다. 그리고 경계심과 의심으로 가득한 황제의 눈을 보고는 등골이 오싹하였다. 오늘 증좌를 꺼내 보이면, 그녀 자신도 의심을 사게 된다. 일개 첩비일 뿐인 자신이 이렇게 많은 걸 알고 있었으니 황제에게 미움도 살 것이다. 그러나 자신의 적이 바로 눈앞에 있었다. 오늘 저들을 한 번에 해치우기만 한다면, 폐하의 마음을 돌릴 기회는 앞으로 차차 있을 것이다. 낡은 것을 버리지 않으면 새것을 가질 수 없다. 호랑이를 잡으려면 호랑이 굴에 들어가야 하지 않는가. 그녀는 만일 이번에 봉지미를 해치우지 못한다면 더 물러설 곳이 없다는 것을 잘 알았다. 그러나 그녀는 자신이 있었다. 자신이 가지고 있는 그 물건을 믿고 있었다!

경비는 이를 악물었다. 입가에 섬뜩한 미소가 걸렸다. 그녀는 봉지미를 곁눈으로 흘기고는 품 안에서 살굿빛 보따리를 천천히 꺼냈다. 보따리는 약간 낡은 것으로 보아 오랫동안 방치되어 있던 것 같았다. 하지만 재질이 고급스러웠고 미세하게 용무늬가 남아 있었다. 모서리에는 어두운 흔적이 보였다. 오래전에 묻은 핏자국 같았다. 봉지미의 가슴이 두근거렸다.

"폐하, 보십시오!"

경비가 그 비단 보따리를 풀어 평평하게 펼쳤다. 모두의 눈이 휘둥그레졌다. 안에 무언가가 들어 있다고 생각한 것이다. 그런데 그 보따리는 그저 텅 빈 비단 보자기였다. 살굿빛 비단은 모서리에 봉황 무늬가 있었고, 오른쪽 아래 모서리에 '월신궁제(月宸宮制)'라는 문구가 정교하게 수놓아져 있었다.

"월신궁은 대성 말제의 숙비가 기거하던 궁전입니다. 전해지는 바에 따르면 대성의 마지막 황자를 낳은 숙비는 황궁이 공격당한 날 목을 매고 숨졌다고 하지요."

경비가 조용히 이야기했다.

"그게 어때서?"

황제는 아무것도 눈치채지 못한 채, 눈살을 찌푸리며 경비에게 물었다. 그녀는 냉소를 머금고 비단 보를 뒤집었다. 그리고 한쪽 모서리를 비스듬히 들어 올려 햇빛 앞으로 내밀었다.

"폐하, 다시 보십시오!"

황제는 한 발짝 앞으로 다가서서 눈을 가늘게 뜨고 한참을 보았다. 그리고 비단 보 중간에 보일락 말락 하게 수놓은 가느다란 은빛 글자를 겨우 발견했다.

"신진, …… 경오, 병자. 영애의 탄생일, 월신궁에서 축하하다."

사주팔자의 월 부분은 피로 물들어 이미 보이지 않았다.

"폐하……."

경비의 비통하고 처량한 목소리가 황제의 귓가를 울렸다.

"대성의 고아는 사실 여자아이였던 것입니다!"

봉지미의 가슴이 철렁 내려앉았다. 황제가 고개를 홱 돌리자 대성 고아 사건을 어렴풋이나마 알고 있던 내각 중신들은 얼굴이 사색이 되었다. 과거 대성 황조가 망할 때 숙비가 아이를 낳았다는 것은 알려졌지만, 그 아이가 아들인지 딸인지는 아무도 몰랐다. 비밀스럽게 대성의 후손을 추적하던 금우위가 애초에 표적으로 삼았던 건 바로 봉 왕비였다. 하지만 나중에 조사를 통해서 월신궁의 유모였던 이와 봉호의 사주팔자가 적힌 금목걸이를 찾아냈다. 그래서 소문이 누군가에 의해 날조되었으며 방향이 완전히 잘못되었던 걸로 밝혀졌다. 대성 황실이 남긴 후손은 황자로 결론이 났고, 결국 봉호가 사약을 받았다. 그런데 그게 알고 보니 진짜와 가짜가 뒤엉킨 속임수였단 말인가?

모두의 시선이 봉지미에게로 향했다. 봉 부인에게는 아들도 하나, 딸도 하나뿐이었고, 봉 부인은 그녀 스스로 대성의 고아를 보호했다는 죄명을 인정하였다. 그런데 봉호가 그 황실의 후손이 아니라면, 그럼 진짜는…….

"폐하!"

봉지미가 얼굴색 하나 변하지 않고 당당하게 무릎을 꿇었다.

"저는 아무것도 모릅니다. 그러나 경비마마께 한 가지를 여쭙고 싶습니다. 저 비단 보자기는 어디서 나셨는지요? 그게 진짜 대성 황조의 유물이 맞는지요? 저 비단 보자기에 놓인 자수법은 '은선란잔(隱線亂潺)'이라 전해지는 방법인 것 같군요. 제가 알기로 그 자수법은 서량의 가무행에서 행해지는 독특한 기술입니다. 천하에 이름난 서량의 무녀들은 이런 자수를 놓은 가무복을 입으면서 더 신비스러운 아름다움을 갖게 되었지요. 마마는 서량 출신이시니 저런 자수를 잘 놓으시겠지요?"

경비가 냉소했다.

"서량의 가무행은 무(舞), 기(技), 술(術), 예(藝)로 나뉘어 있고, 각자 독립적이오. 본 궁은 서량에 있었을 때, 그중에서도 제일 귀한 청관(清倌) 무희였소. 춤을 배우는데 전심전력을 기울이느라 다른 기술을 배울 여유는 없었지. 왕비, 그렇게 나에게 죄를 뒤집어씌우려는 생각은 꿈도 꾸지 마시오."

봉지미는 평온했다.

"소녀, 죄를 뒤집어씌우는 사람이 누군지 모르겠습니다. 마마는 입궁하실 때, 서량에서 알고 지내던 옛 자매들을 적잖이 데리고 오셨겠지요. 그녀들이 전부 춤을 추던 사람은 당연히 아닐 테고 기, 술, 예에 정통한 사람도 분명 있겠지요? 아, 듣자 하니 '중방루'의 간판인 한운이라는 아가씨 역시 서량 출신이라고 하던데요. 그 아가씨는 춤 말고 자수 실력도 으뜸이라서 자수품을 자주 후궁으로 진상한다고 들었습니다. 마마께서도 그 아가씨의 물건을 써 본 적이 있으시겠지요?"

경비의 얼굴이 굳어졌다. 한운은 그저 간판 기녀 역할만 하는 것이 아니었다. 육포단 세력이 청루에 거점을 두고 있었기 때문이다. 뜻밖에도 그녀의 밀정까지 알아낸 봉지미가 나도 너의 속셈을 다 안다고 그녀를 협박하는 것이었다.

"한운의 자수 작품은 어느 궁에서든 사용하지. 그런데 그게 대성의 후예와 무슨 관련이 있다는 말이오? 왕비, 지금 그런 딴소리나 늘어놓아 도대체 뭘 하자는 거요?"

"저는 그저……."

"됐다!"

낮은 목소리가 두 사람의 첨예한 말싸움을 끊어냈다. 황제가 결국 폭발한 것이었다. 늙은 황제는 어두운 표정으로 씩씩거렸다. 두 사람 사이를 오가는 그의 음침한 눈빛에는 분노와 의심이 가득했다. 그는 오늘에서야 경비의 독기와 계략을 알게 된 것에 분노했고, 자신을 놀라게 했던 영안궁에서의 일들이 모두 속임수가 아니었나 의심이 들기 시작했다. 봉지미는 입을 꾹 닫고, 마음속으로 다음 전략을 궁리하기 시작했다. 경비의 수중에 있는 물건은 그녀도 미처 예상하지 못한 것이었다. 막다른 골목에서 쥐가 고양이를 물듯 급하게 대응을 했지만, 그녀 역시 판 전체를 뒤집을 수는 없었다. 그래서 자신을 변론하기보다는 그저 경비를 끌고 들어가는 물귀신 작전을 쓴 것이었다. 자신이 대성의 후예가 아님을 증명하기 위해 있지도 않은 증거를 급하게 찾느니, 차라리 사람의 마음을 공략하는 것이 나았다. 황제가 경비를 의심하기 시작하는 순간, 경비의 고자질은 쉽사리 통할 수가 없을 것이다. 그녀가 어떻게 더 경비를 끌어들일지 생각하는 와중에, 어디선가 가느다란 소리가 은밀히 들려왔다.

"경비를 들이받아."

익숙한 목소리에 봉지미의 눈이 반짝 빛났다. 황제는 두 사람을 차갑게 바라보다가 입을 열었다.

"여봐라……."

"경비 마마, 정말 너무하십니다. 제가 일전에 청을 들어드리지 않았다고 해서 이렇게 저에게 앙심을 품으시고 허무맹랑하게 제 약점을 잡으려 하시다니요. 저보고 하늘 아래 황제의 땅이 아닌 곳이 없고, 온 땅에 황제의 신하가 아닌 이가 없다고 하셨지요. 도대체 왜 그러시는지요? 정말로 제 목숨을 앗아가시려고……"

봉지미는 벌떡 일어났다. 폭포수처럼 터져 나오는 그녀의 하소연에 사람들이 정신을 차리지 못하고, 다가오던 호위병들도 걸음을 멈추었다. 사람들이 어쩔 줄 모르는 틈에 그녀는 쏜살같이 달려들어 경비에게로 향했다. 신중하고 영리한 봉지미가 이렇게 무지막지한 난동을 부릴 거라고는 상상도 하지 못한 경비는 깜짝 놀라 무심결에 무공을 사용할 뻔했다. 하지만 아무 데서나 무공을 내보여서는 안 된다는 사실이 퍼뜩 떠올랐다. 봉지미의 얄팍한 수법에 당하지 않으려고 경비는 얼른 손을 거둔 채, 아무런 대응도 하지 못하고 머뭇거렸다. 그 사이에 경비의 가슴팍으로 달려든 봉지미가 '퍽' 하는 소리와 들이받았다. 경비는 뒤로 서너 걸음을 물러나며 손에 들고 있던 비단 보자기를 놓치고 말았다.

그 순간, 대청에 갑작스러운 돌풍이 일었다. 참으로 이상했다. 바닥에 딱 붙어서 불어온 돌풍이 위로 급히 솟구치더니 떨어지는 보자기를 감아올려 대청을 슥 스친 후, 계단 아래로 너풀너풀 데려가는 것이 아닌가? 계단 아래에는 호위병과 하인들, 그리고 경비와 소녕을 따르는 유모들이 서 있었다. 그 보자기는 펄럭거리면서 날아가 한 사람의 발 앞에 내려앉았다.

"보자기를 잡아, 이리 가져와!"

대청 안에 경비의 찢어지는 비명이 울려 퍼졌다. 그 사람이 몸을 숙여 얼른 보자기를 집어 들었다.

"가져 와, 가져 와!"

그 사람은 보자기를 들고 계단을 후다닥 올라왔다. 그리고 저도 모르게 보자기를 보더니 "어머나" 하고 깜짝 놀라더니 엉겁결에 이렇게 이야기했다.

"응, 이건 공주님의 잃어버린 물건이잖아?"

그 소리를 들은 사람들이 모두 놀라 그녀를 바라보았다. 햇살 아래 자애로운 모습의 중년 유모는 화들짝 놀란 얼굴이었다. 그녀는 소녕 공주를 어릴 때부터 지금까지 보살펴온 진 유모였다. 그녀는 궁중에서 오래 일한 사람으로, 사람 됨됨이가 온화했다. 그동안 적지 않은 일을 맡아 왔고, 오랫동안 공주를 충성으로 받들어 왔기 때문에 황제조차도 그녀를 함부로 대하지 않는다는 건 누구나 알고 있었다. 그런데 그녀의 입에서 그런 말이 나왔으니 모두가 깜짝 놀랄 수밖에 없었다.

"뭐라고 하였느냐?"

황제가 진 유모를 보았다. 소녕은 눈이 휘둥그레져서 아무 말도 못하고 이상하다는 듯 진 유모를 바라보았다. 경비 또한 완전히 넋이 빠지고 말았다.

"폐하."

진 유모는 자신이 실언했다는 것을 깨닫고 황급히 무릎을 꿇었다.

"소인, 실언하였습니다. 오래전에 잃어버린 물건을 보고 그만 놀라서……"

"공주의 잃어버린 물건이라고?"

황제가 진 유모의 말을 끊었다. 목소리가 심상치 않았다.

"얼른 자세히 이야기해 보아라. 그게 도대체 무슨 말이냐?"

"폐하."

진 유모가 머리를 조아렸다.

"소인도 어찌 된 일인지 잘 모르겠습니다. 그저 이 보자기를 보았다는 것만 기억이 납니다. 천성 황조를 건국하시기 전에 머무르시던 저택에서 소인이 시중을 들었던 사실은 폐하께서도 기억하실 겁니다. 그때 공주께서는 탄생하신 지 얼마 되지 않았을 때였습니다. 폐하께서 군사를 이끌고 나가신 동안, 황후께서 공주님을 낳으시고 큰 출혈이 있었지요. 그때 저택에서는 난리 통에 일손이 부족해 소인이 공주님의 시중들기 위해 불려 들어갔습니다. 저택에 들어간 지 얼마 안 돼 폐하께서 나라를 세우시고, 소인은 공주님을 따라 제경으로 가게 되었사옵니다. 그때 우연히 이 보자기를 발견해서 짐 속에 넣어 두었는데, 나중에 보니 없어졌습니다. 소인은 먼 길을 가는 중에 사람들 손을 많이 타다 보니 어느 계집종이 몰래 훔쳐갔나 보다 하고 생각했지요. 그러고는 다시 찾아봐도 찾을 수가 없어서 그냥 잊어버렸습니다. 그런데 오늘 여기서 보게 될 줄은……."

이야기를 들은 황제는 중얼거렸다.

"이게 어찌 된 이야기란 말인가……?"

비단 황제뿐만 아니라 경비와 봉지미 역시 영문을 몰라 어리둥절했다. 불현듯 봉지미는 아주 오랫동안 벼르고 벼른 계획이 바로 이 순간에 시작되었다는 생각이 들었다. 하지만 자신은 그 계획에서 중요한 사람임에도 일이 어떻게 돌아가는지 전혀 알 수가 없었다. 내각의 몇몇 중신들은 이미 눈치를 채기 시작했다. 지금 이 상황은 단순히 대성의 후예를 찾는 범위를 벗어나 황조의 비밀과 연루되어 있었다. 이제는 발을 빼려 해도 그럴 수 없게 된 신하들은 씁쓸한 얼굴로 서로 눈을 마주칠 뿐이었다.

"이 보자기가 왜 공주에게 있었던 것인지……."

황제도 두서없이 이야기했다. 그는 진 유모를 추호도 의심하지 않았다. 황제가 되기 전부터 자신의 저택에서 시중을 들었던 여자였고, 자신에게 거짓말을 할 필요가 없는 사람이었기 때문이다.

"폐하……."

진 유모는 갑자기 무언가가 떠오른 듯 운을 떼다가 또다시 우물쭈물했다. 황제가 그녀를 보더니 소매를 휘두르며 말했다.

"호 대학사, 그대들은 먼저 물러가시오. 경비와 소녕과 왕비는 안채로 가 있으라. 짐이 진 유모와 할 얘기가 있으니."

모든 대신은 사면이라도 된 죄인처럼 얼른 자리를 벗어났다. 경비는 내키지 않는 듯, 무릎을 꿇고 꼼짝도 하지 않았다 황제는 성가시다는 듯 그녀의 무릎을 발로 건드렸고, 그녀는 하는 수 없이 일어났다. 그리고 여전히 멍하니 자리를 지키려는 소녕을 이끌고 황급히 내실로 향했다. 봉지미는 천천히 발걸음을 떼다가 병풍을 돌아서 나갈 때, 희미하게 진 유모가 속삭이는 소리를 들었다.

"폐하……. 소인 갑자기 이상한 일이 있었던 것이 떠올랐습니다……."

봉지미는 자신의 얼굴을 비비며 소녕의 얼굴을 보았다. 심장이 쿵쾅거리기 시작했다. 두 사람의 얼굴이 너무나도 닮아 있었던 비밀이 오늘 드디어 밝혀지는 것인가? 그녀는 무척이나 이상한 느낌이 들었다. 갑자기 아주 오래전부터 깔려 있던 거대한 판 위에서 자욱한 안개가 자신을 둘러싸 버린 것 같았다. 그리고 거기서 빠져나올 수가 없다는 생각이 들었다. 어떤 상황이든 항상 자신이 주도하고 마음대로 주물렀던 그녀는, 처음으로 누군가에 의해 통제되고 있다는 느낌이 들자 견디기가 너무 힘들었다.

안채에는 호위병들이 구석구석 들어차 있었고, 봉지미와 소녕, 경비가 서로를 마주 보고 있었다. 경비는 매서운 눈빛이었고, 소녕은 완전히 낙담한 표정이었다. 그런데 언제부터인지 경비의 매서운 눈빛이 희미하게 누그러지고 소녕의 낙담한 표정이 점점 멍해지는 것이 보였다. 사방에 서 있던 호위병들은 여전히 그 자리에 선 채, 서서히 눈을 감았다. 봉지미는 깜짝 놀라 얼른 뒤를 돌아보았다. 영혁이 가벼운 차림새로 뒷짐을 진 채 내실에서 걸어 나왔다. 운 좋게도 봉지미는 아무 이상이 없었다. 지금 영혁이 쓴 약이 현재 그녀의 체질에는 아무런 소용이 없는 것 같았다. 그런데 영혁은 왜 지금 이 사람들이 정신을 잃게 만든 것일까? 귀한 손님들을 대접하기 위한 이곳에 무슨 장치를 해 놓은 것일까? 이 많은 사람들을 아무 자각도 없이 혼미하게 만드는 것이 이렇게 쉽단 말인가? 그는 지금 일이 커지는 것을 괘념치 않고 경비를 죽이려는 걸까? 그녀가 갑자기 내실 주위에 무언가 특이한 것이 있나 궁금해서 사방을 둘러보니, 천장의 대들보에서 나오는 빛이 조금 독특했다. 그걸 보는 순간 그녀의 머릿속에 종신의 기서에 나왔던 설산영목(雪山翎木)이 떠올랐다. 대대로 전해지는 이 목재의 용도가 무엇인지 생각난 그녀는 갑자기 가슴이 뛰었다.

"다들 곧 깨어날 테니 걱정하지 마라. 자기들이 정신을 잃었던 것도 깨닫지 못할 것이야."

영혁이 봉지미의 표정을 보고도 아무렇지 않게 이야기했다.

"경비를 죽이는 것도 지금은 때가 아니다. 그냥 너에게 할 말이 좀 있구나."

영혁은 봉지미의 맞은편에 서서 그녀의 얼굴을 지그시 보았다. 그는 이전에도 그녀의 얼굴을 찬찬히 뜯어보길 좋아했다. 그러나 오늘은 그녀도 뭔가 다르다는 것이 느껴졌다. 그는 그녀를 대단히 공들여 보고 있었다. 그녀 얼굴의 위장막을 뚫고 피부와 영혼까지 들여다보는 것만 같았다. 내실은 조용했다. 반쯤 걷힌 창문 발 밖으로 해당화 한 송이가 짙은 향을 뿌리며 흔들거리다가 바깥채에서 드문드문 들려오는 말소리에 어지럽게 떨어져 내렸다. 발 밖에서 흩날리는 꽃잎처럼, 언제 어느 집 연못에 떨어져 격랑에 휘말릴지 모를 것만 같았다.

"지미야……."

영혁의 탄식은 아주 먼 곳에서 들려오는 것만 같았다.

"난 이번 생애 정말로 네 노란 얼굴만 보고 싶구나."

봉지미는 얼굴을 쓰다듬었다. 영혁은 그녀의 진짜 얼굴을 본 유일한 사람이었다. 그런데 이렇게 오랫동안 이를 이야기하지도, 궁금해하지도 않았다. 그런데 설마 그 역시 무언가를 눈치챈 것일까? 바깥채의 말소리가 잠시 높아지더니 황제의 목소리가 들려왔다.

"무엇이라고? 네 말은 망도교에서 공주가 울었을 때 혼란이 일었고, 네가 비단 보자기를 발견했는데 또 갑자기 사라졌단 말이지……. 그러고 나서 공주가 조금 이상했다? 왜 진작 말하지 않았느냐?"

이윽고 진 유모의 흐느끼는 소리가 들렸다. 그녀는 기어드는 소리로 변명을 했다.

"…… 그냥 아주 조금 달랐을 뿐이었습니다. 눈망울만 약간요. 원래 공주님의 눈망울은 물기가 촉촉하고 안개가 서린 것 같았는데, 갑자기 그 물기가 없어지고 똘똘하니 생기가 넘치게 된 겁니다. 하지만 공주님이 너무 어리고 아이들은 크면서 많이 바뀌니, 소인도 확실하지가 않았기에……. 공주님이 울고 계셨을 때, 소인은 공주님이 타신 마차 옆에 있었습니다. 사람이 너무 많아서 정신이 하나도 없었지요. 그때 갑자기 바람이 휙 불어서 소인이 넘어지고 말았습니다. 마음속으로 참 괴이쩍다 싶었지요. 혼란이 수습되고 소인이 공주님의 마차에 올라가 보았는데, 공주님 아래에 이 보자기가 있었습니다. 그리고 얼마 지나지 않아 또 사라졌고요……. 그러나 이런 일을 제가 어찌 감히 함부로 입에 올릴 수 있었겠습니까……. 벌을 내려 주시옵소서, 폐하……."

훌쩍거리는 소리가 들릴 듯 말 듯 전해졌다. 안채에서 조용히 듣고 있던 두 사람 중 하나는 얼굴이 갈수록 하얘졌고, 하나는 갈수록 어두워졌다. 운명 속에 숨어 있던 굴레들이 영혁과 봉지미의 연결 고리를 자꾸만 갈가리 찢어 놓았다. 한줄기 희망이 있다지만, 곧 꺼져 버릴 것이다. 어두운 밤, 흔들리는 촛불처럼 이 세상의 풍파를 견디지 못할 것이다. 어느 천신의 손이 이렇게 아득한 세월과 끝없는 공간을 넘어 세상을 주무른단 말인가. 어느 천신의 손이 이렇게 영원히 넘나들 수 없도록 틈을 벌려 놓는단 말인가. 하늘이 점점 어두워졌지만, 아무도 등을 내오지 않았다. 창밖으로 꽃잎만 고요히 떨어졌다. 훌쩍거리는 울음소리가 잦아들었다.

황제는 오래도록 말이 없었다. 진 유모의 이야기에 충격을 받은 것이 분명했다. 지금이 바로 등장하기 좋을 때였다. 봉지미는 소매 아래 손가락을 쥐었다가 폈다가 했다. 이 길을 가지 않아도 된다는 마음이 들었지만, 결국 어쩔 수 없다는 듯 한숨을 내쉬었다. 이윽고 그녀는 허리를 꼿꼿이 펴고 발을 가볍게 내디뎠다. 옷자락이 영혁에게 붙잡혔다.

"지미야, 어렵사리 너를 얻었건만……."

영혁이 눈을 감고 낮게 읊조렸다. 온갖 계책을 동원해 무엇과도 바꿀 수 없는 명분을 가지고 거우 봉지미를 얻었다. 그러나 눈 깜짝할 사이에 그 명분이 물처럼 손가락 사이로 새어나가고 있었다.

"전하."

봉지미는 꼿꼿이 서 있었고, 눈썹 사이의 창백함은 연지로 흔적도 없이 가려져 있었다.

"모두 다 밝혀 버리든, 절 도와주든 알아서 하세요."

봉지미는 뒤로 돌아 해괴한 표정으로 웃었다.

"전하와 함께 죽는 것도 상관없어요."

영혁은 침묵했다. 기다란 속눈썹이 눈 아래에 은은한 그림자를 드리웠다. 초췌함과 슬픔이 함께 묻어났다. 경비의 이야기로 인해 그와 봉지미는 뜻밖에도 생사의 운명을 같이하게 되었다. 만약 지금 그녀를 따르지 않는다면, 앞으로 나아갈 길은 없을 것이다. 그러나 그가 담담하게 웃었다. 정말로 다른 길이 없을까? 그저 아직 때가 되지 않았을 뿐이다. 그녀는 지금 그와 함께 부둥켜안고 낭떠러지로 굴러떨어지려 한다. 그러나 그는 굴러 내려가는 도중에 그녀를 잠시 버리더라도 낭떠러지 아래에 그물을 치는 것이 낫다고 생각했다. 그녀는 원한을 끊어 없애려는 마음으로 가득했다. 그러나 그는 생사를 뛰어넘어 더 많은 것을 함께하기를 갈망했다. 그는 태평천하를 원했고, 태평한 천하에서 그녀가 안전하고 평온하기를 바랐다. 그녀보다 더 먼저 죽을 수 없었다. 그녀가 혼자 힘으로 위기를 극복하고 그에게 걸어오는 모습을 제 눈으로 보고 싶기 때문이었다. 그가 없다면 이 혹독한 강산에서 누가 그녀에게 마지막 퇴로를 열어 줄 수 있단 말인가? 그는 옅은 미소를 띠며 천천히 손끝을 풀었다.

'가거라. 네가 천하를 뒤집어엎겠다면, 나는 틀어쥐고 기다리마.'

봉지미는 뒤도 돌아보지 않고 병풍 밖으로 나갔다. 진 유모는 여전히 꿇어앉아 있었고, 당황한 표정이었다. 진 유모를 보는 그녀의 눈빛에는 감사함과 서글픔이 배어났다. 몇십 년 동안 꼼짝없이 웅크리고 기다린 것은 다 오늘을 위한 준비였다. 그렇게 많은 사람이 한마음으로 노력하는데, 그녀가 어찌 이를 헛되이 하겠는가. 설령 그녀의 마음 한구석이 쓸쓸해진다 해도 말이다.

"왜 나왔느냐?"

심기가 불편한 황제는 봉지미를 보고 어리둥절했다.

"폐하."

봉지미가 황제의 발치에서 천천히 무릎을 꿇었다. 그리고 고개를 들어 황제를 유심히 보았다. 그녀의 눈빛은 구름과 안개가 뒤섞이듯 만감이 교차하고 있었다. 말로 다 할 수 없는 시름을 감추고 있는 듯했다. 황제는 그녀의 눈망울을 보고 마음이 덜컥했다. 그때 영안궁에서 죽은 봉 부인 앞에서도 그녀는 황제를 이런 눈길로 보았었다. 굳게 다문 입술에 겁에 질린 모습, 다가서고 싶어도 왠지 그럴 수 없는 모양새였다. 그녀의 눈에는 부모를 향한 무한한 그리움이 담겨 있었다. 마치 자신의 아버지를 보는 것 같았다. 진짜 아버지를……. 그런 생각을 하니, 황제는 갑자기 마음이 흔들렸다.

"폐하……."

봉지미가 황제의 발 앞에 엎드려 이야기했다.

"장희 16년의 영안궁을 기억하십니까?"

"짐도 기억하지……."

황제는 막연한 표정으로 봉지미를 보았다.

"네 모친이 나에게 너를 잘 보살펴 달라고 했었지. 짐이 그러겠다고 대답한 것도 당연히 기억하고 있다. 그러나 네가 정말 대성의……."

"폐하."

봉지미는 황제의 말을 듣지 못한 것처럼, 계속해서 나긋나긋한 말투로 이야기했다.

"소녀가 기억하는 것은……. 그 말이 아닙니다. 그때 어머니께서 가까이 고개를 숙이라고 하시고선 귓가에 말씀하신 그 말이……."

황제는 의혹이 가득한 눈빛으로 봉지미를 보고 있었다. 그녀가 무슨 말을 하려는지 도무지 알 수 없었다.

"어머니는 소녀에게…… 얼굴을 내보이지 말라고 하셨습니다. 하지만 기회가 생긴다면 꼭 폐하께 얼굴을 보여드리라고 하셨어요. 어머니는……."

봉지미는 훌쩍거렸다.

"그때가 되면 폐하가 어머니의 걱정을 이해할 수 있을 거라고 하셨어요……."

"무슨 얼굴……?"

황제가 뒤로 한 발짝 물러났다. 그리고 손으로 책상을 붙잡은 채, 봉지미를 뚫어지게 보았다. 그때까지도 늙은 황제는 무슨 일이 벌어질 것인지 이해할 수가 없었다. 하지만 머릿속이 혼란스러웠다. 세상을 깜짝 놀라게 할 큰 변고가 눈앞에서 곧 일어날 것이라는 생각이 들었다. 그녀가 몸을 일으키면서 손수건을 하나 꺼냈다. 책상 위의 찻주전자에서 물을 조금 따라 손수건을 적셨다. 그리고 천천히 자신의 얼굴을 닦아내기 시작했다. 그녀 얼굴의 누런 강황 분장은 이렇게 물로 쉽게 씻겨지는 것이 아니었다. 그러나 물을 붓기 전에 그녀는 손가락 사이에 이미 화장을 쉽게 녹이는 약을 끼워 놓았다. 강황이 천천히 닦이자, 달빛처럼 맑고 투명한 피부가 조금씩 모습을 드러냈다. 기다란 눈썹을 뜯어낸 자리에 드러난 눈썹은 곧고 푸르스름했다. 끝부분이 살짝 위로 올라가, 하늘을 향해 날개를 펼친 기러기처럼 보였다. 일부러 높아 보이게 한 코는 원래 모습을 되찾았다. 딱 보기 좋은 높이였다. 그저 몇 군데를 손보았을 뿐인데, 오래 보기 힘들었던 꺼림칙한 누런 얼굴이 순식간에 온화하고 우아하게 변했다. 그러나 진짜 놀라운 것은 그 아름다움이 아니었다. 그 모습이 의미하는 바였다.

황제는 갑작스럽게 뒤로 물러나며 길고 긴 탄식을 했다. 목구멍에서 괴상한 소리가 흘러나오는 그의 얼굴이 온통 새빨개져 있었다. 봉지미는 얼른 다가서서 그의 등을 가볍게 두드렸다. 황제는 한참을 끙끙대다가 겨우 진한 가래를 뱉어냈다. 그녀는 아주 민첩하게 그릇을 받쳐 가래를 받아내고 자신의 손수건으로 그의 입가를 부드럽게 닦아 주었다. 그녀의 행동거지 하나하나가 너무나 자연스러웠다. 황제는 그녀의 얼굴이 자신에게로 다가오는 것을 멍하니 보고 있었다. 혼란스러운 눈빛의 그는 곧 기절이라도 할 것 같았다. 하지만 황제가 기절하도록 놓아둘 그녀가 아니었다. 그녀는 손가락을 그의 맥 위에 몰래 올렸다가 뗐다. 황제의 얼굴에서 뜨거운 열기가 가시고 한참이 지난 후, 그는 제 목소리를 찾았다.

"네 얼굴이……. 네 얼굴이……."

"공주님……!"

무릎 꿇고 있던 진 유모는 갑자기 쉰 목소리로 소리를 지르며 온몸을 부들부들 떨었다.

"당신…… 당신……."

진 유모는 너무나도 경악한 나머지 황제의 앞이라는 것도 잊은 채, 꿈을 꾸듯 일어나 봉지미에게로 걸어왔다. 그리고 얼이 빠진 듯 그녀의 얼굴을 한참 동안 쳐다보다가 돌연 손을 뻗어 그녀의 얼굴을 어루만졌다. 그녀는 쓸쓸하게 웃는 진 유모의 손을 막았다. 두 사람의 손가락이 엇갈리자, 진 유모는 자신이 무슨 짓을 했는지 깨닫고는 황망히 뒤로 물러났다. 그녀는 얼굴을 가린 채 탄식했다. 황제는 넋을 잃은 듯 털썩 주저앉아 한참을 그대로 멍하니 있었다. 그리고 문득 책상을 치며 낮게 외쳤다.

"어찌 된 일이냐? 똑바로 이야기해라! 그러지 않으면 오늘 다 같이 죽을 것이다!"

"폐하!"

봉지미가 무릎을 꿇었다. 그리고 눈물이 그렁그렁한 눈으로 황제를 보았다.

"영명하고 훌륭하신 폐하께서 어찌 된 일인지 모르신단 말입니까? 지미 역시 자세한 사정은 알지 못하나 감히 멋대로 추측해 보겠습니다. 그러나 이것만은 아셔야 합니다. 어머니께서 그리 말씀하셨습니다. 어머니께서 하신 모든 것은 지미의 생명을 보존하기 위함이었다고요. 그리고 소위 대성 잔당 사건에 어머니는 단 한 번도 연관된 적이 없었습니다!"

"네 말은, 네 말은……."

천성 황제의 눈빛이 봉지미를 똑바로 노려보았다. 그는 말하는 것조차 힘들어했다.

"폐하, 그때 대성의 잔당들이 남아 있었습니다. 그러나 궁으로 들어갔지요!"

봉지미가 얼굴을 들자, 뜨거운 눈물이 줄줄 흘러내렸다.

"그해 도읍을 제경으로 정하시고 처자식을 데리고 제경으로 향하셨지요. 망도교 위에서 공주가 울자, 혼란이 일었고요. 그러자 흠 태감이 점괘가 불길하다고 했고, 망도교는 폐쇄되었습니다. 이제 아셔야 합니다. 그날 공주의 울음과 혼란은 누군가의 계획이었습니다! 바꿔치기하기 위해서였단 말입니다!"

"온 조정이 대성의 후예를 찾으려고 혈안이 된 그때 폐하의 곁보다 더 안전한 곳이 어디 있을까요?"

봉지미는 갑자기 땅으로 고개를 묻으며 대성통곡을 했다.

"그렇게 뒤바뀐 아이는 황야에 버려졌지요……. 그리고 제 어머니가 우연히 아이를 구하게 되었습니다. 이 일이 얼마나 중대한지, 그리고 궁중에서 누군가가 은밀하게 이를 계획했다는 것을 알았기 때문에 그 사람이 수면으로 나타나기 전까지는 저를 세상 밖으로 내보내실 수가 없었습니다. 얼마나 오랫동안 노심초사하셨는지, 이 목숨 하나 구하려고……. 결국, 결국……."

온몸을 들썩이며 울음을 토해내던 봉지미의 목소리가 더는 나오지 않았다. 황제는 그녀의 얼굴을 보고 진 유모의 공포스러운 표정을 보았다. 그리고 꿈속에서 헤매는 듯 이야기했다.

"…… 그럼 왜 죽을 때까지도 나에게 말을 하지 않았단 말이냐……."

"어머니는 말할 기회조차 없었지요……."

봉지미가 흐느꼈다.

"…… 어머니는 금우위 지휘사가 아이가 든 보따리를 바꿔치기했다고 의심하셨습니다. 그래서 금우위의 감옥에 갇혔을 때, 더욱더 이야기할 수가 없었어요. 섣불리 이야기했다가는 밖에 있는 제가 화를 입을 테니까요. 그래서 어머니는 고심 끝에 폐하께 부탁드린 겁니다. 결과적으로 저를 초원으로 시집을 보내서 제경에서 멀리 떨어지게 하고 초원이 저를 보호할 수 있게 하신 거예요⋯⋯. 어머니는 궁을 두려워하셨고, 이 위험한 궁정으로 저를 돌아오지 못하게 하셨습니다. 목숨을 초개같이 여기는 이런 곳에서 제가 죽을까 봐서요. 제가 어디서든 자유롭게 살기를 원하셨지요⋯⋯. 어머니는 기회가 생기면 폐하께 말씀드리라고 하셨어요. 폐하를 사랑하고 지미를 사랑하셨다고요. 어머니는 지미가 평생 자유롭고 안전하게 살아가기를 바라셨어요⋯⋯. 어머니를 용서해 주세요⋯⋯. 평생 이렇게 속여 왔던 걸⋯⋯."

봉지미는 애통하게 울면서 이야기를 이어 나갔다. 그 무엇도 명확하게 이야기하지 않았지만, 그 속에 천 마디 만 마디 말이 들어 있었다. 어머니가 남긴 말은 많이 생략되어 있었지만, 그 어떤 증거보다도 효과적이었다. 황제는 그 누구도 부인할 수 없는 증거인 그녀의 얼굴을 보았다. 눈빛 속에 있던 의심은 이세 거의 사라지고 없었다. 그러니 황제는 20년 동안 소녕을 끔찍이도 아껴왔다. 모든 사랑을 그 아이에게 주었었다. 이제 와서 봉지미는 그의 딸이고 소녕은 몰래 바꿔치기한 대성의 후예라고 한들, 한 번에 받아들일 수는 없었다. 봉지미와 바닥에 꿇어앉은 진 유모는 그의 기색을 살폈다. 그러나 마음만은 편안했다. 어찌 되었든 의심의 씨앗을 심기만 한다면, 대성의 후예라는 그림자가 더는 봉지미를 괴롭히지 못할 것이다. 봉지미는 고개를 살짝 돌렸다. 두 사람의 눈길이 마주쳤고, 이내 다시 시선을 피했다. 두 사람은 서로 상대에게 탄복했다. 봉지미는 진 유모가 오로지 자신에게 살길을 열어주기 위해 소녕의 곁에서 수십 년 동안 희생을 감내한 것에 탄복하였다. 진 유모는 봉지미가 이 계획에 대해 잘 몰랐음에도 한순간에 모든 사정을 꿰뚫어내고 흠잡을 데 없는 거짓말을 지어낸 것에, 그리고 심지어 봉 부인의 심사까지 이용해 사람의 마음을 움직인 것에 탄복했다.

진 유모는 눈을 내리깔고, 이상야릇한 표정을 지었다. 하늘 아래 그녀와 단 한 사람만이 오늘을 기다려왔다. 이는 대성 개국 제후의 금낭

삼계(錦囊三計) 중 마지막 계책이었다. 600년 전, 하늘과 통하는 재주가 있었던 개국 대제는 대성의 후예가 600년 후에 생사의 갈림길에 처할 것을 미리 예견했다. 그래서 황실의 후예가 어려움을 이겨내고 불길함을 상서로움으로 바꾸는 데 도움이 될 금낭삼계를 준비했다. 그 삼계 중 제1계가 신영 황후의 손에서 탄생한 '탁영권'이었다. 탁영은 인재를 선발하기 위한 세 가지 황당한 문제를 말했다. 이것을 통해 봉지미는 무쌍국사라는 칭호를 받게 되었고, 이후 천성의 내각까지 오를 수 있었다. 다른 두 계책은 목숨을 구하기 위한 계책이었다. 개국 대제의 손에서 탄생한 계책은 장난을 좋아하는 황후의 그것과는 달랐다. 진지하고 박학다식하다고 이름난 장손무극은 일을 행함에 거리낌이라고는 없는 사람이었다. 그래서 봉호는 처음부터 그녀의 목숨을 대신할 운명에 놓여 있었다. 이 계책에 따르면 소녕은 공주의 지위로 봉지미를 대신하기 위한 운명이었다. 봉호는 장희 16년 그 역할을 다했고, 소녕은 봉지미의 마지막 관문이었다. 오늘을 위해서 누군가는 23년을 준비한 것이었다.

대청이 쥐죽은 듯 고요했다. 천성 황제는 넋을 잃고 앉아 있었다. 그의 얼굴은 이미 말이 아니었다. 오늘 일어난 일들이 너무나 충격적이었기 때문에 평생 인이 박일 정도로 많은 고난을 겪은 제왕조차 어떻게 해야 할지 몰라 혼란에 휩싸였다. 그때, 안채에서 갑자기 소란스러운 발소리가 들려왔다. 누군가가 후다닥 뛰어나왔다. 세 사람은 고개를 돌렸다. 머리를 풀어 헤치고 창백한 얼굴을 한 소녕이 병풍에 기대어 눈을 똑바로 뜨고 안에 있는 사람들을 바라보았다. 그녀는 자신을 끔찍이도 사랑한 아버지를 바라보았다. 그리고 오랫동안 매일같이 함께 지낸 어머니나 다름없는 진 유모를 보았다.

"방금…… 방금 그게 무슨 얘기…… 예요?"

소녕의 목소리가 갈라져 처음에는 소리가 제대로 나오지 않았다. 그녀의 얼굴은 공포심에 새파랗게 질려 있었다. 마치 울부짖는 화살이 사방팔방에서 세 사람을 향해 파고드는 것만 같았다. 세 사람은 모두 고개를 돌리고 말았다.

"사람이 바뀌었다고요? 뭘…… 바꿔치기해요?"

소녕은 절망스러운 표정으로 봉지미의 얼굴을 죽일 듯 노려보았다. 눈 한 쌍을 제외하고는 모든 것이 똑같은 또 다른 소녕이 바로 앞에 서 있었다. 두 사람이 함께 서 있는 모습은 사람들을 얼떨떨하게 만들었다. 쌍둥이를 보는 느낌이었다. 황제는 두 얼굴을 뚫어지게 보았다. 자세히 보니, 두 사람은 오관이 완전히 똑같은 것은 아니었다. 그런데도 너무나 닮아 보였다. 어쩌면 이 바꿔치기도 오해가 아닌가, 혹시 황후가 낳은 것이 사실은 두 딸 쌍둥이가 아니었나 하는 생각이 스쳤다.

"아니다!"

황제가 갑자기 소리를 내뱉었다. 바꿔치기를 딩혔다손 치더라도 이해할 수 없는 일이 있었다.

"대성의 후예가 어떻게 공주와 닮았을 수 있단 말인가?"

봉지미의 얼굴이 실며시 찡그려졌다. 역시 이것이 가장 큰 헛점이었다. 그러나 그녀는 혈부도의 의도를 알아챘다. 똑같은 얼굴이 아니고서야, 사실이 밝혀졌을 때 어떻게 이렇게 큰 충격을 줄 것인가? 또한 황제로 하여금 어떻게 봉지미가 진짜 공주라고 믿게 만들 수 있겠는가? 20년을 익숙하게 봐 온 얼굴만이 황제가 봉지미를 가장 빠르게 받아들일 수 있게 할 묘안이었다. 그러나 그녀는 해명하려 하지 않았다. 따지고 보면 그녀는 당사자이지만 제삼자일 뿐이 아니겠는가? 이 계획의 진짜 주모자는 진 유모였다.

"폐하."

과연 진 유모가 입을 열었다.

"잊으셨나 봅니다. 대성 황조의 숙비와 돌아가신 황후마마는 쌍둥이 자매였습니다! 소인 황후마마께서 하시는 말씀을 들은 적이 있습니다.

두 분 가문에서는 세대마다 쌍둥이가 나왔고, 때로는 사촌 자매지간에도 생김새가 닮았었다고요……"

황제의 얼굴이 굳었다. 선 황후가 세상을 떠난 지 오래되어 그 일은 까맣게 잊고 있었다. 지금 생각해보니 그런 일이 있다고 했던 것 같았다. 대성의 후예와 소녕의 생김새가 무척 닮았기 때문에 이런 대담한 일을 벌인 것이 확실하다!

"하나……"

황제의 마음속에는 아직 해결하지 못한 의문이 남아 있었다. 모든 것이 그럴싸하면서도 영문을 알 수가 없는 느낌이었다. 소녕은 하늘이 무너지는 것 같은 표정으로 황제를 보고 있었다. 그러자 자신이 너무나 아끼던 딸아이 앞에서, 황제의 의심스러운 마음은 온데간데없이 사라졌다. 그렇게 의심 많은 그였지만, 때로는 일어나지 않길 바라는 일도 있었던 것이다. 그는 잠자코 있다가, 갑자기 거칠게 책상을 내려쳤다!

"이 건방진 것 같으니라고!"

황제는 노기 어린 얼굴로 진 유모를 보며 벌컥 성을 냈다.

"네가 감히 거짓말로 군주를 기만하다니!"

봉지미의 가슴이 서늘해졌다. 어디가 잘못되었단 말인가? 진 유모도 깜짝 놀라 온몸을 부르르 떨면서 다급히 고개를 들어 황제를 보았다. 그리고 다시 얼른 몸을 수그렸다.

"폐하, 굽어살펴 주시옵소서! 소인이 어찌 감히 군주를 기만하겠습니까! 소인의 말은 전부 사실이옵니다! 소인은 그저 그 보자기를 보고 생각이 났을 뿐……"

"네 말은 대성의 자손과 공주의 생김새가 흡사해 바꿔치기했단 말이냐? 공주는 궁 밖을 떠돌고, 대성의 자손은 공주가 되어 짐의 곁에서 커 왔다고?"

황제가 측은하게 말했다.

"하지만 누가 알겠느냐. 바꿔치기 당하지 않았을 수도 있지. 대성의 후예가 소녕 공주와 닮아서 너희들이 나를 속이고 공주를 가짜라고 모함하는 게 아니냐?"

봉지미는 황제를 흘긋 보았다. 최근 병들고 연로하여 생각을 제대로 하지 못하는 것 같던 황제의 머리가 제일 사랑하는 딸에 관한 일에는 놀랄 정도로 예리해져 있었다. 이는 진 유모를 떠보려는 수작이었다!

"폐하⋯⋯."

진 유모는 여전히 겁에 질린 모습이었다. 그녀는 연신 머리를 조아리며 울먹였다.

"⋯⋯ 소인은 그저 그때 본 것을 말씀드린 것뿐입니다. 대성의 후예니 황손이니 하는 것은 모릅니다. 소인은 선 황후가 계실 때부터 공주님까지 영씨 황족을 이십 년이나 시중들어 왔습니다. 이게 다 무슨 일인지 모릅니다⋯⋯."

황제가 봉지미를 보았다. 그녀는 무릎걸음으로 한 걸음 나아가 차분하게 이야기했다.

"폐하, 지미 또한 어머니께서 돌아가실 때 어렴풋이나마 그때의 일을 알게 되었을 뿐입니다. 저는 폐하께서 알아주시기를 바라지도 않았고, 공주 자리를 탐내지도 않습니다. 그러나 누군가는 이를 가벼이 넘기지 않겠지요. 지미는 그저 저 자신을 보호하고 싶습니다."

봉지미는 머리를 조아렸다.

"원래 추 씨 저택에 있는 어머니 방의 바닥 밑에 폐하께 올리는 유서가 있습니다. 어머니께서는 지미에게 이 일이 밝혀지고 나면 폐하께 말씀드리라고 당부하셨지요. 지미는 아직 그 유서를 보지 못하였습니다. 폐하께서 믿을 만한 사람을 보내 가져오게 하시지요."

황제는 아무 대답이 없었다. 봉지미가 고개를 옆으로 돌려보니, 조아린 머리 위쪽으로 가벼운 발걸음 소리가 다가오더니 곧 멀어졌다. 그녀는 그 발소리에 흠칫 놀랐다. 어쩐지 영혁이 지금까지 황제에게 손을 쓰지 못한 데에는 이유가 있었다. 그의 신변에는 안팎으로 고수가 너무 많아, 일격에 반드시 죽일 수 있다는 확신을 갖지 못한 것이었다.

얼마 되지 않아 기왓장 위에서 가벼운 발소리가 들려왔고, 회색 그림 자가 휙 스치더니 목함 하나가 황제에게 전해졌다. 황제는 유서를 꺼내 펼쳤다. 그리고 한참 동안 유심히 보더니 눈을 감고 아무 말도 하지 않 았다. 그의 침묵에 사방은 더 묵직하게 가라앉았다. 대청에는 네 사람 의 호흡 소리만이 들려왔다. 다급하고 긴장된 소리였다. 팽팽해진 주변 공기는 튕기기만 해도 끊어질 것만 같은 현 같았다. 지금 두 사람과 한 영혼은 황제의 신뢰와 정을 향한 의지에 도전하고 있었다. 이긴다면 완 벽하게 일어설 것이고, 진다면 영원히 주저앉을 것이다. 봉지미는 조용 히 고개를 숙인 채, 황제가 여전히 믿지 않는다면 어떻게 해야 할지를 떠올렸다. 외곽을 둘러싼 혈부도가 처마 위에 있는 절대 고수들을 재빨 리 제압할 수 있을지, 그리고 나면 자신이 어떻게 제경을 빠져나가야 할 지 등등이었다. 진 유모는 천천히 손가락을 움직여 소매 속의 금침을 움 켜쥐었다. 소녕은 두 눈을 부릅뜨고 눈도 깜짝하지 않고 황제를 보고 있었다. 그녀의 눈에 눈물이 마르지 않았다.

한참 후, 황제가 편지를 책상 위에 내동댕이쳤다. 봉지미의 눈빛이 번 뜩이고, 어깨가 움츠러들었다. 진 유모는 금침을 그대로 손끝까지 끌어 냈다! 소녕의 눈에 희색이 돌았다!

"여보아라!"

황제가 소리를 길게 끌었다. 세 사람의 가슴은 소리를 따라서 널을 뛰었다.

"은사발과 비수를 내오너라!"

봉지미의 어깨가 툭 풀렸다. 진 유모는 금침을 도로 집어넣었다. 소녕 은 깜짝 놀라 눈을 번쩍 뜨고 잠시 생각하더니, 이내 얼굴이 창백해졌다. 황제는 여전히 반신반의했다. 그래서 마지막으로 예로부터 전해지는 적혈인친(滴血認親)을 해 보기로 했다. 핏방울로 진짜 핏줄을 가리겠다는 것이다. 그렇게, 최후의 결정은 전통적인 검증 방법에 맡기기로 했다. 태감들이 엄숙하고 조심스럽게 몇 가지 물건을 대령했다. 그리고 자신들은 차마 계속 볼 수 없어 뒤돌아 나갔다. 이곳은 황궁이 아니기에 단속이 그리 엄하지 않았다. 옆에서 시중을 드는 그들은 물론, 계단 아래에서 기다리는 중신들 또한 들려오는 소리를 다 듣고 있었다. 건국 이래 가장 황당무계한 일이 눈앞에서 벌어지는 광경에 그들은 모두 찍소리도 내지 못하고 자신의 목숨을 걱정하고 있었다. 중신 몇 명은 백지장처럼 하얀 얼굴로 오늘 초왕부로 따라온 자신을 원망했다.

"모두 들어오너라."

황제는 자리에 앉아 피곤한 듯 한숨을 쉬었다.

"이렇게 큰일이 벌어졌는데, 하늘을 속이고 땅을 속여도 그대들을 속일 수는 없지. 짐의 마음이 몹시도 어지러우니 그대들이 좋은 생각을 내보거라."

중신들은 고개를 숙이고 안으로 들어왔다. 호성산 등은 초왕 쪽 사람들이었다. 그들은 이 일이 경비의 고자질로 인해 일어났고, 봉지미의 운명이 이미 전하와 함께한다는 것을 알고 있었다. 그러니 이 모든 일이 사실이든 거짓이든, 이해득실의 관점에서 따져 우선 이 고비를 잘 넘겨야만 했다.

"폐하."

두 사람의 얼굴을 본 호성산 역시 혼란스러운 마음을 감추지 못하며 몸을 구부렸다.

"소신들 역시 들었습니다……. 이 일에 관해 각자 주장이 각자 다르고 세월도 한참 지난 일이라 양쪽 모두 증명해 줄 당사자가 없습니다. 아무런 단서를 찾을 수가 없으니 소신이 생각하기에는…… 아무래도 적혈인친으로 가리심이 나을 듯합니다. 핏줄로 판단하시지요."

"안 돼!"

날카로운 외침이 적막을 깨트려 모두를 오싹하게 했다. 소녕이 비틀거리며 다가와 황제의 발치로 달려들었다. 그리고 죽을힘을 다해 그의 무릎을 끌어안았다.

"부황! 아바마마! 적혈인친이라니요? 왜요? 저 둘이 제멋대로 떠드는 것만 믿고, 저는 믿지 않으시는 겁니까? 저 소녕을 믿지 못하시는 건가요? 저는 아바마마의 딸입니다. 딸이라고요! 저한테 이러지 마세요! 이러시면 안 돼요!"

소녕의 얼굴이 하얗게 질렸고, 눈은 이성을 잃었다. 그녀는 물에 빠진 사람이 지푸라기라도 잡는 듯 결사적으로 황제의 옷자락을 붙잡고 늘어졌다.

"폐하, 하찮은 것들의 말을 함부로 믿지 마세요!"

마찬가지로 처량한 외침이 들려왔다. 이번에 달려든 사람은 다름 아닌 경비였다. 그녀는 황제의 반대쪽 무릎을 부여잡았다.

"공주와 폐하는 혈육입니다. 오랜 시간 이어온 부녀의 정을 어찌 이런 비천한 것들의 터무니없는 말 몇 마디로 더럽힌단 말입니까? 공주가 어찌 대성의 후예란 말입니까? 잘 보십시오. 공주는 폐하의 딸입니다. 폐하의 딸이에요!"

대청 안은 그녀들의 울음과 절규 소리로 가득 찼다. 황제는 그녀들 때문에 머리가 어지럽고 눈앞이 아찔하였다. 얼굴까지 새빨갛게 달아올랐다. 울며불며 무릎에 매달리는 그녀들을 보니 가슴 속에 불붙은 건초 더미를 쑤셔 넣은 것 같았다. 화가 나고 가슴이 아프고 답답해 견디기가 힘들었다.

"그만!"

갑작스러운 불호령이 두 사람을 놀라게 했다. 황제는 새파랗게 질린 얼굴이 되어, 양손으로 한 명씩 밀어내며 차갑게 말했다.

"짐이 아직 결정을 내리지도 않았는데, 왜 그리 우느냐? 어차피 짐의 딸이라면, 왜 적혈인친을 해 보는 것이 안 된다는 것이냐?"

두 사람은 멈칫했다. 경비는 그새 안색을 바꾸고 얼른 눈물을 훔치더니 억지로 웃음 지었다.

"그렇지요. 신첩이 잠시 어리석었습니다."

경비는 한 손으로 소녕을 잡아당기며 눈치를 주었다. 소녕은 슬프고 분한 얼굴이었지만, 더는 울지 않았다. 그리고 입술을 깨물며 잠시 생각을 하더니 냉소를 지으며 큰 걸음으로 은사발 앞으로 갔다. 황제는 냉랭한 얼굴을 하고 비수로 손끝을 베었다. 그리고 두 사발 안에 핏방울을 떨구었다. 그러자 경비가 나서서 소녕의 소매를 걷어 올렸다. 그녀는 황제를 등지고 일부러 그의 시선을 가렸다. 그리고 담황색의 분말을 소녕의 손가락 끝에 조금 묻혔다. 봉지미의 시선에서도 잘 보이지는 않았지만, 그녀는 경비의 동작을 어느 정도 읽어낼 수 있었다. 그녀 곁에는 진 유모가 꼼짝없이 꿇어앉아 있었다. 아래로 푹 수그린 입술에서는 차가운 웃음이 삐져나왔다.

소녕과 봉지미는 각자 은사발에 핏방울을 떨구었다. 그 순간 모두가 숨을 죽였다. 실낱같이 가느다란 피 냄새가 길게 퍼지고, 있는 듯 없는 듯 희미해질수록 사람들은 더욱더 냄새의 흔적을 쫓았다. 그러다 냄새를 맡게 되면 마치 예리한 바늘로 심장이 찔리는 느낌이었다. 두 개의 사발이 황제의 앞에 놓였다. 모두가 고개를 숙이고 있었지만, 사발쪽으로 보내는 곁눈질만은 반짝반짝 빛이 났다. 황조 초유의 사건이 눈앞에서 벌어졌고, 이제 곧 결정적인 증거가 나타날 것이다. 모두가 숨을 죽인 고요함 속에 사람들의 가슴이 두근거리고 있었다. 은사발 속에 떨어진 핏방울이 물속에서 천천히 움직이기 시작했다. 왼쪽 사발은 봉지미의 피가 떨구어진 쪽이고, 오른쪽 사발은 소녕의 피가 떨구어진 쪽이었다. 경비는 아주 여유롭게 그 모습을 지켜보았다. 그녀의 입가에 차가운 미소가 드러났다. 그녀는 전혀 두려워하지 않았다. 그녀의 수중에는 이미 여러 가지 약이 준비되어 있었다. 그 중 응혈산이라는 약은 천하의 어떤 피라도 서로 섞여들게 할 수 있었다. 그녀가 나중을 대비해 거금을 들여 수집해 놓은 것이었지만, 지금 소녕에게 쓰이게 될 줄은 예상치 못한 바였다. 의술로 이름난 종씨 집안의 사람이 아니고서야, 이 약을 무력화시킬 이가 누가 있겠는가? 게다가 그 종씨 집안의 후계자인 종신은 지금 제경에 있지도 않은데!

그때, 낮게 신음하는 소리가 들렸다. 황제의 눈이 한곳에 고정되어 있었다. 봉지미의 피를 떨군 사발 안에서 그녀의 선혈이 천천히 움직여 황제의 피와 합해지더니 어느새 큰 핏방울이 되어 버린 것이었다. 섞인 피끼리 경계는 전혀 없었다. 경비의 얼굴은 흙빛이 되었지만, 당황하지는 않았다. 봉지미가 이 검사에 응한 이상, 분명 빠져나갈 구멍을 찾아 냈을 것이라고 예상했기 때문이었다. 그러나 소녕 역시 이 검사를 통과해야만 봉지미와 진 유모의 이야기를 계속 의혹으로 남길 수 있다. 그러면 황제의 의심 많은 성격을 이용해 새로운 전환점을 마련할 수가 있을 것이다!

그때 모든 사람들이 숨을 '헉' 들이키고는 놀랍다는 듯 소녕 쪽의 사발로 시선을 돌렸다. 영혁은 언제 왔는지도 모르게 병풍 곁에 서서 복잡한 심경으로 이 모든 광경을 보고 있었다. 은사발 안의 선혈이 움직이고 있었다. 봉지미의 것보다는 느렸지만, 아주 선명했고 황제의 피와 합쳐지려는 것처럼 보였다. 황제는 아까보다 더 긴장했다. 그는 마음속 깊은 곳에서부터 당연히 소녕이 자신의 딸이기를 바랐다. 피는 천천히, 하지만 계속해서 가까워지고 있었다. 막 두 피가 섞이려고 하는 찰나, 두 핏방울 사이에는 머리카락만큼 가는 틈만을 남겨 두고 있었다. 경비의 입가가 살짝 올라갔다. 소녕은 길게 한숨을 내쉬고 고개를 돌려 봉지미를 사정없이 째려보았다. 황제는 겨우 안심한 표정을 지었다. 그러나 다음 순간, 그 개운한 표정은 곧 짙은 의혹으로 빠져들었다. 대신들의 표정은 흥분의 도가니였다. 벌써 땀을 닦아내는 사람도 있었다. 그 순간, 모두의 안심이 의심으로 바뀌고 또 불안으로 바뀌었다. 움직이던 핏방울이 갑자기 멈춘 것이다!

그 미세한 틈 앞에서 핏방울이 멈추어 버렸다. 거의 눈에 보이지도 않을 것 같은 하얀 틈이, 모두가 곧 없어져 버릴 거라 믿었던 그 하얀 틈이, 두 핏방울 사이를 아주 뚜렷하게 가르고 있었다. 모두가 숨을 멈추고 그 피가 조금만 더 앞으로 나아가기를 기다렸다. 정말 조금이면 되었다. 그러나 사람들이 아무리 눈을 부릅뜨고 바라보아도 그 틈은 망망대해처럼 사람들의 희망을 가로막은 채, 미동도 하지 않았다. 황제의 몸이 휘청했다. 소녕의 입이 벌어졌다. 비명을 지르려 했지만, 갑자기 목소리가 나오지 않았다. 그녀는 혼비백산하여 은사발을 한참 동안 노려보다가 몸에 힘이 탁 풀려 땅바닥으로 주저앉고 말았다. 진 유모는 여전히 눈을 내리깔고 있었다. 두 은사발을 한 번도 올려다보지 않은 것은 그녀뿐이었다. 마음속에 이미 그 결과가 있었던 것이리라.

경비의 안색이 순식간에 창백해졌다. 그러나 여전히 받아들일 수 없다는 표정이었다. 그녀는 책상으로 다가가 손가락을 옷소매에서 꺼냈다. 그리고 스리슬쩍 책상을 눌렀다. 은그릇의 바닥이 흔들리고 약 기운이 풀어지기만 한다면, 두 핏방울은 다시 합쳐질 것이다! 손끝이 책상을 지그시 눌렀을 때였다. 한 사람이 갑자기 불쑥 걸어와 아주 자연스럽게 그녀의 곁에 섰다. 소매가 스치는 순간, 경비는 팔꿈치가 마비되는 것을 느꼈다. 손가락이 힘없이 아래로 떨어졌다. 그녀가 고개를 틀자 영혁의 눈빛이 냉담하게 자신을 보고 있었다. 웃고 있는 듯 보였지만, 그 속은 칼날처럼 차가웠다. 경비는 가슴이 오싹했다. 삽시간에 위험을 감지한 그녀는 목숨의 위협이 느껴져 뒤로 서너 발짝 물러났다. 영혁은 아주 평온한 모습으로 황제에게 걸어가 예를 올렸다. 그리고 조용히 말했다.

"감축드립니다, 폐하. 오늘에서야 진상이 밝혀졌습니다."

황제는 흠칫 놀라, 멍하니 고개를 들었다. 영혁이 그의 팔을 부축하며 탄식했다.

"폐하, 사람의 마음은 귀신처럼 음험하니 끊임없이 잔꾀를 부리게 되는 법입니다. 그래서 결국 이렇게 황제의 자손을 바꿔치기하는 일까지 벌어졌습니다. 이것은 분명 누군가가 이십여 년 동안 몰래 준비해 온 일이 틀림없습니다. 이렇게 다사다난한 시기에 부황의 핏줄을 끊어내고 우리 조정의 기강을 뒤엎어 황가 사이를 이간질하고 떼어 놓으려는 수작이 분명합니다. 천만다행으로 성스러운 천자를 백령(百靈)이 보우하니, 하늘이 이를 환히 밝힌 것이라 생각하옵니다."

황제는 '부황의 핏줄을 끊어내고 우리 조정의 기강을 뒤엎는다'는 말에 안색이 급변했다. 영혁은 그의 귓가에 대고 나지막이 이야기했다.

"폐하, 소자가 감히 한 마디만 올리겠습니다. 부황께서 소녕을 아끼시는 것은 천하가 다 알고 있습니다. 전 황조에도 여황제가 없지 않았지요. 만약 제가 오늘 간사한 계책으로 죽어 버렸다면…… 열째는 황위에 마음이 아예 없고 일곱째는 그러하니…… 부황께서 더 나이가 드시면 신하들이 누구를 추대하겠습니까? 소녕이 진짜 부황의 핏줄이라면 그렇다 치지만, 그게 아니라면…… 우리 영씨 만년의 대업이 손에 피 한 방울 묻히지 않은 대성의 손으로 들어가는 것입니다. 참으로 훌륭하고 절묘한 계획이지요……."

영혁의 목소리는 낮고 조용했지만, 황제의 얼굴은 계속해서 일그러졌다. 영혁이 가슴 속 깊은 곳에 있는 가장 두려운 심정을 그대로 속삭였기 때문이었다. 이쯤 되자, 의심의 씨앗은 이미 싹을 틔웠다. 믿든 안 믿든 이렇게 쉽게 넘길 수는 없는 일이었다. 황제는 이를 꽉 물고 고개를 들었다.

"여봐라."

황제는 소녀를 가리키며 쉰 목소리로 말했다.

"공주를 데려…… 아니, 소녀를…… 아니, 영소를……."

입을 뗀 황제는 혼란스러운 듯 보였다. 잠시 멍하니 있던 그가 마음을 모질게 먹고 말했다.

"궁으로 데려가라! 우선 정재에 구금하라! 성지 없이는 밖으로 한 발짝도 내보내서는 안 된다!"

"안 돼요! 아바마마! 안 됩니다! 안 돼요!"

소녀는 악몽에서 깨어난 듯, 황제의 말에 발광하기 시작했다. 그녀는 자신을 붙잡으러 온 병사들을 필사적으로 밀어내면서 황제가 있는 방향으로 엎드렸다.

"아바마마, 아바마마. 제가 아바마마의 딸입니다. 제가 딸이에요."

소녀는 울부짖으며 눈물을 펑펑 흘렸다. 산발이 된 머리가 땀과 눈물에 젖어 얼굴에 들러붙었고, 눈빛은 곧 죽을 짐승처럼 날뛰고 있었다. 그녀는 두 손을 절망적으로 벌린 채, 부친의 품으로 달려들려 하였다. 그렇게 황제의 품에 안겨 희망을 되찾으려는 듯 보였다. 황제가 손을 흔들었다.

철컥.

호위병들이 다가와 황제의 앞을 창으로 가로막았다. 소녀는 엇갈려 막아선 창을 마주할 수밖에 없었다. 정을 끊어내는 생소한 모습에 소녀는 그 자리에 우뚝 굳어 버렸다. 그녀는 그렇게 두 손을 벌린 상태로 눈물을 흘리며 창끝에 가로막힌 채, 앞만 보고 있었다. 그녀는 생기 없는 눈으로 사방을 둘러보았다. 눈을 감고 고개를 돌려 버린 황제, 그리고 황제의 발치에 무릎을 꿇고 자신을 담담하게 바라보는 영혁, 제 코가 석 자가 되어 얼굴이 파랗게 질린 경비, 눈길을 피하는 대신들, 고개를 숙이고 엎드린 채 눈 한번 마주치지 않는 진 유모, 복잡한 표정으로 아득한 눈빛을 하는 봉지미……. 그녀는 모두를 둘러보았지만, 아무도 그녀를 돕지 않았다. 이곳을 가득 메운 사람들, 천하를 호령하는 인물들, 그녀의 가족인 사람들, 모두에게서 그녀는 버림받았다.

"아악……!"

소녕이 갑자기 고개를 젖히고 오장육부가 끊어지는 듯 고통스러운 비명을 질렀다. 비명이라기보다는 절망의 통곡에 가까웠다. 버림받은 고통과 분노로 가득한 그 소리는 모두의 마음에 가서 닿았고, 사람들은 온몸의 피가 곤두서는 것 같았다. 그 비명이 채 끝나기도 전에 그녀는 온몸에 힘이 풀려 졸도해 버리고 말았다.

황제는 길게 한숨을 쉬고 손을 휘저었다. 병사들이 재빨리 소녕을 데려갔다. 장내는 다시 쥐죽은 듯 고요해졌다. 한참 후, 황제가 지친 듯 몸을 일으켰다. 그는 봉지미를 보았다. 순간, 그녀를 어떻게 대해야 할지 몰라 망설이다가 겨우 이야기했다.

"너는……. 자주 시간을 내어 궁에 들거라."

봉지미는 고개 숙여 대답했다. 그녀는 오늘 있었던 일들이 너무나 충격적이라는 걸 잘 알았다. 늙은 황제는 미처 생각할 틈도 없이 모든 것을 직감에 의지해 처리했다. 소녕에게 가혹하게 하지 못한 것만 보아도 알 수 있었다. 그는 아직도 의심하는 중이고, 감정이라는 관문을 넘어서지 못하고 있었다. 그러니 아직은 그녀를 시험하려는 것이었다. 영혁은 부황의 팔을 부축하며 조심스럽게 그를 밖으로 안내했다. 황제는 영혁을 보더니 다시 봉지미를 보았다. 그리고 갑자기 숨을 들이쉬고 한참 후에야 간신히 그녀를 가리키며 영혁에게 이야기했다.

"혁아……, 너……."

영혁이 눈길을 들어 봉지미를 보았다. 깊고 깊은 그의 눈빛에는 아무것도 없는 듯, 또 무엇이든 다 담긴 듯했다. 추 씨 저택의 꽁꽁 언 호수에서 처음 만났을 때부터, 호수 안에서 그 여인이 고개를 들었을 때부터, 마음속에 수수께끼 같은 물음이 생겼다. 그 역시 진상을 알아내려 시도한 적이 있었지만, 끝내 그 문을 열지는 못했다. 한 가지 확실한 것은, 그녀는 그의 여동생일 리가 없다는 것이었다. 이유는 없었다. 직감이 그랬다. 그러나 그 의혹의 그림자는 계속해서 그의 마음을 뒤덮었다. 그날이 다가오진 않았지만, 하루도 떨쳐낼 수 없었다. 그런데 진짜 그날이 다가오고, 깨닫게 되었다. 그것은 그저 그림자가 아니라, 서로를 가로막는 산이었다.

영혁은 천천히 숨을 들이쉬었다. 가슴이 아팠다. 둘을 가로막은 산이 언제부터인지 가슴을 짓누르는 것만 같았다. 그 산 위에서는 자갈이 떨어져 피를 흘리게 했다. 그러나 그는 미소 지었다. 맞은편의 여인과 똑같이 환하게 웃고 있었다. 봉지미가 그에게 인사를 올렸다. 온화하고 아름다운 자태의 그녀는 기다란 눈썹을 내리깔며 몽롱한 자신의 눈빛을 가렸다.

"초왕 오라버니."

영혁은 봉지미에게 시선을 고정했다. 천천히 손을 들어 인사를 받았다. 그리고 미소 지었다.

"…… 그래, 동생아."

낮 동안 천지가 뒤집히는 소동이 일어났지만, 밤은 여전히 평온했다. 조용한 밤, 봉지미 곁에는 평온하지 않은 존재들이 늘어나 있었다. 황제가 그녀를 보호한다는 명목하에 호위병을 잔뜩 보낸 것이다. 그녀의 신분이 이제 달라졌기 때문이었다. 그녀는 생각했다. 감시의 가능성이 더 커진 게 아닌가? 이미 삼경이 다 되었건만, 그녀는 잠을 이루지 못했다. 서재에 등을 밝힌 그녀는 누군가를 기다리고 있었다. 삼경이 되자, 머리 위에서 바람이 일었다. 이윽고 호두 부스러기가 바스락바스락 떨어져 내렸다. 그녀는 호두 껍데기를 받아들고 냄새를 맡아보았다. 호두 향이 그렇게 진하지 않았다. 설마 서량 호두의 질이 이렇게 떨어질 줄이야! 미간이 저절로 찌푸려졌다. 호두 껍데기가 나풀나풀 떨어지는 가운데, 빗물처럼 푸른 도련님이 아래로 내려왔다. 가벼운 몸놀림에 풍채도 고상했다. 그 호두 껍데기가 복숭아꽃이 아닌 것이 안타까울 따름이었다.

봉지미는 얼굴에 웃음기를 띠다가 갑자기 정색했다. 고남의의 뒤에 누군가가 더 있었다.

진 유모였다. 낮에 보았던 두려움에 벌벌 떨던 시녀의 모습은 온데간데없고, 여유 있게 웃으며 그녀를 보았다. 유모의 표정은 온화하고 기품 있어 보였고, 두 눈은 윤기 있게 빛났다. 유모를 보니 마음이 복잡해졌다. 하지만 예를 깍듯이 차렸다.

"유모를 뵙습니다."

진 유모가 웃었다.

"그렇게 부르지 마세요. 오늘로 진 유모는 이미 죽었으니까요. 종 부인이라고 부르시는 편이 낫겠습니다."

봉지미의 가슴이 철렁했다. 설마 했던 추측이 진짜였다. 정말 종씨 집안의 사람이었던 것이다. 말투를 들어보니 종씨 집안 내에서 지위도 꽤 높은 인물인 듯했다.

"종 부인께서는 적진에서 헌신하시며 이십 년 동안 천한 역할을 해오셨지요. 덕도 재주도 미천한 지미를 구해 주시려고……."

봉지미는 감개무량한 듯 종 부인을 보며 가볍게 탄식했다.

"제가 그리한 것은 종씨 집안과 혈부도의 관계 때문이 아닙니다. 아주 오래전에 숙비마마로부터 입은 은혜를 갚기 위해서입니다."

종 부인이 생긋 웃었다.

"오늘 초왕부에 있었던 하인들은 밤 안으로 전부 몰살당할 겁니다. 진 유모가 죽었으니, 저도 자유의 몸이 되었고요."

봉지미는 몸을 깊숙이 숙여 인사를 하고, 궁금함을 참지 못하고 물었다.

"종 부인, 소녕이 천성 황제의 딸이 맞지요? 저와 소녕이 닮은 것은 진짜…… 숙비와 천성의 선 황후가 쌍둥이였기 때문인가요?"

"그분들이 만일 쌍둥이라고 해도 아이들이 이렇게까지 닮을 수는 없지요."

종 부인이 웃었다.

"그 집안의 자매들이 대대로 닮았었다는 것도 제가 지어낸 말입니다. 천성의 황후가 죽은 지 오래되었고, 그 친정은 지금 기울대로 기울었으니 황제가 어디 그런 것까지 기억이나 하겠어요."

"그러면……."

"승경 내세의 복수를 들어보셨나요?"

종 부인이 물기 머금은 눈길을 보내며 웃었다.

"승경 대제는 복수를 위해서 민간에서 자신과 닮은 사람을 찾아내 자기 곁에서 자라도록 했습니다. 그리고 오랜 세월 동안, 기상천외한 안면 수정술을 통해서 그 사람의 얼굴을 자신과 똑같이 조금씩 조금씩 바꾸었다고 합니다."

촛불이 그윽하게 타올랐다. 종 부인은 육백 년 전 황가에서 있었던 옛일을 은밀한 말투로 풀어놓기 시작했다. 소름 끼치도록 오싹한 이야기였다. 그 말을 들은 봉지미는 갑자기 겁에 질렸다.

"소녕의 얼굴은……."

종 부인은 마치 날씨 이야기라도 하는 것처럼 아무렇지도 않은 말투였다.

"우리는 민간에서 당신과 닮은 아기를 찾아냈어요. 아이는 커 가면서 얼굴이 많이 달라지잖아요. 그 때문에 당신 어머니께서 해마다 저에게 당신의 초상화를 보내 주셨지요. 제가 소녕의 곁에 있으니, 종씨 집안의 의술을 이용하는 건 식은 죽 먹기였어요. 심지어 소녕은 통증조차 느껴질 못했죠."

봉지미는 손끝에서부터 심장 속까지 한기가 느껴졌다. 깊은 밤 궁궐의 심처, 깊이 드리워진 장막 뒤에서 소녕이 깊은 잠에 빠져 있었다. 그리고 흐릿한 구리거울 속에서는 누군가가 자신의 초상화와 소녕의 얼굴을 대조하며 절묘한 의술과 기술을 이용해 그녀의 얼굴을 조금씩 조금씩 바꾸어 나가는 모습이 보였다. 갑자기 귀신 이야기가 떠올라, 오싹하고 으스스했다. 그리고 그해 경심전의 모습도 떠올랐다. 소녕이 침대에서 기절했는데, 때마침 진 유모가 다급하게 달려와 곧바로 소녕의 얼굴을 고친 것이었다. 그때 진 유모의 기술은 놀라웠다. 그래서 그때도 그녀가 종씨 집안 사람이 아닌지 의심스러웠었는데, 아니나 다를까 자신이 생각한 것보다 더 무시무시한 사람이었다.

"망도교 위에서 공주가 울었던 것도, 진짜가 아니었고요?"

"당연하지요."

종 부인이 웃었다.

"울긴 누가 울어요. 또 그 상황에서 어떻게 바꿔치기를 하겠어요. 바꿔치기를 한다 해도 그때는 아니었을 겁니다. 그 소동은 제가 일부러 꾸민 것이고, 공주가 운 것도 가짜예요. 모두 오늘의 이 거짓말을 위해서 빈틈없이 뿌려 놓은 씨앗들이지요."

문득 봉지미는 아까 종 부인이 민간에서 닮은 아기를 찾았다고 한 말이 뭔가 이상하다는 것을 깨닫고 다시 이야기했다.

"설마 진짜 소녕은⋯⋯."

"죽었습니다."

종 부인이 무덤덤하게 이야기했다.

"제가 저택에 들어오고 바로 죽었어요. 갓 태어난 아기는 생김새를 구분하기가 어렵지요. 그때가 바꿔치기에 가장 쉬울 때이고요."

뒤로 한 걸음 물러서서 의자 위에 앉은 봉지미는 순간적으로 말문이 막혔다. 여태껏 그녀는 혈부도가 자신들의 수단을 이용해 자신의 외모를 소녕과 똑같이 만들었다고 생각해 왔다. 신분이 탄로 나는 결정적인 순간을 대비해 대담하게 공주와 자신을 바꾸었다고 생각한 것이다. 그런데 진짜 공주까지 이미 죽었을 거라고는 생각도 하지 못했다!

　"진짜 공주는 당신과 닮았을 리가 없잖아요. 승경 대제가 전수한 기이한 용모 수정술은 육백 년을 거치는 동안 더 발전했지만, 용모의 윤곽이 비슷하다는 기초 위에서나 가능합니다. 진짜 공주는 당신의 이종사촌 자매이지만, 부친의 용모도 물려받았으니 당신과 하나도 닮지 않았어요. 그래서 우리는 그녀를 죽이고 당신과 얼굴 윤곽이 비슷한 아이를 찾자는 결정을 내렸지요."

　"그렇게끼지 하다니……. 왜 아예 치음부터 저를 궁으로 들여보내지 않은 거예요?"

　봉지미가 당황한 듯 물었다.

　"그게 덜 수고스럽잖아요?"

　"당신이 궁에 있으면 우리가 당신을 보호하기가 힘드니까요. 다른 이유도 있었고요. 당신은 반드시 밖에서 여러 훈련을 거쳐야 했어요. 황실의 응석받이 화초로 커서는 안 됐죠. 당신 몸 안에 흐르는 대성의 고귀한 피는 세상을 떠돌며 생사의 고난을 겪어야 제힘을 발휘할 수 있었으니까요. 그 공력은 대단히 폭발적이어서 수련하지 않은 상태에서 발산했다면 스무 살도 되지 않아 죽어 버리고 말았을 거예요. 깊은 황궁으로 들어갔다면, 어디서 그런 생사를 넘나드는 고난을 겪을 수 있었겠어요?"

　"그래서 언젠가는 나를 대신하기 위해 소녕의 외모를 조금씩 바꾸는 쪽이 차라리 낫다고 생각한 거군요……."

　봉지미는 머리를 감싸 쥐었다. 이 계획을 생각해낸 사람은 속이 너무나 시커멓고 머리는 또 너무나 좋다는 생각이 들었다.

"원래 굳이 똑같이 만들려고 애쓸 필요는 없었어요. 하지만 사람들은 완벽한 걸 좋아하잖아요."

종 부인은 어쩔 수 없다는 듯 말했다.

"장손 대제께서 금낭삼계를 남기실 때 말씀하셨지요. 누군가가 가짜 연꽃을 만들어 들켰는데, 대제께서도 진짜와 가짜 공주를 데려다가 가짜가 진짜 행세를 하고 진짜가 가짜처럼 해서 누가 이를 밝혀내는지 보겠다고 말이지요. 그게 남의 강산을 뺏으려는 녀석의 머리가 잘 돌아가게 하는 데도 좋다면서요."

봉지미는 신음했다. 진짜, 가짜 공주? 두 공주 다 모두 가짜잖아!

"오늘 있었던 적혈인친 검혈법은……?"

"이렇게 오랜 기간 동안 준비해 왔는데, 검혈 한 번에 무너지겠어요?"

종 부인의 대답에는 자부심이 담겨 있었다.

"천하에 우리 종씨 집안에서 다스리지 못할 약이 있을까요? 우리 종씨 집안의 사람 앞에서 약으로 농간을 부릴 수 있는 자가 있겠습니까?"

봉지미는 그런 진 유모를 보면서 감사해야 한다는 생각이 들었지만, 소름이 끼치는 건 어쩔 수가 없었다. 이 여인은 모든 일을 자신이 좋은지 싫은지로 판단했다. 신세 진 정을 갚기 위해서는 신분의 귀천도 따지지 않고 오랜 세월 고생도 마다하지 않았다. 그런데 또 소녀와 모녀처럼 지낸 그 오랜 세월을 단칼에 자르고 바로 돌아서 버리는 걸 보면, 정을 떼고 참는 것 또한 이미 이골이 난 것 같았다.

"오늘 경비가 당신을 지목하고 일러바치고 있을 때, 저는 그 이야기를 들으면서 방법을 궁리했지요. 다행히 고 종주가 와서, 제가 비단 보자기를 날려 달라고 부탁했어요. 이참에 아예 이 일을 밝히려고요. 그런데 사실 저도 경비가 갑자기 보자기를 꺼낼 거라고는 생각도 못 했습니다. 그건 그때 당신을 쌌던 보자기가 확실해요. 혈부도가 당신을 안고 도망가던 그날 밤에 그 비단 보자기가 사라졌는데, 어떻게 경비 쪽에서 그게 나왔는지 모르겠어요. 그때 있었던 혈부도 반역자와 관련이 있는 것 같아요. 은밀하게 조사해 보세요."

봉지미는 몸을 수그려 인사를 하고 이야기했다.

"오늘 보니, 금우위의 그 지휘사가 아주 의심스러워요."

종 부인이 대답했다.

"그렇죠. 생각해 보니, 그 반역자는 황실의 비밀 집단에서 수령을 맡았기 때문에 혈부도의 추적을 피할 수 있었을 겁니다. 어쩐지 줄곧 그의 행방을 찾을 수가 없었거든요."

봉지미는 의심스러운 마음이 들었다. 기왕 반역자가 되었고 혈부도를 잘 아는 자가 왜 지금까지 가만히 있다가 이제 와서 봉지미를 돕겠다고 나선단 말인가? 이해가 되지 않았다. 종 부인이 이야기했다.

"저의 임무는 이미 끝났습니다. 산남의 종 씨 본가로 돌아가야겠어요. 당신의 능력도 완성되었으니 종신도 이제 차차 혈부도에서 발을 뺄 것입니다. 앞으로는 당신이 알아서 조심해야 해요."

봉지미는 허리를 굽혀 인사를 하고 여인의 뒷모습이 어둠 속으로 사라지는 모습을 지켜보았다. 가슴 속에 소용돌이가 휘몰아쳐, 뭐라고 말해야 할지 떠오르지 않았다.

갑자기 등에서 온기가 느껴졌다. 수련처럼 고결한 고남의의 향기가 덮쳐왔다. 사람을 상쾌하고 편안하게 하는 향기였다. 봉지미는 아직 정신이 얼떨떨했기에 옆으로 비켜나며 말했다.

"하지 마."

고 도련님은 봉지미의 말에 아랑곳하지 않았다. 문어라도 된 것처럼 그녀에게 찰싹 들러붙어서 그녀의 은은한 향기를 꼼꼼하게 맡았다.

"내 몫을 했으니까, 상을 줘."

봉지미는 경악했다. 고남의가 언제부터 상을 달라고 할 줄 알게 됐지? 고개를 돌려 진짜 고남의가 맞는지 확인하고 싶을 지경이었다. 그가 너무 꽉 안고 있어서 등에서 뜨거운 열기가 전해졌다. 그녀는 힘 조절을 못 하는 이 사람에게 목이 졸려 죽을 것 같아서 하는 수 없이 승낙했다.

"그래. 상 줄게. 뭐가 갖고 싶은데? 일단 좀 놓고."

"싫어."

봉지미의 말에 반항하는 것을 낙으로 삼아온 고 도련님이었다. 그는 여전히 그녀를 놓아주지 않았다.

"뜨겁게 해 줄게."

봉지미는 울지도 웃지도 못했다. 이제 곧 여름인데, 뜨겁게 해 준다니? 이렇게 가까이에 있으니 진짜 땀이 났다. 정말이지 고남의에게서 벗어나 그만하라고 하고 싶었다. 그런데 그가 그녀의 가리키며 이렇게 말하는 것이 아닌가.

"여기가 추워."

봉지미는 그대로 멍해지고 말았다. 마음이 추워. 고남의는 지금 그녀의 마음이 춥다고 말했다. 이 세상에서 눈을 가리고도 언제나 그녀의 마음속 깊은 곳을 들여다볼 수 있는 유일한 사람이었다. 그녀가 기쁜지 슬픈지 다 아는 사람……

고남의는 등 뒤에서 봉지미를 안은 채, 몸을 조금씩 흔들기 시작했다. 흔들흔들, 흔들흔들, 인형을 흔드는 것만 같았다. 그녀는 이렇게 흔들리자 어디에도 비교할 수 없는 포근함을 느꼈다. 그러다가 이내 생각이 났다. 지효가 어렸을 때 울면서 떼를 쓰면 그에게 이렇게 흔들라고 했었던 것 같았다. 지금 그는 그녀를 아이처럼 달래고 있었던 것이다. 그렇게 생각하니 화가 나기도 하고 우습기도 하고 또 가슴이 찡하기도 했다. 그래서 뒤로 돌아 그의 뺨을 두드리며 부드럽게 말했다.

"난 괜찮아⋯⋯."

그런데 하필이면 그 순간, 고 도련님도 몸을 틀어 봉지미에게 무슨 말을 하려고 가까이 다가온 것이 아닌가. 그녀가 얼굴을 뒤로 돌린 순간, 그의 얼굴과 딱 맞닥뜨리고 말았다. 그때 반쯤 가린 창문으로 우연히 바람이 불어 들어와, 두 사람 사이를 가린 그의 망사 가리개를 휙 걷어 올렸다. 그녀는 하얀 망사가 스친 입술 위가 뜨거워지는 것을 느꼈다. 부드럽고 따뜻한 것이 입술에 닿았다.

그 잠깐 사이, 봉지미의 몸이 떨렸다. 그게 무엇인지 깨닫고 얼른 뒤로 물러섰지만, 입술이 너무 아팠다. 고남의가 입술을 꽉 물어 버린 것이다. 그는 남녀 사이에 지켜야 할 것 따위 상관하지 않았다. 그녀의 입술이 스친 순간, 그의 머릿속에서는 부드럽고 향기로운 꽃향기가 번지면서 번개가 일었다. 고요하던 그의 세계를 뒤흔드는 위력적인 충격이었다. 화사한 봄기운에 새하얀 번개가 번쩍거리는 것처럼, 혼비백산할 정도로 아름다운 풍경이었다. 그의 머릿속이 텅 비고, 서량의 바닷물이 밀려들었다. 둥그런 달이 뜬 밤, 푸른 바다 아래에서 그는 이렇게 넋을 놓은 적이 있었다. 만나지 않았다면 그리움도 덜 했겠지만, 이렇게 해후하고 나니 더 이성을 잃을 수밖에⋯⋯. 그는 놓아줄 수 없었다. 그녀의 어깨를 움켜쥐고 깊숙이 입을 맞추어 들어갔다.

음극이 양극을 만난 듯, 얼어붙은 바다가 불타는 화산을 만난 듯, 촉촉하게 녹아내린 물이 향기로운 봉지미의 세계로 흘러들었다. 그녀의 세계 속 혀의 정령은 깜짝 놀라 도망을 쳤지만, 고남의는 서툴면서도 고집스럽게 달려들어 그녀를 감쌌다. 그렇게 물러서고 다가서는 사이, 그녀의 양 볼은 불타듯 뜨겁게 부풀어 달아올랐다. 차분하던 그의 피가 물밀 듯이 솟구쳐 자꾸만 파도를 치며 올랐다. 머리가 어지럽고 구름 위를 노니는 듯 강렬한 느낌이었다. 복받쳐 오는 현기증 속에서 그는 행복한 생각을 했다. 끓어오른다⋯⋯ 끓어오르고 있구나. 그는 헐떡이기 시작했다. 절세의 무공을 지닌 그였지만, 손에 힘이 들어가지 않았다.

봉지미는 허둥지둥 고남의를 밀어내고 몸을 빼내, 뒤쪽 창문까지 물러났다. 그리고 얼굴의 홍조를 가리려 옆으로 고개를 돌렸다. 그녀와 그에게 이런 사고가 일어난 게 처음은 아니었다. 그러나 서량의 바다에서와 달리, 오늘의 그는 어리바리하지도 조심스럽지도 않다는 사실을 방금 똑똑히 느꼈다. 더 뜨겁고 단호했다. 그녀를 불태워 버릴 것처럼 뜨겁게 타오르는 그를 똑똑히 느낄 수 있었다. 그녀는 속으로 너무 놀라 고개를 돌린 채, 억지로 웃으며 이야기했다.

"고 사형, 이건, 남녀 사이에나 하는……."

고남의는 봉지미의 말이 들리지 않는 듯, 뚫어지게 그녀를 바라보았다. 그리고 갑자기 손을 뻗으며 말했다.

"지미, 상을 줘야지……."

봉지미의 가슴이 쿵쾅거렸다. 고남의가 무엇을 원하는지 알고 있었지만, 일부러 화제를 돌리려 했다. 그런데 그가 입을 뗀 것이었다.

"난 너만 원해……."

고남의는 자신의 세계로 손을 뻗었다. 그의 세계에는 봉지미만이 유일했다.

"행복해."

봉지미는 그저 멍해지고 말았다. 그녀는 두 팔 벌려 자신을 모두 끌어안을, 자신의 울타리에서 절대 벗어나지 않을 그 남자를 멍하니 보았다. 8년 동안 그녀의 곁을 지켜 준 사람, 아직도 무수히 많은 8년을 함께하며 그녀의 행복을 빌어 줄 사람이었다. 한참 후, 그녀의 눈동자 속에 촉촉이 서린 안개가 충만한 물결을 그리며 차올랐다. 툭 하고 눈물이 떨어졌다.

대단원 (하)

　순의왕부에서 봉지미가 눈물을 떨구던 그 시각, 정재에서는 소녕 공
주가 눈물을 흘리고 있었다. 그녀는 넋을 잃은 채 앉아 있었다. 대성통
곡은 하지 않고, 그저 눈물만 소리 없이 흘렸다. 파란 소맷부리가 흘러
내린 눈물로 새까맣게 물들었다. 그녀의 시중을 드는 궁인들이 아직 있
었지만, 감히 가까이 다가가지 못했다. 그녀의 성질이 사나워 두려운 것
이었다. 그러나 한편으로는 그녀가 불쌍하기도 했다. 궁인들은 낮에 무
슨 일이 있었는지 잘 알지 못했지만, 공주가 권세를 잃은 것만은 확실했
다. 그래서 다들 제때 화를 피하지 못하면 어쩌나 제 걱정만 하고 있었
다. 그녀도 그들을 신경 쓸 때가 아니었다. 모든 것을 다 잃게 된 마당에
그들의 푸대접을 거들떠볼 여유는 없었다. 그때 갑자기 발걸음 소리가
조용히 들려왔다. 그녀의 눈빛이 반짝였다. 그리고 궁녀가 다가설 틈도
없이 먼저 달려가 문을 열며 소리를 질렀다.

　"아바마마, 역시 오셨……"

　소녕의 입이 그대로 멈추었다. 오밤중에 아이를 데리고 찾아온 것은

영제였다. 흥분한 그녀의 얼굴에 피어오르던 홍조가 점점 사라지더니, 얼굴이 새파랗게 질렸다. 그리고 문지방에 기대서서 한참 후에야 쉰 목소리로 인사를 했다.

"…… 열째 오라버니."

영제는 동생을 가엾은 눈길로 바라보며 아이를 데리고 문으로 들어섰다. 궁녀들을 손짓으로 물리친 그는 소녕의 어깨를 감싸고 부드럽게 말했다.

"소녕아, 오라버니가 널 보러 왔어."

소녕은 고개를 들어 영제를 바라보았다. 청명에서 함께 공부하고 우애도 가장 좋은 오라비였다. 그의 따뜻한 눈길에 눈물이 갑자기 터져 나온 그녀는 그의 소매를 부여잡았다.

"오라버니…… 부황께 가서 말씀 좀 해 주세요. 저는 모함을 당한 거예요. 모함이라고요. 내가 어떻게 부황의 딸이 아니란 말이에요? 아니에요. 그럴 수는 없어요!"

소녕의 갑작스러운 광기에 아이가 깜짝 놀라 '으앙' 하고 울음을 터뜨렸다. 영제는 아이를 달래려고 무릎을 꿇고 싶었지만, 그녀가 어찌나 사력을 다해 붙잡았는지 꼼짝도 할 수 없었다. 하는 수없이 겨우겨우 그녀의 손을 떼어내고 말했다.

"소녕아, 우선 흥분하지 말고 천천히 하자……."

그리고 아이를 안고 달래기 시작했다. 소녕은 영제가 자신을 떼어내자 두어 걸음 물러나며 처연하게 말했다.

"오라버니, 오라버니도 절 못 믿는 거예요?"

영제는 난처한 듯 소녕을 보았다. 그는 대성의 후예가 어쩌니 진짜 공주니 가짜 공주니 하는 것들에 대해서 아직 그렇게 깊이 생각하지 않고 있었다. 부황께서 그저 마음을 좀 가라앉히고 차근차근 생각을 정리하는 것이라 믿었다. 20년의 정을 하루아침에 끊어낼 수는 없지 않가? 그러나 그 역시 지금은 딱히 해 줄 말이 없었기에 그녀에게 다가서서 눈물을 닦아 주며 위로했다.

"동생아, 너무 앞서서 생각하지 말고 기다려 보자. 부황께서 성지를 내려 주실 거야……."

"오라버니."

소녕은 영제가 눈물을 닦든지 말든지 아랑곳하지 않고 갑작스럽게 이야기를 꺼냈다.

"이게 전부 누군가가 일부러 꾸민 소행이라고 생각되지 않아요? 최근 몇 년 동안, 부황이 아끼는 황자와 공주들이 연달아 죽어 나가고 있잖아요. 이제 내 차례가 됐나 봐요……. 오라버니, 여섯째 오라버니하고 사이가 좋으신 것 다 알아요. 그런데 그런 생각은 안 들어요? 자기 혼자 남을 때까지 우리 형제자매들을 하나하나 죽여 없애고 있는 것 같지 않아요?"

영제는 말없이 손을 거두었다. 그의 표정이 순간적으로 괴이하게 일그러졌다. 화가 난 것은 아니었다. 오히려 죄책감과 부끄러움, 혹은 불안감 등 복잡한 감정이 뒤섞인 것 같았다. 소녕은 그의 표정을 보지 못하고 고개를 돌려 창밖을 살피며 자기 생각에만 골몰해 있었다.

"…… 다음은 일곱째 오라버니, 그다음은 오라버니일 거예요……. 결국 마지막에는 천성 황조의 황자가 그 사람 혼자 남을 거라고요."

"그럴 리 없어!"

영제가 소녕의 말에 반박했다.

"어떻게 그렇게 확신하죠?"

소녕은 영제를 보며 냉소하다가 갑자기 그의 손을 붙잡았다.

"오라버니, 날 좀 구해 줘요! 우리 손을 잡아요. 제가 황위에 오르게 도와줄게요!"

영제는 불에 덴 듯 소녕의 손을 뿌리치고는 눈을 휘둥그레 뜨고 말했다.

"무슨 헛소리를 하는 거야?"

"일곱째 오라버니는 이미 희망이 없어요. 그 인간 말고는 오라버니 뿐이라고요!"

소녕은 영제의 눈을 간절히 바라보았다.

"내가 누명을 벗고 나면, 오라버니를 도와줄 방법이 있다니까요!"

"난 필요 없어!"

영제가 뒤로 물러나며, 단호하게 말했다.

"그리고 소녕 너 말이야, 부황께서는 자식들이 말썽 피우는 걸 싫어 하신다. 해서는 안 될 그런 생각 따위 일찌감치 접어라!"

소녕은 입을 꾹 닫고 표독스럽게 영제를 노려보았다. 그도 그녀의 눈 길을 피하지 않고 그대로 맞받았다. 그녀는 이 오라비가 겉으로는 부드 러워도 속은 강한 사람이라는 걸 알았다. 잠시 후 풀 죽은 모습으로 물 러난 그녀는 의자에 앉아 훌쩍거리며 울기 시작했다. 그녀가 화풀이를 관두자, 그는 조금 안쓰러웠는지 그녀의 어깨를 감싸며 부드러운 목소 리로 말했다.

"그렇게 낙담할 것 없어. 네가 그렇게 이상한 생각만 안 하면 나도 널 도와줄 거야. 형제들이 하나씩 사라지니 나도 견디기가 힘들어. 너 아니 라 다른 사람도 이미 돕고 있……."

영제는 자신이 무심결에 말실수했다는 걸 깨닫고 얼른 수습하려 했 다. 그러나 소녕은 이미 잔뜩 경계하며 그에게 물었다.

"누굴 돕고 있다는 거예요?"

영제는 잠시 망설이다가 탄식하며 말했다.

"너와 그분은 사이가 좋으니까 이야기해도 괜찮겠지……."

영제는 고개를 숙여 무릎 가의 아이를 보더니, 소녕에게로 바짝 다 가서서 몇 마디를 속삭였다. 가만히 듣고 있던 그녀의 하얀 얼굴이 점점 더 하얗게 질렸다. 처음에는 그저 깜짝 놀란 표정이었지만, 이윽고 갑자기 무슨 일이라도 생길 것처럼 겁에 질린 표정이 되었다. 그녀는 그저 멍하니 있었다. 그녀의 눈동자가 그에게서 아래쪽의 아이에게로 향했다. 아이의 눈가를 자세하게 살핀 그녀의 손끝이 돌연 부들부들 떨리기 시작했다. 그는 그녀가 이상하다는 걸 눈치채지 못한 듯했다. 하늘을 보더니 웅얼거리며 말했다.

"곧 비가 쏟아지겠네. 난 그만 가 봐야겠다. 소녕아, 어쨌든 괜한 걱정하지 마."

그리고 영제는 소녕의 어깨를 툭툭 치고 아이를 데리고 작별 인사를 했다. 그녀는 시종일관 한마디도 하지 못하고 있었다. 의자에 앉은 그녀는 그의 말을 들은 이후로 옴짝달싹도 하지 못했다.

한밤중의 처연한 달빛이 비치자, 소녕의 얼굴은 달빛보다 디 서슬 피렇게 변했다. 그 아이는……. 그 아이는……. 그날 밤 아이는 영혁의 손에 죽었다……. 경비에게 물었을 때, 눈물을 흘리며 소녕의 품에 안기더니 아이가 죽었다고 말했다……. 그리고 그 자그마한 시체를 함께 보기까지 했었다……. 그런데 만약 아이가 죽지 않았다면, 그날 밤 죽었던 그 아이는 누구의 아이인가? 소녕은 갑자기 몸을 웅크렸다. 아픔을 견디지 못하겠다는 듯 복부를 감쌌다. …… 그날 밤 배가 아팠다……. 제경에서 멀리 떨어진 사찰 깊은 곳에서……. 그녀는 데굴데굴 구르며 울부짖었다. 그녀의 울음소리는 숲에서 부는 바람에 가려졌다……. 곁에는 시중드는 궁인도 하나 없었다……. 산파도 경비가 구해 온 사람이었다……. 산파는 소녕의 다리를 내리누르면서 땀을 뻘뻘 흘리며 힘을 주라고 힘을 주라고 더 주라고 했었다……. 그녀는 터져 나오는 아이의 울음소리를 듣고 지친 나머지 정신을 잃고 말았다. 그런데 깨어나 보니 산파는…… 아이가 나오자마자 두 번 울음을 터트리더니…… 숨이 끊어져 버렸다고……. 그래서 이미 묻어 버렸다고…… 했었다. 그리고 보름이 지나지 않아 그녀는 제경으로 돌아왔다. 다른 사람의 아이를 보호하기 위해서……. 자신의 아이가 죽었으니, 그녀의 희망은 이제 다른 아이에게 있었다. 그런데 그날 밤 영혁이 나타났다. 그렇게 그녀는 아이를 구하지도 못하고, 산후병만 얻었다. 그런데 오늘, 그의 손에 죽은 줄로만 알았던 아이가 자기 앞에 떡하니 나타난 것이다!

나무토막처럼 앉아 있는 소녕의 마음속에 여러 가지 생각들이 스쳐 지나갔다. 그 순간, 모든 것이 명확해지면서 악몽 같은 진실이 묘한 눈길로 그녀를 차갑게 응시했다. 그녀의 아이는 뱃속에서 죽은 것이 아니었다. 그 여자가 데려가 자기 아이 대신에 죽게 한 것이다! 그 여자는 그녀의 아이를 죽이려 드는데, 그녀는 천 리 길도 마다않고 병을 무릅쓴 채 제경으로 돌아갔다. 그 여자의 아이를 보호하기 위해서! 이 얼마나 어리석은 짓이었나. 이 얼마나 어리석었나! 소녕은 고개를 젖히고 정신없이 크게 웃어대기 시작했다.

그래. 너 잘 걸렸다! 소녕은 의자에서 벌떡 일어났다. 새빨갛게 충혈된 눈으로 사방을 노려보며 사람을 죽일 만한 물건을 찾았다. 크고 검은 도자기 술잔이 그녀의 눈에 띄었다. 그녀는 술잔을 집어 탁자 모서리에 내리쳤다. 챙그랑 소리와 함께 술잔이 두 동강이 났다. 들쭉날쭉하게 깨어진 단면은 칼처럼 예리했다. 그녀는 사기 조각을 쥔 채, 의자를 걷어차고는 밖으로 달려 나갔다. 부황이 자신을 버린 것도 유모가 자신을 속인 것도 출생의 비밀이니 뭐니 하는 것도 이제 그녀에게는 중요하지 않았다. 그녀는 그 모든 걸 뒤로 하고 자식의 복수를 해야만 했다! 그녀는 성큼성큼 앞으로 나아갔다. 그녀의 눈은 새까맣고 빨갛게 물들어 있었다. 새까만 것은 그녀의 영혼이요, 빨간 것은 그녀의 피눈물이었다. 그녀의 손이 문에 닿자, 문이 저절로 열렸다. 바깥뜰에서 지키고 있던 하녀들이 우르르 걸어 들어왔다. 한 사람은 그녀에게로 걸어왔고, 두 사람은 들어와 곧바로 문을 닫아걸었다. 비분에 차서 이성을 잃은 그녀는 하녀들이 뭘 하건 아랑곳하지 않고 깨진 술잔 조각을 휘두르며 소리를 질렀다.

"비켜!"

그때, 소녕의 목소리는 앞에 선 하녀에게 가로막히고 말았다. 하녀가 손수건으로 그녀의 입을 틀어막은 것이다. 은은하고 기이한 향기가 풍겼다. 그녀는 눈을 부릅뜨고 하녀를 보았다. 손수건에서 벗어나려고 애를 썼지만, 얼굴은 점점 벌겋게 달아오르고 몸을 가눌 수 없게 늘어졌다. 하녀의 눈에 교활한 빛이 스쳤다. 여자는 뒤로 돌아 다른 하녀들을 향해 웃었다.

"우리 연향산(軟香散)이 효과가 좋긴 좋아. 대갓집 아가씨들은 물론이거니와 금이야 옥이야 귀하신 공주도 넘어가니 말이야!"

"쓸데없는 소리 그만해! 마마께서 정신 똑바로 차리고 할 일만 하라고 하셨어!"

소녕은 쾅당 쓰러지면서도 마음속의 슬픔과 분노가 가시질 않아 발버둥을 쳤다. 그러자 뒤에 있던 두 사람이 와락 덤벼들었다. 한 사람은 그녀의 입을 단단히 막았고, 한 사람은 그녀의 어깨를 힘차게 내리눌렀다. 그리고 처음에 손수건으로 입을 막은 여자가 섬뜩하게 웃었다.

"공주, 정말 운이 없으시다니까. 경비마마께서 우리더러 여기를 지키라고 하셨어요. 분수를 알고 가만 계시면 좋았잖아요. 꼭 다 같이 죽는 꼴을 보시려고요? 그럼 제일 먼저 가시든가요!"

"컥."

소녕이 선혈을 토하자, 그 하녀가 필사적으로 입을 막았다.

쾅쾅!

갑자기 주위가 밝아지더니, 하얀 빛줄기가 겹겹이 쌓인 짙은 구름을 뚫고 사방을 뒤덮었다. 우렛소리와 함께 탁자 위의 술잔 조각들이 우수수 떨어져 내렸다. 어수선한 소동에 사기 조각들은 소리 없이 바스러졌다……. 갑작스레 등불이 꺼졌고, 번쩍거리는 번개의 불빛 속에서 낮은 숨을 헐떡거리는 하녀들의 얼굴에 땀이 가득했다.

"깨진 것 다 치우고 피도 깨끗이 닦아."

앞에 있던 하녀가 다른 두 사람에게 명령했다. 그리고 술잔 조각을 여유 있게 소매 속으로 집어넣고는 바닥의 핏자국을 닦았다.

"그리고 아직 숨이 붙어 있을 때 한 번에 매달아야 해."

하녀 하나가 재빠르게 소녕의 허리끈을 뽑아 목에 감고 매듭을 지었다. 한쪽 끝을 들보에 걸친 하녀가 '헛' 하고 두 팔에 힘을 주었다. 소녕의 목에서 나지막한 소리가 새어 나왔고, 이미 허공에 매달린 그녀의 몸이 흔들거렸다. 하녀들은 그녀의 발아래에 의자를 거칠게 쓰러트려 놓고는 고개를 들었다. 앞에 있던 하녀가 두 손을 모은 채, 눈을 감고 중얼거렸다.

"공주님, 소인들도 시키는 대로 했을 뿐입니다. 공주님의 넋은 아시겠지요. 누구를 찾아야 할지……."

우르릉 쾅쾅. 천둥소리가 요란스레 지붕을 때리자, 여자들은 깜짝 놀라 몸을 벌벌 떨었다.

"그만 중얼거려. 무서워……."

한 하녀가 동료의 옷섶을 잡아끌었다. 그리고 겁에 질린 채, 높이 매달린 소녕을 올려다보았다. 긴 머리가 풀어 헤쳐져서 소녕의 얼굴을 뒤덮고, 하얀 비단 치마가 공중에서 나풀거렸다. 번개의 불빛이 깜빡거리자, 음산한 기운이 퍼져 나갔다. 여자들은 줄지어서 밖으로 나왔고, '끼익' 하고 문이 닫혔다. 정재는 다시 고요한 어둠에 휩싸였다.

쏴아!

그때, 장대 같은 빗줄기가 억수같이 쏟아졌다.

장희 23년 사월 초하루, 소녕 공주가 정재에서 스스로 목숨을 끊었다. 7년 전, 그녀의 태자 오라비가 정재 누각의 끝에서 추락했다. 그리고 7년 후, 그녀가 정재의 들보에 조용히 목을 매달았다.

천성 황제는 소녕의 죽음에 놀란 가운데, 품고 있던 의혹이 짙어지게 되었다. 그 아이는 정말로 공주와 바꿔치기한 대성의 후예였던가, 자신이 살길이 없다는 걸 알고 두려워서 자살한 것인가? 이 의혹이 존재하기에 소녕은 결국 공주의 신분으로 장례를 치를 수가 없었다. 원래부터 봉호를 거두고 황묘에서 수행을 하고 있었으니, 불가의 예를 갖추어 개선사(開善寺)에 안치하여 삼 일간 법회를 한 후, 제경 외곽의 낙초산에 매장하였다.

잇따른 불상사에 늙은 황제는 더 버티지 못하고 다시 앓아누웠다. 이번에는 병세가 꽤 위중해 조정의 대신들이 빈번하게 불려 갔고, 태의도 쉬지 않고 오갔다. 사람들의 표정에는 점점 너 긴장된 분위기가 감돌았다. 봉지미 역시 자주 입궁하라는 부름을 받았다. 병이 깊은 황제는 가끔 그녀를 소녕으로 착각해 그녀의 손을 잡고 소녕의 어린 시절의 일을 이야기했다. 그럴 때면 봉지미는 항상 웃는 낯으로 친근하게 이불을 덮어 주었다. 영혁은 맞은 편에 앉아 황제에게 상주문을 읽어 주었다. 두 사람은 서로 점잖게 예를 차렸다. 처음 마주하는 자리에서 서로를 남매처럼 대하는데 황제가 딱히 반대하지 않았고, 그때부터 두 사람은 '오라버니', '동생'이라 부르며 예를 갖추었다. 그러나 아주 공손하고 예의 바르게 인사를 하고 나면, 눈을 내리깔고 서로를 전혀 바라보지 않았다.

4월 중, 황제가 돌연 낙현의 행궁으로 가겠다고 하자, 몇 년 동안 굳게 닫혀 있던 행궁이 갑작스레 쓸모를 찾았다. 천자의 수레가 위풍당당하게 낙현으로 향했고, 영혁은 제경에 남아 국정을 돌보았다. 봉지미는 황제를 따라 낙현으로 떠났다. 황제가 행궁에 도착한 날 밤, 그는 지하에 있는 비밀 궁전으로 가지 않고 위에 있는 대전에서 머물렀다. 대전의 뒷쪽에는 연못가에 지은 정자가 있었다. 여호의 물을 끌어다 놓은 연못 위에 누각을 지은 것이었다. 밝은 바람이 불어오는데 물결은 잔잔했다. 그 물 위에 휘황찬란한 등불과 꽃 그림자가 비치자, 황제는 기분이 퍽 좋았는지 누각에서 저녁 식사를 즐겼다. 그녀는 식사 시중을 들었다. 황제는 흡족한 듯 안락의자에 기대어 저 멀리 호수와 푸른 산이 어우러진 경치를 감상했다. 그녀는 조심스럽게 담요를 덮어 주면서 웃으며 말했다.

"폐하, 감기 걸리실까 염려됩니다."

황제는 고개를 살짝 돌려 애매한 눈빛으로 봉지미를 보았다.

"어찌 아바마마라 부르지 않느냐?"

봉지미는 흠칫 놀랐다. 지금 이 순간 황제의 정신이 멀쩡한지, 아니면 또 정신이 없어 그녀를 소녕이라 착각하는지 알 수 없었다. 이윽고 그녀가 웃으며 살그머니 말했다.

"아바마마."

그 순간, 봉지미의 눈가에 커다란 눈송이가 흩날렸다. 황제는 만족스럽게 웃으며 그녀의 손을 가만히 쥐었다. 그리고 공허한 눈빛으로 이야기했다.

"너희들은 잘 모를 게다. 짐이 병을 얻어 이 모양을 하고 뭐하러 여기까지 왔는지 말이다. 사실은 말이야……."

황제는 살짝 어렴풋이 그리고 능글맞게 웃었다.

"짐이 이곳에서 죽고 싶어서 그런다."

봉지미는 가만히 이야기했다.

"무슨 말씀이세요? 아직 기력이 정정하신데요. 요즘 사소한 병으로 조금 힘이 드신 것뿐입니다."

황제는 손을 저었다. 봉지미가 말을 멈추자, 황제가 담담하게 웃었다.

"짐이 벌써 이 나이가 되었는데, 설마 모르겠느냐? 여기 낙현은 좋은 곳이지. 여섯째의 어미가 여기 있었을 때, 한번 와 본 적이 있다. 그 사람이 이곳을 참 좋아했지. 아무것이나 좋아하지 않는 사람이었는데……. 나중에 짐이 구양종파의 장 진인에게 보여 주었는데 여기 산세가 좋다고 하더군. 용의 기운이 솟아나 별을 이루고 달을 빛내는 형상이라 했어. 우리 영씨 황조에 대대손손 좋은 일만 생길 거라고 했기에 짐이 꼭 이곳으로 오려 한 것이다. 제경의 황궁은 원한이 너무나 깊어……. 최근에는 짐이 눈만 감으면 귀신이 보인다. 곧 죽음이 다가올 테니……. 그래도 여기가 조용하니 좋겠지……."

황제의 목소리가 잦아들었다. 눈은 반쯤 감겨 있고 정신도 오락가락하는지, 말소리가 희미해졌다. 그의 얼굴을 바라본 봉지미는 가슴이 철렁했다. 만약 지금 폐하가 돌아가신다면…… 하는 생각이 들었다.

"지미야."

일순간 손끝이 차가워졌다. 황제의 차가운 손이 봉지미의 손을 잡은 것이었다.

"짐이 만세를 누리고 나면, 네 생각에는 황위를 누구에게 주어야 하겠느냐?"

봉지미는 곧바로 무릎을 꿇었다.

"폐하, 사직에 관한 일을 제가 어찌 함부로 논하겠습니까."

"어차피 여섯째 아니면 일곱째다……."

황제는 봉지미의 말을 듣지 못한 듯 계속 중얼거렸다.

"…… 그래도……."

황제의 손끝이 허공을 할퀴더니, 갑자기 눈을 부릅뜨며 말했다.

"가라! 가서 내 금궤 좀……. 가서 봐! 가져와……, 이리 가져와."

봉지미는 황제의 말이 무슨 뜻인지 몰라 어안이 벙벙했다. 그런데 시중을 들던 대태감 가 공공이 무슨 뜻인지 알아듣고 잰걸음으로 다가와 조용히 물었다.

"폐하……. 왕비마마께 가져오라 하신 것이 비밀 궁전 안에 있는 금궤 말씀입니까?"

황제의 얼굴이 새빨갛게 달아올랐다. 그는 눈을 공중에 희번덕거리고 손을 어지럽게 휘저으면서 정신없는 소리를 했다.

"네가 온 게냐? 뭐하러 나타난 거야? 장 진인은 네가 나라에 화를 가져다줄 마녀라고 했어. 너희 낙일족은 일찍부터 우리 영씨와 원한이 있다고 했다고. 네가 푸른 소나무에 눈을 내리게 한 것은 우리 영씨의 피를 더럽히려는 것이었겠지. 너의 그 요기를 가두어야만 액을 막을 수가 있었단 말이다……. 그런데 그 도사는 가운데 아이가 황제가 될 거라고 했다. 그 도사의 허튼소리에 내가 그 여자를 갈가리 찢어 버렸지. 나를 탓하지 말아라. 날 탓하지 마……."

황제는 정신이 혼미하여 내궁의 비밀에 대해 점점 이야기하기 시작했다. 봉지미도 가 공공도 더는 듣고 있을 수 없었다. 가 공공이 그녀를 잡아끌며 말했다.

"왕비마마, 폐하께서 방금 금궤를 가져오라 하셨습니다. 저를 따라 오시지요."

봉지미는 "네" 하고 대답했지만, 무슨 금궤인지는 묻지 않았다. 가 공공도 말해 줄 수 없을 테니까. 그러나 그녀는 여전히 조금 전의 그 말을 생각하고 있었다. 황제가 말한 사람은 아마 영혁의 어머니인 것 같았다. 그 여인이 처참하고 비극적인 일을 겪은 것이 장 진인의 예언과 관련이 있었던 것이다. 그런데 그는 가운데 아이가 황제가 될 거라는 말을 했다. 황제의 아들딸은 모두 열한 명이고 영혁이 그중 여섯째이니 딱 가운데이다. 그러니 이는 영혁을 가리키는 것이 아닌가? 황제의 말투를 들어보면 그때 장 진인의 도술을 꽤 신임했던 것으로 보였다. 봉지미는 영혁을 향한 황제의 태도가 왜 그렇게 이상했는지 이제 이해할 수 있었다. 중임을 맡기고 싶어 하면서도 항상 경계심을 늦추지 않고, 그

러면서도 또 그에게 기회를 주었던 황제였다. 영혁의 어머니에 대한 이
상한 소문과 장 진인의 예언 사이에서 본인도 무엇을 믿어야 할지 몰라
우왕좌왕 갈등을 거듭하며 방향을 정하지 못한 것이었다. 그런데 지금
은 황제가 무슨 생각을 하고 있을까? 병세가 이렇게 깊었는데도 남쪽
에서 감군을 맡은 7황자를 불러들이지 않고 있었다. 그렇다면 황위는
결국 영혁의 몫이 되지 않을까?

"왕비마마, 들어가시지요."

가 공공의 목소리가 봉지미의 이런저런 생각을 끊어 놓았다. 고개를
들어보니, 과연 비밀 궁전의 앞에 서 있었다. 그러나 아래층으로 내려가
는 문이 아닌, 옆에 난 작은 쪽문 앞이었다. 영혁이 그녀를 이곳에 데려
왔을 때는 이 문이 없었던 기억이 났다. 아마 나중에 따로 낸 것 같았다.
그녀의 시선이 아래에 있는 대전 쪽을 훑었다. 황제가 지하층으로 내려
가지 않는 것이 내심 유감스러웠다. 이윽고 가 공공이 밀실의 문을 열고
다소곳이 손을 모은 채, 문 옆에 섰다. 저 멀리 다른 문의 밖에는 어림군
의 시위 총관이 칼을 겨누고 있었다.

"소인은 들어갈 수 없습니다."

가 공공이 조심스럽게 말했다.

"왕비마마께서 들어가셔서 금궤만 가지고 얼른 나오십시오. 안에 있
는 물건들은 함부로 만지시면 안 됩니다. 안 그러면……."

가 공공은 잠시 망설이다가 의미심장하게 봉지미를 보았다. 그녀는
알았다는 듯 고개를 끄덕이고, 천천히 안으로 들어갔다. 그녀는 들어서
자마자 눈을 찡그렸다. 사면이 모두 거울로 되어 환한 빛이 눈부시게 빛
나고 있었다. 자신의 일거수일투족이 모두 거울 속에 반사되어 보였다.
문 앞에서는 가 공공이 그녀를 계속해서 주시하고 있었다. 조금만 쓸
데없는 행동을 해도 모두 눈에 띌 것이었다. 그녀는 가 공공의 지시대
로 움직였다. 벽면에 조각된 "일월유상, 성진유행, 사시종경, 만성윤성(日

月有常, 星辰有行, 四時從經, 萬姓允誠)" 열여섯 글자 중에서 순서대로 '일,
진, 경, 윤' 네 글자를 눌렀다. 그러자 벽에서 덜컹거리는 소리가 나면서
작은 황금 서랍이 천천히 튀어나왔다. 서랍을 힐끔 본 그녀는 가슴이
뜨끔하였다. 가장 먼저 눈에 들어온 것은 서랍 왼쪽의 황금 영전(零箭)
＊군령을 전달하는 화살 이었다. 천자가 직접 내린 어용 영전이 있다면, 언제든 제
경의 도로 곳곳을 마음대로 통과할 수 있고 인근에 주둔한 군대의 지
휘권까지 가질 수 있었다.

　황제가 병중에 있으므로 제경은 이미 경계가 무척 삼엄했다. 봉지미
는 지금 아무런 제약 없이 궁의 모든 곳을 드나들지만, 어림군이 매일
근엄한 모습으로 그녀를 뒤따랐다. 이는 그녀가 사실은 신임을 얻지 못
했기에 감시를 받고 있다는 뜻이었다. 가짜 공주이자 비밀이 많은 그녀
로서는 불안하기 그지없었다. 황제가 그녀에 대한 경계와 의심을 거두
었다고 해도 영혁은 어떠한가? 황제는 그녀를 가만히 놓아둘 수 있지
만, 영혁은 절대 후환을 남기려 하지 않을 것이다. 그녀는 요즘 황제를
모시느라 산수를 즐기며 유유자적하는 것 같지만, 조바심은 이루 말로
다 할 수가 없었다. 초원에서는 조정의 명령에 따라 이미 출병하였다.
그러나 순의 철기군은 관문을 넘어선 다음, 바로 노선을 바꿀 것이라는
사실을 그녀는 알았다. 그러니 초원을 떠난 순의 철기군의 쇠 발굽이
천성을 짓밟기 전에 제경을 벗어나야 했다. 고남의가 급하게 그녀에게
왔지만, 그녀는 그를 화경 쪽으로 보내 버렸다. 혹시라도 일이 지체되어
고남의조차 제경에 발이 묶일까 걱정이 되었다. 그렇게 갖은 궁리를 했
는데도, 역시 완벽한 계획이란 없었다. 마음속에서 생각이 번뜩였다. 하
지만 영전을 오랫동안 쳐다보지는 않았다. 시선이 오래 머무르는 것을
알면 가 공공이 의심할 것이 뻔했다.

　영전 옆에는 밀봉된 금색 궤짝이 있었다. 3층으로 이루어진 궤짝은
밀랍으로 봉인되어 있었다. 봉지미는 거울 속 가 공공의 눈빛을 보고 이

것이 가져가야 하는 물건이라는 것을 알아챘다. 금궤를 손에 넣은 그녀는 가 공공의 지시에 따라 기계 장치를 조작해 서랍을 닫았다. 서랍이 닫히는 순간, 그녀의 손끝이 움찔했다. 손을 쓰고 싶은 충동이 일었다. 그러나 밖에 새까맣게 몰려 있는 어림군과 가 공공이 떡 버티고 서 있는 것을 보고는 결국 포기하고 말았다. 그녀는 궤짝을 손으로 받쳐 들었다. 그리고 가 공공과 어림군 총관, 어림군 시위들을 대동한 가운데, 물가의 누각으로 돌아왔다. 돌아오는 내내 사방을 자세히 눈여겨보던 그녀는 궁전을 이렇게 정성 들여 지은 영혁을 몰래 욕할 수밖에 없었다. 모든 통로의 배치가 서로 긴밀하게 연결되어 있고 아주 정교한 바람에 여기서 무슨 일을 꾸미기란 쉽지 않아 보였다. 궤짝을 들고 돌아와 보니, 황제는 아까의 혼란스러움에서 깨어나 피곤한 듯 안락의자에 기대어 있었다. 그녀가 금궤를 가져오는 것을 본 그가 어리둥절해 말했다.

"너희가 그걸 가져와서 어쩌려는 것이냐?"

봉지미와 가 공공은 조금 전 황제의 정신이 온전하지 못했다는 사실을 깨닫고 서로를 바라보며 쓴웃음을 지었다. 황제도 어찌 된 상황인지를 짐작했는지 황급히 손을 휘저으며 말했다.

"가져가라, 가져가. 잘 갖다 둬."

가 공공은 하는 수없이 봉지미를 데리고 다시 돌아가야만 했다. 그녀는 속으로 기뻐했다.

'기회가 왔구나!'

봉지미는 손가락을 힘껏 튕겼다. 그녀의 손바닥에서 미리 벗겨 놓았던 나무껍질들이 '촤악'하고 뻗어 나갔다. 나무껍질들이 물 위를 스치면서 물결 위에 넘실거리는 그림자를 일으키자, 호수 안 섬에 놓아 기르던 물새들이 깜짝 놀라 날개를 퍼덕거리며 하늘로 떠올랐다. 그러자 사방이 갑자기 어두운 그림자에 휩싸였다. 안 그래도 정신이 오락가락하던 황제는 혼비백산해 겁을 집어먹었다. 물새들이 어지럽게 움직이는 그림자가 마치 자기를 향해 다가오는 귀신 그림자처럼 보였던 것이었다. 황제가 소리를 내질렀다.

"자객이다! 자객이다! 귀신이야! 귀신이야! 얼른 잡아라! 잡아!"

사방에 있던 어림군 시위들이 다급하게 달려왔다. 황제가 자객이 있다고 소리를 지른 판이니, 시위 총관은 자리를 떠날 수가 없었다. 그는 누각 위에서 '자객과 귀신을 추포하라'며 시위들을 지휘했고, 황제가 마구잡이로 가리키는 곳을 뒤쫓느라 비지땀을 흘렸다. 금궤를 원래대로 되돌려 놓는 것은 가 공공과 봉지미, 두 사람의 일이 되었다.

봉지미는 내전으로 들어섰다. 이번에는 아까 갔던 길과 조금 다르게 길을 돌아서 들어갔다. 가 공공은 오랜 세월 시중을 들어오다 보니 다른 사람의 뒤를 따르는 것이 습관이 되어 미처 그 사실을 깨닫지 못한 채 무심코 그녀의 뒤를 따라 걸었다. 그리하여 두 사람이 비밀의 문 앞에 도착했을 때, 입구는 아까와는 전혀 다른 방향에 놓여 있었다. 이번에도 가 공공은 가만히 서서 뚫어지게 그녀를 바라보았다. 그녀는 문을 열고 두어 걸음 걸어 들어가더니 뒤를 돌아보며 호통을 쳤다.

"누구냐?"

깜짝 놀란 봉지미의 표정에 가 공공이 저도 모르게 뒤를 돌아보았다. 그러면서 무공을 배운 사람들이 반사적으로 하듯 보폭을 벌렸다. 우르릉 소리와 함께 대전의 벽 반쪽이 갑자기 아래로 내려가면서, 대전 전체가 무겁게 떨리는 소리가 메아리쳤다. 가 공공은 지진이 났다고 생각해, 낮게 소리를 지르며 뒤로 물러났다. 그가 정신이 팔린 사이, 그녀의 손끝이 움직였고 황금 영전은 그녀의 소매로 들어갔다. 거울을 통해서 보니, 가 공공은 이미 그녀를 감시할 수 있는 범위를 벗어나 있었다. 이왕 일을 벌인 것, 끝장을 보기로 했다. 그녀는 손끝으로 금궤의 틈새를 그었다. 그녀의 손톱에는 이미 얇게 깎은 금강석 조각이 끼워져 있었다. 단단하고 날카로운 금강석에 금궤는 곧바로 열렸다. 그녀는 얼른 손가락을 집어넣어 안에 있는 얇은 금색 주머니를 꺼내 소매 속에 쑤셔 넣었다. 이 모든 일은 불과 한순간에 일어났다. 그녀는 문을 닫고 비틀 거리면서 놀란 듯 소리를 질렀다.

"어떻게 된 일이죠?"

가 공공은 그제야 정신을 차리고, 아래에 드러난 지하 밀실을 깜짝 놀라 바라보면서 더듬더듬 말했다.

"…… 어떻게 이게 나타났는지 모를 일입니다……."

봉지미는 그의 발아래 약간 움푹 들어간 곳을 가리키며 말했다.

"공공께서 아마 실수로 기계 장치를 밟으신 것 같아요. 다시 한번 밟 아 보세요."

가 공공이 다시 그곳을 밟자, 벽이 천천히 합쳐졌다. 가 공공은 놀란 얼굴로 허둥지둥 땀을 닦아냈다. 봉지미가 웃으며 말했다.

"오늘 우리는 아무것도 못 본 거예요. 그럼 어서 가요."

봉지미는 이로써 가 공공이 기계 장치를 작동시킨 일을 발설하지 못 하도록 했다. 가 공공은 속으로 감격하며, 비밀의 문이 꼭 닫힌 것을 확 인하고 그녀를 따라 나갔다. 그녀는 대전을 떠나기 전에 다시 돌아서서 그 바닥을 한번 보았다. 입가에서 희미한 웃음이 피어났다. 영혁이 그녀 를 비밀 궁전으로 데려와 장치를 작동시켰을 때, 그녀는 짐짓 모른 척했 지만 사실 그녀도 다 알고 있었다. 그리고 오늘에서야 그 비밀을 유용하 게 써먹은 셈이었다.

'자객'은 이미 놀라 달아났고, 황제도 피곤에 지쳐 쉬러 들어갔다. 봉 지미는 자신의 거처로 돌아와 우선 금색 주머니부터 열었다. 안에는 얇 은 종이에 성지가 쓰여 있었다. 성지를 다 읽은 그녀는 눈을 빤짝이며 조심스럽게 다시 주머니에 집어넣었다. 그리고 영전을 꺼내 들고 어떻게 제경을 떠날지 생각하기 시작했다. 황제의 죽음이 오늘내일에 이른 것 은 확실했다. 제경과 낙현 행궁은 대혼란에 빠질 것이고, 영혁은 바쁘게 움직이느라 정신이 없을 것이다. 가려면, 바로 지금이었다.

황제는 제경 주위에 주둔하는 병력 대부분을 손에 쥐고 있었다. 제경과 낙현 사이에 주둔하던 호위대영은 그저께 이미 출병하여 절반은 제경으로 향했고 절반은 행궁을 둘러싸고 호위하는 중이었다. 내각 대신들은 행궁 외전에서 업무를 보며 이곳을 떠나지 않았다. 황제는 황궁을 돌아가야 할 곳이라 생각하지 않았다. 아마 자신의 유언조차 전하지 못하고 비명횡사하게 될까 두려웠을 것이다. 그렇다면 지금은 경솔하게 움직여서는 안 된다. 아직 기다려야 했다. 봉지미는 밤새도록 한숨도 자지 못하고 등불 앞을 지켰다. 어둠 속에 쓸쓸한 바람 소리가 일자, 멀리 호숫가에서 갈대가 쏴아쏴아 소리를 냈다. 마치 죽음에 직면한 이의 끊어질 듯 이어지는 숨소리처럼 들렸다. 그 숨소리에 온 천하가 들썩거리고, 오르락내리락할 때마다 산하가 주저앉았다. 이 밤, 몇이나 되는 사람들이 잠을 이루지 못하고 있을까?

곧 날이 밝아질 무렵, 소란스러운 발소리가 멀리서부터 들려왔다. 어젯밤 세 번이나 혼절한 황제는 지금 행궁에 있는 모든 대신을 불러들였다! 봉지미는 벌떡 일어나 옷매무시를 가다듬고, 적절한 때를 보아 밖으로 나갔다. 가 공공이 문밖에서 그녀를 기다리고 있다가 조용히 이야기했다.

"왕비마마께서도 가서 뵈시지요……."

황제가 매일 밤 어느 전실에서 잠을 이루는지 아는 사람은 어린 시절부터 그를 보필해 온 대태감 가 공공 단 한 사람뿐이었다. 봉지미는 그를 따라 후전의 심운각에 도착했다. 긴장한 기색의 대신들 무리를 지났다. 영혁과 영제, 두 형제는 아직 도착하지 않았다. 그녀는 내실로 들어갔다. 침상 위의 황제는 하룻밤 사이 더 바짝 말라 있었다. 어제저녁에 있었던 소동이 그의 상태를 크게 악화시킨 것 같았다. 정말로 생명이 꺼져가는 순간이 눈앞으로 다가왔다. 그녀를 발견한 황제는 눈에 생기를 띠더니, 손을 뻗으며 희미하게 말했다.

"소녕아……. 이리 온……."

황제가 딸의 이름을 부르는 것을 들은 봉지미는 자신의 이름을 부르짖던 어머니의 모습이 떠올라 가슴이 아팠다. 어머니는 지금 어디 계실까? 눈앞의 그는 이미 임종을 앞두고 있었다. 어머니에게 했던 맹세는 아직도 이루지 못했는데, 어머니를 죽음에 이르게 한 이 박정한 사내를 제명에 죽도록 이렇게 순순히 놓아줄 것인가? 황제를 가만히 바라보던 그녀는 갑자기 아주 대담하고 정신 나간 생각이 뇌리를 스쳤다. 그녀는 황제의 침상 앞으로 걸어 나가 무릎을 꿇었다. 황제가 그녀를 불렀기에 사방의 태의와 대신들은 한쪽으로 멀리 비켜서 무릎을 꿇고 있었다. 황제가 숨을 씩씩거리며 손을 뻗어 그녀의 손을 붙잡았다. 죽을 때가 된 그는 이미 정신이 똑바르지 않다. 예전에는 절대 다른 사람을 자신의 곁으로 다가오게 하지 않았다. 더군다나 신체적인 접촉은 말할 것도 없었다. 그녀는 그가 손을 잡도록 가만히 내버려 두었다. 황제는 입술을 달싹거렸다. 지금 그의 눈에 그녀는 어릴 때부터 그의 무릎에서 놀던 응석받이 딸로 보였다. 가장 아끼고 마음을 주었던 바로 그 딸이었다. 나중에는 실망하고 차갑게 대했지만, 임종을 앞둔 그는 역시 딸을 가까이 보고 싶었다. 봉지미와 소녕의 닮은 얼굴이 큰 역할을 했다고밖에는 설명할 수 없었다. 그렇지 않았다면 노쇠한 황제라도 정신이 이렇게까지 오락가락하기란 쉽지 않았을 것이다. 그의 목소리가 심하게 잠겨 있었다. 그녀는 귀담아들으려는 듯 고개를 돌려 귀를 가져다 댔다. 황제의 말소리는 이미 명확하지 않았다. 몇 글자만 겨우 알아들을 수 있었다.

"…… 소녕…… 짐이 너를…… 위지에게…… 주어야……."

황제는 지금 딸의 혼사를 떠올렸고, 자신이 떠나기 전에 마무리를 지으려 했다. 하지만 안타깝게도 그 딸은 지금까지 기다릴 복이 없었다. 봉지미는 마음이 흔들렸다. 이렇게 중요한 순간에 황제는 누굴 황위에

앞힐 것인지 이야기하는 것이 아니라 사소한 일들을 돌보고 있었다. 그건 아마 새로운 황제가 이미 정해졌기 때문이 아닐까? 그녀가 흘깃 주변을 살펴보니 호 대학사를 위시한 원로 대신들은 잠시 자리를 비운 상태였다. 순간적으로 머릿속에 한 가지 수가 떠올랐다. 그녀는 무릎을 꿇은 채, 황제의 말을 열심히 듣다가 이야기했다.

"네. 초왕, 강왕을 보신다고요. 소녀가 어서 가서 전하겠습니다."

황제는 잠시 말문이 막혀 눈을 커다랗게 뜨고 봉지미를 바라보았다. 그녀도 그를 마주 보았다. 입가에 차가운 냉소가 피어올랐다. 다른 사람들은 전부 문 앞에 꿇어앉은 채였다. 황제의 침상 앞에서 두 사람의 시선이 서로를 주시했다. 혼탁하고 몽롱한 늙은이의 눈과 맑고 깨끗한 그녀의 눈이 맞부딪혔다. 그녀의 웃음은 땅속 깊숙한 곳, 만장 깊이의 얼음 굴속에서 천년 만에 스며 나온 듯 밝게 빛나면서도 차가움에 몸 서리치게 했다. 황제의 목에서 희미하게 신음하는 소리가 들려왔다. 그러나 그녀는 그를 향해 더 가까이 다가갔다. 얼굴을 옆으로 돌리고 눈물을 머금은 그녀의 표정은 애처롭고 슬퍼 보였다. 조금 전의 그 한기는 어디로 갔는지, 부친의 죽음을 앞두고 슬픔에 젖은 효녀가 따로 없었다. 그녀는 황제의 귓가로 다가가 나지막이 이야기했다.

"폐하, 저는 봉지미입니다. 폐하의 딸이 아니에요. 봉 부인의 친딸도 아니지요. 저의 부친은 대성의 말제, 저의 모친은 월신궁 숙비입니다."

…….

황제의 몸이 움찔했다. 그는 눈을 커다랗게 부릅뜨고, 소리를 지르려 입을 벌렸다.

"제가 바로 당신네 강산을…… 뺏어갈 겁니다."

봉지미는 미소를 지었다. 그리고 손가락에 어두운 기운을 불어넣고 그의 아혈(啞穴)*말을할수있게하는혈자리을 짚었다. 그리고 다음으로 경맥을 망가트리려는 순간이었다.

"폐하!"

갑작스러운 외침과 함께 누군가가 번개처럼 달려 들어왔다. 외침 소리보다 더 빨리 들어온 그 사람은 어깨로 봉지미를 들이받으며 그녀의 손을 쳐냈다. 그 순간 팔꿈치를 구부려 가린 그녀의 손끝이 시퍼렇게 번쩍였다. 그녀가 손을 휘두르기만 한다면, 곧바로 봉지미를 찔러 버릴 수 있었다. 봉지미는 일단 손을 거두고 옆으로 물러났다. 그 사람이 고개를 들었다. 연지 화장이 새빨갛게 치켜 올라간 그녀의 눈매가 매서웠다. 경비였다.

경비는 봉지미와 영혁을 '모함'한 후로 궁 밖으로 출입을 하지 말라는 벌을 받았다. 그동안 봉지미는 황제를 모시고 낙현으로 갈 수밖에 없었고, 영혁은 가장 바쁜 나날을 보내고 있었다. 두 사람 모두 경비를 암살하려고 살수를 보냈지만, 이 여자는 끈질긴 벌레처럼 밟아도 죽지 않고 꿈틀거렸다. 경비는 황제가 황궁을 비운 사이 자신의 세력을 전부 최측근에 배치했고, 무수히도 많은 부하를 죽음으로 내몰면서 자신의 목숨을 보전했다. 그렇게 독하게라도 해서 어떻게든 영혁과 봉지미보다 더 오래 살아남으려고 했다. 지금도 어떤 수를 썼길래 여기까지 왔는지 알 수 없었다.

봉지미는 누워 있는 황제 위에 엎어진 경비를 보았다. 두 사람의 시선에 불꽃이 튀었다. 더 손을 쓸 수는 없었다. 어쨌든 황제의 아혈은 이미 봉해 버렸고, 한동안은 풀리지 않을 것이다. 하고 싶은 말도 속 시원히 했으니 이제 봉지미는 가 버리면 그만이었다. 경비는 분명 계획이 있을 것이다. 이왕 이렇게 된 거 영혁이 막으러 온다면 곤란할 테니 그를 견제하도록 잠시 살려 두기로 했다. 봉지미는 곧바로 떠나기로 결심했다. 치맛자락을 털며 일어난 그녀는 이야기했다.

"네. 부황. 소녀가 직접 가서 초왕과 강왕에게 전하겠습니다."

그리고 경비에게 싱긋 웃어 보이고 자리를 떠났다. 그녀는 표독스럽게 봉지미를 노려보았다. 무슨 말이라도 쏘아붙이고 싶었지만, 지금은 그녀도 해야 할 중요한 일이 있었다. 겨우 여기까지 왔는데, 봉지미와 싸우느라 시간을 낭비할 수 없었다.

"폐하……."

경비는 황제를 껴안으며 슬피 울었다. 예전에는 감추고 숨기며 감히 하지 못한 말이 있었다. 이야기를 꺼냈다가 혹시라도 화를 당할까 봐 꾹꾹 눌러 참으며 지금 이 순간만을 기다려온 말이었다.

"제 말씀 들어보세요. 폐하께 다른……."

봉지미는 저벅저벅 밖으로 걸어 나왔다.

"폐하께서 나에게 초왕과 강왕에게 전하라 명하셨다."

봉지미는 침착한 태도로 어림군에게 명령했다. 그들은 아무런 의심 없이 즉시 말을 대령했다. 어림군 시위들이 제경까지 그녀를 호위하기로 했다. 그런데 행궁의 범위를 벗어나자, 그녀가 갑자기 휘파람을 불었다. 말 울음소리와 함께 하얀 그림자가 번뜩였다. 길가 옆 수풀에서 기다리고 있던 소백이 달려 나왔다. 그녀가 웃으며 소백의 등 위로 몸을 날렸다.

"너희 말이 너무 느리구나. 시각을 지체할 수가 없으니, 내가 먼저 가마."

봉지미가 발로 말의 배를 걷어차자, 며칠 동안 기다리느라 몸이 근질근질했던 소백이 신나게 내달렸다. 시위들이 그 흰 그림자가 번뜩이는 모습을 지켜보는 사이, 그녀는 저 멀리 멀어졌다. 시위들은 멍하니 서서 그녀의 뒷모습을 눈으로 좇았다. 어차피 따라가려 해도 따라갈 수가 없는 속도였다. 잠시 후, 그들은 어리둥절하며 서로 이야기했다.

"저런 말이 있다는 게 말이나 되냔 말이야?"

……

낙현에서 제경까지 봉지미는 일각 만에 닿았다. 영전이 손에 있었기 때문에 제경까지 아무런 제재 없이 무사통과한 것이었다. 제경의 분위기도 이미 심상치 않았다. 곳곳에 보초와 경비병들이 진을 치고 있었다. 지방에서 감군으로 있던 7황자가 무슨 소식을 들었는지 갑자기 귀경하다가 성문 밖에서 저지당했다는 소문도 어렴풋이 들려왔다. 곧 비바람이 몰아칠 것만 같았다. 길가의 장사치들도 심상치 않은 분위기를 느끼며 잇달아 장사를 접었다.

봉지미는 당연히 초왕과 강왕을 찾아갈 생각이 없었다. 그녀는 관저로 돌아가 모든 혈부도 호위에게 옷을 갈아입으라고 명령했다. 미리 준비해 두었던 장영위 군장을 차려입은 그들은 보무도 당당하게 성문으로 달려갔다. 성문은 검문이 매우 엄격했다. 허락받은 자들만이 들어갈 수 있었다. 그녀는 앞으로 나서서 금빛 영전을 손에 들고 말했다.

"초왕, 강왕께서 부름을 받고 곧 낙현 행궁으로 가실 예정이다. 내가 먼저 가서 폐하께 보고드릴 일이 있으니 길을 비켜라!"

수문관은 영전을 보더니 어리둥절하여 큰 소리로 물었다.

"초왕 전하께서는 방금 성 밖으로 나가셨습니다! 그런데 부름을 받고 곧 행궁으로 가신다니요?"

봉지미는 당황했다. 속으로 아차 하는 마음이 들었다. 이런 시기라면 영혁이 제경에 눌러 앉아 있을 것이라고만 생각하였다. 안으로는 7황자 쪽의 신하들을 제압하고, 밖으로는 몰래 제경으로 돌아온 7황자를 막아야 하는 이때, 그가 일부러 성 밖으로 나갔으리라고는 생각지도 못한 것이었다. 그런데 이미 실언을 하고 말았으니, 이를 어쩐단 말인가?

"네 놈 귀가 먹은 것이냐?"

봉지미의 옆에 있던 가마에서 한 사람이 고개를 불쑥 내밀었다.

"순의 왕비께서는 분명 초왕 '아우' 강왕께서 부름을 받고 행궁으로 가신다고 하였거늘!"

봉지미가 고개를 돌렸다. 그 사람은 바로 전언이었다. 전언은 그녀가 위지일 때 그녀를 든든히 보좌해 주었다. 나중에 위지가 안찰사로 부임했을 때도 마찬가지였다. 그녀는 원래 전언에게 좋은 관직을 하나 마련해 주려 했었지만, 전언이 생각지도 못하게 그녀를 따라 산북으로 가겠다고 했다. 그녀는 거절하기가 힘들어서 그에게 조금 있다가 뒤따라 오라고 했다. 가짜 위지로 더는 전언을 속일 수가 없다는 생각이 들었다. 과연, 얼마 지나지 않아 전언은 제경으로 돌아간 후, 지금은 도찰원에서 어사로 있었다. 그런 전언이 갑자기 나타나 그녀를 돕다니, 혹시 예상하였던 것일까? 그러고 보니 그는 제경을 떠나면서 여러 대신을 초대해 일으켰던 태자 책봉 상소 사건에도 참여했었다. 전후 사정을 돌이켜보면 무언가를 추측해낸 게 아닌가 싶어서 걱정되었다. 전언의 한 마디에 수문관은 역시 당황했다. 그는 잠시 생각하더니 겸연쩍게 웃으며 길을 비켰다. 그녀가 단숨에 성문을 나서자 역시 전언은 그녀를 뒤따랐다. 그녀는 인적이 드문 곳까지 간 후, 돌아서서 인사를 했다.

"전 대인의 도움에 감사하네!"

전언은 가만히 봉지미를 응시하다가 웃으며 말했다.

"저의 정체를 폭로하지 않으신 왕비마마께 감사드립니다."

봉지미가 웃음을 터뜨렸다. 역시 전언은 영혁의 사람이었던 것이다. 사실 그녀는 처음부터 이자를 의심하고 있었다. 황금대에서 술자리를 가졌을 때, 그녀가 그 자리를 만든 목적은 영혁에게 치명적인 타격을 입히기 위해서였다. 그렇기 때문에 그녀가 최대한 은밀하고 신속하게 진행했던 일인데도 영혁은 그날 밤 곧바로 소식을 접하고 3품 이상 관원들을 단속하여 피해를 최소화하였다. 그 일이 마무리된 후 생각해 보니, 기밀에 접근할 수 있는 측근 중에 영혁의 밀정이 있는 것이 분명했다. 그렇다면 전언 외에 달리 누가 또 있겠는가? 제경의 관리 집안 출신에, 청명서원에 있을 때도 요양우 무리들과 함께 영혁을 따라 제경을 휘젓고 다녔던 그였다. 요양우 무리는 모두 영혁의 측근이니 전언 또한 다르겠는가? 그녀는 내막을 알고 있었지만 모른 체했다. 전언을 없앤다 해도 제2, 제3의 전언이 나타날 것이기 때문이었다. 영혁에게 수단과 방법이라면 넘쳐나는데, 굳이 애를 쓸 필요가 있었을까? 그녀가 웃으며 말했다.

"전 대인 여기서 나를 기다렸군. 초왕 전하께서 나를 막아서라 명령을 했을 것인데, 어째서 막지 않는 것인가?"

"소관의 이 목숨은 왕비께서 구해 주신 겁니다. 왕비께서는 전언의 목숨을 구해 주시고, 앞날까지 고심해 주셨지요."

전언이 숙연하게 읍을 했다.

"이러지도 못하고 저러지도 못해 왕비께 부끄러울 뿐입니다. 하나 양심을 버려서는 아니 되지요. 전하의 질책을 받게 되더라도 목숨을 구해 주신 은혜는 갚는 것이 도리이지요."

"그렇군. 고맙네!"

봉지미가 고개를 끄덕였다.

"높은 산과 흐르는 물처럼 고결한 인품이야. 나중에 또 보자고."

봉지미는 말머리를 돌려 떠나려 하였다. 그러자 전언이 그녀를 불러 세우더니 잠시 망설이다가 말했다.

"왕비마마, 물길은 피하십시오. 강회의 수군들이 이미 전하의 명령을 받고 왔습니다. 물길은 통하지 않을 겁니다."

"그래, 고맙네!"

봉지미는 시원스레 대답하고는 손에 들고 있던 영전을 그에게로 던지며 말했다.

"제경의 성문을 나섰으니, 영전은 이제 필요 없어. 그대에게 주겠네!"

전언은 화들짝 놀라며 영전을 주워 들었다. 봉지미는 싱긋 웃고는 수하들을 이끌고 훌쩍 떠나갔다. 그녀의 뒷모습을 오랫동안 지켜보던 전언의 눈빛이 환하게 빛났다. 잠시 후, 그의 뒤로 누군가가 말을 달려

다가왔다. 그 사람이 물었다.

"전 대인, 어찌하여 여기 계시오? 막았습니까?"

전언이 돌아서서 웃으며 이야기했다.

"온종일 기다렸는데, 오질 않았소. 전하에게 왕비가 이쪽으로는 나가지 않았다고 고하시오."

"그러지요."

그 사람은 말을 돌려 멀어졌다. 그러자 수풀 속에서 검은 그림자가 일렁이다가 사라졌다. 혼자 남은 전언은 영전을 가만히 만지작거리며 중얼거렸다.

"과연 천성 제일의 인재군. 정말 대단한 사람이야……."

전언이 그 자리에서 감탄하고 있을 때, 봉지미는 길을 서두르지 않고 삼 리 밖에서 고삐를 당겨 말을 멈추었다. 이윽고, 검은 그림자가 나타났다. 전언의 거동을 정탐하는 역할을 맡은 혈부도 호위가 보고했다.

"주군, 전언의 말은 거짓이 아니었습니다. 초왕부의 사람에게 주군께서 성 밖으로 나가지 않았다고 보고했습니다."

봉지미가 웃었다.

"그렇다면 그가 한 말도 믿을 만하다는 뜻입니다."

호위 하나가 이야기했다.

"물길로 갈 수 없으니, 육로로 가시지요."

"틀렸다."

모두가 놀란 가운데, 봉지미가 웃으며 말했다.

"세상일이란 것이 눈으로 보인다고 다 전부가 아닐진대, 하물며 말이 그러하겠느냐? 너희는 전언이 나를 도와 성문을 나서게 한 것이 진정 내게 보은하기 위해서라고 여기느냐? 전언이 초왕부 사람에게 거짓말을 한 것이 진심으로 나를 돕기 위해서라고 여기느냐? 정말 그리 여긴다면, 그대들은 초왕의 속임수에 제대로 걸려든 것이다!"

"그렇다면……."

"육로로 간다."

모두가 멀뚱멀뚱한 표정을 지었다. 어차피 결론은 수로로 가지 않고 육로로 가는 것인데, 전언을 의심해서 뭘 어쩌잔 말인지? 봉지미가 웃었다.

"너희는 아직도 모르는구나. 이건 초왕과 나만이 알 수 있는 허허실실 작전이긴 하지. 초왕은 내가 전언을 믿지 않고 정탐을 붙일 것이라는 걸 예상했겠지. 그래서 전언에게 나를 진심으로 돕는 척하라고 했을 것이야. 그런데 전언이 아무리 나를 돕는 척한다고 해도 내가 믿지 않고 물길로 갈 것이라는 점도 예상했을 것이다. 그러니까 물길에는 분명히 매복이 있을 것이야."

혈부도 호위들은 감탄하여 충성을 다하겠다는 표정을 지었다.

"그런데 마지막에는 아무래도 물길로 가야겠어."

봉지미의 알 수 없는 발언에 수하들은 한순간도 정신을 차리지 못할 지경이었다.

"그 말씀은……."

"육로라고 안전하겠어? 낙현 아래로는 강회의 수비군들이 길 양쪽으로 빽빽이 늘어서 있을 것이 분명하다. 7황자가 병사들을 끌고 돌아왔어. 만약 폐하의 유조가 그에게 황위를 물려주지 않는다면 호위대영은 분명 병력을 나누어 그를 막아설 거야. 그러면 앞뒤로 가로막힐 텐데, 내가 뚫고 지나가는 게 말처럼 쉬운 일이겠어?"

"그러면……."

"지금도 쉽지는 않을 것이긴 하나 내가 영전을 전언에게 주었으니…… 모든 게 달라졌지."

봉지미는 고개를 젖히고 눈을 가늘게 떴다. 지금 자신과 영혁이 또다시 보이지 않는 대결을 펼친다고 생각하니 입가에 저절로 미소가 삐

風权
447

져나왔다.

"영혁이 곧 황위를 이을 거야. 영전은 내가 갖고 있으면 쓸모가 없지만, 나를 쫓는 단서가 되겠지. 그런데 내가 영전을 그에게 주었어. 그러면 그는 그 영전으로 인근 현의 모든 수비군들을 호령할 수 있게 된 셈인데 어찌 그런 기회를 놓치겠는가? 지금 7황자의 병사들은 강회와 제경의 사이에 진을 치고 있잖아. 그런 상황에서 영혁의 명에 따르는 강회의 수군이 물길을 따라 내려가면서 각지의 수비군을 동원해 좌우에서 협공을 펼치면 어찌 되겠나? 결국 7황자는 양쪽으로 포위를 당하게 되고, 동시에 호위대영과도 맞서야 하는데 어떻게 이길 수가 있겠어? 영혁의 최대 약점은 군사력이 부족하다는 점이었지. 그 때문에 제경 인근은 통제할 수 있지만, 제경 밖까지는 세력이 미치지 못하는 걸 늘 안타까웠던 형국에 마침 영전이 손에 들어왔으니 대군을 동원할 것이 분명해. 강회 수군이 차출된 상황이니 제경에서 멀리 떨어진 곳까지 가면 물길 쪽 매복이 없어질 거야. 그러니까 우리는 일단 육로로 가다가 다시 물길로 노선을 갈아탄다. 안심해. 지금 영혁에게는 황위를 얻는 것이 무엇보다 중요하니까 날 잡으려는 여유 따위는 없을 거야."

"그래도 혹시라도 초왕이 주군을 먼저 붙잡을 가능성은……."

봉지미는 하하 웃었다. 하지만 즐거움이라고는 조금도 묻어나지 않는 웃음이었다. 그녀가 담담하게 말했다.

"없어. 그렇게는 못 할 거야. 황위를 포기하고 나를 붙잡는 그런 짓을 벌인다면, 그건 영혁이 아니야."

봉지미는 눈을 내리깔고 손가락으로 채찍을 가볍게 쓸며 장담했지만, 속의 말을 다 꺼내 놓지는 않았다.

'그는 나와 똑같은 부류야. 내가 그를 위해서 나의 맹세를 포기하지 못하는 것처럼 그 역시도……'

너무 닮았기에 너무 잘 알았다. 서로가 어떤 선택을 할지 누구보다 분명히 알았다. 네가 내 수를 넘겨짚고 내가 네 수를 넘겨짚다 보면, 얽히고설켜 누구의 수인지도 분명하지가 않을 정도였다.

"죄 없는 사람도 분수에 맞지 않는 것을 지니면 그 화를 입게 되지."

봉지미는 모든 것을 다 내려놓은 듯 웃었다.

"영전은 그들에게 가지라고 던져 주고, 우리는 그 혼란한 틈에 빠져나가자꾸나."

제경 밖의 봉지미가 모든 것을 던져 버린 그때, 낙현 행궁의 영혁은 그의 모든 것을 위해 달려가고 있었다. 그녀가 그를 데려오겠다며 거짓말을 하고 행궁을 빠져나가던 그 시각, 그는 아슬아슬하게 행궁에 도착했다. 원래대로라면 큰길에서 마주쳐야 했을 두 사람이었지만, 그녀가 지름길을 찾아 오솔길로 접어드는 바람에 서로 엇갈리고 만 것이었다.

심운각에는 봄바람이 불어 버들가지가 하늘거렸다. 그리고 사람들의 그림자는 버들가지보다 더 어지럽게 오고 있었다. 주변이 시끌시끌한 가운데, 경비는 자신의 모든 기운을 그 노쇠한 몸에 다 쏟아붓겠다는 듯 황제를 부둥켜안고 있었다. 그리고 그의 귓가에 낮은 목소리로 속삭였다.

"폐하……. 만금 같은 옥체를 부디 보존하십시오……. 신첩은 오늘에야 폐하께 아룁니다……. 그때 신첩의 아들은 죽지 않았습니다……. 아직 살아있어요!"

황제가 눈을 부릅떴다. 흐릿한 눈동자에서 갑자기 빛이 뿜어져 나왔다. 하지만 금세 다시 어두워졌다. 안 그래도 바람 앞의 등불처럼 위태위태한 그는 잇따른 충격에 이미 정신 줄을 놓았고, 어떤 반응도 할 수가 없었다. 경비는 마음이 급했다. 그 아이의 존재를 숨기려 고생고생한 것은 다른 사람의 위협으로부터 아이를 지키고 마지막에 판을 완전히 뒤집어 버리기 위함이었다. 그런데 안타깝게도 봉지미를 대성의 후예라고 고해바친 일이 수포가 되면서 황제에게 가까이 다가갈 기회조차 잃어버리고 말았다. 경비는 자신을 위해서나 아이를 위해서나 황제가 유언을 남기는 순간을 놓칠 수 없었다. 그래서 천신만고 끝에 오늘에야 겨우 황제 곁으로 달려왔는데 만약 황제가 이 고비를 잘 넘기지 못한다면, 황태후의 꿈이 실현되기는커녕 아이의 목숨조차 보장할 수 없게 될 것이다.

황제의 기력이 쇠한 것을 본 경비는 조바심이 나, 이를 꽉 물고 자신의 마지막 진력을 황제에게 불어넣었다. 그리고 앞섶에서 금목걸이를 꺼내 들더니 그 속에서 환약 하나를 빼내 얼른 황제의 입속에 넣었다. 그것은 그녀가 입궁한 후에 곳곳에 위험이 도사리고 있음을 감지하고 바다 건너에서 겨우 구해 온 목숨을 구하는 환약이었다. 두 알을 구해와서 한 알은 이미 그녀가 사용했었는데, 먹고 나니 역시나 공력이 왕성하게 일어나 만병이 씻은 듯 나았었다. 나머지 한 알은 보물처럼 애지중지하며 생사의 갈림길에 섰을 때 쓰기 위해 잘 보관해 두었지만 지금 사정이 너무 긴박하다 보니 그걸 아까워할 겨를도 없었다. 그녀가 환약을 입으로 넣자, 태의가 와서 그녀를 말리려 했다. 그녀는 태의를 한쪽으로 거칠게 떠밀었다. 그런데 두 사람의 옷깃이 스친 순간, 그녀는 가슴이 철렁하였다. 손에 힘이 하나도 들어가지 않았고, 속도 텅 빈 것만 같았다. 진력이 이미 다 소진되고 만 것이었다. 당분간은 편히 쉬어야 했고, 무공을 쓰기도 어려웠다. 한편, 철렁했던 마음은 그나마 안도감으로 바뀌었다. 봉지미는 이미 제경을 떠났고, 영혁은 제경에 눌러앉아 7황자를 상대해야 할 것이다. 황제가 곧 붕어할 것이라는 소식을 그녀가 몰래 7황자에게 전한다면 만사를 제쳐 두고 달려올 것이다. 그리고 그가 영혁을 견제한다면 낙현 행궁의 그 누가 그녀에게 이래라저래라 할 수 있단 말인가? 그녀는 무릎을 꿇고 침상으로 다가갔다. 그리고 황제의 귓가에 대고 다급하게 이야기했다.

"폐하, 조금만 기다리십시오. 강왕이 아이를 곧 데려올 것입니다……."

이윽고 발걸음 소리가 들려오자 경비는 뒤를 돌아보았다. 강왕 영제가 때마침 황손을 데리고 들어왔다. 뒤에는 몇몇 원로대신들이 따르고 있었다.

"폐하, 폐하, 보십시오. 보세요."

경비가 기뻐하면서 영제의 곁에 있는 아이를 안아 올려 황제의 침상 앞으로 데려갔다.

"누군가가 신첩과 신첩의 아이를 모함하고 해하려 하였기에, 신첩이 이 아이를 강왕에게 맡긴 것입니다. 강왕의 아들이라고 속이고 말이에요……. 보세요, 눈매며 콧날이며 입술…… 생김새가 영락없는 전하의 아들입니다!"

아이는 깜짝 놀라 눈을 휘둥그레 뜨고 어찌할 바를 몰랐다. 미간이며 인상이 확실히 황제를 닮아 보이긴 했다. 아이를 똑바로 본 황제의 눈빛이 떨렸다. 황제는 손을 뻗어 아이의 얼굴을 쓰다듬으려 했다. 경비는 얼른 아이를 그의 앞으로 밀었다. 황제의 손이 아이의 얼굴에 닿자, 울먹이면서 이야기했다.

"폐하……. 폐하……. 이 아이는 진정으로 폐하의 아들입니다……. 믿지 못하시겠다면 적혈인친으로 판가름하셔도 됩니다……."

그 말을 듣자, 황제이 안색이 급격히 변했다. 창백하던 얼굴이 순식간에 새파랗게 질리면서 미간 사이에는 죽음의 그림자가 드리웠다. 두 눈이 위를 향해 까무룩 넘어가는 것이 곧 의식을 잃을 것 같은 모습이었다. 경비는 이 말이 이렇게 악영향을 미칠 거라고는 생각도 하지 못하였다. 게다가 황제가 이미 말을 할 수 없다는 걸 알지 못했다. 황제의 안색은 그녀의 마음을 한층 더 무겁게 했다. 그녀는 다급하게 돌아보며 영제를 불렀다.

"강왕, 이야기 좀 해 보십시오. 폐하께 나를 대신해서 이 아이를 키운 거라고 말씀드리란 말입니다. 빨리 말씀드려요!"

영제는 경비를 가만히 응시하다가 한 발 앞으로 나서며 그녀의 귓가에 속삭였다.

"마마, 그때 저에게 황족 자손이 목숨을 잃게 생겼으니 핏줄만 보전할 수 있게 도와달라고 하지 않으셨습니까? 여섯째 형님이 어린 동생의 존재를 알게 되면 살려 두지 않을 테니, 이 아이의 목숨만 살리면 된다면서요. 죽을 때까지 아무에게도 신분을 알리지 않고 보살펴 주기만 한다면 황권은 절대로 넘보지 않겠다고 맹세하셨으면서, 지금 이게 무슨 짓입니까?"

경비는 영제의 시선에 살짝 움츠러들었지만, 곧 웃음을 지으며 이야기했다.

"본 궁의 맹세는 당연히 아직도 유효합니다. 강왕, 신경 쓰지 마시지요. 본궁이 무슨 덕이 있고 무슨 능력이 있어서 감히 초왕 전하와 자리를 다투겠습니까? 본 궁은 그저 폐하가 붕어하실 때까지 아들의 존재를 모르시니 그러는 겁니다. 기가 친아버지의 임종도 지키지 못해서는 안 되잖아요. 이렇게 가까이에 있는데 부자가 서로 알아보지도 못하다니 이 얼마나 잔인합니까? 전하, 어찌 그리 박정하세요?"

경비는 무릎걸음으로 나아가 죽을힘을 다해 영제의 손목을 붙잡았다. 눈물은 이미 줄줄 흘러내리고 있었다.

"…… 전하, 전하는 가장 자애롭고 선량하신 분이 아닙니까, 형제들이 하나하나 죽어가는 것을 보고 견디기 힘드셨잖아요? …… 이제 공주도 떠나고…… 마지막 남은 이 어린 동생을 가엾게 여기셔야지요……."

영제를 향해 쳐든 경비의 우는 얼굴은 새빨간 꽃 위에 향기로운 이슬이 맺힌 듯 눈부시게 아름다웠다. 성숙한 여인의 우아한 자태와 어린 소녀의 요염함을 갖춘 산뜻하고 애처로운 모습은 사람의 마음을 약해지게 만들기에 충분했다. 그는 얼굴을 붉히며 황급히 그녀의 손을 밀어냈다. 그는 예전에도 역시 눈물로 호소하는 그녀의 모습에 마음이 약해져 여섯째 형님을 배신하는 일을 수락하고 말았다. 그때 그는 이 아이의 목숨을 구하는 일만 생각했을 뿐 여섯째 형님의 대업에 관해서는 개입할 생각이 전혀 없었다. 그는 선량한 사람이지만, 바보는 아니었다. 경비가 하려는 일이 무엇인지 어찌 모를 수 있을까?

경비는 영제의 안색을 살피며 점점 간담이 서늘해졌다. 그녀는 소녕의 아이를 자신의 친자식으로 위장하였고, 자신의 아이는 그에게 부탁하였다. 그녀로서는 이리저리 궁리한 결과였다. 아무리 돌아보아도 궁중에는 자신이 믿고 의지할 만한 사람이 전혀 없었다. 영혁의 거대한 세력 덕분에 자신의 목숨을 지키는 것만 해도 벅찰 지경인 그녀가 어떻게 어린아이까지 돌볼 수가 있었겠는가? 게다가 등잔 밑이 어둡다고, 가장 위험한 곳이 사실은 가장 안전했다. 영혁은 천하를 호령하느라 그녀의 아이가 죽지 않고 살아 자신이 가장 아끼는 동생 밑에서 크고 있을 거라고는 꿈에도 생각하지 못했다. 그런 데다 영제는 영혁과 우애가 깊기는 했지만, 영혁이 동생을 보호할 마음으로 조정의 일에는 관여하지 않도록 하고 초왕 패거리에도 영입하지 않았기 때문에 둘 사이에 왕래가 잦은 편이 아니었다. 또한 영제는 속임수가 없고 욕심을 부리지 않아 다툼에 휘말리는 일이 없는 선량하고 인정 많은 인물이었다. 그녀는 영씨 형제들이 하나하나 죽어간다는 말로 그의 마음을 움직였고, 과연 그의 승낙을 받아냈다. 영제는 그렇게 그녀의 아이를 자기 자식으로 위장해서 왕부에서 키우기 시작했다. 나중에 이 일을 밝힐 때가 되면 그는 그 증인이 될 것이고, 그의 말은 그 누구의 말보다도 신뢰를 받을 것이다. 어쩌면 영혁에게 큰 타격을 줄 수 있을지도 몰랐다. 그녀는 자신의 계획이 아주 훌륭하다고 생각해 왔고, 바로 지금 그게 증명되려 하고 있었다. 그녀로서는 아주 훌륭하게 해낸 셈이었다. 하지만 오늘, 그녀의 예상을 빗나간 일이 일어나고 있었다.

"강왕……."

경비는 영제의 손목을 다시 잡으려고 하였지만, 그는 물러섰다.

"마마, 만약 그날 하셨던 맹세를 정말로 지키길 원하신다면 지금 즉시 자리를 비켜 주십시오. 그러면 제가 부황께 말씀드리겠습니다."

경비는 어안이 벙벙했다. 자리를 비키라고? 그녀가 이 자리를 뜨면 어린 아들 혼자만 남게 된다. 게다가 영제의 마음은 영혁 쪽에 가 있다. 그럼 누가 나서서 황제에게 황위를 승계할 사람을 바꾸게 한단 말인가? 마지막 순간에 유조를 바꾼다는 것이 다른 사람들에게는 황당한 일일지 몰라도, 경비는 그 가능성이 크다고 확신했다. 늙은 황제는 아들들을 못마땅하게 생각하고 있었다. 영혁을 마음에 두기는 했지만, 악몽 같은 예언 때문에 줄곧 망설이고 있었던 것이다. 그녀는 그의 잠꼬대를 듣고 대략 사정을 파악했다. 자신의 병이 깊어진 것을 7황자에게 몰래 전한 것이 경비임을 알았지만 황제는 짐짓 모른 체했다. 그래서 그녀는 황제의 마음에 아직 결단이 서지 않았다는 것을 알게 되었다. 황제는 제경을 전쟁터로 만들더라도 아들들이 한판 대결을 벌여야 한다고 생각하는 게 분명했다. 그의 뜻은 우선은 영혁이 황위를 잇는 것일 테지만, 만약 영혁이 제위를 지킬 능력이 없다면 일곱째가 뺏는다 한들 상관하지 않을 심산일 것이다. 딱히 마음에 드는 선택이 없다면, 이긴 사람이 강산을 가져야 하지 않겠는가!

그러니 황제는 오히려 속으로 새로운 선택지가 생기길 바라고 있을 것이다. 게다가 경비는 황제의 마음속에 자신이 어느 정도 자리 잡았다고 믿었다. 그녀는 총명하고 눈치가 빠르다. 또한 세도가 친정이 있지도 않다. 그녀가 태후가 되어 어린 황제를 보좌하는 편이, 불길한 예언에 휩싸인 영혁과 그 모계 세력에게 강산을 넘기는 것보다 훨씬 그럴듯하

지 않은가! 지금 이 자리를 떠나는 것은 말도 안 된다. 그녀는 이 순간만
을 기다려 왔다. 어찌 다 된 밥에 코를 빠트릴까?

"전하, 나를 해하시려는 겁니까……?"

경비는 애원하듯 영제를 바라보며 눈물을 뚝뚝 떨구었다.

"전하도 아시겠지요……. 내가 이 문을 나서는 순간……, 나는 바로
죽은 목숨입니다……."

경비는 바닥에 주저앉아 슬피 목놓아 울었다. 그리고 영제의 옷자락
을 잡고 놓지 않았다. 마치 가냘픈 꽃떨기 같았다. 침상 위의 황제는 죽
기 직전 잠시 정신을 차린 건지 얼굴에 혈기가 돌았다. 바닥의 그녀를
바라본 황제가 부들부들 떨리는 손가락으로 침상을 툭툭 쳤다. 영제의
얼굴이 시뻘겋게 달아올랐다. 비키지도 못하고 경비를 떼어내고 싶어
도 그럴 수가 없었다. 그녀의 옷소매는 매끈거렸고 어디를 잡아도 미끄
러져 버렸다. 당황한 그는 얼른 손을 거두고 이를 악문 채, 발을 쾅쾅 굴
렀다.

"알겠습니다. 딱 한 마디만 할 테니 그다음에는 나가십시오!"

"그래요……."

덜덜 떨리는 경비의 얼굴에 기쁨의 미소가 피어올랐다. 미소가 입술
끝을 스치던 그 순간, 그녀는 영제의 표정이 심상치 않음을 발견했다.
동시에 사방이 갑자기 고요해졌다. 뒤에서 사람들이 살금살금 물러나
는 소리가 들렸고, 팽팽한 숨소리도 뒤섞여 들려왔다. 당황한 그녀의 시
선이 아래쪽을 훑었다. 기다랗고 검은 그림자가 황제의 침상 위로 드리
워 눈앞의 빛을 가렸다. 그녀가 손을 웅크려 황제의 옷소매를 질끈 붙
잡고 천천히 고개를 돌렸다. 문 앞에는 영혁이 흰 소복을 입고 살구꽃
그림자 속에 서서 그녀를 향해 웃고 있었다. 그녀는 혼란스러웠다. 영혁
이 지금 제경을 떠나 낙현까지 올 줄은 꿈에도 생각하지 못했다. 설마
무언가를 알고 온 것인가? 이윽고 그녀는 냉정을 되찾았다. 천천히 일어

선 그녀는 황제 곁에 꼭 붙어 있었다. 영혁은 주위를 둘러보았다. 벽 모퉁이에서 쥐구멍이라도 찾아 들어가고 싶은 심정의 태의를 발견하고는 눈짓으로 그들을 내보냈다. 안에 있던 사람들이 전부 층계 아래로 물러나자, 그는 그제야 웃으며 말했다.

"아주 제때 왔군요!"

영제는 입을 떡 벌리고 멍하니 여섯째 형님을 바라보았다. 그러나 영혁은 그에게 눈길조차 주지 않고 놀란 아이만 뚫어지게 보고 있었다. 경비의 아들이라고. 이렇게 우스울 데가! 저 아이를 위해 지미를 때리기까지 했는데, 적의 아이였다니.

3황자의 저택에 있었던 날, 영혁은 봉지미가 영제의 아들을 죽이려 하는 걸 보고 화가 나서 손바닥으로 그녀를 내리쳐 그녀가 피를 토하게 만들었다. 그의 곁을 떠나던 그녀의 웃음, 그리고 "조심하세요. 소중한 동생을 잘 지켜보셔야 할 겁니다."라고 했던 말……. 흘려들으면 단순한 위협일 뿐이었지만, 자세히 되짚어 보니 깊은 뜻을 담고 있었다. 그녀는 협박하려 한 걸까, 알려 주려 한 걸까? 일단 의심을 하게 되면, 진상을 깨닫기는 쉬운 법. 영혁은 그 아이의 정체를 알았을 때, 마음이 깊은 수렁으로 빠지는 것만 같았다. 오만가지 계책을 다 꿰고 있었지만, 정작 적이 자신의 진영에 있었다는 것은 계산해내지 못한 탓이었다. 그는 미소를 짓고 영제를 향해 앞으로 걸어갔다. 영제는 달아오른 얼굴로 그 앞에 콰당 무릎을 꿇었다. 그 순간 영혁은 갑자기 몸을 날려 경비에게로 달려들었다!

계속해서 영혁을 노려보고 있던 경비는 얼른 몸으로 그를 막았다. 그런데 문득 그런 생각이 들었다. 지금 이 순간, 황제와 자기 자신과 아들, 그 누구도 잃을 수 없었다. 혼자서 어떻게 세 사람의 목숨을 지킨단 말인가? 다급해진 그녀가 신호음을 냈다. 검은 그림자가 번뜩이더니, 대들보 위에서 검은 옷을 입은 두 사람이 내려와 황제의 침상 앞에 버티고 섰다. 영혁이 다가오다가 멈추어 섰다. 굳은 표정의 검은 옷 둘을 보더니 웃었다.

"경비마마가 폐하의 총애를 제대로 받으셨군요. 경비께서 폐하께 달려들 때는 그림자 호위들이 어째 꿈쩍도 하지 않나 싶었는데, 알고 보니 폐하께서 그림자 호위들을 경비마마께 주신 거로군요."

경비는 득의양양하게 웃었다. 그러나 그 웃음은 이내 걷히고 말았다. 영혁이 손바닥을 펼쳐 들자 손바닥에서는 '여짐친림(如朕親臨)*짐이 친히 왕림한 것처럼 하라는 뜻'의 금패가 번쩍번쩍 빛나고 있었다.

"그림자 호위는 어명만을 따르지요."

그리고 영혁이 무심한 듯 말했다.

"그리고 천하는 이제 제 것입니다."

경비는 질겁할 수밖에 없었다. 두 그림자 호위는 금패를 보더니 말없이 몸을 숙이고 이내 자취를 감추었다. 그녀는 절망스럽게 침상으로 달려들었다. 그러나 영혁이 웃으며 앞으로 다가왔고, 힘을 잃은 그녀의 몸을 발로 차 버렸다. 구석으로 처박힌 그녀는 옴짝달싹도 할 수가 없었다. 그는 그녀 앞에 서서 허리를 구부리고 절망과 분노로 가득한 그녀의 얼굴을 보았다. 그리고 눈길로 아이를 훑으며 이야기했다.

"그날 밤에 영문도 모르고 내 품에서 죽었던 아이는 당신이 사주한 것인가?"

그날 밤, 봉지미가 아이를 영혁에게 주었고, 그는 곧바로 사람을 시켜 아이를 초원으로 보내려 했다. 그런데 골목을 돌아나가는 순간, 갑자기 비수 하나가 날아들었고 아이는 그 자리에서 숨을 거두었다. 아이는 그의 품 안에서 죽었고, 모두 그것이 경비의 아이라 생각했다. 그런데 알고 보니 그게 바로 경비의 소행이었던 것이었다. 그녀는 그의 물음에 대답하지 않고 냉소하더니 만족스러운 표정을 지었다. 그날 밤, 그 비수가 끊어낸 것이 어찌 바꿔치기한 소녕 아이의 목숨뿐이었을까? 비수는 봉지미와 영혁 사이에 남아 있던 마지막 신뢰마저 끊어 버렸다. 대성의 후예인 봉지미와 자신을 속인 영혁. 그들은 모두 그녀의 원수였다. 어찌 그들이 한마음 한뜻으로 손을 잡게 놔둔단 말인가? 진정한 복수는 칼을 직접 주고받는 살육이 아니었다. 사랑하는 이들을 가슴 아프게 갈가리 찢어 버리는 것이야말로 진정한 복수였다.

"그 아이는 누구의 아이인가?"

영혁이 경비를 냉랭하게 쏘아보았다. 그녀는 교태를 부리며 웃었다.

"전하의 손안에서 죽은 아이가 누구인지 모르십니까? 그런데 그게 누구든, 봉지미는 제 아이라고 생각했으니 그걸로 됐지요."

영혁은 웃음기 가신 얼굴로 웃다가 아이를 단숨에 낚아챘다.

"건드리지 마!"

조금 전까지 경비의 얼굴을 뒤덮었던 득의양양함은 깡그리 사라졌다. 기운이 달린 그녀는 영제의 발목을 부여잡고 눈물을 쏟으며 하소연했다.

"전하! 전하! 이렇게 오랫동안 기를 키웠잖습니까. 부자의 정을 통했잖습니까……. 지금 전하의 눈앞에서 아이가 죽는 꼴을 보실 겁니까? 구해 주세요……. 기를 구해 주세요……."

얼굴이 흙빛이 되어 버린 영제가 겨우 몸을 움직여 앞으로 나서려 하자, 영혁은 그를 돌아보며 차갑게 이야기했다.

"열째 아우야, 이 여섯째 형을 죽이고 싶으면 이리 올라오너라."

영제의 몸이 그 자리에서 굳었다. 영혁은 아랑곳하지 않고 아이를 끌고 침상 위에서 꺽꺽 소리만 내는 황제에게 웃으며 다가갔다. 그는 경비처럼 혼란에 빠지지 않았다. 황제의 아혈이 봉해진 것을 단박에 눈치채고는 그의 혈을 풀어 버렸다. 황제는 아혈이 풀리자 큰 소리로 기침을 쏟아 놓았다. 점점 더 기력이 없어지고 있었다. 영혁은 그의 귓가에 나지막이 이야기했다.

"부황, 일곱째가 드디어 왔습니다. 병사들을 잔뜩 끌고 와서 강회와 제경 사이에 발이 묶였지요. 천 리를 달려와 기진맥진한 군대가 매복에 여러 차례 당했습니다. 하하, 걱정하지 마십시오. 일곱째는 낙현에 도착하기 전에 필시 죽을 겁니다."

황제는 몸을 흠칫 떨고는 '아'하고 낮은 신음을 뱉었다. 마지막으로 잠시 기력이 돌아와 정신이 맑아진 모양이었다. 그는 이제야 깨달았다. 영혁은 자신이 황위를 잇게 되면, 7황자가 아예 남쪽에서 병력을 더 모아 따로 세력을 거느리게 될까 봐 불안했던 것이다. 그래서 일부러 경비가 7황자에게 소식을 전하게 놔두었고, 그로써 7황자가 만사를 제쳐 두고 제경까지 오게 했다. 군대를 이끌고 멀리서부터 달려왔으니, 영혁이 준비한 매복을 어찌 당해낼 수 있었을까? 황제는 입가에 쓴웃음을 띠며 침상 아래 아이를 보았다. 영혁이 왔으니, 어쨌든 더 이상의 변고는 일어나지 않을 것이었다. 목이 잠긴 황제는 손을 뻗으면서 애원하듯 이야기했다.

"짐이 보자꾸나……. 아이를 좀…… 보자꾸나……."

영혁은 아이의 맥을 짚어 보았다. 손끝을 살짝 갖다 대자, 아이의 얼굴에 핏기가 돌더니 이내 새하얗게 변했다. 영혁은 슬며시 웃으면서 아이의 손을 황제의 손바닥에 놓아주고 이야기했다.

"…… 보시지요, 부황. 소자가 보기에도 아이의 근골이 좋아 보입니다. 원하시면 황위를 저 아이에게 주는 것도 좋겠습니다. 다만 방금 소자가 맥을 짚어 보니…… 아마 일곱 살을 넘기지 못할 것 같긴 합니다……."

영혁은 웃음을 띠고 황제의 눈을 마주 보며 부드럽게 속삭였다.

"정말 안타깝습니다!"

아이의 손끝을 잡으려던 황제는 영혁의 말을 듣고 안색이 하얗게 질렸다. 손가락을 휘청거리며 아래로 떨어트린 그가 영혁을 노려보며 분개하였다.

"서자……, 서자 녀석이……."

영혁은 깊이 동감한다는 듯 고개를 끄덕였다.

"그렇습니다. 부황에게는 서자가 정말 많지요. 그런데 모두 다 죽어 버렸네요."

황제는 남은 힘을 비축하려는 듯 눈을 감았다. 잠시 후 눈을 뜬 그가 두리번거리며 누군가를 찾았다. 가 공공이 계단 아래에 있는 것을 본 그가 눈을 반짝이더니 눈짓을 보냈다. 그러나 가 공공은 꼼짝도 하지 않고 서서 괴로운 얼굴로 황제의 눈길을 받아내고 있었다. 황제는 침침한 눈으로 한참을 쳐다보다가 그제야 가 공공이 누군가의 눈치를 보고 있다는 것을 깨달았다.

"폐하, 가 공공에게 영전을 가져오라 하시려고요?"

영혁이 가볍게 웃더니 소매를 움직여 금빛 찬란한 영전을 살짝 내보였다.

"괜히 수고하지 마시지요. 영전은 소자에게 있습니다. 부황 감사드립니다. 삼십만 호위대영이 결국 소자의 손에 들어오게 되었습니다."

"네놈……."

황제는 숨이 턱하고 막혀 내쉬지도 못하고 들이쉬지도 못하는 상태로 눈만 희번덕거렸다. 방금까지 분개하던 황제는 가 공공을 시켜 영전과 밀지를 일곱 째에 전해 전세를 역전시킬 기회를 주려 하였다. 그런데 이 서자 놈은 모든 일을 아주 신중하게 그것도 물샐틈없이 준비하고, 반격할 여지 따위는 남기지 않았다. 황제의 마음속에 희미하게 스치는 생각이 있었다. 영전에 관한 것은 극비인데 어찌 영혁의 손으로 들어갔단 말인가? 그리고 또 밀지는……? 황제의 숨이 거칠어지며 몸에 점점 힘이 빠졌다. 한바탕 화를 내니 정신이 맑아졌다. 이미 이렇게 된 것, 뭘 더 어쩌겠는가? 이 녀석은 야망이 지독한 놈이다. 그러나 이렇게 더 야

욕을 드러낼수록 한편으로는 안심이 되었다. 마음이 여리고 모질지 못한 것은 제왕의 미덕이 아니다. 인정사정 봐 주지 않고 고독을 씹는 편이 오히려 제왕에 가깝다. 세상을 뒤엎을 거라는 불길한 예언을 걱정해 오긴 했지만, 일이 이 지경이 되고 나니 오히려 마음이 놓였다. 이렇게까지 해서 어렵게 제위를 얻은 영혁이 어찌 천하를 뒤엎어 버릴 것인가? 그는 숨을 거칠게 몰아쉬었다. 갑자기 무언가가 떠오른 그가 영혁의 손을 덥석 붙잡고 간절하게 말했다.

"그래⋯⋯. 너한테 맡기마⋯⋯. 천하는 네 것이다⋯⋯. 그런데 날 위해서⋯⋯ 꼭 죽여 다오⋯⋯. 그 봉⋯⋯ 봉⋯⋯ 봉⋯⋯."

"봉지미."

영혁이 미소 지으며 이야기했다.

"그래! 봉지미!"

황제는 눈에서 냉기를 뿜어내며 있는 힘껏 고개를 끄덕였다. 영혁은 빙그레 웃으며 헝클어진 황제의 머리를 손으로 매만져 주었다. 그리고 황제에게로 가까이 다가가 귓가에 낮게 속삭였다.

"아뇨. 죽이긴요. 그녀는 죽지 않을 겁니다."

"이놈!"

황제는 영혁의 옷섶을 감아쥐고 온몸의 힘을 다해 매달렸다.

"네⋯⋯ 네 이놈⋯⋯."

"왜냐하면."

영혁은 미소를 지으며 그의 어깨를 붙잡아 천천히 제자리로 눕혀 놓았다.

"제가 그녀를 사랑하거든요."

⋯⋯.

털썩.

황제의 몸이 침상으로 쓰러지며 둔탁한 소리를 냈다. 영혁의 멱살을

風
叔
461

잡고 있던 손이 몇 차례 경련을 일으키더니 천천히 아래로 흘러내렸다. 노쇠하고 메마른 손가락이 생명을 잃은 빛바랜 나뭇가지처럼 금빛 수가 놓인 요 위로 떨어졌다. 마침내 때가 왔다. 이날만큼은 그도 피할 수 없었다. 왕후장상의 일생의 패업도 결국 흐르는 물처럼 왔다가 바람처럼 떠나가 버렸다. 영혁은 반쯤 기울인 자세 그대로 아주 오랫동안 늙고 주름진 황제의 얼굴을 바라보았다. 바로 이 사내가 그를 괴롭히고 억압하고 다치게 했다. 그리고 죽음의 순간에도 그를 경계하고 어떻게든 뒤집어엎으려 하였다. 그는 태산 같은 무게를 짊어지고 지금까지 걸어왔다. 왼쪽 어깨로 냉혹한 황가의 알력 다툼을 거쳐 왔고, 오른쪽 어깨로 피로 불타는 끝없는 강산을 떠메고 왔다. 힘들게 고생해서 여기까지 왔지만, 아직은 끝이 나지 않았다. 검은 구름이 뭉게뭉게 일어 그를 기다리고 있었다. 그는 덧없는 인생의 한가운데에서 지나온 길과 앞으로 나아갈 길을 깊이 헤아렸다. 망망한 구름 속, 그는 어디에 있는가?

어느새 계단 아래 황가의 가족들과 신하들이 모두 무릎을 꿇고 있었다. 여태까지와는 달리 경건하고 성스러운 표정으로 만세를 부르짖으며 연거푸 절을 했다. 곧 내각의 중신 세 사람이 황궁의 정전에서 영혁이 즉위한다는 유조를 낭독하였다. 그는 희미하게 웃음 지었다. 그러나 그의 눈가에서 즐거움이라고는 찾을 수 없었다. 창밖의 봄볕이 따사로웠다.

장희 23년 4월 17일. 20년간 제위에 있었던 천성 대제가 붕어하였다. 6황자 영혁은 즉위하여 연호를 '봉상(鳳翔)'이라 하였다. 봉상 원년, 호탁 십이부는 초원에서 출병하여 우주성(禹州城) 아래에서 반기를 들고 칼끝의 방향을 바꾸어 내륙을 공격하기 시작했다. 우주성이 대군을 맞이하여 싸울 태세를 갖추고 순의 철기군이 성벽을 넘어오기만을 기다리고 있을 때, 호탁의 대군은 신기하게도 갑자기 방향을 바꾸었다. 그리고 우주를 끼고 농북으로 방향을 틀어 그곳에서 봉기한 청양교 세력들과 합류하여 농북의 대부분 지역을 점거하고, 장녕번과 함께 농북을 둘로 나누어 가졌다. 이윽고 화경이 민남 마서관에서 출격하였다. 서량은 내해에서 남해 장군의 병력을 견제하기 위해 출병하였다. 제씨 부자는 남쪽으로 향해서 산남을 점령하였다. 그러자 천하의 영토 절반이 순식간에 천성의 통치 아래에서 벗어났다.

천성의 남부에서는 사방에서 전쟁의 불꽃이 피어올랐다. 특이한 것은 백성들은 물론 교전을 벌이는 양쪽의 전력에도 큰 피해가 없다는 것이었다. 반군이 들이닥칠 때마다 그곳의 수비군들은 재빨리 성을 버리고 자리를 피할 뿐, 반군과 정식으로 교전을 벌이지 않았다. 게다가 반군의 장군들이 대부분 평민 출신이었기에 백성들을 못살게 굴지도 않았다. 그들은 아주 평화롭게 칼에 피 한 방울 묻히지 않고 천성의 영토 절반을 접수한 것이나 다름없었다. 그렇게 천성의 강산은 아주 손쉽게 화봉군의 손으로 들어갔다. 화봉군도 싸움이 있든 없든 화경만을 믿고 따랐다. 그녀 역시 순우맹, 요양우 등 한때 함께 전장을 누비던 전우들과 싸우고 싶지 않았다. 다만 용맹스러운 순의 철기군이 온종일 나무를 베면서 칼이 무뎌지지 않도록 다듬는 것이 안쓰러울 뿐이었다.

이 전쟁으로 몇몇은 이름이 널리 알려졌다. 화경, 항명, 제씨 부자, 순의 철기군 등이었다. 화봉군의 핵심인 이들은 각자의 용맹함으로 이름을 천하에 떨쳤다. 사람들은 이 영웅호걸들이 혼란한 시기를 틈타 각자 자신의 위세를 떨친다고 생각했다. 하지만 어찌 보면 그들은 하나로 묶여 있는 것 같았고, 배후에 있는 누군가가 그들을 수족처럼 부리는 것 같기도 했다. 이처럼 걸출한 인물들의 구심점이 되는 사람이 누구란 말인가? 그들을 자신의 호령에 따르게 하는 사람이 누구란 말인가? 이는 오랜 시간 동안 수수께끼로 남아 있었다.

봉상 3년, 화봉과 순의 철기군이 천성의 영토 절반을 점령하였다. 북쪽의 호륜 초원에서 남쪽의 천수관에 이르는 광대한 강역이 자신의 통치하에 귀속되자, 이 수수께끼의 인물은 마침내 수면 위로 떠올랐다. 그해 7월, 화봉군과 순의 철기군이 민남 만현(萬縣)에 집결했다. 만현성 밖의 기봉 언덕 위, 산을 덮을 듯한 위용을 갖춘 대군이 들불처럼 깃발을 나부끼며 수십 리를 늘어서서 자신들의 진정한 주인을 기다렸다. 그날 봉지미는 검은 옷에 백마를 타고 군사들의 가운데를 가로질렀다. 말굽 뒤로 자욱한 먼지가 피어오르며 그녀의 말이 철갑 군사들의 진영을 그대로 관통하였다. 수십만 용사들이 팔을 뻗어 올렸고, 검푸른 철갑 위로 태양의 황금빛이 세차게 물결쳤다. 그날 맹세의 의미로 탐관오리 수십을 베었다. 선혈이 낭자하여 모두가 경악한 가운데, 검은 옷의 여인이 차분한 얼굴로 태연하게 높은 대에 올랐다. 그리고 대장들의 인사를 받았다. 높은 대 위에 오른 그녀는 검은 옷을 수수하게 차려입은 채였다. 검은 머리칼은 검은 옷보다도 더 새까맸고, 얼굴은 푸른 하늘 위의 구름보다 맑고 깨끗했다. 물기가 촉촉한 눈동자로 조용히 주위를 둘러보자, 사람들은 일제히 지평선 위에 우뚝 솟은 설산을 떠올렸다. 저 멀리 다다를 수 없는 곳에 있는, 그러나 영멸하지 않고 언제나 그 자리에 존재하는 설산 같은 모습이었다. 그날 그녀는 담담하게 한마디를 했다.

"형제자매들, 오늘 그대들과 나는 마침내 한 나라를 이루게 되었습니다. 천하가 평안하고 행복한 곳입니다. 지금부터 아이들이 마음 놓고 뛰어놀 수 있고, 노인들이 의지할 수 있고, 백성들이 화목한 곳을 함께 누립시다."

봉지미의 말은 수십만 대군에게 또렷이 들렸다. 잠깐 정적이 흐른 후, 수십만 군사들이 칼을 높이 들며 '와' 하고 환호했다. 눈부신 칼날의 빛무리가 하늘을 찔렀다. 그날, 대성은 나라가 다시 섰음을 선포하였다. 만현을 수도로 정하고 이름을 만경(萬京)으로 바꾸었다. 봉지미는 대성의 여제로서 언덕 위에 올랐다. 연호는 천향(天享)이라 하였다. 그러나 그날 그녀의 뒤에 서 있던 장수들은 수십만 군사와 함께 영광을 나누면서도 의문을 숨길 수가 없었다. 나라를 이룩한 것은 크나큰 승리처럼 보이지만, 사실은 아직 기초가 한참 부실한 상황이었다. 마치 모래밭 위에 나라를 세운 것과 같으니, 혹시라도 큰 전투가 일어난다면 그대로 무너질 수 있었다. 예로부터 천하를 빼앗는 길은 쉽지 않았다. 모두가 오랫동안 몸을 웅크리고 준비하여 성을 쌓고 식량을 비축한 후에야 왕의 칭호를 쓴다. 그녀도 이를 모르지 않을 것인데, 그녀는 무엇이 급한지 곧바로 자신을 제왕이라 일컫고 수도를 만현으로 정했다. 이 변방 도시는 내륙에서 멀고 서량과 가까운데, 그녀는 도대체 무슨 계획을 하는 것일까?

그날 봉지미는 만현성 성벽 위에 올라 북방을 돌아보았다. 강 건너 풍족한 땅 위에서 구룡 면류관을 쓴 채, 의지할 데 하나 없이 황좌에 올라앉은 그가 그윽한 눈빛으로 이곳을 응시하는 모습이 눈에 선했다. 깃발이 바람에 펄럭이고 먹장구름이 소용돌이치고 있었다. 그녀는 깃발 아래 잠자코 있었다. 산 넘고 물 건너 아득한 저곳, 그녀는 소매를 휘둘러 그와의 사이에 경계선을 그어 보았다.

'천하는 크고 당신과 내가 반반을 차지했소. 이제부터 남남으로 갈라졌으니 다시 만날 기약이 없군요.'

1년 후, 만경. 성의 북쪽에 우뚝 솟은 어느 건물, 등불이 희미하게 밝혀져 있다. 여느 부잣집 저택처럼 보였다. 그러나 만경의 백성들은 모두 알았다. 딱히 눈에 띨 것 없어 보이는 이곳은 대성의 핵심인 여제가 머무르는 황궁이었다. 이 저택은 황궁으로 삼기에는 실로 초라하기 그지없었다. 여제는 나라와 백성이 안정되지 않았으니 개인의 안락함은 우선 제쳐 두겠다고 했다. 그래서 즉위한 지 1년이 지났는데도 아직 황궁을 지으려 하지 않았다. 만경의 백성들은 여제를 두고 칭찬을 아끼지 않았다. 처음에 군대가 만현을 점령했을 때, 백성들은 두려움에 떨며 집을 버리고 도망쳤다. 그러나 여제의 부하들은 군기가 엄격해 백성들을 괴롭히지 않았다. 여제가 도읍을 정하자, 여러 정무도 조리 있게 행해졌다. 문화, 교육, 상공업, 농경, 조세, 공무와 관련된 집행이 타당하여 백성들의 생활도 점점 안정을 찾았다. '황궁'에는 삼엄한 경비도 없고 높은 담도 없었다. 성 북쪽의 백성들은 자기 집 담벼락에 올라, 밤새 꺼지지 않는 여제의 등불을 바라보며 감탄해 마지않았다.

"폐하께서 또 밤을 새워 상소를 보시는구나. 정말 고생이시네!"

달빛이 용마루를 넘어가고, 방 안에서 나오는 불빛이 더 밝게 빛났다. 등불 아래 봉지미는 턱을 괸 채, 항명이 최근 장녕의 상황을 보고하는 걸 듣고 있었다. 장녕은 가장 일찍 반란을 일으킨 번으로, 일찌감치 산남의 일부와 농북의 절반을 차지하고 있었다. 천성 내륙과는 강을 사이에 두고 대치한 상태로 이미 자립한 정권을 이루고 있는 중이었다. 국호는 대흥(大興)으로 노지언이 제위에 있었다. 그러나 장녕번은 지금 좀 난처한 상황이었다. 대성과 천성의 중간에 끼이는 바람에 애매하게 양쪽으로 발을 걸친 형국이 되었기 때문이다. 장녕은 진즉부터 대성과 우방으로 맺어지기는 했지만, 장기적인 해결책이 될 수는 없었다. 장녕은 차라리 천성국의 영토를 더 차지하고 양쪽에 포위된 상황을 벗어나거나, 봉지미가 차지한 농북의 땅 절반을 빼앗아 그녀의 세력을 둘로 나누어 버려야 했다. 현재 노지언의 세력으로 보아서는 후자가 더 가능성이 짙었다. 항명은 농북 접경의 대도독을 맡았기에 그의 주적이 바로 장녕이었다. 그가 만경으로 달려온 것도 장녕 쪽의 움직임이 심상치 않기 때문이었다. 그는 대책을 마련하려고 그녀에게 온 것이었다.

"알겠소."

봉지미는 항명의 보고를 듣고 고개를 끄덕이며 말했다.

"그대 쪽에는 병력이 부족하니 화경에게 화봉군 일부를 보내라고

하겠소. 노지언이 움직이지 않을 수도 있으니 경계에 주의를 기울여야
만 하오."

"네."

항명이 나가고, 봉지미는 한참 동안 눈을 감고 묵묵히 앉아 있다가
등불을 불어서 껐다. 불을 끄고도 그녀는 여전히 그 자리에 앉아 있었
다. 그리고 책상의 틈새에서 조심스럽게 주머니 하나를 꺼냈다. 주머
니 안에는 두 가지 물건이 들어 있었다. 하나는 낙현 행궁의 비밀 궁전
에서 몰래 빼내온 밀지였고, 하나는 어머니가 뜰에 숨겨 두었던 유서였
다. 영안궁에서 어머니가 허리춤에 숨겼던 유언에는 그녀에게 이 유서
를 찾으라고 적혀 있었다. 어머니의 유서에는 별다른 내용이 없었다. 그
저 앞으로 좋은 기회가 올 것이라고 축복을 비는 것과 함께, 어릴 때 살
았던 농북의 산으로 가게 되면 잊지 말고 후원을 찾아가 형제에게 제사
를 올리라는 것이었다. 봉 부인이 낳자마자 죽은 친자식은 고형이 직접
받아낸 아이였다. 아이의 사체는 후원의 복숭아나무 아래에 묻었다. 봉
부인은 훗날 봉지미 남매를 데리고 제경으로 가게 되었지만, 친자식의
유해를 가져갈 수는 없었다. 그래서 외로이 혼자 남은 아이를 생각해
봉지미가 한번 가 보기를 바란 것이다. 그녀는 얼마 전 농북으로 시찰
을 가면서 고남의와 함께 그곳에 들렀다. 후원은 이미 불타서 없어지고
복숭아나무 그루터기가 남아 있었다. 그녀는 나무 아래 땅을 파다가 보
따리 하나를 발견하였다. 피와 흙이 묻은 작은 보따리는 봉 부인이 직
접 기워 만든 옷이었다. 그녀는 괴로움을 감추지 못하며 보따리를 들어
올렸다. 이 불쌍한 아이의 유골을 가져가 나중에 봉 부인의 곁에 묻어
주고 싶었다. 그런데 보따리를 손에 쥔 그녀는 생각보다 묵직한 무게에
깜짝 놀랐다. 갓 태어난 영아의 유해가 어떻게 이렇게 무거울 수가 있단
말인가? 거의 돌덩어리 수준이 아닌가! 보따리를 열어젖힌 그녀는 질겁
할 수밖에 없었다. 아이의 옷으로 감싼 것은 정말로 돌덩이였다. 그녀의

風權

손에서 힘이 빠져 버렸고, 돌덩이는 떨어졌다. 하마터면 그녀의 발을 찧을 뻔하였다.

'돌……. 왜 돌덩이가 들어 있지? 어머니가 아이를 낳았던 그날 밤, 도대체 무슨 일이 일어난 거지? 사체는 어디로 간 거야?'

순간 머릿속이 하얗게 변해 버린 봉지미는 작은 그루터기에 멍하니 앉아 있었다. 그리고 한참 후에 발작이라도 하는 것처럼 벌떡 일어났다. 그리고 주위의 땅을 전부 파헤치기 시작했다. 어머니가 잘못 기억하는 것은 아닐까? 복숭아나무 아래에 묻은 게 아닐 수도 있잖아? 작은 옷보따리가 있는 이상, 그곳이 틀림없다는 걸 알았지만, 이 사실을 인정하고 싶지 않았다. 만약 그날 아이가 죽지 않았다면, 도대체 어디에 있단 말인가? 고남의는 무슨 일이 일어났는지 영문을 몰랐지만, 일언반구 없이 그녀를 도와 땅을 팠다. 산기슭을 온통 다 파헤친 후에도 아무런 소득이 없자, 그녀는 엉망이 된 흙더미 위에 맥없이 쓰러져 버렸다. 멍하니 하늘을 바라보는 그녀의 눈빛은 텅 비어 있었다. 추측할 필요도 없다. 이것 역시 아이를 바꿔치기한 것이리라. 한 가지 다른 점은, 경비는 다른 사람의 아이와 자신의 아이를 바꾸었다면, 고형은 자신의 아이를 양자로 속여 봉 부인에게 키우게 한 것이었다. 그는 봉 부인이 낳은 아이를 다른 사람에게 맡기면 언젠가는 발각되어 봉지미에게 그 화가 미칠 것을 염려하였다. 그래서 아이가 죽었다고 하고 데리고 나가서 며칠 후 다시 돌아왔다. 돌아왔을 때는 친자식이 양자로 둔갑하였다. 그는 친자식을 양자의 이름으로 봉 부인 곁에서 키웠다. 그리고 죽을 때까지 그녀에게조차 진상을 밝히지 않았다. 나중에 그녀가 해야 할 일을 완벽하게 해내게 만들기 위해서였다. 그래서 봉 부인은 죽을 때까지도 몰랐다. 15년 동안 그녀가 죽기를 기다린 그 아이는 바로 그녀의 친아들이었다. 혈부도의 수령은 대대로 그 한결같은 참을성과 지독함, 극도의 무자비함으로 철혈 비밀 조직의 일인자가 되지 않았겠는가?

봉지미는 어둠 속에서 아이의 옷으로 감싼 돌덩이를 떠올렸다. 천리 밖 봉 부인과 봉호의 외로운 무덤을 떠올렸고, 자신이 사랑한 사람이 자신을 속였다는 걸, 봉호가 원래부터 자신의 친자식이었다는 걸 죽을 때까지도 몰랐던 어머니를 떠올렸다. 그리고 그녀가 그 사실을 알았다면 이 모든 일이 과연 일어날 수 있었을까 생각했다. 봉지미는 얼음장 같은 손가락으로 서신의 봉투를 만지작거렸다. 한참 후, 눈물이 흘러내렸다. 어둠 속에서 가느다란 속삭임이 울려 퍼졌다.

"······ 이게 뭐야······."

3개월 후. 전세가 갑작스레 변화했다. 농북의 변경 지역으로 파견했던 화경의 화봉군이 장녕에서 패한 척 속이려다가 갑자기 천성 대군의 기습에 포위되어 농북 접경의 상산(翔山)에 갇혀 버린 것이었다. 그와 동시에 남해 장군이 서량으로 출병을 하였다. 새로 부임한 남해 장군 요양우는 첫 전투에서 서량의 수비군을 수십 리나 퇴각시켰다. 이에 고남의는 봉지미의 성화에 못 이겨 서량으로 돌아갔다. 줄곧 군사를 물리기만 하던 천성의 대군은 이제 참을 만큼 참았다는 듯, 대성군의 눈앞에 천하제일의 규모를 자랑하는 백만 대군의 기개를 펼쳐 보였다. 그들은 잦은 공세를 퍼부으며 대성의 변방 지역을 계속해서 교란했다. 대성의 군대는 잇따라 패퇴하였고, 항명까지 포로로 붙잡히고 말았다. 바람처럼 날쌘 순의 철기군을 제외한 대성의 전군은 위기에 봉착했다. 새로이 들어선 대성 황조는 폭풍우에 휘말려 이리저리 흔들렸다. 애가 탄 여제는 조회를 열어 본인이 직접 출정하여 붙잡힌 항명과 포위된 화경을 구출해 오겠다는 뜻을 밝혔다. 이 의견은 모든 장수의 강한 반대에 부딪혔으나 여제는 뜻을 굽히지 않았다. 적과 싸울 때는 적장의 목을 쳐야 하고, 사방의 불을 끄려면 곧바로 그 근원지를 쳐부수어야 한다며, 천하 최강이라고 불리는 정예병 십만 순의 철기군을 직접 진두지휘하여 항강을 건너 제경으로 쳐들어가겠다고 했다.

대군은 밤낮으로 행군한 끝에 마침내 제경으로 가는 필수 관문인 낙현 부근에서 호위대영 부대과 맞닥뜨렸다. 서로 탐색을 벌이던 양쪽은 승패를 겨루지 않은 채 각자 진을 치고는 낙수를 사이에 두고 대치했다. 올해 겨울은 특히 추웠다. 12월 강회의 겨울 추위는 뼛속 깊이 파고들었다. 봉지미는 겉옷을 걸치고 막사 밖으로 나갔다. 안개비가 부슬부슬 내리는 탓에 여호(黎湖)의 건너편 기슭에 있는 낙현 행궁이 보일락 말락 했다.

"상대 진영에 분명 지위가 높은 인물이 있네."

봉지미는 자신을 따라 나온 순의 철기군의 수령, 올합(兀哈)에게 이야기했다.

"진법이 꽤 괜찮거든."

봉지미는 입을 꾹 닫고 말을 아꼈다. 진법은 괜찮을 뿐만 아니라 무척이나 익숙한 느낌이었다.

"무엇이 두렵습니까?"

올합이 문제없다는 듯 서투른 한어(漢語)로 이야기했다.

"장군이 오면 병사가 막고, 흙이 오면 물로 막아야지요!*원래는 '병사가 오면 장군이 막고, 물이 밀려오면 흙으로 막는다.'"

봉지미는 올합의 실수를 굳이 바로잡지 않고 웃으며 말했다.

"올합, 이 말을 기억하게. 필부의 용맹을 뽐내지 말고, 병사의 목숨을 염두에 둔다. 만약 나에게 무슨 일이 생기면 그대들은 힘들게 계속하지 말고 그냥 철수하면 되네."

"폐하, 왜 그렇게 말씀하세요?"

올합은 퉁명스럽게 물었다.

"왜 아직 싸워보지도 않고 그렇게 불길한 얘기를 합니까?"

"전장에는 피도 눈물도 없을 뿐더러 뭐가 어떻게 변할지 알 수 없지 않은가. 그저 그럴 가능성에 관해 이야기한 것뿐이야."

봉지미는 담담하게 이야기했다.

"하지만 이것도 명령이네. 올합, 내가 방금 한 말을 꼭 기억하게."

올합은 곰곰이 생각한 후에야 대답했다.

"네!"

흐뭇하게 고개를 끄덕이는 봉지미의 눈빛이 돌연 곤두섰다. 맞은편 기슭에서 검은빛이 번뜩이더니 향전(響箭)*소리가 울리는 화살이 하나 날아들어 막사의 꼭대기에 와서 박혔다. 병사들이 달려와 그녀를 호위하며 향전을 가져왔다. 화살 위에는 서신이 하나 매달려 있었다. 그녀는 서신을 꺼내 읽어보고 웃음 지었다.

"투항하라는 서신이군."

한참을 들여다보던 봉지미가 고개를 끄덕였다.

"'거짓으로 점철된 국가가 어찌 천군의 일격을 감당할 수 있겠는가?' 라…… 음, 글솜씨가 훌륭하고 어조도 아주 대범하군."

"개소리를 지껄이는군!"

올합은 발을 구르며 욕을 퍼부었다.

"약해 빠진 양 새끼 같은 놈들을 죽여 버려야겠어!"

봉지미는 서신을 잘 접고는 잠시 생각하다가 손을 휘두르며 말했다.

"답장을 보낸다."

서기관이 달려왔다. 봉지미는 눈을 가늘게 뜨고 반대편을 바라보더니 여유롭게 말했다.

"찬탈한 제위로 어찌 천명의 일격을 감당할 수 있겠는가?"

서기관은 붓을 들고 한참을 기다렸지만, 봉지미는 더 이상 아무 말이 없었다.

"……폐하, 그 한마디입니까?"

"한마디다."

"……."

서신은 향전에 매달려 쏘아졌다. 안개 너머로 건너편 기슭에서 소란스러운 소리가 희미하게 들려왔다. 잠시 후, 다시 향전이 날아들었다. 이번 서신은 꽤 길었다. 한참 동안 들여다보던 봉지미는 서기관에게 시키지 않고 직접 붓을 들어 답신을 써 내려갔다. 그녀는 아주 길고 정성스럽게 편지를 썼다. 미간 사이로 처량함과 홀가분함이 피어올랐다. 적진을 앞에 두고 적의 수령과 편지로 담판을 벌이고 있는 사람처럼은 보이지 않았다. 마치 인생 최후의 역작이 될 수묵화 한 폭을 그리는 듯 심혈을 기울였다. 한참 후, 향전이 되돌아갔다. 그리고 다시 날아온 답장은 아주 간결하게 네 글자로 이루어져 있었다. 그리고 필적이 앞의 두 서신과는 달랐다. 힘차고 생동감이 넘치는 필치였다.

"와서 보자!"

이 편지를 흘깃 훔쳐본 사람들은 모두 분노를 금치 못했다. 도대체 누가 감히 폐하를 오라 가라 한단 말인가? 그러나 눈치 빠른 서기관은 서신을 쥔 여제의 손가락이 살짝 떨리는 걸 눈치챘다. 모두가 격노하는 것과 달리, 여제는 조용하고 침착했다. 겨울 안개에 휩싸여 보일 듯 말 듯 한 봉지미의 모습은 쓸쓸하고 고독해 보였다. 이윽고 그녀가 웃으며 말했다.

"배를 준비하라."

"폐하!"

"상대와 이야기를 나누어야겠다."

봉지미는 웃으며 시선을 돌렸다.

"올합, 날 막지 마시게. 사람은 자신의 용기를 뽐내고 과신해서는 안 되지. 지금 정세로 보아서는 마구잡이로 싸우는 것보다는 그대들을 위해 가장 좋은 퇴로를 확보하는 것이 낫겠어."

"폐하……."

올합은 한인이 아니었기에 한어에 익숙지 않아 얼굴이 붉으락푸르락하면서도 말 한마디 제대로 하지 못하였다. 초원의 사나이는 누구보다 명령을 잘 따랐지만, 임기응변이나 계책 따위는 잘 몰랐다. 게다가 대장군들이 모두 이 자리에 있지 않으니, 감히 봉지미를 막아설 사람은 없었다. 그녀는 올합에게 서신을 한 장 건네고, 뒤도 돌아보지 않고 배에 올랐다. 배 위에서 유유히 빛나는 누런 등불은 안개 속에서 어두침침하게 번져 나갔다. 불빛 아래 여인의 긴 머리가 바람에 나부꼈다. 겨울밤의 스산한 어둠 속에 하얀 겉옷이 구름처럼 수놓아졌다. 올합은 그 구름이 멀어지는 모습을 지켜보았다. 그리고 문득, 우리의 존경하는 여제가 이렇게 떠나가면 영영 돌아오지 않을 것 같다는 이상한 생각이 들었다. 그 뒷모습이 안개 속으로 점점 사라지고, 올합은 멍하니 눈시울을 훔쳤다. 어느새 손바닥이 축축하게 젖어 있었다.

봉지미가 배에서 내릴 때 천성 병사들은 호수 기슭에서 그녀를 기다리고 있었다. 그녀가 호위 몇 명만을 데리고 직접 건너온 것을 본 병사들은 몹시 놀란 기색이었다. 그러나 잘 훈련된 병사들은 별다른 내색을 하지 않았다. 인사를 하며 그녀를 맞이하는 태도가 공손하면서도 경계에 빈틈이 없었다. 말을 타고 달려와 그녀를 맞이한 것은 다름 아닌 순우맹이었다. 이럴 때 이런 곳, 이런 상황에서 옛 지인을 만나니, 두 사람은 만감이 교차했다. 순우맹은 얼떨떨한 듯 그녀를 보았다. 그는 영혁의 심복으로, 남해 이후로 그녀의 신분을 알게 되었다. 그의 머릿속에는 청명에서의 옛일, 나무 아래에서 벌였던 술 시합, 농남에서 함께 고생했던 일 등이 맴돌았다. 그런데 오늘 옛 친구가 적국의 군주가 되어 나타났다. 이 인생사는 도대체 어디서부터 어떻게 이야기를 꺼내야 할까? 그녀는 하얀 겉옷의 옷깃을 곧추세워 손바닥만 한 하얀 얼굴을 덮고 있었다. 드러난 두 눈동자는 한겨울의 짙은 안개처럼 그 깊이가 가늠

되지 않았다. 그녀는 그를 보더니 낯설고 궁금한 눈웃음을 보냈다. 갑자기 그의 눈가가 젖어 들었다. 그녀의 웃음은 처음 청명에 들어왔을 때의 위지를 떠올리게 했다. 침착하고 온화하며, 세상일에 박학다식한 모습 그대로였다.

"폐하……."

순우맹은 조금 어색하게 그 칭호를 내뱉었다.

"저를 따라오시지요."

"지미라고 부르게."

봉지미는 웃었다. 이럴 때 옛 친구를 만나니 큰 위안이 되었다. 뭍에 올라 나아가자, 궁전이 점점 모습을 드러냈다. 그녀는 눈을 가늘게 뜨고 위용을 뽐내며 서 있는 궁전을 보고 가볍게 웃었다.

'역시 이곳에 있었군.'

대전에 이르렀다. 봉지미는 자기 호위들의 분노한 눈길을 뒤로하고 평온하게 몸수색을 받았다. 이윽고 순우맹을 따라 안으로 걸어 들어갔다. 이 층으로 된 비밀 궁전 앞에서 그가 멈춰 서서 이야기했다.

"저는 여기까지입니다."

봉지미가 고개를 끄덕이고 들어가려 하자, 순우맹이 그녀를 불러 세웠다. 그녀가 돌아보니 그녀를 바라보는 그의 눈빛은 맑고도 간절했다.

"…… 이야기 잘 나누세요. 감정적으로 대하지 마시고요……. 제발…… 서로를 잘 좀 위하시라고요."

순우맹의 눈길에 봉지미는 콧날이 시큰거렸다. 입을 굳게 닫은 그녀는 힘주어 고개를 끄덕였다. 그녀가 사뿐사뿐 층계를 올랐다. 마지막으로 이곳을 밟은 지 벌써 4년이 지났다. 그녀는 평온한 듯 보였지만, 사실은 거센 폭풍우가 몰아쳤던 그날을 기억하는 중이었다. 천성 황제가 붕어하던 날, 그녀는 가장 중요한 두 가지 물건을 훔쳐 도망쳤다. 그때 이후로 국토가 갈라지고 하늘은 아득히 멀어졌다. 돌아보니 벌써 4년이 흘렀다.

　처음으로 이곳을 밟은 지는 벌써 8년이나 되었다. 그날 궁전 앞에는 눈처럼 꽃잎이 날렸고, 봉지미는 층계를 한 바퀴 돌았었다. 경쾌한 웃음소리가 아직도 귓가에 들리는 것만 같고, 비밀 궁전 아래에서 영혁과 나란히 누워 별과 달을 보았던 것이 잠시 전인 듯 선한데, 돌아보니 8년이 지났다. 그녀는 평생 다시는 이곳을 밟아보지 못할 것이라고 생각했었다. 그러나 그날이 오고야 말았다. 후회는 없었다. 치맛자락이 기둥을 스쳤다. 열여덟 개 기둥에 열여덟 개의 이야기가 새겨 있었다. 마지막 기둥에는 서로 엇갈렸던 일이 새겨져 있었다. 그때는 그저 기념이라고만 생각했는데, 지금 보니 그건 운명의 예언이 아니었나 싶었다.

　궁전의 문이 서서히 열렸다. 수십 장 길이의 웅장한 전당이 펼쳐졌다. 등은 밝혀 있지 않은 채, 기다란 융단 끝에 희미한 촛불만 깜빡였다. 촛불 아래, 가벼운 차림을 한 영혁이 있었다. 그는 구룡이 수놓아진 거대한 병풍에 비스듬히 기대어, 손에 술 주전자를 들고 천천히 술을 따르고 있었다. 촛불이 그의 얼굴을 비추었다. 긴 속눈썹 아래 눈동자는 칠흑같이 새까맸고 얼굴은 백옥처럼 하얬다. 선명하게 반짝이는 그의 모습은 마치 그림 같았다. 흐르는 세월에도 늙은 것은 마음뿐, 그의 용모는 여전했다. 문이 열리는 소리에도 그는 고개를 들지 않았다. 차분하게 술잔을 가득 채운 그가 무덤덤하게 말했다.

　"왔나?"

　봉지미는 "으응" 하고 대답했다. 콧소리가 강했는지, 영혁의 손가락이 살며시 떨렸다. 술 한 방울이 똑 떨어졌다. 술은 차가웠다. 한 번도 따뜻하게 데워진 적이 없는 술이었다. 그녀를 기다리다 마음이 뒤숭숭해진 그가 비밀 궁전에서 술을 가져왔다. 궁전이 지어지기 전에 그곳에 두었던 그 술이 오늘 떠올라 맛보기로 한 것이다. 그녀는 가만가만 앞으로 다가갔다. 촛불이 어두워지고, 그가 고개를 들어 그녀를 보았다.

눈빛은 차분하면서도 힘이 있었다. 마치 칼날처럼 보기만 해도 영원히 지울 수 없는 흔적을 남길 것만 같았다. 그의 목소리가 낮게 깔렸다.

"너무 멀리 갔더군. 나는 네가 영원히 돌아오지 않는 줄 알았어."

봉지미가 웃었다.

"원래는 그러려고 했어요. 그런데……"

봉지미는 말을 줄였다. 영혁은 그녀의 말을 귀담아듣는 것 같지 않았다. 그는 넋을 놓고 불빛만 바라보았다. 그녀가 들어왔을 때 한 번 보았을 뿐, 그녀를 더 쳐다보지 않았다. 괜히 그랬다가 부정이라도 타면 앞으로 다시는 볼 수 없다고 생각하는 것만 같았다. 그는 대뜸 물었다.

"당신이 말한 '찬탈한 제위로 어찌 천명의 일격을 감당할 수 있겠는가?', 그건 무슨 뜻이지?"

"저는 이 비밀 궁전에서 두 가지 물건을 꺼내 갔었지요. 그중 하나인 영전은 폐하께 돌려드렸습니다. 나머지 하나는 폐하의 부황께서 남기신 밀지였습니다."

"응?"

봉지미의 입가에 비꼬는 듯한 웃음이 스쳤다.

"아시겠지만, 그 밀지는 세 원로대신에게 남긴 것이었습니다. 만약 새로운 황제가 하늘의 명을 거스르고 도리에 맞지 않는 일을 벌인다면, 폐위하여 죽이고 다른 황족 자제를 황제로 추대하라는 내용이었지요."

영혁은 예상했다는 듯 웃음 지으며 말했다.

"돌아가시면서도 마음을 놓지 못하셨군."

잠시 침묵한 영혁이 말했다.

"그렇다면 네가 그 밀지를 함부로 꺼내지 않은 것에 내가 감사해야겠군."

"그럴 필요 없습니다."

봉지미의 웃음이 점점 옅어졌다.

"진짜 감사라면, 오히려 제가 감사드릴 일이 많지 않습니까?"

영혁은 말이 없었다. 두 사람은 잠시 서로를 바라보았다가 이내 눈길을 피했다.

"여기까지 와서 그 밀지 이야기를 꺼내는 걸 보니, 속셈이 있는 것 같군……."

영혁이 슬그머니 물었다.

"원하는 게 뭐지?"

"저를 따르는 사람들은 지금껏 사람들을 함부로 죽이거나 백성을 괴롭힌 적이 없습니다. 그들을 너무 힘들게 하지 마세요."

"모두 우수한 장수들이지. 이미 오래전부터 알고 있으니 그렇게 힘들게 하지는 않을 것이야."

영혁은 눈을 치켜떴다. 드디어 일이 모두 마무리되었다는 듯, 기쁨과 온화함, 열정이 서린 눈빛이었다.

"지미, 네 맹세는 이미 이루어졌으니 한은 풀었잖아. 그럼 너는?"

봉지미는 말이 없었다. 영혁은 웃으며 홀가분한 표정을 지었다.

"지미……. 네가 돌아와서 나는 무척 기쁘구나……. 낡은 절에서 밤비 소리를 듣던 날이 떠올라. 가물거리는 불빛 속에서 『강산몽』을 부는 피리 소리가 들렸었지. 그즈음 꿈에 그 곡조가 자주 나왔었어. 꿈속이 강산 같고, 강산이 꿈같구나……. 너와 내가 이렇게 한바탕 서로 다투고 남은 게 뭐야? 고작 술 한 잔에, 흘러가 버린 세월뿐이지. 이제 네 맹세가 이루어졌으니 다 그만둘 때가 되었어. 내가 있는 곳이 곧 네 나라다. 봉황의 패업이니, 두 황족의 은혜와 원한이니 하는 것들은 이제 다른 사람들에게 좀 미루자꾸나."

영혁은 가슴 가득 희망을 품고 봉지미에게 손을 뻗었다.

"지미."

"나의 여생은 이제 네 생각만 하고 싶……."

봉지미는 갑자기 영혁의 말을 끊었다.

"폐하, 혼자만의 생각이 너무 지나치십니다."

봉지미는 심드렁했다.

"폐하와 저는 원수입니다. 언제나 그러했지요. 봉지미가 대역무도한 반역자의 우두머리이고 폐하와 양립할 수 없다는 것은 세 살짜리 어린 아이도 압니다. 당신네 영씨는 우리 대성의 국토를 빼앗고 부황과 모비를 죽이고 혈부도 의인들을 전멸시켰습니다. 더군다나 영혁 당신은 나에게 직접 손을 댔지요. 내 명이 길지 않았다면 난 이미 당신 손에 목숨을 잃었을 거예요. 나는 당신의 나라를, 땅을 빼앗을 거예요. 그건 그냥 받은 대로 돌려주는 것뿐입니다. 이기면 왕이 되고 지면 역적이 되는 것이 당연하니, 서로 원망할 필요도 없어요. 지금은 정세가 유리하지 못하니 부하들을 위해서 살길을 찾으려는 것이지, 스스로 그만둔다고 말하지는 않았어요. 당신 곁에서 목숨을 구걸하고 싶다고는 더더욱 말하지 않았고요."

영혁의 손이 멈칫하더니 고개를 들어 봉지미를 보았다. 그 순간 그의 눈동자가 유독 새까맸다.

"지미, 너는 분명 나라를 되찾겠다는 그 맹세를 위해서……."

"그건 당신 생각이지요."

봉지미가 영혁의 말을 가로채고 비꼬듯 웃었다.

"그렇게 생각하도록 만들지 못했다면, 당신이 어떻게 그렇게 번번이 물러서고 국토를 내주었을까요. 어떻게 내가 큰 힘 안 들이고 어렵잖게 대성을 재건하였을까요?"

봉지미는 유쾌한 듯 손을 펴 보이며 빙그레 미소 지었다.

"폐하, 솔직히 폐하는 처음부터 날 속속들이 너무 잘 알고 있었죠. 그런 폐하의 눈을 피해 힘을 기르고 나라를 다시 세우는 것은 도저히 불가능한 일이었어요. 그런데 다행히도 나는 여인이잖아요. 여인의 가장 큰 무기가 뭡니까? 사내의 마음을 움직일 수 있다는 것이지요. 마음을 뺏긴 사내는 정에 약해지게 되어 있어요. 여인을 감싸 주고 길을 터 주고 목숨을 보호해 주고, 심지어…… 영토까지 내주지요."

봉지미는 가볍게 웃으며 점점 굳어지는 영혁의 얼굴을 눈도 깜짝하지 않고 바라보았다. 그리고 만족스러운 듯 흐뭇하게 말했다.

"그래서 방금 감사드릴 일이 많다고 얘기한 거예요. 하지만 폐하, 내가 어머니에게 했던 맹세를 지켰다 해서 영토를 다시 내드릴 거라 생각했다면, 내가 대성을 다시 세우고 나서 없애 버려도 아무렇지 않을 거라 생각했다면, 당신이 나를 도우면 내가 당신을 도울 거라 생각했다면…… 그건 당신이 틀린 거예요. 나는 한번 삼킨 건 절대 토해내지 않을 거예요. 당신이 제 실력을 다 발휘했다면 나는 절대 상대가 되지 못했겠죠. 사실 부하들을 위해 미래를 도모해야 하는 것만 아니라면, 나는 오늘 여기 이 자리에 있지 않았을 거예요. 저 맞은편에서……."

봉지미는 아주 여유롭게 생긋 웃었다. 그리고 한 글자 한 글자 힘주어 말했다.

"당신에게 칼을 겨누고 있겠죠."

봉지미를 노려보는 영혁의 얼굴이 하얗게 질렸다. 지금까지 강산을 두고 다투어 왔지만, 국토가 나뉘는 것이 곧 그녀가 맹세를 이루도록 도와주는 것이었기에 하나도 아깝지 않았다. 영혁이 전력을 다해 황위를 차지한 것도 절대 권력을 손에 쥠으로써 그녀가 그 맹세에서 자유롭게 벗어날 수 있게 하려는 것에 불과했다. 만약 다른 형제가 제위에 올랐다면 이렇게 대역무도한 짓을 하는 그녀를 어찌 고이 살려 두겠는가? 그녀가 맹세의 길을 가겠다고 했을 때, 그는 함께하기로 했다. 그녀의 맹세를 완성하는 데 이 강산을 빌리고 이 천하를 바치길 아끼지 않았다. 자신이 그녀의 퇴로가 되어 주려고 수단과 방법을 가리지 않았다. 그는 자신을 위해서가 아니라 그녀의 마음을 편하게 하려고 이 모든 일을 했다. 그런데 마지막에 이른 지금, 지금까지의 애정은 모두 그녀가 나라를 재건하기 위해 꾸민 함정이었단 말인가?

"아니."

한참 후, 영혁이 갑자기 시선을 거두었다. 그리고 조금 당황한 듯, 지금까지 들고만 있던 술을 단숨에 마셔 버렸다.

"지미, 넌 지금 거짓말을 하고 있어."

영혁은 낮지만, 힘 있는 음성으로 연거푸 이야기했다.

"넌 지금 거짓말을 하고 있어. 네가 정말 날 속일 마음이었다면, 이런 말은 하지도 않았겠지."

봉지미는 영혁이 술잔을 비우는 걸 보며 웃음기를 보였다.

"폐하는 저에 대해 잘 안다고 생각하시는 거죠? 하지만…… 제가 거짓말을 하는지 아닌지는 금세 알게 되실 겁니다."

영혁은 차갑게 웃으며 아무 대답도 하지 않았다.

"따르는 사람들은 가만둘 수 있어도, 그 우두머리는 용서할 수가 없겠지요. 저에게 어떤 처벌을 내리실지 여쭤 봐도 될까요?"

봉지미는 웃음을 머금고 앞으로 한 발짝 다가서서 두 손으로 탁자를 짚었다. 그리고 바람을 맞는 장미처럼 환한 얼굴을 곧장 그 앞에 들이댔다.

"독주를 내리실 겁니까? 목을 매다실 건가요? 흙을 덮어 버릴 건가요? 아니면 칼로……?"

봉지미에게서 은은한 향기가 전해 오자, 영혁은 정신이 혼미했다. 기억 속에 남은 그녀의 향기는 품위 있고 고상한 그윽한 난초 향이었다. 그런데 오늘은 사뭇 달랐다. 있는 듯 없는 듯, 진한 것 같으면서도 은은하고 매력적인 것이, 어두운 밤안개 속을 사뿐사뿐 걷는 요정을 떠올리게 했다.

"네가 원하는 것은 어떤 것이냐?"

영혁은 다시 한번 술잔을 채웠다. 그의 자세는 차분했다. 맑은 술이 든 잔을 기울이자, 봉지미의 흐릿한 눈빛이 반사되었다……. 그녀는 과연 얼마 동안 구름과 안개에 가려 살았기에 죽을 때까지 그에게 마음을 들키지 않으려는 것일까?

"당신이 생각하기에 아주 시원하게 죽는 것으로요."

봉지미는 웃으며 소매를 가만히 걷어 올리더니 영혁을 향해 손을 뻗었다.

"소녀 마지막으로 시중을 들겠습니다."

영혁은 얇은 입술에 조소의 웃음을 띠며 아무렇지 않게 봉지미에게 술 주전자와 잔을 건넸다. 옥빛처럼 푸른 술이 하얀 팔뚝에 서리처럼 맺혔다. 짙은 비취색 술 한 줄기가 가느다란 손가락 사이에서 흘러나와 낭랑한 소리를 내며 백옥 유리잔 속으로 떨어져 내렸다. 주위에 드리워진 금빛 휘장이 세상의 소란스러움을 막아 주니 사방이 고요했다. 옥으로 된 궁전의 계단 밖으로 강 건너에서 전해 오는 반군의 아우성과 고함도 들리지 않았다.

봉지미가 이끄는 반군 부대인 순의 철기군과 화봉군은 오늘 밤 그녀가 이쪽 진영으로 들어온 후, 명령에 따라 천성군을 향해 공격을 퍼부었다. 그곳의 화약 연기와 핏빛 기세는 아주 멀리에서 가로막힌 듯 두 사람의 귀까지 전달되지 않았다. 고요함 속에 두 사람은 서로의 숨결에만 귀를 기울였다……. 조용하고 침착한, 거의 동시에 들이쉬고 내쉬는 그들의 숨결은 금빛 향로에서 피어오르는 가느다란 연기 속에서 분명하면서도 필사적으로 어우러졌다. 그녀는 술잔을 손으로 가볍게 굴리며 낮은 소리로 물었다.

"제가 독약을 쓸까 걱정되지 않으세요?"

"이 비밀 궁전에는 오랫동안 아무도 들어온 적이 없지."

영혁이 희미하게 웃었다.

"게다가 그 술은 비밀 선반 안에 숨겨 두어서 아무도 손을 댄 적이 없어."

"그리고 너는……."

차분하게 술을 한 모금 마신 영혁은 말을 잇지 않았다. 대신 맑고 잔잔한 눈빛이 서슬 퍼렇게 이어졌다. 그의 웃음은 속을 드러내지 않은 칼날의 끝단 같았다. 봉지미는 소리 없이 웃으며 자신의 손가락을 넣 놓고 바라보았다. 그녀는 조금 전, 이 비밀 궁전에 들어온 순간부터 천하에서 독을 가장 잘 쓰는 약사, 암기를 가장 잘 쓰는 기술자, 암살을 가장 잘하는 살수에게 몇 번이나 수색당했다. 독약 한 알은 고사하고 솜털 하나라도 그녀의 것이 아닌 게 있다면 진즉 빼앗겼을 것이다. 그러니 지금 이 순간, 그에게 독을 써서 불리한 국면을 뒤집을 수는 없을 것이다. 하지만……. 그녀가 희미하게 웃자 눈꼬리가 반달처럼 휘어졌다. 매력 있고 사랑스러운 모습이었다.

"가슴이 답답하지는 않으세요?"

날 때부터 촉촉하고 묘연한 눈동자가 영혁을 향해 있었다. 안개에 싸인 봉지미의 눈빛 뒤로 진짜 표정이 보이지 않았다.

"단전이 쿡쿡 쑤시지 않아요? 피가 거꾸로 솟고 아랫배로 뭉치는 것 같지는 않으시고요?"

영혁의 눈동자가 봉지미를 향했다. 그의 낯빛은 점점 파랗게 질렸다.

"이 비밀 궁전은 지어진 이후로 겹겹이 호위를 했지요. 아무도 들어 온 적이 없는 건 확실해요."

봉지미는 뒷짐을 지고 몇 걸음을 서성거리다가 영혁을 향해 웃었다.

"하지만 지어지기 전은요?"

영혁은 깜짝 놀라고 말았다. 비밀 궁전이 처음 지어졌을 때, 도면 설계에서 궁전의 낙성까지 봉지미의 손을 탄 적은 전혀 없었다. 다만 완공 후에 그녀를 데리고 와서 딱 한 번 보았었다. 그때의 기억을 더듬었다.

대전 앞에는 배꽃이 서리처럼 흩날렸고, 그녀의 은빛 치맛자락이 달빛에 빛나는 바닥을 쓸며 소용돌이쳐 찬란한 꽃을 피워냈다. 달빛과 꽃그림자 속에서 그녀는 기둥을 붙잡은 채, 웃음을 머금고 돌아보았다. 그 천연덕스러운 웃음에 그는 심장이 멎을 것만 같았다. 그때는 그렇게 두 사람의 정이 깊었다. 그런데 배꽃 향기가 사방으로 흩어지던 그윽했던 그 밤에, 두 눈이 서로를 향하며 웃음 짓던 그 와중에, 저 가녀린 손가락이 술 주전자로 향해 몇 년 후 암살에 쓰일 독을 뿌렸다? 그날의 그 웃음은 따뜻했고, 눈길은 아름다웠다. 배꽃이 다 떨어지도록 따스하게 두 손을 맞잡았었는데, 그게 전부 꿈속의 허황된 꽃이었단 말인가? 그는 소중한 진심을 꺼내 보였고, 그녀와 비밀을 공유하는 기쁨을 나누길 바랐다. 그런데 그녀는 눈도 깜짝하지 않고 장래 생사를 넘나들 복선을 남겨 둔 것이었다. 역시 그녀는 언제나 그의 적이었다. 그녀는 빙글빙글 웃으며 그를 보았다.

"폐하, 아직도 내가 거짓말을 하는 것 같아요?"

영혁은 봉지미를 똑똑히 주시했다. 마치 그녀의 촉촉한 눈동자 속에서 거짓된 무언가를 찾고 싶어 하는 것만 같았다. 그러나 그녀의 눈동자는 여전히 그대로였다.

"승부가 이미 끝났다고 누가 그러던가요? 내가 기꺼이 강산을 넘겨줄 거라고 누가 그러던가요?"

봉지미는 손으로 궁전 바깥쪽을 가리키며 웃었다.

"내가 직접 오지 않았다면, 어떻게 당신이 술을 마시게 했을까요? 당신이 죽으면 천성군은 큰 혼란에 빠지겠죠. 그러면 이 아름다운 강산이 천성의 것일까요, 아니면 우리 대성의 것이 될까요. 내 눈으로 보면서도 예상하기가 힘들군요."

봉지미는 아주 통쾌하게 웃으며 소매를 펄럭였다.

"내가 여기서 죽는다 해도 영 씨 황제와 함께 가는 것이니 그걸로 충분해요!"

영혁은 불빛에 비친 봉지미의 아름답고 당당한 그림자를 지켜보며 팔꿈치로 가슴 앞을 받쳤다. 어디가 아픈지, 혹은 어디가 아프지 않은지 감이 오지 않았다. 마치 유리가 갈라지듯 무언가가 갈라지는 것만 같았다. '쨍그랑' 하는 소리가 들려오는 것만 같았다. 어렴풋이 남해의 부둣가가 떠올랐다. 그녀는 아기를 안고 온화한 얼굴로 발을 걷고 들어왔다. 그리고 10년 후를 상상하는 그에게 이렇게 대답했었다.

"10년 후의 일을 누가 알 수 있겠습니까. 아마도 그때는 길에서 우연히 마주치면 인사나 하는 사이일지도 몰라요. 여전히 지금처럼 제가 계단 아래에서 알현하면 전하는 계단 위에서 절 내려다보시고⋯⋯. 어쩌면⋯⋯ 어쩌면 우린 원수가 돼 있을 수도 있고요."

그리고 10년 후, 그 한 마디가 씨가 되었다. 영혁은 천천히 소매를 걷어 올려 입을 막았다. 옷소매가 선홍빛으로 물들었다. 그는 냉랭한 눈빛으로 입가를 닦아냈다. 언제 뒤로 돌았는지, 곧고 청아한 봉지미의 뒷모습이 보였다. 그는 그 뒷모습에 주목했다. 그 순간, 지금이 아니면 평생 물어볼 기회가 없을 것 같다는 생각이 들었다.

"너는⋯⋯ 날 사랑한 적이 있었나?"

짧은 몇 마디였지만 어렵게 용기를 내었다. 봉지미는 뜸을 들였다. 그리고 한참 후에야 고개를 돌려 생긋 웃으며 또렷하게 이야기했다.

"없어요."

깊숙한 궁전 안에 숨 막힐 듯한 적막이 흘렀다. 창밖에 곱게 피어 있던 해당화 한 송이가 갑자기 소리 없이 떨어져 내렸다.

"그래."

한참 후에 영혁도 따라 웃었다. 세상에 내로라하는 절세 미남의 멋진 미소도 지금은 시들어진 꽃 한 송이만 못했다. 그는 봉지미를 다시는 보지 않았다. 눈빛이 점점 어두워지던 그는 갑자기 손뼉을 쳤다. 쟁

쟁한 그 소리에 대전이 희미하게 울렸다. 그러자 저 멀리서 갑자기 산과 바다를 가르는 굉음이 들려왔다. 마치 파도가 폭풍우에 휘말려 거대한 벽처럼 솟구쳐 올라 대전 앞을 가로막고, 점점 가까워지는 살육의 소리를 막아내는 것만 같았다. 그는 희미하게 웃었다. 보지 않아도 알 수 있었다. 그의 박수 소리가 떨어지자마자, 종횡무진으로 뻗어 있는 길과 궁궐의 구석구석에서는 시커먼 물결이 무수히 쏟아져 나왔을 것이다. 그가 몰래 심어 둔 최정예 군대였다. 그들은 차가운 빛을 뿌리는 무기를 들었다. 그리고 피로 더럽혀진 군홧발로 옥계를 더럽히고 황권을 짓밟으려는 반군의 수괴를 맞이하였다. 여기까지 온 이상, 아무리 속 깊은 정과 사랑스러운 말도 목숨 건 싸움을 막아낼 수는 없게 되었다. 게다가 그가 11년간 품어 왔던 소중한 진심은 독을 잔뜩 머금은 양귀비에게 더는 먹히지 않았다. 제멋대로인 그녀의 태도를 참아 주는 것도 오늘로써 충분했다.

"아이고, 그래도 졌네요."

봉지미는 대전의 바깥을 넘겨다보고 홀가분하게 이야기했다.

"진짜 아깝네!"

"그래. 아깝다."

영혁이 살짝 기침하자, 혈담이 비쳤다.

"봐라. 네가 아무리 오래전에 이런 수를 남겨 두었어도, 네가 내 목숨을 가져간다 해도, 너희 대성 제국은 오늘 무너지게 되어 있었어."

봉지미는 웃었다.

"상관없어요. 당신과 같이 죽을 수 있다면 그만한 영광이 있을까요."

영혁이 봉지미를 보았다. 그녀는 처음 만났던 그때처럼 부드럽게 웃었다. 살아온 반생이 이렇게 힘들었던 것은 나중에 환한 무지개를 피울 수 있어서라고 생각해 왔다. 그런 생각이 그 오랜 세월 동안 그를 참고 버티게 했다. 그런데 알고 보니, 그 생각이라는 것은 정말 생각일 뿐이었다. 그는 천천히 시선을 돌리며 다섯 손가락을 꽉 쥐었다. 손안에 있던 옥잔이 산산이 부서졌다. 선혈이 줄줄 흘러내리는 가운데, 그는 아무렇지 않게 허공을 향해 분부했다.

"여봐라."

대전의 네 모서리에서 그림자 몇 개가 귀신처럼 나타났다. 봉지미는 고개를 들어 그들을 힐끗 보고 차분하게 돌아섰다. 빼곡한 속눈썹이 내리깔려, 어둡게 변한 그녀의 눈빛을 덮었다.

'말로 할 수 없는 마음은 이 몸과 함께 묻히리라⋯⋯.'

뒤에서 영혁의 차가운 목소리가 들려왔다.

"데려가서 비밀 감옥에 가두어라. 삼 일 후⋯⋯."

영혁은 눈을 감았다.

"능지처참한다."

봉상 4년 겨울, 대성의 순의 철기군은 낙현에서 천성의 군대와 맞붙었다. 교전 중 친히 출병한 여제가 포로로 붙잡혔고 군대는 퇴각하였다. 대성의 각 대장은 곧 여제의 친서를 받았다. 친서에 쓰인 내용을 알 수는 없었지만, 그날 밤 각 대장의 막사에서는 밤새 불이 켜진 채, 흐느끼는 소리가 들려왔다. 이후 대성의 군대가 모든 전선에서 물러남으로써 여제가 이미 천성 황제에게 항복했다는 소문이 무성했다. 하지만 사실이 정말 그러한지는 아무도 알지 못했다. 다만 화봉의 여장수 화경이 여제의 친서를 받아들고 장탄식을 한 후 이렇게 말했다고 전해졌다.

"다 운명인 것을⋯⋯."

그리고 또 화경은 이렇게 말했다고 했다.

"체념하는 것도 괜찮겠지⋯⋯."

하지만 누구를 향한 말인지 알 수 없었다. 이윽고 이 여장수는 세상 사람들을 깜짝 놀라게 할 일을 벌였다. 화경은 우선 천성의 조정까지 대군을 끌고 가 투항했다. 사람들은 깜짝 놀랐고 의견이 분분했다. 학자들은 시와 글을 지어 그녀를 비웃었고, 오랫동안 천하제일의 여장수로 칭찬이 자자했던 그녀는 이제 사람들의 조롱거리로 전락하고 말았다. 그러나 언제나 본인이 내키는 대로 해 왔던 이 여장수는 사람들의 반응에 코웃음을 칠 뿐이었다.

"싸우라면 싸우는 거고, 항복하라면 항복하는 거지. 그 많은 일에 일일이 신경 써서 무엇 하랴?"

여장수의 이러한 예측할 수 없는 행동은 사람들의 마음을 뒤흔들었고, 제경은 혼란에 빠졌다. 게다가 아주 은밀한 소식이 조정 고위 관리의 입으로 전해졌고, 사람들은 감당할 수 없는 두려움과 불안에 떨기 시작했다.

"…… 폐하가 옥체를 많이 상하셨대……."

"들리는 말로는 대성 여제를 들인 그날 밤 독에 중독되셨다는데……."

"내일 그 여제를 능지처참한다고 하지 않았어? 그런 대역 죄인은 구족을 멸해야지, 그런데 그 여자는 구족이 없겠구나……. 이미 영씨 황가에서 다 죽였을 테니까……."

"대성 여제고 나발이고 신경 쓸 때가 아니야. 폐하가 며칠 동안이나 조정에 안 나오셨대. 설마 그 소문이 사실인가……."

"아이고……."

관원들의 의심스러운 눈길이 높은 담을 넘었다. 소문에 의하면, 여제는 황궁의 은밀한 감옥에 갇혀 있다고 했다. 원래 봉 씨 모자를 가두었던 곳이었다. 그런데 사람들은 몰랐다. 높은 벽 뒤, 마주 닿은 두 건물이 만들어낸 그늘 속에 그림자 하나가 벽에 달라붙어 꼼짝도 하지 고 있었다. 얼마나 찰싹 붙어 있는지, 마치 원래부터 벽에서 자라난 것처럼 보였다. 겨울이라 바람이 살을 에고 벽은 차가웠다. 스치는 바람에도 냉기가 뼈에 사무쳤다. 꽉 끼는 옷 밖으로 드러난 손가락은 마디마디 새파랗게 질려 있었고, 얇은 성에까지 끼어 있었다. 도대체 얼마 동안 그곳에 붙어 있었는지 알 수 없었다. 경비병 무리는 그가 붙어 있는 벽 아래쪽을 지나쳐 갔지만, 아무것도 눈치채지 못하였다. 이곳은 비밀 감옥 입구로 통하는 통로였다. 아주 좁을 뿐 아니라 수시로 경비병들이 오가는 통에 빈틈이라고는 없었다. 다만 여섯 시진 마다 보초병이 근무 교대를 할 때, 잠시 틈이 생겼다. 무공이 아주 높은 사람이라면 그 틈에 들어갈 수는 있겠지만, 너무 짧은 시간이라 한 가지 동작밖에는 할 수 없을 것이었다. 이 사람은 여섯 시진 전에 교대하는 틈을 타 그 벽에 붙은 것이 분명했다. 그리고 여섯 시진을 기다린 후, 다시 교대하는 틈을 타 안으로 들어갈 것이다. 이런 날씨에 여섯 시진 동안, 그것도 눈에 띄지 않기 위해 몸에 딱 붙는 옷만 걸친 채 벽에 붙어 있다면, 보통 사람은 이미 얼어 죽었을 것이다. 그러나 이 사람은 아주 차분했다. 심지어 하얀 입김이 나오지 않도록 숨을 조절하기까지 했다.

아래쪽이 잠시 소란스러워졌다. 드디어 때가 된 것이다. 경비병들이 근무를 교대하는 틈에 남자는 높은 벽에서 내려와 희미한 안개처럼 통로 안쪽의 격자 문 뒤로 쏙 들어갔다. 경비병 한 무리가 걸어왔다. 앞에 선 경비병이 찬합을 들고 오는 것을 보니 식사를 가져온 모양이었다. 그는 철책 문 뒤의 어두운 그림자 속에 숨어 있다가, 마지막 사람이 지나갈 때 아무런 기척도 없이 그의 등 뒤로 따라붙었다. 마지막 경비병은 아무것도 눈치채지 못하고 걷다가 갑자기 뭔가 이상하다는 걸 눈치채고 갑자기 뒤를 돌아보았다. 하지만 보이는 것은 자신이 걸어온 텅 빈 통로뿐이었다.

"소장(小張), 왜 그러는데?"

앞서가던 한 경비병이 돌아보며 물었다.

"아무것도 아니야."

소장은 목을 움츠리며 웃었다.

"복도에 부는 찬바람이 아주 살 떨리게 하는구먼."

앞서가던 경비병이 웃으며 말했다.

"뭐가 무섭다고 그래? 안에 갇힌 사람들 때문에 무서운 게지."

소장은 머리를 긁적이며 멋쩍은 듯 웃었다.

"그런가 봐. 그 여자 얼마나 비참하게 그러고 있는지, 보기만 해도 놀란다니까……. 폐하도 그래. 원한이 아무리 커도 그렇지 단칼에 죽이고 말 것이지, 굳이 저렇게 고통스럽게……."

"입 그만 놀려! 그건 너 혼자 떠든 거야."

선두에 선 경비병이 엄하게 꾸짖었고, 소장은 깜짝 놀라 입을 꾹 닫았다. 소장의 뒤에 따라붙은 남자는 무뚝뚝한 가면을 쓰고 연기처럼 소장의 등 뒤에 붙어 있었다. 비스듬한 각도에서 보면 소장의 그림자는 몸이 두껍고 손발이 네 개씩 붙어 있는 것처럼 희한하게 보였다. 경비병들의 이야기 소리에 남자는 아무것도 없는 것처럼 가볍디가벼운 몸을 우뚝 멈추었다. 순간 소장은 또 무언가를 느꼈고, 다시 뒤를 돌아보았다. 텅 빈 복도의 모습에 그는 또 몸을 떨었고, 앞에 가는 사람을 따라서 발걸음을 재촉했다. 선두의 남자는 곧장 아래로 내려가더니 안에 있던 간수들에게 요패를 보여 주었다. 문이 삐걱거리며 열렸다. 문이 열린 그 순간, 갑자기 맹렬한 바람이 불어왔다. 바닥의 흙먼지가 소용돌이치며 사람들의 눈을 덮쳤다. 모두가 '어이쿠' 소리를 지르며 눈을 비비며 바람을 막았다. 그때, 흙바람보다 더 가벼운 바람이 스쳐 지나갔다는 것을 알아챈 이는 없었다. 철벽으로 이루어진 감옥은 어두침침했고 창문도 없었다. 출구라고는 딱 하나뿐이고 안에는 지키는 이도 없었다. 예전에 이곳에 갇힌 무공의 고수 한 명이 감시하던 옥졸을 제압하고 열쇠를 빼앗아 탈옥한 적이 있었다. 그 사건 이후로, 황가의 비밀 감옥인 이곳에 경비병을 따로 두지 않고 갖가지 비밀 장치로 이를 대신하게 되었다. 이 비밀 감옥의 설계자는 이 감옥 안에서 아무것도 건드리지 않고 목적지까지 도달하려면 다리가 없지 않고서는 불가능하다고 큰소리를 쳤다. 그래서 식사를 전달하는 것도 문을 열고 식판을 땅바닥의 움푹 들어간 자리에 놓으면 무게에 의해 장치가 작동되어 식판이 저절로 감방 문 앞까지 이동하고, 수감자가 직접 받는 방식으로 되어 있었다. 이때, 남자가 안으로 들어갔다. 어둠 속의 그림자는 정말 다리가 없는 것 같았다. 그는 마치 계단 위를 걷고 있는 듯 보였지만, 다리 아래는 땅에서 손가락 높이만큼 떠 있었다. 무공의 고수들이 땅을 디디지 않고 스쳐 지나가는 것은 가능하다. 그러나 거리에 한계가 있고 천천히 가는 것은 거의 불가능하다. 이렇게 산책하듯 여유롭게 허공 위를 걷는 것은 이미 경공의 범주를 벗어난 것으로서 강력한 내공이 뒷받침되어야 했다. 그 사람은 사뿐사뿐 아주 가볍게 걸었는데, 자세히 뜯어보면 어색한 점을 알아챌 수 있었다. 그의 수족은 약간 뻣뻣했고, 소매 밖으로 드러난 손가락 마디마디는 새파랗고 몸은 계속해서 벌벌 떨렸다. 그는 천천히 걸었고, 조금도 두려워하지 않았다. 모퉁이를 돌자, 쇠창살이 눈앞을 가로막았다.

창살 안, 너저분한 짚더미 위에 곧 숨이 끊어질 듯한 여인이 엎드려 있었다. 아무것도 구분되지 않는 어둠 속에서도 그녀가 많이 쇠약해진 것을 느낄 수 있었다. 솟아오른 어깨가 칼날처럼 앙상해 차마 눈 뜨고 볼 수가 없었다. 감방 안은 더러운 이불솜과 썩은 볏짚이 사방에 널려 있었고, 새까맣게 말라붙은 살점과 핏자국들로 보기만 해도 몸서리가 쳐졌다. 온몸을 덜덜 떨던 남자는 하마터면 땅으로 떨어질 뻔하였다. 일생을 독야청청했던 그의 마음을 움직일 수 있었던 유일한 사람이 오로지 그녀였기 때문이었다. 당황한 그는 얼른 마음을 다잡고 그쪽으로 다가갔다. 그는 손가락을 들어 손톱 사이에 끼워져 있던 납작한 금강석 조각으로 문에 달린 자물쇠를 긋고, 안으로 날아들었다. 그가 감방으로 들어갔지만, 여자는 여전히 움직임이 없었다. 남자는 다급하게 다가가 그녀를 일으켰다. 그런데 손에 닿은 그녀의 몸이 미끈거렸다. 손을 살펴보니 피와 살이 엉망으로 범벅이 된 상태였다. 그녀의 피부는 이미 다 터져서 만질 수도 없는 상황이었다. 남자는 그녀 앞에 무릎을 꿇고 두 손을 치켜든 채, 하늘이 무너지기라도 한 듯 그대로 굳어 버렸다. 피에 젖은 그의 손가락은 하늘을 향했고, 그의 모습은 마치 화석처럼 영원히 정지해 버린 것만 같았다. 철벽의 틈으로 들어온 한 줄기 빛이 가면을 쓴 그의 얼굴을 비추었다. 가면의 눈 부위는 특수하게 만들어진 얇은 막이었다. 그 아래 언제나 고요하던 그의 눈빛이 평생 처음 무한한 공포와 절망으로 요동치기 시작했다. 눈가 아래에는 이상하게도 옅은 물기가 천천히 고여 들었다.

평생 수많은 풍파에도 꿈쩍하지 않았고, 평생 세상을 등지고 희노애락이 무엇인지 모르고 살았다. 그러다 그녀로 인해 천지가 개벽하는 경험을 하였다. 그 때부터 비로소 아름답고 눈부신 새 우주를 맛보는가 했는데, 마주한 것은 무한한 그리움의 고통과…… 오늘의 이 슬픔뿐이었다. 눈 아래에 고인 그것은 아주 촉촉하고 뜨겁고 또 묵직했다. 가득 들어찬 것이 눈 밖으로 떨어지려 했다. 그는 평생 자신은 이런 경험을 하지 못할 거라 여겼다. 그러나 운명은 절대 그를 놓치지 않았고 인생의 고통을 전부 알게 했다.

'이게 바로 눈물이구나. 이게 바로 절망이구나.'

그는 덜덜 떨리는 손가락을 자신의 눈가에 갖다 댔다. 흘러내리려는 눈물을 만져 보려는 것 같기도, 자신의 눈을 가려 이 가슴 찢어지는 모습을 보지 않으려는 것 같기도 했다. 그때, 가느다란 한숨 소리가 들렸다. 너무나 익숙해 꿈속에서도 알아챌 소리, 멀리 떨어져 있어도 바로 귓가에서 들리는 것 같은 소리였다. 그는 벼락이라도 맞은 듯 갑자기 고개를 돌렸다. 찬찬히 살펴보니 감옥의 감방이 꺾인 모양으로 배치되어 있었다. 그리고 이 감방의 옆쪽 감방에서 한 사람의 가녀린 그림자가 희미하게 보였다. 그림자 역시 너무나 눈에 익었다. 그의 몸이 파르르 떨렸고, 심장 박동에 가슴이 터질 것만 같았다. 찢어진 살을 인두로 지지는 것처럼 아팠다. 흩어졌던 열기가 사방에서 강력하게 모여들었다. 그는 얼른 몸을 일으키려 했다. 그러나 몸이 휘청하면서 눈앞이 캄캄해지더니 하마터면 쓰러질 뻔하였다. 감정이 철벽같이 닫힌 그에게는 견디기 힘든 슬픔과 그 후에 찾아온 반가움의 연속 공격이 감당하기조차 힘들었던 것이다. 그 사람이 다시 한숨을 내쉬었다. 한숨 속에는 안타까움이 가득했다. 그가 고개를 들자, 눈빛이 환희로 흘러넘쳤다. 아직 흐르지 않은 눈물은 금세 말라 자취를 감추었다. 그는 그 한숨 소리를 듣고 이미 그녀가 무사하다는 것을 알아챘다. 그는 일으켰던 여인을 내려놓고 그 옆의 감방으로 향했다. 그리고 아까처럼 문을 열었다.

어둠 속의 봉지미가 수수한 차림새로 땅바닥에 앉아 그를 가만히 바라보았다. 문 앞에 선 그도 그녀를 자세히 훑어보고 안도의 한숨을 내쉬었다. 그리고 성큼성큼 다가가 두 팔을 활짝 열어 그녀를 와락 껴안았다.

"지…… 미……"

그는 낮은 소리로 봉지미의 이름을 부르짖었다. 그녀를 잃었다가 다시 찾은 놀람과 기쁨이 잔뜩 묻어났다. 그녀는 그의 반가운 말투에 처음 만났을 때가 떠올랐다. 석 자쯤 떨어진 곳에 멀찍이 서서 발끝만 쳐다보고 있던, 옥으로 깎아 놓은 듯 매끈한 소년. 그녀의 옥빛 도련님은 그녀로 인해 어른이 되었다. 그러나 그녀는 닫힌 그의 세계를 함께 걸어 나가면서도 한 번도 진정한 기쁨을 준 적이 없었다. 그를 원래 그 자리에 두었더라면, 오히려 무지몽매하면서도 행복하게 이번 생을 살았을지 몰랐다. 그런가? 아닌가? 지금 와서 생각하니 목이 다 메었다. 고남의는 그녀를 꽉 껴안고 얼굴로 그녀의 목덜미를 부드럽게 쓸었다.

"나 너무 기뻐……. 너무 기뻐……."

봉지미도 눈시울을 촉촉이 적시며 "응" 하고 대답하더니 고남의를 꽉 껴안았다. 그의 몸이 얼음장처럼 차가워 조금이라도 온기를 나누고 싶었다. 그녀가 그의 귓가에 낮게 속삭였다.

"미안해!"

잠시 침묵이 흘렀다. 고남의가 고개를 돌려 봉지미의 귓가에 나지막이 속삭였다.

"아니야, 난 다 좋아."

지옥 같은 고통과 절망을 겪지 않았다면, 이렇게 큰 기쁨과 환희를 어떻게 느낄 수 있겠는가? 고남의는 봉지미가 주는 모든 것이 그저 좋기만 했다. 그녀는 아무 말도 없었다. 그는 그녀를 놓아주고 옷소매를 끌었다.

"가자."

그러나 봉지미는 꼼짝하지 않았다. 고남의가 놀라서 그녀를 돌아보았다.

"이 감방은 내 어머니하고 동생이 있었던 곳이야."

봉지미의 입가로 처량한 웃음이 흘렀다. 그녀는 쇳덩이로 된 벽을 쓰다듬었다.

"여기 벽 구석에서 오래된 혈흔이 만져졌어. 내 동생이 독주를 받다가 짓밟히면서 남긴 게 아닌지 모르겠어."

고남의가 봉지미의 손을 잡으려다가 중간에 무언가 생각난 듯 그녀의 옷소매를 붙잡아 끌었다. 그녀는 아랑곳하지 않고 그저 서성거리기만 했다.

"도련님, 미안해. 방금 내가 아무 말도 하지 않은 건, 그건…… 내가 함께 가고 싶지 않아서야."

고남의의 커다란 눈이 봉지미에게로 향했다.

"장희 16년 이후에 나는 모든 힘을 어머니의 유언에 쏟았지."

봉지미는 천천히 앉더니 허공을 멍하니 바라보았다.

"어머니는 날 잘 아셨어. 그래서 날 데리고 추 씨 저택으로 다시 돌아가셨던 거야. 그런 열악한 환경에서 내 내면에 분노와 불만이 쌓이게 하려고……. 어머니는 자신의 처참한 죽음과 15년 동안 나 대신 죽을 날을 기다린 동생의 목숨을 이용해서, 나를 증오의 한가운데로 몰았어. 임종하실 때, 나에게 그 맹세를 하게 만드시고 그때부터 나를 영원히 속박해 버린 거라고."

봉지미는 손바닥을 내밀어 옥빛처럼 새하얀 손가락을 망연자실하게 쳐다보았다.

"나를 되찾고, 복수하는 것. 이 두 가지 사명을 위해서 나는 평생을 살아왔어. 나도 그런 생각을 했지. 어머니와 동생의 은혜에 보답하기 위해서, 그들의 넋이 평안하게 잠들게 하기 위해서 꼭 그렇게 해야 한다고. 그래서 내 한 몸을 아끼지 않았고 사람들의 희생도 불사했어."

봉지미가 슬프게 웃었다.

"그런데, 모든 게 하늘의 장난이더라고. 줄곧 그런 생각이 들었어. 만약 봉호가 친아들이라는 사실을 어머니가 아셨다고 해도 그런 죽음의 길을 선택하셨을까? 아주 오랫동안 생각해 봤는데…… 아마 안 그러셨을 거야."

"어머니는 좋고 싫고가 분명하고 성격이 불같은 여인이셨어. 이 모든 일을 벌일 수 있었던 것도 도련님의 큰아버지를 향한 사랑 때문이었지. 그분이 자신을 속였다는 걸 알았다면, 원망하는 마음만 가졌을 게 분명해. 유언 때문에 자신까지 희생할 수는 없었을 거야."

"어머니는 친자식의 유해까지도 잊지 않고 나에게 제사를 지내 달라고 간곡히 부탁하셨던 분이잖아. 그런 친자식이 자기 옆에 버젓이 살아 있다는 걸 알았는데, 어떻게 대신 죽으라고 할 수 있겠어?"

봉지미는 고개를 들어 고남의를 보고 슬픈 웃음을 지었다.

"그러니까, 전부 다 없었어야 해. 어머니의 유언도, 대성을 다시 세우는 것도, 그깟 복수도 전부 다 없었어야 하는 거라고."

고남의는 얼이 빠진 모습으로 봉지미를 보았다. 그녀의 말이 무슨 뜻인지 잘 알지 못했다. 그러나 산에서 돌이 든 보자기를 파낸 후, 그녀를 지탱하고 있던 신념들이 하루아침에 조각조각 부서졌다는 것을 어렴풋이 느낄 수 있었다. 그녀와 함께했던 갖은 고생과 오랜 희생, 그녀와 함께했던 나라를 찾기 위한 싸움. 이 모든 것이 존재 이유를 잃고 산산이 흩어져 눈가에 쓰라린 눈물로 내려앉았다. 그녀가 나지막하게 말을 이었다.

"봐! 남의, 영혁, 혁련쟁, 지효, 종신, 혈부도, 화경······. 모두들 자기 자신의 방식으로 할 수 있는 최선을 다해서 내가 맹세를 이룰 수 있게 돕고 불가능을 가능하게 만들었어. 심지어 그 희생과 고통을 최소화할 수 있게 해 주었지. 하지만 아무리 그렇다 해도 전쟁은 사람이 죽을 수밖에 없잖아? 그 훌륭한 젊은이들, 부모님께서 고이 기른 건강한 청년들, 그 생때같은 생명들······. 도련님 큰아버지의 이기적인 계획 때문에, 내 어머니가 속아서 한 희생 때문에, 내가 한 맹세 때문에 모래밭에 묻히고 넋이 타향을 떠돌게 되었어. 특히 혁련, 혁련, 그 사람은······."

흐느낌 때문에 말을 잇지 못하는 봉지미가 천천히 고개를 돌렸다. 고남의는 그녀 앞에 무릎을 반만 꿇고 조금 떨어져 앉아 있었지만, 그녀의 절망과 비애를 충분히 느낄 수가 있었다. 그녀의 어깨를 가볍게 토닥이며 그가 말했다.

"아니야, 네 잘못 아니야."

봉지미는 벽에 드리운 검은 그림자를 멍하니 보며 중얼거렸다.

"그래. 내 잘못이 아닐 수도 있지. 그렇지만 나는 이제 행복할 자격이 없는 것 같아. 무고한 이들의 피를 뒤집어쓴 나 같은 사람이 아무렇지 않게 살아간다면 밤낮으로 울부짖는 그 불쌍한 영혼들을 무슨 낯으로 보겠어?"

고남의는 봉지미를 유심히 보았다. 그녀가 농담하는 것 같지는 않았다. 그는 잠시도 생각하지 않고 이야기했다.

"그럼 내가 너랑 같이 죽을게."

고남의의 말투는 너무나 평온했다. 아무 고민도 없는 것 같았다. 마치 내일 함께 산책이나 가자는 가벼운 투였다. 봉지미는 놀랍지도 않다는 듯 그를 보았다. 그리고 역시나 평온하게 웃었다. 이게 바로 고남의지. 그는 모든 일에 냉담했다. 생사의 문제까지 포함해서……. 영혁이라면 어떻게 이야기했을까? 그는 '죽고 싶으냐? 그럼 내가 동의하는지 아닌지 우선 물어야지.' 하고 말했을 것이다. 그녀는 입술을 치켜 올리며 익살스럽게 웃었다.

'세상에는 마음대로 안 되는 일들도 있다고요, 영혁. 알겠어요?'

"그래. 우리 같이 죽어."

고남의의 소매를 움켜쥐는 봉지미의 말투는 평온하고 결연했다. 그는 고개를 끄덕이고 사방을 둘러보았다.

"그런데 나는 천성 황궁에서 죽고 싶지는 않아."

"나도 그래. 그럼 도련님이 날 데리고 나가. 난 힘을 봉인 당했어."

고남의가 고개를 끄덕이고 돌아서서 봉지미를 들쳐 업었다. 등에 업힌 그녀가 조용히 말했다.

"남의…… 몸이 왜 이렇게 차? 냉증이 또 도진 거야?"

고남의는 과거에 봉지미를 위해서 한철로 만든 족쇄를 찼었다. 그때 한랭증이 몸에 남는 바람에 그늘지고 추운 곳에 오래 있으면 안 되어 따뜻한 기후의 서량에서 오랫동안 머무른 것이었다. 그런데 지금 그의 등에 업힌 그녀는 옷을 사이에 두고도 뼈에 사무치는 한기를 느꼈고, 그래서 그의 냉증이 또 도졌다고 생각한 것이었다. 그가 무뚝뚝하게 대답했다.

"어쨌든 곧 죽을 건데 뭐. 상관없잖아."

봉지미는 웃었고, 얼굴을 고남의의 등에 바짝 갖다 댔다.

"내가 따뜻하게 해 줄게."

고남의는 "응" 하고 대답했다. 봉지미 얼굴의 온기 정도로 그의 한기를 떨쳐낼 수는 없었지만, 그는 만족한 듯 말했다.

"따뜻해."

고남의의 등에 기댄 봉지미의 얼굴에서 눈물이 소리 없이 흘렀다. 빛에 반사된 눈물은 가느다란 시냇물처럼 흘러내렸다. 그가 그녀를 업고 문을 나서는 찰나, 그녀가 갑자기 이야기했다.

"잠깐만."

봉지미가 고개를 돌리고 손을 길게 뻗어서 바닥 쪽으로 어지럽게 흔들며 가느다란 목소리를 짜냈다.

"경비……, 경비……, 내 아이를 돌려 줘……. 경비……, 경비……, 날 살려내……."

고남의는 깜짝 놀라 봉지미를 보았다. 갑자기 이게 무슨 미친 짓인지 알 수 없었다. 그때 외마디 비명이 들려왔다. 대각선 방향의 감방에 있던 만신창이가 된 여인이 갑자기 펄쩍 튀어 올랐다. 조금 전까지 마지막 숨을 몰아쉬던 그녀가 어디서 그런 힘이 나왔는지 모를 일이었다. 그녀는 거친 철벽에 상처가 쓸리는 것도 모르고 감방 구석으로 뛰어올랐다. 찢어진 등에서 나온 피와 살점이 철벽에 부딪혀 흩어져 내리자 벽이 온통 새빨갛게 물들었다. 그는 그제야 그쪽 벽이 나머지 벽과 다른 색깔이라는 것을 깨달았다. 검붉은 것이 아마 피로 한 겹 한 겹 덧칠이 된 것만 같았다.

"저거 봐. 저게 바로 몹쓸 짓을 많이 저지른 사람의 말로야."

봉지미가 손을 거두어들이며 조용히 이야기했다.

"나는 영혁이 나보다 더 독할 줄은 몰랐는데, 의외로 경비를 죽이지 않더라고. 여기 있는 며칠 동안 매일 이렇게 놀려 먹었어. 하하."

봉지미는 웃었지만, 웃음 속에 유쾌함은 없었다. 잠시 후, 고개를 돌린 그녀는 바닥에 축 늘어진 경비를 돌아보지도 않고 말했다.

"가자."

고남의는 고개를 끄덕이고는 봉지미를 업은 채로 감옥 위를 나는 듯 걸었다. 이번에는 올 때보다 훨씬 더 천천히 걸었다. 그녀는 그가 살짝 살짝 헐떡거리는 소리를 들었다. 그가 힘들어서 숨이 찬 것을 본 기억이 없는 그녀는 안쓰러운 마음에 손수건을 꺼내 그의 이마를 훔쳤다. 그리고 그가 가면을 썼다는 것을 깨달았다.

"얼굴 한번 보고 싶네."

봉지미가 턱을 고남의의 목덜미에 대며 졸랐다. 그는 잠시 생각하더니 이야기했다.

"종신이 그랬는데 보여 주지 말래."

"왜?"

고남의가 모르겠다는 듯 고개를 젓자, 봉지미가 웃으며 말했다.

"난 언제나 열외라고."

봉지미는 입술을 깨물며 고남의를 본 셈 치자고 생각했다. 종신이 얼굴을 내보이지 말라고 시킨 것 역시 그를 보호하기 위해서일 것이다.

"응."

그런데 고남의는 아무 저항 없이 가면을 벗으려 했다. 그 순간, 그의 손이 그대로 멈추었다. 환한 빛이 들이쳤다. 두 사람은 고개를 들었다. 언제부터인지 감옥 문 앞은 이미 인산인해였다. 어림군 장영위가 복도 앞에서 안으로 세 겹, 밖으로 세 겹 아주 빽빽하게 진을 치고 있었다. 물샐 틈 없는 그 배치에 날개 달린 개미 한 마리조차도 빠져나갈 구석은 없어 보였다. 그들이 나오는 것을 보자, 밖에 있던 모두가 창끝을 꽂

꽂이 세웠다. 찰칵거리는 요란한 소리가 울려 퍼졌다. 그와 동시에 통로 양쪽에서 등불이 차례대로 피어올라, 구천의 하늘에서 날아온 야광 구슬처럼 사방을 환하게 밝혔다.

등불 아래, 사람들의 정 가운데 높은 대 위에는 가마에 반쯤 누운 영혁이 있었다. 얼굴이 새파랗게 질린 그는 낮게 기침을 하면서 그들을 조용히 내려다보았다. 고남의가 서두르지 않고 허리끈을 풀어 봉지미를 등에 단단히 동여매었다.

"짐이 너희를 한참이나 기다렸다."

영혁이 소매를 입가로 가져가더니 기침할 때 나온 피를 닦아냈다. 봉지미가 쓴 독이 얼마나 셌는지, 무슨 수를 써도 해독하지 못한 것이었다. 해독을 못 한다면 애쓸 필요 없었다. 그녀가 그의 목숨을 원한다면 주면 된다. 다만 다 같이 죽자는 전제 조건이 있었다.

"장희 16년에 내가 너에게 말했었지."

영혁은 온화한 듯한 표정으로 봉지미를 보며 웃었다.

"이 천하 강역의 비바람과 물과 흙이 결국 모두 내 소유가 될 것이라고. 네가 재가 되든 뼈만 남든, 그것 또한 나의 재이고 나의 뼈이다. 그러니 네가 나가고 싶다면 그리 해 보려무나. 재가 되고 뼈만 남아 나와 함께 황릉에 묻히자꾸나."

봉지미는 고개를 틀어 영혁을 보았다. 눈빛이 아주 강렬했다. 그는 이렇게 멀리, 불빛을 사이에 두고도 그녀의 눈동자에서 반짝거리는 빛이 보였다. 그러나 금강석처럼 뻗어 나온 그 광채는 눈 깜짝할 사이 사라져 버렸다. 그녀는 다시금 흐리멍덩한 눈빛과 느긋한 말투로 세상에서 제일 독살스럽고 악랄한 말을 쏟아냈다.

"폐하께서 그리 죽지 않고 버티시는 것 역시 제가 재가 되고 뼈만 남기를 기다리시는 것 아닌가요?"

봉지미가 웃었다.

"그럼 그리하시지요."

봉지미는 고개를 돌려 고남의에게 말했다.

"우리는 가."

영혁이 눈을 감았다. 어떤 통증은 극에 달하면 아예 마비되고 만다. 몸은 아직 여기 있건만, 봉지미의 마음은 이미 이곳을 떠났다. 그녀 역시 그가 죽는 모습을 보려 애를 썼다. 하지만 아직 다른 사람에게 기대 그의 결말을 기다리고 있다. 그와 그녀는 일생을 뒤얽히며 반평생을 다 투었고 온힘을 다해 시련과 고초를 헤쳐 왔다. 그건 오로지 지금 이 순간을 위해서였다. 누가 먼저 죽는지를 보기 위해서. 죽기 전까지는 끝나지 않는다.

"그럼 그리하자."

영혁은 웃었다. 새파랗게 질린 눈언저리에 죽음의 기운이 옅게 드리웠다. 평소처럼 아무렇지 않은 봉지미를 보며 그는 갑자기 마지막 질문을 던졌다. 이번 생에 이루지 못한다면 다음 생이라도 기대하고 싶었다.

"지미야, 알려 다오. 어찌해야 함께할 수 있겠니?"

봉지미는 파아란 하늘을 통해 숙명의 끝자락을 보려는 듯 고개를 들었다. 그리고 잠시 후 담담하게 대답했다.

"죗값을 다 치르고 생사를 넘어야겠지요."

"생사를 넘는다라……."

영혁은 잠자코 봉지미의 말을 곱씹어 보더니 고개를 들고 소리 없이 손을 저었다. 천 갈래 만 갈래 칼과 검이 위로 솟았다가 아래로 떨어져 내렸다. 살짝살짝 부딪힌 소리가 모이고 모여 요란스레 울려 퍼졌다. 고남의가 그녀를 메고 날아올랐다. 그녀가 그의 등 뒤에서 이야기했다.

"도련님, 우리는 이미 사람을 너무 많이 죽였어. 이제는 되도록 죽이지 마."

"알았어."

두 사람은 침착했고, 평온하기 그지없었다. 두 사람 모두 사람의 능력에는 한계가 있다는 것을 알았다. 겹겹이 나타나는 궁궐의 문과 끝없이 밀려드는 군대를 뚫고 나갈 수 있는 자가 없다는 것도 알았다. 그래도 상관없었다. 간다. 그래야만 한다. 목숨을 건질지 아닐지는 중요하지 않다. 고남의의 움직임이 번뜩이더니 곧장 앞에 있는 칼의 무리로 파고들었다. 용감하게 돌진하는 모습이 마치 자살이라도 하려는 것처럼 보였다. 병사들은 모두 깜짝 놀라 어리둥절하였다. 그러는 사이 그는 바짝 앞으로 다가가 세 치 거리에서 갑자기 다리를 들어 올렸다. 그리고 가장 앞에 있는 기다란 칼을 냅다 차서 부러뜨려 버렸다. 긴 칼은 빙글빙글 돌면서 달빛과 등불을 천 갈래 만 갈래로 반사했다. 대적하던 호위병들이 부신 눈을 가늘게 떴다. 그 순간, 그들은 손이 가벼워지는 것을 느꼈다. 자신의 무기가 어느새 손에서 벗어나 있었다. 칼이 검에 부딪히고 검이 창에 부딪히고 창이 얼굴을 때리면서 번갯불이 사방으로 일자, 모두가 뿔뿔이 흩어졌다. '아이고' 곡소리에 '쟁그랑' 하는 소리가 울려 퍼지면서 호위병들이 사분오열로 흩어졌다. 그는 이미 가운데 난 통로를 통과해 첫 번째 포위망을 벗어나 있었다.

고남의의 발걸음이 멈추자마자, 둥그런 사람 형체가 달려들었다. 그 사람은 높은 대 위에서 미끄러지듯 나타났다. 분명 통통한 몸인데도 동작이 누구보다 재빨랐다. 그는 울면서 달려들었고, 울면서도 전혀 느리지 않았다. 달리면서 눈물과 콧물을 여기저기 줄줄 흘렸지만, 미처 피할 새도 없었다. 그는 그렇게 눈물 콧물을 짜면서 다가왔다. 그리고 마지막 콧물을 고남의의 몸에다가 흩뿌리려 했지만, 고남의는 진저리를 치며 몸을 피했다. 그리고 어렵사리 입을 열어 그에게 한마디를 던졌다.

"꺼져."

고남의는 꺼지라며 호의를 보였지만, 그 사람은 그의 호의를 받아들일 마음이 없는 것 같았다. 통통한 몸으로 그를 막아서더니 목을 빳빳이 들고 화를 냈다.

"너나 꺼져. 그 여자는 내려놓고 꺼지라고!"

봉지미가 고남의의 등 위에서 슬그머니 웃고 부드럽게 말했다.

"영징. 오랜만이야."

"퉤."

영징은 봉지미를 향해 거칠게 침을 뱉었다.

"인사하지 마쇼. 보기만 해도 화가 치미니까!"

봉지미는 웃으며 눈을 감고는 느릿느릿 이야기했다.

"영징, 비켜 줘. 우린 널 죽이고 싶지 않아."

영징이 눈을 부라렸다.

"나는 당신들을 죽이고 싶은데! 당신이 폐하를 해쳤으니, 나도 이제 살고 싶지 않아. 우리 다 같이 죽자고. 그럼 딱 좋겠네."

"그것도 좋지. 그런데 갑자기 궁금하네."

봉지미가 눈을 뜨고 영징을 보았다.

"여태까지 계속 신기했는데, 넌 어쩌다가 폐하 곁으로 온 거야? 폐하는 왜 이렇게 항상 너를 봐 주시는 거야? 어차피 다 같이 죽을 거, 그 정도 얘기쯤은 해 줄 수 있잖아?"

"얘기 못 할 게 뭐 있어?"

영징은 씩씩거리며 이야기를 시작했다.

"내가 폐하를 만난 건 여덟 살 때야. 나는 산에서 무예를 배우던 아이였고, 폐하는 일곱 살밖에 안 되었지. 그때 폐하는 크게 다쳐서 거의 죽어 가고 있었어. 폐하의 부하가 돌팔이 의사를 찾아다가 엉망으로 치료를 하는데, 내가 보니까 살리려는 게 아니라 죽이려고 하는 것 같은 거지. 그래서 보다 못한 내가 훈수를 두었거든. 아무도 나를 믿지 않았어. 내가 말한 방법으로는 사람이 죽을 거라고 하더군. 그런데 폐하가 그때 갑자기 깨어난 거야. 그러니 모두가 두말없이 내 말을 믿게 되었고, 그때부터 우리는 생사의 정을 나눈 사이가 된 거야. 당신이 그런 게 뭔지나 알아?"

"아, 그렇군."

봉지미는 희미하게 웃었다. 혈부도가 그렇게 공중 분해된 것이 바로 영징이 영혁의 생명을 구했기 때문이었다는 생각을 했다. 만약 그날 영징이 영혁을 구하지 않았다면, 그 이후의 수많은 결과는 일어나지도 않았을 것이 아닌가?

"폐하는 내게 잘해 주시지."

영징이 검을 뽑아 고남의를 향해 겨누었다.

"최근 몇 년간 폐하를 지켜보는 게 너무 힘들었다. 그러니 오늘은 무슨 일이 있어도 당신들을 여기에 쓰러트리고 말 거야."

"음. 알겠네."

봉지미는 고개를 끄덕이며 깊이 공감하는 태도를 보였다. 이윽고 그녀가 생각에 잠긴 듯 말했다.

"하지만 영징, 내가 폐하의 그 오랜 상처를 보았는데, 네 그 치료 방법은 진짜 잘못된 것일 수 있어……."

"응?"

영징은 봉지미가 그런 소리를 한 것이 뜻밖이었다. 그는 그녀가 얼마나 꾀가 많은지 알았기 때문에 그녀를 무척이나 경계해 왔었다. 다만, 그녀가 언급한 이 일은 그의 마음속에서도 오랫동안 의문으로 남았던 중이었다. 그때 영혁은 폭발로 인해 장기까지 상처를 입었었다. 그래서 그 지역 명의도 차가운 성질의 약물로 치료를 해서는 안 된다고 하였다. 하지만 영징은 유독 혼자서 차가운 현빙옥으로 화독을 억눌러야 한다고 했고, 이를 위해 스승의 진문지보(鎭門之寶)까지 훔쳤다. 훗날 영혁의 화독은 한랭증으로 바뀌었다. 그가 오랜 기간 고질병에서 벗어나지 못하자, 영징은 혹시 자신이 틀린 것은 아니었는지 속으로 생각해 왔었다. 그런데 지금 그녀가 그 이야기를 꺼내자, 영징은 어안이 벙벙했다. 그는 궁금해 죽겠다는 듯 앞으로 한 발짝 나서며 다급하게 물었다.

"뭐가 잘못됐는지 말해 봐요. 혹시 현빙옥이 잘못된 건……."

영징의 말이 채 끝나기도 전에 봉지미가 재빨리 손가락을 퉁겼다. 한 줄기 섬광이 번쩍이자, 그는 머리가 어지러웠다. 쓰러지기 직전 그가 포효했다.

"이 천 번을 죽여도 시원찮을 여……."

욕을 다 하지도 못한 영징이 눈을 까뒤집으며 뒤로 쓰러졌다. 봉지미는 손을 들어 그를 붙잡았다. 그리고 그의 품으로 무언가를 재빠르게 밀어 넣으며 귓가에 대고 속삭였다.

"어이, 걱정하지 마. 사실 네 현빙옥은 맞게 쓰였어. 안 그랬으면 영혁은 벌써 죽었을걸……."

의식이 아주 조금 남아 있던 영징은 봉지미의 말을 듣고 기가 막혀 그대로 졸도하고 말았다. 그가 쓰러지자, 그녀도 더는 붙잡지 않았다. 그녀가 손을 놓자, 그가 쾅당하고 쓰러졌다. 영혁은 깜짝 놀라 일어서려고 했지만, 다리에 힘이 풀려 다시 주저앉았다. 호위병들이 다급하게 달려와 영징을 안아 데려갔다. 영징이 무사하다는 것을 안 영혁은 그제야 안도의 한숨을 내쉬었다. 그들을 향한 시선은 더욱 차가워졌다. 고남의는 위쪽으로는 시선조차 두지 않고 그녀를 업고 계속해서 앞으로 나아갔다.

호위병이 마치 파도처럼 밀려들었다. 칼, 창, 검, 극의 밝은 빛이 그치지 않고 펼쳐졌다. 고남의는 마치 강철의 틈바구니를 꿰뚫고 솟아나는 검은 번개처럼 빛무리 속을 오갔다. 가르고 찰싹 달라붙어 발로 차고, 봉지미를 메고 솟구쳤다가 떨어지고……. 그는 끊임없이 움직였고, 혼자서 만군을 상대하고 있었다. 고남의는 허리춤에 있던 단옥검을 이미 뽑아 들었다. 밝은 검광의 끝단에서 칼자루가 핏빛처럼 붉어졌다. 그 힘이 극에 달하자, 검의 핏빛은 부풀어 올라 얼핏 불탑의 모습이 드러났다. 핏빛 불탑은 계속해서 다가오는 사람들의 물결을 매섭게 우는 바람과 흐느끼는 울음소리로 뒤덮어 버렸다. 한걸음에 한 명씩, 희고 붉은 빛의 기둥 둘레 너머로 병사들이 쓰러졌다. 보통 호위병은 그의 적수가 되지 못했다. 그 순간, 거대한 절굿공이 같은 것이 '쌔액' 하고 다가왔다. 어느 역사(力士)가 던진 것인지 알 수 없었다. 고남의는 날쌔게 몸을 피한 후, 한 발로 큰 나무를 딛고 가볍게 방망이를 밟아 주었다. 포탄과 같은 기세는 곧바로 수그러들었다. 고남의가 단옥검을 한 번 휘둘렀다. 새빨갛고도 흰빛이 스치자, 금으로 된 공이는 수천수만 조각으로 산산이 쪼개졌다!

공이 파편은 달빛이 사방으로 퍼져 나가는 것처럼 주위를 뒤덮었다. 가까이에 있던 호위병들이 계속해서 공이의 파편에 상처를 입어 비명 지르는 소리가 끊이질 않았다. 파편이 계속 흩어지자, 고남의는 한 손을 들어 둥그런 곡선을 그렸다. 그러자 그의 몸 앞에 갑자기 거대한 소용돌이가 생겨나 계속해서 빙글빙글 돌았다. 주위의 파편들이 전부 소용돌이에 빨려들면서 일순간 전부 가루로 변해 버렸다. 그에게로 향하던 각양각색의 무기들은 소용돌이에 들어가기도 전에 전부 소멸해 버렸다. 새빨갛고 흰 빛무리는 괴이한 소멸 능력이라도 있는 듯, 비추는 족족 그곳의 모든 것을 부수었다. 불과 잠깐 사이에 그들은 바다를 가르듯 호위병 사이를 가르고 지나갔다. 그들 뒤로는 일시적으로 전투력을 잃은 호위병들이 겹겹이 쌓여 있었다. 고남의는 두 번째 포위망을 뚫고, 고개를 들어 맞은편에 우뚝 솟은 궁문과 셀 수 없이 많은 화살 끝을 보았다.

궁문의 꼭대기에서는 거대한 쇠뇌 틀이 덜컹거리며 움직이고 있었다. 성벽 위에 빽빽하게 들어찬 것은 전부 궁수였다. 그들은 활시위를 팽팽하게 당긴 채, 숨을 멈추고 미동조차 없었다. 그가 앞으로 한 발짝 나서자, '쉬익' 하는 소리와 함께 그의 발끝에서 딱 한 치 앞에 가느다란 화살이 일렬로 박혔다. 성벽 위에서 갑옷과 투구를 착용한 사람이 나타났다. 얼굴이 아직 앳된 청년으로 보이는 그가 멍하니 성벽 아래를 바라보는 모습에서 복잡한 심경이 엿보였다. 봉지미도 '아' 하고 외마디 소리를 지르고 중얼거렸다.

"요양우……."

고남의는 '흥' 하고 코웃음을 쳤다. 요양우라도 화살을 쏜다면 가차 없이 죽이겠다는 뜻이었다. 요양우는 궁성의 성문 2층에 서 있었다. 손가락으로 벽면을 움켜쥔 그는 아래쪽의 두 사람을 바라보았다. 조금 전, 그는 오늘 밤 궁을 나가려는 자객을 붙잡아야 한다는 명령을 하달받았다. 이는 어림군 총령인 그의 책임이었다. 그러나 먼저 온 순우맹이 그에게 이상한 소리를 했다.

"위 대인이 돌아왔어. 조심해."

요양우는 이 말을 듣고 황당해 어리둥절했다. 위 대인은 장희 21년 초왕의 태자 책봉 상소 사건에 휘말려 산북으로 쫓겨났고, 장희 23년에 병사했다고 알고 있었다. 그때 그는 대성통곡을 하면서 제사를 올릴 사람을 산북으로 보냈지만, 그들이 돌아와서 대인을 이미 묻었다고 들었는데 어디에 묻었는지 알아낼 수가 없다는 보고를 했다. 그 이후로 가끔 위 대인을 떠올릴 때마다 가슴이 아픈 것을 어찌할 수가 없었다. 벗이자 스승이고, 은인이던 사람이 소식도 모른 채 떠나간 것이 평생 가장 한스러운 일이었다. 가끔은 이상하기도 했다. 위지처럼 재주가 뛰어나고 훌륭한 사람이 어떻게 그렇게 소리 소문도 없이 죽어 버렸단 말인가? 그런데 그 궁금증에 대한 답을 오늘에야 얻게 되었다. 요양우는 성루 위에서 고남의와 그의 등에 업힌 가냘픈 여자를 발견하였다. 그리고 영징의 표정에서 모든 것을 읽어낼 수가 있었다. 천성 조정의 무쌍국사이자 가장 능력 있는 신하였던 위지는 바로 대성국을 다시 세운 천하제일의 여제 봉지미였다.

요양우는 그 남녀를 가만히 보았다. 청명서원에서 공차기를 즐기던 위 사업과, 휘파람을 불던 고 대인이 떠올랐다. 남해의 사당 앞에서 쓰러진 위지와, 시력을 잃은 초왕이 떠올랐다. 백두애 아래에서 악전고투하다 사로잡힌 위지와, 목숨을 바쳐 그녀를 구하던 화경이 떠올랐다. 대월의 포성 성루 아래에서 노발대발하며 눈밭에 무릎을 꿇었던 혁련쟁과, 이에 깜짝 놀랐던 위지가 떠올랐다. 금세 눈가가 젖어왔다.

'그랬구나. 그랬구나.'

요양우의 손가락이 천천히 움츠러들었다. 만감이 교차하던 얼굴은 차차 평온을 되찾았다. 봉지미는 줄곧 미소를 잃지 않았다. 그리움과 반가움이 뒤섞인 눈으로 그를 보던 그녀가 갑자기 이야기했다.

"안 되겠네. 양우는 의리가 있어. 앞뒤 안 가리고 감정이 폭주할 거야. 난처하지 않게 우리가 먼저 손을 써."

고남의는 봉지미를 흘깃 보았다. 누구든 폭주한다면 좋지 않다. 게다가 그녀의 말을 거스를 순 없었다. 그는 발끝을 뾰족하게 띄워 궁문의 2층으로 날아올랐다. 요양우는 그가 다가오는 것을 보고 입을 달싹였지만, 차마 쏘라는 명령은 내리지 못했다. 그때 그의 뒤에서 누군가의 그림자가 움직였다. 그 사람은 마치 아무것도 없던 자리에서 튀어나온 것 같이 홀연히 나타났다. 바로 앞에서 마주 다가오던 고남의의 눈에도, 너무나 갑작스레 나타나 요양우의 목덜미를 붙잡은 그의 두 팔만 보였을 뿐이었다! 요양우는 그때 온 신경을 고남의와 봉지미에게 쏟고 있었다. 그러다 보니 뒤에서 누군가 나타날 거라고는 전혀 생각조차 하지 못했기에 도저히 피할 수 없었다. 오히려 앞에서 달려든 고남의가 습격한 그 사람의 손을 내리쳤다. 그 사람은 소매를 들어서 가볍게 고남의의 공격을 받아내며 꿈쩍도 하지 않았고, 손가락 끝을 요양우의 목에 갖다 댔다. 반면 고남의는 흔들거리다가 하마터면 성루 아래로 떨어질 뻔하였다. 봉지미는 고남의의 체내에 한기가 한층 더 심해지는 것을 느꼈다. 한바탕 싸움이 벌어졌지만, 곧 눈이라도 쏟아질 것 같은 추운 날씨에 한랭증이 다시 도진 것이다. 그녀는 딱딱 부딪히는 자신의 이빨 소리 때문에 괜히 고남의를 방해하지 않도록 이를 꽉 깨물었다. 아주 여유 있게 요양우를 제압한 그 사람은 살기등등한 눈빛으로 고남의를 보고 고개를 절레절레 흔들었다.

"네 녀석은 어째 성질머리가 그 모양이냐? 이런 상황에서도 적을 구하려는 거냐?"

고남의는 꼼짝도 하지 않고 그를 노려보았다. 봉지미는 마음이 철렁했다.

'저 말투…… 뭔가 이상하다!'

그 사람을 찬찬히 살펴보니 가면을 쓰고 은색 두루마기를 둘렀다. 분명 아주 밝은 색 옷을 입었는데도, 왠지 어둡고 음침하게 느껴졌다. 무언가를 숨기고 있는 것만 같았다. 마치 똬리 튼 은색 뱀이 어두운 곳에서 혀를 날름거리고 있는 것 같았다. 그런데도 복장과 분위기가 아주 낯익었다.

"너희는 물러가라."

그 사람은 요양우를 인질로 잡고, 위로 올라온 호위병들에게 분부했다. 약간 쉰 목소리였다. 봉지미도 얼른 천성의 호위병들에게 소리쳤다.

"어서 물러나, 어서!"

그자가 봉지미의 반응에 즐거워하는 모습을 보이자 그녀는 씁쓸하게 웃을 수밖에 없었다. 그 사람은 낄낄 웃었다.

"협조할 줄도 알고…… 아주 좋아. 너희 둘은 나와 간다."

봉지미가 냉담하게 말했다.

"됐어. 당신을 뭐라 불러야 하지? 금우위 지휘사? 아니면…… 혈부도 선배?"

그 사람은 멈칫하더니 이윽고 웃었다. 이번에는 아까처럼 듣기 싫은 쉰 목소리가 아니었다. 온화하고 시원스러운 듣기 좋은 목소리였다. 이윽고 그가 손을 들어 가면을 벗었다. 중년 남자의 얼굴이 드러났다. 세월의 흔적을 피하기는 어려웠지만 출중한 이목구비였다. 청년 시절에는 썩 괜찮은 외모였음이 분명해 보였다. 봉지미는 그의 용모를 한참 동안 꼼꼼히 뜯어보았다. 기억 속에 남은 양아버지의 모습과 비교해 본 그녀는 한참 후 어쩔 수 없다는 듯 한숨을 쉬며 말했다.

"역시 좀 닮긴 했네."

그 사람은 봉지미를 흘깃 보고 고개를 돌리더니, 고남의를 자세히 보고 탄식했다. 그녀도 고남의를 바라보았다. 그녀는 고남의 앞에서 옛일을 듣추고 싶은 마음은 추호도 없었다. 그러나 고남의를 바라보는 그의 눈빛을 보니 그녀가 말하지 않아도 상대가 먼저 이야기를 꺼낼 참이었다. 그래서 하는 수 없이 고남의의 귓가에 대고 살짝 이야기했다.

"저 사람이 남의…… 아버지야."

고남의는 당황했다. 그를 훑어보는 고남의의 표정에는 의혹이 가득했다. 고연은 희미하게 웃더니 봉지미를 향해 고개를 끄덕이며 감사를 표했다. 그리고 고남의를 향해 따뜻하게 손을 흔들었다.

"의야, 이리 오너라. 아버지가 좀 보자꾸나."

고남의는 고연을 묵묵히 보더니 등에 업힌 봉지미를 추어올리며 말했다.

"필요 없어."

고연은 당황해 씁쓸하게 웃었다.

"의야, 아버지가 오랫동안 너를 버리고 돌보지 않았다고 원망하는 것이냐? 이 아비도 사정이 있었단다……."

고연은 어디서부터 이야기해야 할지 알 수 없어 잠시 뜸을 들였다. 가족을 돌보고 대를 잇는 것이 너무나 힘들어서 혈부도에서 나가고 싶은 마음이 들었다고 말할 것인가? 아니면 대성이 붕괴되기 전부터 영씨 황족에게 자신을 의탁하고 있었다고 말할 것인가? 그날 밤 돌아서서 적을 막는 척하면서 전욱요를 기절시켰다고 말할 것인가? 혼자 지름길로 가서 미리 준비한 갓난아이를 데려다가 속였다고 말할 것인가? 형님의 추격을 피해서 황궁에서 4년간 몸을 숨겼다고 말할 것인가? 혹은 금우위 지휘사 자리를 맡아 어둠 속에서 살아 왔던 것은 나중에 고남의를 보호하기 위해서였다고 말할 것인가? 그것도 아니면 금우위 지휘사였음에도 대성의 후예를 모른 척 덮어 두었다고 말할 것인가? 사실은 남의가 강호를 떠돌도록 일부러 버린 것이 아니었다고 할 것인가…….

아버지를 만났지만 인정하지 않는 아들을 앞에 둔 채, 그의 뻗은 손이 공중에 그대로 굳어 버렸다. 고연은 아들의 존재를 이미 몇 년 전부터 알고 있었지만, 여러 가지 이유로 모습을 드러내지 못했다. 물론 그 역시도 남의가 강하다는 것을 알았기에 자식의 안위를 걱정하지는 않았다. 다만 봉지미가 하려는 일이 끝나고 난 뒤 남의가 자신과 연루되거나, 아니면 영혁을 죽이겠다고 나섰다가 그녀에게 배신을 당할까 걱정스러웠다. 그는 금우위 지휘사의 신분을 버리고 몇 년 동안 이곳저곳을 떠돌았다. 생사를 걸고 자신을 쫓는 원수의 끝없는 추격에 맞서던 그는 저 멀리 타향에서 갑자기 자신이 늙어 버렸다는 것을 깨달았다. 그리고 외로웠던 그간의 세월 속에서 자신이 얼마나 남의를 그리워했는지도 깨달았다. 남의, 나의 아이. 그가 해 온 모든 것들은 전부 아이를 위해서였다. 남의는 그와 사랑하는 여인이 낳은 하나뿐인 아들이었다. 하지만 그녀는 남의를 낳다가 기력이 다해 곧 죽을 운명에 처했었다. 당시 먼 곳에서 혈부도의 임무를 수행 중이었던 그가 급히 돌아왔을 때는 이미 모든 것이 늦어 버린 후였다. 임종 전, 그는 그녀의 손을 맞잡고 혈부도를 떠나겠노라고, 남의를 잘 키우겠노라고 대답했다. 그러나 그는 혈부도를 떠날 수가 없었다. 그는 고씨 집안의 자제였고, 혈부도의 핵심이었다. 그가 빠지겠다는 의사를 눈곱만큼만 비추어도 큰형님이 그를 죽일 것이었다. 그렇지 않고서 혈부도는 존재할 수 없었다. 때문에 그도 어쩔 수 없이 남아야만 했다. 결국 그는 결과야 어찌 되든 우연에 기댈 수밖에 없었다. 큰형님은 죽지 않는 한, 하늘 끝까지라도 그를 쫓을 터였다. 게다가 그가 남의를 찾아간 것을 천성의 관리들이 눈치채면 그 즉시 집안이 쑥대밭이 되었을 것이다. 그가 혈부도를 배신하고 천성 황조에 의탁했다는 사실은 최고 기밀이었기에 하급 관청에서는 알지 못했기 때문이다. 그런 상황에서 그 나름대로는 몰래 남의를 찾아 나섰지만, 강호로 흘러든 어린 남의가 간 곳을 도무지 찾을 수가 없었다. 큰형님의 추격을 피하면서 한편으로는 초조하게 아이를 찾아 헤맨 그는 마침내 한곳에서 발걸음을 멈추었다. 남의가 종 씨 집안 사람에게 발견된 것이었다. 종신이 상처 입은 가련한 아이를 안아 올리는 모습을 목격한 그는 깨달았다. 이번 생에 남의 역시 혈부도의 명을 받드는 길을 가게 되었다. 이번 생에 남의는 결국 그의 적이었다. 운명은 배신자를 용서하지 않는다.

고연의 눈에서 처량함을 읽은 봉지미가 가볍게 탄식했다. 그녀는 남의에게 사실을 알려 줄 마음이 없었다. 이렇게 순수한 사람에게 가족이 원수라는 슬픔을 마주하게 할 필요가 있을까? 고연이 그녀를 해쳤지만, 잘잘못을 따지고 싶지 않았다. 고형을 해쳤지만, 그것은 나중에 저승에서 직접 따지면 될 일이었다. 은혜와 원한은 원래 끝이 없는 법인데, 굳이 그럴 필요가 뭐가 있겠는가?

"가 봐."

봉지미는 고남의를 가볍게 밀었다.

"아버지가 사정이 있었다고 하잖아. 그래도 지금 나타나셨으니 가서 봬야지."

봉지미의 말이라면 거역하지 않는 고남의였지만 이번에는 뭔가 이상했다. 아버지가 왜 갑자기 나타났는지, 왜 금우위 지휘사라고 하는지 곰곰이 생각하며 경계를 늦추지 않았다. 그러면서 한 발짝 앞으로 다가섰다. 고연의 눈가에 기쁨이 흐르는 찰나였다.

"드디어 낯짝을 드러냈구나!"

갑작스러운 소리와 함께 검은 그림자가 처마 끝에서부터 날아왔다. 커다란 소매가 펄럭이며 노도와 같은 바람이 곧바로 고연의 뒤를 강타했다! 목소리를 들은 고연은 얼굴이 흙빛으로 변하며 요양우를 끌고 뒤로 물러섰다. 고남의는 돌아서서 손바닥을 들어 그 사람의 장풍에 맞섰다. 쾅 하는 소리가 나더니 상대방이 뒤로 한발 물러섰다. 세 발짝 물러난 고남의의 입가에서는 피가 주르륵 흘렀다.

"어리석은 놈!"

상대는 검은색 두루마기에 빨간 겉옷을 걸치고 있었다. 먹물처럼 짙은 눈썹을 한 그가 삿대질하며 악다구니를 썼다.

"아버지는 얼어 죽을? 이놈은 혈부도의 반역자일 뿐이야! 지금까지 내가 그 오명을 뒤집어쓰고 얼마나 억울했는데…… 오늘에서야 너를 찾아냈구나! 고연, 이제 결판을 지을 때가 왔다!"

"소륙."

고연이 쓴웃음을 지었다. 지금까지 전욱요는 뜻하지 않게 반역자라는 이름을 달고 살았다. 그래서 이름을 감추고 그를 찾으려 수단과 방법을 가리지 않았다. 심지어 그가 조정으로 숨어들었다고 의심해 신자연을 곁에서 모시는 수고도 마다하지 않았다. 그러나 고연 역시 그가 자신을 찾는다는 걸 알았기에 지금까지 모습을 드러내지 않은 것이었다. 그런데 하필 오늘 그에게 들키고 만 것이었다.

"하하하하하, 모두 모였나? 모두 모였어? 싸워! 싸우라고! 치고받고 싸우다가 다 죽어 버려!"

아래에서 갑자기 찢어지는 소리가 들려왔다. 목소리가 아주 날카로웠다. 모두가 어리둥절해 아래를 바라보았다. 성루 아래 광장에 있는 사람은 온몸에 피 칠갑을 한 여인이었다. 그녀는 상처투성이인 얼굴을 들고 미친 듯이 웃었다. 경비였다.

아까 고남의가 감방문을 열고 봉지미를 데리고 나오면서 문을 닫지 않은 탓에, 경비가 혼이 쏙 빠진 채로 비틀비틀 밖으로 나온 것이었다. 밖에는 병사들이 많았지만, 모두 고남의를 둘러싸는 데만 급급했다. 설사 누가 그녀를 보았다고 해도 그녀의 처참한 모습에 쉬이 손을 대지는 못했을 것이었다. 그렇게 그녀는 고남의가 뚫은 길을 따라서 허겁지겁 나와 궁문 아래까지 이른 터였다. 전욱요는 그녀를 보고 놀라더니 한참 후에야 알아보고 격분했다.

"이 못된 것! 배신자가 어디 있는지 찾아낼 수 있다고 날 속이고, 나하고 손을 잡는 척 연기를 해? 나한테 죄 없는 아이를 죽이게 하고 숨겨 놨던 보자기까지 훔쳐 간 너에게 이렇게 오랫동안 속은 것이 원망스럽다! 진즉 널 죽여 버렸어야 했는데!"

"하하……. 내가 찾았잖아……."

경비는 날카로운 소리로 웃었다.

"못 찾았으면 어디 날 원망이나 했겠어?"

멀리서 갑자기 누군가가 소리를 질렀다.

"경비! 당신 누굴 죽이라고 시킨 거야!"

영징이었다. 그는 높은 대 위의 영혁을 부축하며 영혁이 시킨 대로 물었다. 전욱요는 '흥' 하고 코웃음만 칠뿐, 말이 없었다. 경비는 득의양양한 모습이었다. 오랫동안 시달려온 탓인지 이미 정신이 또렷하지 못한 그녀는 깔깔 웃으며 대답했다.

"소녕의 아이지. 내가 전욱요한테 죽이라고 했어. 어때? 아주 대단한 단도 한 자루였잖아!"

영혁은 눈을 감았고 한숨을 내쉬었다. 궁문 2층의 봉지미도 동시에 눈을 감으며 두근거리는 가슴을 진정시켰다. 바로 저 여자의 짓이었다. 그녀가 황묘를 몰래 훔쳐보았던 그날, 누군가가 그녀를 담장 아래로 떨어트리고는 난향원 밖까지 유인했다. 경비가 지하 통로에서 아이를 낳았을 때, 소녕은 병사들을 끌고 와 그녀를 구했다. 그리고 인아의 손에서 봉지미가 갓난아이를 받아들었을 때, 갑자기 나타난 영혁에게 가로막히고 말았다.

그날 밤 봉지미는 아이를 영혁에게 건넸다. 그리고 나서 결국 그 아이 가슴에 단도가 박힌 채 그의 품에서 피범벅이 되어 죽은 것을 보았다. 그날 밤 그녀는 한 번 더 그를 믿어보기로 했었다. 하지만 냉혹한 현실에 부딪힌 그녀의 마음은 무너졌다. 그녀가 그와 진심으로 적이 되어 갈라서게 된 것이 바로 그날 밤이었다. 그때 이후로 그녀는 결심을 굳히고, 그에게서 멀어졌다. 그래서 국토를 나누고 천하를 가르게 되었다. 그날 밤은 훗날 이어진 수많은 고통과 더 나아가 지금 되돌리기에는 너무나 힘든 결과의 발단이었다. 일생의 전환점이 바로 그렇게 시작되었는데…… 그 모든 것이 경비가 꾸민 일에 불과했었다니…….

결국 경비의 계략이 영혁과 봉지미를 철저히 대립시킨 것이었다. 경비는 전욱요를 시켜 봉지미를 난향원으로 이끌었고, 소녕의 아이를 자신의 아이인 것처럼 바꿔치기해 봉지미의 손에 들어가게 했다. 아무것도 모르는 봉지미는 영혁에게 아이를 건넸다. 그리고 경비는 전욱요에게 봉지미가 골목에 가까이 다가갔을 때 소녕의 아이에게 비수를 던지라고 했다. 봉지미의 두 눈으로 영혁이 자신을 '배반'한 것을 목격하게 만든 것이었다. 경비의 치밀함, 악독함, 일이 흘러가는 상황과 시간, 모든 것이 흠잡을 데 없이 완벽했다.

경비는 여전히 웃고 있었다. 선혈이 흘러나와 오관을 구분해낼 수도 없는 얼굴은 흉악한 악마처럼 보였다. 이 사건은 그녀의 일생에서 가장 자랑스러운 작품이었다. 봉지미와 영혁을 손바닥 위에서 갖고 놀았다는 생각을 할 때마다, 살면서 그렇게 속 시원한 일이 또 없었다.

피융!

기다란 화살 한 발이 사정없이 날아와 경비의 등 한가운데 박혔다. 어찌나 세게 와서 박혔는지, 화살은 경비의 등을 뚫고 몸을 끌고 나아가 땅바닥에 그대로 가서 박혔다. 그녀의 웃음소리가 딱 그쳤다. 그녀는 화살에 박힌 채, 힘겹게 고개를 돌렸다. 입과 코에서 피가 쏟아져 나왔다. 그러나 눈가의 광기 어린 웃음만은 여전히 그대로였다. 높은 대 위의 영징이 손에 든 활을 무겁게 내려놓았다. 그리고 땅바닥을 거칠게 구르며 큰 소리로 말했다.

"도저히 참을 수가 없었습니다. 폐하 벌을 내려 주세요!"

가마 위의 영혁은 한마디도 하지 않고 천천히 손을 들어 자신의 눈을 가렸다. 궁문 2층 위의 봉지미는 얼굴을 고남의의 등에 묻었다. 뜨거운 눈물이 줄기차게 흘러내렸다.

"죽어 마땅한 것들은 모두 죽어야지."

전욱요의 냉랭한 목소리가 사람들의 머리 위로 쏟아졌다.

"고연, 오늘 황성 위에 오른 김에 니와 나의 원한을 풀자!"

전욱요가 단박에 뛰어오르자, 위층에 있던 사람들 모두 거센 바람을 맞았다. 맹렬한 바람 속에 차갑고 축축한 것이 섞여 있었다. '쏴아' 하는 바람 소리에 사락거리는 것이 휩쓸려왔다. 하늘 가득 지전을 찢어서 뿌린 것만 같았다. 눈이었다.

검은 창공의 저 높은 곳에서부터 소리 소문 없이 쏟아진 눈발은 궁문 위를 휘감았다. 하지만 전욱요 앞에까지 간 눈은 어지럽게 휘날리지 않았다. 그 검은 옷의 남자는 제자리에 우뚝 서서 두 손으로 무언가를 안는 시늉을 했다. 그러자 눈발은 기의 소용돌이 속에서 빙빙 돌며 응결되었다. 눈으로 된 공이 조금씩 형태를 갖추게 되더니 그의 앞을 선회하며 쉭쉭 소리를 냈다. 한편, 고연은 준비를 하고 있었다. 그는 이미 요양우를 놓아주었다. 일생일대의 적을 마주한 그는 아주 엄숙한 표정이었지만 걸음만은 능수능란하게 움직였다. 한 발은 앞에 한 발은 뒤에 놓은 그는 소리 없이 천천히 허리춤에 꽂은 금색 연검을 뽑아 들었다. 두 사람은 서로를 마주 보았다. 서로의 살기가 한밤중의 안개처럼 기척도 없이 퍼져 나갔다. 사방에 있던 병사들은 마치 얼어붙은 것처럼 제자리에서 이러지도 저러지도 못하고 있었다. 고남의조차 파르르 떨며 몸을 빼내지 못하고 있었다. 그는 몸이 얼어 병이 도지고 기력이 다해, 이제 거의 탈진하기 일보 직전이었다. 그러니 두 고수의 기 싸움에서 벗어날 수가 없었다.

사실 고남의 자신도 굳이 벗어나려 하지 않았다. 그는 그곳에 서서 두 사람을 멍하니 보고만 있었다. 평소에 생각하길 싫어하던 그였지만, 지금은 알 수 있었다. 고연, 그의 아버지, 생애 유일한 가족, 그가 바로 눈앞에서 생사를 건 싸움을 하려고 했다. 그는 자신의 아버지이고 혈부도의 배신자였다. 고남의는 오래전부터 혈부도의 사명을 받들어 왔다. 혈부도에서 지키기로 맹세한 사람에게 자신의 평생을 다 바쳤다. 그는 20여 년을 살아오면서 언제나 한결같았고, 항상 변하지 않았다. 그는 그렇게 규칙을 지키고 숙명을 받아들이며 흔들림 없이 지내왔다. 그런 그의 눈앞에 갑자기 아버지가 나타나게 되었지만, 기뻐하거나 원망할 겨를도 없이 자신의 친아버지가 혈부도의 적이라는 걸 알게 되었다. 가만히 서 있던 고남의의 손가락이 갑자기 벌벌 떨리기 시작했다. 마음속 깊은 곳에서 무언가가 처량하게 울려 나와 든든하게 버텨 왔던 심장을 들이받았다. 가슴이 갈가리 찢어지고 아파 왔다.

'이게 사람들이 말하던 운명의 장난이란 말인가? 이렇게 아픈 것이었구나. 이렇게 차가운 것이었구나⋯⋯.'

이 싸움을 지켜볼 수 없는 사람이 딱 두 명 있었다. 한 명은 고남의의 등에 매달린 봉지미였다. 그녀는 등에 깊숙이 엎드려 긴 속눈썹을 내리깔았다. 그녀의 얼굴은 점점 빛깔을 잃어 갔다. 다른 한 명은 높은 대 뒤에 있는 영혁이었다. 그는 눈이 내리는 대 위에서 그녀의 방향을 아득하게 바라보았다. 양미간 사이가 푸르스름했다. 잠시도 견디기 어려운 침묵이 이어졌다. 그리고 드디어 하늘과 땅 사이를 꽉 메우고 있던 살기가 폭발했다!

"죽어라!"

전욱요가 힘차게 외치며 팔뚝을 휘둘렀다. 눈이 뭉쳐 만들어진 공이 회오리바람 같은 위세로 고연의 가슴을 향해 떨어져 내렸다. 거대한 눈뭉치가 지나간 자리에서 세 장 이내에 있던 사람들은 머리카락이 거꾸로 곤두섰다. 성루의 모퉁이마다 가지런히 놓인 등불이 흔들리며 어두워지더니 종이들이 찢어져 나비처럼 나부꼈다.

"가라!"

금빛 광선이 번쩍이며 고연의 검이 뒤에서 앞으로 뻗어 나갔다. 검광이 환해지자, 이미 어두워졌던 등불도 다시 밝아지고, 우당탕 부서지는 소리가 더 커졌다. 이번에는 땅바닥이 남아나지 않았다. 견고한 청석으로 이루어진 바닥이 거미줄 모양으로 조각조각 갈라지더니 전욱요의 발아래까지 흉측한 상처처럼 번져 나갔다. 차갑게 웃으며 위로 솟구치는 전욱요의 눈이 반짝임과 동시에 검광이 눈부시게 부딪혔다. 그 빛 속에서 두 사람의 그림자가 용솟음쳤다. 빛처럼 재빠른 그들의 초식을 알아보는 사람은 없었다. 둘이 지나간 자리는 모든 것이 자취를 감추었다. 그들이 빠르게 이동하는 통에 성루 위의 난간은 햇볕에 눈이 녹듯 조용히 무너져 내렸다. 두 사람이 땅으로 내려가자, 땅바닥은 디디는 곳마다 깊은 균열이 생겨났다. 흙먼지가 하늘을 뒤덮으며 성루 위아래에 있는 사람들의 머리 위에 내려앉았다. 높은 대 위의 영혁은 두 고수의 결투를 보고 눈살을 찌푸리며 조용히 말했다.

"멈추라고 해라. 다치지 않도록……."

風叔

517

영혁의 말이 끝나기도 전에 영징은 버럭 고함을 질렀다.

"저들을 막아라. 싸우지 못하도록 해라!"

그리고 영징도 얼른 달려 나갔다. 요양우는 손을 휘두르며 병사들에게 앞으로 나가라고 지시했다. 병사들이 그들에게 몰려들었다. 그리고 다시 우르르 물러섰다. 병사들은 광풍과 폭풍우를 만난 풀포기 같았다. 앞사람은 뒷사람에게 부딪히느라 정신이 없었다. 뒷사람은 피하고 싶어도 거대한 파도 같은 강한 힘이 밀려오는 통에 견디지 못하고 비틀거리며 물러섰다. 그러면 자신의 뒷사람과 또 부딪혔다. 그 뒷사람은 피하려다가도 또다시 밀려오는 새로운 파도에 휩쓸리고 말았다……. 큰 바다처럼 파도가 일파만파로 계속 덮쳐왔다. 그들과 반경 세 장 이내에는 제대로 서 있는 사람이 없었다. 결국, 모두가 꼬치에 꿴 것처럼 데굴데굴 바닥을 뒹굴었다. 절체절명의 한판 대결이었다. 누구도 감히 접근하지 못했고, 누구도 감히 막아서지 못했다. 목숨을 담보로 하지 않으면 불가능했다. 눈 깜짝할 사이에 두 사람의 합이 백을 넘겼다. 천지도 이 절세의 승부에 놀란 듯, 거센 눈보라를 뿌렸다.

쨍강!

돌연 무시무시한 소리가 울려 퍼졌다. 눈의 빛이 옅은 금색으로 수그러들고, 희미한 그림자 둘이 높이 솟구쳐 올라 공중에서 맞붙었다. 고남의가 갑자기 뒤에 묶은 허리끈을 검으로 끊어내더니, 핏빛으로 번쩍이며 날아올랐다.

"남의!"

몸을 지탱해 주던 고남의의 허리끈이 떨어져 나간 봉지미가 바닥으로 쓰러지며 부르짖었다. 그녀는 눈보라 속에서 열심히 손을 뻗었지만, 손에 잡히는 것은 그의 옷자락뿐이었다.

"남의……."

흐릿한 소리와 함께 빛이 사그라졌다. 눈바람 속의 세 사람이 아래로 내려왔다. 바닥으로 떨어지기도 전에 고연이 고통스러운 비명을 질렀다. 그의 금빛 검이 고남의의 앞섶에 꽂혀 있었다. 그리고 전욱요의 손바닥이 고남의의 등에 맞붙어 있었다. 세 사람은 그 자세 그대로 눈 속에서 꼼짝도 하지 않았다. 고연과 전욱요 두 사람 모두 매우 놀란 표정이었다. 방금 마지막 공격에서 두 고수의 힘은 막상막하하였다. 그대로라면 서로 큰 화를 입었을 것이었다. 그런데 고남의가 갑자기 날아올라 양쪽의 공격을 전부 받아내 버리고 말았다.

눈보라 치는 어둠 속에 숨 막히는 적막만이 흘렀다. 눈 내리는 소리가 귀에 들릴 정도였다. 그 적막 속에서 선혈이 콸콸 쏟아져 소리 없이 검은 야행복을 물들였다. 주르륵 주르륵 흘러내린 피가 바닥에 얇게 내려앉은 눈을 붉게 물들였다. 고남의는 고개를 숙이고 고연을 가볍게 밀어냈다. 아프지도, 불편해 보이지도 않은 모습이었다. 그는 돌아섰다. 그저 봉지미를 보고 싶어 하는 것 같았다. 돌아선 그는 눈 덮인 땅 위에 쓰러진 그녀를 보았다. 그녀는 얼굴이 거의 투명해 보일 정도로 창백해져 있었다. 속눈썹 위에 눈송이가 내려앉았지만, 온기가 없어 녹지도 않고 그녀의 얼굴 위로 우수수 쏟아져 내렸다. 그녀는 촉촉한 눈동자로 그를 보았다. 칠흑같이 어둡고 깊은 눈동자에서 발한 빛은 점점 흩어지고 있었다.

고남의는 그저 멍하니 서 있었다. 그는 그 순간 자신이 다친 것을 까맣게 잊어버렸다. 생사를 다투던 원수도 잊어버리고, 끊임없이 적에 쫓기는 가족이 있다는 것도 잊어버리고, 여기 황성의 군사들이 자신을 노려보고 있다는 것도 잊어버렸다. 그는 그곳에 우뚝 서 있었다. 핏줄이 단단하게 차올라 찢어지고 터지는 것만이 느껴졌다. 터져 나온 피로 온 하늘이 붉게 물들고 천지가 뒤흔들리는 것만 같았다. 그는 앞으로 고꾸라졌고, 선혈이 온 바닥을 적셨다. 눈밭 위에 미끄러져 무릎을 꿇은 것 같은 자세였다. 봉지미의 곁에 꿇어앉은 그는 그녀를 황망히 일으켰다.

그녀의 몸은 놀라울 정도로 약해져 있었다. 그는 그녀에게 온기가 남아 있는지 보려 했지만, 스스로가 이미 얼음처럼 차가워져 있어 어딜 만지든 열이 펄펄 나는 것 같았다. 손가락으로 황급히 그녀의 맥박을 짚었다. 그리고 그 순간, 그의 몸이 앞으로 쏠렸다. 선혈이 입 안 가득 울컥 솟구쳤다. 그리고 복사꽃 꽃잎처럼 그녀의 얼굴 위로 뿜어져 나왔다. 그녀의 새하얀 얼굴 위에서 그 선연한 핏빛은 아름답게 도드라졌다. 그녀가 두 눈을 커다랗게 떴다. 그녀의 눈빛 속에는 여전히 희미한 미소가 남아 있었다.

"…… 남의……. 바보처럼 그러지 마……."

봉지미는 고남의에게 기대었다. 아까와는 방향이 바뀌어 있었다. 성루 위의 난간은 조금 전의 대결로 부서져 버렸고, 그녀는 높은 대 위의 가마에서 내려선 영혁을 아득히 마주하고 있었다. 눈발이 어두운 밤하늘을 끝없이 맴돌았다. 어둠 속의 눈꽃은 나비처럼 커다랬다. 그리고 그녀가 궁문이 있는 성루 위에, 그가 궁문이 있는 광장의 높은 대 위에 있었다. 그녀는 고남의의 품에 기대어 입가에 희미한 미소를 띠고 있었다. 영혁은 가마 아래 눈 속에서 무릎을 반만 꿇은 채, 이미 희미해진 시력으로 그녀의 모습을 보려고 노력했다. 두 사람은 서로를 응시했다. 지척에 불과한 거리가 아득하기만 했다. 이 순간, 병사들은 고요했고 마음은 눈처럼 차분하게 내려앉았다. 들릴 듯 말 듯 통소를 부는 소리가 창공에 울려 퍼졌다. 구름 너머에서 굽이굽이 들려오는 소리는 『강산몽』이었다. 꿈속의 강산인 듯, 강산이 꿈같았다. 그녀는 아련하게 웃었다.

모든 죄는 죽음으로만 씻어낼 수가 있다. 아주 아주 오래전에 봉지미는 종신에게 필사(必死)의 약을 구해 달라고 했었다. 그때는 꼭 누구를 노려서가 아니었는데, 지금 돌이켜보니 그건 바로 자기 자신을 위한 것이었다. 감옥 안에서 고남의가 왔을 때, 그녀는 그 약을 먹었다. 영혁과 함께 죽겠다고 말한 것은 고남의가 여기를 떠나게 하기 위함이었다. 그녀가 죽고 나면 영혁은 굳이 고남의를 괴롭히지 않을 것이니 자유가 될 것이다. 그녀는 고연이 오늘 나타난다는 걸 알았다. 대성의 여제가 포로로 잡혔다고 세상이 떠들어대니, 고남의가 그녀를 구하러 온다는 건 고연도 분명 예상했을 것이다. 고연이 나타난다면, 남의도 날뛰거나 죽는 게 그렇게 쉽지는 않을 것이다. 그녀는 그렇게 다 생각을 해 두었다. 대성의 여제는 떳떳이 살아갈 명분이 없었다. 그녀가 목숨을 부지한다면, 영혁이 무슨 면목으로 천하의 백성들을 대한단 말인가?

'영혁.

목숨을 걸고 나에게 간청한 이가 있었어요. 자기를 사랑해 달라고, 아니면 차라리 놓아달라고. 그때는 그 말을 듣지 않았어요. 나한테도 이미 고민이 많았으니까. 난 당신에게 떳떳하다고 생각했어요. 강 위의 배 안에서 날 당신에게 내맡기고선, 나도 당신의 마음을 어느 정도 갚았다고 생각했지요. 그렇게 사랑을 나누고선 작별을 고하고, 칼로 정을 끊어내고 멀리 떨어져 적이 되었지요. 그런데 이제야 알았어요. 내가 존재하는 한, 당신은 헤어나올 수 없어요. 그래서 나는 당신을 놓아주려 해요. 당신은 훌륭한 황제로 칭송받으며 죽어서야, 이 어렵고 고생스러운 길을 내려놓겠지요. 세상을 시끄럽게 했던, 제왕의 심사를 어지럽혔던 이 봉지미는 이제 사라지게 놔두세요. 나만 없으면 모두가 제자리로 돌아가기가 쉬울 거예요. 당신도 남의도.'

입가에 걸린 웃음에서 점차 얕은 숨이 내쉬어졌다. 봉지미는 힘겹게 눈동자를 움직여 너무나 미안하고 안타까운 눈빛으로 고남의를 보았다. 천 번, 만 번 생각하고 고심했지만, 운명까지 완벽하게 점치지는 못하였다. 전욱요가 아직도 뒤를 쫓고 있을 줄은 예상치 못한 바였다. 그녀는 손가락을 움직여 부들부들 떨리는 고남의의 찬 손끝을 어루만졌다. 마지막으로 남은 자신의 아주 작은 온기가 이 외로운 사내를 따뜻하게 해 주길 바라면서. 그의 일생은 전부 그녀를 위한 삶이었다. 그리고 지금 이 순간에도 그는 가슴 쓰린 고통을 받아내고 있다. 손끝이 손끝에 닿았지만, 눈꽃이 눈꽃 위에 떨어진 듯 양쪽 다 차갑기 그지없었다. 그리고 마침내 그녀의 움직임이 멎었다. 눈꺼풀이 내리깔린 그녀의 얼굴은 투명했다. 속눈썹 위의 눈꽃이 더는 녹지 않았다. 그가 고개를 획 들었다. 세차게 힘을 준 모습은 마치 자신의 목을 부러뜨리려는 것처럼 보이기까지 했다. 입을 벌리고 포효하려는 것처럼 보였지만, 아무도 그의 목소리를 들을 수 없었다. 그의 목소리는 나풀나풀 내리는 눈꽃 속에 녹아들었고, 끝없이 펼쳐진 어두운 창공 속으로 녹아들었다. 일월성신(日月星辰)과 하나가 되어 영원불멸이 되었다.

그 순간 그곳에 있던 모두의 가슴이 짓눌리는 듯 답답했다. 그들은 눈바람이 내리는 어두운 하늘로 크게 젖혀진 그림자를 멍하니 바라보았다. 그리고 소리 없는 울부짖음에 가만히 귀를 기울였다. 그의 침묵은 만인이 지르는 소리보다 더 사람의 마음을 뒤흔들었다. 고요함 속에서 뼈가 뒤틀리는 고통이 들리는 듯했고, 영혼의 깊은 곳에서부터 전해온 고달픔을 느낄 수가 있었다. 그의 침묵이 사방의 벽에 닿자, 포효하는 바람과 우뚝 솟은 처마와 궁전 건물들마저 덜덜 떨렸다. 철컥. 손에 힘이 풀려 무기를 바닥에 떨어뜨리는 이도 있었다.

쿵.

영혁의 몸이 눈 바닥 위로 쓰러졌다. 그는 검붉은 어혈을 한가득 토해냈다. 엄동설한에도 이마에 식은땀이 송골송골 맺혔다. 그는 팔로 가슴을 받쳤다. 손이 가슴 속으로 파고들 정도로 강하게 짓눌렀지만, 엄청난 기세로 몰려오는 극심한 고통을 견디기에는 역부족이었다. 고통의 원인을 알 수 없으니, 막아낼 수도 없었다. 그 고통은 궁성의 2층 위에서 봉지미가 자신을 바라볼 때부터 시작되었고, 그녀의 마지막 순간이 지난 후 극에 달했다. 그녀와는 멀리 떨어져 있었고, 눈바람이 불었기에 자세히 보이지 않는 것이 당연했다. 그럼에도 그는 그녀의 눈빛과 한숨, 쓸쓸하고 처량한 작별이 너무나 또렷이 느껴졌다. 마치 가느다란 줄이 서로를 잇고 있는 것만 같았다. 이윽고 '쩽' 하는 소리와 함께 줄이 끊어졌다. 그 순간 눈앞이 캄캄해지고, 겹겹이 둘러싸인 궁궐이 와르르 무너져 내렸다. 멀찍이 떨어졌던 영징이 그의 기척을 듣고 얼른 부축했다. 그는 두 손 가득 눈을 움켜쥐고 경련을 일으키며 식은땀을 줄줄 흘렸다.

"저 녀석을 막아라. 막아. 그녀를 붙잡아라, 붙잡으라고. 이리 데려와……."

영혁은 횡설수설했다. 그 말을 알아듣는 사람은 없었다. 모두 무슨 일이 일어나는지 영문도 알지 못한 채, 제자리에 멍하니 서 있었다. 그 사이, 고남의만이 정신을 차리고 봉지미를 천천히 안아 올렸다. 영징은 곧바로 팔을 휘둘러 막으라는 수신호를 보냈다.

철컥!

호위병들이 무기를 들어 벽을 이루고, 일사불란하게 고남의 앞을 막아섰다. 봉지미를 안은 그의 앞가슴에서 피가 줄기차게 흘러내렸다. 눈빛은 허망했다. 그는 앞으로 한 발짝 나서면서 한 손으로 그녀를 붙잡고 한 손으로 소매를 휘둘렀다. 그러자 바람이 맹렬하게 일어났다. 절대 고수가 절망적인 순간에 마지막 일격을 날리자, 눈에 보이지 않는 바람벽이 호위병들을 냅다 갈겼다. 외마디 비명과 함께 호위병들이 궁성에서 줄줄이 떨어져 내렸다. 그때 맨 앞에 있던 호위병이 비틀거리며 손을 쭉 뻗자, 창이 날아가 그의 얼굴을 스쳤다.

툭.

가면이 바닥으로 떨어졌다.

파파팍.

고남의를 향해 거침없이 날아들던 수많은 무기가 순식간에 바닥으로 떨어졌다.

퍼퍽.

그리고 고남의를 막기 위해서 몰려들던 호위병들은 자기들끼리 부딪치고 말았다. 동시에 궁성 아래에서도 와장창 소란스러운 소리가 들려왔다. 고개를 들어 성루를 바라보던 호위병 대부분이 자신의 무기를 떨어트리고 만 것이다. 모두가 똑같은 표정, 똑같은 자세였다. 그들은 눈을 커다랗게 뜨고 입을 벌린 채, 멀뚱멀뚱한 얼굴로 그 자리에 뻣뻣하게 굳어 버렸다. 성루의 꼭대기에서 봉지미를 안은 그는 시종일관 어둠을 주시하며 아무것도 깨닫지 못하고 있었다. 눈발이 날리는 궁궐의 꼭대기에 선 그는 어둠보다 짙은 검은 옷을 입었지만, 얼굴은 눈보다 더 새하얬다. 그의 미간은 십만 리나 되는 눈 덮인 강산의 아름다운 축소판인 듯했다. 입가의 점은 천하의 온갖 절경을 깎고 다듬어 콕 찍어 놓은 것 같았다. 그리고 그의 탄식은 해마다 찾아오는 몽롱한 아지랑이 같은 봄기운처럼 느껴졌다. 그러나 그의 완벽한 아름다움 중에서도 으뜸은 눈매였다. 천하를 사로잡을 아름다운 눈망울은 비록 흐려지긴 했지만 별똥별처럼 사방으로 밝은 빛을 내뿜고 있었다. 넋을 앗아갈 만큼 아름다운 그의 눈은 사람의 발길이 닿지 않은 격달목 설산 꼭대기의 만년설이 녹아 생긴 벽옥 빛깔 연못 같았다. 삼천 리나 이어진 금빛 모래톱의 심해에서 보옥 같은 진주로 청록빛 바다를 환히 밝히는 천 년 된 진주조개 같았다. 그 눈부신 모습을 계속해서 볼 수 있는 사람은 감히 없었다. 잠시 보기만 해도 영혼을 빼앗길 것만 같았기 때문이다. 그야말로 절세 미남의 아름다운 모습이었다. 사람들은 그 모습을 보며 머릿속이 새하얀 공백이 된 것처럼 모든 걸 잊어버렸다. 다만 눈발이 흩날리는 오늘 밤, 검은 머리를 풀어 헤치고 피투성이가 된 사내가 긴 머리를 늘어트린 창백한 여인을 안은 채, 궁궐 꼭대기에 올라 길게 울부짖는 모습만은 오래도록 기억될 것이다. 먼 뒷날, 이 순간을 떠올릴 때면 하던 일을 멈추고 조용히 그리워하고 탄식하게 될 것이다. 이 순간 천지는 침묵했다. 군사들은 거역하기 힘든 아름다운 용모 앞에 자신의 사명과 책임을 망각하고 말았다. 아무도 입을 여는 이가 없었다. 혹여나 소리를 냈다가 이 정령처럼 아름다운 존재를 놀라게 할까, 그래서 이 감동적인 아름다움이 그저 꿈에 불과했다는 사실을 알고 절망할까 두려웠다.

이 순간, 오로지 영혁만이 눈밭 위에서 몸부림을 치며 봉지미를 향해 나아가려 했다. 그리고 고남의는 식어 가는 그녀를 안고 일어섰다. 군사들 모두 그의 아름다운 빛에 혼을 빼앗긴 채, 막아서는 이가 없었다. 앞으로 한 발짝. 열 장이나 되는 궁성의 위에서, 그는 뛰어내렸다.

눈 깜짝할 사이 겨울이 지나갔다. 또다시 봄이 왔다. 그리고 봄도 너무 빨리 흘러갔다. 겹저고리를 입는가 싶더니 곧 홑저고리를 입어야 했고, 그리고 또 며칠 지나지 않은 것 같은데 금세 작년에 입었던 솜저고리를 애타게 찾게 되었다. 집집이 그렇게 월동 준비를 하고 있을 때, 여전히 얇은 홑옷 한 겹으로 천하를 떠도는 사람이 있었다. 푸른 옷에 백마를 타고 초록빛 풀피리를 든 그는 지난겨울부터 다가오는 겨울까지 내내 피리를 불었다. 풀피리를 입술에 가까이 대면, 익숙한 곡조가 흘러나왔다. 마주치는 사람들 모두가 그를 이상하게 바라보았다. 아마 미친 놈이라고 생각하는 것이리라. 그러나 그는 아랑곳하지 않고 고개를 들어 초겨울의 서늘한 바람을 맞았다.

"길을 잃지 않는 방법을 알려 줄게."

"봐봐. 이런 나무는 천성을 가로지르는 큰 강의 남쪽과 북쪽에 모두 있어. 앞으로 우리가 어딜 가든 상관없이 헤어지게 되거나 긴박한 상황에 처하게 되면 지나가는 나무 아래에 이런 도안의 나뭇잎을 남겨 두면 되는 거야. 그럼 서로를 쉽게 찾을 수 있어."

"네가 날 찾느라 헤맬 필요 없이 표시를 남기기만 하면 돼. 그걸 보고 내가 따라가서 널 찾을 테니.”

'너는 나를 찾겠다고 했지만, 매번 내가 널 찾아갔지. …… 거짓말쟁이. 피리를 불면 널 찾을 수 있었지.'

봉지미를 안고 궁성에서 떨어진 이후, 고남의는 정신을 잃었다. 깨어 보니 소백의 등이었다. 이 영특한 말은 궁성 밖에서 기다리고 있다가 그를 받아냈다. 그의 상처는 깊었지만, 죽을 정도는 아니었고 상처도 잘 치료했다. 아버지와 전욱요는 어디로 갔는지 알 수 없었다. 둘 사이의 원한이 거기서 끝났을 수도 있었고, 어쩌면 다른 곳에서 다시 목숨을 건 결투를 하고 있을 수도 있었다. 그 일에는 그냥 신경 쓰지 않기로 했다. 그의 관심사는 오로지 하나였다. 그녀는 어디로 갔을까?

그날 밤, 고남의가 봉지미를 안고 추락했을 때, 아래에는 수만이나 되는 어림군이 있었다. 그녀가 사람들 속으로 떨어져 내리는 것을 봤다는 사람들은 많았지만, 그녀의 시신을 찾아낸 사람은 없다고 했다. 사람들이 넘쳐나는 북새통에서 본래 모습을 알아볼 수 없을 정도로 심하게 밟혀 죽은 사람도 있었다. 그러나 시신을 하나하나 찾아봐도 그녀는 없었다.

'시신을 찾지 못했으니, 아직 희망은 있다. 그녀를 찾으면 된다.'

1년 동안 고남의는 남해로, 민남으로, 초원으로, 서량으로 향했다. 계원의 바닷바람을 맡고, 안란욕의 바다를 마주하고, 대월의 포성에 닿아, 초원의 백두애를 넘어, 격달목 설산의 거울 호수로 갔다. 남해의 부둣가에서 그는 마치 방황하는 영혼처럼 사방을 떠돌아다녔다. 그때 쳤던 천막의 그림자를 찾아다니던 그는 한 모퉁이에서 발걸음을 멈추었다. 그곳에서 봉지미는 지효를 그의 품에 안겨 주었고, 부드러움과 젖비린내로 그에게 혼돈의 세계를 열어 주었다.

“너도 이렇게 보들보들하고 이렇게 향긋한 모습으로 엄마 품에 안겨 있었을 거야. 엄마의 노랫소리를 들었을 거고, 아버지가 네 볼을 쓰다듬었겠지."

'아니야, 지미. 그건 다 잊어버렸어. 내 삶에서 가장 밝은 흔적은 너에 대한 것뿐이야.'

포성의 포원에 간 고남의는 봉지미가 머물렀던 집 앞을 한참 동안 배회하고, 손바닥을 차가운 담장에 갖다 대 보았다. 예전에도 이런 자세로 담장에 붙어 있었었다. 그때는 담장 뒤에 그녀가 있었고 담장을 사이에 두고도 그녀의 뛰는 심장에 맞닿은 것만 같았다. 하지만 지금은 손바닥이 썰렁했다. 담장 너머는 텅 비어 있었고 빛과 그림자만이 일렁이고 있었다. 거울 호수, 거대한 돌 심장 앞에서 그는 무릎을 끌어안고 기다렸다. 그녀가 갑자기 심장 뒤에서 튀어나와 그를 향해 웃으며 "에고, 내가 여기 있다는 걸 결국 알아냈네." 하지 않을까 해서였다. 그는 연꽃을 밟아 호수를 뛰어넘으면서 삼일 밤낮을 기다렸다. 설산의 바람이 그의 옷자락을 살랑이면, 사뿐사뿐한 걸음마다 연꽃이 피어나 갑자기 그녀가 곁에 있는 것 같았다. 하지만 문득 돌아보면 새하얗고 깨끗한 광경만이 아득히 펼쳐졌다. 그는 그렇게 열심히 그녀를 찾아 헤맸다. 그러던 어느 날 그녀가 살았든 죽었든 영원히 찾지 못할 것이라는 사실을 깨달았다. 그녀가 사람들 속에서 사라지기로 마음먹은 이상, 누구도 그녀를 찾아내지 못할 것이다. 생각이 여기에 이른 그는 고개를 얼른 위로 쳐들었다. 하지만 그렇게 재빨리 고개를 젖혔는데도 촉촉하고 뜨거운 액체가 소리 없이 흘러내렸다.

"어느 날 내가 누군가를 위해 울게 된다면, 그 이후로 다시는 웃지 못할 거야."

'지미, 오늘 난 마침내 눈물이 뭔지 알게 됐어. 보여?'

고남의는 조용히 고개를 든 채, 초겨울의 건조한 바람이 슬픈 마음을 말려 주길 기다렸다. 눈물이 흘러내린 눈가가 조금 부어 있었다. 봉지미의 곁에서 오르락내리락하며 살아온 10년 인생이었다. 갑자기 말에서 내린 그가 가지고 다니던 종이와 붓을 꺼냈다. 요즘 그는 기회가 있을 때마다 글을 써서 표식을 남긴 나무 아래에 묻었다. 포성에서는 이렇게 썼다.

'작약이 예뻐. 꽃눈매가 붉고 귀여웠어. 진사우는 황제가 되었어. 그런데도 아직 포성에 있어. 진사우가 날 못 본 척하길래 나도 그를 못 본 척했어.'

백두애에서는 이렇게 썼다.

'네가 나한테 중요한 일을 전부 숨긴 게 원망스러워.'

계원에서는 이렇게 썼다.

'여기서 네가 거의 죽을 뻔했었는데, 나는 그때 슬픔이 뭔지 몰랐어. 가끔 미운 생각이 들기도 해. 네가 정말로 그때 죽었다면 어땠을까? 상상하기도 싫어. 그리고 생각난 김에 알려 줄게. 화경하고 연회석은 지금 꽤 잘 지내."

안란욕에서는 이렇게 썼다.

'네가 여길 기억하는 거 알고 있어. 넌 말 안 했지만, 네가 이곳의 바다를 보고 싶어 하는 거 알고 있었어. 내가 대신 봤다. 뭐 딱히 볼 것도 없네.'

거울 호수에서 고남의는 이렇게 썼다.

'너는 영징의 품에 유서를 넣어서 영혁에게 보냈지. 독주의 해독약을 화경에게 주었고, 밀지를 제씨 부자에게 주었고, 대성의 비밀 금고 열쇠 두 벌을 항명에게 주었지. 나한테는 전욱요를 찾아 마지막 열쇠를 가져오라고 해서 비밀 금고를 열어 전사한 장병들을 위로하고 재난을 입은 백성들을 구했어. 너는 그들이 중요한 물건을 영혁에게 바치게 해서 영혁이 그들을 살려 둘 구실을 만들어 놓았어. 모두에게 그렇게 살아날 길을 준비해 줬으면서, 왜 너 자신을 위해서는 그렇게 하지 않은 거야? 왜 너 자신은 그렇게 포기해 버린 거야? 원래부터 네 잘못도 아니

었잖아. 속죄라면 그 정도로도 충분해.'

고남의는 말없이 책상다리로 앉아 있었다. 더는 땅을 더럽히지 않기 위해 그는 한참 동안 생각을 정리하고 붓을 들었다.

'지미야. 그 말 기억해?

"난 새장에 갇혀 있는 널 밖으로 꺼내 주고 싶어. 네가 눈앞에 있는 한 뼘의 세상만 보지 않았으면 좋겠어. 그릇마다 고기가 꼭 여덟 점씩 들어 있길 고집하는 사람이 아니었으면 좋겠어. 네가 날 똑바로 바라볼 수 있었으면 좋겠고, 울고 웃고 따지고 싸우고 사랑하는 게 뭔지도 알았으면 좋겠어."

…… 나는 결국 마음속의 새장에서 나왔어. 한 뼘 밖에 아리따운 사람이 있는 것도 보았고, 고기가 일곱 점이건 아홉 점이건 먹을 수 있게 되었어. 완전히 새로운 시선으로 이 광활하고 웅장한 신천지를 바라보게 되었어. 그리고 처음으로 울고 웃고 따지고 싸우는 것도 해 봤어. 이제 내가 너에게 가르쳐 주려고. 그런데 하늘도 바다도 창창한 지금, 넌 도대체 어디 있는 거야?

이미 이렇게 된 거, 내가 껍질을 벗고 새 인생을 찾는 게 무슨 소용이 있어? 석 자짜리 관에 베옷 한 벌 입고 묻히는 것만도 못한 것 같다.'

글을 다 쓴 고남의는 붓을 내던지고 종이를 말아 나무 밑에 아무렇게나 묻었다. 그리고 뒤도 돌아보지 않고 말을 타고 떠나갔다.

초겨울 바람이 불었다. 근처 숲에서 바스락거리는 소리가 들려왔다. 수많은 낙엽이 뿌리로 돌아가는 소리 같았다.

이날은 동지였다. 관례대로라면 동지에 궁중에서는 경축 의례가 있어야 했다. 그러나 영혁이 줄곧 후궁에게 충실하지 못했고, 예전에 왕부에서 데리고 있던 시첩도 다 흩어져 버린 상태였다. 궁중에 태후나 황후가 없으니 의례를 생략하려면 생략할 수 있었다.

정전 난각(暖閣)의 화롯불이 이글이글 타올랐다. 영징은 태감들에게 화로를 더 갖다 놓으라고 지시하는 중이었다. 문 발이 젖혀지더니 얇은 윗옷에 가벼운 갖옷을 걸친 영혁이 들어와 슬쩍 눈길을 주며 이야기했다.

"화로를 이렇게 많이 두어서 뭐 하게? 더워 죽으라는 거냐?"

영징이 머리를 '탁' 쳤다. 최근 폐하의 병세가 많이 좋아져, 겨울에도 한기가 들까 걱정할 필요가 없어진 것이었다. 그는 무안한 듯 여분의 화로를 들고 나갔다. 영혁은 침상 앞에 앉아 조용히 불빛을 바라보았다. 그의 병은 좋아졌다. 봉지미의 치료 덕분이었다.

그날 비밀 궁전에서 마셨던 술은 원래 독이 든 술이었다. 그런데 봉지미는 그날 '파라향(婆羅香)'이라는 묘약을 몸에 지니고 왔다. 그 향은 독주와 섞여 열을 다스리는 약이 되었고, 영혁이 현빙옥에서 얻은 한독을 흩어지게 했다. 그가 며칠간 계속 정신이 혼미하고 각혈을 토한 것이 사실은 오랜 기간 쌓인 울혈을 깨끗하게 제거하기 위해 꼭 거쳐야 할 과정이었던 것이다. 게다가 마지막으로 그녀가 죽는 것을 보고 매우 놀라 가장 깊숙이 남아 있던 울혈을 깨끗하게 토해냄으로써 병이 씻은 듯 사라졌고 건강을 되찾게 되었다. 화경이 해독약을 가져왔을 때, 그는 사실 해독약이 보약에 불과하고 그녀가 그를 중독시킨 적이 없다는 걸 이미 알았다. 그 주전자에 넣은 독도 부황을 중독시키기 위한 것이었다. 다만 부황이 죽을 때까지 그 비밀 궁전 아래층에 오지 않을 거라는 걸 예상하지는 못했겠지만…….

고남의가 봉지미를 안고 궁성의 꼭대기에서 뛰어내렸을 때, 영혁은 곧바로 정신을 잃었다. 영징과 부하들이 그를 살리느라 야단법석을 떠는 동안, 무슨 일이 일어났는지 아무도 알지 못했다. 그가 깨어났을 때는 그들이 이미 사라진 후였다. 그는 이 결과를 도저히 받아들일 수 없었다. 이게 뭐란 말인가? 그녀는 진짜 그의 눈앞에서 재가 되고 뼈가 되어 버렸다. 흙에 묻히지 않은 것은 그가 땅을 파도 찾아내지 못하게 하려는 것인가? 그는 병든 몸으로 눈을 맞으며 시체 하나하나를 살펴보았다. 죽은 사람은 많지 않았다. 고남의가 바람을 일으켜 쓸어 버린 사람 외에는, 어이없게도 고남의의 얼굴을 보고 너무나 깜짝 놀라 넋을 놓고 있다가 밟혀 죽은 사람들이었다. 영혁은 피비린내가 나는 것도 아랑곳하지 않고 그 아비규환을 헤치고 다니며 직접 시체를 살펴보았다. 그리고 다행이라는 듯 한숨을 내쉬었다. 그녀는 없었다. 그러나 그녀의 생사를 목격하지 못한 그가 어떻게 그 물음을 평생 마음에 담고 살아간단 말인가? 만약 만나지 못하더라도 그녀를 살릴 수 있다면 그는 그렇게 할 것이다. 그러나 그가 더 두려운 것은 그녀가 죽었는데 제사 지낼 곳조차 어딘지 알 수 없게 되는 것이었다.

해가 바뀌어 봄이 왔다. 영혁은 대신들의 만류에도 불구하고 남쪽으로 순방을 떠났다. 대성의 영토와 군대를 귀속시키려면 해야 할 일이 많았지만, 그는 영제가 자신을 배신했던 것에 벌을 준다며 일을 모두 영제에게 미루었다. 그리고 자신은 남쪽으로 떠나 버렸다. 남으로 향한 그는 강회, 농남, 농북, 민남, 남해…… 자신과 봉지미의 족적을 따라 이동했다. 그는 기양산에도 직접 올랐다. 그들이 지났던 길을 조금도 벗어나지 않고 그대로 따라 걸었다. 벼랑 앞의 작은 집에 이르자 그녀의 얼굴이 자신의 오금에 딱 붙어 있었던 일이 떠올랐다. 절벽 아래 풀밭에는 그와 그녀가 앉은 듯한 흔적이 남아 있었다. 숲속 소나무 위에 있는 다람쥐의 보금자리도 그때 그대로인 것만 같았다. 그는 잣을 꺼내 먹어 보았다. 그날 먹었던 것처럼 풋풋하고 맑은 느낌은 온데간데없고 그저 쓰기만 했다.

안란욕의 바닷바람은 여전히 공허했고 파도는 쉬지 않았다. 선체가 오르락내리락할 때마다 취한 듯 비틀거렸다. 영혁은 눈을 감고 마음속으로 편지를 되새겨 보았다. 위지의 저택에서 봉지미는 편지함을 숨기기 위해서 벌레로 만든 음식으로 그를 쫓은 적이 있었다. 하지만 편지 한 통은 결국 그의 손에 떨어졌다.

'지미, 어제는 안란욕에서 바다를 건넜다…… 이럴 때면 항상 사당에서의 그날 일이 떠오르곤 한다. 백성들의 외침이 파도 소리처럼 끊임없이 일었다 사그라들기를 반복했지. 그런데 갑자기 바닷물이 거꾸로 쏟아져 들어오듯 네가 내 품속으로 와락 넘겨졌고……'

지금 바닷물이 거꾸로 쏟아져 들어오듯 봉지미가 돌아오길, 영혁은 간절히 바랐다. 그 편지를 조심히 챙겨 넣은 그의 손가락이 품 안에서 조심스럽게 움직여 또 다른 편지에 닿았다. 그의 손가락은 멈칫했다가 한참 후 천천히 편지를 뽑아 들었다. 편지는 모서리도 구겨지지 않은 채, 아주 잘 보존되어 있었다. 그의 손가락이 봉투 위를 어루만졌지만, 열지는 않았다. 그 편지는 그가 위지 저택에 있는 서재의 틈새에서 몰래 꺼내 온 것이었다. 고이고이 모셔 두고 장장 석 달에 걸쳐 조금씩 조금씩 아껴 읽었다. 아무리 아까워도 보고 싶은 마음을 억누를 수가 없다 보니, 오랜 시간이 지나는 동안 곱씹고 또 곱씹었다. 이제는 매 글자와 매 구절이 마음속 깊이 아로새겨졌다.

'…… 전하……. 그때 제 귀로 직접 갈대숲에 부는 바람이 정말 파도 소리처럼 들리는지 확인해 보고 싶어요. 어쩌면 지나가던 새가 제 옷자락에 깃털을 떨어트릴 수도 있고요. 음……. 전하, 다음에 저와 함께 한 번 더 들어 보지 않을래요?'

'지미야, 그러자꾸나. 그 갈대밭은 해마다 누렇게 변하는데, 웃으며 어깨를 나란히 할 네가 없구나.'

산꼭대기 버려진 절에서 영혁은 서로를 의지했던 자리를 찾아 앉았다. 그리고 습기 찬 바닥에서 등불이 가물거리는 가운데 품속의 통소를 꺼내 『강산몽』을 불기 시작했다. 강산은 꿈같고 사람은 꿈속에 있을지니, 깊은 꿈에서 언제 깨어날 것인가? 그렇게 한 곡을 끝내고 나니, 영정이 물을 가져왔다. 무의식중에 고개를 숙인 그는 머리카락 중에서 백발 한 가닥이 튀어나온 것을 발견했다. 그 한 가닥은 새까만 머리카락 속에서 혼자 밝게 빛났다. 그는 그걸 멍하니 보고 있다가, 세월이 한참 흘렀음을 새삼 깨달았다.

"꿈속에 강산이 있고, 강산이 꿈같으니……. 너 죽고 나 살자 한바탕 싸우고 나서 남은 게 무엇이냐? 싸구려 술 한 잔, 비루한 몸, 낡은 호금에 서리 앉은 머리칼뿐이구나."

'그때 했던 이야기가 진짜가 되었구나. 지미야, 너의 여생은 정말 나와 이렇게 산과 바다처럼 아득하게 멀리 떨어져서 지낼 참이냐?'

영혁의 이번 순방은 오래전의 옛꿈을 찾아 떠난 길이었다. 그런데 옛일이 눈앞에 역력한데도, 옛사람이 더는 없었다. 그는 손을 뻗어 그 하얀 머리카락을 뽑아냈다.

"…… 지금 이건 현실이 아니다. 또 시간이 한참 흐르면, 눈썹이 하얗게 센 내가 너를 위해 전을 부치고 우리는 함께 밥을 먹을 거야. 너는 내 땀을 닦아 주면서 그렇게 말하겠지. 영감, 전이 너무 느끼해요. 내일은 말린 죽순 닭볶음을 먹읍시다."

'지미야, 내 눈썹에는 서리가 앉지 않았다만, 머리카락은 이미 하얗구나. 너는 언제 돌아와서 죽순 닭볶음을 해 달라고 조를 것이냐?'

기양산의 바람이 산들산들 불어 등라꽃 향기를 실어 왔다. 순방에서 돌아온 후에도 영혁은 낙담하지 않았다. 올해 찾을 수 없었지만, 내년도 있고, 내년에 찾을 수 없다면, 후년이 있으니까. 찾기를 포기할 수 없는 것도 있지 않은가. 문밖에서 발소리가 들려왔다. 태감이 길게 목을 뽑아 강왕이 왔음을 알렸다. 문 발이 걷히고 추위에 새빨갛게 얼은 영제의 얼굴이 열기를 맞고 재채기를 했다.

"이리 와 앉아라."

영혁이 화로를 가리켰다. 영제가 조심스럽게 다가와 앉았다. 그날 이

후, 그는 영혁을 배신했다는 이유로 언제나 면목 없는 표정이었다. 영혁은 안쓰러운 마음이 들었지만, 그에게 괜찮다고 하고 싶지는 않았다. 그가 사실을 숨겼기 때문에 지미를 다치게 한 것이 마음에 걸렸기 때문이었다.

"장녕 쪽에서 움직임이 있습니다."

영제가 영혁에게 보고했다.

"노지언이 항복의 뜻을 전해왔습니다만, 몇 가지 조건을 걸었습니다. 폐하께서 숙고해 주시지요."

영혁은 상주문을 들춰 보며 웃었다.

"이 녀석은 정말 머리가 잘 돌아간단 말이야."

생각을 마친 영혁이 상주문을 던지며 말했다.

"허락하마."

"폐하."

영제가 이해할 수 없다는 표정을 지었다.

"대군이 이미 절대적인 우위를 점했습니다. 한 번만 더 승리를 거두면 장녕은 완전히 무너질 것입니다. 어찌하여……."

영혁이 은근하게 웃었다.

"네 생각에는 장녕이 한 해 동안 내린 조치가 이전과 무엇이 다른 것 같으냐?"

영제는 막연한 듯 고개를 저었다. 영혁은 걱정스럽게 그를 보았다. 이 녀석은 어째 맨날 그대로인가 싶었다.

"글쎄요. 다른 사람의 솜씨 같기도 한데……. 분위기가 마치……."

영혁은 일어서서 기분 좋은 듯 웃었다.

"들어줘라. 병사들도 쉬면서 생활을 좀 돌봐야지. 짐은 장녕이 지금 즉시 천성의 번속으로 들어오기를 바란다."

영혁이 잠시 뜸을 들이더니 힘주어 강조했다.

"지금 즉시."

"네."

영제가 예의 바르게 물러났다. 영혁은 대전의 가운데에 서서 그가 멀어지는 방향을 바라보았다. 입가에는 미소가 희미하게 피어났다.

'나와 고남의는 넓고 넓은 천하를 어디든 다 뒤지고 다녔다. 그런데 딱 한 군데를 빠트렸지. 천성의 적국이니 나는 순방할 수가 없었고, 고남의도 소홀히 한 곳⋯⋯. 내 기억이 틀리지 않았다면, 너와 노지언은 세 가지를 약속했지. 그리고 그해가 오기 전까지 두 가지만이 지켜졌다. 마지막 하나는 무엇이었느냐? 장녕번을 휴식과 은신의 장소로 삼겠다는 것 아니었느냐? 너는 그때 정말로 자결을 하려 했겠지. 하지만 나는 종신이 널 그대로 두었다고 생각하지 않는다. 장녕번이 천성의 번속으로 귀속되면 짐은 천자로서 어디든 갈 수가 있지. 그런데도 네가 숨을 수 있을까?'

영혁은 미래를 그려 보며 웃음을 짓고는 내전으로 걸음을 옮겼다. 그때, 그의 뒤로 갑작스레 세찬 바람이 일었다. 고요한 공기를 가르며 살을 에는 한기가 덮쳐 왔다. 고개를 돌려보니, 눈앞에 번개처럼 환한 빛이 번쩍거렸다. 그 혼돈을 뚫고 한 사람의 성난 목소리가 들렸다.

"영혁, 오늘 나하고 너는 같이 죽는 거야!"

봉상 5년 겨울, 온 세상이 놀라 뒤집힐 소식이 천성으로부터 퍼져 나갔다. 푸른 옷을 입은 무명의 자객이 황궁에 침입해 봉상제를 암살했다는 것이다. 자객은 자신의 목적을 달성한 후, 크게 세 번 웃고 이렇게 말했다고 했다.

"함께 죽는 것이 깨끗하지!"

그리고 칼을 뽑아 스스로 목을 베었다 한다. 천성의 산하는 소복으로 물들었고, 온 국민이 장례를 치렀다. 이날 또 눈이 내렸다. 큰 눈은 아니었지만, 길거리의 말발굽에 길은 진창이 되었고, 그 때문에 오가는 사람들이 드문 날이었다. 그때 말을 몰아 바람처럼 내달리는 이가 있었다. 검은 복장의 기수가 탄 말에는 장녕번의 표식이 찍혀 있었다. 다그다그다닥 달리는 말발굽 소리는 꽤 다급해 보였다. 기수의 바짓가랑이에 진흙이 잔뜩 튀었지만, 그는 속도를 줄이지 않고 번개처럼 빠르게 달려 나갔다. 행색을 보아하니, 분명 아주 오랫동안 쉬지 않고 길을 재촉해 온 것 같았다. 곧 낙현 행궁이었다. 기수는 행궁에서 멀지 않은 곳에서 말고삐를 당기고 새하얀 행궁을 바라보았다. 몸이 덜덜 떨리고 있었다. 봉상제는 장희제와 마찬가지로 낙현 행궁을 마지막 안식처로 선택했다고 했다. 서거한 황제는 이곳에 안치한 후, 사십구일이 지나면 무덤에 안장될 것이다. 기수는 보기만 해도 가슴이 아픈 하얀 행궁을 지켜보며 한참 동안 아랫입술을 깨물었다. 고삐를 쥔 손가락은 계속해서 떨렸다. 그는 망설이듯 배회할 뿐, 가까이 가지는 못하고 있었다. 온 신경이 행궁에 쏠린 탓인지, 기수는 미처 깨닫지 못하고 있었다. 멀지 않은 여산 위, 외롭게 선 벼랑 끝 고목 뒤에서 누군가가 이쪽을 바라보고 있었다. 그는 여기서 열흘이나 기다렸다. 산하가 소복으로 하얗게 둘러싸인 이 순간, 그는 기수가 돌아오기만을 기다리고 있었다. 저 멀리 나무 아래에 선 그의 옷깃을 산바람이 흔들었다. 유유히 흐르는 푸른 물은 여느 때처럼 여전히 맑았다. 그는 얇은 천으로 얼굴을 가리고 있었다. 눈이 내린 밤, 눈부신 얼굴을 드러낸 후, 그는 절세의 아름다움을 또다시 꽁꽁 감추어 버렸다. 너무나 아름다운 외모는 오히려 복을 달아나게 한다. 자신의, 그리고 타인의 행복을……. 오래전, 누군가가 그에게 그렇게 말했었다. 겉모양은 지나가는 연기와도 같은 것이다. 그의 마음속에 가장 선명하게 남은 것이 바로 옷자락을 나부끼던 누런 얼굴과 처진 눈썹의 소녀인 것처럼.

그는 오랫동안 그 방향을 주시했다. 그리고 천천히 시선을 구름으로 향했다. 갑자기 그날이 떠올랐다. 그가 자신의 한 뼘 내에서 꼼짝도 하지 않고 있을 때, 그 소녀가 가까이 다가왔다. 그리고 뭔가 교활하면서도 불안한 말투로 떠보듯 말을 걸었다.

"저기, 협객님?"

그때부터 그녀는 무지몽매한 그의 세계를 박살내고 오색찬란한 신세계를 선물하였다. 그는 실실 웃기 시작했다. 얼굴을 가린 천이 움직이며 햇빛이 빛을 잃었다. 바람도 이곳에서는 가볍게 춤추듯 불었다. 이 순간 드러난 절대 미색을 방해하고 싶지 않아 숨을 죽인 것 같았다. 그 웃음이 얼마나 아름답고 고귀한지는 영원히 아무도 모를 것이다. 그의 아름다움은 쓸쓸함과 향기로움에 있었다. 그는 손을 가만히 들어 올려 자신의 입술에 그려진 곡선을 가볍게 쓸어보았다.

'이게 웃음이라는 것이지.'

그해, 고함을 지르고 눈물을 흘린 후, 그는 한 가지를 더 깨달았다. 웃음이었다.

'좋구나. 아주 좋구나.'

이번 생에 너무 큰 욕심을 부려서는 안 된다. 그해 눈 내리는 밤, 그녀는 그의 품에 기대어 마지막 시선을 높은 데로 향했다. 그는 그 순간 모든 것을 깨달았다. 마음이 가는 것, 애정이 엮이는 것을 알게 되었고, 세상에는 그런 마음이 수천수만 가지가 넘는다는 것, 사랑에는 더 많은 표현 방식이 있으니 그 결과에 집착할 필요가 없다는 것을 깨달았다. 그녀가 그에게 새로운 생을 주었고, 그는 평생 그녀를 따랐다. 그는 이 세상에 왔고, 사랑했고, 울고, 웃었다. 그걸로 충분했다. 그는 생애 처음으로 웃음을 지으며 돌아서서 남쪽으로 향했다.

'안녕, 내 사랑. 하늘이 아득히 멀구나. 너는 이제부터 내 마음속에 간직할 거야.'

벼랑에서는 소리도 없이 한 줄기 바람이 스쳤고, 고목의 가지 끝에 달린 눈 몇 송이가 훨훨 날아 기수의 귀밑머리까지 날아갔다. 기수는 무의식적으로 고개를 들어 벼랑 쪽을 바라보았다. 외롭게 선 벼랑은 검푸른 색이었고, 고목은 푸르스름한 색을 띠었다. 그곳의 나무 아래에는 내려앉은 눈이 차분하게 깔려 있었다. 누군가 밟았던 흔적이 전혀 남아 있지 않았다. 마치 아무도 이곳에 오지 않았던 것처럼, 그 눈만이 밤새도록 여기서 기다렸던 것처럼. ……. 기수의 눈빛이 하염없이 바닥을 쓸었다. 이윽고 눈빛을 거둔 기수는 숨을 한 번 들이쉬고 말 등 위에서 날아올랐다. 기수는 경공을 선보이며 겹겹이 펼쳐진 지붕을 뛰어넘었고, 곧바로 맨 마지막의 내전으로 내달았다. 새하얀 옥 계단 위, 대전의 문이 활짝 열려 있는 것이 보였다. 향의 연기가 희미하게 솟아오르는 내전 안에는 구룡이 새겨진 거대한 금빛 관이 묵묵히 버티고 있었다. 내전에 서 있던 기수는 순간 무릎에 힘이 풀려 비틀거리고 말았다. 얼른 손을 뻗어 옆에 있는 물건을 손으로 붙잡았다. 손끝에 물컹하면서 매끈하고 부드러운 물체가 닿았다. 아주 익숙하면서도 속이 철렁 내려앉는 온도와 감촉이었다. 사람의 손이었다.

기수는 그대로 몸이 굳은 채, 고개를 떨구었다. 지하의 얇게 깔린 눈이 거울처럼 은은하게 하늘의 빛을 반사했다. 멀지 않은 곳에 꽃을 활짝 피운 홍매화 몇 그루의 가지가 아주 힘차고 무성하게 뻗어 있었다. 그리고 매화 옆에 호리호리한 그림자가 서 있었다. 궁궐 끝에서 바람이 불어와 연기와 빛을 흩트렸다. 사방에 저녁 안개가 깔린 듯했다. 죗값을 다 치르고 생사를 넘었다. 그리고 오늘 금관 앞에 선 이 순간이 모두 다 꿈만 같았다. 기수는 그대로 굳은 채, 눈도 깜짝하지 못했다. 눈꺼풀이 닫힌 그 순간, 이 꿈이 눈물 속에 산산이 깨어져 버릴까 봐 두려웠다. 그때 그 따뜻하고 부드러운 손바닥이 여리고 자그마한 그녀의 손을 폭 감싸 쥐었다. 이윽고 그가 미소 지으며, 고개를 돌렸다.

꽃길처럼 행복한 저편

정화(定和) 2년, 봄.

씨 뿌리기에 딱 좋은 계절이었다. 햇볕이 맑고 눈부시게 쏟아지는 밭고랑 사이로 농부들이 괭이를 짚고 섰다. 그들은 올해의 감세 정책에 대해 열렬히 토론을 벌이며 가을에 좋은 수확이 있기를 기대했다. 기나긴 전쟁의 시기를 겪은 천성이었지만, 비옥한 토양으로 들어찬 들판과 같이 활기찬 모습이었다. 결코, 주눅이 들거나 의기소침하지 않았다. 물론 봉상제가 처음 황위를 이어받았을 당시는 사방팔방에서 득세하려는 자들이 들썩여 강산이 위태로웠다. 그러나 봉상제는 새로운 황제들이 조급함에 흔히 하는 실수들을 저지르지 않았다. 백성들을 돌보고 국경을 안정시키는 동시에 관리들을 바로 잡았다. 농업과 상업을 동시에 발전시키면서 교육을 무엇보다 우선으로 삼았다. 재위하였던 5년 동안, 대월을 제압하고 대성을 흡수했으며 초원을 안정시키고 장녕을 통합하였다. 그렇게 천성의 건장한 말들이 곳곳을 누비며 강역을 넓혀 완전한 국토를 이루었다. 재위했던 기간은 짧았지만, 천성의 역사에서 굵은 획을 그어 '영주(英主)'라는 칭호로 불리게 되었다.

물론 헌 책 더미를 뒤져 궁중의 야사를 들추어내길 좋아하는 사학자들은 그렇게 이야기했다. 봉상 연간에 장희제가 남기고 떠난 그 불안정한 시국을 신속하게 수습하면서 국력 낭비 없이 민생을 잘 돌본 것은 대성의 '건국 봉기' 때문이었는데, 그것이 참으로 수상쩍다는 것이다. 사학자들은 방대한 고증 문헌에서 '대성 건국' 사건에 대해 수많은 의문을 제기하였다. 첫째로 대성의 건국은 완전히 계획된 황위 찬탈 사건이며 최고조에 달했을 때 천성 국토의 절반을 차지할 정도로 득세한, 역대 어느 황조에서도 용납할 수 없는 대역죄를 저지른 일임에도 봉상제의 태도가 줄곧 종잡을 수 없었다는 점이다. 심지어 너무 과하게 관용을 베푸는 것처럼 보이기도 했다. 예컨대, 천성의 사서(史書)에도 이 사건은 가감 없이 솔직하게 적혀 있었다. 하얀 종이 위에 반듯한 검은 글씨로 평화롭기 그지없이 '대성 재건 사건'이라고 담담하게 쓰여 있었다. 봉상제의 시대에 정치적 배타성이라고는 자취를 감춘 듯했다. 권력자는 10년간 피비린내 나도록 다투었던 이 큰 사건을 아주 넓은 아량과 너그러운 태도로 아름답게 마무리 지었다. 그리하여 절대 용서받을 수 없는 '반란 장수'들이 줄줄이 끌려가 피로 죗값을 치르는 일 또한 없었다. 대성의 장수 가운데 천성 황조의 손에 죽은 사람은 아무도 없었다. 천하제일 여장수 화경은 자리를 내놓고 떠났고, 연씨 집안의 당대 가주와 바다 건너를 떠돌았다. 결국, 이 여장수는 멀리서도 성격을 버리지 못하고 섬을 하나 차지해 스스로 왕이 되었고, 살아생전 한 지역을 다스리는 제왕이 되었다고 전해졌다. 호탁의 장군들은 다시 초원으로 돌아가 천성의 북쪽을 지키게 되었다. 찰목도는 제3대 순의왕으로 즉위하였다. 봉상 4년, 초원의 어머니인 유모단이 병으로 세상을 떠났다. 그녀는 임종 직전에 이상한 유언을 남겼다고 했다.

"나를 고고 선왕 곁에 묻어 다오. 다음 생에는 같이 아로장포강으로 가자고 했거든."

　봉상제는 유모단을 '현경인덕대비(賢慶仁德大妃)'라 추서하고, 제1
대 순의왕인 고고와 합장해 주었다. 동시에 이른 나이에 숨진 제2대 순
의왕 찰답란 역시 '성의친왕(誠義親王)'으로 추서하고 공신들을 위한
사당의 맨 앞에 위패를 모셔 황족들이 영원히 받들게 하였다. 봉상제는
초원에 덕을 크게 베풀었으며 투항한 대성의 장수들에게도 죄를 묻지
않았다. 제씨 부자는 천성의 관직에 몸담고 싶어 하지 않았다. 마침 서
량의 여황제 지효가 직접 서신을 보내 두 사람을 보내 달라고 요청하자,
봉상제는 그들을 순순히 보내 주었다. 항명은 원래 천성 휘하 장녕번의
명장이었다. 장녕이 천성에 귀속된 후, 봉상제는 그를 장녕과 인접한 농
서의 안찰사로 명해 장녕을 견제했다. 이와 함께 조정에서는 금과 은을
대량으로 풀어 전쟁으로 죽은 장군과 병사들의 가족을 위로하고 재난
을 입은 백성들을 구제했다. 모두가 적절한 조치였다. 대성이 투항한 후,
혼란스럽고 어수선했던 민심이 봉상제의 평화적이고 너그러운 조치로
인해 재빨리 안정을 되찾았다.

　또한, 봉상제가 붕어한 후 즉위한 정화제 역시 전 황제를 그대로 따
랐다. 그는 돌아가신 형님의 국책을 계승하였고, 일 처리 또한 예전의
규율을 유지하였다. 새로이 공적을 쌓은 것은 아니었지만 안정적으로
국정을 운영해 나가는 모습에, 정화제를 염려했던 대신들도 마음을 놓
게 되었다. 어찌 되었든 천성은 가장 힘든 고비를 잘 넘긴 셈이었다. 물
론 전통을 고집하는 인사들은 대성의 반군들에게 내린 처벌이 너무 가
볍다며 잇달아 상소를 올리고 간언하였다. 그들은 반란을 일으킨 자들
은 부덕하여 교화되지 않을 터이니 우리 황조가 천년만년 동안 강산이
평안하기 위해서는 그 싹을 자르고 뿌리를 뽑아야 한다고 주장하였다.
봉상제는 상소를 보고도 가타부타 말이 없이 이렇게 이야기했을 뿐이
었다.

"이왕 적을 치려면 우선 적의 우두머리를 잡아야지. 대성의 총사령 관이었던 화경은 바다 건너 떠돌이 섬에 정착하고 왕이 되었다고 하네. 휘하에는 정예병이 20만이나 있다고 하더군. 우릴 속속들이 아는 강적 이 바다를 떠돌면서 짐과 나란히 잠을 청한다고 생각하니 자나 깨나 걱정이 끊이질 않네. 경은 나라를 위한 충심이 그리 깊으니 그런 대역 죄인을 차마 두고 볼 수 없어 임무를 간청하는 것이겠지. 그럼 짐이 경 을 해군 장군으로 명하고 수군 10만을 내줄 테니 가서 그 화근을 아주 뿌리 뽑는 게 어떻겠는가?"

상소를 올린 이는 그 자리에서 얼굴이 하얗게 질렸다. 해전을 잘하 고 못하고, 천성 제일의 여장수인 화경에 대적할 수 있을지 말지는 차치 하고서라도, 떠돌이 섬이 어디에 있는지 누가 안단 말인가? 저 해역 만 리에서 무작정 그 섬을 찾겠다고 떠돌다가는 섬을 찾기는커녕 무사히 돌아온다는 보장도 없다. 그럼 이건 영원히 추방당하는 것이나 다름없 지 않은가? 그는 황급히 머리를 조아리며 입을 꾹 닫았다.

대성의 잔당들에 대한 처분이 확실히 이상하긴 했다. 그러나 대성 세력의 진정한 주모자는 그 여제가 아닌가? 그녀는 황성의 꼭대기에서 떨어져 죽었다는 소문이 돌았고, 그 때문에 대성 세력들이 그렇게 빨리 흩어질 수가 있었다. 천성 조정의 관용적인 태도 아래, 여제를 향한 사 학자들의 평가는 적절했다. 혼란을 틈타 세력을 일으킨 여제였지만, 파 괴를 일삼지는 않았고, 그녀가 백성과 성을 최대한 보전하고 전선을 줄 이려 하지 않았더라면, 천성은 최소한 몇 년간은 더 시달렸을 것이라 는 평이었다. 그런데 여제의 마지막을 떠올리면 사람들은 눈살을 찌푸 리고 머리를 긁적일 수밖에 없었다. 분명히 죽은 것은 확실한데, 시체를 찾을 수가 없었다? 어디에 묻혔는지도 아는 사람이 없었다. 게다가 여 제가 죽은 지 1년도 되지 않아 봉상제마저 붕어하였다. 혹시 무슨 관련 이라도 있는 것일까?

배 굶을 일이 없는 사학자들은 나오는 게 없어도 남의 사소한 소문거리를 연구하는 게 일이지만, 백성들은 귀하신 분들의 뒷얘기를 캐는 데는 전혀 흥미가 없었다. 천성의 남부 지방, 그러니까 대성의 영토였던 곳에 사는 백성들의 소박한 기억 속에 대성 여제는 관리들이 말하는 포악한 반역의 주모자가 아니었다. 그녀는 그들을 덕으로 다스린 최초의 여제였고, 정무에도 이력이 난 사람이었다. 게다가 관대하고 온화하며 백성들을 지극히 아꼈다. 일개 여인의 몸으로 천하의 명장들을 거느렸다. 민초들과 함께 결연히 봉기하였다가 적국의 심장에 나라를 다시 세우지 못하고 결국 단호하게 손을 뗐다. 그녀는 사실 인간 세상의 최고 권세는 욕심낸 적도 없었다. 이런 여인이 백성들의 마음속에서는 가장 신비롭고 아름다운 전설이지 않겠는가. 아름다운 여인의 혼은 어디를 헤매고 있는가?

4월, 청명이 다가왔다. 땅을 갈아엎다가 잠시 쉬고 있던 밭머리의 백성들이 밀짚모자를 벗어 부채질을 했다. 한쪽에서는 몇 년 전, 여제가 틈틈이 농경지를 시찰했었던 일을 이야기했고, 한쪽에서는 버드나무 가지를 메고 낑낑거리며 산으로 성묘하러 가는 사람들을 바라보면서 탄식을 했다.

"안타까운 단명이지. 꽃다운 나이에 황성에서 돌아가시고, 묘를 찾아 제사를 지내려고 해도 어디로 가야 할지조차 깜깜무소식이니."

"아마 시체도 찾지 못했을 거야. 그렇게 큰 죄를 지었으니."

"무슨 죄인지 우리는 잘 모르지만, 천향(天享) 황제께서 계실 적에는 쌀도 배불리 먹었고, 땅도 충분했고, 옷도 남부끄럽잖게 입었잖아. 우리한테는 아주 잘 대해 주셨어!"

"절할 곳이 없으니, 여기서 절을 해도 마음만은 닿겠지."

한 늙은이가 버들가지를 꺾어 논두렁에 꽂았다. 그리고 땅에 떨어져 있던 지전을 주워 예를 올렸다. 그러자 사람들이 주위를 에워쌌다. 어떤 사람은 가져온 밀가루 떡을 논두렁에 올려 두었고, 어떤 사람은 버드나무 가지를 태웠다.

"천향 황제 폐하, 와서 음식 드세요. 작은 성의라고 무시하지 마시고, 다음 생에는 꼭 사내로 태어나 다시 황제가 되십시오!"

탁!

근처 버드나무 아래에서 한 사람이 책을 덮었다. 왠지 안절부절못하는 것처럼 보였다. 책의 표지에는 화려한 미인도가 그려져 있고, 제목은 『혼령은 어디로? 마음만 남아― 대성염제비사(大成艶帝秘史)』였다.

"왜 그래?"

곁에 있던 사람이 마지못해 물었다. 말투에 웃음이 있었다. 말을 붙인 남자는 나무 그늘 아래에 한가하게 누워 있었다. 햇빛이 나뭇잎 사이로 비춰 들어 그의 얼굴로 떨어져 내렸다. 그는 팔꿈치를 들어 눈가를 가렸다. 옷소매가 미끄러지며 옥처럼 매끈한 팔목이 드러났다.

"아니에요."

책을 덮은 사람은 이미 평정을 되찾았다. 그리고 온몸을 수많은 장신구로 오색찬란하게 휘감은 표지 속의 여인을 자세히 바라보며 탄식했다.

"이게 여제야? 꼭 길거리에서 장신구 파는 여자처럼 그려 놨네."

"어디 봐."

남자는 책을 가져가서 한참을 들여다보다가 이야기했다.

"당신보다 훨씬 못생겼는데."

그러더니 남자는 다시 그림 속의 여자를 자세히 살펴보고 만족한 듯 고개를 끄덕였다.

"괜찮네. 옷차림이 과하긴 한데, 대신에 노출이 없잖아."

"무슨 『해당화에 잠든 요녀』도 아니고, 장신구를 옷처럼 몸에다 그리고, 옷은 저 뒤에 배경용으로 그리면 어떡해요?"

"뭐 어때."

남자가 아무렇지 않게 얘기했다.

"열째에게 편지를 써서 금우위를 시켜 누가 그린 건지 찾아내라 하지 뭐. 찾아내서 죽여 버리라고."

"······."

잠시 침묵이 흐른 후, 여자는 얼른 책을 빼앗아 보따리의 맨 아래에 쑤셔 넣으며 이름 모를 삼류 무명 화가의 목숨을 구하려 노력했다. 표지는 그나마 조금 괜찮은 편이었지만, 안에는 정말로 대담한 삽화가 있었던 것이다. 보따리를 챙기는 그녀는 침착하고 세심했다. 눈빛은 맑고 촉촉해, 만 리 강산의 봄빛과 물빛, 버들가지와 사람들의 모습을 담고 있었다. 책을 빼앗긴 그녀 곁의 남자는 연못처럼 고요한 눈동자를 지녔다. 지난날 음침하게 계략으로 번뜩이던 그의 눈빛 속에는 이제 그녀의 모습만이 가득 들어차 있었다.

봉지미와 영혁이었다.

전설 속에 죽고 사라진 그들은 어느덧 빛바랜 역사책 속에서 걸어 나왔다. 그리고 농북 시골의 밭두렁에서 자신들의 야사를 읽으면서, 오랫동안 바라왔던 초탈한 삶을 맛보고 있었다. 봉상 5년 겨울, 생전 속임수라고는 쓰지 않던 고남의는 실종된 봉지미 때문에 인생 최대의 계획을 세우게 되었다. 영혁과 짜고서 '황제 시해 사건'이라는 판을 벌인 것이었다. 낙현 행궁 앞에서 고남의는 그녀가 돌아온 것을 보고 미소를 머금은 채 기분 좋게 돌아섰다. 그리고 행궁 안 구룡이 새겨진 관 앞에서, 12년 동안 애끓는 만남과 헤어짐을 거친 영혁은 드디어 그녀의 손을 꽉 쥐었다.

두 사람은 제경 외곽에 초막을 지었다. 제경에서 아직 멀리 떠나지 못하는 것은 영제의 간청을 뿌리칠 수가 없어서였다. 어린 시절부터 형님의 보살핌 아래 자라온 영제는 언제나 정쟁과 거리를 두어 온 데다가 욕심이 없는 천성 탓에 권력 다툼도 싫어했다. 이런 결말을 원치 않았던 영제에게는 세상에서 가장 존엄하면서도 가장 어려운 일을 떠맡은 셈이었다. 끝내 황제 자리를 고사하던 영제는 마지막으로 한 가지 조건을 달았다. 영혁이 제경에서 멀리 떠나지 않고 가까이 머물면서 나라에 중대한 일이 닥쳤을 때는 언제든 가르침을 달라는 것이었다. 영혁 역시 어린 동생 때문에 마음이 놓이지 않았다. 그래서 영제가 정권을 잡은 처음 몇 년간은 가까이서 돌보는 것이 좋겠다는 생각이 들었다. 영제는 뛸 듯이 기뻐하였다. 영혁과 봉지미가 누구인가? 강산을 주무르고 천하를 뒤집은 제왕들이 아닌가. 그들이 있다면 무슨 걱정이 있겠는가? 그리하여 영제는 영혁과 봉지미의 도피를 직접 관리 감독하게 되었다. 그녀가 꿈에 그리던 '저녁놀을 베개 삼고 흐르는 물을 끼고 풀섶으로 해가 떨어지는 집'이 지어졌다. 세련되고 화려한 모습의 조그마한 황가 별당이었다. 그녀의 만류가 아니었다면 제2의 낙현 행궁이 지어졌을지 모를 일이었다.

"열째 황자님을 생각하면 눈물이 앞을 가리네요. 우리가 없어진 걸 알면 하룻밤 사이에 머리가 하얗게 세어 버릴 거라고요."

봉지미가 미소를 지었다. 영혁은 동정심이라고는 없는 말투였다.

"흰 머리가 되게 놔두지 뭐……. 손톱만 한 일에도 달려와서 '형님 의견을 듣고 싶습니다' 하잖아. 내가 그렇게 한가해?"

봉상제의 말투는 한가로웠지만, 표정은 그렇지가 않았다. 봉지미는 미소 짓기만 할 뿐, 아무 말도 하지 않았다.

'아, 한가하지 않으셨어? 그럼 어제 심심하다고 침대 위에서 깊은 대화를 나누자던 분은 누구신지?'

"열째는 지금 국사를 관장할 수 없는 게 아니야. 내가 있으니까 게을러질 구실이 생기는 거지."

영혁은 자신만만했다.

"이런 습관을 길러 줘서는 안 되지. 걘 천자야. 스스로 천하의 중임을 짊어질 수 있어야지. 걔가 자꾸 우리한테 기대니까 떠나는 거야."

봉지미는 연신 웃기만 할 뿐, 한마디도 하지 않았다.

'이유 한번 그럴싸하네요. 부인인 제가 성격이 좋으니 굳이 말은 안 하겠습니다만.'

사실 영제가 문제이긴 했다. 성실한 영제는 큰일이든 작은 일이든 형님을 찾아왔다. 그건 괜찮았지만, 문제는 밤낮을 가리지 않는다는 것이었다. 원앙이 노닐 듯 깨가 쏟아져야 하는 이때, 영제가 밤낮없이 찾아와 나라의 큰일을 물어대니 어디 배겨낼 수 있겠는가? 그렇게 또다시 밤새 들볶인 어느 날 새벽, 영혁이 일어나 멍하니 있더니 갑자기 이야기했다.

"우리 떠나자."

그리고 아직 잠도 덜 깬 봉지미를 이불 속에서 꺼내 곧바로 준비를 시키고, 귀중품만 간단히 챙겨 영징에게도 알리지 않고 야반도주하듯 떠나왔다. 두 사람은 이제 신경 쓸 일이 하나도 없어 홀가분했다. 목적지도 딱히 없었다. 상의 끝에 지효의 열네 번째 생일을 축하하러 가기로 했다. 하지만 날짜가 너무 일렀다. 그래서 예전에 남해로 떠났던 그 길을 걸어 보기로 하였다. 함께 가자고 약속했던 길이었지만, 결국 봉지미 혼자 한 번, 영혁 혼자 한 번 걸었고, 두 손 맞잡고 함께하지는 못한 길이었다. 이제야 마침내 함께 걸을 기회가 생긴 것이다.

"가요."

봉지미가 일어서서 영혁을 이끌었다.

"조금 전에는 해가 있어서 못 가겠다고 했잖아요. 이제 해가 곧 산으로 떨어질 거예요. 조금만 더 있다가는 자고 가자고 할까 봐 무섭네."

"나를 아는 자, 나의 아내 지미로다."

영혁은 봉지미를 따라 일어서더니 갑자기 그녀의 귓가에 대고 속삭였다.

"별명이라도 지어 줄까? 나를 잘 아니까 영혁알이 어때?"

"알이? 차라리 앓이라 하시죠."

봉지미는 느릿느릿한 말투로 대답했다.

"영혁 선생과 함께하다가는 힘들어 앓아눕는다고."

영혁은 하하 웃고는 봉지미의 얼굴을 쓰다듬었다. 좀 천천히 가면 또 어쩌랴 싶었다. 이제 남은 시간은 언제나 함께인 것을⋯⋯. 두 사람은 밭두렁을 걸었다. 그러다 그녀의 눈에 한 농부가 상한 떡과 버들가지 더미에 절하는 것이 보였다. 그녀가 놀라서 물었다.

"어르신, 뭘 하시는 건가요?"

"천향제께 제를 올리는 겁니다."

한 늙은 농부가 대답했다.

"길손님들 나이를 보아하니 천향제를 아시겠군요. 아주 좋은 분이셨지요. 같이 절이라도 올리시지요."

봉지미는 얼른 뒤로 물러나며 땅바닥에 있는 상한 떡을 바라보며 물었다.

"이게 제사 음식?"

늙은 농부는 경건하게 고개를 끄덕였고, 영혁은 혼자 웃었다. 항상 온화한 표정이던 대성 여제는 괴팍한 표정을 지으며 중얼거렸다.

"아이고 배부르다!"

영혁은 웃으며 앞장서서 봉지미를 데리고 자리를 떠났다. 늙은 농부는 신선 같은 한 쌍이 함께 멀어지는 것을 바라보았다. 그러고 보니 수년 전에 만현에서 비슷한 뒷모습을 본 것도 같다는 생각이 퍼뜩 들었다. 그 뒷모습이 지금 푸르스름한 연기 속에 있었다. 농부는 고개를 숙인 채, 주름이 가득한 얼굴로 옅은 한숨을 내쉬었다. 그러자 알 듯 모를 듯한 그 여인이 고개를 돌려 이 순박한 농부의 의심스러운 눈길을 바라보았다. 그리고 자신의 어깨를 감싼 남자의 손을 붙잡으며 빙그레 웃었다.

"천향 황제는 지금 잘 지낸답니다."

4월 중순, 봉미현.

성문으로 들어선 봉지미는 곧바로 '아' 하고 감탄했다. 길 양쪽으로 독특한 나무들이 가득 심어져 있었기 때문이다. 그 모습이 꼭 봉황의 꼬리가 햇빛 아래 쭉쭉 뻗어 있는 것 같았다. 바람이 불어오자 꼬리 잎이 이리저리 춤을 추었고, 금광석 조각처럼 깨진 햇빛이 사방으로 흩날렸다. 무수한 봉황 꼬리가 오르락내리락하며 온 하늘을 뒤흔들었다. 나무들은 줄기가 곧고 결이 뚜렷했다. 연녹색을 띤 모습이 맑고 청아하였다. 그녀는 나무줄기를 어루만지며 고개를 숙이고 이야기했다.

"이게 바로 봉미목이구나. 이렇게 한 줄로 쭉 서 있으니 너무 아름다워요."

"봉상 원년에 내가 봉미현의 지현(知縣)*현을 다스리는 벼슬아치에게 봉미목을 대거 심으라 명했다."

영혁은 사랑스러운 아내의 밝은 표정을 만족스럽게 바라보았다. 입가에는 웃음이 이어졌다.

"그 지현이 일을 아주 완벽히 잘했구나. 돌아가면 열째한테 얘기해서 지부로 승격시켜 주라고 해야겠군."

봉지미는 울지도 웃지도 못하고 영혁을 노려보았다. 그리고 꿈쩍도 하지 않는 모습에 하는 수없이 이렇게 중얼거렸다.

"재위할 때는 그래도 진지하더니, 자리를 벗어나니 아주 제 맘대로 폭군이 되셨군."

"야사에서는 널 더러 화를 부르는 황제라 하지 않더냐. 제 맘대로 폭군하고는 아주 제격이지."

영혁은 봉지미의 손을 잡아끌었다.

"가자, 지난번에 객잔 하나를 봐 두었다. 아주 조용하고 깔끔한 곳이거든. 거기 가서 묵자."

그런데 한참을 찾아도 그곳을 찾을 수가 없었다. 봉지미는 결국 나무를 붙들고 더는 못 간다고 고집을 부리기 시작했다.

"그게 도대체 어디 있는지 기억은 해요? 반나절을 찾아 헤맸는데도 못 찾고. 커다란 객잔을 벌써 열 군데는 지나쳐 왔다고요!"

영혁은 결심이 대단했다.

"분명 이 근처였는데…… 안 보이네. 객잔이 많아도 마음에 드는 곳은 구하기가 어렵단 말이야. 여기서 기다려. 내가 가서 찾아볼게."

봉지미는 멀지 않은 곳의 봉미목 사이로 보이는 큰 객잔을 손으로 가리켰다.

"저기 좋지 않아요?"

영혁도 그 객잔을 보았다. 그러나 기억 속에 있는 그 객잔과는 달리, 웅장하고 화려하기만 할 뿐 왠지 저속해 보였다. 오래전, 그가 봉미현을 지나갔을 때는 봉미목이 이렇게 많지 않았다. 그때 그 작은 객잔은 둘레에 나무가 가득 심겨 있어 나무 그늘과 어우러진 모습이 아주 청량하고 고상한 운치를 자아냈었다. 객잔 뒤쪽으로는 연못도 하나 있었고, 아담한 인공 언덕도 있었다. 방에서 뒤쪽 창을 열면 바로 연못을 볼 수가 있었다. 주인장이 아주 세심한지, 마름을 심어 놓고 함지박까지 마련해 놓아 손님들이 열매를 따 먹을 수 있게 해 놓았다. 그때 그는 지미와 함께 이곳에 와서 그득 열린 마름을 함지박에 따고, 연꽃이 만발한 연못에서 그녀의 얼굴을 보게 된다면 얼마나 좋을까 하고 생각했었다. 마음속으로 한참이나 떠올렸던 그 아름다운 기억을 위해서, 봉상제는 어떻게 해서든 꿈을 이루어야겠다고 다짐하며 그녀를 길가에 세워 두고 길을 묻기 시작했다.

"어르신, 여기에 원래 작은 객잔이 있었는데 혹시……."

영혁은 동네 노인을 붙잡고 손짓 발짓을 해 가며 그때 그 객잔의 모습을 설명하였다. 그러나 가련한 봉상제는 권모술수에나 능할 뿐, 백성들과 어울려 이야기를 나누는 데에는 영 젬병이었다. 예전에는 이런 사소한 일은 모두 영징이 처리했기 때문이었다. 한참을 낑낑거린 그는 겨우 설명을 마쳤다.

"저기 아닌가?"

노인이 가리키는 곳은 조금 전 봉지미가 가리켰던 바로 그 객잔이었다. 영혁은 '헉' 하고 놀라 횡설수설하였다.

"봉미목 숲은? 연못은? 작은 인공 언덕은……?"

노인은 다리를 '탁' 쳤다.

"이 가게가 복이 참 많았지. 장희 16년, 돌아가신 봉상 황제께서 왕야이던 시절에 우리 봉미현을 지나가셨어. 그때 저 객잔을 보고 경치가 아주 좋다고 칭찬하시면서 나중에 기회가 있다면 와서 묵겠다고 하셨단 말이야. 우리 현의 지현 나리께서 그 말을 듣고 큰일이다 싶어서 곧바로 객잔 주인에게 은자를 건네주며 객잔을 수리하라고 하셨어. 그리 큰 영광을 얻었으니, 대충 할 수 있었겠나? 객잔을 세 배로 크게 늘리는데 땅이 모자라니 나무를 베어냈지. 그리고 원래 있던 연못은 왕야께서 촌스럽다 하실까 봐 메웠고, 인공 언덕은 높으신 분들이 경치 감상하시는데 방해될까 봐 싹 없앴지. 그러고 나서 색색깔로 치장하고 제 경식으로 잘 꾸며 놨지. 그렇게 오색찬란하게 꾸미고 나서 왕야가 다시 오시기만을 기다린 거야. 그런데 그 귀하신 분이 말씀만 비추시고 다시 오지 못할 줄 누가 알았겠나. 주인장 이 씨만 잘됐지. 봉상 황제께서 등극하신 후에는 이 이야기가 널리 전해지면서 사업이 나날이 번창하고 돈을 쓸어 모으게 됐어."

태산이 무너져도 안색 하나 바꾸지 않을 것 같은 봉상제는 벼락이라도 맞은 표정이 되었다. 다가와서 이야기를 들은 봉지미는 나무를 끌어안고 웃느라 허리도 제대로 펴지 못하였다. 한참 후, 정신을 차린 그녀가 영혁을 잡아끌었다.

"귀인이시여, 그대를 위해 특별히 새로 지은 아름다운 객잔에 머무르지 않으시겠습니까?"

"자연을 아낄 줄 모르는 놈 같으니! 이런 무식한 시골 촌놈 같으니라고!"

영혁은 화가 나 소매를 뿌리쳤다.

"싫어! 다른 곳으로 가!"

봉지미는 또 웃음이 나려 했지만, 부군의 노발대발하는 모습에 그래서는 안 될 것 같아 허리를 부여 잡고 영혁의 뒤를 따랐다. 그는 눈에 띄는 아무 객잔으로 들어가 방을 달라고 한 후에야 차츰 표정이 누그러졌다. 하지만 아직도 씩씩거리고 있었다. 그녀는 대충이지만 이 사람이 무슨 생각을 했는지 알았다. 웃기긴 하지만 감동적이기도 해서 그의 어깨에 몸을 기대며 일부러 말머리를 돌렸다.

"그때 당신이 영정을 시켜 나에게 준 상자는 무슨 나무로 만든 거예요?"

정말 순수하게, 화제를 돌리려고 아무 말이나 내뱉은 것이었는데 뜻밖에도 영혁은 고개를 돌리더니 봉지미의 머리칼에 달콤한 입맞춤을 했다.

"영정에게 숙영지에서 제일 아름다운 나무를 고르라고 했지. 직접 두들겨 보고 소리가 좋은 걸 확인하고 베어서 상자로 만들라고 했어. 거기가 '십리전(十里甸)'이라는 곳인데, 궁금하면 지금 가 봐도 아마 그 나무 그루터기를 볼 수 있을 거야."

잠시 생각하던 영혁이 화가 난 듯 덧붙였다.

"어쩌면 그 그루터기도 금실로 둘러놓고 팻말을 붙였을지 모를 일이

군. '봉상 황제가 나무를 벤 곳'이라고 써서 말이야."

봉지미는 '푸흡' 웃음을 터트리다가 꾹 참았지만, 잠시 후 눈가에 수증기가 점점 피어올랐다. 영혁은 돌아보지도 않고 손을 뻗어 어깨에 얹은 그녀의 손을 부드럽게 감쌌다. 그는 그녀의 손을 만지작거리며 낮게 웃었다.

"내가 오늘 충격을 좀 받았는데, 어떻게 위로해 줄 거야?"

봉지미는 싱긋 웃고는 고개를 돌려 영혁의 귀뿌리를 입에 머금고 가만가만 속삭였다.

"음……."

부드럽고 달콤한 봉지미의 목소리는 봄날의 아지랑이처럼 물결치며 혼을 쏙 빼놓았다. 영혁의 귓가가 후끈 달아오르고 몸이 파르르 떨렸다. 그녀는 몰래 웃었다. 역시 민감한 곳은 시간이 한참 지나도 바뀔 수가 없었다. 청명서원의 큰 나무 아래에서 마구 깨물었을 때, 그녀는 알게 되었다. 그러나 알긴 알아도 자주 써먹을 수는 없다. 평소 그가 집적거리는 걸 이기지도 못하면서 이렇게 제 무덤을 파는 건, 현명한 대성 여제에게 있어서는 안 될 일이었다. 하지만 오늘은, 음…… 기분이 좋은 그녀였다.

봉지미는 영혁의 귓불을 입에 물고 가볍게 끌어당겼다. 그는 자기도 모르게 일어나서 그녀의 어깨를 감싸 안았다. 그녀는 웃으며 그의 귓불을 문 채, 침대 쪽으로 한 걸음씩 다가갔다. 그녀는 고개를 한쪽으로 틀고 그의 허리를 감싸 안았다. 그는 자신의 귓불을 문 채 위로 올려다보는 그녀를 내려다보았다. 촉촉한 두 눈동자는 마치 유리로 한 겹 감싼 듯, 보드랍고 환하게 반짝거렸다. 그는 조금씩 숨을 몰아쉬었다. 좀처럼 보기 힘든 그녀의 교태스러운 유혹에 저항하기가 힘들었고, 귓불의 짜릿함과 간질거림이 가슴 속까지 파고드는 걸 참을 수가 없었다. 게다가 침대로 한 걸음씩 이끄는 건 더더욱 견디기 힘들었다. 분위기가 잡히자,

몸이 제멋대로 움직이며 말을 듣지 않았다. 귓불 위의 축축한 기운은 몸 안의 불길에 기름을 끼얹었고, 일순간 '펑' 하고 사방이 환히 밝아지는 것 같았다. 그는 돌연 고개를 숙이고 그녀의 어깨를 꽉 껴안았다. 뜨거운 가슴이 다가가자, 그녀는 흠칫 움츠러들었다. 입술이 벌어지고 다리에 이미 힘이 풀려 침대에 닿았다. 그는 희미하게 웃으며 몸을 돌려 위에서 그녀를 공략했다. 그녀는 입술을 앙다문 채, 힘겹게 침대 휘장의 고리를 끌어내렸다. 옷소매가 팔꿈치로 떨어져 내렸다. 매끈한 옥 같은 팔이 새하얗게 드러나자, 그가 곧바로 어루만지며 쓸어 올렸다. 천이 겹겹이 드리워지니, 마음을 열고 비단옷을 풀어 헤친 이는 누구인가. 지금 이 순간 천지가 환하게 밝아지고, 둘은 함께 구름 위를 밟는 신선이었다. 극락 속에서 둘은 하늘 높이 솟아올랐다.

4월 중순, 안란욕.

원래는 예전에 갈대를 함께 보았던 계탑진(溪塔鎭)을 지나쳐야 했다. 그러나 영혁은 철이 아직 이르니 지금 가도 볼 게 없다며 차라리 지효의 생일 축하연을 끝낸 후에 다시 돌아오는 길에 가는 것이 나을 거라고 했다. 두 사람은 곧바로 길을 우회하기로 하고, 상야(上野)에서 바다를 건넜다. 하루를 꼬박 배로 항해해서 안란욕을 지나는 길이었다. 지형 때문인지, 안란욕의 바닷소리는 유달리 맑고 고요했다. 수면은 평온하고, 별빛이 쏟아져 내리는 하늘은 금강석을 수놓은 짙은 남색 비단처럼 보였다. 뾰족한 뱃머리에 소리 없이 갈라진 파도는 눈꽃처럼 하얀 포말을 일으키며 아름다운 꽃잎 모양을 만들어냈다.

영혁과 봉지미는 난간에 기대 바람을 맞으면서 술을 홀짝거렸다. 파도 소리에 지난 시간을 떠올려 보았다. 천하의 대사니 국정이니 민생이니 하는 이야기들은 없었다. 야사와 소문, 그저 그런 연애 이야기들만 한참 이야기하였다. 일찍이 관직에 올라 말을 채찍질하던 두 사람이었다. 천하를 두고 다투며 국토를 둘로 나눠 가졌던 두 사람이었다. 황성에서 결전을 벌였던 천하의 걸출한 야심가 한 쌍은 수많은 갈등 끝에 결국 처음처럼 순수하게 서로를 마주 보았다. 예로부터 천하를 두고 이러쿵저러쿵하길 좋아하는 사람들은 모두 천하를 손에 넣지 못한 이들일 뿐이었다. 어지러운 세상 속에서 최고의 위치에 올라 보았던 영웅호걸의 눈에는 천하의 크기도 손바닥에 놓인 겨자씨 하나에 지나지 않는 법. 서로 사랑하는 그 사람만 있다면 그곳이야말로 무한히 넓고 아름다운 곳이 아닐까. 다만 이 순간, 그녀의 정신은 다른 데 팔려 있었다. 그녀는 자주 선실 안을 들여다보았다. 배에 오른 후로, 누군가의 두 눈이 그녀를 계속 주시하는 것만 같은 느낌을 받은 터였다. 하지만 아무리 뒤를 돌아보아도 딱히 눈에 띄는 것은 없었다. 그녀와 그의 무공 실력이라면, 몰래 숨어서 그들을 습격하려는 고수의 살기를 분명히 느낄 수 있었을 것이다. 그녀는 분명 누군가가 있다고 느꼈지만, 살기를 전혀 느낄 수가 없었다. 그에게 이 이야기를 하려던 찰나, 그녀는 입을 꾹 닫아 버리고 혼자 생각이 너무 많은 것이라 여기고 말았다.

　영혁은 묵묵히 술만 마셨다. 몇 년 전이 떠올랐다. 눈이 보이지도 않던 그가 먼 전장으로 가게 되면서 병약해진 봉지미를 떠났을 때였다. 아직 큰 사건들이 일어나기 전이었다. 그는 뱃머리에 앉아 있었다. 하늘로 울려 퍼지는 바닷소리를 들으며 남해 사당에서의 울부짖음이 마치 파도 소리 같았다는 걸 떠올렸었다. 그때 그는 그녀가 곁에 있으면 얼마나 좋을까 하고 생각했다. 이 세차게 울려 퍼지는 소리와 이 아름다운 빛 속에 그녀가 함께 앉아 있다면, 해풍이 그녀의 긴 머리칼을 내 품으로 불어 넣어 줄 텐데, 그녀의 따뜻하고 그윽한 머리 향을 느낄 수 있을 텐데 하고 생각했다. 그렇게 갑자기 그녀의 향기가 그리웠고, 가냘파 보이는 그녀의 미소가 그리웠다. 시간이 몇 년이나 지나, 이제는 마침내 원하는 바를 다 이루었다. 그녀가 그의 맞은편에서 미소를 지으며 별빛이 흐르는 눈빛으로 그를 보고 있었다. 웃는 모습도 예전과 다름없었다. 그는 괜스레 감격으로 가슴이 벅차올랐다. 그렇게 수많은 일을 겪으면서 다 넘을 수 없을 것 같던 역경을 헤치고 넘어왔다. 절망에 가까운 순간들과 마주했을 때마다, 이번 생에는 죽어도 서로를 지켜 줄 수 없을 것으로 생각했다. 생사를 뛰어넘어 서광이 비치는 날이 정말 올 것이라고는 생각도 하지 못하였다.

영혁은 갑자기 봉지미의 손이 잡고 싶어졌다. 그때 그녀 역시 갑자기 그를 향해 손을 뻗었다. 두 사람의 손끝이 부딪혔다. 아무 말도 필요 없었다. 그저 서로를 마주 보며 웃을 뿐이었다. 그윽한 두 사람의 눈빛은 마치 바닷바람 같았다. 소리 없이 취한 두 사람은 아직 흥이 오르기도 전에 벌겋게 달아올랐다. 지금의 따뜻한 분위기를 깨트리기 싫었던 그가 한참 후에야 조용히 물었다.

"그때 주었던 산호는? 버리지 않았겠지?"

봉지미는 웃으면서 소매 주머니 안을 더듬다가 마치 마술처럼 목걸이를 꺼내 보였다. 그 산호가 정교한 세공으로 만든 은사슬에 꿰어 있었다.

"하나뿐이라서 목걸이 장식으로 만들었어요."

봉지미는 아름답게 미소 지었다.

"은목걸이에 꿰었는데, 예뻐요?"

하얀 손바닥 위에 새빨갛게 빛나는 산호, 목걸이의 은빛과 어우러진 별빛, 모든 색채가 아름답고 선명했다. 영혁의 눈빛 또한 영롱하게 빛나고 있었다. 그는 목걸이를 가볍게 쥐고 웃었다.

"내가 걸어 줄게."

영혁은 몸을 기울여 왔고, 봉지미는 옷깃의 매듭을 하나 풀었다. 그는 긴 머리에 목걸이가 걸리지 않도록 목덜미를 감싼 머리카락을 다정하게 꺼내 손으로 잘 빗어 가지런하게 놓았다. 그녀는 피부가 하얗고 목이 가늘고 길었다. 목걸이의 은빛이 그 위에서 반짝거리는 모습은 마치 눈밭 위를 가로지르는 가느다란 빙하 줄기 같았다. 반면에 산호 장식은 불꽃처럼 선명한 붉은 색에 그 빛깔과 광택이 순수해서 마치 앞가슴에 사랑스러운 붉은 사마귀 점을 그려 놓은 것 같았다. 목걸이는 약간 길었다. 그녀는 끈을 더 꽉 조이려 했지만, 그가 웃으며 말했다.

"아니, 제일 어울리는 자리에는 아직 안 닿았는데."

영혁의 말이 무슨 뜻인지 봉지미가 생각하는 사이, 그가 이미 손을 들어 그녀의 매듭을 풀기 시작했다. 하나, 둘…….

"이 호색한!"

봉지미가 낮게 읊조리면서 영혁의 손을 막고는 웃었다.

"여긴 갑판 위라고요!"

봉지미의 앞섶이 반쯤 열리고, 눈처럼 하얀 피부가 드러났다. 슬쩍 보이는 연분홍 속옷 아래 두 봉우리가 새하얗게 솟아 귀여운 계곡을 이루고 있었다. 영혁은 잔뜩 흥분했다. 그는 자신의 눈동자뿐만 아니라 목젖과 그 중요한 부위까지 도저히 주체할 수가 없었다. 그는 당장 그녀의 오금 아래로 손을 넣어 그녀를 안아 올리고 웃으며 말했다.

"갑판 위에서는 안 된다? 그럼 선실 안으로 들어가면 되지!"

봉지미는 화들짝 놀라 조용히 반항했다.

"어젯밤에도…….."

봉지미는 도저히 말을 계속할 수가 없어 새빨개진 얼굴로 그만 입을 닫고 말았다. 그리고 아직도 뻐근한 자신의 허리를 몰래 쓰다듬으며 속으로 생각했다.

'이 사람이 '사랑의 도피'를 하더니 아주 봇물이 터졌네. 열심도 아주 너무 열심이어서 사람을 가만두질 않잖아. 아니 이렇게 밤낮없이 무기를 휘두르면서 날 정복하려 드니 어쩌나?'

"이렇게 열심히 하지 않으면, 우리 집 다섯째가 어떻게 남의 집 첫째를 이기겠어?"

영혁은 봉지미의 귓가에 대고 낮게 웃었다.

'무슨 다섯째, 첫째? 왜 갑자기 다섯째, 첫째가 튀어나와?'

봉지미는 한참을 멍하니 있다가 그제야 눈치를 챘다. 하고 싶은 이야기를 빙빙 돌리는 병이 또 도졌다. 아이를 다섯이나 낳고 싶다는 뜻이었다. 그녀의 안색이 어두워졌다. 혼인한 지 이미 1년여, 영혁은 줄곧 열심이었다. 그러나 그녀의 몸은 아무 기미가 보이지 않았다. 신경 소모가너무 커서 몸의 근본까지 해친 게 아닌지, 아니면 다치면서 고약한 일들도 많았고 약도 많이 먹어서 그런 게 아닌지 걱정이 되었다. 이제 나이도 젊다고 할 수 없었다. 다른 여인들은 이미 할머니가 될 나이인데 아무런 소식이 없다니……. 아들이 씨가 마른 영씨 집안에 이제 남은 희망은 영제뿐일까 싶었다. 이런 생각을 하다 보면 마음 한쪽이 찔리기 시작했다. 거절하고 싶어도 말이 나오지 않았다. 그러니 틈이 날 때마다 뻐근한 허리춤을 쓰다듬는 수밖에 없었다. 나는 주무르고 주무르고 또주무르고, 당신은 올라타고 올라타고 또 올라타고……. 그의 품에 안겨선실 문으로 들어서는 순간, 그녀는 누군가 자신을 엿보는 그 느낌을 또다시 받았다. 고개를 확 돌렸지만, 바다에 비친 달빛과 별빛뿐이었다. 배 위의 모든 것들이 흔들리는 그림자 속에 묻혀 분간해낼 수가 없었다. 좀 더 자세히 살펴보고 싶었지만, 그는 이미 웃으며 이렇게 말했다.

"집중 안 하면 벌 줄 거야!"

영혁은 팔을 들어 봉지미를 가볍게 던지는 동시에 손가락을 교묘하게 걸어 당겼다. 그녀는 '꺄악' 소리를 질렀다. 그녀가 침대 위로 떨어져내리는 순간, 치마끈은 이미 풀려 있었다. 공중에 있는 사람보다 치마가더 빨리 바닥으로 내려앉았다. 어두운 선실 안에 빛이 번뜩였다. 마치설련화 한 송이가 밤의 어둠 속에서 갑자기 꽃망울을 터트린 것만 같았다. 그녀는 이 진기한 옷 벗기기 방식에 아주 넋을 놓을 지경이었다. 그렇게 두근거리며 침대 위에 내려앉은 그녀의 붉은 입술은 수줍게 꽃망울을 터뜨린 장미 같기만 했다.

"당신 표정이 정말 사람을 못 견디게 해……."

영혁이 낮게 웃고는 봉지미를 덮쳐 왔다. 그녀를 압박하는 뜨거운 열기가 전해져 왔다. 온몸이 노곤하던 그녀는 그 순간 자기가 침대 요가 된 것만 같았다. 그의 손가락이 아주 능숙하고 민첩하게 앞가슴을 몇 번 만지작거렸을 뿐인데, 윗옷이 달아나고 새하얀 빛이 눈부시게 쏟아졌다. 포근하고 새하얀 설산은 위로 우뚝 솟아, 크고 넓은 하늘이 자신을 덮어 주기만을, 함께 어우러지기만을 기다렸다. 그는 신음을 내뱉고, 뜨겁게 달아오른 포근한 그곳에 얼굴을 묻었다. 추운 겨울, 난롯가에 앉아 오리털 옷을 입은 것처럼 따뜻하고 부드러운 느낌이 온몸을 파르르 떨게 했다. 그는 가슴 떨린 한숨을 내쉬었다. 그녀는 그를 전율하게 했다. 그의 우뚝 솟은 산은 그녀로 인해서만 움직였다.

봉지미는 가볍게 고개를 들었다. 영혁은 그녀를 파도치게 했다. 그녀의 호수는 그로 인해서만 물결쳤다. 함께한 지 1년이 지났지만, 그의 이런 눈빛과 모습에 그녀는 아직도 부끄러움을 참기가 힘들어 두 팔로 앞가슴을 바짝 껴안았다. 하지만 이 동작이 소담스러운 연꽃을 더욱더 풍만해 보이도록 한다는 것을 그녀는 몰랐다. 팔뚝에 눌려 솟아오른 새하얀 비탈길 위에 얼핏 보이는 붉은빛 해당화 열매는 늘어뜨린 산호 목걸이와 아주 잘 어울렸다. 똑같이 아주 아름다웠지만 색다른 느낌이었다. 그의 검은 머리칼이 흘러내렸다. 어지럽게 흐트러진 머리 뒤로 그의 눈빛이 게슴츠레했다. 고개를 틀어 그 자그마한 해당화 열매를 입에 머금자, 그녀에게서 참을 수 없다는 듯 전율하는 신음이 터져 나왔다. 그의 손이 그녀의 허리를 끌어안았고, 천지가 뱅글뱅글 돌았다. 그녀와 그의 위치는 이미 뒤바뀌어 있었다. 그녀의 놀란 외침 속에 그의 부드러운 음성이 귓가에서 들려왔다.

"음……. 오늘은 좀 바꿔 보는 게 어때……."

허리가 시큰거리는 봉지미가 이를 어찌 당해낼 수 있겠는가. 영혁의 몸 위에 나른하게 포개어진 그녀는 입술을 깨물고 웃을 따름이었다. 그는 그녀의 머리에서 비녀를 뽑아냈다. 검은 비단 같은 머리칼이 물처럼 흘러내리고, 앞머리 몇 가닥이 땀에 젖어 이마에 들러붙었다. 부끄러운 듯, 짜증스러운 듯한 그녀의 눈빛이 긴 머리칼 사이에서 뿜어져 나왔다. 평소에는 그렇게 점잖고 차분한 사람이 이럴 때는 그렇게 매혹적일 수가 없었다. 그녀의 눈빛을 본 그의 마음이 또다시 동하였다. 그가 그녀의 귓가에 가볍게 속삭였다. 그녀의 얼굴이 새빨갛게 달아올랐다. 그걸 차마 어떻게…… 그녀가 내려오려고 몸부림치자, 그가 조금씩 허리를 움직였다. 그녀의 손가락이 미끄러지다가 그의 몸 울퉁불퉁한 곳에 닿았다.

흉터였다. 어떤 모양인지 알아보기 힘들었지만, 봉지미는 그게 원래 글자였다는 것을 알았다. 인두로 지진 글자였다. 나중에 비약으로 처치를 하고, 완전히 태워 버리려고 시도했지만 성공하지 못했다. 차라리 비수로 그 피부를 잘라내 버리려고도 했지만, 몇 번이나 고생하고도 흉터는 보기 싫게 덧날 뿐, 가장 좋다는 금창약(金創藥)*상처에 바르는 약으로도 원래 피부를 회복하지 못하였다. 영혁은 황실의 자손으로 천하를 다스리는 집안 출신이었다. 고생이라는 것을 한 적도, 그럴 기회도 없었을 것이다. 그러니 몸에 이런 큰 흉터가 있는 것은 당연히 이상한 일이었다. 이 흉터가 어떻게 생긴 것인지는 두 사람 다 말하지 않아도 알고 있었지만, 결코 입에 올린 적이 없었다. 다만 그녀는 무의식중에 이 흉터를 만지게 될 때마다 가슴이 철렁 내려앉고 끝없는 불안함과 서글픔이 밀려들었다. 마음이 그렇게 흔들려 버리니 몸에도 힘이 빠져 버렸다. 위아래가 바뀐 그 자세는 도중에 그만 멈추고 말았다. 그녀는 그의 가슴팍에 폭 기대어 있었다. 하지만 그는 속으로 음흉한 미소를 지었다. 평소에는 그녀가 이 흉터를 보는 걸 원치 않는 그였다. 그러나 미안한 마음이 들게 해서 마음을 활짝 열게 만들어야 하는 상황에서 이 흉터는 백발백중이었다.

"한번 해 봐……."

영혁은 엉큼한 늑대처럼 봉지미 토끼를 살살 꾀어, 그녀의 손을 꽉 붙잡고 천천히 아래쪽으로 이끌었다……. 선실 안에서는 점점 낮은 숨소리와 경쾌한 웃음소리가 넘쳐흐르기 시작했다. 여리지만 긴 떨림은 선체의 흔들림을 따라 이어졌다. 파도가 빈틈없이 다가오듯 일파만파로 밀려들었다. 그는 그녀의 젖은 모래밭으로 쉴 새 없이 맹렬하게 달려들었다. 그녀를 휘감아 바다 깊은 곳으로 끌고 들어가려 했고, 터져 나오는 별빛을 뚫고 저 하늘 높이 솟구쳐 오르게 했다……. 그가 갑작스럽게 밀려왔다 또 밀려나며 그녀의 바다에서 유유히 움직이자, 그녀는 견디기 힘든 신음을 토했다. 자신의 세계를 깡그리 잊어버린 채, 더욱더 자신을 열어젖혔고, 그가 더 거침없이 달려들어 자신을 철저히 정복하기를 갈망했다. 이 순간, 그는 자신을 정복한 왕이었다. 온몸의 피부 마디마디가 그를 경배했다. 두 사람은 영원히 지워지지 않을 낙인을 찍었고, 별빛 바다는 그들과 함께 전율하며 넘실거렸다. 작은 창으로 비추어 든 바다 위의 어스름한 물빛과 안개는 뜨거운 열기를 내뿜는 두 사람의 발가벗은 피부에 닿자 금세 사라져 버렸다. 휘장의 금빛 고리가 달랑달랑 소리를 냈다. 선체의 흔들림 때문인지 침대의 흔들림 때문인지 알 수 없었다. 바닥에는 옷이 어지럽게 나뒹굴고 욕정에 사로잡혀 뿜어내는 황홀한 숨결이 가득했다. 화장대 위에 남은 온기와 커다란 유리 거울에 찍힌 아름다운 몸의 흔적은 이내 공기 중에 흩어졌지만, 거울에 끼인 긴 머리카락 몇 가닥은 누군가 알몸으로 거울에 기대었다는 걸 알려 주었다……. 가지각색의 화장품 장신구를 담은 함도 바닥에 떨어졌다. 진주, 유리, 대모갑(玳瑁甲), 수정옥 등이 휘황찬란한 빛을 반짝거리며 흩어졌고, 새하얀 분과 담홍빛 연지가 쏟아져 향이 은은하게 퍼졌다. 바닥에는 얇게 깔린 가루 위로 자그마한 발자국 몇 개가 선명하게 찍혀 있었다. 절정까지 뜨겁게 달아오른 순간, 그녀는 몸이 극도로 꺾이었고 하늘을 빙빙 선회하는 듯 현기증이 밀려왔다. 속삭이는 목소리가 낮게 들려왔다.

"…… 그때 배 위에서 양기를 빼앗겼으니, 이제 내가 도로 가져가는 거야……."

하지만 봉지미는 그 말도 제대로 들리지 않았다. 사랑스러운 자태로 고개를 옆으로 돌릴 뿐이었다. 영혁이 그녀의 목덜미를 가볍게 물었다. 혀끝이 땀에 젖은 살결을 훑었다. 짜릿한 간지러움에 그녀가 자지러지는 소리를 내며 더욱더 몸을 구부렸다……. 바다 위의 커다란 배 위에서, 어둠에 가려진 은밀한 쾌락은 그렇게 아름다웠다.

5월 초순, 금성.

성문으로 들어서기도 전에 익숙한 사람을 만났다. 나무 아래에 앉아서 여유롭게 피리를 부는 이는 종신이었고, 신이 난 듯 새를 갖고 노는 이는 노지언이었다. 봉지미는 발걸음을 멈추었다. 피리를 부는 종신의 모습은 장희 16년의 겨울을 생각나게 했다. 그녀가 제경으로 내달려 왔던 그때, 제경 외곽의 나무 아래에는 피리를 불며 그녀를 기다리던 종신이 있었다. 그리고 그녀의 일생을 뒤집어 놓았던 비보를 전했다. 어느덧 몇 년이 흘렀고, 같은 장면을 다시 만났다. 그러나 그녀의 인생은 그 무너진 잔해를 딛고 새롭게 시작되었다.

종신은 멀리서 봉지미를 발견하고 피리를 거두었다. 눈가에 따뜻한 미소가 떠올랐다. 그녀의 얼굴에도 진심의 미소가 떠올랐다. 그는 언제나 그녀와 거리를 두었다. 그녀를 위해 혈부도를 관장하기는 했지만, 한 번도 그녀를 간섭하거나 좌지우지하려 한 적이 없었고, 나라를 되찾는 큰일을 하면서도 결코 그녀를 재촉하지 않았다. 그는 흐르는 물처럼 그녀의 배가 순항하도록 돕기만 했다. 파도를 거스르거나 배가 좌초될 무리한 요구를 한 적이 없었다. 그녀 마음속에서 그는 자신의 지기이자 스승이자 은인이었다.

궁성 위에서 일이 일어났던 그때, 성벽 아래 영혁은 절망에 휩싸였고 성벽 위 고 씨 부자와 전욱요는 원한에 사로잡혀 서로 싸웠다. 사람들은 전부 혼란에 빠진 터라 종신이 사람들의 무리 속에 조용히 섞여 들었다는 것을 미처 알아채지 못하였다. 그때 종신은 종 부인의 명령에 따라 종씨 저택으로 돌아가 있었다. 사실 종씨 집안에서는 가주의 지위 승계 작업이 진행되고 있었다. 원래는 당대의 자제 중에서 실력과 지위가 가장 강하고 높은 종신이 그 책임을 지게 되어 있었다. 그러나 그는 오랫동안 혈부도를 관리하는 바람에 정식으로 가주의 역할을 맡지 못하였다. 일단 종씨 집안의 가주가 된다면 외간 사람의 일에는 일절 관여하지 못하게 될 것이기 때문이었다. 그날 그는 혼자 몰래 와서 봉지미와 고남의를 구하려고 하였다. 그러나 종 부인이 사람을 시켜 그의 뒤를 쫓았고, 그가 개입하는 것을 허락하지 않았다. 은혜와 원한을 아주 철석같이 여기는 종 부인이었지만, 대성 황실과 맺은 정을 20년이라는 기간 동안 몰래 숨어서 갚았고, 이제 남은 여한이 없었다. 그래서 그녀는 종신이 가주가 되고 난 후에도 혈부도를 그리워하는 것을 허할 수가 없었다. 그리하여 종신은 그날 종 부인이 그를 데려오라고 보낸 종씨 집안 사람들을 피하고, 황성의 위아래에 널린 고수들도 피해서 두 사람을 구해야만 했다. 그러다 보니 혼자 모든 것을 완벽하게 해낼 수가 없었다. 고남의가 봉지미를 안고 뛰어내렸을 때, 고남의는 정신을 잃었고 품 안에 있던 봉지미는 다른 곳으로 떨어졌다. 종신은 급한 김에 봉지미에게 달려가며, 자신이 데려온 수하에게 고남의를 구하라고 명령했다. 그리고 봉지미가 먹은 약물이 어떤 것인지 알지 못했기 때문에 재빨리 혼란을 벗어나 제경에 있는 비밀 별장으로 가 봉지미를 소생시켰다. 그러고 나서 다시 고남의를 구하러 돌아갔지만, 고남의는 이미 궁문 밖에서 기다리고 있던 소백을 타고 자리를 벗어난 후였다.

당시 영혁도 혼절하는 바람에 황성 일대는 혼란에 빠졌었다. 종신의 수하도 원래는 어림군에 둘러싸인 상황이었지만, 그 틈바구니 속에서도 고남의의 상처를 잘 동여매어 때맞추어 나타난 소백의 등에 그를 태워 보낸 것이었다. 소백은 번개처럼 빨랐다. 아무도 지키고 있지 않은 궁문을 한달음에 뚫고 내달렸다. 하지만 그 때문에 고남의와 봉지미는 서로 흩어지게 되었다. 그 이후에 종신은 봉지미에게 고남의를 어디서 찾아야 하느냐고 물었다. 그러나 그녀는 한동안 침묵하며 한숨만 내쉬었다.

"저는 너무나 불길한 사람이에요. 그들이 저하고 엮이는 건 이만하면 충분해요. 그냥 자유롭게 놔두세요."

그때 봉지미는 크게 낙심하고 의기소침한 상태였다. 그저 혼자 시골로 숨어들어 아무도 없는 곳에서 사람들의 축복을 빌고 자신의 업보를 참회하며 살고 싶었다. 더는 자신을 위해 어떤 원한도 갈등도 일으키고 싶지 않았다. 게다가 그녀의 신분으로는 계속해서 살아갈 수가 없었다. 역적의 우두머리인 그녀가 살아 있다면 대성의 잔재를 말끔히 청산했다고 할 수 없기 때문이었다. 구출해 주기 어려운 그녀의 장수들을 위해서 살길을 열어 두긴 했지만, 영혁 또한 조정과 백성들에게 떳떳하게 설명하기가 곤란할 것이었다. 예전에 영혁이 했던 말처럼, 권력이 생기고 지위가 높을수록 어쩔 수 없는 일들이 많아졌다. 어떨 때는 개인의 의지와 욕심대로만 할 수가 없었다. 그녀도 잠시나마 황제가 되어 보았기에 그 이치를 누구보다 잘 알았다. 지금까지 이렇게 수많은 풍파를 일으켜 왔는데, 어찌 또 영혁을 곤란하게 만들 수 있겠는가? 만약 그녀가 영혁을 괴롭히게 된다면, 고남의는 또 나타나 그녀를 보호하려 들 것이다. 그녀로 인해 또다시 목숨을 건 싸움이 벌어진다면 그걸 어찌 감당한단 말인가? 그냥 여기서 죽어 없어져, 시간이 지나면서 그들이 차차 받아들이게 하는 게 나았다. 그러면 이 넓은 천지 간에 그들은 자유로워질 것이었다.

봉지미는 이런 마음을 종신에게 굳이 말하지 않았으나 그는 다 이해했다. 지기 사이에는 말하지 않아도 통하는 그런 게 있었으니까. 그래서 그녀는 자신을 구해 준 은혜에, 자신을 돕는 그의 마음에 은은한 미소를 보냈었다. 이런저런 생각에 빠져 있을 때, 누군가가 재빠르게 다가와 말도 없이 그녀의 머리를 두들기며 웃었다.

"뭘 바보처럼 웃고만 서 있어요. 멀대같이 큰 내가 여기에 서 있는데도 못 본 체하고 말이지!"

곁에 있던 영혁의 안색이 갑자기 어두워졌다. 봉지미는 그의 손을 잡아끌며 노지언에게 미소를 지었다.

"아, 아, 대왕. 오랜만입니다. 보고 싶었어요."

"듣기 좋은 말이군요."

노지언은 하하 웃으며 눈으로 영혁을 훑었다. 그리고 전혀 내키지 않는 듯 건성건성 인사를 했다.

"폐하……."

"그건 이미 지나간 일이오."

영혁은 노지언을 보지도 않았다. 그리고 애꿎은 봉지미의 손바닥만 움켜쥔 채, 느릿느릿 말을 건넸다.

"대왕은 요즘 잘 지내나 보오? 장녕도 괜찮지요? 정화 2년에 보낸 관리들은 어떠셨는지?"

"좋아요! 좋아! 좋습니다!"

노지언이 연거푸 세 번이나 대답하고 이를 바득바득 갈면서 웃었다. 정화 원년, 장녕은 공식적으로 천성의 군대에 굴복하였고, 그 이후로 천성은 장녕에 대한 중앙 집권 체제를 다시금 강화하였다. 관리들에 대한 임명권을 빼앗고 조정에서 임명한 관리를 파견한 것이었다. 군대를 완전히 해체하지는 않았지만, 장녕 수비군의 체계를 정비하고 병부의 수비 임무를 새로 편성된 부대가 맡게 했다. 그뿐만 아니라 장녕 곳곳에 있는 성의 군비를 늘리면서, 장녕에 오랫동안 원한을 품고 있었거나 장녕에서 투항해 나온 사람들을 관리로 앉혔다. 장녕의 다양한 세력들이 서로 확실히 견제하도록 하려는 의도였다. 이런 상황에 노지언이 어찌 화가 나지 않을 수 있겠느냐마는 그도 하는 수없이 정세를 따라야만 했다. 그는 천성과 대성의 전쟁이 짜여진 판이라는 것을 생각도 하지 못하고 있었다. 천성군은 지금껏 무너진 적이 없으니, 반격이라도 해 온다면 장녕의 군대가 그 병력에 맞설 수가 없을 것이라고만 판단하였다. 그런 군대 앞에 장녕이 어찌 패하지 않을 수 있단 말인가? 그는 화가 나 있었지만, 영혁은 오히려 자신이 마음을 아주 크게 썼다고 생각했다. 장녕에 한 조치들이 황제로서는 충분한 관용을 베푼 것들이었기 때문이다. 우선 그는 장녕 내에서 노씨 집안이 갖는 위세가 신경 쓰였다. 노씨 집안은 장녕을 오랫동안 다스렸고, 국정을 관할하는 능력도 탄탄했다. 그래서 안정책을 내세우면서도 노씨 집안이 궁지에 몰려 고양이를 무는 쥐가 되길 바라지는 않았다. 만약 그들이 끝장을 내겠다고 목숨 걸고 덤빈다면, 피해를 보는 것은 연이은 전쟁에 상처 입은 백성들이기 때문이었다. 그리고 봉지미를 보호해 준 것에 대한 고마움의 의미도 어느 정도 있었다. 그러나 고마운 건 고마운 것이고, 그녀를 숨겨 준 것이 괘씸하고 원망스럽기도 했다. 그러니 어느 정도의 징계는 피할 수가 없었다. 노지언도 당연히 그걸 잘 알았다. 그러나 속으로는 좀처럼 화가 가라앉지 않았다. 가만 보니 이 부부에게 아주 제대로 놀아난 것이 아닌가! 그때 그녀가 그에게 마지막으로 보낸 비밀 문서에는 몇 글자만이 쓰여 있었다.

"갈 곳이 없음. 장녕의 도움을 바람."

봉지미의 마지막 요구 사항이었다. 그에게는 손해 볼 것이 하나도 없는 제안이었다. 노지언은 곧바로 그녀에게 구원의 손길을 보냈다. 그는 봉지미와 영혁 사이의 원한과 갈등을 전혀 모르고 있었고, 그저 대성의 여제가 도망을 나와 고립무원의 지경에 빠졌다고만 생각하였다. 재주도 출중하고 천성의 황조와는 바다만큼 깊은 원수를 지게 된 그녀가 자신을 위해 쓰인다면 이 또한 큰 도움이 되지 않겠는가? 노지언은 기꺼이 그녀를 받아들이고 부처님이라도 된 듯 떠받들었다. 그녀는 왕부에서 숨어 지내며 몸을 치료하였다. 하지만 자신의 정체를 외부에 드러내지 않았고, 위급할 때 조언만 해 주겠다고 약속했다. 그러나 그녀의 조언은 수박 겉핥기식으로 대충이었고, 그녀는 항상 무언가를 숨기는 것만 같았다. 노지언은 그녀가 아직도 발각될까 무서워 두려움에 떨고 있다고 생각해, 실망스러웠지만 그녀를 힘들게 하지는 않았다. 그러다 봉상제가 황당하게 죽음을 맞이했고 그녀는 그길로 도망을 가 버렸다. 나중에 다시 생각해 보니, 그제야 사정을 알 것 같았다. 그래서 스스로에게 따귀를 날리며 욕을 퍼부었다.

"이런 칠뜨기 같은 놈!"

이 간사한 부부가 한 패거리가 되어 작당한 일에 자신이 깜빡 속아 넘어갔다고 생각한 노지언은, 두 사람을 어떻게든 만나 자신의 생각이 맞는지 확인해야겠다고 생각했다. 그는 진즉에 봉지미와 서량의 여제가 보통 사이가 아니라는 것을 알았다. 그래서 서량 여제의 생일연에 일찍부터 와서 기다리고 있었던 것이다. 그러나 그렇게 일찍 와서 기다린다고 해서 뭘 어쩌겠단 말인가? 속이 시커먼 이 부부의 사전에는 애초에 죄책감이나 불안감이라는 단어가 있지 않은 것을. 그가 와 있는 것을 본 뒤에도 두 사람 중 하나는 눈을 희번덕거리며 위협하는 눈빛을 보냈고, 하나는 장난기 가득한 표정으로 생글생글 웃기만 하였다. 그러나 확인할 건 확인하고, 갚기로 한 원한도 갚아야 했다.

"여제에게 아직 감사의 말도 못 했군요."

노지언은 일부러 예전의 호칭을 사용하였다. 그리고 기쁘게 웃으며 봉지미의 어깨를 토닥이려고 다가섰다.

"그때 여러 가지 대책들을 내놓아 주어서 고마웠소. 당신 도움 덕분에 우리가 앙산에서 천성군을 이길 수가 있었지요!"

노지언의 손이 봉지미의 어깨에 떨어지려는 찰나, 영혁이 팔을 들어 그녀를 품 안으로 끌어당겼다. 노지언의 손이 허공을 가르자, 영혁이 조용히 이야기했다.

"오히려 우리가 노 왕께 감사를 드려야지. 앙산에서의 결전에서 그대가 봉지미의 작전을 쓰지 않았다면, 나는 아마 봉지미가 장녕에 있다는 걸 그렇게 쉽게 눈치채지 못했을 테니까. 정말 큰 신세를 졌소."

노지언은 말문이 막혀 버렸다. 그때 앙산에서의 결투는 승리로 끝이 났지만, 그 이후에 천성군은 전략 전술을 완전히 바꿨었다. 이전까지 미적지근했던 분위기와는 달리, 갑자기 사납게 달려들기 시작한 것이었다. 그래서 장녕군은 연이어 패배를 거듭하고 말았다. 천성군이 배고픈 늑대처럼 갑자기 달려들었던 것이 지금까지 이해가 되지 않았었는데, 그런 비밀이 있었을 줄이야! 둘을 갈라놓으려던 시도는 성공하지도 못하고 속이 뒤집힌 노지언은 이를 갈며 한숨을 내쉬었다. 그는 하늘을 향해 손이라도 휘두르고 싶은 심정이었지만, 이미 몇 년이나 지난 일인데 뭘 더 어쩌겠는가? 마음 같아서는 확실히 짚고 넘어가고 싶으나 더 이상 어쩔 수 없다는 걸 그도 모르지는 않았다. 황위에 앉은 것은 영혁의 동생이지만, 지금도 국가의 정책에는 전 황제의 역할이 절대적이었다. 게다가 음흉하기로는 둘째가라면 서운할 봉지미까지 함께 하고 있지 않은가.

'됐다. 봉지미 혼자서도 나를 완전히 갖고 놀았는데 영혁까지 가세를

하다니? 몇 년 더 목숨을 부지하려면 그만 포기하자.'

　　노 왕야는 슬그머니 꼬리를 내렸다. 사실 본인도 그저 궁금했던 것들을 확인하려는 것뿐이었다. 노지언은 제멋대로 구는 경향이 있긴 했지만, 일의 성패에 연연하고 마음에 담아 두는 사람은 아니었다. 봉지미도 그것을 잘 알았기에 딱히 어쩌지 않았다. 오갈 데 없는 자신을 두말없이 거두어 준 그에게 그녀가 정을 느끼는 것도 당연한 일이었다. 복잡한 사정이 얽힌 그들은 그저 머쓱하게 웃을 뿐이었다. 그녀는 입을 꾹 닫고 아무 말도 하지 않은 채 눈만 두리번거렸다. 영혁은 이 여인이 무슨 생각을 하는지 알고 눈썹을 치켜뜨더니 질투가 난 듯 시선을 피해 버렸다. 노지언은 이 재미있는 상황을 고소한 듯 지켜보면서도 아무런 말이 없었다. 남의 마음을 헤아리고 배려할 줄 아는 종신이 웃으며 이야기했다.

　　"남의는 벌써 와 있습니다. 지효가 선물을 새로 해 달라고 해서 찾으러 갔어요."

　　봉지미는 웃음이 터져 나왔지만, 눈빛 속에는 서글픔이 묻어났다. 고남의는 그날 성문에서 그렇게 흩어지고 난 후로 한 번도 그녀를 찾아오지 않았다. 그 때문에 그녀는 마음의 어느 한 조각이 영원히 빠져 버린 것만 같았다. 밥을 먹을 때도 습관적으로 고기를 여덟 점 놓았고, 그 고기 조각을 보면서 그해 섣달 그믐날 밤부터 남의가 고기 여덟 점을 고집하지 않았다는 것을 떠올리며 가슴이 아팠다. 그래서 자신에게 벌을 주듯 그 고기 여덟 점을 트림이 날 때까지 하나하나 먹어 치웠다. 잘 때도 무의식적으로 침대의 다리받침을 살폈다. 작달막한 다리받침 위에 베개를 안고 기다란 몸을 웅크린 남자가 있지 않을까, 언제나 걷히지 않는 망사가 규칙적인 호흡에 맞춰 움직이는 걸 볼 수 있지 않을까, 매일 밤 생각했다. 하지만 그녀가 깜짝 놀랄 일은 일어나지 않았다. 주전부리를 먹을 때면 습관처럼 호두를 골라다가 하나하나 껍데기를 벗기고 속껍질을 후후 불어 주머니에 잘 넣어 두었다. 그러다가 문득 이제 이 호두를 먹을 사람이 없다는 것을 깨닫고는 했다. 답답한 마음으로 호두를 하나하나 씹어보지만, 그 고소한 열매의 맛도 향기도 전혀 느껴지지 않았다. 호두 과육이 이빨 사이에서 부서지는 소리는 마치 한숨 소리 같기만 했다.

영혁은 가끔 질투가 나기도 했지만 어쩔 도리가 없었다. 그와 고남의가 봉지미와 인연을 맺게 된 것은 거의 비슷한 시기였지만, 서로 함께한 시간은 천양지차였기 때문이었다. 그 긴 기간 동안, 그녀를 곁에서 보필한 것은 고남의였다. 고남의는 그녀의 삶과 그 모든 것에 깊이 들어가 있었다. 그는 자기 자신을 완전히 가루로 만들어 한 톨 한 톨 전부 그녀의 세계로 녹아 들어갔다. 그러기 위해서 속세의 색깔을 입는 것도 두려워하지 않았고, 자기 영혼의 울타리를 부수는 것도 마다하지 않았다. 그래서 그녀와 어울릴 수 있는 보통 사람으로 거듭났다. 영혁이 그녀를 위해서 포기한 것이 이 강산과 천하라면, 고남의가 포기한 것은 바로 자기 자신이었다. 이렇게 모든 것을 바친 사람이 기억에 남는 것은 너무나 당연했다. 영혁은 그녀의 마음속에 있는 고남의가 그녀의 가족이든 다른 존재든 그녀에게 주는 영향을 부정하고 싶은 마음은 없었다. 영혁은 그저 자신의 사랑이 그녀의 모든 세계를 뒤덮고 세상 모든 존재를 뛰어넘는 그 순간까지, 그녀에게 더 많은 사랑을 주고 싶을 뿐이었다.

"가자."

영혁은 봉지미를 끌어당겨 고지효가 특별히 보내온 마차에 올라 궁으로 들어갔다. 고지효는 자신의 침궁 앞에서 그들을 기다렸다. 열네살 소녀는 제위에 오른 지 이미 십 년째였다. 오랫동안 조용한 궁중 심처에서 엄격한 황가의 법도를 따라온 그녀는 예전의 제멋대로이던 꼬마 아가씨와는 딴판이었다. 대신 과묵하고 근엄한 소녀가 되어 있었다. 커다란 소매가 달린 검은 옷에 금빛 외투를 두른 그녀는 엄숙한 분위기를 뿜어냈다. 간혹 가늘고 긴 눈썹 너머로 어릴 때의 오만하고 고집스러운 느낌이 번뜩일 때도 있었지만 말이다.

봉지미를 발견한 그녀는 담담한 미소를 지었다. 봉지미는 멀리서 그녀를 보고 순간 또 가슴이 찡했다. 그녀를 안고 제위에 올랐을 때, 대전의 대신들이 만세를 연호하며 절을 했었다. 그때 봉지미의 귀에는 망연자실하면서도 애틋한 "아버지"라는 외침이 들렸었다. 그 낮은 외침은 몇 년이나 봉지미의 귓가를 울렸다. 한밤중 꿈속에서도 흐느끼는 소리가 들리면 봉지미를 원망하는 것만 같았다. 자신의 터무니없는 맹세를 위해 얼마나 많은 사람이 무고하게 희생되고 평생의 행복을 빼앗겼던가?

"지효야."

봉지미가 다급하게 다가서며 소녀를 품에 안았다. 소녀는 어색한지 몸을 배배 꼬면서 봉지미의 귀에 대고 속삭였다.

"저 벌써 열네 살이라고요."

봉지미는 웃으며 지효를 놓아주고 이야기했다.

"그래. 벌써 열네 살이지. 이번 생일이 지나면 네가 직접 정사를 돌봐야겠구나."

고지효의 입가에 희미한 웃음이 스쳤다. 하지만 기쁜 표정은 아니었다. 다른 사람들에게는 어떻게든 손에 넣고 싶은 부귀한 나라였지만, 그녀에게는 한낱 연기에 불과했다. 봉지미는 입을 꾹 다물고 그녀의 손을 잡아끌더니 은밀하게 말했다.

"너한테 줄 아주 좋은 게 있어."

그러고는 다짜고짜 지효를 끌고 내실로 들어갔다. 영혁은 웃기만 할 뿐 아무 말도 하지 않았다. 따라 들어가지도 않았다. 이 세상에 일국의 군주에게 '아주 좋은 것'이라고 자부할 수 있는 사람은 봉지미뿐이었다. 그는 다 알고 있었다. 몇 달 전, 봉지미는 자신의 보물 책자를 꺼내 뒤적거리더니 한 군데를 펼쳐놓고 하루 종일 쳐다보고 있었다. 그러고 나서 별의별 희한한 물건들을 다 모아다가 한참을 주물럭거렸다. 석탄, 숯, 진주 분말, 해바라기씨 기름, 금루매꽃, 버드나무 껍질……. 그러더니 작은 붓 하나를 만들어냈다. 보기에는 별다를 것 없어 보였는데, 문득 생각해 보니 며칠 동안 봉지미의 눈이 좀 더 커 보인 것 같기도 했다. 그녀의 그 보물 책자는 집안의 조상인 신영 황후로부터 전해 내려온 것이었다. 황후는 기인이었다. 괴짜 같은 사람이었지만, 자신의 그런 점이 그 시대에 영향을 미치길 바라지는 않았다. 그녀는 자연을 숭상하였고 역사의 흐름에는 법칙이 있다고 믿었다. 그녀는 시대를 초월하는 이상한 물건들을 많이 알고 있었지만, 직접 시도하지는 않았다. 자신이 남긴 책에만 기념으로 조금씩 기록해 놓았을 뿐이었다. 봉지미가 꼼지락꼼지락 만들어낸 이 물건처럼 말이다.

영혁은 방에 앉아 차를 마시며 종신과 이런저런 일들에 관해 이야기를 나누었다. 조용했던 내실의 주렴 너머로 놀라움과 즐거움이 뒤섞인 환호성이 들려왔다. 고지효의 담담한 목소리에서 숨길 수 없는 흥분이 배어났다.

"…… 와, 이거 진짜 좋다!"

그리고 봉지미가 소곤소곤 이야기하는 소리가 들렸다.

"…… 이거 봐. 이렇게……. 더 커진 것 같지 않아?"

살뜰하고 다정한 목소리였다. 영혁은 그 순간 황홀한 느낌이 들었다……. 나중에 봉지미가 딸을 낳는다면 이렇게 따뜻하고 자애로운 현모양처가 되지 않을까…….

그 순간, 뒤에서 인기척이 들려왔다. 주렴이 촤락 걷히고, 사방의 시녀들이 공손하게 몸을 숙였다. 영혁은 화들짝 놀라 뒤를 돌아보았다. 문가에는 호리호리한 남자가 서 있었다. 새파란 옷자락이 얇게 깔린 햇빛을 밀어내며 유리처럼 반짝거렸다. 설산 꼭대기의 운무가 정상의 아름다움을 가리듯, 삿갓 아래 새하얀 망사가 나부꼈다. 그는 손에 화분을 하나 안고 있었다. 안에는 황금빛 살사리꽃*코스모스의 순 우리말 표현이 있었다. 찬란한 빛깔에 조금 촌스러운 모양새였지만, 줄기마다 자연의 순수하고 천진난만한 느낌이 살아 있었다. 고남의였다.

내실의 주렴이 잘그락거리더니 고지효가 돌진해 나왔다. 그녀는 맑고 깨끗한 얼굴로 즐거운 듯 고남의를 향해 웃었다.

"아버지, 내 눈 좀……."

고지효의 말소리가 뚝 멎었다. 맞은편의 분위기가 심상치 않게 굳어 있었기 때문이다. 고남의는 여전히 꼼짝도 하지 않고 빛을 받은 조각상처럼 서 있었지만, 사람들은 그 모습에서 눈에 보이지 않는 거대한 파도가 밀려오는 듯한 착각에 빠졌다. 소리 없이 밀려든 파도는 곧 마음의 둑을 무너뜨리기 일보 직전이었다. 고지효가 천천히 고개를 돌려 뒤따라 나온 봉지미를 조용히 쳐다보았다. 꽃이 조각된 칸막이 병풍에 기댄 그녀가 고개를 들어 햇빛 속의 남자를 바라보고 있었다. 그녀는 눈물을 머금은 채 웃으며 아무 말도 하지 못했다. 고지효는 천천히 손을 내려놓고 시선을 거두었다. 종신이 갑자기 영혁을 향해 웃으며 말했다.

"서량의 어화원이 경치가 아주 훌륭합니다. 가서 보시겠습니까?"

영혁은 봉지미를 흘깃 보고는 돌아서서 종신에게 웃어 주었다.

"당연하지요."

종신은 벌떡 일어남과 동시에, 차를 마시며 이 장면을 흥미진진하게 지켜보던 노지언을 끌어당겼다. 그러면서 고지효에게 미소를 보냈다.

"그럼 폐하께 부탁을 좀 드리겠습니다."

고지효는 아무 대답이 없었지만, 종신은 참을성 있게 기다렸다. 잠시 침묵이 흐른 뒤, 그녀가 돌아서면서 낮은 목소리로 말했다.

"그래요. 제가 안내할게요."

소녀는 일산(日傘)*행차용 의장 양산의 그늘에서 몸을 곧게 폈다. 넓은 옷소

매가 아래로 늘어져 뒤에서 보니 쓸쓸하면서도 고집스럽게 보였다

"가시죠."

몇 사람이 서로 "가시죠" 하며 고지효를 따라 밖으로 나갔고, 시녀들도 다 자리를 비웠다. 고남의에게 인사를 하는 이도, 봉지미에게 화원을 보러 가자고 청하는 사람도 없었다. 이 순간, 모두의 눈에 두 사람은 보이지 않는 존재인 것만 같았다.

두 사람 역시 다른 사람은 눈에 들어오지 않았다. 한참 후, 고남의가 손에 든 화분을 천천히 내려놓았다. 화분을 깨트릴까 봐 걱정스러운 듯, 그의 몸놀림은 아주 세심하고 조심스러웠다. 가슴이 뛰는 이 급박한 상황에서도 고지효에게 주는 선물을 여전히 잊지 않았다. 지효는 초여름 초원에서 피는 살사리꽃을 보고 싶어 했다. 그러자 그가 천릿길을 달려가 그녀를 위해 초원의 햇빛을 듬뿍 담은 꽃을 가져왔다. 달려오는 내내 어찌나 세심하게 돌보았던지, 서량에 도착한 지금도 꽃은 처음처럼 싱싱하고 아름다웠다. 화분을 선반에 올려놓자, 갑자기 챙그렁 소리가 났다. 절세의 무공을 지닌 그도 지금은 통제가 어려웠다. 그는 내전 안으로 쏟아지는 햇빛 속에서 봉지미를 향해 천천히 두 팔을 벌렸다. 그녀 역시 이미 그를 향해 달려들고 있었다. 그녀는 거의 부딪치듯 그의 품에 안겼다. 그가 비틀거릴 정도였다. 그러나 그는 안도하며 한숨을 내쉬고 그녀를 꽈악 안아 주었다. 그녀가 그의 어깨에 얼굴을 기대자, 눈물이 소리 없이 흘러내려 푸른 옷깃을 적셨다.

장희 16년 제경에서 처음 만났고, 장희 23년 황성에서 작별했다가, 봉상 4년 궁성에서 서로를 구했다. 처음부터 지금까지 장장 13년이 지났다. 처음에는 자신의 작은 세계 안에 갇혀만 있던 봉지미의 옥빛 조각 미남이 이제는 그녀를 향해 너른 품을 활짝 펼쳤다. 10년 동안 생사를 함께 쫓았고, 3년 동안 헤어져 있었다. 고남의는 그녀 인생의 아침 햇살이었다. 빛발이 사라진 그 순간, 그녀의 마음속에는 영원한 그림자

가 드리웠다. 그녀는 불에 덴 듯 아팠고 상처받았다. 그녀는 옥빛 조각을 혼돈의 세계로 데려다 놓았고, 사랑과 고통, 슬픔을 알게 했다. 그런데 결국 평생을 함께하지 못하고 그가 혼자서 이 세상을 떠돌게 했다. 눈물이 주룩주룩 흘러내렸다. 말로 다 하지 못하는 평생의 미안함과 고통스러움이, 언제나 기다리고 받아들이기만 하는 그의 품 안에서 참을 수 없이 흘러내렸다. 청산유수로 말을 쏟아 놓던 그녀의 입은 지금 이 순간 꽉 메어 아무 말도 할 수가 없었다. 그저 딱 한 마디 말만 흐느끼며 반복할 뿐이었다.

"…… 다음 생에는……. 다음 생에는……."

고남의의 귀에 봉지미의 말은 들리지 않았다. 그저 그녀를 자상하게 바라볼 뿐이었다. 그 눈빛 속에는 만족스러운 미소가 떠올랐다. 떨어져 지낸 지 3년, 지금 그녀는 품 안에 있고 모든 것이 예전과 똑같다. 그녀의 얼굴도 그대로였다. 조금 살이 올랐을 뿐. 황성 위에서 봤던 초췌하고 꽁꽁 얼어 있던 모습은 온데간데없고, 예전보다 건강하고 아름다워져 있었다.

'좋아, 아주 좋아.'

고남의의 눈빛에는 따뜻함이 흘러넘쳤다. 황성에서의 일을 돌아보면서 떠오르는 기억의 파편들을 어떻게든 지우려 노력하고 있었다. 요 몇 년 떠도는 동안, 그는 그날을 자세히 떠올릴 엄두도 내지 못하였다. 지금이 꿈인 것만 같아 두려웠다. 그는 계속해서 절망과 어둠의 현실속에 있었다.

'잘 됐다. 지금은 그녀가 있다.'

봉지미의 눈물이 방울방울 떨어져 고남의의 옷을 뚫고 피부를 적시었다. 마음이 조금 아팠다. 그러나 기쁨이 더 컸다. 세상은 겨우 세 뼘밖에 되지 않지만, 그녀가 그 속에 있었다. 세상은 산산조각이 되어 흩어져 버렸지만, 그녀만은 온전했다. 그는 혼돈에 빠지고 깨트려지는 것을 두려워하지 않았다. 조금씩 자신을 열었다. 그녀의 손가락이 어둠 속 깊은 곳에서 오랫동안 닫혀 있었던 마음의 문을 두드리길 기다렸다. 그녀가 이야기했다. 빛이 있어야 한다고. 그래서 그는 기꺼이 환히 밝혀 주었다. 한참이 지나고 그가 그녀를 가볍게 떼어 놓으며 말했다.

"씻을 필요도 없겠네."

봉지미는 완전히 젖어 버린 고남의의 한쪽 옷깃을 보고 코를 훌쩍였다. 그리고 젖은 그의 소매로 얼굴을 닦아냈다. 그러자 그는 무의식적으로 소매를 걷어 올리려는 동작을 취했다. 아주 많이 바뀐 그였지만, 깔끔 떠는 성격만은 아주 깊이 내재되어 있는지 말끔히 고치기가 힘들었다. 그녀는 그만 웃음이 터지고 말았다. 사실은 일부러 그런 것이었다. 예전처럼 멀뚱하고 말 안 듣는 목석같은 고 도련님의 모습을 되찾고 싶었기 때문이다. 언제나 도련님에게 거절당하고 뒤로 밀려났던 기억들을 되찾으면, 눈물에 젖어 차가워진 마음이 따뜻하게 되살아날 것 같았다.

고남의는 손수건을 꺼내 봉지미의 눈물을 닦아 주었다. 그리고 그녀를 끌어다가 대전 앞의 널찍한 장랑의 난간 위에 앉혔다. 그가 손수건을 챙겨 넣을 때, 그녀는 담청색의 손수건 모서리에 도안이 수놓아진 것을 발견하였다. 눈 내린 밤, 밝은 달이 뜬 집에 푸른 대나무 그림이었다. 단아하고 생동감 있는 모습이 남의에게 어울렸다.

"누가 한 거야?"

봉지미는 손수건을 붙잡고 놓아주지 않았다. 분명히 고남의의 작품은 아니었다. 그가 자수를 놓느니, 영혁이 아기를 낳는 편이 빠를지도……. 고남의는 고개를 숙이고 보더니 건성으로 대답했다.

"학생이."

"응?"

봉지미는 이런 말을 들을 거라고는 상상도 못 했다는 듯, 멍해졌다.

"학생을 가르쳐?"

"응."

별일 아니라는 듯 간단한 대답에 봉지미는 어안이 벙벙했다.

'바보 도련님이 가르친다고? 바보 도련님이 학생들을 가르친다고?'

물론 봉지미는 고남의가 일자무식이 아니라는 걸 알았다. 혈부도의 역대 종주들은 특별 교육을 받는 대상이었다. 무예에 있어서는 천하에서 독보적인 존재이거니와 글공부도 손에서 놓지 않았다. 하지만 고남의는 일반적인 혈부도 종주가 아닌 데다, 말하기도 귀찮아하는 사람이 아닌가. 그런데 스스로 학생들을 가르치다니? 그녀는 고 도련님이 학생들 앞에서 '공자 왈, 맹자 왈' 하면서 책을 읽으며 고개를 끄덕이는 모습을 상상도 할 수 없었다.

"한번은 엄청 큰 산을 넘어가게 되었어."

고남의가 고개를 들어 멀리 바라보았다.

"몹시 가난한 곳이었어. 여자아이는 열 살만 돼도 시집을 가야만 하는데, 두 집안끼리 서로 사돈을 맺어서 혼인을 시키는 거야. 그러다 죽는 애들도 많고, 살아남은 애는 열여섯에 아이를 넷이나 낳은 애도 있었어. 어린데도 다 늙은 사람처럼 새까맣더라고."

고남의는 고개를 떨구어 봉지미를 보았다.

"너는 열여섯 살 때, 너무 보기 좋았는데."

봉지미는 입술을 꾹 닫았다. 열여섯의 그녀가 떠올라서, 일찍 결혼하고 일찍 죽는 여자아이들의 운명을 바꾸기 위해서 아이들을 가르치게 되었다는 건가? 그런데 남학생과 여학생을 모두 받는 건가? 바보 도련님의 순수하고 자유로운 성격을 봐서는 남녀를 가리지 않을 것 같으니 별로 이상할 건 없었다. 그런데 보수적인 산골 사람들을 어떻게 설득한 거지?

"나한테 배우러 오면 쌀을 줬어."

고 도련님다운 대답이었다.

"매달 은자도 줬어. 공부를 더 열심히 하면 더 많이 줬어."

고남의는 찔리지도 않는 듯 당당하게 얘기했다.

"은자는 지효가 준 거야."

봉지미는 '푸핫' 웃음을 터뜨렸다. 이 세상에서 이런 일을 벌일 사람은 역시 고 도련님뿐이었다. 가난하고 힘겹게 살아가는 산골 사람들은 목구멍이 포도청이니 딸애들이 공부하기를 바라지 않을 것이다. 그러나 공부를 하면서 돈까지 얻을 이런 좋은 일에 바보가 아닌 이상 싫다고 할 사람이 있을까! 도련님은 금전에 대한 개념이 없고, 지효는 부유한 나라를 다스리고 있으니 학생 몇 명쯤은 문제가 되지 않았다. 산골 사람들 역시 돈을 많이 받기 위해서, 딸을 일찍 시집보내지 않을 것이 분명했다. 생각이라고는 하기 싫어하는 도련님이 이런 교활한 방법을 생각해냈다니 호기심이 생기기도 하고 경쟁심도 생겼다.

"그런데 말이야, 여자애들을 공부시키는 건, 그냥 혼인하는 날짜를 늦추는 것뿐이잖아."

봉지미는 도련님을 좀 도와주고 싶어 중얼거렸다.

"여자애들의 운명을 근본적으로 바꾸려면 밖으로 나올 기회를 줘야 할 거 아냐."

"어떻게?"

도련님이 얼른 고개를 봉지미 쪽으로 돌렸다. 학생들의 운명에 큰 관심을 두는 것 같았다.

"제경에 돌아가면 황제에게 여자들을 위한 시험을 열 수 없는지 얘기해 볼게. 천성은 국가의 정책이 열려 있는 편이라서 여인들이 관직에 오르는 것도 막지 않아. 다만 특별히 여인들을 교육한 적이 없을 뿐이지. 네가 이런 생각을 해냈으니까, 우리가 방도를 좀 마련해 보자. 그리고 전국의 관부에 여자들이 공부하는 수업을 열라고 하는 거야. 네 생각대로 한다면, 가난하고 힘없는 여자아이들도 공부할 기회를 얻을 수가 있지. 그러려면 은자가 필요할 테니까, 대성의 국고에 남은 은자 중에 일부를 내놓을게.”

도련님의 눈빛이 망사를 사이에 두고도 반짝거리는 것이 보였다. 그는 봉지미의 손을 맞잡고 이야기했다.

“지미, 정말 착해.”

봉지미는 고남의의 손을 가볍게 쓰다듬었다. 그리고 이렇게 마음이 깨끗하고 순수한 사람이야말로 진심으로 가난한 백성들을 사랑하고 아끼지 않을까 하고 생각했다. 잠시 후 그녀가 웃었다. 얼굴은 온통 자랑스러운 표정이었다.

“아니야, 도련님이야말로 착하지. 도련님을 보고 있으면 나는 너무 부끄러워. 나는 내가 잘 지낼 것만 생각했지, 힘들게 살아가는 다른 사람들은 까맣게 잊고 있었어. 신영 황후가 그런 말씀을 하셨어. 교육이야말로 진리이고, 교육만으로 몇 세대에 영향을 미칠 수 있다고. 우리가 가진 힘을 모아 보자. 밑바닥으로 떨어져 내린 사람들을 위로 끌어당기는 거야.”

봉지미는 옅은 웃음을 지으며, 이것이 손수건에 수를 놓은 소녀에게 좋은 보답이 되리라 생각했다. 고 도련님을 돌봐 준 것에 대한, 그리고 그를 잘 이해해 주는 것에 대한 보답이었다. 수를 놓은 도안이나 실력으로 봐서는 아주 참하고 우아한 아가씨임이 틀림없었다. 그녀에게 기회를 주어 정말 바라는 대로 해낸다면, 그리고 도련님 곁에서 함께하게 된다면, 그 얼마나 좋은 일이겠는가. 물론 도련님은 아직 아무런 마음이 없는 것 같았지만, 그녀는 그가 행복하기를 바랐다. 누군가가 따뜻하게 돌봐 주고, 누군가와 짝이 되어 아침저녁을 함께 하고, 그가 외로울 때 누군가가 그의 등을 포근하게 안아 준다면, 그의 시름이 덜하고 마음이 편해지지 않을까? 그는 여태까지 생의 절반을 다른 사람을 위해 살았으니, 남은 절반은 누군가가 그에게 다가가 그를 위해 함께했으면 싶었다. 그녀는 자신의 어깨를 감쌌다. 따스하고 정다운 마음이 들기도 하고 또 살짝 쓰라린 것 같기도 했다.

"여기저기 많은 곳에 가서 많은 사람을 알게 되었어."

고남의는 봉지미의 곁에서 나지막이 이야기했다.

"예전에 그 오랜 시간 동안 놓친 것들을, 지금 천천히 찾아가는 중이야. 나는 아주…… 기뻐. 괴로워하지 마."

봉지미는 고개를 들었다. 눈에서 눈물이 솟아올랐다. 고남의는 그녀가 지금 견디기 힘들다는 걸 알았다. 이제 서투르게나마 위로할 줄도 알았다. 심지어 자신의 본심을 속이는 것도 가능했다. 뼛속 깊이 쓰라렸다. 그녀는 숨을 깊이 들이쉬었다. 그러나 망사 아래 두 눈동자는 평화로웠고, 따뜻하고 커다란 빛을 뿜어내고 있었다. 그녀는 순간 멍해지고 말았다. 어쩌면 그는 오랜 여행 끝에 평범한 사람들이 느끼는 행복을 정말 느끼게 된 건지도 몰랐다. 낭랑하게 책을 읽다가, 깊은 산 오래된 나무 아래에서, 혹은 자신이 걸어온 길에서, 그의 딸과 학생들 곁에서, 도련님은 진정 만족스러운 인생을 찾았는지도 몰랐다. 그는 이제 수동적이고 시키는 대로만 하는 조각상이 아니었다. 스스로 인생의 아름다움을 끌어안는 고남의가 되어 있었다. 인생의 가장 큰 괴로움은 내려놓지 못한다는 것이다. 그러나 한번 내려놓기만 한다면, 세상천지 그렇게 후련한 일이 또 있을까.

"지미, 생각해 봤는데, 혈부도는 내가 마지막 종주가 될 것 같아."

고남의가 고개를 숙여 봉지미의 이마에 가볍게 기대왔다. 눈을 감고 한참 동안 그녀의 온도를 느낀 그가 이야기했다.

"나는 평생토록 너를 보호할 거야. 하지만 사람들을 끌어들이고 자유를 잃게 하지는 않을 거야."

봉지미가 얼굴을 들어 고남의의 눈을 뚫어지라 바라보았다. 망사 뒤로 어른거리는 표정이 아주 굳건했다.

'그래. 혈부도는 존재해서는 안 되는 거였어.'

고남의와 봉지미는 평생 혈부도를 좌우했지만, 그들 자신 또한 혈부도에 의해 좌지우지되었다. 황당한 맹세와 나라를 되찾겠다는 야망으로 얼마나 많은 이의 세월과 행복을 매장했는가. 봉 부인, 고형, 봉호, 봉지미 자신, 남의, 지효, 고연, 전욱요, 그리고 궁성에서 죽은 경비…… . 무수한 핏빛 원한들이 장희, 봉상 연간을 붉게 물들였다. 혈부도는 대성 황족의 핏줄을 보호해야 한다는 임무를 이미 완수하였다. 이제 끝맺을 때가 된 것이다. 앞으로 닥쳐올 일들은 그녀 자신이 짊어져야 했다. 그녀는 그의 어깨에 얼굴을 묻었다. 콧소리가 묻어 있지만, 결연한 대답이 이어졌다.

"좋아."

7월 초순, 남해. 서량 황궁에서 나온 지도 좀 되었다. 지효의 생일을 축하하기 위해 봉지미가 준비한 '눈시울 붓'을 지효는 아주 좋아했다. 외모에 가장 신경 쓸 나이였다. 그녀는 자신의 가늘고 긴 외꺼풀 눈이 싫었다. 그러나 봉지미가 보기에는 꼬리가 살짝 위로 치켜 올라간 봉황 눈매가 매끄럽고 윤기 있는 그녀의 피부와 썩 잘 어울렸다. 눈이 커다란 소녀들과 다른 분위기의 매력이 있었다. 그래도 지효의 꿈이 큰 눈을 갖는 것이니, 이루어 주어야 했다. 여자들의 화장술은 이미 훌륭했다. 눈가에 색조를 입히는 화장도 흔했다. 그런데 신영 황후의 책에 나오는 눈시울 붓과 그녀의 책에서 가르치는 화장법은 독보적이었다. 역시 여황 폐하를 만족시킬 만했다.

종신은 지효의 생일 축하연이 끝난 후 일찌감치 노지언을 끌고 자리를 떠났다. 영징은 갑작스레 나타나 '주인을 모시겠다'라며 막무가내로 따라붙었다. 영혁은 웬일인지 화를 내지 않았다. 고남의가 끼어들어 이미 세 사람이 일행이 된 이상, 하나 더한다고 딱히 나쁠 것 없었기 때문이었다. 잠시나마 그들은 서량 이곳저곳을 돌아다녔다. 봉지미는 이제 고남의와 헤어지면 언제 다시 만날지 알 수 없다는 생각에 가능하면 그와 함께 다니려 마음을 먹고 영혁에게 말을 꺼냈다. 그는 그러라고 시원시원하게 대답했지만 밤이 되면 예전보다 더 부지런을 떨었다. 그녀의 몸에 더 많은 흔적을 남기고 자신의 소유권을 주장하고 싶었던 것이다.

청산녹수도 함께 보고 즐겨야 서로 만난 의미가 깊어지는 법. 봉지미는 고남의와 함께 책을 사고 그의 학생들을 위해 선물을 골랐다. 그리고 영혁과 상의하여 영제에게 학교 설립과 과거 실시에 대한 의견을 적은 서신 보냈다. 영제는 곧바로 답신을 주었다.

"모두 형님의 말씀대로 하겠습니다. 그러니 어서 빨리 돌아오시면 좋겠습니다."

영 씨 부부는 그 답신을 보고, 양심의 가책도 느끼지 못한다는 듯 웃으며 서신을 던져 버렸다. 봉지미는 내친김에 고남의와 함께 교재를 만들었다. 아예 무술을 가르친다면 적어도 학생들의 신체가 건강해질 것 아니냐고 그녀가 제안한 것이다. 그는 한 가지만 배우길 고집하는 사람은 아니었기에 당연히 그녀의 제안에 동의했다. 그가 말로 설명하고 그녀가 붓을 들었다. 우선 혈부도에서 대대로 실전 경험을 통해 얻어낸, 쉽고 효과적인 호신 무술을 주제로 목록을 만들고 서술해 소책자 한 권을 완성했다. 제목을 정할 때, 그가 대뜸 이야기했다.

"『미란소예(微瀾小藝)*작은 물결 같은 소소한 재주』라고 해."

"미란……. 봉지 '미'…… 고 '남'의…… 지남…… 지난…… 음!"

봉지미가 두 번 읊어보더니 싱긋 웃었다.

"좋아. 운율이 있네. 사람이 한세상 살면서 뭐라도 남겨야지. 나중에 언젠가 우리가 떠나가도 이 책은 남아서 우리가 이 세상에 왔고, 있었고, 이 세상 사람들을 위해서 열심히 했다는 걸 증명할 거야. 아주 작은 물결이라도 아무 흔적도 남기지 않는 것보다는 낫겠지."

그들의 대화를 몰래 듣고 있던 영징은 숨어서 입을 비죽거렸다.

'입에 침도 안 바르고 거짓말을 하시네! 정말 염치도 없으셔! 아무 흔적을 남기지 않는다니? 대역적으로 이름을 날리고도 이 세상에 남긴 흔적이 없다고? 하마터면 천성을 발칵 뒤집어엎을 뻔하지 않았나! 그게 이깟 책보다 못한 흔적이란 말이야? 하긴 그 고고하신 책이 대단하긴 하지. 서량 국부(國父)의 무술의 정수를 대성 황제가 직접 저술했으니……. 지금 몰래 훔쳐다가 인쇄를 해서 '절세의 고수와 최정상의 여제, 함께 투신한 이들에 바쳐'라고 이름 붙여 팔면 크게 한몫 벌 수 있지 않을까?'

그러나 악덕 판매상이 되려는 영징이 이를 행동으로 옮기기도 전에, 책자를 편찬한 고남의는 학생들을 걱정하며 산골로 돌아갈 채비를 마쳤다. 그는 봉지미에게 작별을 고했다. 가을바람 속에 웃음 지으며 그녀의 이마를 만지는 손길이 세심하고 다정했다. 삶의 가장 소중한 과거를 쓰다듬는 것만 같았다. 갈대 속에서 그를 보내는 그녀의 웃음도 갈대꽃처럼 따뜻하게 흩날렸다. 십 리나 되는 갯가에 오래도록 서 있던 그녀는 푸른 그림자가 멀리 달아나는 것을 보았다. 구름 한 송이가 그녀의 손끝을 떠나 하늘 저 멀리 날아오르는 듯했다. 그녀의 눈가가 갑자기 빨개졌다. 뒤에서 누군가가 살포시 어깨를 감싸 안았다. 그녀는 그 따뜻한 품에 기대어 눈을 감고 걱정과 기쁨이 뒤섞인 한숨을 내쉬었다. 세상의 처량한 이별 뒤에, 함께 선 이 사람만이 영원히 의지할 곳이 되어 주었다.

반면, 영혁은 이제 다들 떨어져 나가니까 뛸 듯이 기뻤다. 때마침 초가을, 단풍과 억새꽃이 보기 좋은 시기였다. 두 사람은 남해를 유람하고 남산을 구경하기로 했다. 사방으로 너른 들판 가운데 산 위에 운무가 춤을 추었고, 꽃과 나뭇잎이 짙은 녹음을 벗고 황금빛을 두르며 눈을 사로잡았다. 봉지미는 커다란 바위에 올라 첩첩이 이어진 산맥을 내려다보며 두 팔 벌려 감탄했다.

"너무 예쁘다!"

"뭐하러 그렇게 높은 데 올라가? 요새 혈색도 별로면서 어지러워 쓰러질라."

영혁이 따라 올라와서는 무언가 생각난 듯 물었다.

"맞다. 아까 물어본다는 걸……. 뭘 그렇게 자꾸 돌아보는 거야?"

영혁이 눈치챘다는 걸 안 봉지미는 웃었다. 배 위에서 느꼈던, 누군가 엿보는 것 같은 느낌이 계탑(溪塔)에 가까워지면서부터 또 들기 시작했다.

"돌아보긴요?"

봉지미는 뒤로 돌아 영혁을 향해 눈을 끔뻑거렸다. 그리고 더 위쪽을 보고 싶은 듯 딴청을 피웠다. 그 순간, 발이 미끄러지며 그녀가 아래로 고꾸라졌다!

"지미!"

영혁이 소리를 지르며 손을 뻗었다. 그러나 아뿔싸, 봉지미의 모습은 눈 깜짝할 새 사라지고 말았다. 그는 지체 없이 아래로 뛰어내리려고 했다.

"안 돼!"

찢어질 듯한 외침이 들려왔다. 멀지 않은 곳의 바위틈에서 한 사람이 뛰쳐나와, 뼈만 남은 앙상한 손으로 영혁을 붙잡으려 하였다. 그는 그 자리에 우뚝 선 채 뒤를 홱 돌아보았다. 그 사람은 머리를 산발로 풀어 헤치고 낡고 해진 옷을 입고 있었다. 비틀거리는 걸음으로 자갈 바닥을 걸어온 그 사람은 넘어질 듯하면서도 거침없이 다가왔다. 앞으로 뻗은 두 손은 고집스럽게 그를 향했다. 그는 높디높은 바위 위에 서서 그 사람을 자세히 보고 또 보았다. 그의 미간이 찌푸려지도록 봤지만 그녀가 누군지는 꿈에도 눈치채지 못하였다.

"폐하."

그녀는 달려오더니 땅바닥에 무릎을 꿇고 영혁의 옷자락을 움켜쥐었다. 그리고 그를 옛 호칭 그대로 불렀다.

"안됩니다. 아래는 위험해요!"

"무엇이 위험하지?"

말을 받은 사람은 영혁이 아니었다. 바위 아래에서 들려온 목소리였다. 그녀는 어리둥절하여 천천히 고개를 돌렸다. 바위 아래에서 머리 하나가 쑥 나왔다. 두 손을 바위 옆에 괸 채, 빙그레 웃으며 그녀를 바라보았다. 봉지미였다. 그녀는 급할 것 없다는 듯 바위에 매달려 상대방에게 인사를 건넸다.

"안녕, 추 측비. 나는 네가 있는 그곳이 더 위험한 것 같은데?"

봉지미의 말에 상대방의 몸이 덜덜 떨리고, 영혁의 낯빛이 어두워졌다. 그녀는 바위 아래에서 주섬주섬 올라왔다. 이곳의 지형을 미리 봐둔 덕분이었다. 이 큰 바위 아래에는 툭 튀어나온 부분이 있었다. 그녀는 그리로 몸을 날려 튀어나온 부분을 밟고 서서 추옥락이 모습을 드러내기만을 기다린 것이었다. 그녀는 추옥락을 가만히 살펴보았다. 노를 젓는 여인의 남루한 차림새를 하고 있었다. 그걸 본 그녀는 떠오르는 게 있었다. 안란욕에서 배로 바다를 건널 때도 추옥락이 함께 있었던 것인가? 가까이 오지는 못했지만, 한쪽에서 계속 엿보았을 것이다. 여인의 직감은 예리했다. 그녀가 그때 느꼈던 눈빛은 틀림없이 추옥락의 것이었다. 서량에 도착해서는 추옥락이 황성에 따라 들어갈 수 없었기 때문에 지켜보는 느낌이 없었다. 그리고 그들이 성에서 나오자, 추옥락은 또 따라붙었다.

봉지미는 추옥락이 어떻게 나타나게 됐는지 이상했다. 추옥락은 초왕부의 측비였지만, 영혁은 그녀에게 전혀 신경을 쓰지 않았다. 제위

에 오르고 나서도 되는대로 비 작위를 내리고 육궁(六宮)*황후와 비들이 사
는 궁실에 내버려 둔 채 신경도 쓰지 않았다. 재위하는 동안은 국정이 아
직 안정되지 않았다는 핑계로 후궁도 더 들이지 않았다. 봉상 5년, 영
혁이 '붕어'하니, 관례에 따라 모든 후궁과 자식이 없는 비빈들은 출가
하여 제경 외곽에 있는 황암(皇庵)이라는 암자에 머무르게 되었다. 추
옥락 역시 당연히 그런 신세가 되었을 것인데, 어떻게 별안간 이곳에 나
타났단 말인가? 봉지미는 추측해 보았다. 영제의 너그러운 성격상 형님
의 여인들이 그렇게 처량한 신세가 된 것을 가엾게 여겼을 것이다. 그리
고 황암의 문지기가 소홀히 한 틈에 추옥락은 몰래 도망을 나왔을 것
이다. 그런데 이 여인이 영혁과 자신이 죽지 않았다는 것은 어찌 알았단
말인가? 게다가 여기까지 쫓아오다니? 이는 추옥락이 오랫동안 궁중에
서 생활한 것과 관련이 있을 터였다. 황위를 이은 영제는 형님이 재위했
던 당시에 궁중에 있던 사람들을 함부로 내쫓거나 바꾸지 않았는데, 그
중 누군가가 추옥락의 눈초리에 걸려들어 의심을 샀을 것이다. 그렇게
영혁과 봉지미를 찾은 그녀는 그들이 숨어 사는 곳에 들어오지는 못하
고 밖에서 지켜만 보다가, 영 씨 부부가 출타하자 뒤를 쫓았다. 실마리
를 잡고 머리를 한 번 굴리자, 봉지미는 일사천리로 내막을 추측해냈다.
영혁은 부들부들 떨고 있는 추옥락에게 냉담하게 물었다.

"추옥락, 우리 뒤를 밟아 뭘 한 것이냐?"

"폐하……."

추옥락은 봉지미를 쳐다도 보지 않았다. 영혁의 옷깃을 계속 부여잡
은 채, 눈물이 줄줄 흐르는 얼굴을 들었다. 흐느낌 때문에 목소리도 제
대로 나오지 않았다.

"정말 매정하십니다. 이렇게…… 이렇게…… 저를 버리시면…… 제
가 어떻게……."

봉지미는 웃음을 머금고 뒤로 물러나더니, 팔짱을 끼고 구경하기 시

작했다.

"내가 어떻게 널 버리지 않는단 말이냐?"

영혁은 냉랭했다. 눈빛에서는 혐오스러움이 나타났다.

"폐하……."

추옥락은 잠시 말문이 막혔다가, 한참 후에야 비분에 차 울먹이기 시작했다.

"저는…… 저는 폐하의 첩비입니다! 제가 폐하의…… 제가 폐하의 하나뿐인 여인이라고요……. 제가, 제가 저 여자보다…… 저 여자보다 먼저 시집을 왔잖아요……."

"내 생각에는 네가 아마 정식으로 내 이혼장을 받지 못해 단념하지 못한 것 같구나."

영혁이 추옥락을 내려다보더니, 그녀가 잡은 옷자락을 단번에 찢어 냈다. 그리고 그녀의 손가락을 잡아끌었다.

"아……."

추옥락이 놀라면서도 기쁜 듯 어쩔 줄을 모르고 있었다. 영혁은 무표정한 얼굴로 그녀의 손가락 하나를 가려냈다. 곧이어 빛이 번쩍이더니 그녀가 '아얏' 하고 비명을 질렀다. 그는 그녀의 가운뎃손가락을 베어, 솟아나는 피로 쓱쓱 글자를 써 내려갔다. 그러고 나서 찢어낸 반 폭짜리 옷자락을 그녀의 무릎 앞에 던졌다.

"너는 이미 영 씨 부인이 아니다. 죽이지는 않으마. 이제부터 넓은 세상으로 네 살길을 찾아가라!"

추옥락은 멍하니 고개를 떨구었다. 그녀의 무릎에는 피로 쓴 이혼장이 놓여 있었다. 아주 간단하고, 모질고, 직접적으로 쓰인 이혼장의 새빨간 핏빛이 그녀의 눈을 자극했다. 영혁은 그토록 그녀가 싫었다. 그녀 때문에 조금도 다치거나 손해 보고 싶지 않았기에 혈서마저도 그녀의 피로 썼다. 보자마자 피를 내고 결연한 몇 글자를 써 내려가 그녀와의 관계를 완전히 끝내 버렸다. 그녀는 핏빛 글씨가 눈에 들어왔지만 뭐라고 썼는지 한참 동안 읽을 수가 없었다. 흔들거리는 붉은 글자에 눈앞이 뿌옇게 흐려지고 눈물이 흘러내렸다. 이리저리 떠돈 몇 년 세월처럼 흐릿하게만 보였다. 그가 죽었다는 소식을 듣고 하늘이 무너지고 땅이 갈라지는 듯했다. 궁중의 심처에서 고통을 견디었던 것은 언젠가는 희망이 있을 거라 여겼기 때문이었다. 그렇게 갑자기 모든 것이 끝날 줄은 생각도 하지 못했다. 비통함 속에서 헤어 나올 수 없었던 그녀는 그저 무작정 황암으로 향했다. 거기서 초왕부의 시녀였다가 나중에 비빈이 된 이들과 함께 불교에 귀의해 고단한 생활을 하고 있었다. 그러나 다른 이들은 체념했지만, 그녀는 결코 그럴 수가 없었다. 영혁 같은 사람이 그렇게 쉽게 죽을 수 없다는 생각이 자꾸만 들었다. 그래서 몰래 암자에서 빠져나와 매일같이 제경성 곳곳을 힘들게 찾아다녔다. 추 씨 저택으로 돌아갈 수 없자, 생계가 막막해졌다. 왕년에 큰소리 떵떵 치던 권세가의 아가씨, 황가의 첩비는 그렇게 제경 외곽에서 농사꾼들 일을 돕고 날품팔이를 하기 시작했다. 그러던 어느 날, 희희낙락하며 성을 빠져나와 외곽 어디론가 달려가는 영징을 우연히 보았다. 심장이 두근거렸다. 그 두근거림은 불가능이라 생각했던 곳에서 얻은 희망 때문이었다. 그들 부부가 시야에 들어오자, 그녀는 미치고 팔짝 뛸 듯이 기뻤다. 영혁 곁에 있는 봉지미를 알아보지 못하고, 그에게 새로운 여인이 생겼다고만 생각했다. 무턱대고 다가갈 수는 없어서 멀리서 뒤를 쫓았다. 가장 좋은 시기에 그의 눈앞에 나타나야 한다고 생각했다.

영 씨 부부의 이번 출타는 유람이 목적이었기에 행동이 아주 느릿느릿 여유가 있었다. 게다가 둘은 서로에게 마음을 완전히 빼앗긴 상태였다. 그래서 무공도 없고 살기도 띠지 않은 추옥락은 이 부부의 주의를 전혀 끌지 않았고, 멀리서도 놓칠 일이 없었다. 처음에는 들킬까 두려워 아주 멀찍이 떨어져 있었다. 그러다 나중에는 안란욕의 배 위까지 따라

붙어 노 젓는 여인 행세를 했다. 하지만 가까이 갈수록 가슴속에서 일어나는 질투심을 참기가 힘들었고, 그로 인해 예민한 봉지미가 눈치를 채게 되었다. 그렇게 오늘 계탑의 갈대밭에서 영 씨 부부의 감쪽같은 연극에 다급해진 그녀가 모습을 드러냈다. 그리고 머리에 냉수를 맞은 듯, 생각지도 못한 결말을 맞이하였다.

영혁은 혈서를 내던지고는 눈길조차 주지 않고 봉지미를 잡아끌며 자리를 떠나려 했다. 추옥락의 마음은 절망으로 무너져 내렸다. 이번에 가 버리면 이 하늘 아래 영영 이별이었다. 지금이 아니면 그의 곁에 있을 수 있는 희망은 물론, 그 쓸쓸하고 적막한 황암으로 돌아가 남은 반평생을 고생스럽게 연명해야 했다.

"안 돼요!"

추옥락이 울며불며 달려들어 죽자 사자 영혁의 옷자락을 잡고 늘어졌다.

"폐하, 폐하, 아무리 저를 원하지 않으셔도 이렇게 헌신짝처럼 버리시면 안 됩니다. 제가, 제가 목숨을 구해 드렸잖아요."

'올 것이 왔구나.'

봉지미가 미소 지었다. 그 웃음기 아래로 가려지지 않는 증오가 떠올랐다. 그래도 조금은 동정하는 마음이 남아 있었다. 어쨌든 추옥락은 영혁에게 일편단심이었고, 사랑에는 원래 잘못이 없지 않은가? 추옥락은 영혁을 위해서 세상을 떠돌았고, 지체 높으신 귀한 몸으로 갖은 고생을 마다하지 않았다. 그래서 지난날의 잘못을 뼈저리게 후회하고 뉘우치기만 한다면 더는 문제 삼지 않을 생각이었다. 추옥락이 남은 생을 행복하게 살도록 신경 써 줄 수도 있었다. 그러나 안타깝게도 본성은 변하기 어려운 법이었다.

"목숨을 구한 은혜라……."

반쯤 돌아선 영혁이 희미하게 웃음 지었다. 그는 웃는 얼굴로 완전히 돌아서서 추옥락을 응시했다. 그 웃음은 가을철 비바람처럼 차고 냉랭했다.

"네가 말 안 하면 나도 그냥 넘어갈 수 있었다. 그런데 그 얘기를 꺼내다니……."

영혁은 비웃음을 흘리며 고개를 가로저었다.

"화를 자초했으니, 살긴 어렵겠구나."

추옥락은 멍하니 영혁을 보더니, 다시 봉지미를 바라보고 안색이 점점 하얗게 질렸다.

"그해 큰 눈이 내렸지……."

영혁은 몸을 틀어서 봉지미를 곁눈질했다. 살짝 무안한 그녀의 표정을 보고 다시 추옥락을 향해 돌아섰다. 그리고 서슬 퍼런 목소리로 조용히 물었다.

"다 된 것을 가로채는 건 아주 손쉽지. 안 그래?"

"폐하……."

추옥락의 목소리가 기어들어 갔다.

"아, 깜빡했네. 네가 제일 좋아하는 게 가로채는 것이지. 그게 처음도 아니었잖아."

영혁이 미소 지었다. 그리고 더 작은 소리로 속삭였다.

"첫 번째는…… 그때 강회의 강 위에서지. 그게 처음이었어."

추옥락은 뒤로 넘어갈 듯 휘청거렸다. 너무 놀라서 쓰러질 것만 같았다. 그러나 이미 작정하고 입을 연 영혁이 쉽게 놓아줄 리가 있는가? 그는 꼿꼿이 서서 눈을 내리깔고 차갑게 쏘아붙였다.

"추 씨, 그만해라. 정말 나를 바보 천치로 알고 기만하는 것이냐?"

"폐하, 저는, 저는 그런 적이……."

추옥락은 무릎걸음으로 앞으로 나서면서 다시 영혁을 붙잡고 늘어지려고 했다. 그는 벌레가 붙으려 할 때처럼 오만상을 찌푸리며 소매를 털어 그녀를 멀리 뿌리쳤다. 그리고 위엄 서린 말투로 물었다.

"네 그 계집종은?"

영혁의 물음에 추옥락뿐만 아니라 봉지미도 어리둥절했다. 봉지미는 한참 기억을 더듬은 끝에 어렴풋이 떠올랐다. 강회에 있을 때, 추옥락 곁에 시중드는 아이가 하나 있었는데 예쁘장한 것이 꽤 눈에 띄었다. 나중에 추옥락이 초왕부로 들어갔을 때도 함께 따라갔던 걸로 아는데, 그 아이가 어떻단 말인가?

"소당(小棠) 말씀이세요?"

추옥락이 어리둥절했다. 그 아이는 강회 이 씨 집안의 하녀였는데 꽤 영리한 구석이 있었다. 나중에 초왕부로 데리고 갔는데, 궁으로 들어갈 때는 어쩐 일인지 갑자기 사라져 버렸었다. 그 후로 그 아이를 완전히 잊고 있었는데, 왜 갑자기 영혁이 그 아이를 들먹인단 말인가?

"네가 은인을 사칭하는 걸 도운 일등 공신 아니냐? 그 아이가 꼬드기지 않았다면, 너는 그때 여강 가에 있는 이가의 별장으로 가서 조용히 기분전환이나 했겠지? 그것도 좋았을 텐데, 그 애가 너에게 강가로 밤마실을 가는 게 아주 재밌을 거라고 해서 너는 강가까지 나왔지. 그리고 술을 마신 나와…… 마주쳤지?"

추옥락이 벼락을 맞은 듯한 표정이 되어 자기도 모르게 이야기했다.

"그걸 어떻게……."

추옥락은 얼른 입을 닫았다. 영혁은 그녀는 아랑곳하지 않고, 돌아서서 봉지미에게 설명했다.

"그 시녀가 경비 쪽 사람이야."

이번에는 봉지미도 무언가 깨달은 듯 "아" 하고 한숨을 쉬었다.

'그랬구나.'

경비의 '육포단' 조직 구성원은 모두 이리저리 팔려 다니는 기루의 여인들과 밑바닥 생활을 하는 여인들이었다. 그녀는 용모가 괜찮은 여인들을 골라 교육을 시키거나, 기루로 보내 여러 가지 소식과 정보를 엿듣게 했다. 또는 각 관부나 저택으로 보내 부인들 쪽에 선을 대었다. 강회 이씨 집안 역시 예외일 수 없었다. 경비는 물샐 틈 없이 철저하게 방비하는 영혁을 공략하는 데에 애를 먹고 있었다. 그러던 중 추옥락에게 분에 넘치는 욕심이 있다는 걸 알게 되었고, 이것이야말로 영혁의 신변에 접근할 기회라고 생각했다. 그래서 시녀를 추옥락과 가까워지게 하고, 추옥락이 영혁에게 한발 한발 다가가게 이끌었다. 추옥락이 나중에 순조롭게 초왕부로 들어가고 영혁의 여인이 된다면, 소당은 추옥락의 최측근 시녀가 될 테니 손을 쓸 기회가 생길 것이었다. 혹시 그렇지 못한다고 해도 추옥락 쪽에 소당이 있으면 최소한 영혁 쪽의 믿을 만한 정보를 얻어낼 수 있을 것이었다.

경비로서는 훌륭한 계획이었다. 다만, 그녀가 계산해내지 못한 것은 영혁이 이마저도 전부 꿰뚫고, 그녀가 추옥락을 이용한다는 걸 낱낱이 알았다는 점이었다. 추옥락은 그날 너무도 우연히 강가로 왔고, 영혁이 탄 배에 가까이 오게 되었다. 경비의 부하가 지시한 대로 움직였기에, 겨우 그런 기회를 잡을 수 있었던 것이다. 영혁은 봉지미를 향해 달콤한 미소를 지으며 그녀의 귓가에 속삭였다.

"그때 너는 네 볼일만 다 보고 날 버리고 갔지. 칼까지 꺼내서 내 목덜미에다가 이리저리 휘둘렀잖아……. 여자가 한을 품으면 오뉴월에도 서리가 내린다더니……."

괜스레 기침하고 먼 산을 보는 봉지미는 목까지 시뻘게진 모습이었다. 그 순간, 누군가가 배에 버려진 후에 일어난 일에 대해 추궁하는 건 잊어버렸다. 취기가 가시지 않은 상태에서 허를 찔린 사이, 혹시나 선정적이고 야한 광경이 벌어졌던 건 아닌지 생각했다.

"사람이 귀한 것은 부끄러움을 알기 때문이지."

영혁이 땅바닥에 멍하니 주저앉아 눈물을 줄줄 흘리는 추옥락을 향해 돌아섰다.

"그렇지 않으면 금수와 무엇이 다른가. 추 낭자, 내가 당신을 사람이라 여기게 하고 싶다면 인제 그만하거라."

말을 마친 영혁은 봉지미를 데리고 추옥락을 버려둔 채, 결연하게 가버렸다. 하늘은 새파랗고 구름은 높았다. 그는 그녀와 함께 그렇게 옛일을 매듭짓고, 근심 걱정을 홀홀 털어 버렸다. 추옥락은 두 사람의 뒷모습을 하염없이 바라보았다. 다른 사람으로 인해 망쳐 버리고 결국 아무것도 손에 넣지 못한 그녀의 인생이 흐르는 눈물 속에 흐릿하게 젖어 들었다. 탐욕은 사람을 해쳤다. 그리고 사랑과 미움은 결국 정해져 있는 것이었다. 한참이 지난 후, 멀리까지 떠나온 영 씨 부부는 산머리에서 터져 나온 처량하고 애끊는 울음소리를 들었다. 저 하늘을 찢고, 높이 나는 기러기도 놀라게 할 울음소리였다.

7월 중순, 계탑. 때마침 갈대꽃이 피어, 일제히 바람에 나부꼈다. 계탑의 갈대밭에 서면, 새하얀 바다가 끝도 없이 밀려들어 가닥가닥 늘어진 새하얀 털이 하늘을 뒤덮었다. 마치 천지간에 황홀한 꿈이 무수히 펼쳐진 것만 같았다. 수도 없이 피어난 갈대가 바람에 흔들리는 소리는 파도 소리처럼 들렸다. 흰 날개에 머리 꼭대기가 까만 새가 갈대밭 위를 스치며 내는 울음소리는 옥구슬이 은쟁반 위를 구르는 듯했다. 새가 늘어뜨린 흰 날개는 갈대꽃과 똑같이 새하였다. 영혁은 갈대밭 곁에 서 있었다. 그해 가을처럼 눈을 꼭 감고 갈대밭의 노래를 들었다. 새가 그의 새까만 눈썹을 스치고 그의 소매에 날개깃을 떨구었다. 눈꽃처럼 나부끼는 갈대꽃이 달빛처럼 하얀 그의 두루마기로 뛰어들자, 온 하늘이 새하얀 불꽃으로 타올랐다. 누군가가 얼굴을 바짝 기대어 갑작스레 뒤가 따뜻해졌다. 그는 웃으며 돌아서려 했다. 그런데 등 뒤의 봉지미가 잠꼬대처럼 웅얼거렸다.

"그대로, 그대로 있어요. 혁……. 지금이 아직 그때라고 생각해 봐요. 아직 아무 일도 일어나지 않았고, 당신은 갈대밭에서 바람 소리를 듣고 있어요. 그리고 나는 계원에서 당신에게 하고 싶은 말을 혼자 하는 거예요."

영혁은 그대로 가만히 있었다. 갈대꽃 한 줄기가 유유히 흩날렸다.

"혁, 당신은 추 씨 저택의 그 얼어 있던 호수에서 우리가 처음 만났을 때를 기억한다고 했죠. 사실 당신에게 알려주지 않은 것이 있어요. 나도 기억해요. 지금까지도 전부 기억해요. 당신이 나를 그렇게 보았던 순간, 나는 마음속 깊은 곳이 차가웠다가 뜨거웠다 하는 느낌이었어요. 아주 익숙한 사람이 호숫가에서 나를 기다리는 느낌, 계속 날 기다려 왔다는 느낌이었죠……. 그해에 남해로 가게 되었을 때, 어머니께 돌아오면 제경을 떠나겠다고 이야기했어요. 그 말을 하는데, 당신이 떠오르면서 갑자기 뭔가 쓸쓸한 느낌이 들었죠……. 농서 역참에 큰불이 났을 때, 나는 바닥에 널브러진 불탄 시체들 속에서 당신을 찾아다녔어요. 평생 그 순간처럼 무서웠던 적은 없었어요……. 기양산에서 당신이 내가 찾아온 잣을 먹었을 때, 왠지 기쁘더라고요. 생사가 경각에 달리고 추격자들이 뒤를 쫓는데도 여전히 마음이 편안하고 기뻤어요……. 혁, 죽기 전에 꼭 그 갈대밭에 가 볼 거예요. 그냥 지나치고 마는 게 아니라 특별히 찾아 가 볼 거예요. 갈대밭이 바람에 흔들려 파도치는 소리를 내는 걸 내 귀로 직접 들어 볼 거예요. 어쩌면 내 옷섶 위로 새가 날개 깃을 떨어트릴 수도 있겠죠. 음……. 당신도 나하고 같이 한 번 더 들어 볼래요?"

바람이 갈대밭 저쪽 끝에서부터 춤추듯 내달아오자, 파도 소리가 들려왔다. 봉지미의 목소리가 등 뒤, 가까이에서, 경쾌하지만 진득하니 들려왔다. 심지어 그녀가 말을 할 때 내뿜는 열기까지 느껴졌다. 그녀의 숨결이 두루마기를 뚫고 영혁의 피부로 따뜻하게 섞여 들어왔다. 가슴 속에 낀 뿌연 안개가 울컥 치솟아 눈시울을 서서히 물들였다.

'그곳에서 눈빛은 기쁨으로 가득하고, 웃음은 눈부시게 반짝거리겠지. 너무 오랫동안 기다린 질문이구나. 거의 한 평생을.'

아주 오래, 아니 어쩌면 찰나의 시간이 지났다. 영혁은 마침내 천천히 손을 뻗어 봉지미를 한 아름 안고, 다정하게 대답했다.

"그러자."

세 글자가 영혁의 입에서 나온 순간, 그와 봉지미는 눈물을 머금고 웃음 지었다. 그는 이 대답을 하기 위해 오래오래 기다렸고, 그녀는 이 대답을 듣기 위해 더욱더 생사를 넘나들었다. 그녀는 그의 허리를 꽉 끌어안고, 저녁놀이 가득 물든 갈대꽃 속에서 눈을 감았다. 머리 위로 갈대밭이 쏴쏴 춤을 추었다. 꽃의 바다 위로 날아가는 새의 깃털이 팔랑팔랑 떨어져 내렸다. 손가락처럼 부드러운 깃털이 뺨을 간질였다.

"혁."

"응."

"알려 줄 소식이 있어요."

"응."

"첫째가 왔어요."

"……."

잠시 침묵이 흐르고, 영혁이 화들짝 놀랐다. 그 바람에 하마터면 봉지미가 넘어질 뻔하자, 얼른 그녀를 붙잡았다. 얼굴은 창백했고, 겁먹은 표정이었다. 그는 그녀의 어깨를 꽉 붙잡았다. 그녀가 혹시나 압사당하지나 않을까 의심할 정도로 세게 붙잡았다.

"생긴 거야? 생겼구나! 아이가 생겼는데도 바위 아래로 뛰어내리는 척했던 거야? 넘어지면 어쩌려고? 세상에, 이 나이에 회임해 놓고 어쩌면 그렇게 조심성이 없어? 잘 서 봐. 지금, 곧바로, 가자고! 집으로 돌아……."

부드러운 손가락 한 쌍이 촉새처럼 재잘거리는 영혁의 입을 가볍게 막았다. 아름답게 웃는 봉지미의 눈가가 파도처럼 출렁거렸다. 그녀는 고개를 들어 '마누라 임신 염려증'에 빠진 그를 보면서 이야기했다.

　"아니, 괜찮아요. 천천히 가요. 평생토록."

　영혁은 봉지미를 가만히 보더니, 두 손으로 얼굴을 받쳐 들고 미소를 지으며 다가와 입을 맞추었다. 저녁노을이 산과 강을 가득 비추며, 갈대밭 앞에 서로를 꼬옥 껴안은 그와 그녀의 그림자를 수놓았다.

　'그래, 뭐 어때. 천천히 가지. 그럼 언젠가는 행복한 저편에 도착할 테니까.'

아기 탄생에 관한 이야기

올해는 봄비가 특히 많이 내렸다. 검푸른 하늘에서는 억수 같은 비가 끝도 없이 쏟아져 내렸다. 멀리 산 그림자가 수묵화처럼 엷어져서 곧 비에 녹아내릴 것처럼 보였다. 가까운 뜰의 담 모퉁이는 새파랗게 변했다. 자세히 살펴보니 비췻빛 융단처럼 쑥쑥 자라난 이끼였다. 밖은 축축하고 싸늘했지만, 집안은 몹시 들떠 활기가 넘치는 분위기였다. 늙은 하녀들이 난로를 피우고 옷을 말렸다. 영징은 걸상에 앉아 그녀들을 지켜보면서, 상자 하나를 열고 헤헤 웃었다. 하녀들은 눈코 뜰 새 없이 바빴다. 특별히 제작한 옷걸이에 성인 의복과 이불보가 걸려 있었고, 자그마한 옷과 물건들도 적지 않았다. 그녀들 중 그에게 눈길을 주는 이는 없었다.

영 호위는 머리가 좀 이상하다고들 했다. 저렇게 건장한 사내가, 그것도 무인이면서 요즘 들어 별안간 책을 쓰기 시작한 것이었다. 책 제목도 희한했다. 『나의 두 제왕을 함께 모시는 나날들』이라나. 이 무슨 자다가 봉창 두들기는 소리인지. 하늘에 태양이 둘일 수 없듯, 나라에 주

風
叔

인도 둘일 수 없는데, 두 제왕을 함께 모시다니? 그러니 다들 그의 머리가 아프다고 했다.

강 어멈은 이곳 토박이로 영리하고 솜씨가 좋았다. 가끔 마님을 뵐 기회가 있으면, 영 호위의 탐탁잖은 행실을 마님께 알려 드리고 싶어 농담조로 이야기하곤 했다. 나리와 마님 곁에는 호위가 하나뿐인데 어찌 그리 딴 데 정신이 팔려 있는지, 말조심하지 않고 저런 불경한 소리를 자꾸 해대니 다른 사람들과 얽히지 않게 해야 한다는 이야기였다. 마님은 가만히 듣고 있다가 이상한 얼굴을 하더니 한참이나 깔깔대고 웃었다. 그리고 나중에 그에게 사례금을 받아야겠다고 했다. 그리고 나중에 들어보니, 나리가 영 호위의 한 달 치 봉급을 제했다고 했다. 사례금을 먼저 떼어 아이를 키우는데 쓴다는 것이었다. 강 어멈은 이 집 사람들은 다 어디가 아픈 게 아닌가 생각했다. 하인이 책을 쓰는데 주인이 무슨 사례금을 받는단 말인가? 그렇게 불경한 소리에 왜 놀라지도 않고 웃기만 한단 말인가. 마님은 그렇다 치자. 어쨌든 임산부가 아닌가. 임신한 여인들이 어리석어지는 이유라면 만 개는 될 것이었다. 그런데 나리는 아마 돈이 너무 궁했나 보다. 물론 생긴 건 궁색이라고는 전혀 거리가 멀지만.

이 가족은 두 달 전에 이사를 오자마자 이곳에서 제일 좋은 저택을 사들였다. 강 어멈은 이 저택이 원래 제경 고관대작의 별장이었던 걸로 기억했다. 나중에 무슨 이유에선지 점점 황폐해져 버렸었다. 그런데 나리와 마님이 나타났다. 부리는 사람도 몇 안 되는 것 같았는데, 하룻밤 사이에 이 저택은 아주 깨끗하게 정돈되었다. 부부가 새로 들인 하녀들이 저택으로 들어섰을 때, 집을 잘못 찾아왔다고 착각할 정도였다. 그녀는 주인 부부를 만나보고는 자기가 인생을 헛살았다는 생각이 들었다. 세상에 이렇게 생긴 분들이 있다니……. 자기는 다가가기만 해도 저분들이 혹시 부정 타지 않을까 걱정이 되었다.

봉은현은 제경에서 멀지 않았다. 원래는 낙현에 소속되어 있었는데, 장희제가 머물렀던 행궁이 이곳에 있다. 봉상제가 황위를 계승한 후, 이곳을 현으로 제정하고 이름을 '봉은(鳳隱)'으로 바꾸었다. 이곳은 수륙 양쪽으로 교통이 편리하고, 제경에서 가깝지만 거주민이 적었다. 물길이 이리저리 얽혀 있어서 경치도 수려하였다. 아름다운 곳에서 맑은 정신을 함양하기에 좋은 곳이라 할 수 있었다. 그러나 영징은 전혀 그렇게 생각하지 않았다. 이 부부는 황위를 내던져 버리면서 영징도 함께 버렸다. 한동안 산과 물을 벗 삼아 신선놀음을 하며 떠돌아다니는 나날이 이어졌다. 봉지미가 회임하자, 그들은 한곳에 정착하게 되었다. 황제의 요청으로 제경에서 비교적 가까운 곳에 살림을 꾸렸다. 태의가 수시로 진료하기 편하도록 하기 위함이었다. 영혁은 그제야 영징에게 '사소한 방해'를 허락했다.

'됐거든.'

영징은 입을 삐죽거리더니 콧방귀를 뀌면서 손에 든 종이를 확 내팽개쳤다. 며칠 전, 영혁이 그에게 보내온 편지였다. 그때만 해도 그는 아직 하내를 유람하고 있었다. 전에는 한 번도 하내로 가 본 적이 없었던 그였다. 그는 자신의 주인이 하내라는 곳이 그토록 험악하다면서 툭하면 보내 버린다고 하는 것이 너무나 공포스러웠다. 그래서 도대체 어떤 곳이길래 그러는 것인지 제대로 가서 보자고 마음먹었다. 그렇게 무서운 곳이 아니라면, 남은 평생을 누구에게 붙잡혀 살 필요는 없을 것이었다.

영혁이 편지를 보내왔을 때, 영징은 하내의 청수계(淸水溪)에 배를 띄우고 뱃놀이를 하고 있었다. 머리 위에는 파초 잎 일산이 햇빛을 흩어 놓았다. 맞은편에는 까무잡잡한 아가씨가 노래를 부르고, 곁에는 뽀얀 아가씨가 누렇게 익은 달콤한 과일을 그의 입에 넣어 주었다. 그리고 노르스름한 아가씨는 뱃머리에 꿇어앉아 달콤한 말로 아양을 떨며 술을 따라주었다. 이게 뭐가 척박하고 황량한 곳이란 말이냐? 그는 자신이 주인에게 속았다는 게 너무나 원망스러웠다. 그리고 그는 주인이 긴급하게 보낸 편지를 뜯어 단숨에 읽어내려 갔다. 편지가 하도 웃기지도 않은 내용이라 하마터면 강물에 빠질 뻔하였다. 황급히 쓴 편지였다. 아마 고개도 들지 못하고 썼으리라. 주인이 편지를 쓰며 얼마나 당황스럽고 다급했는지가 고스란히 느껴졌다.

영징, 지난번에 하내로 유람을 간다고 했었지? 이웃에 임산부가 있었다고 해서 물어보는 건데, 여인이 회임하면 꼭 매일 구토를 해야 하는 거냐? 게다가 밤중에는 더 심하게? 요즘 나는 매일 밤 자기 전에 머리맡에 그릇을 놓아둔다. 네 안주인이 구역질하는 소리가 들리면 즉시 그릇을 대령해. 하룻밤에도 몇 번이나 고생하는 것이 너무 안쓰러운 데다가 음식도 먹지 못한다. 예전에는 그렇게 좋아하던 것들을 지금은 먹지 못하고, 예전에는 입에도 대지 않던 음식들을 좋아하게 되었구나. 데리고 제경으로 갔더니, 의원은 임산부는 다들 그렇다고 하더구나. 그렇다 해도 나는 안심이 되질 않는다. 예전에는 똥 냄새가 난다고 남해의 황금과를 제일 싫어했는데, 요즘에는 하루도 안 빠지고 네다섯 알을 먹어치운다. 방 안에 들어갈 때마다 내가 변소에 들어간 것 같은 착각이 들어. 밤중에도 똥통을 밟는 악몽이 떠나질 않는다. 그렇게 공포스러운 과일을 네 안주인이 저렇게 많이 먹어대니, 태어날 아이 피부가 황금처럼 누렇거나 몸에서 이상한 냄새가 날까 봐 걱정이다……. 생각해 보니 이상한 냄새에 집착하는 것 같아. 하내에도 맛과 향이 독특한 과일들이 있다던데, 네가 좀 찾아서 이 주인님을 똥 냄새에서 탈출시켜 다오…….

큰 수레를 빌려 특수 보존된 과일을 싣고 제경으로 향하던 영징은 금세 영혁의 두 번째 편지를 받아들었다.

영징, 안주인이 이제 더는 토하지 않는구나. 기력도 되찾고 먹는 양도 배로 늘어났다. 황금과도 그전처럼 즐기지는 않는다. 그런데 이제 삭힌 두부를 사랑하게 되었구나. 냄새가 지독할수록 더 좋단다. 북쪽으로 올라오는 길에 각지의 풍미가 진한 삭힌 두부를 좀 수소문해 다오. 보관이 여의치 않으면 지역 관부에서 내 영패를 보이고 빙고(氷庫)*얼음을 보관하던 창고를 이용하고. 나는 황금과가 이 세상에서 제일 구역질 나는 것인 줄 알았는데, 취두부가 날 기다릴 줄은 꿈에도 몰랐구나. 네 안주인이 아들을 순산하길 기대하고 있다. 그렇기만 하다면, 황금과와 취두부의 썩은 냄새가 나는 아이라 해도 괜찮을 것 같구나…….

편지를 다 읽은 영징이 제일 먼저 한 일은 바로 과일을 몽땅 내다 버리는 것이었다. 한시라도 더 맡고 있으면, 황금과 냄새를 풀풀 풍기는 똥내 영징이 될 것만 같았던 것이다. 그는 입을 삐죽거리면서 편지를 함에 잘 챙겨 넣었다. 새로운 책에 중요한 소재로 쓰일 테니, 절대 버릴 수 없었다.

밖에서 발소리가 들려왔다. 느릿느릿 침착한 발걸음이었다. 집 안에 있던 하녀들이 밖을 내다보았다. 그녀들의 눈빛에는 부러움이 가득했다. 여인들이 임신해서 남편의 총애를 받는 것은 많이 봐 왔지만, 이렇게까지 하는 것은 처음이었다. 비가 자주 내려 걷기가 불편하면 임부의 활동에 지장을 준다며 건물 사이에 흰 돌을 가져다 깔고, 지붕에는 반투명한 기와를 얹어서 기다란 회랑을 만들었다. 정원으로 들어오는 문 옆에는 바깥쪽 호수를 마주 보는 위치에 문을 내었다. 회랑이 뜰을 따라 생기고, 호숫가로 바로 통하게 되었다. 경치를 감상할 수 있는 정자를 짓고 귀한 교사(鮫紗) 옷감으로 가림막을 쳤다. 그리고 특별히 야광주를 등으로 설치해 마님이 매일 언제든 나가서 산책하도록 해 놓았다. 나리는 마음도 씀씀이도 크고 깊었다.

더욱 신기한 것은 이 산책용 회랑이 처음 이 저택이 그러했던 것처럼 밤낮으로 공사를 서두르더니 아주 짧은 시일 안에 완성되었다는 것이었다. 그래서 이 부근 사람들은 이 집 나리가 퇴임한 고위 관리가 틀림없다고 생각했다. 그 정도는 되어야 이런 능력을 발휘할 것이 아닌가? 그러나 이렇게 젊은 나이에 관직을 그만두었으니, 그 또한 안타까운 일이 아닐 수 없었다.

저벅저벅 발소리가 들리더니, 영혁이 봉지미와 산책을 마치고 돌아왔다. 그녀는 이제 회임한 지 육 개월째였으나, 배가 크다고 할 수는 없었다. 게다가 그녀는 임신한 배를 자랑처럼 내밀고 다니며 세상 사람들이 전부 자기 배를 쳐다보길 바라는 성격은 아니었다. 자기가 직접 모양을 낸 헐렁한 옷을 입은 그녀는 빠르지도 느리지도 않은 걸음으로 사뿐사뿐 걸어왔다. 팔은 그의 팔에 걸친 채, 언제나처럼 평온하고 침착한 분위기였다.

봉지미는 살이 조금 붙었고, 피부는 보양을 잘해서 반짝반짝 윤기가 흘렀다. 인상은 더 부드러워져, 유순하고 상냥한 부인네 같기만 했다. 관모를 휘날리며 대쪽 같은 분위기를 풍기던 위 후작의 모습은 아무리 찾아도 온데간데없었다. 대성의 여제로 천하를 종횡무진 군림하던 존귀하고 위엄 있는 모습은 더더욱 없었다. 그저 촉촉한 눈길을 이리저리 돌릴 때, 그 깊고 새까만 눈빛에 서린 늠름한 기운에서 잠시 천하를 주름잡았던 모습을 떠올릴 뿐이었다. 그녀 곁의 영혁은 세월이 비껴간 모습이었다. 주름도 하나 늘지 않고, 피부색도 젊은 혈기 그대로에 풍채도 좋았다. 누가 봐도 그녀 곁에는 그, 그의 곁에는 그녀만이 어울렸다.

새까만 비단 망토에 수놓아진 연한 금빛 만다라는 주인을 닮아 화사하면서도 우아한 분위기를 뽐냈다. 그리고 지금은 봉지미의 어깨를 감싸고 있었다. 두 사람이 함께 걸으면 바람도 고요해지고 비도 잠잠해졌다. 집 안에 있던 하녀들은 감히 눈길도 한번 제대로 마주치지 못하고, 하던 일에 더 집중했다. 이곳의 여인들은 때때로 대갓집에 불려가 일을 했기에, 높으신 분들을 아예 만나보지 못한 것은 아니었다. 그러나 아무리 존귀한 분들이라도 슬쩍 훔쳐보기도 하고 몰래 수군거린 적도 있었다. 그런데 유일하게 이 부부는 쳐다보는 것만으로도 그 위엄이 느껴졌다.

"비가 너무 오래 내려서 아기 옷에 습기가 찰까 걱정이 돼서 오늘 다 꺼내다가 불에 말리라고 시켰어. 다들 장갑을 꼈는지 확인을 해야겠군."

영혁이 그들이 있는 곳을 힐끗 보더니, 봉지미에게 걸음을 멈추게 했다.

"장갑은 뭐에 쓰게요?"

요즘은 춥기는커녕 더운 날씨라 봉지미가 물었다.

"농사일하는 아낙들은 손의 피부가 거칠잖아. 보드랍고 매끄러운 아기 옷의 옷감에 보풀이라도 일어나면 안 되니까."

봉지미는 한숨을 쉬었다. 이렇게 쪼잔하고 사소한 일까지 신경 쓰는 황제가 어디 있단 말인가?

"말로는 보통 사람이 된다고 하더니, 이렇게 부지런히 일하는 아낙들이 싫다는 거예요?"

"아들이 싫어한다고 하는 편이 낫겠군."

아직 아버지가 되지도 않은 사람이 아무런 양심의 가책도 없이 아들 핑계를 대다니…….

"아무리 비범한 사람도 욕심을 완전히 버리지는 못하는군요."

봉지미는 영혁을 비웃었다.

"온종일 아들, 아들 하는데, 왜요, 딸이면 안 돼요?"

"그건 당신이 틀렸어."

영혁은 빙그레 웃으며 봉지미의 귀밑머리를 돌돌 말았다.

"내가 아들을 원하는 건, 아들이 신경이 덜 쓰여서이지."

딸이 키우기 편하다는 말은 들어봤어도, 아들이 신경이 덜 쓰인다는 소리는 들어본 적이 없었다. 봉지미는 '당신 어디가 아프쇼?' 하는 표정으로 영혁에게 눈을 흘겼다.

"우선 아들을 낳고."

영혁은 타고나길 총명한 사람이었다. 국가의 대사를 치르는 것처럼, 그에게는 다 계획이 있었다.

"아들은 너무 오냐오냐 할 필요가 없잖아. 두 살이면 말귀를 알아들을 테니, 세 살부터 무예를 연마시키고 배워야 할 것들을 일찍부터 시킬 수 있어. 글을 짓도록 문(文)을 가르치고, 말을 타고 활을 쏘게끔 무(武)를 연마시켜야지. 그래야 대청으로 주방으로 오르락내리락하면서 우리의 부담을 덜어줄 것 아니야."

영혁은 만족스럽게 미소 지었다.

"그러다가 여동생까지 낳고 나면, 당신은 푹 쉬어. 집안일을 다 맡겨 놓으면 되잖아. 하물며 오빠가 여동생을 예뻐하고 잘 보살펴 준다면 얼마나 예쁘겠어. 그것보다 좋은 게 없지."

봉지미는 기침이 나왔다. 집안일을 돕고 남동생을 돌보게 딸을 먼저 낳길 바라는 건 봤어도, 집안일을 하고 여동생을 돌보게 아들을 먼저 낳길 바라는 건 본 적이 없었기 때문이다. 이 인간 세상에 저런 생각을 하는 것은 봉상제 하나뿐이리라.

"그러니까 딸을 먼저 낳아야죠?"

봉지미는 이 문제를 확실히 해야 했다.

"딸이 남동생을 보는 게 더 낫지 않겠어요?"

"딸은 사랑받는 존재가 돼야지, 무슨 동생을 돌봐. 아들은 자기가 알아서 하는 거고."

봉지미는 속으로 미래의 아들을 위해 눈물을 떨구었다. 하녀들은 정말로 장갑을 끼고 아기 옷을 하나하나 가져다가 두 사람에게 보여 주었다. 속옷, 겉옷, 모자, 버선, 신발, 망토, 바람막이, 강보, 포대기, 두꺼운 이불…… 하나하나가 다 은은한 푸른빛이 도는 흰색이었다. 보기만 해도 푸른 호수가 떠올랐다.

"이걸 다 입어요?"

봉지미는 우윳빛 바탕에 푸른빛 쪽배가 수놓아진 신발 한 켤레를 자세히 살펴보았다. 그녀의 새끼손가락만 한 길이의 신발은 너무나 정교해 곧바로 보석 진열장에 올려놓아도 될 정도였다. 버선은 더 작아서, 반짝거리는 파란 들꽃을 손에 들고 있는 것만 같았다. 세상에 이렇게나 작고 앙증맞은 발이 있을지 신기하기만 했다.

"다 못 입으면 남동생 입으라고 하면 되지. 한 번에 다 준비해 놓으면 편하잖아."

"여동생이라지 않았어요?"

"다섯이나 될 텐데, 어떻게 다 여동생이겠어?"

"누가 다섯이나 낳는대요? 애 낳는 게 무슨 돼지 사육하는 건 줄 알아요?"

"당신은 허리가 잘록하고 엉덩이가 튼실해서 잘할 거야. 나는 양기가 강한 건강 체질이니 자손을 많이 낳을 거고. 다섯도 겸손하게 얘기한 거야. 열도 불가능이 아니라고."

"폐하 체질이 양기가 강한지 어떤지는 모르겠고, 얼굴이 두껍기로 최고라는 건 알겠네요. 옆집 장 씨 아줌마 뒤채에 있는 저(猪) 선생하고 거의 비슷한 거 같아요. 저 선생도 아들, 손자가 어마어마하거든요. 그러고 보면 그 말씀이 맞는 것도 같고."

"어느 저 선생?"

"양기가 강하고 건강 체질에 얼굴도 두껍고 속도 시꺼멓고, 얼굴이 너부데데하고 귀가 이만큼 크고 코가 길쭉하니 나오신 그분이요."

"아, 그렇게 얘기하니까 알겠네. 그 저 선생한테 예쁜 마누라가 있잖아. 하얗고 까만 점이 얼룩덜룩하고 엉덩이가 펑퍼짐하니 허리도 통짜인. 확실히 저 선생하고 아주 잘 어울리네. 꼭 나하고 당신처럼 말이야."

집 안에 있던 사람 중 절반은 무슨 말인지 몰라 어리둥절했고, 알아들은 절반은 웃고 싶어도 감히 웃지 못하고 서로 몰래 눈짓만 주고받았다. 이 집 부부는 두 사람 다 말을 어찌나 청산유수로 하는지, 참으로 재미있었다. 저렇게 귀티 나시는 분들이 가시 돋친 말로 입씨름을 하면서, 하나는 우아하고 고상하게 웃고 하나는 다정하고 부드럽게 웃었다. 귀하신 분들을 많이 봐 왔지만, 대부분은 지체 높은 신분을 내세워 거드름 피우고 알아듣지도 못하는 어려운 말로 문자 타령만 하는 바람에 도망가고 싶기 일쑤였다. 그런데 어디 이렇게 물 흐르듯 자연스러우면서도 나쁜 말 하나 없이 사람을 욕보이고, 심지어 노한 얼굴은커녕 존귀함마저 잃지 않는 말싸움이 있단 말인가. 배우려 해도 배울 수가 없는 훌륭한 재주임이 틀림없었다.

봉지미는 집 안에 있는 사람들을 쓱 훑어보고, 그만하기로 했다. 언쟁하는 건 무섭지 않았지만, 낯가죽이 두껍기로는 여인이 어찌 사내를 당할 수가 있겠는가. 일부러 사람들이 있는 데서 잘난 체하고 득의양양한 영혁에게 장단을 맞춰 주고 싶지는 않았다. 다행히 그는 똑똑했다. 자기가 우위를 점한 이상, 괜스레 긁어 부스럼을 만들고 싶지는 않았기에 얼른 화제를 전환하며 그녀를 안으로 데리고 들어갔다.

"제경에서 이것저것 보내왔던데, 어떤지 볼까?"

두 사람이 방으로 들어와 보니, 큼지막한 등나무 바구니가 이미 탁자 위에 놓여 있었다. 대부분 보신용 약재와 옷가지 등으로, 정교하고 훌륭한 최고급품이었다.

"황제께서 하루가 멀다고 물건을 보내시네요. 내가 나이가 많아서 아이를 제대로 못 낳을까 봐 그런 건가, 아니면 왜 그런 거죠?"

봉지미는 이 물건들을 다 어디에 두어야 할지 걱정스러웠다. 창고도 이미 꽉 들어찼기 때문이었다.

"괜히 무슨 소리야. 영제도 좋은 마음으로 그러는 거지. 여섯째 형님이 이 나이에 첫 아이를 가지게 됐으니 마음 쓰는 게 당연하잖아."

"폐하 지금 절 원망하시는 거 같은데요? 그 좋은 청춘을 저 때문에 다 보내 버렸으니, 그 많은 후궁이 아까워서 어떡하나."

"나는 당신이 다섯을 낳아주지 않아 원망스러울 뿐이야."

영혁은 옷 한 벌을 들고 봉지미의 몸에 대보며 빙그레 웃었다.

"후궁이라니. 이 여자가 양심이 있는 거야? 내가 황제를 몇 년 했어, 재위 기간에 후궁을 새로 뽑지도 않고 늘리지도 않았는데, 그 많은 후궁이라니?"

"마음속에 있겠지요."

봉지미는 언제나 옳았다.

"죄를 뒤집어씌우려면 무슨 말인들 못 해!"

영혁은 이 옷 저 옷을 꺼내 봉지미의 몸에 대보았다. 임산부와 말싸움을 해서 이기려는 생각은 없었다.

"황후, 그럼 오늘부터 궁중의 암투를 시작해 보시오."

"그래서 내가 암투에서 지고 나면 이 옷들을 차려입고 군왕을 홀리라는 거예요?"

영혁이 옷을 대보든 말든 아무 관심이 없었던 봉지미가 갑자기 흘겨보더니, 그가 손에 든 옷을 향해 눈을 부라렸다. 그도 자신의 마음이 들킨 것에 민망해하지 않고 눈썹을 치켜들었다. 역시 황제를 해 본 마누라는 이 정도였다. 혹시라도 어물쩍 넘어갈 생각도, 속일 생각도 해서는 안 되었다.

"이 옷은 어때? 입기 좋아 보이는데."

봉지미는 옷을 힐끔 보았다. 상체 부분이 짧고 가슴께 아래로는 품이 넓어 하늘거리는 것이 배를 가릴 수 있었다. 확실히 임산부에게 어울릴 것 같았다. 이런 옷이 겉옷, 속옷, 잠옷 등 여러 벌로 한 묶음이었다. 옷감은 달랐고 빛깔도 달랐지만, 모양은 같았다. 그녀는 저잣거리에서 이런 종류의 옷을 본 기억이 없었다.

"당신이 이렇게 만들어 달라고 한 건 아니죠?"

묻는 말이었지만, 단정 짓는 말투였다. 영혁은 말없이 웃으며, 옷 한 벌을 집어 들고 봉지미의 귓가에 속삭였다.

"사랑하는 황후, 오늘 밤에는 이 옷을 입고서 짐을 유혹해 보심이 어떤지?"

봉지미는 살이 거의 다 드러나 보이는 얇은 천을 매만졌다. 이건 도 대체 잠자리에서 잠을 자라는 거야, 도발을 하라는 거야? 그녀는 두 눈을 반짝거리며 기대하는 영혁의 눈길을 뒤로하고 옷을 아무렇게나 올려 둔 채 하품을 했다.

"피곤해요."

"내가 주물러 줄게."

봉상제는 아주 빈틈없이 정성스럽게 시중을 들었다. 그는 손이 재빨랐고 비위도 잘 맞추었다. 게다가 주무르는 것도 잘하고 아들하고 소곤소곤 이야기하는 것도 잘했다. 그러니 하기 싫을 이유가 전혀 없었다. 직접 아내의 옷을 갈아입히고, 침대의 발을 친 그는 그녀의 온몸 구석구석 안마를 했다. 발 안쪽에서 키득거리는 소리가 가끔 들려왔다. 간드러진 목소리는 보들보들한 구름처럼 사람의 마음을 휘감아 가슴 떨리게 했다.

"미, 미, 오늘 상현달이 떴어……."

"상현달이 왜요? 보기 좋다고? 그럼 나가서 봐요."

"상현달이 뜨면 하늘을 보고 달을 딸 수 있다고 그랬던 게 누구지? 폐하, 폐하가 이 옷을 입으시면 상현달보다 더 아리따울 겁니다. 그럼 제가 구천에 올라 달을 따도 되겠습니까?"

"점잖은 척은……. 그게 무슨 말이에요? 이상한 소리나 하려면 난 잠이나 잘래요."

"아, 그럼 제가 재워 드리지요."

"짐은 피곤하다, 사랑하는 황후. 그대가 가서 영정의 녹두패(綠頭牌)* 를 뒤집어 주시오."

비빈의 이름을 적은 패 가운데 황제가 뒤집은 패의 주인공이 그날 밤 침소에 든다

"영정 얘기를 하니, 취두부에 포위당한 것 같습니다."

"……. 어허, 무엄하다. 감히 반항을 하다니……. 됐어요, 됐어. 올라와요. 내가 할게."

"꼭 매번 당신이 했던 것처럼 얘기하네……. 그런데 나는 당신의 음담패설이 좋아. 조금만 더……."

"힘을 아껴 됐다 일이나 해요……. 이 귀찮은…… 쓰읍…… 천천히……."

"어디서 호색한처럼 그런 야시시한 말을 배워서 오는 거야……."

"생사람 잡지 마요. 호색한도 다 똑같은 사람이라고요……. 쯧쯧, 좀 살살……. 이게 다 우리 조상님께서 남기신 책자에 나오는 얘기거든요. 우리 조상님은 소황문(小黃文)에서 보셨다고 하던데……."

"소황문이 뭐야?"

"내가 어찌 알아요. 조상님이 말씀하신 것들은 본 적이 없는 것들인데. 아마도 노란 글씨로 쓰인 음란한 걸까요?"

"음음. 당신도 아주 음란하지……."

"음란한 건 당신 머릿속이고."

"음, 나도 그럼 음란하게…… 음……."

"어, 어딜 만져요……. 어머……."

잡담으로 시작한 두 사람의 이야기는 신음으로 끝이 났다. 축축한 공기가 방 한가득 들어찬 가운데, 얇은 휘장 안에서는 아름다운 몸짓이 힘차게 어우러졌다. 하얀 눈 같기도, 밝게 빛나는 진주 같기도, 붉은 앵초 같기도 한 모습이었다. 이따금 빠른 움직임이 일어날 때면, 휘장에 걸린 고리가 침대에 부딪혀 달그락달그락 소리를 냈다. 마지막은 긴 탄식과 같은 신음으로 마무리되었다. 그리고 희미한 중얼거림이 이어졌다.

"둘째가 곧바로 생긴다면 좋을 텐데……."

첫째는 그해 9월에 탄생했다.

봉지미가 출산한 당일, 내내 뜨겁던 날씨가 갑자기 시원해졌다. 하루 전날 땀을 뻘뻘 흘리며 달려온 영제는 그렇게 급할 것 없었다는 걸 깨달았다. 산실에 외부 사람은 많지 않았다. 영씨 황족에 둘밖에 없는 형제는 안절부절못했다. 영정은 아기가 거기서 튀어나오기라도 할 것처럼 방문만 뚫어지게 보고 있었다. 예전처럼 지붕 위에서 자고 있던 고남의는 한쪽 귀를 기와에 바짝 갖다 대고 열심히 아래쪽의 동정을 살폈다. 고남의는 보름 전에 이미 와 있었다. 원래는 고지효도 함께 오려 했지만, 때마침 나라 안팎이 어수선해 여황 폐하가 직접 움직일 수가 없었다. 고남의는 산부 관련 의술로는 서량에서 제일가는 명수를 데려와 바깥채에 대기시켜 놓았다.

산실에서는 네 사람이 분주히 움직였다. 하나는 영제가 일찍부터 준비시킨 황실 전용 산파였고, 하나는 영혁이 데려온 제경 최고의 산파, 하나는 진사우가 불원천리 보내온 대월 최고의 산파, 그리고 하나는 일을 거들고 있는 고남의의 여학생이었다. 장녕번왕 노지언도 산파를 보내왔다. 그러나 영혁은 그 사람을 바깥채에서 기다리게 했다. 그 약아

빠진 녀석이 보내온 사람에게는 뭐든 믿고 맡길 수가 없었다.

　영제와 고남의에게는 편지를 보냈다지만, 진사우와 노지언은 어디서 소식을 들었는지 알 수 없었다. 영혁은 유부남이 된 지 몇 년이나 지난 녀석들이 남편 있는 여자를 아직도 지켜보는 게 순수한 의도라 생각되지 않았다. 지금은 우선 그냥 두지만, 아들이 태어나고 나면 다시 따져 볼 심산이었다.

　'진사우 요놈, 조용히 황위를 지키고 있는 게 지겹다 이거지? 나중에 영제를 시켜서 그 녀석 땅에 있는 말썽 많은 부족에다가 몰래 물자를 좀 보내라고 해야겠군. 여차하면 쓸 계책 정도는 미리 준비해 둬야지. 노지언은 이미 아들이 셋이니 첩을 몇 명 더 보내서 아들을 더 낳게 하자. 그리고 나중에 영제에게 세자 책봉 문제로 압박을 넣으라고 해야지. 한 배에서 난 아들들이 싸워서 불안하게 만들면 남의 마누라를 엿볼 여유가 없어지겠지. 봉지미를 숨겨 주는 바람에 오랫동안 걱정하고 찾아 헤매게 만든 빚도 아직 제대로 갚아 주지 못했는데!'

　산실 밖에서 봉상제가 이미 녹슬어 버린 실력으로 사람들을 골탕 먹일 궁리를 하고 있을 때, 산실 안에서는 봉지미가 고생고생하며⋯⋯ 밥을 먹고 있었다.

　그렇다. 밥을 먹었다. 온 집안의 산파들은 아연실색하여 산모를 보고 있었다. 봉지미는 우아하지는 않지만, 전혀 당황하지 않은 모습으로 계란탕 한 그릇을 국물 한 방울 남기지 않고 싹 비웠다. 계란탕을 다 해치우고는 대추소 전병 두 개를 먹었다. 전병을 다 먹고는 또 인삼차 한 잔을 마셨다. 많이 먹는 사람은 봤어도, 산실에서 이렇게 많이 먹는 사람은 처음이었다. 대성통곡을 하거나 쩔쩔매거나 아니면 이를 악물고 고통을 참거나 그도 아니면 욕을 고래고래 질러야 정상 아닌가? 이곳에 모인 산파들은 산모의 신분이 고귀한 데다 나이도 많기 때문에 바짝 긴장한 상태였다. 이 나이에 아이를 낳는 것은 한쪽 발을 저승 문턱에 걸치고 있는 것이나 다름없었기에 긴장되는 것도 당연했다. 그러나 봉지미의 꾸미지 않은 차분함과 여유에 쿵쾅거리던 심장이 차츰차츰 평온을 되찾았다. 이 여인은 비상한 힘을 지녔다. 살기라고는 띠지 않은 패기, 그리고 부드러움으로 강함을 이기는 힘. 한쪽에 서서 봉지미를 보는 여학생의 눈동자에는 깨달음의 빛이 떠올랐다.

'그래. 이런 여인이니까 선생님이 떠올리고 그리워하고 영원히 잊지 못하는구나.'

밖에서 부스럭거리는 소리가 들렸다. 산파들이 여기저기를 뒤져 보았지만, 아무런 낌새도 느껴지지 않았다. 침대에 누워서 눈을 감고 마음을 가라앉히고 있던 봉지미가 보지도 않고 이야기했다.

"창호지."

산파들은 그제야 창호지가 어느샌가 조금 찢어진 것을 발견했다. 찢어진 틈으로 창밖을 보니, 영혁이 짐짓 자연스러운 척하며 창문 앞에서 멀어지고 있었다. 산파들은 웃겨도 웃을 수가 없었지만, 봉지미의 입술 꼬리는 살짝 올라갔다.

영혁은 산실로 들여보내 달라고 하지 않았다. 금기나 두려움 때문은 아니었다. 봉지미가 자신의 출산 장면을 누군가 보길 원치 않는다는 걸 알기 때문이었다. 황제가 되어 천하를 주름잡았던 여인이 어찌 출산 따위를 두려워하겠는가? 그녀는 독립적인 여성이었다. 사내의 힘을 빌려 버텨내고 싶지는 않았다. 더욱이 그의 앞에서만큼은 여인으로서의 자존심을 지키고 싶었다. 그는 그녀의 존엄을 지켜 줄 수밖에 없었지만 이렇게 마냥 기다리는 건 너무 초조했다.

영제는 줄곧 여섯째 형님을 주시했다. 꽤 침착한 것 같지만, 향 한 대가 다 탈 때 마다 꼭 일어나서 한 바퀴를 돌았다. 또 봉지미가 있는 산실의 창문 앞으로 갔다가 돌아와서는 꼭 차를 마셨다. 본인이 이미 수도 없이 찻잔을 비웠다는 사실을 기억조차 하지 못하는 듯했다. 인삼차를 따르는 손은 안정적이었고, 차를 마시는 모습도 평온했다. 다만, 남의 찻잔을 잘못 들고 마셨을 뿐.

안쪽에서 갑자기 떠들썩한 소리가 들리기 시작했다. 발소리가 어지럽게 들리고, 산파들의 목소리가 다급해졌다. 다들 긴장했는지, 날카로운 말소리가 이어졌다.

"다 됐어요! 다 됐어! 마님, 힘주세요. 힘주세요!"

"따뜻한 물! 따뜻한 물!"

영제가 벌떡 일어났다. 영혁의 손에 편안하게 쥐여 있던 찻잔이 떨리기 시작했다. 뜨거운 찻물이 그의 바짓가랑이로 흘렀지만, 그는 전혀 깨닫지 못했다. 영징은 방문에 엎어져 기대고 고남의는 기와를 엎었다.

"가위! 가위!"

영혁이 갑자기 영제의 손을 잡았다. 아파서 손이 덜덜 떨릴 정도의 힘이었다. 영혁의 목소리도 마찬가지로 떨리고 있었다.

"가위? 가위가 왜 필요해? 왜?"

다음 순간, 영제는 아픔에서 겨우 벗어났다. 고개를 들어보니 형님이 이미 문 앞에 당도해 있었다. 이제는 침착이니 평온이니 하는 것들은 다 소용없었다. 영혁은 문 앞에서 어쩔 줄 모르는 영징을 단번에 밀쳐냈다. 그러나 영징이 더 재빨랐다. 그는 발랑 나동그라진 몸을 튕겨 제자리로 돌아오더니, 두 팔을 벌려 죽자 사자 문 앞을 막아섰다.

"주군은 들어가시면 안 됩니다!"

영혁이 발을 들어 영징을 차 버리려고 했지만, 그는 두 팔을 문에 걸치고 버텼다. 그리고 평소보다 세 배는 빠르게 이야기했다.

"마님의 분부예요!"

긴 다리가 허공에서 그대로 멈추었다. 다음 순간, 영혁이 눈을 게슴츠레하게 떴다.

"응?"

"마님께서그러셨어요주군께서침착한척하겠지만마지막순간에쫓아
들어오려고할거라고요제임무는문앞에서주군을막는겁니다못막으면저
한테는아기씨를못안게할거라고했어요!"

"날 막아도 아기는 못 안아 볼 줄 알아라!"

"마님께서주군께서틀림없이그렇게이야기할테니절대듣지말라고했
어요아이는마님뱃속에있고마님이낳는거니마님마음대로한다고요그게
마음에안들면자기가직접낳으래요."

그리고 잠시 생각을 한 영징이 덧붙였다.

"혹시라도다른여자한테서애를낳아오겠다는생각이시면다른여자는
분명히마님처럼빡빡하게굴지않겠죠그러니누구한테안게하고못안게하
고는주군마음대로하실수있겠지만그래도그건나중일이고최소한지금안
게할지못안게할지결정하는건마님이에요."

공중의 긴 다리가 서서히 아래로 내려갔다. 영혁은 영징을 향해 눈
을 흘겼다.

"너한테 말을 외우게 할 거면 더 길게 해야겠네. 아주 숨이 차서 죽
어 버리게."

영징이 헤헤 웃었다. 그는 자신의 폐활량에 대단히 만족한 표정으로
홀가분하게 팔을 내려놓았다. 팔을 제자리로 돌린 그는 한순간에 지붕
위로 날아올랐다. 봉상제는 소매를 걷으며 한 마디를 내뱉었다.

"그리고 그 머리로는 내 아들을 안지 않는 게 낫겠어. 뇌가 전염되지
않게."

결국 상처뿐인 승리를 얻은 봉상제는 점잖은 척, 그러나 사실은 아
주 다급하게 문을 밀어젖혔다. 고개를 들이밀고 봉지미에게 왜 아무 소
리도 없느냐고, 어떠냐고 물어보려는데 뜻밖에도 문이 확 열렸다. 당황
한 봉상제가 고꾸라지며 무언가에 부딪혔다. 안에 있던 사람이 빙그레
웃으며 말했다.

"낳았어요……."

그리고 목소리는 갑자기 비명으로 바뀌었다.

"아기씨를요!"

아기의 우렁찬 첫울음이 고막을 때렸다. 그 소리에 자기가 무언가에 부딪혔다는 것을 깨달은 영혁이 허리를 틀어 손바닥으로 땅바닥을 짚고 벌떡 일어났다. 그리고 봉지미의 머리맡으로 후다닥 다가왔다. 놀란 가슴이 가라앉지 않아 비틀거리며 바닥으로 쓰러지자, 얄미운 그녀가 힘 빠진 소리로 여전히 그를 비웃는 소리가 들렸다.

"에구, 아가야. 아빠가 널 만나러 오는 방식이 역시 남다르구나. 재주를 다 넘으시네."

영혁은 안색이 창백하면서도 멀쩡해 보이는 봉지미를 멍하니 쳐다보았다. 그리고 또다시 넘어졌다가 벌떡 일어났다.

"우리 아들이 좋아하면 몇 번이라도 더 할 수 있는데?"

산파들은 어리둥절해 이 부부를 바라보았다. 하나는 눈도 하나 깜짝하지 않고 아이를 낳더니, 다른 하나는 야단법석으로 재주를 넘으면서 아이를 받으러 오다니……. 아까의 그 침착함은 그대로인데, 고귀하던 그 모습은 어디로? 제대로 일어선 영혁이 잠시 심사숙고했다. 어떤 자세로 아이를 안아야 편한지를 고민하고 있다는 건 물론 아무도 몰랐다. 이윽고 그는 손을 뻗었다. 아무것도 모르는 산파가 강보를 건네자, 머리 위로 바람이 휙 일었다. 영혁은 반응이 빨랐다.

"영징, 네 죄를 씻어낼 기회다!"

영징의 그림자가 번쩍이더니 탁 소리가 나고, 고남의가 뻗은 손이 영징의 손에 거칠게 얻어맞았다. 그리고 두 사람은 한 덩이가 되어 데굴데굴 구르며 문밖으로 나갔다. 영혁은 씩 웃으며 강보를 안고 봉지미 곁에 앉았다.

"잘생겼네. 날 닮았어."

아이의 얼굴을 쓰다듬은 영혁은 봉지미의 얼굴도 쓰다듬고 한숨을 쉬었다.

"다음은 딸이어야 해. 영씨 집안의 존귀한 공주님이 아빠, 엄마, 오빠의 격한 환영 속에 와 주셔야지. 내가 얼마나 딸을 좋아하는지 하늘은 아실 거야. 작고 보드랍고 하얗고 달달한, 사탕 같은……."

봉지미는 방금 아빠가 된 영혁이 온갖 미사여구를 동원해 애타게 둘째를 바라는 걸 보고는 웃을 듯 말 듯 한 표정으로 입을 비죽거렸다.

"얘도 작고 보드랍고 하얗고 달달하지 않아요?"

영혁은 고개를 떨구고 강보에 싸인 아이를 보았다. 작고 보드랍고 하얗고 달달하다는 걸 도저히 부인할 수가 없었다. 그는 아이의 볼을 살짝 잡더니 금세 푹 빠져들어 손가락을 비틀어 보았다. 그리고 도저히 참지 못하고 한 번 더 볼을 꼬집어 보았다. 탄식이 나왔다.

"보드랍고 말랑말랑하고 달콤해. 다만……."

"계속 아들을 낳고 싶다고 하지 않았어요?"

봉지미가 쏘아붙였다.

"그건 너무 기대하면 당신이 한 번에 딸을 낳지 못할까 봐 부담가질 것 같아 그랬지……."

봉지미는 영혁의 말에도 아랑곳하지 않고 대담하게 강보를 열어젖혔다.

"…… 사실 아들도 너무 좋지……."

고개를 숙인 영혁의 눈이 휘둥그레졌다. 진중하고 고귀하신 봉상제의 손이 갑자기 탁 풀렸다. 물론 그가 그럴 거라 예상한 봉지미가 재빨리 강보를 받아 안고 "하하하" 웃었다. 그와 동시에 기쁨에 겨운 탄성이 크게 울려 퍼졌다.

"딸이다!"

황권 ❻

1판 1쇄 인쇄 2021년 1월 18일
1판 1쇄 발행 2021년 1월 22일

지은이 | 천하귀원
펴낸이 | 김영곤
펴낸곳 | (주)북이십일 아르테

책임편집 | 원보람
미디어믹스팀 | 장현주 김가람
표지 디자인 | 여백커뮤니케이션
본문 디자인 | 곧은
해외기획팀 | 정미현 이윤경
영업본부 본부장 | 한충희
문학영업팀 | 김한성 이광호
제작팀 | 이영민 권경민

출판등록 | 2000년 5월 6일 제406-2003-061호
주소 | (우10881) 경기도 파주시 회동길 201(문발동)
대표전화 | 031-955-2100 팩스 | 031-955-2151
이메일 | book21@book21.co.kr

(주)북이십일 경계를 허무는 콘텐츠 리더

아르테팝 채널에서 도서 정보와 다양한 영상자료, 이벤트를 만나세요!
페이스북 facebook.com/21artepop   트위터 twitter.com/21artepop
인스타그램 instagram.com/21artepop   홈페이지 artepop.book21.com

ISBN 978-89-509-9228-6 04820
    978-89-509-8901-9 (세트)